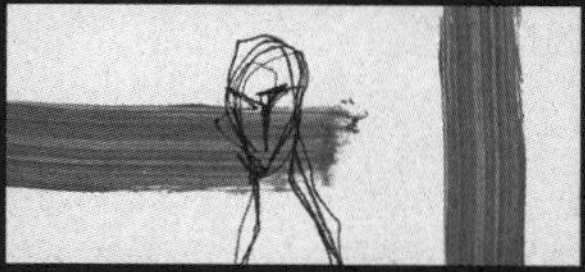

카라마조프가의 형제들 1

이 도서의 국립중앙도서관 출판예정도서목록(CIP)은 서지정보유통지원시스템 홈페이지(http://seoji.nl.go.kr)와 국가자료공동목록시스템(http://www.nl.go.kr/kolisnet)에서 이용하실 수 있습니다.
(CIP제어번호: CIP2018011281)

세계문학전집
157

Фёдор Достоевский : Братья Карамазовы

카라마조프가의 형제들 1

표도르 도스토옙스키 장편소설

김희숙 옮김

문학동네

일러두기

1. 번역 대본으로는 1972~1990년 소련과학아카데미의 레닌그라드 나우카 출판사에서 발간한 도스토옙스키 전집 30권 중 1976년에 발간된 14, 15권을 사용했다. Братья Карамазовы, Фёдор Михайлович Достоевский, Полное собрание сочинений в тридцати томах, Издательство Наука(Ленинградское отделение), 1976.
2. '작가의 주'를 제외한 나머지 주석은 모두 옮긴이주이다.
3. 원서의 프랑스어 또는 기타 언어 부분은 이탤릭체로 처리했고, 강조 부분은 고딕체로 처리했다.
4. 외래어 표기는 국립국어원 외래어 표기법을 참고하되 일부는 원지음과 관용에 따랐다.
5. 줄표 및 문장부호의 쓰임은 원서의 형식을 따랐다.
6. 성서 인용은 대한성서공회 개역개정에 따랐다.

저자로부터 13

제1부

제1편 어느 작은 집안의 내력

1. 표도르 파블로비치 카라마조프 19
2. 맏아들을 내쫓다 25
3. 두번째 혼인과 두번째 아이들 30
4. 셋째 아들 알료샤 40
5. 장로들 54

제2편 잘못된 모임

1. 수도원에 도착하다 70
2. 늙은 어릿광대 79
3. 신실한 아낙네들 95
4. 믿음이 얕은 귀부인 108
5. 그렇게 되어지이다, 아멘! 122
6. 저런 인간이 왜 살까! 137
7. 출세주의자 신학생 156
8. 스캔들 171

제3편 호색한들

1. 하인의 방에서 188
2. 리자베타 스메르자샤야 198
3. 열렬한 마음의 고백. 시의 형식으로 205
4. 열렬한 마음의 고백. 일화 형식으로 222
5. 열렬한 마음의 고백. '곤두박질' 235
6. 스메르자코프 250
7. 논쟁 259
8. 코냐을 마시며 269
9. 호색한들 282
10. 두 여인이 한자리에 292
11. 또하나의 실추된 명예 312

제2부

제4편 파열

1. 페라폰트 신부 329
2. 아버지 집에서 347
3. 어린 학생들과 어울리다 355
4. 호흘라코바 모녀의 집에서 363

5. 응접실에서의 파열 374
6. 오두막에서의 파열 394
7. 그리고 맑은 바깥공기 속에서 410

제5편 PRO와 CONTRA
1. 언약 429
2. 기타를 든 스메르쟈코프 448
3. 형제들, 서로를 알아가다 460
4. 반역 477
5. 대심문관 498
6. 아직은 몹시도 막연한 536
7. '영리한 사람과는 잠깐 얘기해도 흥미롭다' 556

등장인물

표도르 파블로비치 카라마조프 … 가장
드미트리(미챠, 미첸카, 미치카) … 첫째 아들
이반(바냐, 바네치카, 반카) … 둘째 아들
알렉세이(알료샤, 알료쉬카, 알렉세이치크, 료셰치카, 알료셴카, 알료셰치카) … 셋째 아들

아젤라이다 이바노브나 미우소바 … 표도르의 첫번째 부인, 드미트리의 모친
소피야 이바노브나 … 두번째 부인, 이반과 알렉세이의 모친

스메르자코프(파벨 표도로비치) … 표도르의 하인이자 요리사
리자베타 스메르쟈샤야 … 백치 여인, 스메르쟈코프의 모친
그리고리 바실리예비치 쿠투조프 … 표도르의 하인
마르파 이그나치예브나 … 그리고리의 아내

카체리나 이바노브나 베르호프체바(카첸카, 카챠, 카치카) … 드미트리의 약혼녀
아그라페나 알렉산드로브나 스베틀로바(그루셴카, 그루쉬카, 그루샤) …
카라마조프 부자를 연적으로 만든 여인, 사업가
미하일 라키친(미샤, 라키트카, 라키투쉬카) … 그루셴카의 사촌, 신학생
카체리나 오시포브나 호흘라코바 … 젊고 부유한 미망인
리자베타(리즈, 리자) … 호흘라코바 부인의 딸

조시마 … 수도원의 장로
니콜라이 일리치 스네기료프 … 퇴역한 이등 대위
일류샤(일류셰치카, 일리야, 일류쉬카) … 스네기료프의 아들
니콜라이 크라소트킨(콜랴) … 일류샤의 친구
입폴리트 키릴로비치 … 검사
니콜라이 파르표노비치 넬류도프 … 젊은 예심판사
페츄코비치 … 변호사

안나 그리고리예브나 도스토옙스카야*에게 바침

* 1867년에 혼인한 도스토옙스키의 두번째 부인.

내가 진실로 진실로 너희에게 이르노니
한 알의 밀이 땅에 떨어져 죽지 아니하면
한 알 그대로 있고 죽으면 많은 열매를
맺느니라.

「요한복음」 12장 24절

저자로부터

나의 주인공인 알렉세이 표도로비치 카라마조프의 전기를 시작하며 나는 어떤 당혹감에 빠져 있다. 다름아니라, 비록 내가 알렉세이 표도로비치를 나의 주인공이라 부르기는 하나, 그가 결코 위대한 인물이 못 된다는 것을 나 자신이 잘 알고 있으며, 그런 까닭에 다음과 같은 질문들을 결코 피할 수 없다는 것도 이미 예견하기 때문이다. 즉, 당신의 알렉세이 표도로비치가 대체 뭐가 그리 뛰어나기에 그를 자신의 주인공으로 택한 거냐? 그가 무슨 대단한 일을 했다는 건가? 누구에게 무엇으로 유명하다는 건데? 왜 내가, 독자가, 그의 생애의 사실들을 연구하는 데 시간을 허비해야 한단 말인가? 하는 질문들 말이다.

마지막 질문이 가장 치명적인데, 왜냐하면 그에 대해서는 그저 "아마도 소설을 읽다보면 직접 보게 될 겁니다"라고 대답할 수밖에 없기 때문이다. 음, 그런데 만약 소설을 다 읽고 나서도 여전히 그걸 알아보지 못한다면? 나의 알렉세이 표도로비치가 지닌 주목할 만한 점에 동의하지 않는다면? 내가 이런 말을 하는 까닭은 안타깝게도 그게 벌써 훤히 내다보여서다. 내가 보기에 그는 주목할 만한 인물이지만, 독자에게 이를 증명할 수 있을지는 심히 의심스럽다. 문제는 이 인물이 활동가라고는 해도, 모호하고 분명찮은 활동가라는 데 있다. 하긴 요즘 같은 시대에 사람들에게 분명함을 요구하는 것 자체가 이상할지도 모르겠다. 그래도 한 가지는 충분히 확실하다 하겠는데, 그건 그가 이상한 사람, 심지어 별난 사람이라는 점이다. 그러나 이상하고 별나다는 것은 주목받을 권리를 주기보다 오히려 해를 끼치게 마련이며, 특히 모두가 부분들을 통합하여 그 총체적인 혼돈 속에서 어떤 보편적인 의미라도 찾아내려고 애쓸 때는 더더욱 그러하다. 별난 사람이란 대부분의 경우 특수하고도 고립적인 존재다. 그렇지 않은가?

그런데 만약 여러분이 이 마지막 명제에 동의하지 않고 "그렇지 않다"라든가 "언제나 그런 건 아니다"라고 대답한다면, 나는 아마 나의 주인공 알렉세이 표도로비치의 의미와 관련해 용기를 얻을 수도 있을 것이다. 왜냐하면 별난 사람이 '언제나' 특수하고 고립적인 존재인 것은 '아닐'뿐더러, 오히려 바로 그런 사람이야말로 때로는 자기 내면에 전체의 핵심을 품고 있기도 한 반면, 그의 시대의 나머지 사람들은 몰아치는 어떤 거센 바람에 휩쓸려 모두들 무엇 때문인지 잠시 그 전체로부터 떨어져나간 데 지나지 않기 때문이다……

그건 그렇고, 이따위 당최 재미없고 흐리멍덩한 해명을 늘어놓을 게 아니라 서문 없이 그냥 곧바로 시작하는 편이 나았을지도 모르겠다. 마음에 든다면—어차피 끝까지 읽어줄 테니까. 하지만 정말 난감한 문제는, 나의 이 전기는 하나인데, 소설은 둘이라는 점이다.* 주된 소설은 두번째 것으로, 그것은 이미 우리 시대, 즉 우리의 지금 이 현재 순간에 이루어지는 주인공의 활동을 다룬다. 첫번째 소설로 말하자면 벌써 십삼 년 전에 일어난 일로 거의 소설이라고도 할 수 없으며, 그저 내 주인공의 청년 시절 초기의 한순간을 담은 것에 지나지 않는다. 그렇다고 이 첫번째 소설을 생략하고 넘어갈 수도 없으니, 그럴 경우 두번째 소설의 많은 부분을 이해할 수 없을 것이기 때문이다. 그러나 이렇게 해서 내 애초의 난관은 더욱 복잡해지기만 한다. 만약에 내가, 다시 말해서 전기 저자 자신이 이런 변변찮고 모호한 주인공에게는 아마 한 편의 소설도 과분하리라고 여긴다면 대체 어째서 소설을 두 편씩이나 들고나오는 것이며, 또 나의 이런 방자함을 무엇으로 변명할 것인가?

이런 문제들을 해결하려고 부심하면서도, 나는 아무런 해결 없이 그냥 넘어가기로 결심하는 바이다. 물론 형안을 지닌 독자는, 내가 애당초 이럴 속셈이었음을 진작에 알아채고서, 무엇 때문에 실없는 말을 늘어놓아 소중한 시간을 낭비하느냐고 내게 마냥 역정이나 내고 있었으리라. 이에 대해서는 아예 이 자리에서 분명하게 대답하겠다. 내가 실없는 말로 소중한 시간을 낭비한 것은, 첫째는 예의 때문이고, 둘째는 약은 생각에서이다. 그래도 뭔가 미리 알려는 주었다, 하는 얘기가 되니까. 아무튼 나는 나의 소설이 '본질적으로는 전체의 통일성을 유지하면서' 저절로 두 개의 이야기로 나눠진 것을 오히려 기쁘게 여기는 바

* 작가의 구상에 의하면 본 작품은 '첫번째 소설'에 해당한다. 성인이 된 알료샤의 생활과 활약을 다룰 예정이던 '두번째 소설'은 작가가 사망해 쓰이지 못했다.

이다. 첫번째 이야기를 접하고 나면, 독자는 두번째 이야기를 읽을 가치가 있는지 어떤지 이미 스스로 결정하게 될 테니 말이다. 물론 어느 누구든 그 무엇에도 얽매여 있지 않다. 그러니 첫번째 이야기를 고작 두 페이지 읽고서 더이상은 펼쳐보지 않겠다며 책을 던져버려도 상관없다. 그러나 공정한 판단에 그르침이 없도록 반드시 끝까지 다 읽길 원하는 세심한 독자들도 있게 마련이며, 예컨대 러시아의 비평가들이 모두 그러하다. 바로 그런 사람들 앞에서는 하여간 마음이 가볍다. 그들이 더없이 엄정하고 성실한 태도를 지녔을지라도, 어쨌든 나는 소설의 첫 에피소드에서 이 이야기를 던져버릴 수 있는 가장 정당한 구실을 그들에게 제공해주는 셈이니까. 자, 이것이 서문의 전부이다. 서문이 쓸데없다는 데 전적으로 동의하지만, 기왕에 썼으니 그냥 두어도 좋을 것이다.

그럼 이제 본문으로 들어가자.

제1부

제1편

어느 작은 집안의 내력

I
표도르 파블로비치 카라마조프

알렉세이 표도로비치 카라마조프는 우리 군郡의 지주 표도르 파블로비치 카라마조프의 셋째 아들이었는데, 이 지주로 말하자면 정확히 십삼 년 전에 맞이했던 그의 비극적이고도 음침한 최후로 인해 당시에는 어지간히 유명했던 인물로(하기야 우리 고장 사람들은 지금도 여전히 회상하곤 한다), 그의 최후에 대해서는 앞으로 적당한 대목에서 이야기하도록 하겠다. 지금 바로 이 '지주'(그가 자신의 영지에서 산 적은 평생토록 거의 없었지만 우리 고장에서는 그를 이렇게 불렀다)에 대해 말해두려는 것은 그저, 그가 괴상하지만 주위에서 꽤나 자주 마주치게 되는 유형, 즉 너절하고 방탕할 뿐만 아니라 아둔해빠진 인간 유형—그러나 자신의 재산과 관련된 자질구레한 일만큼은 기가 막히게 잘 처리할 줄 알고, 오로지 이런 일 하나만 할 줄 아는 듯싶은 그런 자들에 속하는 유형이었다는 점이다. 표도르 파블로비치는 그 예로, 거의 무일푼으로 시작한데다 지주라고 해봐야 가장 보잘것없는 소지주에 지나지 않아 남의 집 식탁을 이리저리 쫓아다니며 식객 자리나 노리고 살았지만, 정작 최후를 맞이한 순간에 보니 그에겐 10만 루블이나 되는 돈이 현찰로 있었다. 동시에 그는 그럼에도 불구하고 한평생 우리 군 전체에서 가장 아둔한 반미치광이들 중 하나이기도 했다. 다시금 되풀이하지만, 이건 얼뜨기라는 얘기가 아니다. 이 반미치광이들 중 대다수는 꽤나 영리하고 교활하며—내가 여기서 말하는 것은 다름아닌 아둔함, 그것도 그 어떤 독특한, 민족적인 아둔함이다.

그는 두 번 장가들어 아들 셋을 두었는데, 맏아들 드미트리 표도로비치는 첫번째 부인, 나머지 두 아들 이반과 알렉세이는 두번째 부인의 소생이었다. 표도르 파블로비치의 첫번째 부인은 역시 우리 군의 지주로 꽤나 부유하고 이름난 귀족 가문인 미우소프 집안 출신이었다. 지참금이 딸려 있는데다 미인이고, 더욱이 요즘 세대에는 상당히 흔하지만 옛날에도 이미 간간이 볼 수 있었던 기민하고 영리한 축에 속하는 아가씨가 어쩌다가 그런 시시한, 그 당시 다들 그를 그렇게 부르던 대로, 그런 '반편이'한테 시집갈 수 있었는지는 구태여 설명하려 들지 않겠다. 하기야 나는 한 처녀를, 그것도 지지난 '낭만' 세대에 속하던 한 처녀를 알고 있었다. 이 처녀는 몇 해 동안 어느 신사에게 수수께끼 같은 사랑을 바쳐오던 끝에, 사실 언제든 가장 편안한 방식으로 그에게 시집갈 수 있었음에도 불구하고, 결국 도저히 극복할 수 없는 온갖 장애물을 자기 혼자 마구 생각해내서는 폭풍우가 치는 밤에 절벽처럼 치솟은 높은 언덕에서 꽤 깊고 물살이 빠른 강으로 몸을 던져 물에 빠져 죽는 것으로 마무리지었는데, 그건 전적으로 그녀 자신의 변덕 때문이었고 오로지 셰익스피어의 오필리어를 닮고 싶어서였으며, 또 만약 그토록 오래전부터 점찍어놓고 좋아해온 이 절벽이 그토록 그림같이 아름답지 않았더라면, 만약 그 자리에 그저 산문적이고 평평한 강둑이 자리하고 있었더라면, 자살 따위는 아마 아예 일어나지도 않았을 것이다. 이 사건은 실제로 있었던 일이며, 우리 러시아의 삶에서 지난 두어 세대에 걸쳐 이런 사건들, 혹은 이런 유의 사건들이 적잖이 일어났음을 염두에 두어야 한다. 이와 유사하게 아젤라이다 이바노브나 미우소바의 행동 또한 외래 사조思潮에 대한 메아리이자 그것에 사로잡힌 상념의 초조한 반응*이었음에 틀림없다. 아마도 그녀는 여성의 독립을 선언하고 사회적 제약과 자기 가문, 자기 가족의 전제에 저항하고 싶었을 것이며, 그저 그녀의 뜻대로인 그 고분고분한 상상력은 표도르 파블로비치가 비록 남의 집 식객 처지에 있긴 해도 어쨌든 모든 최상의 것을 지향하는 과도기적 시대의 가장 대담하고도 가장 냉소적인 사람들 중 하나라고 일순간이나마 그녀에게 확신을 안겨주었을지 모르나, 실상 그는 심술궂은 어릿광대였을 뿐, 그 이상 아무것도 아니었다. 게다가 또 짜릿한 것은 이 일이 도망혼逃亡婚이라는 점이었으며, 이것이 아젤라이다 이바노브나를 무척이나 매혹시켰다. 표도르 파블로비치로 말하자면, 자신의 사회적 처지 때문에라도 그 당시 이와 비슷한 온갖 돌발행동을 저지를 만반의 태세를 갖추고 있었는데, 그도 그럴 것이 무슨 수를 써서라도 자신의 출셋길을 닦고자 간절히 열망하고 있던 차에, 좋은 집안

* '사로잡힌 상념의 초조한 반응'은 레르몬토프의 시 「너 자신을 믿지 마라」 제4행의 부정확한 인용.

에 빌붙고 지참금까지 챙기는 것은 아주 군침 도는 일이 아닐 수 없었다. 쌍방의 사랑이라면, 신부 쪽에도 없었고, 그 역시 아젤라이다 이바노브나의 미모에도 불구하고 그런 것은 전혀 없었던 듯하다. 그러니 이 경우는 어쩌면 표도르 파블로비치의 일생에서 그런 종류로는 유일무이한 사례였는데, 평생토록 워낙 여색을 탐했던지라 그저 추파만 살짝 던져와도 단박에 아무 치맛자락에나 들러붙을 인간이었으니 말이다. 하지만 이 한 여자만큼은 정욕적인 면에서 그에게 어떤 특별한 인상도 불러일으키지 않았다.

아젤라이다 이바노브나는 도망 혼인을 하자마자, 자신이 남편을 경멸하고 있을 뿐 그 이상 아무것도 아니라는 사실을 이내 깨달았다. 그렇게 해서 혼인의 결과는 너무나도 빨리 나타나고 말았다. 심지어 친정 쪽에서는 상당히 빨리 이 사건과 화해하고, 도망간 딸에게 지참금을 떼어주었지만, 부부 사이에는 무질서하기 짝이 없는 생활과 끊임없는 소동이 시작되었다. 사람들 말로는, 그래도 그 당시 젊은 아내 쪽이 표도르 파블로비치와는 비교도 안 될 만큼 점잖고 고상하게 행동했다고 하며, 지금에야 다들 아는 일이지만, 표도르 파블로비치는 그때 그녀가 돈을 받기 무섭게 2만 5천 루블이나 되는 그 돈을 한꺼번에 모조리 낚아챘기 때문에, 그녀에게 이 거금은 그 순간부터 물속에 영영 가라앉아 버린 것이나 다름없었다. 마찬가지로 그녀가 지참금으로 받은 조그만 마을과 시내에 있는 상당히 좋은 집 한 채도 그는 무슨 적당한 증서를 만들어서 자기 명의로 바꾸어놓으려고 오랫동안 안간힘을 썼고, 그리하여 필시 그 목적을 기어이 달성하고야 말았을 터인즉, 말하자면 파렴치한 강요와 애원을 늘어놓아 매 순간 아내의 마음속에 그 자신에 대한 경멸과 혐오감을 불러일으키는 것만으로도, 그녀가 정신적으로 너무 지친 나머지 제발 그가 떨어져나가주었으면 하고 바라게 된 것만으로도, 그 일은 분명 가능했을 것이다. 그러나 다행히도 아젤라이다 이바노브나의 친정이 개입하고 나서서 이 날강도를 저지했다. 부부 사이에 심심찮게 주먹질이 오갔다는 건 세상이 다 아는 일이지만, 전해오는 말에 의하면, 주먹질을 한 쪽은 표도르 파블로비치가 아니라, 불같은 성미에 대담하고 피부색이 가무스레하며 성질이 급한데다 타고난 완력도 남달리 셌던 귀부인인 아젤라이다 이바노브나였다고 한다. 결국 그녀는 세 살배기 미챠*를 표도르 파블로비치의 손에 남겨둔 채 집을 버리고, 가난에 찌든 신학교 출신 교사와 함께 표도르 파블로비치에게서 도망쳐버렸다. 표도르 파블로비치는 순식간에 집안을 온통 하렘으로 만들고는 방탕하기 짝이 없는 술판을 벌였는데, 그러는 와중에도 온 현내를 돌아다니다시피 하며 만나는 사람마다 죄다 붙들고서 자기를 버린 아젤라이다 이바노브나에 대해 눈물을 질질 흘리며 하소연해댔고, 그러면서 혼인 생활에 대해 남편으로서 입 밖에 내기조차 남세스러운 세세한 이야기까지 미주알고주알 알려주었다. 무엇보다도, 모욕받은 남편이라는 자신의 우스꽝스러운 역할을 모든 사람 앞에서 연기해 보이고 자신에게 가해진 모욕을 윤색까지 해가며 속속들이 묘사하는 것에 그는 유쾌하다못해 간지러운 쾌감마저 느끼는 듯싶었다. "여보쇼, 표도르 파블로비치, 그 큰 불행을 당하고도 그렇게 만족해하다니, 무슨 벼슬이라도 받은 모양이구려." 조롱꾼들은 그에게 이렇게 말하곤 했

* 드미트리의 애칭.

다. 많은 사람들은 심지어, 그가 자신의 어릿광대 모습을 새롭게 다듬어 나타내는 것을 좋아할뿐더러, 더 많은 웃음을 자아내기 위해 일부러 자신의 희극적인 처지를 못 알아채는 척하는 거라고 덧붙이기도 했다. 하지만 누가 알랴. 어쩌면 이것은 그의 내면에 순진한 구석이 있어서였는지도 모른다. 마침내 그는 도망간 아내의 행방을 알아내는 데 성공했다. 이 불쌍한 여인은 페테르부르크에 모습을 드러냈는데, 그녀는 자신의 교사와 함께 거기로 가서 가장 완벽한 해방에 완전히 빠졌던 것이다. 표도르 파블로비치는 즉시 부산을 떨면서 페테르부르크로 떠날 채비를 했지만—대체 무엇 때문에? 그건 물론 그 자신도 몰랐다. 정말이지, 그는 아마 그때 바로 떠날 수도 있었을 것이다. 그러나 그렇게 결심하고 나자 이내, 길을 떠나기에 앞서 기운을 북돋우기 위해 다시 한번 아주 진탕 마실 특권이 자기에게 있다는 생각이 들었다. 그런데 바로 그때 그의 처가로 그녀가 페테르부르크에서 죽었다는 기별이 왔다. 어찌된 건지 갑작스레 어디 다락방에서 죽었는데, 일설에 의하면 티푸스 때문이라 했고, 또다른 일설에 의하면 굶어죽은 것 같다고 했다. 아내의 사망 소식을 알게 됐을 때 표도르 파블로비치는 취해 있었다. 사람들이 말하길, 그는 거리로 뛰어나가 기쁨에 겨워 두 팔을 하늘로 번쩍 쳐들면서 "이제야 해방시켜주는구나" 하고 외치기 시작했다 하고, 또다른 말에 따르면 어린아이처럼 엉엉 목놓아 울었다 하는데, 어찌나 심하게 울던지, 그를 그토록 혐오했음에도 불구하고 차마 보기가 안쓰러울 지경이었다고 한다. 필시 이도 저도 다 사실이었을 법하니, 다시 말해 그는 자신의 해방을 기뻐함과 동시에 자신을 해방시켜준 여인을 애도하며 울었을 터인즉, 이 모든 것이 함께 뒤섞였던 것이다. 대개의 경우,

사람들이란 설령 악인일지라도 우리가 일반적으로 단정짓는 것보다는 훨씬 순진하고 순박하다. 우리 자신도 마찬가지이다.

II
맏아들을 내쫓다

물론 이런 인간이 어떤 양육자였고 어떤 아비였을지는 능히 상상할 수 있다. 아버지로서 그에게는 응당 일어날 수밖에 없었던 일이 일어났다. 다시 말해, 그는 아젤라이다 이바노브나에게서 태어난 자기 아이를 아예 완전히 내팽개쳤는데, 그것은 아이에 대한 증오 때문이거나 모욕당한 지아비로서 무슨 감정이 있어서가 아니라, 단지 아이의 존재를 완전히 잊었기 때문이다. 그가 허구한 날 질질 짜고 하소연을 늘어놓아 모든 사람에게 성가시게 굴면서 다른 한편으론 자기 집을 온통 음탕의 소굴로 만들어놓는 동안, 세 살배기 사내아이 미챠를 거두어준 이는 이 집의 충직한 하인 그리고리였으며, 만약 그때 이 하인이 돌봐주지 않았더라면 아마 아이에겐 속옷을 갈아입혀줄 사람조차 없었으리라. 게다가 어찌된 일인지 외가에서도 처음 한동안은 아이에 대해 잊어버린 듯했다. 아이의 외할아버지, 그러니까 아젤라이다 이바노브나의 아버지인 미우소프 씨도 그때 이미 이 세상 사람이 아니었던데다, 남편을 여읜 그의 부인, 즉 미챠의 외할머니는 모스크바로 이사간 뒤 심한 중병에 걸렸고, 아젤라이다 이바노브나의 자매들은 모두 시집을 가, 꼬박 일 년이 다 되도록 미챠는 하인 그리고리 곁에 머무르면서 마당에 있는 그의 오두막에서 함께 살아야 했다. 하지만 설령 아빠가 아이를 기억해냈다 한들(그가 정말로 자기 아이의 존재를 몰랐을 리는 만무하다), 아무래도 자신의 방탕한 생활에 방해가 되었을 테니 그 스스로 아이를 오두막으로 다시 내보냈을 것이다. 그런데 고故 아젤라이다 이바노브나의 사촌오빠인 표트르 알렉산드로비치 미우소프가 파리에서 돌아오는 일이 일어났다. 그는 그후로도 오랜 세월 외국에서 쭉 살았으나 당시만 해도 아직 매우 젊었는데, 그가 미우소프 집안사람들 사이에서 특이한 존재였던 것은, 계몽된 사람으로서 수도首都와 외국을 사랑했고 더욱이 평생토록 유럽인으로 처신한데다, 말년에 이르러서는 40~50년대*의 자유주의자로 통했기 때문이다. 활동 기간 내내 그는 러시아에서건 국외에서건 자기 시대의 가장 자유주의적인 사람들 다수와 관계를 맺었고, 프루동, 바쿠닌과도 개인적인 친분이 있었으며, 자신의 편력이 이미 끝나갈 즈음에는 48년 파리에서 일어난 2월 혁명 당시 자신도 시가전 참가자나 다름없었다고 넌지시 내비치면서 혁명의 사흘간을 회상하고 이야기하는 것을 특별히 좋아했다. 이것이 그의 젊었을 적 가장 즐거운 추억 중 하나였던 것이다. 그는 예전의 계산법으로 따지자면 농노 천 명 정도에 해당하는 재산도 소유하고 있었다. 그의 훌륭한 영지는 바로 지금 우리가 사는 소도시의 어귀에 자리하고 있어 우리의 그 유명한 수도원 땅과 맞닿아 있었는데, 표트르 알렉산드로비치는 아직 새파랗게 젊은 나이에 유산을 상속받자마자 무슨 하천 어로권 때문인지 무슨 산림 벌목권 때문인지 확실히는 모르겠

* 1840~50년대를 가리킨다.

지만, 아무튼 즉각 그 수도원을 상대로 끝없는 소송을 제기했고, '성직자들'을 상대로 소송을 거는 것을 시민이자 계몽된 인간으로서의 의무로까지 간주했다. 그는 자신이 물론 기억하고 있었고 심지어 한때 눈여겨보기도 했던 아젤라이다 이바노브나에 대한 얘기를 전부 듣고 또 미챠가 남겨졌다는 것을 알게 되자, 표도르 파블로비치를 향한 젊은이다운 온갖 분노와 경멸에도 불구하고 이 일에 개입하고 나섰다. 바로 이를 계기로 그는 표도르 파블로비치와 처음으로 안면도 텄다. 그는 아이의 양육을 자기가 맡고 싶다는 뜻을 상대방에게 단도직입적으로 밝혔다. 훗날 그가 이 인간의 성격을 단적으로 드러내주는 사례로 두고두고 이야기한 바에 따르면, 표도르 파블로비치에게 미챠 얘기를 꺼냈을 때 이자는 한동안 도대체 무슨 아이를 두고 하는 말인지 도통 알아듣지 못하겠다는 식이었으며, 심지어 자기 집안 어딘가에 어린 아들이 있다는 사실에 깜짝 놀라기까지 하는 눈치였다는 것이다. 표트르 알렉산드로비치의 이야기에 과장된 점이 있을 수 있다 해도, 어쨌든 진실에 가까운 무엇도 분명히 있었을 게 틀림없다. 그러나 사실 표도르 파블로비치는 한평생 자신을 연출해 보이고 사람들 앞에서 갑자기 전혀 뜻밖의 어떤 역할을 연기하는 것을 좋아했으며, 무엇보다 때로는 아무런 필요도 없이, 심지어 지금처럼 자기에게 곧바로 해가 되는 경우에도 그렇게 했다. 하지만 이런 특성은 굉장히 많은 사람에게, 또 표도르 파블로비치와는 비슷하지도 않은 대단히 현명한 사람들에게조차 본래부터 주어진 고유한 속성이다. 표트르 알렉산드로비치는 열심히 일을 진척시켰고 (표도르 파블로비치와 공동으로) 아이의 후견인으로 정해지기까지 했는데, 이는 어머니가 죽은 후에 그래도 자그마한 재산, 즉 집과 영지가 아이 앞으로 남겨졌기 때문이다. 미챠는 실제로 이 외종숙 집으로 옮겨갔으나, 외종숙은 자기 가족이 없는 사람이어서 자신의 영지 수입을 정리하여 확실하게 챙기자마자 또다시 장기간의 일정으로 파리로 가려고 급하게 서둘렀고, 그래서 자신의 종숙모 중 한 명인 모스크바에 사는 어느 귀부인에게 아이를 맡겼다. 그후 파리 생활에 젖자 그도 아이에 대해선 까맣게 잊고 만데다, 특히 그의 상상력에 그토록 큰 충격을 주었고 앞으로도 평생 잊을 수 없게 된 바로 그 2월 혁명이 도래했을 때는 더욱 그러했다. 모스크바의 그 귀부인도 죽자, 미챠는 그녀의 출가한 딸들 중 한 명한테로 옮겨갔다. 그는 그후에도 네번째로 둥지를 옮긴 듯하다. 이에 대해서는, 더구나 표도르 파블로비치의 이 맏아들에 대해서라면 앞으로도 많은 이야기를 해야 할 것이므로 여기서 장황하게 늘어놓지 않겠으며, 지금은 다만 내 소설을 시작하기 위해 없어서는 안 될, 그에 대한 가장 필수적인 정보만 제시하는 데 그치기로 한다.

첫째, 이 드미트리 표도로비치는 표도르 파블로비치의 세 아들 중 유일하게, 자기는 그래도 얼마간의 재산이 있으니 성년이 되면 독립하게 되리라는 확신을 가지고 성장했다. 그의 소년기와 청년기는 무질서하게 흘러갔다. 김나지움*을 다 마치지도 못했고, 그다음엔 어쩌다 어느 군사학교에 들어갔고, 그다음엔 캅카스로 떨어졌고, 장교가 되었고, 결투를 해서 강등되었다가 다시 장교로 복관되었고, 방탕을 일삼다가 꽤 많은 돈을 탕진했다. 성년이 되기 전에는 표도르 파블로비치로부터 돈을 받을 수 없었기 때문에 그때까지 그는 엄청난 빚을 지고 말았다.

* 혁명 전의 7년제 중등교육기관.

그가 자기 아버지 표도르 파블로비치를 처음으로 알게 되고 보게 된 것은 이미 성년이 된 후의 일로, 자신의 재산 문제에 관해 아버지와 분명한 합의를 보기 위해 일부러 우리 고장으로 찾아왔을 때였다. 그때도 그는 부친이 마음에 들지 않았던지 아버지 집에 얼마 머무르지도 않았고, 그냥 약간의 돈을 받아낸 다음, 앞으로 영지에서 나올 수입을 받는 문제에 관해 일종의 약정을 맺은 뒤 서둘러 떠나버렸는데, (주목해둘 만한 사실인바) 그때 그는 표도르 파블로비치로부터 영지의 수익성도, 가격도 전혀 알아내지 못한 채였다. 표도르 파블로비치는 그때 처음부터, 미챠가 자신의 재산에 대해 과장되고 부정확한 생각을 품고 있음을 눈치챘다(이것도 기억해두어야 한다). 표도르 파블로비치는 나름대로 특별한 속셈이 있었기 때문에, 이 점에 대단히 만족해했다. 그는 이 젊은이가 경솔하고 난폭하고 격정적이고 참을성 없는 방탕아여서, 그때그때 뭘 좀 쥐여주기만 하면 물론 짧은 기간 동안이긴 해도 금세 잠잠해지리라는 결론을 내린 것이다. 바로 이 점을 표도르 파블로비치는 이용해먹기 시작해, 자잘한 모이를 던져주듯 이따금 돈을 부쳐주는 식으로 해나갔고, 그리하여 결국 이미 사 년가량이나 지난 뒤 더이상 참을 수 없게 된 미챠가 부친과 이 일을 완전히 담판 짓기 위해 다시 한번 우리 도시에 나타나는 일이 벌어졌는데, 그때 미챠는 자신의 재산이 이미 한푼도 남아 있지 않을 뿐만 아니라 아예 계산을 맞춰보기조차 힘들다, 이미 자신의 전 재산을 표도르 파블로비치한테서 현금으로 다 받아갔고, 도리어 그 자신이 부친에게 빚을 지고 있는지도 모른다, 언제 언제 자신이 원해서 맺은 어떤 어떤 약정들에 따라 이제 자기는 더이상 아무것도 요구할 권리가 없다, 이런 등등의 사정을 느닷없이 알게 됐으니 기절초풍할 노릇이었다. 젊은이는 극심한 충격을 받았으며, 행여 거짓말이 아닐까, 사기가 아닐까 하는 의심이 들어 거의 제정신을 잃고 아주 돌아버리기라도 한 것 같았다. 바로 이러한 정황이 나의 소설 전체의 도입부에 해당하는 첫번째 소설의 주제, 혹은 좀더 정확히 말해 그것의 외적인 틀을 이루는 참극의 발단이 된 것이기도 하다. 그러나 이 소설로 넘어가기에 앞서, 표도르 파블로비치의 나머지 두 아들인 미차의 동생들에 대해서도 이야기하고, 어디로부터 그들이 생겨났는지 설명해두어야겠다.

III
두번째 혼인과 두번째 아이들

표도르 파블로비치는 네 살배기 미차를 품에서 내쫓기 무섭게, 곧장 재혼했다. 이 두번째 혼인 생활은 팔 년 정도 지속되었다. 이 두번째 부인, 역시나 매우 젊은 소피야 이바노브나를 그는 어느 유대인과 일행이 되어 무슨 대단찮은 청부 일 때문에 들렀던 다른 현에서 데려왔다. 표도르 파블로비치는 방탕을 일삼고 술을 마시고 온갖 난동을 피우고 다녔지만, 자기 자본을 운용하는 일만은 한 번도 중단한 적이 없었고, 물론 거의 언제나 비열한 방법을 쓰긴 했지만 자그마한 자기 사업만은 늘 성공적으로 다져나갔다. 소피야 이바노브나는 어느 까막눈 보제補祭의 딸로, 어렸을 적부터 부모 없는 '고아'가 되는 바람에 자신의 은인이자 양육자이자 박해자인 명망 있는 장군 부인, 즉 보로호프 장군의 늙은 미망인의 부유한 집에서 자랐다. 자세한 내막은 모르지만, 온순하고 착하고 말대꾸라고는 할 줄 모르는 이 양녀가 한번은 헛간의 못에 제 손으로 올가미를 매달아 죽으려고 하는 것을 사람들이 구해냈다는 얘기만은 들은 적이 있으니, 겉으로 보기엔 전혀 심술궂지 않아도 무위도식으로 말미암아 아주 참을 수 없는 고집불통이 돼버린 이 노파의 변덕과 영원한 꾸지람을 견뎌내기가 그토록 힘겨웠던 모양이다. 표도르 파블로비치가 청혼했으나 저쪽에선 그에 대해 뒷조사를 한 뒤 퇴짜 놓아버렸고, 그러자 그는 첫 혼인 때와 마찬가지로 이번에도 고아 처녀에게 또다시 도망혼을 제안했다. 만약 그녀가 그에 관해 여러 소상한 것들을 제때 좀더 많이 알았더라면, 어떤 일이 있어도 필시 그를 따라나서지조차 않았으리라. 그러나 이것은 다른 현에서 있었던 일이고, 더욱이 은인의 집에 남느니 차라리 강물에 뛰어드는 편이 낫다는 것 외에 열여섯 살짜리 소녀가 대체 무슨 생각을 할 수 있었겠는가. 그리하여 이 가련한 소녀는 여자 은인을 남자 은인으로 바꾸었다. 표도르 파블로비치는 이번엔 단 한 푼도 받아내지 못했는데, 그도 그럴 것이, 장군 부인이 격노해서 아무것도 주지 않았을뿐더러 그들 두 사람을 저주하기까지 했으니 말이다. 그러나 이번에는 그도 뭘 받아내겠다는 속셈이 아니었고, 다만 순결한 소녀의 빼어난 아름다움에 매혹되었을 따름이며, 특히 그녀의 순결한 표정이 지금껏 호색한으로서 여자의 거친 아름다움만을 죄악스레 탐닉해온 그를 마구 뒤흔들며 사로잡았던 것이다. "그때 그 순결한 두 눈이 꼭 면도날처럼 내 영혼을 싹 도려냈지." 훗날 그는 특유의 혐오스러운 웃음을 히히 흘려가며 이렇게 말하곤 했다. 하긴, 방탕한 인간에겐 이것마저 음탕한 욕정에 불과했을지 모른다. 아무 보상도 받지 못한 탓에 표도르 파블로비치는 아내에게 제멋대로 굴었고, 그녀가 이른바 자기 앞에 '죄인'이고, 자기가 그녀를 '올가미에서 빼내준' 셈이나 마찬가지라는 것과 또 기이하리만치 온순하고 말대꾸라곤 할 줄 모르는 그녀의 성품까지 십분 이용하여, 혼인 생활의 가장 평범한 예의조차 두 발로 짓밟아버렸다. 아내가 집에 버젓이 있는데도 추잡한 여자들이 우르르 몰려들어 난잡한 술판이 벌어지곤 했다. 여기서 특이한 점 하나를 말해두자면, 침울하고 우직하고 꼬치꼬치 따지기 좋아하는 고집불통 하인 그리고리가 이전 마님인 아젤라이다 이바노브나는 미워했지만 이번에는 새 마님 편을 들며 옹호하고, 하인 신분으로서는 거의 용납될 수 없는 욕지거리를 내뱉으면서 표도르 파블로비치와 다투었을 뿐만 아니라, 심지어 한번은 난잡한 술판을 중단시키고 거기에 떼거리로 몰려와 있던 탕부들을 완력으로 모조리 쫓아버린 일까지 있었다는 사실이다. 그후 아주 어려서부터 늘 겁에 질려 살아온 이 불행한 젊은 여인은 일종의 무슨 부인성 신경질환에 걸리고 말았는데, 이것은 특히 시골의 평민 아낙네들에게서 가장 흔히 볼 수 있는 병으로, 이 병에 걸린 여자들은 클리쿠샤*라고 불렸다. 무서운 히스테리 발작을 동반하는 이 병 때문에 그녀는 이따금 정신을 잃기까지 했다. 그래도 그녀는 표도르 파블로비치에게 두 아들 이반과 알렉세이를 낳아주었는데, 첫아이는 혼인한 첫해에, 둘째는 삼 년 뒤에 태어났다. 그녀가 죽었을 때 꼬마 알렉세이는 아직 만 네 살이 채 안 되었으나, 이상하게도 내가 아는 한, 그는 그후 평생토록 어머니를 기억했다. 물론 꿈결

* 큰 소리로 울부짖는 여자, 히스테리에 걸린 여자를 뜻한다.

같은 기억이겠지만 말이다. 그녀가 죽자 두 소년에게는 장남 미챠의 경우와 거의 똑같은 일이 일어났다. 그들은 아버지에게 완전히 잊히고 버림받았으며, 다시금 바로 그 그리고리의 손으로, 이번에도 그의 오두막으로 떨어졌다. 어머니의 은인이자 양육자, 그러니까 고집불통 노파인 장군 부인이 그들을 찾아낸 것도 이 오두막에서였다. 그녀는 아직 살아 있었는데, 자기가 받은 모욕을 지난 팔 년 내내 한시도 잊을 수 없었다. 자기 '소피야'의 운명에 대해서라면 그녀는 팔 년 내내 가장 정확한 정보들을 몰래 얻고 있었으며, 소피야가 얼마나 아프고 얼마나 추잡한 일들이 그녀 주위에서 벌어지고 있는지 듣게 되자, 자기 집 여자 식객들에게 두세 번 큰 소리로 "그년은 그래도 싸, 배은망덕한 그년에게 하느님께서 천벌을 내리신 거야"라고 말하기도 했다.

소피야 이바노브나가 죽은 지 꼭 석 달 뒤에 갑자기 장군 부인이 우리 도시에 친히, 그것도 곧바로 표도르 파블로비치의 집에 나타났는데, 고작 반시간가량 이 도시에 머물렀을 뿐이지만 많은 일을 해치웠다. 때는 저녁이었다. 그녀가 팔 년 동안 한 번도 본 적 없는 표도르 파블로비치가 잔뜩 취해 그녀를 맞으러 나왔다. 사람들 얘기로, 그녀는 그를 보자마자 아무런 설명도 없이 대뜸 따귀를 두 대 철썩철썩 본때 있게 후려갈기고는, 머리털을 움켜쥐고 위아래로 세 번 힘껏 잡아당긴 뒤 한마디 말도 덧붙이지 않고 곧장 두 아이가 있는 오두막으로 향했다고 한다. 첫눈에 아이들이 몸도 씻지 않은데다 더러운 속옷 차림인 것을 알아챈 그녀는 그리고리에게도 즉시 따귀를 한 대 찰지게 갈기고, 두 아이를 자기 집으로 데려가겠다고 선언한 다음, 애들을 누더기 차림 그대로 끌어내 담요에 둘둘 싸서 마차에 태우고 자기가 사는 도시로 데려갔다. 그리고리는 충직한 노예처럼 이 따귀를 꾹 참으며, 거친 말은 한 마디도 하지 않았을뿐더러, 연로하신 마님을 마차까지 배웅할 때는 허리 굽혀 절하면서 "고아들을 거두어주시니 하느님께서 보답하실 겁니다" 하고 감동을 자아내는 목소리로 말했다. "그래 봐야 네놈은 머저리야!" 장군 부인은 떠나면서 그에게 이렇게 소리쳤다. 표도르 파블로비치는 사건 전체를 곱씹어 생각해본 결과 거참 잘된 일이라고 판단했기 때문에, 나중에 장군 부인에게 아이들의 양육과 관련해 자기 쪽에서 정식으로 동의해줄 때 단 한 가지 항목도 거절하지 않았다. 하지만 따귀를 얻어맞은 것에 대해서는 스스로 동네방네 돌아다니며 떠벌려댔다.

장군 부인도 그 일이 있고 나서 곧 죽고 말았지만, 그래도 유언장에다 두 어린애 앞으로 각각 천 루블씩 남겨준다고 밝히면서, "이 돈은 이들의 교육비로, 전부 다 반드시 이들을 위해서만 써야 하되, 이런 아이들에겐 이만한 적선이면 과분하니 성년이 될 때까지 돈이 모자라지 않도록 해야 할 것이다, 하지만 만약 누구든 원하는 자가 있다면 알아서 자신의 돈자루를 풀어도 상관없다" 등등의 말을 적어놓았다. 내가 유언장을 직접 읽어보진 못했으나 정말 뭔가 이런 식의 이상하고 너무나 독특하게 표현된 게 있다고 들었다. 그런데 노파의 주된 상속인은 알고 보니 그 현의 귀족회 회장인 예핌 페트로비치 폴레노프라는 정직한 사람이었다. 그는 표도르 파블로비치와 편지로 얘기를 나눠본 결과, 이 인간에게서는 친자식들의 양육비조차 받아낼 수 없다는 것을 금방 깨닫고는(비록 상대방이 노골적으로 거절한 적은 한 번도 없었지만, 이런 경우 때로는 우는소리까지 늘어놓으면서 언제나 질질 끄는 게 다였다) 자신이 고아들을 몸소 보살폈으며, 특히 그들 중 작은아이인 알렉세이를 좋아하게 되어 이 아이를 오랫동안 자기 집에서 키우기까지 했다. 나는 독자 여러분께 이 점을 아주 처음부터 유념해주십사 간청하는 바이다. 그리고 만약 이 젊은이들이 자신의 양육과 교육에 대해 평생을 두고 빚진 사람이 있다면, 그건 바로 세상에서 보기 드물게 그지없이 고결하고 인간적인 이 예핌 페트로비치일 것이다. 그는 장군 부인이 어린애들 앞으로 천 루블씩 남겨준 돈을 손끝 하나 대지 않고 보관했고, 그래서 아이들이 성년에 이를 즈음에는 그 돈에 이자가 붙어 각각 2천 루블까지 불어났으며, 아이들 양육은 그 자신의 돈으로 했는데 물론 한 아이 앞으로 천 루블씩보다는 훨씬 많은 돈이 들어갔다. 그들의 유년기와 청소년기에 대한 자세한 이야기는 이번에도 잠시 미루고, 가장 중요한 것 몇 가지만 적겠다. 그렇지만 형인 이반에 대해서 그가 어쩐지 침울하고 스스로 마음의 문을 닫아버린 소년으로 자라났다는 것만은 알려두겠는데, 결코 소심하진 않았지만 벌써 열 살 때부터 그는 자기들이 어쨌든 남의 집에서 남의 자비에 기대어 자라고 있고 자기들 아버지는 차마 입에 담기조차 부끄러운 그런 인간이라는 것 등등을 깨닫고 있었다. 이 소년은 매우 일찍, 거의 유년 시절부터(적어도 전해지기로는 그렇다) 학업에 어떤 비상하고도 빛나는 재능을 보이기 시작했다. 정확히는 모르나, 그는 막 열세 살이 되자마자 예핌 페트로비치 가족과 헤어져 모스크바의 한 김나지움으로 옮겨갔고, 그러면서 예핌 페트로비치의 어린 시절 친구이자 그 당시 저명하던 어느 경험 많은 교육자의 기숙사로 들어갔다. 훗날 이반 자신이 이야기한 바에 따르면, 이 모든 것이 천재적 재능을 지닌 소년은 천재적인 교육자 밑에서 교육받아야 한다는 생각에 심취한 예핌 페트로비치의 이른바 '선행에 대한 열광'에서 비롯된 일이었다고 한다. 하지만 젊은이가 김나지움을 마치고 대학에 들어갔을 때에는 예핌 페트로비치도, 천재적인 교육자도 이미 이 세상 사람이 아니었다. 고집불통 장군 부인이 유산으로 아이들에게 남겨준 각각의 돈 천 루블은 이자가 붙어 이미 2천 루블가량으로 불어났지만, 예핌 페트로비치가 제대로 처리해놓지 못한데다 우리 나라에서는 정말로 불가피한 온갖 형식적 절차와 지연까지 더해져 그 돈을 받는 일이 늦어지는 바람에, 젊은이는 대학에 들어가 처음 두 해 동안 스스로 밥값과 생활비를 벌면서 공부하느라 이만저만 고달픈 게 아니었다. 지적해둘 것은, 그때 그가 아버지에게 편지 연락 한번 해볼 마음조차 없었다는 점인데, 어쩌면 오만함이나 아버지에 대한 경멸 때문일 수도 있지만, 또 어쩌면 그 살가운 아비로부터는 어떤 그럴싸한 지원도 받지 못할 거라고 그에게 속삭여준 냉철하고 합리적인 판단 때문일 수도 있다. 어쨌거나 젊은이는 조금도 굴하지 않고 일거리를 얻어냈다. 처음엔 20코페이카짜리 학습지도를 했고, 그후에는 여러 신문의 편집국을 돌아다니며 '목격자'라는 필명으로 거리에서 일어난 이런저런 사건에 대해 쓴 열 줄짜리 짤막한 기사를 제공했다. 이 기사들은 언제나 무척 흥미진진하고 자극적으로 엮은 것들이라 이내 호응을 얻었다고 하는데, 이 한 가지만으로도 젊은이는, 수도에서 으레 아침부터 밤까지 여러 신문사와 잡지사를 문턱이 닳도록 드나들면서 프랑스어 번역이나 정서淨書 일거리를 달라는 판에 박힌 애원만 끝없이 되풀이할 뿐, 더 나은 것은 무엇 하나 생각해낼 줄 모르고 영원히 가난에 허덕이는 우리네 수많은 불행한 남녀 학생들에 비해 실제적인 면에서나 지적인 면에서나 훨씬 우월함을 유감없이 입증해 보였다. 이반 표도로비치는 일단 출판국과 안면을 트면 그후에도 계속 그들과 관계를 이어나갔으며, 대학 생활의 마지막 시기에는 여러 전문적인 주제를 다룬 책들에 대해 대단한 재능을 보여주는 서평을 발표하기 시작했고, 덕분에 문단에도 이름이 알려졌다. 그렇지만 아주 최근에 와서야 우연한 계기로 갑자기 훨씬 넓은 독자층의 특별한 주의를 끄는 데 성공하여, 일시에 아주 많은 사람들이 그를 주목하고 기억하게 되었다. 이것은 상당히 흥미로운 사건이었다. 이미 대학을 졸업하고 자신이 가진 2천 루블로 외국 여행을 다녀오려고 준비하던 중에 이반 표도로비치는 갑자기 어느 큰 신문에 기이한 논문 한 편을 발표해서 심지어 비전문가들의 주의까지 끌게 되었는데, 무엇보다 그것은 자연과학을 전공한 탓에 그에겐 전혀 생소한 것일 듯싶은 논문 주제 때문이었다. 논문은 당시 도처에서 대두된 교회 재판 문제에 관한 것이었다. 이 문제에 대해 기존에 제시된 몇몇 견해를 분석하면서 그는 자신의 개인적인 관점도 피력했다. 무엇보다 중요한 것은 글의 논조와 놀랄 만큼 뜻밖인 결론이었다. 그러나 교회파에 속하는 많은 사람은 필자가 단연코 자기들 편이라고 간주했다. 그런데 이들과 나란히, 세속주의자들뿐만 아니라 심지어 무신론자들까지도 각자 자기들 쪽에서 갑자기 박수를 보내기 시작했다. 마침내 몇몇 형안을 지닌 사람들은 논문 전체가 그저 뻔뻔스러운 익살극이자 조롱에 지나지 않는다고 결론 내렸다. 내가 이 사건을 특별히 언급하는 까닭은, 당시 대두된 교회 재판 문제에 전반적으로 관심을 가지고 있던 우리 도시 근교의 유명한 수도원에까지 때마침 이 논문이 흘러들어가, 엄청난 혼란을 불러일으켰기 때문이다. 필자의 이름을 알게 되자, 사람들은 그가 우리 도시 출신이며 '바로 그 표도르 파블로비치'의 아들이라는 점에도 관심을 갖기 시작했다. 바로 이런 때 갑자기 그 필자가 우리 도시에 몸소 나타난 것이다.

왜 그때 이반 표도로비치가 우리 도시에 왔을까? 나는 이미 그 당시에도 거의 어떤 불안마저 느끼며 스스로에게 이렇게 묻곤 했던 기억이 있다. 그토록 많은 사태의 실마리가 된, 너무도 숙명적인 이 귀향은 그 후에도 오랫동안 나에게 거의 언제나 불분명한 일로 남아 있었다. 대체로 판단해보더라도, 그토록 학식 있고 그토록 오만하고 겉보기에도 신중한 젊은이가 저런 추잡스러운 집에, 평생 그를 거들떠보지도 않았고, 그를 알지도 기억하지도 못하며, 설령 아들이 돈을 달라고 간청한다 한들 세상없어도 절대로 내놓지 않을 위인이면서도, 이반과 알렉세이, 이 아들들마저 언젠가 찾아와서 돈을 요구할까봐 한평생 두려워하고 있는 그런 아버지 앞에 갑자기 나타나다니 실로 이상한 일이었다. 그런데 이 젊은이는 그런 아버지 집에 들어와 한 달하고도 또 한 달을 함께 살고 있는데다, 둘의 사이가 더할 나위 없이 좋았다. 특히 이 마지막 사실은 나뿐만 아니라 다른 많은 사람을 놀라게 했다. 내가 이미 앞에서 말했던, 표도르 파블로비치의 첫 아내 쪽으로 먼 친척이 되는 표트르 알렉산드로비치 미우소프도 이미 완전히 그의 거주지가 돼버린 파리로부터 그 무렵 또다시 우리 도시로 왕림하여 근교의 자기 영지에 머무르고 있었다. 내 기억에, 다름아닌 그도 자신의 흥미를 몹시 끌던 이 젊은이와 알게 된 뒤 그 누구보다 놀라워했으며, 이따금 젊은이와 지식을 겨루면서 내심 고통을 느끼지 않을 수 없었다. "오만해." 그는 그때 젊은이를 두고 우리에게 이렇게 말하곤 했다. "언제든 자기가 쓸 푼돈 정도는 벌 수 있겠고, 외국에 나갈 만한 돈은 지금도 있는데, 대체 여기서 뭘 하겠다는 거지? 돈 때문에 아버지한테 온 게 아니라는 건 누가 봐도 뻔하잖나, 세상없어도 돈을 내놓을 아비는 아니니까. 술과 농탕질을 좋아하는 청년도 아닌데, 그 집 노인은 그 아들 없인 못 살아, 그 정도로 사이가 좋아졌다니까!" 이건 사실이었다. 젊은이는 노인에게 눈에 띌 정도의 영향력까지 행사하고 있었다. 노인은 이따금 지독하게, 심지어 악랄할 정도로 제멋대로 굴긴 했으나, 그래도 더러는 이미 아들의 말을 거의 듣기 시작한 듯 보였고 때로는 처신까지도 좀더 점잖게 하기 시작했다……

나중에 가서야 밝혀졌지만, 이반 표도로비치는 어느 정도 자기 형 드미트리 표도로비치의 부탁을 받고 형의 일로 온 거였는데, 그가 난생 처음으로 형을 알게 되고 보게 된 것도 바로 이 무렵, 바로 이번에 집에 와서였지만, 실은 드미트리 표도로비치와 더 많이 관련된 어떤 중요한 일 때문에 모스크바에서 도착하기 전부터 이미 서로 편지 왕래를 시작한 터였다. 이것이 어떤 일이었는지 독자들은 때가 되면 전부 소상히 알게 될 것이다. 그렇긴 하나, 내가 이미 그 특별한 정황에 대해 알게 됐을 때에도 이반 표도로비치는 나에게 여전히 수수께끼처럼 비쳤고, 그가 우리 도시에 온 것 역시 아리송하게 여겨졌다.

또하나 덧붙여두자면, 당시 이반 표도로비치는 아버지를 상대로 대판 싸움을, 심지어 정식 소송까지 계획하고 있던 자기 형 드미트리 표도로비치와 아버지 사이에서 중재자 내지는 조정자 입장을 취하고 있었다.

이 작은 집안은, 거듭 말하지만 그때 생전 처음으로 다들 한자리에 모였고, 그중 몇몇은 생전 처음으로 서로 보게 된 것이기도 했다. 다만

한 사람, 막내아들 알렉세이 표도로비치만은 그전부터 우리 도시에서 산 지가 벌써 일 년쯤 되었으니, 형제들 중 제일 먼저 우리에게로 온 셈이다. 그런데 바로 이 알렉세이에 대해서는 소설의 무대에 등장시키기에 앞서 나의 지금 이 서문 격인 이야기 속에서 말하기가 무엇보다 힘들다. 그러나 그에 대한 서문도 쓸 수밖에 없는 까닭은 적어도 몹시 기이한 점 하나를 미리 설명해두기 위해서인데, 그것은 다름아니라, 내 미래의 주인공을 그의 소설의 첫 장면에서부터 부득이 수련 수도사의 법의를 입혀 독자 여러분에게 소개해야만 한다는 사실이다. 그렇다, 그는 그때 벌써 일 년가량 우리 수도원에서 살고 있었고, 또 평생 그곳에 은거할 각오인 것 같았다.

IV
셋째 아들 알료샤*

그때 그는 겨우 스무 살이었다(그때 그의 형 이반은 세는나이로 스물넷, 맏형 드미트리는 스물여덟 살이었다). 맨 먼저 일러둘 것은, 알료샤라는 이 청년이 절대로 광신자가 아니며 적어도 내가 보기엔 결코 신비주의자도 아니라는 점이다. 미리 의견을 전부 말해두겠다. 그는 그저 올된 박애주의자였으며, 만일 그때 그가 수도원이라는 길을 향해 내달렸다면 그건 그 무렵에 오직 그 길만이 그를 깊이 감동시켰고, 세상

* 알렉세이의 애칭.

을 가득 채운 악의의 어둠으로부터 사랑의 빛을 향해 몸부림치던 그의 영혼을 위해, 말하자면 이상적인 출구를 그에게 제시해주었기 때문이다. 또한 그 길이 그를 그토록 감동시킨 까닭은 오로지, 그때 그가 비범하다고 생각한 존재, 즉 우리 수도원의 그 유명한 조시마 장로를 바로 그 길에서 만났기 때문으로, 이 장로에게 알료샤는 억누를 길 없는 마음의 뜨거운 첫사랑을 송두리째 바쳤다. 하지만 그가 그때도 이미 몹시 기이한 사람이었고, 심지어 요람에서부터 그랬다는 데 대해서는 나도 반박하지 않겠다. 이 기회에 말해두지만, 앞에서도 이미 언급했듯, 어머니가 죽었을 때 그는 아직 만 네 살이 채 안 되었는데도 이후 평생토록 어머니를, 어머니의 얼굴, 어머니의 애무를 '마치 어머니가 살아서 꼭 내 앞에 서 있는 것처럼' 기억하고 있었다. 이런 기억들은(다들 알다시피) 심지어 더 어린 나이, 심지어 두 살 때부터도 뇌리에 새겨질 수 있으나, 평생을 두고 그것들은 그저 어둠으로부터 나타나는 밝은 점들처럼, 혹은 한 귀퉁이를 빼고는 전부 퇴색하여 형체조차 모두 사라져버린 한 폭의 커다란 그림에서 뜯겨나온 그 작은 귀퉁이처럼 떠오를 뿐이다. 그의 경우도 꼭 그러했다. 그는 기억하고 있었다. 어느 고요한 여름날 저녁, 열어젖힌 창문, 저무는 태양의 비스듬한 햇살(이 비스듬한 햇살이 가장 선명하게 기억에 아로새겨졌다), 방 한구석에 모신 성상, 그 앞에 켜놓은 등명, 성상 앞에 꿇어앉아 히스테리라도 일어난 듯 쇳소리와 비명을 내지르며 흐느껴 우는 어머니, 어머니는 그를 두 팔로 으스러지게 꽉 껴안고 그를 위해 성모에게 기도드리며 성모의 보호 아래 맡기려는 듯 두 팔로 품에 안고 있던 그를 성상 쪽으로 내민다…… 갑자기 유모가 뛰어들어와 소스라치게 놀라면서 그를 어머니에게서 낚아챘다. 이것이 바로 그 그림이다! 알료샤는 그 순간 어머니의 얼굴도 기억에 아로새겨놓았다. 자신의 기억을 더듬을 수 있을 때까지 더듬어 판단하건대, 그 얼굴은 광기에 휩싸여 있었지만 더할 나위 없이 아름다웠다고 말하곤 했으니까. 그러나 그는 누구에게 이 추억을 털어놓기를 그다지 좋아하지 않았다. 유년기나 청소년기를 막론하고 그는 자신의 감정을 토로하는 일이 드물었고 말수조차 적은 편이었는데, 이것은 사람을 믿지 못하거나 소심하거나 사람들과 사귀기를 꺼리는 음울한 성격 탓이 아니라, 오히려 정반대로 어떤 다른 무엇, 즉 다른 사람들과는 아무 상관 없지만 그에겐 너무도 중요해서 다른 사람들의 존재를 종종 잊게 만드는 듯한, 자신만의 어떤 개인적인 고민이 마음속에 자리하고 있어서였다. 하지만 그는 사람들을 사랑했다. 평생토록 그는 사람들을 완전히 믿으면서 살았던 것으로 보이며, 그렇다고 해서 누구도 그를 결코 얼뜨기나 어수룩한 인간으로 여기지는 않았다. 그에게는, 남을 심판하고자 하지 않으며 남을 비난하는 일을 떠맡고 싶지도 않고 또 무슨 일이 있어도 비난하지 않을 거라고 말해주고 암시해주는 뭔가가 있었던 것이다(그후에도 평생을 통해 그랬다). 심지어 그는 매우 쓰라린 비애마저 종종 느끼면서도 조금도 누구를 비난하지 않고 모든 것을 용인하는 듯싶었다. 그뿐만 아니라, 이런 의미에서 어느 누구도 그를 놀라게 하거나 경악케 한다는 게 불가능할 정도였는데, 그가 아주 어렸을 때도 그러했다. 만 열아홉 살에 그야말로 더러운 음탕의 소굴이나 다름없는 아버지 집에 와서도 차마 눈뜨고 볼 수 없는 광경을 보게 되면, 순결무구한 그는 그저 말없이 물러날 뿐, 누구를 경멸하거나 비난하는 기색은 털끝만큼도 없었다. 한때 식객 신세로 살았던 아버지는 모욕에 대해 늘 예민하게 날이 서 있는 사람이어서 처음에는 미심쩍어하며 무뚝뚝하게 그를 대했으나('저렇게 말수가 적으면서 속으론 별별 생각을 다 하겠지'), 곧 두 주도 채 지나지 않아 툭하면 그를 포옹하고 눈물을 흘리며 입을 맞춰대기 시작했는데, 비록 몽롱한 취중의 감상에 젖은 주정뱅이의 눈물이긴 했으나, 그를 진정으로 깊이 사랑하게 된 것만은 분명했으며, 그건 물론 그 같은 위인으로선 일찍이 누구에 대해서도 느껴보지 못한 그런 사랑이었다……

정말 이 청년은 어딜 가나 모든 사람의 사랑을 받았고, 아주 어릴 적부터도 그랬다. 자신의 은인이자 양육자인 예핌 페트로비치 폴레노프의 집에 들어갔을 때도, 그는 이 집안사람들 모두의 사랑을 한몸에 받으며 완전히 친아들이나 다름없이 지냈다. 하지만 그가 이 집에 들어간 것은 아주 어린아이 때의 일이었으니, 그 나이의 어린아이가 이해타산적인 잔꾀나 술책을 부렸다든가, 아첨을 해서 호감을 사는 기술이나 귀여움을 받는 수완을 지녔으리라고는 도저히 생각할 수 없다. 그러니까 그는 자신에 대해 특별한 사랑을 불러일으키는 재능을 지니고 있었으며, 말하자면 일부러 꾸미는 게 아니라 본능적으로 그런 천성을 가지고 태어난 것이다. 이는 학교에서도 마찬가지였지만, 그는 학우들의 불신과 때로는 조소, 어쩌면 증오까지 불러일으키는 아이들 중 하나였을 법도 했다. 예컨대 그는 곧잘 생각에 잠기곤 했고 다른 아이들과 접촉을 피하는 듯했다. 그는 아주 어렸을 때부터 구석에 틀어박혀 책 읽는 걸 좋아했으며, 그런데도 학창 시절 내내 단연코 모든 학우의 총아라고 불릴 정도로 그들의 사랑을 받았다. 떠들썩한 장난을 치는 일도, 심지어 즐거워하는 일도 드물었지만, 결코 어떤 침울한 성격이어서가 아니라 오히려 한결같이 침착하고 맑기 때문에 그렇다는 것을 다들 그를 보기만 해도 첫눈에 알 수 있었다. 그는 또래들 사이에서 절대로 나서려고 들지 않았다. 어쩌면 바로 이 때문인지 모르지만 그는 누구도 절대 두려워하지 않았고, 그런데도 소년들은 그가 자신의 대담함을 뻐기기는 커녕 자기가 대담하고 겁이 없다는 사실을 아예 모르는 듯 보인다는 것을 금방 깨달았다. 모욕을 기억해두는 일도 결코 없었다. 모욕을 당하고 한 시간만 지나면 마치 둘 사이에 아무 일도 없었다는 듯 신뢰에 찬 밝은 얼굴로, 자신을 모욕했던 아이에게 대답을 하거나 심지어 먼저 말을 걸곤 했다. 그것도 어쩌다 그 모욕을 깜박했다든가 일부러 용서해주었다든가 하는 표정이 아니라, 그냥 그것을 모욕으로 여기지도 않았기 때문에 그런 점이 또 아이들의 마음을 완전히 사로잡고 굴복시켰다. 다만 그에겐 어떤 한 가지 특이한 점이 있어서, 김나지움 저학년에서 심지어 고학년에 이르기까지 모든 학급의 학우들이 늘 그를 골려주고 싶어 애가 달았는데, 그건 심술궂은 조롱을 하자 해서가 아니라 그저 그게 재미있기 때문이었다. 이 특성이란 바로 그의 기이하고도 광적인 수치심과 결벽증이었다. 그는 여자에 대한 어떤 말들과 어떤 이야기들은 옆에서 듣고 있지를 못했다. 이 '어떤' 말과 이야기는 불행하게도 학교에서 근절될 수 없는 것들이다. 아직 어린애나 다름없이 영혼과 마음이 깨끗한 이 소년들이 심지어 병사들조차 때로는 입에 올리길 꺼리는 그런 일이나 그림, 모양에 대해 교실에서 저희끼리 그것도 큰 소리로 즐겨 지껄여대는 경우가 아주 허다한데, 정작 병사들은 우리의 상류 지식층 사회의 아직 이렇게 어린 자제들이 진작에 다 알고 있는 이런 종류의 것들을 많은 부분 알지도 못하거니와 이해하지도 못한다. 아마도 이것은 도덕적인 타락이나 진짜로 음탕한 내적인 냉소주의도 아니고 그저 외적인 냉소주의에 지나지 않겠지만, 바로 이것이 아이들에게는 심지어 흥미 있고 미묘하고 사내답고 흉내내볼 만한 것으로 간주되는 법이다. '이런 얘기'를 시작하자마자 '알료쉬카* 카라마조프'가 재빨리 손가락으로 귀를 틀어막는 모습을 보고 아이들은 때로는 일부러 그의 곁에 우르르 몰려와 두 손을 귀에서 억지로 떼어놓으면서 두 귀에 대고 추잡스러운 소리를 외쳐댔고, 그러면 그는 기를 쓰고 뿌리치면서 교실 바닥에 몸을 던지고 드러누워 손으로 얼굴을 가리곤 했지만, 그러면서도 그들에게 말 한마디, 욕 한마디 하지 않고 그저 묵묵히 모욕을 견뎌냈다. 하지만 결국엔 아이들도 그를 내버려두었고 더는 '계집애'라고 놀리지도 않았을뿐더러, 이런 의미에서는 그를 오히려 측은한 눈으로 바라보았다. 이참에 말해두자면, 공부에 관한 한 그는 자기 반에서 늘 우등생에 속했으나 일등을 한 적은 한 번도 없었다.

예핌 페트로비치가 죽고 나서도 알료샤는 현립 김나지움을 두 해간 더 다녔다. 슬픔을 달랠 길 없던 예핌 페트로비치의 부인은, 남편이 죽은 지 얼마 안 돼 여자들뿐인 가족을 모두 이끌고 이탈리아로 장기간 여행을 떠났고, 알료샤는 예핌 페트로비치의 먼 친척뻘 되는 생면부지의 어느 두 부인네 집으로 가게 됐지만, 어떤 조건으로 그렇게 된 건지는 자기도 몰랐다. 그가 지닌 또하나의 특이한, 아니 대단히 특이하기까지 한 점은 자기가 누구 돈으로 살고 있는지에 대해 전혀 신경조차 쓰지 않는다는 것이었다. 이 점에서 그는, 대학에 들어가 첫 두 해 동

* 알렉세이(알료샤)의 애칭.

안 자기 손으로 밥벌이를 하며 궁핍하게 살았고 자기가 은인의 집에서 남의 밥을 먹으며 살고 있다는 사실을 아주 어릴 적부터 쓰라리게 절감했던 자기 형 이반 표도로비치와는 완전히 반대였다. 그러나 알렉세이의 성격이 지닌 이 기이한 일면이 너무 엄격하게 비난받을 건 아니었다 싶은데, 왜냐하면 그를 조금이라도 아는 사람은 누구든지 이러한 문제가 제기되었을 때, 그가 틀림없이 유로지브이*와 같은 부류의 젊은이여서 설령 갑자기 거금이 수중에 떨어진다 해도, 좋은 일을 위해서든 또는 심지어 그저 약삭빠른 사기꾼에게든 만약 그자가 손을 내밀기만 하면 처음 부탁 한마디에 그 돈을 주저 없이 죄다 내어줄 사람임을 즉각 확신하게 되기 때문이었다. 게다가, 물론 글자 그대로의 의미로 하는 말은 아니지만, 대체로 그는 돈의 가치라는 걸 전혀 모르는 듯했다. 자신이 용돈을 청하는 일은 한 번도 없었지만, 행여 누가 용돈이라도 주게 되면 몇 주일씩이나 그 돈으로 무엇을 해야 할지 몰라 하거나, 아니면 무섭게 낭비하는 바람에 순식간에 돈이 사라져버리곤 했다. 돈과 부르주아적 성실성에 관해서라면 몹시 까다로운 사람이었던 표트르 알렉산드로비치 미우소프는 알렉세이를 지켜본 뒤 그에 대해 나중에 이런 경구를 말한 적이 있다. "저런 사람은 아마 세상에 둘도 없을 거요. 인구 백만의 낯선 대도시 광장에 돈 한푼 없이 갑자기 혼자 남겨져도, 절대 파멸하지 않고 굶어죽지도 얼어죽지도 않을 사람이외다. 사람들이 금방 먹을 것을 주고 금방 거처를 마련해줄 테고, 만약 사람들이 거처를 마련해주지 않는다면 그 스스로 몸 둘 곳을 금방 찾아낼 거

---

* 보통 성(聖)바보로 번역되는 기독교의 백치 성자, 고행자, 수난자.

니까. 그런 일쯤이야 그에게 아무런 수고도, 아무런 굴욕도 의미하지 않을 테고, 그를 돌봐준 사람은 부담을 느끼기는커녕 아마도 오히려 흐뭇하게 여길 거요."

그는 김나지움 과정을 다 마치지 못했다. 아직 일 년이 꼬박 남아 있는데, 그는 갑자기 두 부인에게 머릿속에 한 가지 일이 떠올라서 아버지에게 간다고 밝혔다. 부인들은 몹시 섭섭해하면서 그를 안 놓아주려 했다. 여비가 별로 비싸지 않아서 그는 은인의 가족이 외국으로 떠나기 전에 선물로 주었던 시계를 저당잡히려고 했지만, 부인들이 이를 만류하고 여비를 넉넉히 주었음은 물론이고 새 옷과 속옷까지 장만해주었다. 하지만 그는 굳이 삼등칸을 타겠다고 하면서 돈의 절반을 그들에게 돌려주었다. 우리 소도시에 도착하자, 그는 "학교도 안 마치고 대체 왜 오신 게냐?"라는 아버지의 첫 추궁에 그냥 아무 대답도 않고 여느 때와 달리 깊은 생각에 잠겨 있었다고 한다. 그러나 곧 그가 자기 어머니의 무덤을 찾고 있다는 것이 드러났다. 심지어 그때 그 자신도 오로지 이 때문에 왔노라고 스스로 시인한 것이나 다름없었다. 그러나 그가 온 이유가 그게 전부일 리는 없을 터였다. 그보다는 도대체 무엇이 그의 영혼으로부터 갑자기 솟구쳐올라 거역할 수 없게끔 그를 어떤 새로운 미지의, 그러나 이미 피할 수 없는 길로 이끌었는지, 그때는 그 자신도 몰랐고 도저히 설명할 수도 없었으리라는 편이 가장 그럴듯하다. 표도르 파블로비치는 자기의 둘째 부인을 어디다 묻었는지 그에게 가르쳐줄 수가 없었는데, 그녀의 관에 흙을 뿌린 후로 한 번도 그녀의 무덤을 찾은 적이 없었고, 게다가 오랜 세월이 지난 탓에 어디다 묻었는지도 까맣게 잊었기 때문이다……

여기서 표도르 파블로비치 얘기로 넘어가자. 그는 그전에 오랫동안 우리 도시를 떠나 살았다. 둘째 부인이 죽고 서너 해 뒤에 그는 러시아 남부로 떠났고, 마지막에는 오데사에 나타나 거기서 몇 해를 쭉 살았다. 그는 처음엔, 그 자신의 말을 빌리자면, '수많은 유대 놈, 유대 년, 유대 자식, 유대 새끼'와 사귀었지만 나중엔 유대인들뿐만 아니라 '히브리 양반들 집에도 출입'하게 되었다. 돈을 긁어모으고 사취하는 특별한 수완을 키운 것도 그의 일생에서 바로 이 시기였다고 생각해야 할 것이다. 그가 우리 도시로 다시 완전히 돌아온 것은 알료샤가 오기 불과 삼 년쯤 전의 일이다. 예전에 그를 알던 사람들은, 그가 아직은 절대로 그렇게 노인이 아님에도 무섭게 늙어버렸다고 느꼈다. 처신도 좀 점잖아지기는커녕 어쩐지 더 뻔뻔스러워졌다. 이를테면 예전부터 하던 그 어릿광대짓에다 이젠 다른 사람들까지 어릿광대로 만들려는 파렴치한 욕구까지 보였다. 여자들과 농탕질하기 좋아하는 것은 예전 정도가 아니라 더욱 역겨운 수준이었다. 곧 그는 군내 곳곳에 새 술집을 많이 열었다. 보아하니 그에겐 10만 루블 정도, 아니면 거의 그쯤에 육박하는 돈이 있는 듯했다. 도시와 군에 거주하는 많은 사람들이 이내 그에게서 돈을 빌려갔는데, 물론 아주 확실한 담보가 있어야 했다. 그런데 요 근래 들어 그는 어쩐지 병적으로 몸이 불어나 살가죽이 축 처져버렸고, 어쩐지 일관성과 자신감을 잃은데다 무슨 경솔한 짓까지 저지르기도 했고, 한 가지 일을 시작했다가 엉뚱한 일로 끝내는가 하면, 왠지 종잡을 수 없이 이랬다저랬다 하며 고주망태가 되도록 술을 퍼마시는 일이 점점 더 잦아져서, 만약 이 무렵 들어 역시나 제대로 늙어버린 바로 그 하인 그리고리가 때로 거의 가정교사마냥 바지런히 그를 돌봐주지 않왔더라면, 표도르 파블로비치에겐 아마 유별난 소동이 그치지 않았을 것이다. 알료샤의 귀향은 정신적인 면에서도 그에게 영향을 미친 듯했고, 때 이르게 늙어버린 이 노인의 내부에서는 이미 오래전에 그의 영혼 속에서 마비돼버린 그 뭔가가 다시 깨어난 것만 같았다. "얘야, 아느냐?" 하고 그는 곧잘 알료샤의 얼굴을 들여다보며 말하게 되었다. "넌 참 그 여자를 닮았어, 그 클리쿠샤를." 그는 자신의 죽은 아내인 알료샤의 어머니를 그렇게 부르곤 했다. 결국 알료샤에게 '클리쿠샤'의 무덤이 있는 데를 가르쳐준 사람은 하인 그리고리였다. 그는 알료샤를 우리 도시의 묘지로 데려가서 그곳의 멀리 구석진 데 있는, 값비싼 것은 아니지만 말쑥한 주철 묘비를 보여주었는데, 거기에는 고인의 이름, 지위, 나이와 사망 연도를 나타내는 비명碑銘이 있고, 아래쪽에는 평민층의 무덤에 흔히 사용되는 옛 묘지시에서 따온 4행시 같은 것도 적혀 있었다. 놀랍게도 이 묘비를 세운 이는 그리고리였다. 그리고리는 이 무덤을 잘 돌봐야 한다고 표도르 파블로비치에게 벌써 여러 차례나 귀찮도록 상기시켰건만, 그가 무덤이고 추억이고 나 몰라라 하며 손을 휘휘 내젓고는 오데사로 떠나버리자, 자기 돈을 들여서 가엾은 '클리쿠샤'의 무덤 위에 직접 이 묘비를 세웠다. 알료샤는 어머니의 무덤 앞에서 아무런 특별한 감상感傷도 드러내지 않았다. 그저 묘비를 세운 일에 대해 그리고리가 엄숙하게 차근차근 하는 이야기를 끝까지 듣고서 고개를 숙인 채 잠시 서 있다가 한마디도 하지 않고 떠났을 따름이다. 그때 이후 그는 꼬박 일 년 동안이나 묘지를 다시 찾지 않은 듯하다. 그러나 이 조그만 에피소드도 표도르 파블로비치에게는 영향을, 그것도 매우 독특한 영향을 미쳤다. 그는 갑자기 천 루블을 들고 우리 수도원으로 가서 자기 처의 추도미사를 부탁했는데, 다만 알료샤의 어머니인 둘째 부인 '클리쿠샤'가 아니라 그를 두들겨 팼던 첫째 부인 아젤라이다 이바노브나를 위해서였다. 그러고는 그날 저녁 술에 곤죽이 되어서는 알료샤에게 수도사들 욕을 마구 늘어놓았다. 그는 원래 신앙하고는 거리가 먼 인간이었다. 이 인간은 아마 5코페이카짜리 가느다란 초 한 자루도 성상 앞에 세워놓은 적이 없을 것이다. 하지만 이런 작자들일수록 갑작스러운 감정과 갑작스러운 생각이 종종 이상하게 터져나오는 법이다.

나는 그가 몸이 병적으로 불어나 살가죽이 늘어졌다고 이미 말한 바 있다. 그 무렵 그의 얼굴은 그가 여태껏 살아온 삶 전체의 특징과 본질을 여실히 증명해주는 무엇이었다. 영원히 뻔뻔하고 의심에 찬 냉소적인 조그만 두 눈 밑에는 기다란 고깃자루가 축 늘어지고, 작지만 기름기가 번질번질한 얼굴엔 수많은 주름이 깊게 패고, 게다가 뾰족한 턱 아래로는 살이 뒤룩뒤룩한, 길쭉하고 커다란 목울대가 마치 돈주머니처럼 매달려 있어 어쩐지 구역질나게 음탕한 인상을 그에게 더해주었다. 여기에다 호색적인 기다란 입, 뒤룩뒤룩 부푼 두꺼운 입술, 그 사이로 보이는 거의 다 썩어빠진 새까만 이들의 자잘한 그루터기를 덧붙여 보시라. 무슨 말을 시작할 때마다 매번 침을 튀기기도 했다. 하긴 그 자신도 자기 얼굴을 가지고 농담하길 즐겼지만, 그래도 그 얼굴을 만족스러워하는 듯했다. 특히 그리 크진 않지만 매우 가늘고 콧등이 위로 크게 휘어진 자신의 매부리코를 가리키며 "진짜배기 로마 코야"라고 말하곤 했다. "목울대까지 더해지니까 쇠퇴기 고대 로마 귀족의 진짜배기 용모라고." 이 점이 그는 자랑스러운 모양이었다.

그런데 어머니 무덤을 찾은 지 얼마 안 되어 알료샤는 갑자기, 자기는 수도원에 들어가고 싶다, 수도사들도 자신을 수련 수도사로 받아주겠다고 한다며 아버지에게 밝혔다. 그러면서 그는 이것은 자신의 간절한 소망이며 아버지께 정식 허락을 청하는 바라고 설명했다. 노인은 수도원 암자에서 구도 생활중인 조시마 장로가 자신의 '얌전한 아이'에게 특별한 인상을 남겼다는 것을 진작부터 알고 있었다.

"그 장로는 물론 그자들 중에선 제일 성실한 수도사지." 그는 말없이 생각에 잠겨 알료샤의 말을 듣다가 입을 열었으나, 아들의 부탁에 놀란 기색은 거의 조금도 없었다. "흠, 그러니까 거길 가고 싶다는 게로군, 우리 얌전한 꼬마 녀석이!" 그는 얼근히 취해, 갑자기 히죽 웃어 보였는데, 길고 몽롱한, 그러나 여전히 교활하고 취기어린 능청스러움이 느껴지는 특유의 웃음이었다. "흠, 난, 그래, 네가 결국 이렇게 될 거라고 진즉에 예감했지. 상상이 되느냐? 너는 바로 그곳을 노리고 있었던 게야. 뭐 어떠냐, 좋다, 네 몫의 2천 루블이 있으니, 그게 지참금이 되겠구나. 하지만 내가 너를, 내 천사야, 절대로 버려두진 않을 게다. 거기서 요구한다면, 내라는 건 지금이라도 널 위해 갖다 바치마. 뭐, 요구하지 않는다면, 우리 쪽에서 매달릴 거야 없지, 안 그러냐? 게다가 네가 쓰는 돈이야 카나리아처럼 일주일에 낟알 두 개면 되지 않느냐…… 흠, 그런데 말이다, 원래 수도원 근처엔 조그만 마을이 하나 딸리게 마련이거든, 게다가 벌써 다들 알고 있지만 거기엔 죄다 '수도원 여편네들'만 산단다. 거기선 다들 그렇게 부르는데, 그런 계집들이 한 서른 명은 될걸, 내 생각에…… 나도 거기 가봤는데 말이지, 재밌더구나, 물론 그 나름이긴 하다만 색다른 맛이 있으니까. 다만 고약한 건 러시아 국수주의가 무섭게 강해서 프랑스 여자가 아직 하나도 없단 말씀이야, 있을 만도 한데, 돈이야 엄청나게들 많으니까. 그걸 알게 되면 금세 몰려들 올걸. 뭐, 하지만 여긴 아무것도 없어. 여긴 수도원 여편네들도 없고, 수도사만 이백 놈쯤 돼. 성실하지. 재계齋戒도 잘 지키고. 그건 인정하마…… 흠. 그래, 수도사들한테 가겠단 말이지? 하지만 네가 없으면 섭섭해서 어떡하냐, 알료샤, 진짜로, 네가 믿을지 모르겠다만, 난 네가 좋아졌어…… 하긴, 잘된 일이기도 해. 죄 많은 우릴 위해 기도해줄 테니까. 우린 여기 앉아 죄를 너무 많이 지었거든. 나는 늘 생각해왔단다. 누가 언젠가 날 위해 기도해줄까? 세상에 그런 사람이 있을까? 귀여운 꼬마 녀석아, 나는 이쪽으로는 지독하게 바보야, 아마 안 믿기겠지? 지독한 바보라니까. 하지만 보려무나, 내가 아무리 바보 천치라도 이 점을 늘 생각하고 있어, 늘 생각한다고. 물론 간간이 그런다는 거지, 늘은 아니고. 어쨌든 나는, 내가 죽었을 때 악마들이 나를 갈고리에 꿰어 자기들 세상으로 끌고 가는 걸 깜박 잊어줄 리는 절대로 없다고 생각해. 좋아, 그래서 난 또 생각하는 거야. 갈고리? 대체 그놈들의 갈고리는 어디서 난 걸까? 뭐로 된 걸까? 쇠로? 그럼 대체 어디서 그것들을 두드려 만드는데? 그놈들 거기에도 무슨 공장이 있는 걸까? 그런데 저기 수도원의 수도사들은 예컨대 지옥에도 천장이 있다고 정말로 믿는 모양이야. 나로 말하자면, 지옥을 믿을 용의는 있다만, 단 천장만큼은 없어야 해. 그 편이 좀더 세련되고 좀더 계몽된 듯하고, 말하자면 루터식이 될 테니까. 하지만 천장이 있건 없건, 본질적으로 매한가지 아니냐? 그런데 여기에 바로 그 썩을 놈의 문제가 있단 말이다! 자, 만약 천장이 없다면, 고로 갈고리도 없어. 갈고리가 없다면, 고로 모든 것이 말짱 꽝이 되고, 그러면 모든 게 또다시 헛소리가 돼버리잖느냐. 그렇게 되면 대체 누가 갈고리로 날 끌고 간단 말이냐, 나 같은 놈을 끌고 가지 않는다면 그땐 또 어떻게 되겠느냐? 도대체 세상 어디에 진리가 있겠느냐고? *그것들을 발명해내기라도 해야 돼*,* 이 갈고리들은 나를 위해서 일부러라도 발명해야 돼, 나 한 사람만을 위해서라도. 왜냐하면 알료샤, 내가 얼마나 파렴치한 인간인지 네가 안다면!……"

"하지만 그곳에 갈고리는 없어요." 알료샤가 아버지를 바라보며 조용하고 진지하게 말했다.

"그래, 그래, 오직 갈고리의 그림자만 있겠지. 안다, 알아. 어떤 프랑스 놈이 지옥을 묘사한 그대로야. '*나는 보았노라, 솔의 그림자로 마차 그림자를 닦는 마부의 그림자를*.'** 그런데 얘야, 갈고리가 없다는 걸 넌 어떻게 알지? 수도사들한테 가 있게 되면, 너도 다른 소릴 할 게다. 그렇지만 떠나거라, 거기서 진리를 터득하게 되면 이리 와서 얘기해다오. 저세상이 어떤 것인지 똑똑히 알게 되면, 그곳으로 가는 것도 어쨌든 좀더 쉬워질 테니. 게다가 수도사들한테 가 있는 편이 너한텐 더 좋을 게다, 아비 집에서 주정뱅이 영감쟁이와 계집년들하고 지내는 것보다야…… 하긴 천사 같은 너야 절대 못 건드릴 테지만. 뭐, 아마 거기서도 절대로 널 건드리진 못할 게다. 그럴 거라고 기대하니까 내가 네 청을 들어주는 거야. 네 정신은 악마한테 잡아먹히지 않았거든. 활활 타오르다 꺼지고 다 낫게 되면 다시 돌아올 테지. 난 널 기다리마. 넌 이 세상에서 날 비난하지 않는 단 한 사람이야, 나도 그걸 느끼고 있단다,

---

* '신이 없다면 발명해내기라도 해야 한다'는 볼테르의 말을 아이러니하게 인용한 것.

** 프랑스 작가 페로 형제와 그들의 친구가 베르길리우스의 서사시 『아이네이스』 제6곡을 패러디한 구절을 다시 변형해 인용한 것.

내 귀여운 꼬마 녀석아, 나도 그걸 느끼고 있어, 어찌 그걸 못 느끼겠느냐……!"

그러면서 그는 아예 흑흑 흐느껴 울기 시작했다. 그는 감상적이었다. 그는 악하면서도 감상적이었다.

V
장로들

행여 어떤 독자는 나의 젊은이가 쉽게 광적인 상태에 빠지는 병적이고 부실한 체질의 창백한 몽상가이자 비쩍 여윈 허약한 인간이라고 생각할지도 모르겠다. 하지만 정반대로, 그 무렵 알료샤는 균형 잡힌 체격에 볼이 발그스름하고, 맑은 시선에 건강미가 넘쳐흐르는 열아홉 살 미성년이었다. 심지어 그 무렵 그는 무척 미남으로, 중키에 늘씬했고, 짙은 아맛빛 머리에 약간 기름한 듯하지만 윤곽이 또렷한 계란형 얼굴과 짙은 잿빛의 크고 빛나는 눈을 가졌으며, 무척 사려 깊은데다 대단히 침착해 보였다. 볼이 발그스름하다고 해서 광신자나 신비주의자가 아니라는 법이라도 있느냐고 말할지 모르겠다. 하지만 내가 보기에 알료샤는 어느 누구보다 더 현실주의자였다. 오, 물론 수도원에 있으면서 그는 기적을 전적으로 믿었지만, 내 생각에, 기적이 현실주의자를 혼란스럽게 하는 일은 결코 없을 것이다. 현실주의자를 믿음으로 이끄는 것은 기적이 아니다. 진정한 현실주의자는, 만약 그가 믿음이 없는 자라면, 기적마저 믿지 않을 힘과 능력을 자기 안에서 항상 찾아내게 될 것이며, 기적이 자기 앞에서 물리칠 수 없는 사실이 될 때엔 그 사실을 인정하느니 차라리 자신의 감각을 믿지 않으려 들 것이다. 설령 그 사실을 인정한다 해도, 그건 그저 자신이 여태까지 모르고 있었을 뿐인 자연적인 사실로서 인정하는 것에 불과하다. 현실주의자에게는 기적으로부터 믿음이 태어나는 게 아니라, 믿음으로부터 기적이 태어난다. 현실주의자가 일단 믿음을 가지게 되면, 그는 다름아닌 자신의 현실주의로 말미암아 기적 또한 반드시 인정하지 않을 수 없게 된다. 사도 도마는 제 눈으로 보기 전에는 결코 믿지 않겠다고 단언했지만, 보고 나서는 "나의 주이시며, 나의 하느님이시나이다!"라고 말했다. 과연 기적 때문에 그가 부득이 믿게 된 걸까? 필시 그렇지 않을 것이니, 그가 믿게 된 건 오로지 그가 믿고자 원했기 때문이며, 어쩌면 "내 눈으로 보기 전에는 믿지 않겠다"*고 말한 그때부터 이미 마음속 깊은 곳에서 완전히 믿고 있었을 것이다.

아마도 사람들은 알료샤가 둔하다느니 미숙하다느니 학교도 제대로 못 마쳤다느니 따위의 얘기를 할지도 모르겠다. 그가 학교를 마치지 못한 건 사실이지만, 둔하다거나 멍청하다는 것은 너무도 부당한 말일 게다. 이미 앞에서 했던 말을 그저 되풀이하는 바이지만, 그가 이 길로 들어선 까닭은 그 무렵엔 오로지 이것만이 그에게 깊은 감동을 주었고 어둠에서 벗어나 빛을 향해 나아가려고 몸부림치던 그의 영혼에 그야말로 이상적인 출구를 단번에 제시해주었기 때문이다. 여기에다 그가 어느 정도는 이미 우리 현대의 청년이었다는 사실을, 즉 천성적으로 정

* 「요한복음」 20:19~29. 부활한 예수를 보았다는 다른 제자들의 얘기에 도마가 한 말을 가리킨다.

직한데다 진리를 요구하는 청년, 그리고 그 진리를 추구하는 가운데 그것을 믿는 청년이었고, 믿음을 갖게 된 이후에는 자기 영혼의 모든 힘을 기울여 그 진리에 당장 참여하길 욕망하고 어서 빨리 위업을 달성하고자 애태우면서 이 위업을 위해 모든 것을, 심지어 생명까지도 희생하기를 간절히 염원하는 그런 청년이었다는 점을 덧붙여보시라. 그러나 불행히도 이 젊은이들이 깨닫지 못하는 것은, 생명을 바치는 일이 어쩌면 이와 같은 많은 경우에 치를 수 있는 모든 희생 가운데 가장 쉬운 것이며, 예를 들어 젊음이 한창 끓어오르는 자기 인생의 대여섯 해를 힘들고 어려운 배움과 학문에 바치는 희생은, 비록 그게 그들 자신이 너무도 사랑하여 기필코 이루고 말겠다고 스스로에게 다짐했던 바로 그 진리와 위업을 위해 오로지 자기 내면의 힘을 열 배로 키우기 위한 것이라 할지라도, 그런 희생이야말로 그들 대부분에게 정말 거의 감당하기 힘든 일이라는 사실이다. 알료샤는 모든 청년들과 반대되는 길을 택했을 뿐, 어서 빨리 위업을 이루고 싶다는 열망에서는 똑같았다. 진지한 묵상 끝에 불멸과 신이 존재한다는 확신을 얻어 강렬한 감동을 받자마자, 당연히 그는 즉시 "불멸을 위해 살고 싶다. 어중간한 타협 따윈 받아들이지 않겠다"고 자신에게 말했다. 꼭 마찬가지로, 만약 그가 불멸과 신은 없다고 결론 내렸다면, 그는 곧장 무신론자와 사회주의자들에게로 갔을 것이다(왜냐하면 사회주의는 단순히 노동문제나 이른바 제4계급의 문제가 아니라, 무엇보다도 무신론의 문제, 무신론의 현대적 구현 문제이며, 땅으로부터 하늘에 도달하기 위해서가 아니라 하늘을 땅으로 끌어내리기 위해 그야말로 신 없이 건설되는 바벨탑의 문제이기 때문이다). 알료샤에게는 예전처럼 산다는 것이 심지어 이상하고 불가능하게 여겨졌다. 성경에서 말하고 있지 않은가. "네가 온전하고자 할진대, 모든 것을 나누어주고 나를 따르라."* 알료샤도 자신에게 이렇게 말했다. "나는 '모든 것' 대신에 2루블만 낼 수도 없고, '그를 따르는' 대신 그저 미사에만 갈 수도 없다." 그의 아주 어릴 적 기억 속에는 어쩌면 그의 어머니가 그를 미사에 데려가곤 했던 우리 교외 수도원에 관한 무엇이 간직되어 있었는지도 모른다. 어쩌면 클리쿠샤 어머니가 그를 성상 쪽으로 내밀었을 때 앞으로 비스듬히 비쳐들던 석양빛이 그의 마음에 작용했는지도 모르겠다. 아마 그가 그때 깊은 생각에 잠겨 우리 도시로 돌아온 것도 이곳에서는 모든 것이냐 아니면 그저 2루블이냐를 그냥 한번 살펴보기 위해서였을 것이며, 그리하여 수도원에서 이 장로를 만났던 것이다……

이 장로가, 앞서 내가 이미 언급했듯이, 조시마 장로였다. 하지만 여기서 우리 수도원들의 '장로'라는 것이 대체 무엇인지에 대해서도 몇 마디 해야겠는데, 유감스럽게도 나는 이 방면에 그다지 정통하지도 확실하지도 못하다는 것을 스스로 느끼는 바이다. 그래도 짤막하게 피상적인 설명이나마 해보고자 한다. 첫째, 권위 있는 전문가들의 주장으로는, 장로와 장로제가 우리에게, 즉 우리 러시아 수도원에 나타난 것은 극히 최근의 일로 심지어 백 년도 되지 않았지만, 정교를 믿는 모든 동방, 특히 시나이**와 아토스***에서는 이미 천여 년 전부터 존재해왔다

* 「마태복음」 19 : 21, 「마가복음」 10 : 21, 「누가복음」 18 : 22.

** 시나이반도 남쪽의 산악 지방.

*** 에게해에 있는 그리스의 반도로, 동방정교 전체의 모범이 된 규율체계를 가진 가장 오래된 수도원들이 있다.

고 한다. 아주 오랜 옛날 우리 루시*에도 장로제가 있었거나 혹은 있었던 게 틀림없다고 간주해야 하지만, 러시아의 국난들, 즉 타타르 침공과 지배, 동란으로 인해, 그리고 콘스탄티노플 함락 이후에는 동방과의 이전 관계가 단절됨으로써 이 제도가 우리에게서 잊히고 장로들도 대가 끊겼다는 주장도 있다. 그러다가 지난 세기 말부터 위대한 고행자 중 한 명인(그렇게들 부른다) 파이시 벨리치콥스키**와 그 제자들에 의해 우리 나라에도 다시 장로제가 부활하긴 했으나, 거의 백 년이 흐른 지금까지도 극소수의 수도원에만 존재할뿐더러, 심지어 러시아에 유례가 없는 새 제도라 하여 때로는 박해를 당하다시피 했다. 우리 루시에서 장로제가 특히 번성했던 곳은 어느 유명한 수도원, 즉 코젤스크의 옵치나 수도원***이었다. 언제 누구에 의해 이 제도가 우리 근교의 수도원에도 들어오게 되었는지는 말할 수 없지만, 여기서도 이미 세 차례 장로 승계가 있었고 조시마 장로가 그들 중 마지막 장로였으나, 그도 이미 노쇠하고 병이 들어 거의 죽어가고 있는데도 대체 누가 그를 승계할지 아무도 몰랐다. 이것은 우리 수도원으로서는 중요한 문제였는데, 왜냐하면 그때까지 우리 수도원은 특별히 이름을 떨칠 만한 게 아무것도 없었기 때문이다. 그곳엔 성자의 유체도 없었고, 기적을 행하는 성상화聖像畵가 갑자기 발견된 적도 없었으며, 심지어 우리의 역사와 연

---

* 러시아의 옛 이름.

** 여러 수도원을 편력했고 아토스에 살았던 러시아정교의 활동가.

*** 칼루가현 코젤스크군의 수도원. 도스토옙스키는 1878년 5월 아들 알렉세이가 갑자기 사망하자 6월 이곳을 찾았다. 이 여행은 본 작품의 집필에 큰 영향을 미쳤다. 그해 봄부터 본격적으로 이 작품의 구상에 몰두한 그는 7월 초 소설의 첫 부분을 쓰기 시작했고, 이곳에서 암브로시 장로와 나눈 대화는 조시마의 모습을 그려내는 데 도움을 주었다.

관된 영광스러운 전설조차 없었고, 역사적인 위업과 조국에 대한 공헌을 쌓은 적도 없었다. 우리 수도원이 번성하고 온 러시아에 명성을 떨치게 된 것은 다름아닌 장로들 덕택이었으니, 그들을 보고 그들의 말을 듣기 위해 수천 베르스타*나 떨어진 러시아 방방곡곡에서 순례자들이 무리 지어 우리 고장으로 몰려들었던 것이다. 그러면 장로란 도대체 무엇인가? 장로란 여러분의 영혼과 여러분의 의지를 자신의 영혼과 자신의 의지 속으로 받아들이는 자이다. 일단 장로를 택하게 되면, 여러분은 자신의 의지를 포기하고 완전한 순종 자세로 완전한 자기부정 속에서 자기 의지를 그에게 바친다. 스스로 이런 서원을 행하는 자는 이 수련기를, 이 무서운 인생 학교를 자진해서 받아들이는데, 그것은 이 기나긴 수련 끝에 자신을 이기고 자신을 극복함으로써 마침내 평생 동안의 순종을 통해 이미 완전한 자유에, 즉 자기 자신으로부터의 자유에 도달할 수 있고, 그럼으로써 한평생을 살고서도 자기 안에서 자기를 발견하지 못한 자들과 같은 운명을 피할 수 있으리라는 희망에서이다. 이 제도, 즉 장로제는 이론적인 것이 아니라, 이제는 이미 천 년이나 된 실제 경험으로부터 동방에서 발전되어 나왔다. 장로에 대한 의무는 우리 러시아 수도원에도 늘 있어왔던 보통의 '순종'과 다르다. 장로에게 순종하는 모든 사람은 영원히 그에게 고해할 의무가 있으며, 의무를 지운 자와 의무를 진 자 사이에는 파괴될 수 없는 관계가 존재한다. 예를 들면 이런 이야기가 있는데, 언젠가 그리스도교 아주 초창기에 어느 수련 수도사가 장로가 내린 어떤 순종의 계율을 이행하지 않은 채 시리

* 1베르스타는 약 1.067킬로미터에 해당한다.

아에 있던 그의 수도원을 떠나 다른 나라인 이집트로 갔다고 한다. 거기서 오랜 시간에 걸쳐 위대한 공적을 쌓은 후 마침내 그는 믿음을 위해 모진 고문을 견뎌내고 순교한 사실을 인정받게 되었다. 교회에서는 이미 그를 성자로 받들어 장례식을 치르고 있었는데, 그때 갑자기 보제가 "말씀으로 가르침을 받는 중인 자들은 나갈지어다"*라고 외치자마자, 그 순교자의 시신이 든 관이 그 자리에서 움직이더니 사원 밖으로 나가떨어졌고, 이런 일이 세 차례나 반복되었다. 그러다가 결국 이 성스러운 수난자가 순종의 서약을 깨뜨리고 자신의 장로를 떠났기 때문에 비록 아무리 위대한 공적을 쌓았다 해도 장로가 풀어주지 않으면 용서받을 수도 없다는 것을 알게 되었다. 하지만 그 장로가 불려와 순종의 서약에서 그를 풀어주었고, 그제야 비로소 그의 장례식이 치러질 수 있었다. 물론 이 모든 것은 옛 전설일 뿐이지만, 여기에 최근의 실화도 있다. 우리 시대의 어느 수도사가 아토스에서 구도 생활을 하고 있었는데, 그런 그에게 장로가 갑자기, 그가 마음속 깊이 사랑하고 있던 성소이자 조용한 은둔처인 아토스를 떠나 우선 예루살렘으로 성지순례를 갔다가 그다음엔 다시 러시아로 돌아가 북방으로, 시베리아로 가라고 명했다. "네가 있을 곳은 거기지, 여기가 아니니라"라는 것이었다. 크나큰 충격을 받고 비탄에 빠진 수도사는 콘스탄티노플의 총대주교를 찾아가서 그의 순종 서약을 풀어달라고 애원했으나, 전全 교회의 군주였던 총대주교가 대답하길, 자신이 그를 풀어줄 수 없음은 물론이고,

* '말씀으로 가르침을 받는 중인 자들'이란 정교에서 세례를 받기 위해 지금 가르침을 받고 있는 사람, 즉 아직 교회의 완전한 일원이 되지 못한 사람을 가리키며, 예배식에서 사제가 이렇게 외치면 이들은 사원에서 나가야만 했다.

장로가 한번 부과한 이상 그 순종에서 그를 풀어줄 수 있는 권력은 그것을 부과한 오직 그 장로 자신의 권력 말고는 이 지상 어디에도 없으며, 또 있을 수도 없다는 것이었다. 이렇듯 장로라는 직에는 어떤 경우 무한하고도 불가사의한 권력이 부여되어 있다. 바로 이 때문에 우리 나라의 많은 수도원에서 장로제가 처음에는 거의 박해를 당하다시피 했던 것이다. 반면 민중 사이에서는 곧 장로들이 높이 존경받게 되었다. 이를테면 우리 수도원의 장로들한테도 평민이며 가장 존귀한 이들이며 할 것 없이 몰려들어 그들 앞에 엎드려 절하면서 자신들의 의심, 자신들의 죄, 자신들의 괴로움을 고백하고 조언과 가르침을 청했다. 장로들을 반대하는 자들은 이를 보고 갖은 비난을 퍼부으면서, 이곳에서는 고해성사가 제멋대로 경솔하게 훼손되고 있다고 외쳐댔으나, 원래 수련 수도사나 세속의 신자가 장로에게 끊임없이 자신의 영혼을 고해하는 것은 결코 신비한 성사로서 행해지는 일이 아니다. 어쨌든 장로제는 결국 유지되었고, 이제 러시아의 수도원 곳곳에서 조금씩 확고한 기반을 다져가고 있다. 하긴, 예속을 벗어나 자유와 도덕적 완성으로 나아가는 인간의 정신적 갱생을 위하여 이미 천 년 동안이나 시험을 거쳐온 이 도구가 양날의 칼이 될 수도 있을 것이며, 그리하여 어떤 사람을 겸허와 궁극적인 자기 극복이 아니라 오히려 가장 악마적인 오만으로, 즉 자유가 아닌 속박으로 이끌지도 모를 일이다.

조시마 장로는 예순다섯 살가량 되었으며 지주계급 출신이었는데, 한때 아주 젊었던 시절에는 군인이었고 캅카스에서 위관급 장교로 근무한 적이 있었다. 그가 자신의 영혼이 지닌 어떤 특별한 자질을 통해 알료샤에게 깊은 감명을 주었음은 의심할 여지가 없다. 알료샤는 장로의 처소에서 함께 지내고 있었는데, 이는 장로가 그를 몹시 아끼게 되어 자신의 처소로 받아들였기 때문이다. 여기서 말해둘 것은, 알료샤가 그때 수도원에서 살긴 했으나 아직 무엇에 매인 몸이 아니었던 까닭에 어디든 마음대로 며칠씩이라도 나다닐 수 있었으며, 그가 긴 약식 법의를 입고 다닌 것은 수도원에 있는 어느 누구와도 다르게 보이고 싶지 않아 자발적으로 그랬다는 점이다. 그야 물론 그것이 그 자신의 마음에 들기도 했다. 어쩌면 그의 장로를 항상 에워싸고 있던 그 힘과 영광이 알료샤의 젊은 상상력에 강하게 작용했을지도 모를 일이다. 조시마 장로에 대해 많은 사람이 하는 얘기로는, 그가 자신을 찾아와 마음을 털어놓고 조언과 치유의 말을 갈구하던 모든 사람을 워낙 오랜 세월 동안 자기 암자로 들여 워낙 많은 하소연과 비탄과 고백의 말을 자기 영혼 속에 받아들여온 까닭에, 마침내 그를 찾아온 모르는 사람의 얼굴만 봐도 첫눈에 이 사람이 무엇 때문에 왔고 무엇을 필요로 하는지, 심지어 어떤 종류의 고통이 그의 양심을 괴롭히고 있는지조차 알아맞힐 수 있는 예리한 통찰력을 얻게 됐으며, 방문객이 미처 입을 열기도 전에 그의 비밀을 정확하게 알고 있어서 그를 깜짝 놀라게 하고 당황하게 하고 때로는 거의 공포에 사로잡히게까지 한다는 거였다. 하지만 그런 가운데도 알료샤는, 장로와 처음으로 단둘이 얘기를 나누게 된 많은 사람이 거의 모두 공포와 불안을 느끼며 안으로 들어가지만, 나올 때는 거의 하나같이 기쁨에 넘치는 밝은 모습이며, 어둡기만 하던 얼굴도 행복하게 변해 있음을 거의 언제나 알아챘다. 장로가 전혀 엄격하지 않고 오히려 거의 언제나 명랑하게 사람을 대한다는 것 또한 알료샤를 무척이나 놀라게 했다. 수도사들은 장로에 대해, 그가 진심으로 애착을 갖는 것은 바로 좀더 죄 많은 사람이며, 가장 죄 많은 사람을 가장 사랑한다고 말하곤 했다. 수도사들 중에는 장로의 생애가 아주 막바지에 이른 시점에도 그를 미워하고 시기하는 자들이 있었지만 이제는 이미 그 수도 줄어든데다 그들마저 입을 다물고 있었는데, 그래도 그들 가운데는 수도원 안에서 대단히 고명하고 중요한 인물들도 더러 있었고, 예를 들어 위대한 묵언수행자에 보기 드문 금욕주의자였던 고참 수도사들 중 한 명이 그런 자였다. 그래도 역시 절대다수는 이미 확실하게 조시마 장로 편이었고, 심지어 그들 중 아주 많은 사람이 그를 온 마음으로 뜨겁고 솔직하게 사랑했으며, 몇몇 사람은 거의 광신적으로 그에게 집착하고 있었다. 이런 사람들은 비록 큰 소리로 외친 건 아니지만, 장로는 성자이다, 그건 이미 의심의 여지가 없다고 드러내놓고 말하곤 했으며, 그의 선종이 임박했음을 예견하면서 곧 일어날 기적과 가장 가까운 장래에 고인이 수도원에 가져다줄 위대한 영광을 기대했다. 장로의 기적적인 능력에 대해서는 교회 밖으로 날아가버린 관 이야기와 마찬가지로 알료샤도 철석같이 믿고 있었다. 아픈 아이들이나 어른 친척들을 데리고 와서 장로에게 안수기도를 간청했던 많은 사람이 머지않아, 심지어 어떤 사람들은 바로 그다음날 다시 와서 눈물을 흘리며 장로 앞에 엎드리고 그들의 환자를 낫게 해주어 고마워하는 모습을 그는 보아왔다. 정말로 병을 고쳐줘서 나은 것인지, 아니면 병이 진행되면서 자연스레 호전된 것인지, 이런 의문은 알료샤에게 아예 존재하지도 않았는데, 그는 이미 스승의 정신력을 전적으로 믿고 있었고, 스승의 영광은 곧 그 자신의 승리와도 같았기 때문이다. 특히 장로를 만나 그의 축복을 받고자 러시아 방방곡곡에서 일부러 몰려든 평민계급의 순례

자들이 암자의 문 옆에서 무리 지어 기다리고 있는 곳으로 장로가 그들을 맞기 위해 걸어나올 때면, 알료샤는 심장이 전율했고 얼굴은 온통 광채로 빛나는 듯했다. 그들은 장로 앞에 엎드려 울면서 그의 발에 입을 맞추고 그가 서 있는 땅에 입을 맞추며 큰 소리로 흐느꼈고, 아낙네들은 자기 아이들을 그에게 내밀기도 하고 병든 클리쿠샤를 데려오기도 했다. 장로는 그들과 얘기를 나누고 그들을 위해 짧은 기도를 드리고 축복해준 뒤 돌려보냈다. 최근 들어 장로는 병의 발작 때문에 자신의 방에서 나올 힘도 없을 만큼 쇠약해지는 때가 간간이 있었는데, 그럴 때면 순례자들은 그가 나올 때까지 수도원에서 며칠씩 기다리기 일쑤였다. 그들이 왜 그토록 장로를 사랑하는지, 장로의 얼굴을 보자마자 왜 그 앞에 엎드려 감동의 눈물을 흘리는지, 알료샤에게 그런 것은 아예 의문거리조차 되지 못했다. 오, 그는 노동과 괴로움에, 무엇보다도 항구적인 불의와 항구적인 죄, 자신의 죄뿐만 아니라 온 세상의 죄에 지칠 대로 지쳐버린 러시아 평민의 겸허한 영혼에게는 성물이나 성자를 찾아 그 앞에 엎드려 경배하는 것보다 더 강렬한 욕구와 위안이 없다는 점을 너무나 잘 이해하고 있었다. '우리에겐 죄악과 거짓, 유혹이 있을지라도, 그래도 지상의 저곳, 어딘가에는 거룩하고 드높은 분이 계신다. 그분은 우리 대신 진리를 가지고 계시고 우리 대신 진리를 알고 계신다. 그러니 진리는 이 땅에서 죽어가는 게 아니라, 약속의 말씀대로 언젠가는 우리에게로도 건너와 온 땅을 다스리게 될 것이다.' 민중이 바로 이렇게 느끼고 심지어 이렇게 판단하고 있음을 알료샤는 알고 있고 이해하고 있었으며, 민중의 눈에 조시마 장로야말로 바로 그 성자이고 신의 진리의 수호자라는 것, 이 점에 대해서는 그 자신도, 울고 있는 이 농부들, 그리고 자기 아이들을 장로에게 내미는 그들의 병든 아낙네들과 마찬가지로 추호의 의심이 없었다. 장로가 선종하면서 수도원에 놀랄 만한 영광을 가져다주리라는 확신은 아마 수도원의 그 누구보다도 알료샤의 마음속에 더욱 강렬하게 자리잡고 있었을 것이다. 특히 요 근래 들어 줄곧 그 어떤 깊고도 열렬한 내적인 환희가 그의 가슴속에서 점점 더 거세고 거세게 타오르고 있었다. 이 장로가 그럼에도 불구하고 그저 홀로 그의 앞에 서 있다는 것이 그를 조금도 불안하게 하지는 못했다. '상관없어! 저분은 거룩하시고, 저분의 가슴속에는 모든 사람을 위한 갱생의 비밀이, 마침내는 이 땅에 진리를 세울 힘이 간직되어 있어. 그러니 모든 사람이 거룩하게 되고 서로 사랑하게 될 것이며, 부자도 빈자도 높은 사람도 낮은 사람도 없어져 모두가 하느님의 아이들처럼 될 테니. 그리하여 진정한 그리스도의 왕국이 도래하는 거야.' 바로 이런 꿈이 알료샤의 마음속에서 아른거렸다.

알료샤가 그때까지 전혀 알지 못했던 두 형의 귀향은 그에게 매우 강렬한 인상을 주었던 것 같다. 큰형 드미트리 표도로비치가 다른 형, 그러니까 (동복同腹인) 친형 이반 표도로비치보다 늦게 왔는데도, 그는 큰형과 더 빨리, 더 가깝게 친해졌다. 그는 이반 형에 대해 알고 싶어 지독히도 애가 탔지만, 이반이 이곳에 산 지 벌써 두 달이나 되었고 서로 보는 일이 꽤 잦았는데도 어째서인지 여전히 친해지지 못했다. 알료샤 자신도 워낙 말이 없는 편이어서 뭔가를 기다리고 있는 듯, 뭔가를 부끄러워하는 듯했고, 또 이반 형은 처음에는 알료샤도 눈치챌 수 있을 만큼 그에게 오랫동안 호기심 어린 시선을 보내곤 했으나 곧 그에 대해 생각조차 하지 않게 된 것 같았다. 이를 알아챈 알료샤는 다소 당혹스러웠다. 그는 형의 무관심을 둘의 나이 터울, 특히 학력 차이로 돌렸다. 하지만 알료샤는 달리 생각해보기도 했다. 이반이 자기에게 저토록 호기심과 관심을 보이지 않는 까닭은 어쩌면 자기가 전혀 알지 못하는 어떤 일 때문일지도 몰랐다. 그는 왠지 이반이 뭔가에, 내적이고 중요한 뭔가에 열중해 있고 아마도 매우 힘든 어떤 목표를 향해 내달리고 있어서 그에게 신경쓸 겨를이 없으며, 오로지 이 때문에 자기를 그저 멀거니 바라보는 것이라는 생각이 자꾸만 들었다. 알료샤는 또, 여기에는 자기처럼 멍청한 수련 수도사에 대한 박식한 무신론자의 어떤 경멸 같은 것이 숨어 있지 않을까 하는 생각에 잠기기도 했다. 그는 자기 형이 무신론자임을 확실하게 알고 있었다. 설령 그런 경멸이 숨어 있다 해도 그 때문에 마음이 상할 리는 없었지만, 그럼에도 왠지 스스로도 알 수 없는 어떤 불안한 당혹감을 느끼면서 그는 형이 자기에게 좀더 가까이 다가와주길 기다리고 있었다. 드미트리 표도로비치 형은 이반 형에 대해 아주 깊은 존경을 나타냈고, 그의 얘기를 할 때면 어떤 특별한 감동에 젖곤 했다. 최근에 두 형을 그처럼 유별나고 긴밀하게 엮어준 중대한 일의 자초지종을 알료샤가 알게 된 것도 바로 큰형을 통해서였다. 이반 형에 대한 드미트리의 열광적인 평가가 알료샤의 눈에 더 특이하게 보였던 것은, 드미트리 형은 이반에 비하면 교육을 전혀 받지 못한 셈이었고, 두 사람을 나란히 함께 세운다면 아마 서로 이보다 더 닮지 않은 두 사람을 생각해낼 수 없을 만큼 성정과 성격에서 너무나 선명한 대조를 이룬다고 생각되어서였다.

바로 이런 때에 이 콩가루 집안의 구성원들이 전부 모이는 회합, 아니 더 정확히 말해 가족 모임이 장로의 처소에서 이루어졌고, 이 모임은 알료샤에게 대단히 큰 영향을 미쳤다. 이 모임의 구실은 실은 꾸며낸 것이었다. 그 당시, 다름아닌 상속과 재산 분배 문제로 생긴 드미트리 표도로비치와 아버지 사이의 불화는, 보아하니 막다른 지점까지 치달은 상태였다. 둘의 관계는 극도로 날카로워져서 더이상 견딜 수 없는 지경이었다. 아마도 표도르 파블로비치 쪽에서 먼저 농담삼아 조시마 장로의 처소에서 다 함께 모이면 어떨까 하는 생각을 슬쩍 내비친 것 같은데, 장로에게 구태여 직접적인 중재를 청하지는 않더라도 어쨌든 좀더 점잖게 의논할 수 있을 테고 장로의 지위와 얼굴 때문에라도 뭔가 영令이 서고 원만한 타협이 가능하지 않을까 싶었던 모양이다. 물론 드미트리 표도로비치는 한 번도 장로를 찾아간 적이 없을뿐더러 그를 본 일조차 없었기 때문에, 아버지가 장로를 내세워 자기를 겁주려는 속셈일 거라고 생각했다. 그러나 그도 요즘 아버지와 다투면서 너무 과격한 언동을 많이 했다며 속으로 자신을 질책하고 있던 터라 결국 도전을 받아들였다. 이참에 말해두자면, 그는 이반 카라마조프처럼 아버지 집에서 살지 않고, 도시의 다른 쪽 끝에서 따로 살고 있었다. 그런데 그 무렵 우리 도시에 머무르고 있던 표트르 알렉산드로비치 미우소프가 표도르 파블로비치의 이 생각을 유난히 지지하고 나섰다. 40~50년대의 자유주의자이자 자유사상가이며 무신론자인 그가 너무 따분해서였든 아니면 가벼운 심심풀이 삼아서였든 간에 이 일에 비상한 관심을 보인 것이다. 그는 갑자기 수도원과 그 '성자'가 보고 싶어졌다. 더구나 수도원과 그 사이의 해묵은 분쟁이 아직도 계속되고 있었고 소유지의 토지 경계선과 무슨 산림 벌목권이며 무슨 하천 어로권 등등에 관한 송사訟事가 아직도 질질 끌고 있는 상태여서, 수도원장 신부를 만나 그들의 분쟁을 어떻게든 호의적으로 끝낼 수 없을지 직접 의논해보고 싶다는 구실 아래 이 기회를 이용하려고 서둘렀다. 이렇게 훌륭한 의도를 가지고 오는 방문객이라면 수도원에서도 당연히, 그저 호기심에서 찾아오는 사람보다는 좀더 세심하고 친절하게 맞아줄 수 있을 터였다. 이 모든 점을 고려하여 수도원측에서, 최근 들어 자신의 방을 나서는 일도 아예 없다시피 하고 병환 탓에 일반 방문객을 맞는 일도 마다해온 병든 장로에게 어떤 내적인 영향력을 행사할 수도 있었다. 결국에는 장로도 동의했고 날짜도 잡혔다. "누가 나를 그들 사이에 나누는 자로 세웠느냐?"* 그는 미소를 지으며 알료샤에게 이렇게만 말했다.

모임에 대해 알게 되자 알료샤는 몹시 당황했다. 서로 소송을 걸고 쟁의중인 이 사람들 가운데 누군가 이 회합을 진지하게 바라볼 수 있는 사람이 있었다면, 그건 틀림없이 드미트리 형 하나뿐이었다. 나머지 사람들은 다들 장로에게 아마도 모욕이 될 경박한 목적을 가지고 올 것이며, 바로 이 점을 알료샤는 잘 알고 있었다. 이반 형과 미우소프는 호기심에서, 그것도 아마 가장 무례한 호기심에서 올 것이며, 아버지는 아마 무슨 광대극이나 연극판을 벌일 생각일 것이다. 오, 알료샤는 비록 입을 봉하고 있었으나, 자기 아버지를 이미 속속들이 알고 있었다. 거듭 말하지만, 이 소년은 다들 생각하는 것 같은 그런 단순한 소년이 절대 아니었다. 그는 무거운 심정으로 예정된 날이 오기를 기다렸다. 물론 그는 가족의 이 모든 불화가 어떻게든 끝났으면 하고 혼자서 마음속으로 무척 애를 태우고 있었다. 그렇지만 그가 무엇보다 애를

---

* 「누가복음」 12:14. 형과의 유산 분배 문제를 도와달라고 부탁하는 자에게 예수는 "누가 나를 너희의 재판장이나 물건 나누는 자로 세웠느냐"라고 말한다.

태운 이유는 장로 때문이었다. 장로를 위해, 장로의 명예를 위해 가슴을 졸였고, 장로에게 가해질 모욕, 특히 미우소프의 세련되고도 정중한 냉소와 유식한 이반의 깔보는 듯한 은근한 암시가 두려웠으며, 이 모든 것이 그의 눈앞에 훤히 떠올랐던 것이다. 그는 용기를 내어 장로에게 미리 귀띔이라도 해두고, 조만간 들이닥칠 수 있는 이 인물들에 대해 뭔가 얘기를 해두려고 했으나, 잠시 생각을 해보고는 그냥 입을 다물고 말았다. 다만 예정된 날의 전날, 한 지인을 통해 드미트리 형에게, 자기는 형을 몹시 사랑하며 형이 약속한 바를 꼭 지켜주기 바란다는 말을 전했을 뿐이다. 드미트리는 자기가 무슨 약속을 했는지 전혀 기억이 나지 않아서 곰곰 생각하다가 그저 편지를 통해, '어떤 비열함을 마주하더라도' 힘껏 자신을 억제하겠으며, 자기는 장로와 동생 이반을 깊이 존경하지만, 그래도 이것은 자신을 사로잡기 위한 어떤 덫이거나 저질 희극임을 확신한다고 답했다. "그럼에도 불구하고 네가 그토록 존경하는 거룩한 분에게 결례를 범하느니 차라리 내 혀를 삼키고 말겠다"라며 드미트리는 자신의 짤막한 편지를 끝맺었다. 그러나 이 편지도 알료샤를 그다지 고무시키지는 못했다.

제2편

잘못된 모임

I

수도원에 도착하다

맑고 따뜻한 아름다운 날이었다. 8월이 끝나가고 있었다. 장로와의 회견은 늦은 아침 미사 직후인 열한시 반경으로 잡혀 있었다. 하지만 우리의 수도원 방문객들께옵선 미사에는 참석하지 않으셨고, 정확히 미사가 막 끝날 즈음에 도착했다. 그들은 두 대의 마차에 나눠 타고 왔는데, 첫번째 마차, 그러니까 한 쌍의 값비싼 말을 매단 멋들어진 반포장 마차를 타고 온 이는 표트르 알렉산드로비치 미우소프로, 먼 친척뻘이 되는 아주 젊은 스무 살가량의 청년 표트르 포미치 칼가노프와 함께였다. 이 젊은이는 대학에 들어갈 준비를 하고 있었는데, 미우소프는 무슨 일로 당분간 자기 집에 묵고 있던 그에게 자기와 함께 외국으로, 취리히나 예나로 가서, 그곳 대학에 입학하여 과정을 마치는 게 어떠냐고 꼬드기는 중이었다. 젊은이는 아직 마음을 정하지 못한 상태였다. 그는 곧잘 무슨 생각에 잠겼고, 어딘지 얼빠진 사람처럼 보였다. 인상 좋은 얼굴에 다부진 체격이었고 키도 꽤 컸다. 그의 시선은 이상하리만큼 꼼짝도 안 할 때가 있었는데, 아주 얼빠진 사람들이 다들 그렇듯, 이따금 사람들을 오랫동안 뚫어지게 바라보면서도 실은 그들을 전혀 보고 있지 않았다. 말수도 적고 좀 굼떴으나, 누구하고든 단둘이 있게 되면, 갑자기 무섭게 수다스럽고 충동적이 되었으며, 때로는 뭐가 그리 우스운지 까닭 없이 공연히 웃음을 터뜨리기 일쑤였다. 그러나 그의 활기는 순식간에 갑자기 생겨났던 것만큼이나 순식간에 갑자기 사그라져버리곤 했다. 옷차림은 훌륭할뿐더러 세련되기까지 했고, 이미 자기 몫의 재산을 어느 정도 가지고 있는데다 훨씬 많은 재산이 기대되는 참이었다. 알료샤와는 친구 사이였다.

미우소프의 마차보다 훨씬 뒤처져서, 표도르 파블로비치도 회적색의 늙은 말 한 쌍이 끄는 덜커덩거리고 몹시 낡아빠진 커다란 전세 마차를 타고 아들 이반 표도로비치와 함께 들이닥았다. 드미트리 표도로비치는 그 전날 이미 날짜와 시간을 알려주었건만 아직 오지 않고 있었다. 방문객들은 마차를 수도원 담장 옆에 있는 여관에 세워두고, 걸어서 정문 안으로 들어갔다. 표도르 파블로비치를 제외한 나머지 세 사람은 수도원이라는 것을 아예 본 적도 없는 듯했고, 미우소프는 아마 삼십 년가량 교회에 가본 적도 없을 것이다. 그는 아무렇지 않은 척하면서도 다소 호기심 어린 눈으로 주위를 두리번거렸다. 하지만 평범하기 짝이 없는 교회 건물과 교회 살림집들 말고는 그의 관찰 정신의 대상이 될 만한 게 수도원 경내에 아무것도 없었다. 교회에서 마지막으로 나온 사람들이 모자를 벗고 성호를 그으면서 지나갔다. 평민들 사이로

비교적 상류계급에 속하는 방문객들도 눈에 띄었는데, 두세 명의 귀부인과 무척 연로한 장군 한 사람이 그들로, 모두 여관에 묵고 있었다. 거지들이 금세 우리 방문객들을 에워쌌지만, 적선하는 사람은 아무도 없었다. 다만 페트류샤* 칼가노프만이 지갑에서 10코페이카짜리 은화 한 닢을 꺼내더니 왜 그런지 허둥대고 당황해하다가, 한 아낙네의 손에 황급히 찔러주면서 "똑같이 나눠 가져요" 하고 재빨리 말했다. 일행 중 아무도 이 상황을 알아차리지 못했기 때문에 그가 당황해할 이유라곤 전혀 없었지만, 이 사실을 깨닫자 그는 더욱더 당황스러워했다.

그런데 이상한 일이었다. 원래, 이쪽에서 의당 그들을 기다리고 있어야 했고 어쩌면 어느 정도 존경까지 표해야 마땅할 터였다. 그들 중 한 사람은 바로 얼마 전에 천 루블을 희사했고, 또 한 사람은 대단히 부유한 지주인데다 이른바 교양이 넘치는 사람으로, 재판의 추이에 따라서는 하천 어로권과 관련하여 이곳 사람들 모두가 그에게 일정 정도 의존할 수밖에 없었기 때문이다. 아니, 그런데도 그들을 맞이하는 공식적인 인물이 한 명도 없는 것이다. 미우소프는 교회 주변의 묘석들을 멀거니 바라보다가, 저런 '성스러운' 곳에다 묻을 권리를 얻느라 상주들은 저 무덤들에 돈깨나 썼겠다고 한마디하려다가 그만 입을 다물고 말았다. 단순한 자유주의적 야유가 그의 마음속에서 어느새 거의 분노로 변해가고 있었다.

"젠장, 대체 여기 누구한테 물어봐야 하나, 이렇게 뒤죽박죽이어서야…… 이거 무슨 수를 써야지, 시간은 자꾸 가는데." 그가 불쑥 혼잣말

---

* 표트르의 애칭.

처럼 꿍얼거렸다.

갑자기 그들 쪽으로 헐렁한 여름 외투 차림의 나이 지긋한 대머리 신사 한 명이 알랑거리는 눈을 하고 다가왔다. 그는 모자를 살짝 들어 올리고는 들척지근한 발음으로, 자기는 그러니까 툴라의 지주인 막시모프라고 모두에게 소개했다. 그는 단박에 우리 일행을 돕겠다며 나섰다.

"조시마 장로님께서는 암자에, 아주 외딴 암자에 살고 계신데, 수도원에서 사백 보쯤 떨어져 있어요. 저 조그마한 숲, 저 숲을 지나서……"

"숲 너머라는 건 나도 알고 있다굽쇼." 표도르 파블로비치가 그에게 대답했다. "그런데 길이 통 생각나지 않는단 말이오. 가본 지가 오래돼놔서."

"바로 이 문으로 들어가 곧장 작은 숲을 지나면 됩니다…… 작은 숲을. 어서 가십시다. 뭣하면…… 제가 직접…… 이 몸이 직접…… 자, 이쪽, 이쪽으로요……"

그들은 문을 나와 숲 쪽으로 걷기 시작했다. 지주 막시모프는 예순 살쯤 된 사람이었는데, 걷는다기보다 그들 옆에서 달리다시피 하면서, 마치 경련이라도 인 듯이 힐끔힐끔거리며 가히 믿기 힘든 호기심을 가지고 그들 모두를 살펴보는 것이었다. 그의 눈은 흡사 무슨 퉁방울 같았다.

"이보시오, 우리가 이 장로님한테 가는 건 우리만의 용무가 있어서요." 미우소프가 근엄하게 말했다. "우리는 말하자면 '이분'의 알현을 허락받은 것이니, 댁이 길을 안내해줘서 고맙소이다만 함께 들어가자고 청하지는 않겠소."

"저는 벌써 다녀왔습니다, 다녀왔어요. 벌써 다녀왔다고요…… *완벽한 기사이시지요!*" 그러면서 지주는 허공에다 손가락을 탁 튕겼다.

"누가 그 *기사*라는 거요?" 미우소프가 물었다.

"장로님, 위대하신 장로님 말입니다, 장로님…… 수도원의 영예이자 영광이지요. 조시마 장로님 말입니다. 그 장로님으로 말하자면……"

하지만 그의 횡설수설은 일행을 쫓아온 한 수도사 때문에 중단되고 말았는데, 두건을 쓰고 크지 않은 키에 무척 창백하고 여윈 수도사였다. 표도르 파블로비치와 미우소프는 걸음을 멈추었다. 수도사는 매우 정중하게 거의 허리까지 머리를 숙여 절하면서 말했다.

"수도원장님께서 곡진히 부탁하시길, 여러분이 암자를 방문하신 후에 모두 당신 처소에서 식사를 드셨으면 좋겠답니다. 한시에 원장님 처소로 와주십시오. 더 늦으면 안 됩니다. 그리고 당신께서도요." 그가 막시모프를 보며 말했다.

"암, 가고말고요!" 표도르 파블로비치가 초대를 받아 끔찍이도 기뻐하며 소리쳤다. "꼭 가겠습니다. 그리고 아십니까, 우리는 여기서 다들 점잖게 행동하기로 약속했답니다…… 그런데 표트르 알렉산드로비치, 댁은 가시겠소?"

"왜 안 간단 말이오? 그래, 여기 이들의 풍습을 전부 보자는 게 아니라면 내가 여기 왜 왔겠소. 다만 한 가지 곤란한 건 지금 바로 표도르 파블로비치, 당신과 동행이라는 거지……"

"그러고 보니 드미트리 표도로비치가 아직 안 보이는군."

"아예 안 온다면 정말 좋을 텐데, 아니, 내가 뭐 당신의 이 어설픈 연극을 좋아하는 줄 아시오? 그것도 덤으로 당신하고 어울려서? 아무튼 점심식사에는 모두 가겠으니, 수도원장님께 감사의 말씀을 전해주시오." 수도사를 보며 그가 말했다.

"아닙니다. 제가 여러분을 장로님께 직접 안내하도록 되어 있습니다." 수도사가 대답했다.

"그럼 저는 수도원장님께, 그사이 곧장 수도원장님께로 가겠습니다요." 지주 막시모프가 재재거렸다.

"수도원장님께서는 지금 분주하십니다만, 뭐 좋으실 대로……" 수도사가 머뭇거리며 말했다.

"정말 끈질긴 영감쟁이로군." 지주 막시모프가 다시 수도원 쪽으로 달려가자 미우소프가 큰 소리로 내뱉었다.

"폰 존*을 닮았어." 표도르 파블로비치가 불쑥 말했다.

"당신이 안다는 게 기껏 그런 거지…… 어딜 봐서 저 사람이 폰 존을 닮았다는 거요? 직접 폰 존을 보기라도 했소?"

"사진을 봤지. 얼굴 윤곽은 닮지 않았지만, 뭔가 설명할 수 없는 걸로 닮았소. 영락없이 폰 존의 판박이라니까. 언제나 관상 하나만 봐도 난 그런 걸 알 수 있소."

"그러시겠지, 그쪽으론 전문가일 테니. 다만, 표도르 파블로비치, 방금 당신 입으로 우리가 점잖게 행동하기로 약속했노라고 말씀한 거, 명심하시오. 분명히 말해두는데, 자중하시오. 어릿광대짓을 시작한다면, 난 여기서 당신과 동급으로 보이고 싶진 않으니까…… 좀 보십시오, 어떤 인간인지." 그가 수도사를 돌아다보며 말했다. "이런 인간과 함께

* 페테르부르크 사창가로 유인당해 엽기적으로 살해된 실존 인물.

점잖은 분들을 찾아가기가 두렵군요."

수도사의 핏기 없는 창백한 입술에 일종의 교활한 빛이 감도는 미묘하고 은밀한 미소가 떠올랐으나 대꾸는 전혀 없었는데, 자신의 품위를 의식해서 입을 다물고 있는 게 너무도 분명했다. 미우소프는 한층 더 이맛살을 찌푸렸다.

'에잇, 죄다 뒈질 놈들, 수백 년 동안이나 갈고닦은 게 고작 저런 면상이야. 속은 야바위와 엉터리로 꽉 찼으면서!' 이런 생각이 그의 머릿속을 스쳐갔다.

"아, 여기가 암자로군, 다 왔어!" 표도르 파블로비치가 외쳤다. "그런데 울타리도 문도 잠겨 있는걸."

그러면서 그는 문 위와 옆에 그려진 성자들 앞에서 큼직하게 성호를 긋기 시작했다. "남의 수도원에 왔으니 이곳 법도대로 해야지." 그가 한 말씀했다. "여기 이 암자에선 모두 스물다섯 명의 성자가 도를 닦고 있고, 서로를 바라보며 배추를 먹는다던데. 여자는 단 한 명도 이 문안으로 들어올 수 없다니, 그 점이 특히 대단하단 말씀이야. 하긴 정말 그렇겠지. 다만 장로님께선 부인들을 맞으신다고 들었는데, 그건 어찌된 거랍니까?" 그가 느닷없이 수도사에게 물었다.

"평민층 여자들은 지금도 이곳에 와 있는데, 바로 저기 낭하 옆에 누워서 기다리고 있습니다. 상류계급 귀부인들을 위해서는 여기 낭하에다 조그만 방 두 칸을 지어놓았지만 울타리 바깥쪽입니다. 바로 이게 그 창문들이지요. 장로님께서는 건강하실 땐 내부 통로를 통해 그분들을 만나러 가시는데, 하지만 어디까지나 울타리 바깥으로 나가시는 겁니다. 지금도 하리코프의 여지주인 호흘라코바 부인이라는 어떤 마님이 몸이 허약한 따님과 함께 기다리고 계십니다. 만나러 나오시겠다고 약속하신 모양입니다. 최근엔 너무 쇠약해지셔서 일반 신도들 앞에 나타나시는 일도 거의 없으신데 말이지요."

"그러니까 어찌됐건, 암자에서 그 마님들한테로 가는 개구멍이 있다는 말이로군요. 하지만 거룩하신 수도사님, 제가 무슨 뜻이 있어서 그런다고는 생각지 마십쇼, 그냥 해본 말이니까. 그런데 들어보셨는지, 아토스에서는 여자들의 방문은 말할 것도 없고, 여자라면 모조리, 심지어 암컷이라면 뭐든 간에 금지되어 있다고 하더구먼요. 암탉이고, 암칠면조고, 암송아지고 할 것 없이……"

"표도르 파블로비치, 나는 당신을 여기 혼자 버려두고 당장 돌아가겠소. 미리 일러두지만, 내가 없으면 당신은 양팔을 붙들린 채 여기서 끌려나가고 말 거요."

"아니, 내가 댁한테 무슨 방해가 된다고, 표트르 알렉산드로비치. 저걸 봐요." 그는 암자의 울타리 너머로 발을 들여놓으며 갑자기 소리쳤다. "잘 보시구려, 이 사람들이 얼마나 기막힌 장미 동산에서 살고 있는지!"

아닌 게 아니라, 비록 지금은 장미가 없었지만, 뭘 심을 만한 데라면 어디든 갖가지 진귀하고 아름다운 가을꽃들이 풍성하게 피어 있었다. 꽃을 가꾸는 이의 솜씨가 보통 아닌 듯싶었다. 교회 울타리 안에도, 무덤 사이사이에도 꽃밭이 가꾸어져 있었다. 장로의 방이 있는, 입구 앞에 낭하가 딸린 자그마한 목조 단층집 주위에도 꽃이 빙 둘러 심어져 있었다.

"예전의 바르소노피 장로님 때도 이랬던가요? 그분은 아름다운 것을 좋아하지 않으셨고, 심지어 부인들에게 달려들어 지팡이로 두들겨 팼다는 말도 있던데요." 표도르 파블로비치가 현관 앞 계단을 오르면서 말했다.

"바르소노피 장로님께서 이따금 유로지브이 같은 모습을 보이신 건 사실이지만, 세간에서 하는 얘기들은 터무니없는 게 많습니다. 지팡이로 누구를 때린 적은 한 번도 없으셨습니다." 수도사가 대답했다. "이제 여러분, 잠깐만 기다려주십시오. 여러분께서 오셨다고 알리겠습니다."

"표도르 파블로비치, 마지막 다짐이니 잘 들어두구려. 제발 점잖게 구시오, 안 그랬다간 내가 제대로 갚아줄 테니." 미우소프가 그 틈을 타서 다시 한번 꿍얼거렸다.

"정말 모르겠구려, 댁은 뭐 땜에 그렇게 흥분하는 거요?" 표도르 파블로비치가 이죽거리며 대꾸했다. "혹시 지은 죄가 두렵소? 하긴 그 장로는 사람 눈만 봐도 왜 왔는지 안답디다. 더구나 댁같이 파리 시민에다 진보적인 신사 양반이 그자들의 생각을 그렇게까지 높이 평가하다니, 놀랍기까지 하외다, 정말!"

하지만 미우소프가 이 야유에 미처 대꾸할 겨를도 없이, 다들 안으로 들어오라는 청을 받았다. 다소 역정이 치민 채, 그는 안으로 들어갔다……

'그래, 벌써 훤히 보인다. 이렇게 역정이 나 있으니, 내 쪽에서 시비를 걸고…… 열을 내고, 그래서 나 자신과 내 사상까지도 욕되게 하고 말 거다' 하는 생각이 언뜻 그의 뇌리를 스쳤다.

II
늙은 어릿광대

그들은 장로와 거의 동시에 방으로 들어섰는데, 장로는 그들이 나타나자 곧바로 자신의 침소에서 나온 것이었다. 그 방에는 암자에 머무르고 있는 두 명의 수도사제가 그들보다 먼저 와서 장로가 나오길 기다리고 있었다. 한 명은 사서司書 신부였고, 다른 한 명은 아직 늙지는 않았지만 건강이 좋지 않은 파이시 신부로 대단히 학식이 높은 사람이라고들 했다. 그 밖에도 일반인이 입는 프록코트 차림의 스물두어 살가량 되어 보이는 젊은 청년이 한쪽 구석에 서서(그후에도 내내 서 있었다) 대기중이었는데, 그는 어떤 이유에서인지 수도원과 수도사들의 후원을 받고 있는 신학생이자 미래의 신학자였다. 키가 꽤 크고 생기 있는 얼굴에 광대뼈가 넓었으며, 자그마한 갈색 눈은 영리하고 주의깊어 보였다. 얼굴은 더없이 공손했으나 아첨의 기색이라곤 찾아볼 수 없는 점잖은 표정이었다. 안으로 들어온 손님들에게 허리 굽혀 인사하는 것조차 하지 않았는데, 자기는 그들과 대등한 인물이 아니라 오히려 종속되고 매여 있는 사람이라고 생각해서 그러는 듯했다.

조시마 장로는 수련 수도사 한 명과 알료샤를 대동하고 나왔다. 수도사제들이 자리에서 일어나 손가락이 바닥에 닿게끔 깊숙이 허리 굽혀 그를 맞았고, 이어 장로의 축복을 받고서 그의 손에 입을 맞추었다. 장로는 그들을 축복한 다음, 역시 바닥에 손가락이 닿도록 그들 한 사람 한 사람에게 깊숙한 절로써 답하고, 그들 각각에게 자신을 위해 축복해줄 것을 청했다. 이 모든 의식은 여느 일상적인 관례와는 전혀 달리 심지어 어떤 감동마저 담아 대단히 진지하게 진행되었다. 하지만 미우소프에게는 이 모든 것이 억지로 위엄 있는 인상을 주기 위해 일부러 그러는 것처럼 보였다. 그는 자신과 함께 들어온 일행의 맨 앞에 서 있었다. 따라서 그가 이미 어제저녁에 곰곰 생각해본 바대로, 사상이야 어떻든 간에 그저 단순한 예의 차원에서라도(이곳엔 이미 그런 관습이 있으니까) 장로에게 다가가 그의 축복을 청하는 것이, 손에 입을 맞추지는 않을지언정 최소한 축복이라도 청하는 것이 옳았으리라. 그러나 지금 수도사제들이 다들 이렇게 절하고 입맞추는 것을 보자, 그는 일 초 만에 결심을 바꾸고 말았다. 그는 정중하고 엄숙하게 속세에서 하는 식으로 고개를 상당히 깊이 숙여 인사를 하고는 의자 쪽으로 물러섰다. 표도르 파블로비치도 아주 똑같이 행동했는데, 이번에는 완전히 원숭이처럼 미우소프를 따라 한 것이다. 이반 표도로비치는 매우 정중하고 공손하게 절을 했으나 두 손을 바지솔기에 딱 갖다붙인 채였고, 칼가노프는 너무 당황한 나머지 아예 몸을 숙이지도 못했다. 장로는 축복을 하기 위해 위로 들어올렸던 손을 내리고 그들에게 또 한번 절을 하더니 다들 앉으라고 권했다. 알료샤는 빰이 벌겋게 달아올랐다. 부끄러웠다. 그의 불길한 예감이 적중하고 있었다.

장로는 가죽을 씌운 아주 구식의 마호가니 안락의자에 앉았고, 두 수도사제를 제외한 손님들은 맞은편 벽 옆에 놓인, 검은 가죽이 심하게 닳은 네 개의 마호가니 의자에 나란히 앉도록 했다. 수도사제들은 양옆으로, 한 명은 문가에, 다른 한 명은 창문가에 자리하고 앉았다. 신학생, 알료샤, 그리고 수련 수도사는 그대로 서 있었다. 처소 전체가 그다지 넓지 않았고 어쩐지 허름해 보였다. 물건과 가구는 조잡하고 값싼 것들이었는데 그나마도 꼭 필요한 것들밖에 없었다. 창턱에 화분 두 개가 놓여 있고, 방 한쪽 구석에는 성상화가 많이 있었는데, 그중 하나인 엄청난 크기의 성모상은 필시 교회 분리* 훨씬 이전에 그려진 것 같았다. 그 앞에는 작은 등명이 희미한 빛을 내며 타오르고 있었다. 그 옆에는 번쩍거리는 금속 장식틀을 씌운 다른 성상화 두 점이 있고, 또 그 옆으로는 조그만 게루빔**상들과 사기로 만든 달걀들, 상아로 만든 가톨릭식 십자가와 그것을 안고 있는 비탄에 잠긴 성모Mater dolorosa, 그리고 지난 여러 세기가 낳은 이탈리아 거장들의 작품을 복제한 것인 외국 판화 몇 점이 자리하고 있었다. 이 세련되고 값진 판화들 옆에서 성자들, 순교자들, 고위 성직자들 등을 그린 지극히 서민적인 러시아 석판화 몇 점도 자태를 뽐내고 있었는데, 어느 장터에서나 단돈 몇 코페이카면 살 수 있는 것들이었다. 러시아의 현재와 과거 주교들의 석판 초상화도 몇 점 있었지만, 그것들은 이미 다른 쪽 벽들에 걸려 있었다. 미우소프는 이 모든 '상투적인 것들'을 대충 훑어보고는 꿰뚫을 듯한 시선으로 장로를 응시했다. 그는 자신의 통찰력을 지나치게 중시하는 약점을 지니고 있었는데, 이 약점은 그가 이미 쉰 살이라는 점을 고려한다면 어쨌든 용서해줄 만한 것으로—이 나이에 들면, 사회에서 웬만큼 자리를 잡은 똑똑한 사람은 으레 자신을 더욱더 존중하게 마련이며 때로는 본의가 아닐지라도 그렇게 되는 법이다.

첫 순간부터 그는 장로가 마음에 들지 않았다. 사실, 장로의 얼굴에는 미우소프가 아니더라도 많은 사람의 마음에 들지 않을 뭔가가 있었

* 17세기 중엽에 일어난 러시아정교회의 분리.

** 구품천사 가운데 상급에 속하는, 숭고한 지혜를 가진 지품(智品)천사.

다. 그는 크지 않은 키에 등이 굽었고 다리마저 몹시 허약한 사람이었는데, 나이는 이제 겨우 예순다섯이었지만 병을 앓아 훨씬 더, 적어도 열 살쯤은 더 늙어 보였다. 그러잖아도 여윌 대로 여윈 얼굴은 온통 잔주름투성이였고, 눈언저리가 특히 심했다. 눈은 크지 않으나 밝은 빛이었고, 마치 두 개의 빛나는 점처럼 빠르게 반짝이곤 했다. 허옇게 센 머리카락은 관자놀이 주변에만 몇 가닥 남아 있었고, 숱이 성긴 작은 수염은 쐐기 같았으며, 자주 미소를 띠는 입술은 두 줄의 가느다란 노끈처럼 얇았다. 코는 길다기보다 새의 부리처럼 날카로웠다.

'어느 모로 보나 심술맞고 용렬스레 오만한 작자야.' 이런 생각이 미우소프의 머리를 스쳤다. 아무튼 그는 자기 자신이 몹시 못마땅했다.

때마침 시계가 치는 덕분에 대화가 시작될 수 있었다. 작은 싸구려 벽시계가 추를 급하게 움직이면서 정확하게 열두시를 친 것이다.

"정확하게 시간이 됐군요." 표도르 파블로비치가 소리쳤다. "그런데 제 아들 녀석 드미트리 표도로비치가 여태 안 오는군요. 녀석을 대신하여 사과드립니다, 거룩하신 장로님!(알료샤는 '거룩하신 장로님'이라는 말에 온몸을 부르르 떨었다) 저로 말할 것 같으면 언제나 정확해서 일 분일초도 어기는 법이 없답니다, 정확함이 왕들의 예의*임을 명심하고 있는지라……"

"하지만 당신은 최소한 왕은 아니잖소." 미우소프가 대번에 참지 못하고 중얼거렸다.

"아무렴, 옳은 말씀, 왕은 아니지요. 하지만 말이외다, 표트르 알렉산

---

* 프랑스 왕 루이 18세의 좌우명.

드로비치, 그런 건 나도 알고 있소, 거참! 바로 그래서 나는 언제나 엉뚱한 소리를 지껄이는 거요! 존경하옵는 장로님!" 그는 순간적으로 어떤 비통한 감정을 담아 외쳤다. "장로님께서 지금 눈앞에 보고 계신 건 어릿광대, 진실로 어릿광대입니다! 자기소개도 이런 식으로 하지요. 고질적인 습관이거든요, 아아, 슬픈지고! 하지만 제가 이따금 얼토당토않은 거짓말을 하는 건 오히려 일부러 그러는 거랍니다, 사람들을 웃기고 저도 그들에게 기분좋은 사람이 될 요량으로 말씀입죠. 기분좋은 사람이어야 하지 않겠습니까, 안 그런가요? 한 칠 년 전에 볼일이 좀 있어서 어느 작은 도시에 가게 됐는데, 어떤 장사치들하고 동업을 좀 해볼까 해서요. 뭘 부탁할 일도 있고 해서 식사 초대를 하려고 그곳 경찰서장을 찾아갔지요. 경찰서장이 나오는데, 키가 크고 뚱뚱하고 연한 머리털에 무뚝뚝한 인간인 것이, 이런 경우엔 제일 위험한 유형이지요. 이자들은 심통이 보통 아니거든요. 저는 곧장 그에게 다가가서 세상에서 굴러먹은 인간답게 아무 거리낌 없이 '서장님, 우리의 나프라브니크*가 되어주십시오!'라고 말합니다. 그랬더니 '어떤 나프라브니크 말이오?' 라는 겁니다. 저는 벌써 0.5초 만에 일이 글렀다는 걸 알아챘죠. 그자는 정색을 하고 서서 저를 뚫어지게 보더군요. 그래서 제가 말하죠. '저는 그냥 다들 유쾌해지라고 농담을 하고 싶었던 겁니다. 나프라브니크 씨는 우리 러시아의 유명한 악장樂長이 아닙니까. 그런데 우리에게도 우리 사업의 하모니를 위해서 악장 같은 존재가 필요하거든요……' 설명

---

* 19세기 후반 러시아 작곡가이자 지휘자. 표도르 파블로비치가 제정러시아의 군 경찰서장을 일컫는 단어 '이스프라브니크(исправник)'와 발음이 비슷한 '나프라브니크'로 말장난을 한 것이다.

도 비유도 다 그럴듯했지요, 안 그렇습니까? 그런데 이 작자는 '미안하지만 나는 경찰서장이고, 나의 관직명을 가지고 말장난하는 건 용납하지 않겠소' 합디다. 그러고는 몸을 휙 돌려 가버리는 겁니다. 저는 그의 뒤를 따라가며 소리칩니다. '그래요, 맞아요, 당신은 경찰서장이십니다, 나프라브니크가 아니라!' 그러자 그가 또 이러는 겁니다. '아니, 일단 그렇게 말해진 이상, 나는 나프라브니크요.' 그러니 한번 생각해보십시오, 우리 일은 그대로 틀어져버렸습니다! 그런데 저는 매사가 이렇고, 늘 이 모양입니다. 상냥하게 굴려다가 꼭 손해만 보니까요! 한번은 벌써 여러 해 전의 일인데, 꽤 영향력 있는 어느 인사에게 그랬지요. '부인께선 간지럼을 잘 타십니다요.' 그러니까 저는 명예심, 이른바 정신적인 자질을 말한 거였는데, 그가 제게 느닷없이 이러는 거 아닙니까. '아니, 댁이 우리 집사람을 간질여봤소?' 저는 순간 자제력을 잃고 갑자기, 좋다, 아첨 좀 떨어주자고 생각하고는 '예, 간질여줘봤습지요'라고 말했더니—그가 저를 막 간질이는 겁니다…… 다만 하도 오래된 일이라 이젠 이렇게 이야기하는 게 부끄럽지도 않지만, 전 언제나 요 모양으로 손해만 본다니까요!"

"당신은 지금도 그러고 있소." 미우소프가 역겹다는 듯 뇌까렸다.

장로는 아무 말 없이 이 사람 저 사람을 찬찬히 바라보았다.

"내가! 그런데 말이오, 실은 나도 그걸 알고 있었소이다, 표트르 알렉산드로비치, 게다가 말을 시작하자마자 내가 또 그 짓을 하고 있다는 것까지 예감했고, 심지어 댁이 나한테 맨 먼저 이걸 지적하리라는 것도 예감했다 이거요. 제 농담이 멋지게 맞아떨어지지 않는다는 걸 알게 되는 순간이면, 존경하옵는 장로님, 저는 양쪽 뺨이 말라서 아랫잇

몸에 척 들러붙기 시작하고 거의 경련마저 일어난답니다. 귀족들 집에 빌붙어 식객 노릇으로 빵을 얻어먹고 살던 젊은 시절부터 그랬지요. 저는 태어나면서부터 뿌리 자체가 어릿광대란 말입니다. 말하자면 존경하옵는 장로님, 유로지브이나 매한가지이옵니다. 어쩌면 부정한 영靈이 제 속에 들어앉아 있을지도 모르지만, 대단한 놈은 아닐 겁니다. 좀 대단한 놈이었다면 다른 집을 골랐겠죠. 다만 표트르 알렉산드로비치, 당신 집은 아니외다, 왜냐하면 댁도 영 신통찮은 집이니까. 하지만 그래도 저는 믿습니다, 신을 믿는단 말입니다. 얼마 전만 해도 의심을 품었지만, 대신 지금은 이렇게 앉아서 위대하신 말씀을 기다리고 있습니다. 저는요, 존경하옵는 장로님, 철학자 디드로*와도 같답니다. 아시는지요, 거룩하신 장로님, 철학자 디드로가 예카체리나 여제 시대에 대주교 플라톤**을 만나러 간 얘기 말입니다. 들어가자마자 대뜸 '신은 없습니다'라고 말했다지요. 이 말에 위대하신 대주교께서는 손가락을 들고서 대답하셨습니다. '어리석은 자는 그 마음에 이르기를 하느님이 없다 하는도다!'*** 디드로는 그대로 대주교의 발아래 엎드려 외치지요. '믿습니다, 세례도 받겠습니다.' 그리고 그 자리에서 바로 세례를 받았답니다. 다쉬코바 공작부인****이 대모였고, 포촘킨*****이 대부였죠……"

"표도르 파블로비치, 이건 도저히 못 참겠소! 당신이 거짓말을 늘어

* 18세기 프랑스의 계몽주의 사상가, 작가.

** 모스크바의 대주교.

*** 「시편」 14 : 1, 53 : 1(러시아어 성경에서는 13 : 1, 52 : 2)의 인용.

**** 예카체리나 여제의 측근으로 러시아 과학 아카데미 회장을 역임한 문인.

***** 예카체리나 여제의 총신.

놓고 있고 이 멍청한 일화가 거짓이라는 건 당신 자신도 알면서, 왜 못난이 짓을 하는 거요?" 미우소프가 완전히 자제력을 잃고 부르르 떨리는 목소리로 말했다.

"거짓일 거라고 평생토록 예감해왔습니다." 표도르 파블로비치가 열광하여 외쳤다. "여러분, 대신에 사실을 전부 말씀드리지요. 위대하신 장로님! 용서해주십시오, 마지막 부분, 그러니까 디드로의 세례 이야기는 제가 지금, 이야기를 하던 바로 이 순간에 직접 지어낸 건데, 그전엔 결코 머리에 떠오른 적도 없었습니다. 구미가 더 당기게끔 지어 붙인 거지요. 바로 그 때문에 못난이 짓을 하는 거요, 표트르 알렉산드로비치, 좀더 귀엽게 보이려고 말이오. 하긴, 내가 왜 그러는지 가끔 나 자신도 모를 때가 있지요. 하지만 디드로에 관한 한, 그 '어리석은 자는 이르기를'을 이곳 지주들 집에서 식객 노릇을 하던 젊은 시절에 그들한테서 스무 번쯤은 들었습니다. 댁의 숙모인 마브라 포미니쉬나한테서도 들었소, 표트르 알렉산드로비치. 그 사람들은 모두 지금까지도 무신론자인 디드로가 신에 대해 논쟁하려고 대주교 플라톤을 찾아갔다고 굳게 믿고 있소이다……"

미우소프가 벌떡 일어섰는데, 인내력을 잃은 정도를 지나 이미 제정신이 아닌 듯했다. 그는 화가 나서 미칠 지경이었지만, 그래서는 자기만 우스워진다는 걸 의식하고 있었다. 사실 지금, 이 처소에서는 도저히 있을 수 없는 어떤 일이 일어나고 있었다. 예전 장로들이 있던 때부터 어쩌면 이미 사오십 년 동안이나 바로 이 처소에는 방문객들이 모여들었으나, 언제나 아주 깊은 경건함을 지닌 사람들뿐이었고 다른 경우는 없었다. 이 처소에 들어오도록 허락받은 사람들은 거의 모두, 안으로 들어서는 순간부터 자신들이 이로써 위대한 은총을 받고 있다고 생각했다. 많은 이가 무릎을 꿇고 엎드렸으며, 방문 시간 내내 무릎을 펴고 일어나지 않았다. 심지어 '상류층' 인사들과 가장 학식 높은 자들 중 다수가, 그들뿐만 아니라 호기심이나 다른 이유에서 온 몇몇 자유사상가들조차, 다들 함께 이 방으로 들어오든 단독으로 만나든 간에 접견 시간 내내 더없이 깊은 존경심과 세심한 예의로 대하는 것을 모두들 하나같이 자신의 가장 첫째가는 의무로 알았으며, 더욱이 여기에는 돈 같은 게 문제가 아니라, 한쪽에는 오직 사랑과 은총이, 다른 한쪽에는 참회, 그리고 영혼의 어떤 힘든 문제나 자기 마음의 삶에서 힘든 순간을 해결하고자 하는 갈망이 있을 따름이었다. 따라서 표도르 파블로비치가 보여준 이런 돌발적인 어릿광대짓은 그가 와 있는 장소에 대해 불경스러운 것으로, 목격자들, 적어도 그중 몇 사람에게는 당혹감과 놀라움을 불러일으켰다. 수도사제들은 그래도 표정 하나 바꾸지 않고, 장로가 무슨 말을 할지 진지하게 주의를 기울이며 지켜보고 있었으나, 미우소프와 마찬가지로 이미 자리에서 일어날 준비를 하고 있는 듯했다. 알료샤는 금방이라도 울음을 터뜨릴 참으로 고개를 떨구고 서 있었다. 알료샤가 무엇보다 이상하게 여긴 것은, 아버지를 제지할 수 있는 영향력을 가진 유일한 사람이라고 그가 모든 기대를 걸었던 자기 형 이반 표도로비치가 지금 눈을 내리깐 채 마치 자기는 여기에서 완전히 제삼자라는 듯이 아주 꼼짝도 않고 의자에 앉아서, 보아하니 일종의 학구적인 호기심마저 가지고, 이 모든 일이 어떻게 끝날까 기다리고 있다는 점이었다. 자신과 잘 아는 사이이고 친하다고 해도 좋을 라키친(그 신학생)마저 알료샤는 쳐다볼 수가 없었다. 그는 라키친의 생각을 알고 있었던 것이다(하기야 수도원 전체에서 오직 단 한 사람 알료샤만이 그것을 알고 있었다).

"용서해주십시오……" 미우소프가 장로를 향해 입을 열었다. "장로님께는 저도 이 천박한 장난질에 가담하고 있다고 보일 수 있으니까요. 제 불찰입니다, 표도르 파블로비치 같은 저런 자도 이토록 존귀하신 분을 방문할 때만은 자신의 도리를 깨닫게 되리라고 믿었으니…… 저자와 함께 들어온 데 대해 이렇게 용서를 구해야 할 줄은 꿈에도 몰랐습니다……"

표트르 알렉산드로비치는 미처 말을 끝맺지도 못하고 너무 당황한 나머지 벌써 방에서 나가려고 했다.

"염려하지 마십시오, 부탁입니다." 갑자기 장로가 그 허약한 다리로 자리에서 일어나더니, 표트르 알렉산드로비치의 양손을 잡고 그를 다시 의자에 앉혔다. "마음 편히 가지십시오, 부탁입니다. 제 손님이 되어주십사 당신께 특별히 부탁드립니다." 그러면서 그는 허리 숙여 절을 하고는 몸을 돌려 다시 자신의 조그만 안락의자에 앉았다.

"위대하신 장로님, 솔직히 말씀해주십시오. 제가 너무 수선을 피워 장로님 기분이 상하신 건 아닌지요, 예?" 갑자기 표도르 파블로비치가 두 손으로 의자의 팔걸이를 움켜쥐고 마치 대답 여하에 따라 의자에서 튀어나가기라도 할 기세로 소리쳤다.

"당신께서도 염려하지 마시고 어려워하지도 마시길 간곡히 부탁드립니다." 장로가 그에게 설득하듯 말했다…… "어려워 마시고 아주 내 집처럼 여기십시오. 무엇보다, 자기 자신을 그렇게 부끄러워 마십시오, 모든 게 그저 거기서 다 비롯되니까요."

"아주 내 집처럼요? 그럼, 제 원래 모습대로 하라는 말씀인가요? 오, 너무나, 너무나 과분한 말씀, 하지만 감격스럽게 받아들이겠습니다! 근데 말입니다, 하느님의 은택을 받으신 장로님, 원래 모습으로 돌아가라고 절 부추기지는 마십시오, 그런 모험은 부디 하지 마시길…… 원래 모습이라뇨, 거기까지는 저 자신도 나아가지 못합니다. 이건 장로님을 지켜드리기 위해 미리 알려두는 겁니다. 뭐, 기타 모든 것은 아직 미지의 어둠 속에 묻혀 있으니까요, 비록 어떤 자들은 저를 우스꽝스럽게 과장해서 그리고 싶어하지만 말씀입지요. 이건 댁을 두고 하는 말이오, 표트르 알렉산드로비치. 그렇지만 거룩하기 그지없는 존재이신 장로님께는, 자, 당신께는 오로지 이렇게 환희만을 토로하는 바입니다!" 그는 엉거주춤 일어서서 두 손을 높이 치켜들고 말했다. "당신을 밴 태와 당신을 먹인 젖꼭지가 복이 있도소이다, 특히 젖꼭지가 복이 있도소이다![*] 장로님께서는 방금 제게, '자기 자신을 그렇게 부끄러워 말라, 모든 게 그저 거기서 다 비롯된다'고 일러주셨지만—그 말씀으로써 저를 훤히 꿰뚫고 제 속을 다 읽으신 것 같습니다. 아닌 게 아니라, 저는 사람들 사이에 들어가게 되면 늘 내가 모든 놈들보다 비열하고 그놈들이 죄다 날 어릿광대 취급한다는 느낌이 들고, 그러다보니 '좋다, 그럼 진짜로 어릿광대 역을 해주마, 네놈들이 어떻게 생각하든 하나도 무섭지 않다, 네놈들은 하나같이 나보다 더 비열하니까!' 하는 식이 돼버립니다. 바로 그 때문에 제가 어릿광대가 된 겁니다, 부끄러워서 어릿광대가 된 거지요, 위대하신 장로님, 부끄러워서 말입니다. 미쳐 날뛰는 것

---

* 「누가복음」 11 : 27의 패러디.

도 오로지 의심 때문이지요. 만일 사람들 사이에 들어갈 때 다들 저를 아주 사랑스럽고 똑똑한 사람으로 곧바로 받아주리라는 확신만 가질 수 있다면, 오 하느님! 저는 얼마나 착한 사람이 될까요! 스승이시여!" 그러면서 그는 갑자기 무릎을 꿇었다. "제가 무엇을 하여야 영생을 얻으리이까?"* 지금 이 순간도 종잡기가 힘들었다. 그는 과연 익살을 떨고 있는 것일까, 아니면 정말로 그런 감동에 휩싸인 것일까?

장로는 그에게로 눈을 들어 미소를 띠고 말했다.

"무엇을 해야 할지는 당신 스스로 오래전부터 알고 있습니다. 충분히 현명하시니까요. 술을 삼가고 말을 조심하고 음욕에 빠지지 말고 특히 돈을 숭배하지 말고, 그리고 당신의 술집을 닫으십시오. 다 닫을 수 없다면 두세 곳이라도 닫으십시오. 그러나 무엇보다, 정말 무엇보다 거짓말을 하지 마십시오."

"그러니까 디드로 얘기 말씀이군요, 네?"

"아니, 꼭 디드로 얘기가 아닙니다. 무엇보다, 자기 자신에게 거짓말을 하지 마십시오. 자신에게 거짓말을 하고 자신의 거짓말에 귀기울이는 사람은 종국엔 자신 속에서나 주위에서나 어떤 진실도 분간할 수 없게 되고, 그리하여 자신도 다른 사람들도 존경하지 않게 됩니다. 아무도 존경하지 않게 되면 사랑하길 멈추게 되고, 사랑이 없어지니 마음붙일 곳을 찾아 기분전환을 하기 위해 정욕과 거친 쾌락에 빠져 완전히 짐승과 다름없는 죄악에 이르게 되며, 이 모든 게 다른 사람들과 자신에 대한 끊임없는 거짓말에서 비롯되는 것입니다. 자기 자신에게 거

---

* 예수를 시험하기 위한 말로, 성경에서 여러 번 되풀이된다. 「누가복음」 10:25, 18:18, 「마가복음」 10:17, 「마태복음」 19:16.

짓말을 하는 사람은 누구보다 쉽게 모욕을 느낄 수도 있습니다. 모욕을 느끼는 것은 때로 대단히 기분좋은 일이니까요, 그렇지 않습니까? 그런 사람은, 아무도 자기를 모욕하지 않았고 오히려 자기 자신이 그 모욕을 잔뜩 지어냈으며, 그럴듯한 그림을 만들어내기 위해 장식 삼아 스스로 거짓말을 마구 지어내 과장했고, 말꼬리를 물고 늘어져 조그만 콩알 몇 개로 산 하나를 만들었다는 것을 잘 알고 있습니다. 이 점을 스스로 잘 알면서도 자기 쪽에서 먼저 모욕을 느낄 뿐만 아니라, 스스로 쾌감과 커다란 만족감이 들 때까지 계속 모욕을 느끼는 법이며, 그리하여 마침내 정말로 적의를 품기에 이르는 것입니다…… 자, 일어나 앉으시지요, 제발 부탁입니다. 그것 역시 모두 거짓 시늉이니까요……"

"복되신 분이시여! 손에 입을 맞추게 해주사이다!" 표도르 파블로비치는 펄쩍 뛰어오르듯 다가가 장로의 여윈 손에 재빨리 입을 쪽 맞췄다. "정말 그렇습니다. 모욕을 당하는 건 정말 기분좋은 일입지요. 장로님께선 이것을 정말로 훌륭하게 말씀해주셨습니다. 그렇게 훌륭한 얘기는 여태껏 들어본 적이 없습니다. 바로 저야말로, 저야말로 한평생, 쾌감에 젖을 정도로 모욕을 느껴왔고, 또한 미학을 위해서 모욕을 느껴왔는데, 왜냐하면 모욕을 당한다는 건 그저 기분좋은 일일 뿐만 아니라 때로는 아름답기도 하지요. 바로 이 점만큼은 잊으셨군요, 위대하신 장로님, 아름답다, 이 말씀입니다! 저는 이것을 수첩에 적어두겠습니다! 어쨌든 저는 거짓말을 해왔습니다, 한평생 허구한 날, 매일 매시 거짓말을 해왔습니다. 진실로 저는 거짓 그 자체이며 거짓의 아비올시다!*

* 「요한복음」 8:44에 나오는 그리스도의 말에 대한 패러디.

하긴, 거짓의 아비는 아닌 듯한데, 제가 워낙 성경 구절이 헛갈려서, 뭐, 거짓의 아들이라 해도 그것으로 족하겠지요. 다만…… 저의 천사이신 장로님…… 디드로 얘기 정도는 가끔씩 해도 괜찮지 않습니까! 디드로야 해가 될 게 없지만, 되레 다른 말이라면 해가 될 수 있답니다. 참, 깜빡할 뻔했는데, 위대하신 장로님, 실은 벌써 재작년부터 이곳에서 문의해보려고 한 게, 그러니까 꼭 여기 들러서 어떻게든 자세히 물어보고 알아보려고 마음먹은 게 있습니다. 제발 표트르 알렉산드로비치가 제 말을 끊어놓지 않게 해주십시오. 제가 물어보려는 건 다름아니라, 위대하신 장로님, 순교자전 어딘가에 기적을 일으킨 어느 성자 얘기가 있다던데 그게 사실인가 해서 말입니다. 그 성인은 믿음 때문에 박해를 당한 끝에 결국 목이 잘렸는데, 그때 그가 그 자리에서 벌떡 일어나 자기 목을 들어올리고는 '거기에 사랑스레 입을 쪽쪽 맞춘 뒤' 두 손으로 받들고 오랫동안 걸어가면서 또 '거기에 사랑스레 입을 쪽쪽 맞추었다'는 겁니다. 이게 사실입니까, 아닙니까, 정직하신 신부님들?"

"아닙니다, 사실이 아닙니다." 장로가 말했다.

"순교자전 어디에도 그런 이야기는 나오지 않습니다. 어느 성자에 대해 그렇게 쓰여 있다는 거지요?" 사서 신부인 수도사제가 물었다.

"어느 성자인지는 저도 모릅니다. 전혀 모릅니다. 제가 속은 거라고들 하더군요. 저도 누구한테 들은 얘기입니다만, 누가 얘기해줬는지 아십니까? 바로 이 표트르 알렉산드로비치 미우소프올시다. 방금 디드로 때문에 버럭 화를 낸 바로 이 양반이 얘기해줬다 이 말입니다."

"나는 절대로 당신한테 그런 얘기를 한 적이 없소, 당신하고는 아예 말상대도 하지 않으니까."

"맞소, 댁이 나한테 얘기한 건 아니오. 하지만 나도 함께 있었던 어느 모임에서 댁이 얘기했고, 서너 해 전의 일이오. 내가 새삼 이 얘기를 끄집어낸 건, 댁이 이 우스꽝스러운 얘기로 내 믿음을 뒤흔들어놓았기 때문이오, 표트르 알렉산드로비치. 댁은 이 사실을 몰랐겠지, 눈치도 못 챘겠지, 하지만 나는 믿음이 뒤흔들린 채 집에 돌아왔고 그후로 점점 더 심하게 흔들리고 있단 말이오. 그렇소, 표트르 알렉산드로비치, 댁이야말로 대타락의 원인이오! 이건 디드로 정도가 아니지!"

표도르 파블로비치는 비장하리만큼 흥분해 있었지만, 그가 또다시 연극을 하고 있다는 것은 누가 봐도 이미 너무나 분명했다. 그러나 미우소프는 어찌됐건 가슴이 몹시 뜨끔했다.

"무슨 헛소리야, 순전히 헛소리만 지껄이는군." 그가 중얼거렸다. "언젠가 정말로 그런 얘길 했는지는 몰라도…… 다만 당신한테는 아니오. 실은 저도 들은 얘기였습니다. 파리에 있을 때 어느 프랑스인에게서 들은 건데, 우리 러시아에서는 미사 때 순교자전의 그 대목을 낭독한다고 하더군요…… 그는 러시아에 관한 통계를 전문적으로 연구하던 아주 박식한 사람인데다…… 러시아에서 오래 살았습니다…… 저 자신은 순교자전을 읽어보지 못했고…… 앞으로도 읽지 않을 겁니다…… 원래 식사 자리에서는 별별 얘기를 다 하지 않습니까……? 우린 그때 마침 식사중이었으니까……"

"예, 당신은 그때 마침 식사중이었고, 덕분에 나는 믿음을 잃어버렸지요!" 표도르 파블로비치가 신경을 슬슬 긁어댔다.

"당신의 믿음이 나하고 무슨 상관이오!" 미우소프는 버럭 소리를 지르려다가 순간 자제하며 경멸스럽다는 듯 말했다. "당신은 손에 닿는 거면 뭐든지 글자 그대로 흙칠을 해대는구려."

장로가 갑자기 자리에서 몸을 일으켰다.

"죄송합니다만 여러분, 몇 분간만 잠시 자리를 뜨겠습니다." 그가 모든 방문객을 향해 말했다. "여러분보다 먼저 온 분들이 기다리고 있어서요. 그리고 당신은 어쨌든 거짓말을 하지 마십시오." 그는 표도르 파블로비치를 향해 명랑한 얼굴로 덧붙였다.

장로가 처소 밖으로 나서자, 알료샤와 수련 수도사가 그를 부축하여 계단을 내려가기 위해 뛰어나갔다. 알료샤는 숨을 헐떡이고 있었는데, 이 자리를 떠나게 되어 기쁘기도 했지만 장로가 언짢아하지 않고 오히려 명랑한 모습인 것 때문에도 기뻤다. 장로는 자신을 기다리고 있는 사람들을 축복해주려고 낭하 쪽으로 향했다. 하지만 표도르 파블로비치가 처소 문간에서 그를 멈춰 세웠다.

"더없이 복되신 분이시여!" 그가 감격해서 외쳤다. "다시 한번 장로님 손에 입맞추게 해주십시오! 아닙니다, 장로님과는 좀더 이야기할 수 있고, 함께 지낼 수도 있겠지요! 제가 늘 그렇게 거짓말을 하고 어릿광대짓을 한다고 생각하시나요? 그건 제가 장로님을 시험해보느라 줄곧 일부러 그렇게 연극을 했던 것임을 부디 알아주십시오. 저는 줄곧 장로님을 요리조리 짚어본 겁니다. 장로님과 함께 지낼 수 있을까? 저 같은 자의 겸비謙卑가 장로님의 긍지 곁에 함께할 자리가 있을까? 하고요. 장로님께 표창장을 수여하는 바입니다. 장로님과 함께 지낼 수 있겠습니다! 하지만 이제는 입을 닫고, 내내 잠자코 있겠습니다. 의자에 앉아 침묵하겠습니다. 이제 표트르 알렉산드로비치, 당신이 말할 차례요. 이제 당신이 주역으로 남았으니까…… 앞으로 십 분 동안."

III
신실한 아낙네들

울타리 바깥 담장에 붙여 지은 목조 낭하 아래쪽에는 이날따라 모두 여자들만 몰려와 있었는데, 스무 명쯤 되는 시골 아낙네들이었다. 드디어 장로가 나온다는 소식이 전해지자 그렇게 기대에 부풀어 모여든 것이다. 여지주 호흘라코바 일행도 낭하로 나왔는데, 그들 역시 장로를 기다리긴 했으나 귀족 여성 방문객들을 위해 따로 마련된 방에서 지금껏 머무르던 중이었다. 그들은 어머니와 딸, 단둘이었다. 어머니인 호흘라코바 부인은 부유하고 옷차림이 늘 맵시 있는 귀부인으로, 아직 상당히 젊고 용모가 매우 아름다웠으며 약간 창백한 얼굴에다 아주 까만색에 가까운 무척 생기 있는 눈을 가지고 있었다. 나이는 고작 서른셋이나 되었을까, 그러나 남편을 여읜 지 벌써 다섯 해가량 된 여자였다. 그녀의 열네 살 난 딸은 소아마비로 다리를 앓고 있었다. 가여운 소녀는 벌써 반년째 걸어다닐 수가 없어서, 바퀴 달린 긴 안락의자에 태우고 다녀야 했다. 조그만 얼굴은 병 때문에 좀 여위긴 했지만 명랑하고 매력적이었다. 속눈썹이 긴, 짙은 색의 큰 눈에는 뭔가 장난기 같은 것이 반짝이곤 했다. 어머니는 이미 봄부터 딸을 외국으로 데려갈 참이었으나, 영지 관리 문제로 여름이 지나도록 때를 놓치고 말았다. 그들은 순례를 위해서라기보다 여러 볼일이 있어 벌써 일주일가량이나 우리 도시에 머무르고 있었는데, 그래도 사흘 전에 이미 한 차례 장로를 방문한 적이 있었다. 지금 그들은 장로가 이미 거의 아무도 만나줄 수 없는 형편이라는 것을 알면서도 갑자기 이곳에 다시 찾아와서, '위대한 신유자神癒者를 뵈올 수 있는 행복'을 다시 한번 누리게 해달라고 간곡히 애원하며 부탁했다.

장로가 나오기를 기다리면서 어머니는 딸의 안락의자 옆에 놓인 의자에 앉아 있었고, 그녀로부터 두 걸음 떨어진 곳에는 이곳 수도원 소속이 아니라 먼 북방의 그다지 알려지지 않은 어느 작은 수도원에서 온 늙은 수도사 한 명이 서 있었다. 그도 장로의 축복을 받길 원했다. 그러나 낭하에 나타난 장로는 우선 그곳에 모여 있던 민중에게로 곧장 갔다. 나지막한 낭하를 마당과 연결하는 조그만 3단 층계 쪽으로 사람들이 우르르 몰려들었다. 장로는 층계 맨 윗단에 서서 영대*를 두른 뒤, 그에게로 밀려드는 여인들을 축복해주기 시작했다. 한 클리쿠샤가 두 손을 잡힌 채 그에게로 끌려나왔다. 그 여자는 장로를 보자마자 어찌된 일인지 갑자기 괴상한 소리를 내지르며 딸꾹질을 시작하더니, 마치 경기라도 일으킨 듯 온몸을 부들부들 떨었다. 장로가 그녀의 머리에 영대를 얹고서 짧은 기도문을 읽어주자 그녀는 금세 잠잠해지며 진정되었다. 지금은 어떤지 모르지만 내가 어렸을 때는 시골이나 수도원에서 이런 클리쿠샤들을 보거나 그런 얘기를 듣게 되는 일이 종종 있었다. 미사에 데려오면 그들은 교회가 온통 떠나가라고 비명을 지르거나 개처럼 짖어댔지만, 성체를 내오고 영성체대 앞으로 그들을 데려가면 당장 '마귀 들림'이 멎고 병든 이들은 늘 얼마 동안 평정을 되찾곤 했다. 어린아이였던 나에게는 몹시 충격적이고 놀라운 일이었다. 하지만 그때 내가 이것저것 캐묻자, 몇몇 지주, 특히 나의 도회지 선생님들은 그건

* 성사를 집행할 때 사제가 목뒤로 걸어서 몸 앞 양쪽으로 길게 늘어뜨리는 천.

모두 일을 하지 않으려고 지어낸 꾀병일 뿐이라서 적절하고 엄격한 조치를 취하면 언제라도 근절될 수 있다며, 그 사실을 뒷받침하기 위해 여러 일화까지 끌어오기도 했다. 그러나 이후에 나는 전문 의사들에게서 이것이 결코 무슨 꾀병이 아니라 무서운 부인질환이라는 말을 듣고 놀라움을 금치 못했는데, 주로 우리 루시에서 볼 수 있고 우리 농촌 여성들의 참담한 운명을 증명해준다고 생각되는 이 병은, 아무런 의학적인 도움도 받지 못하는 비정상적이고 힘겨운 출산 후에 너무나도 빨리 또다시 혹독한 노동에 시달리는 데서 발생한다는 것이었다. 그 밖에도 어떤 여성들의 경우엔, 다른 여성들의 일반적인 사례와 달리, 천성적으로 도저히 견뎌낼 수 없는, 헤어날 길 없는 괴로움과 구타 등이 병의 원인이 된다고 했다. 귀신에 들려서 미쳐 날뛰며 몸부림치는 여자를 영성체대 앞으로 데려가자마자 이상하게도 한순간에 치유되는 것을 두고 어떤 사람들은 꾀병이라느니, 심지어 '성직권 지지자들' 쪽에서 꾸며낸 눈속임이라느니 하고 나에게 설명했지만, 필시 이 치유는 지극히 자연스럽게 이루어진 일이었을 것이며, 그 여자를 영성체대 앞으로 데려가는 아낙네들, 그리고 무엇보다 병든 여자 자신도 영성체대 앞으로 나아가 거기에 배례하게 되면 병자를 사로잡고 있는 부정한 영이 도저히 배겨낼 수 없다는 것을 확고한 진리로 철석같이 믿고 있었다. 그렇기 때문에 영성체를 위해 몸을 숙이는 순간, 신경뿐 아니라 정신까지 물론 병들어 있던 여자의 내부에서는 모든 조직의 전율과도 같은 것이 일어났으며(또한 당연히 일어나야만 했다), 이 전율은 반드시 기적적으로 치유되리라는 기대와 그것이 이루어지리라는 완전한 믿음이 불러일으킨 것이었다. 그리고 그 기적은 비록 아주 잠깐 동안이긴 하지만 실제로 일어났다. 그리고 똑같은 일이 지금, 장로가 병든 여자에게 영대를 얹는 순간, 또다시 일어난 것이다.

그에게 몰려든 여인들 중 많은 이가 순간의 효과가 불러일으킨 감동과 환희로 눈물을 흘렸다. 또 어떤 여인들은 그의 옷자락에라도 입을 맞추려고 애썼고, 또 어떤 여인들은 무슨 애가哀歌를 부르면서 흐느껴 울었다. 그는 모두를 축복해주었고, 몇몇 여인과는 대화를 나누기도 했다. 조금 전의 클리쿠샤는 그가 이미 알고 있었는데, 그다지 멀지 않은 곳, 수도원에서 겨우 6베르스타쯤 떨어진 마을에서 데려온 여자로, 전에도 장로에게 온 적이 있었다.

"아, 여기 먼 데서 오신 분이 있군!" 그는 한 여인을 가리켰는데, 아직 결코 늙었다고는 할 수 없지만 너무 말라 피골이 상접했고 얼굴은 볕에 그을렸다기보다 완전히 새까맣게 타버린 것 같은 여인이었다. 그녀는 무릎을 꿇고 시선을 못박은 채 장로를 바라보고 있었다. 그녀의 시선에는 뭔가 광적인 것이 담겨 있었다.

"먼 데서 왔습니다, 장로님, 먼 데서요, 여기서 3백 베르스타나 되는 곳입니다. 먼 데서 왔어요, 장로님, 먼 데서 왔답니다." 여인은 손바닥으로 한쪽 뺨을 괴고 고개를 이쪽저쪽으로 천천히 규칙적으로 흔들면서, 노래라도 부르듯 말끝을 길게 늘이며 말했다. 마치 애가를 부르는 듯한 어조였다. 민중에게는 끈기 있게 많은 것을 참아내는 말없는 슬픔이 있다. 그것은 그들 자신 속으로 깊이 침잠하여 침묵한다. 그러나 이와 달리 밖으로 터져나오는 슬픔도 있다. 그것이 일단 눈물로 터져나오면, 그 순간부터 그것은 애가가 된다. 특히 여자들에게서 그렇다. 그러나 이것이 말없는 슬픔보다 견디기 쉬운 건 아니다. 애가는 가슴을 더 많이 후벼파고 찢어놓음으로써만 슬픔을 어느 정도 달래준다. 그런 슬픔은 위안을 바라지도 않으며, 자신을 달랠 길 없다는 그 느낌을 오히려 양식으로 삼는다. 애가는 끊임없이 상처를 자극하려는 욕구일 따름이다.

"소시민인가본데?" 관심을 가지고 여자를 찬찬히 바라보면서 장로가 말을 이었다.

"도회지 사람입니다, 장로님, 도회지 사람이에요. 농민 출신이지만 지금은 도회지 사람이고 도회지에 살고 있어요. 장로님을 뵈려고 왔습니다. 장로님 얘기를 들었거든요, 그럼요 장로님, 많이 들었어요. 어린 아들 녀석을 땅에 묻고 나서 하느님께 기도하러 갔더랬습니다. 수도원을 세 곳이나 다녀봤는데, 제게 '나스타슈쉬카, 거길 가봐' 하고 가르쳐주더군요. 그러니까 장로님한테 가보라는 말이었습니다. 그래서 왔는데, 어제는 철야기도식에 갔고, 오늘 이렇게 장로님을 뵈러 왔답니다."

"왜 우는 겐가?"

"아들 녀석이 안돼서요, 장로님, 세 살배기였답니다. 석 달만 더 지나면 만 세 살이 됐을 거예요. 아들 녀석 때문에 마음이 아파요, 장로님, 아들 녀석 때문에. 마지막으로 남은 아들이었거든요. 저하고 니키투쉬카 사이에 아이가 넷 있었지만 이젠 아이가 하나도 남아 있지 않아요, 남아 있지 않아요, 장로님, 하나도 남아 있지 않다고요. 처음 세 아이를 묻었을 때만 해도 그렇게까지 애통하진 않았는데, 이 막내 녀석을 묻고 나서는 도저히 잊을 수가 없어요. 꼭 여기 제 눈앞에 서 있는 것만 같고 한시도 떠나지 않아요. 제 속은 바싹 타버렸답니다. 그애가 입던 속옷을 봐도, 윗도리를 봐도, 신을 봐도, 그만 울음이 터져나와요. 그애가 남겨두고 간 것들을 죄다 펼쳐놓고 그것들을 보면서 목놓아 운답니다. 제 남편 니키투쉬카에게 그랬죠. 나 좀 떠나게 해줘요, 여보, 나 순례 좀 다녀오게요. 남편은 마부인데 저희는 가난하지 않아요, 장로님, 가난하진 않아요. 독자적으로 마차업을 하고 있고, 말도 마차도 다 우리 거예요. 하지만 그런 재산이 지금 저희에게 무슨 소용 있겠어요? 제 남편 니키투쉬카, 그 사람은 제가 없으니 술을 마시기 시작했겠죠, 틀림없어요, 전에도 그랬거든요. 제가 조금만 딴 데를 본다 싶으면, 그 사람은 금세 해이해지니까요. 그렇지만 지금은 그 사람 생각 같은 건 나지도 않아요. 집 떠난 지 벌써 석 달째거든요. 잊었어요, 모든 걸 잊었고, 기억하고 싶지도 않아요. 이제 와서 제가 그 사람하고 뭘 하겠어요? 저는 그 사람하고 인연을 끊었어요, 끊어버렸어요, 모든 사람과 인연을 끊었어요. 이젠 제 집도, 제 재산도 보고 싶지 않아요, 정말이지 아무것도 보고 싶지 않답니다!"

"들어보게, 애어멈." 장로가 말했다. "언젠가 옛날 어느 위대한 성자께서 바로 자네처럼 사원에서 그렇게 울고 있는 한 어머니를 보셨다네, 그 어머니 역시 주님께서 불러 데려가신, 자신의 하나뿐인 어린아이 때문에 애통해하고 있었지. '그대는 모르느냐,' 하고 성자께서 그 여인에게 말씀하셨네. '이 아기들이 하느님의 왕좌 앞에서 얼마나 대담한지를? 천국에서 이들보다 더 대담한 자는 없느니라. 주님, 주님께서는 저희에게 생명을 선사하셨으나, 저희가 그 생명을 보기 무섭게 저희에게서 다시 거두어가셨사옵니다라고 그들은 하느님께 말하지. 그러고는 너무나도 대담하게, 자기들에게 지체 없이 천사의 지위를 내려달라고 하느님께 부탁하고 청하는 걸세. 자, 그러니,' 하고 성자께서 말씀하셨다네. '그대는 기뻐하라, 여인이여, 울지 말지어다, 그대의 아기는 지금 주님 곁에서 주님의 천사들 무리 속에 있으니.' 옛날에 성자께서 울고 있는 여인에게 바로 이렇게 말씀하셨느니라. 그분은 위대한 성자이시니 그 여인에게 거짓을 알려주셨을 리가 없지 않나. 그러니 어멈, 자네도 알아두게, 자네의 아기도 분명히 지금 주님의 왕좌 앞에 서서 기뻐하고 즐거워하면서 자네를 위해 하느님께 간절히 빌고 있다네. 그러니 자네도 울지 말고 기뻐하게."

여인은 한 손으로 뺨을 괴고 고개를 숙인 채 그의 말을 듣고 있었다. 그녀는 깊이 한숨을 내쉬었다.

"니키투쉬카도 똑같은 말을 하며 저를 위로했지요. 한마디 한마디가 장로님께서 말씀하신 것과 똑같았어요. '바보 같으니, 왜 울어, 우리 아들은 틀림없이 지금 주님 곁에서 천사들과 함께 찬양 노래를 부르고 있을 텐데.' 나한테 그렇게 말하면서 자기도 울고 있어요, 보니까 나처럼 울고 있는 거예요. '나도 알아요, 니키투쉬카, 그애가 주님 곁이 아니라면 대체 어디 있겠어요. 다만 그애가 지금 여기 우리와 함께 있는 건 아니잖아요, 니키투쉬카, 우리 곁에는 없잖아요, 그전 같으면 바로 여기 앉아 있었는데!' 그애를 단 한 번만이라도 볼 수 있다면, 단 한 번만이라도 그애를 다시 바라볼 수 있다면, 전 그애에게 가까이 다가가지도 않고 말도 한마디 하지 않겠어요. 그냥 구석에 숨어서 단 일 분만이라도 그애를 보고 그애가 마당에서 놀다가 들어와서 그 조그만 목소리로 '엄마, 어딨어?' 하고 외치곤 하던 것을 들을 수만 있다면. 그 작은 발로 방안을 지나가는 것을, 그 귀여운 발로 콩콩거리는 소리를 단 한 번만이라도 들을 수 있다면, 네, 전 기억하고 있어요, 그앤 곧잘, 아주 자주 그렇게 제게 달려와 소리를 지르며 웃곤 했어요, 그애의 발소리만 들어도, 그 발소리만 들어도 대번에 그애라는 걸 알 수 있으련만! 그렇지만 장로님, 그앤 없어요, 없어요, 앞으로도 그애 소리는 영영 들을 수 없어요! 여기 그애의 허리띠는 있지만, 그애는 없어요, 이제 영영 그애를 볼 수도 없고 들을 수도 없어요……!"

여인은 품속에서 어린 아들의 조그만 허리 장식띠를 꺼냈으나, 그것을 보자마자 손가락으로 두 눈을 가리고 몸을 떨며 흐느끼기 시작했고, 갑자기 솟구친 눈물이 시냇물처럼 손가락 사이로 흘러내렸다.

"이것은," 하고 장로가 말했다. "옛날에 '라헬이 그 자식들을 위하여 애곡哀哭하는 것이라 그가 자식이 없으므로 위로받을 수 없는지라'*라고 한 것과 마찬가지이니, 바로 그것이 어머니인 자네들에게 주어진 이 땅에서의 운명일세. 그러니 위로를 구하지 말게, 또 위로를 구할 필요도 없네. 위로를 구하지 말고 울게나. 다만 울 때마다 확실히 기억하게, 자네의 어린 아들은—하느님의 천사 중 하나이고—그곳에서 자네를 내려다보고 지켜보고 있으며 자네의 눈물에 기뻐하고 그 눈물을 주님께 가리키고 있다는 것을. 그리고 앞으로도 오랫동안 자네에겐 어미로서 이 커다란 애곡이 있겠지만 마침내는 그것이 자네의 고요한 기쁨으로 변할 것이고, 자네의 쓰디쓴 눈물도 오로지 조용한 감동의 눈물이 되고, 마음을 깨끗이 해주어 죄로부터 구원해줄 정화의 눈물이 될 걸세. 자네 아이의 안식을 위해 기도하겠네, 이름이 뭐였나?"

"알렉세이였습니다, 장로님."

* 「마태복음」 2:18에 인용된 예레미야의 말(「예레미야」 31:15)을 약간 변형시킨 것이다.

"사랑스러운 이름이로군. 하느님의 사람 알렉세이*한테서 따온 거겠지?"

"예, 장로님, 하느님의 사람, 하느님의 사람 알렉세이한테서 따왔어요!"

"참으로 위대한 성자이시지! 어멈, 자네 아이의 영혼의 안식을 위해 기도하겠네, 내 기도하리다. 그리고 기도드리면서 자네의 슬픔을 기억하고, 자네 바깥양반의 건강을 위해서도 기도하겠네. 다만 바깥양반을 홀로 버려두는 건 죄가 될 일이야. 어서 남편에게 돌아가서 정성껏 돌봐주게. 그러지 않으면 저곳에서 자네 아이가, 자네가 자기 아버지를 버린 것을 보고 자네들 때문에 울게 될 테니. 어째서 자네는 아이의 행복을 깨뜨리나? 아이는 살아 있네, 살아 있어. 영혼은 영원히 사는 거니까. 더이상 집에는 없어도, 눈에 보이지 않게 아이는 자네들 곁에 있네. 자네가 자기 집이 싫어졌다고 말한다면, 그애가 어떻게 집에 오겠나? 자네들 두 사람을, 아버지와 어머니를 함께 볼 수 없다면, 그애가 대체 누굴 찾아오겠나? 지금은 자네가 아이 꿈을 꾸며 괴로워하지만, 그때엔 아이가 온화한 꿈을 보내줄 거네. 어서 남편한테 가게, 어멈, 오늘 당장 가게나."

"가겠습니다, 어버이이신 장로님, 장로님 말씀대로 가겠습니다. 장로님께서는 제 마음을 속속들이 파헤쳐주셨습니다. 니키투쉬카, 내 남편 니키투쉬카, 당신은 날 기다리고 있겠지요, 여보, 기다리고 있겠지요!"

---

* 로마에서 태어나 부와 명예, 안락함을 마다하고 평생을 신의 뜻에 따라 살았으며, 사후에 많은 기적을 행한 성인으로, 널리 불리던 러시아 종교적 민요의 주인공이기도 하다. 그의 생애전은 러시아 성자전의 기본 모델이 되었다.

아낙네는 또다시 구슬프게 읊조릴 태세였지만, 이미 장로는 순례자 복장이 아니라 도회지 사람처럼 차려입은 어느 늙수그레한 할멈한테 얼굴을 돌리고 있었다. 그녀의 눈을 보니, 무슨 일이 있어서 뭔가를 털어놓으려고 온 게 분명했다. 그녀는 하사관의 미망인이며 멀지 않은 곳, 멀어봐야 우리 도시에 속하는 데서 왔노라고 자기소개를 했다. 그녀에겐 바센카라는 아들이 있는데, 어느 병참부에서 근무하다가 시베리아의 이르쿠츠크로 갔다. 거기서 두 번 편지를 보내왔으나, 편지가 끊긴 지 벌써 일 년이 되었다. 그녀는 아들 소식을 이리저리 알아보았지만, 실은 정확히 어디 가서 알아봐야 할지조차 모르고 있다는 거였다.

"다만 요 얼마 전에 스체파니다 일리니쉬나 베드랴기나라는 돈 많은 상인의 부인이 제게 그러는 거예요. 프로호로브나, 망자들 명부에 올리도록 쪽지에다 아들 이름을 적은 다음 그 쪽지를 교회에 가지고 가서 아들의 명복을 비는 미사를 올려. 그러면 아들의 영혼이 애타게 그리워하게 되어 편지를 쓸 거야, 하고요. '이건 아주 틀림없어, 여러 번 시험해본 거니까'라고 스체파니다 일리니쉬나는 말하더군요. 다만 제 생각엔 아무래도 미덥지가 않아서…… 우리의 빛이신 장로님, 그게 사실일까요, 아닐까요, 그리고 그렇게 하는 게 좋을까요?"

"그런 건 아예 생각도 말게. 그런 걸 물어보는 것조차 부끄러운 일이야. 어떻게 살아 있는 영혼을 두고 추도식을 올릴 수 있단 말인가, 더구나 친어미가! 그것은 굿과도 같은 크나큰 죄라네. 다만 자네가 몰라서 그러려던 것이니 그나마 용서받을 수 있는 걸세. 그보다 늘 서둘러 우리를 감싸주시고 도와주시는 하늘의 여왕님께 아들의 건강을 빌고, 자네의 그 옳지 못한 생각을 용서해달라고 기도하게나. 자네에게 해줄 말이 더 있는데, 프로호로브나, 아들은 곧 제 발로 돌아오거나 아니면 분명히 편지를 보내올 걸세. 그러니 자네도 그렇게 알고 있으면 되네. 자, 돌아가보게, 그리고 이제부터는 마음 편히 가지게. 장담하지만, 자네 아들은 살아 있네."

"자비로우신 장로님, 하느님께서 장로님에게 상을 내리시길, 우리의 은인이신 장로님, 우리 모두를 위해, 우리의 죄를 위해 기도해주시는 장로님……"

그러나 장로는 이미 군중 속에서 두 개의 불타는 시선이 자기를 뚫어져라 쳐다보는 것을 알아챘는데, 아직 젊은데도 폐병에라도 걸린 듯 보이는 몹시 쇠약한 농사꾼 아낙네였다. 그녀는 말없이 그를 바라보고 있었고 두 눈은 뭔가를 부탁하고 있었으나, 가까이 다가오기가 두려운 듯했다.

"무슨 일로 왔나, 우리 자매는?"

"제 영혼을 용서해주십시오, 어버이 같으신 장로님." 그녀는 조용한 목소리로 천천히 말한 뒤 무릎을 꿇고 장로의 발아래 엎드렸다.

"죄를 지었습니다, 어버이 같으신 장로님, 제 죄가 두렵습니다."

장로는 층계 아랫단에 앉았고, 여인은 무릎을 꿇은 채로 그에게 가까이 다가왔다.

"혼자된 지 삼 년째인데," 하고 그녀는 온몸을 떨다시피 하며 반쯤 속삭이는 소리로 입을 열었다. "시집살이는 힘들었습니다. 남편은 늙은이였는데 저를 죽도록 두들겨 패곤 했답니다. 남편이 병들어 눕자, 저는 그이를 보며 생각했어요. 저 사람이 병이 나아 다시 일어나면, 그땐 어떡하지? 그때 바로 그 생각이 제게 떠올라……"

"잠깐만." 장로는 이렇게 말하고 그녀의 입술에 귀를 바싹 갖다댔다. 여인은 조용히 속삭이며 말을 이어갔기 때문에 다른 사람들은 거의 한 마디도 알아들을 수 없었다. 그녀의 이야기는 곧 끝났다.

"삼 년째라고?" 장로가 물었다.

"삼 년째예요. 처음엔 별생각 하지 않았는데, 요즘은 병까지 얻었고 근심을 떨쳐버릴 수가 없어요."

"멀리서 왔나?"

"여기서 5백 베르스타 떨어진 곳입니다."

"고해성사 때 말한 적이 있나?"

"말했습니다, 두 번 말했어요."

"영성체는 허락해주던가?"

"허락해주었습니다. 전 두려워요, 죽는 게 두렵습니다."

"아무것도 두려워 말게, 절대로 두려워 말게, 괴로워하지도 말게. 참회하는 마음이 자네에게서 약해지지만 않는다면 하느님께서 모든 걸 용서해주실 거네. 진실로 참회하기만 한다면, 주님께 용서받지 못할 죄는 이 세상 어디에도 없고 있을 수도 없다네. 그리고 또 하느님의 무한한 사랑마저 고갈시키고 말 그런 큰 죄를 사람은 절대로 저지를 수 없는 법일세. 아니, 하느님의 사랑을 넘어설 만한 죄가 과연 있을 수 있겠는가? 오로지 끊임없이 참회하는 데만 마음을 쓰고, 두려움은 완전히 떨쳐버리게. 하느님께서 자네를 사랑하신다는 걸 믿게나. 자네가 비록 죄를 지었고 죄악에 빠져 있다 할지라도, 하느님께서는 자네가 생각도 못할 만큼 자네를 사랑하신다는 걸 믿어야 하네. 하늘에서는 열 명의 의인보다 회개하는 자 한 명을 더 기뻐한다는 말이 예로부터 있지 않은가. 자, 가보게, 그리고 더이상 두려워 말게나. 사람들 때문에 상심하지 말고, 자네를 모욕한다 해서 화내지 말게나. 고인이 자네를 학대한 것을 마음속에서 모두 용서하고 그와 진심으로 화해하게. 뉘우치고 있다면 그건 곧 사랑한다는 뜻일세. 또, 사랑하게 된다면 자넨 이미 하느님의 사람인 게야…… 사랑으로 모든 것이 보상되고 모든 것이 구원된다네. 자네와 다름없는 죄인인 나도 자네를 동정하고 불쌍히 여기는데, 하물며 하느님께서야 오죽하시겠나. 사랑은 이 세상 전부를 다 살 수 있고 자신의 죄뿐만 아니라 다른 사람들의 죄까지도 보속할 수 있는 고귀한 보물이라네. 그럼 어서 가보게, 그리고 두려워 말게나."

그는 그녀에게 성호를 세 번 그어주고, 자신의 목에서 자그마한 성상을 풀어 그녀에게 걸어주었다. 그녀는 말없이 이마가 땅에 닿도록 그에게 절했다. 그는 몸을 일으키고, 젖먹이를 품에 안은 어느 건강한 아낙네를 즐겁게 바라보았다.

"브이셰고리에에서 왔어요, 사랑하는 장로님."

"여기서 그래도 6베르스타나 되는데, 어린것을 데리고 고생이 무척 많았겠군. 그래, 무슨 일로 왔는가?"

"그저 장로님을 뵈려고 온 거랍니다. 전에도 몇 번 왔는데, 잊으셨어요? 저를 벌써 잊으셨다면, 장로님의 기억력이 별로인 거예요. 우리 마을 사람들이 장로님께서 편찮으시다고 하기에 직접 찾아가뵈어야겠다고 생각했죠. 그런데 이렇게 뵈니, 아니, 무슨 편찮으신 분이시래요? 아직 이십 년은 더 사실 거예요, 정말로요, 하느님께서 장로님과 함께하시길! 장로님을 위해 기도하는 이들이 얼마나 많은데, 편찮으실 리가 있나요?"

"다 자네한테 고맙네."

"이참에 조그만 부탁 하나 드리겠어요. 여기 60코페이카가 있는데, 장로님, 이걸 저보다 더 가난한 여자에게 주세요. 여기로 오면서 생각했죠. 장로님을 통해서 주는 게 더 좋겠어, 그분은 누구에게 줘야 할지 벌써 아실 테니까 하고요."

"고맙네, 이쁜 사람, 고마워, 착한 사람아. 자네를 사랑하네. 꼭 자네 부탁대로 하지. 품에 안은 건 딸아이인가?"

"예, 딸애랍니다, 빛이신 장로님, 리자베타라고 해요."

"주님께서 자네와 어린 리자베타, 두 모녀를 축복해주시길. 애어멈, 자네는 내 마음을 즐겁게 해주었네. 잘들 가시게, 사랑스러운 이들, 잘들 가시게, 소중한 이들, 어여쁜 이들이여."

그는 모든 사람을 축복해주고, 모든 사람에게 몸을 숙여 인사했다.

IV
믿음이 얕은 귀부인

타지에서 온 귀부인 여지주는, 장로가 일반 민중과 대화를 나누고 그들을 축복하는 장면을 모두 지켜보면서 조용히 눈물을 흘리며 손수건으로 눈물을 훔치고 있었다. 그녀는 감수성이 예민하고 많은 점에서 참으로 선량한 성향을 지닌 상류사회 부인이었다. 장로가 드디어 그녀 쪽으로 다가오자, 그녀는 환희에 넘쳐 그를 맞았다.

"그 감동적인 장면을 모두 보면서, 전 정말 얼마나, 얼마나 깊은 인상을 받았는지……" 그녀는 흥분한 나머지 말을 맺지도 못했다. "오, 민중이 장로님을 사랑하는 걸 전 이해해요. 저 자신도 민중을 사랑하고 있고, 또 민중을 사랑하길 원해요. 아름답고 위대하면서도 그토록 소박한 우리 러시아 민중을 어떻게 사랑하지 않을 수 있겠어요!"

"따님 건강은 어떻습니까? 부인께선 저와 다시 한번 얘길 나누고 싶어하셨다고요?"

"오, 끈질기게 부탁하고 애원했답니다. 저를 만나주실 때까지 장로님 창문 앞에서 무릎을 꿇고 사흘이라도 기다릴 각오였어요. 이렇게 장로님을 찾아온 건, 위대하신 신유자님, 저희의 열광적인 감사를 표하기 위해서예요. 장로님께선 지난 목요일에 저애의 머리에 손을 얹으시고 저애를 위해 기도해주셨는데—그것만으로도 저희 리자를 낫게 해주셨잖아요, 완전히 낫게 해주셨잖아요. 저희는 그 두 손에 입맞추고, 저희의 감동과 공경의 마음을 토로하고자 이렇게 서둘러 온 것이랍니다!"

"완전히 낫게 했다니, 무슨 말씀이신지? 따님은 여전히 의자에 누워 있잖습니까?"

"하지만 밤마다 오르던 열은 완전히 사라졌어요, 바로 그 목요일부터 벌써 이틀 동안이나요." 부인이 흥분한 어조로 급히 말을 늘어놓았다. "그뿐이 아녜요. 다리도 튼튼해졌어요. 밤새 잘 자고 오늘 아침엔 건강한 모습으로 일어났답니다. 저애 뺨의 홍조며, 반짝이는 눈을 보세요. 늘 울기만 하던 애가 글쎄 지금은 웃고 있고 명랑하고 기쁨에 넘치잖아요. 오늘은 두 발로 서게 해달라고 마구 조르더니, 아무것도 붙잡지 않고 일 분 동안이나 혼자 서 있었어요. 두 주일 후에는 카드리유를 출 거라고 저와 내기를 하겠대요. 저는 이곳의 의사인 게르첸슈투베를 불렀죠. 그 의사는 어깨를 으쓱하면서 놀랍다고, 영문을 모르겠다고 하더군요. 이런데도 장로님께선 저희가 귀찮게 하지 않았으면, 여기로 달려오지도 말고 감사해하지도 말았으면 하고 바라시나요? 리즈*, 감사드려야지, 감사를!"

방실거리던 귀여운 얼굴이 갑자기 진지해지면서 리즈는 의자에서 최대한 몸을 일으키고 장로를 바라보며 그의 앞에서 작은 두 손을 모았으나, 끝내 참지 못하고 갑자기 깔깔 웃어대기 시작했다……

"저 사람 때문이에요, 저 사람!" 그녀는 참지 못하고 웃음을 터뜨린 데 대해 어린애처럼 자신에게 화가 나서는 알료샤를 가리켰다. 누구든 장로 뒤에 한 발짝 물러서 있던 알료샤를 보았다면, 그의 얼굴이 확 달아오르며 금세 볼이 빨개진 걸 알아챘을 것이다. 그의 두 눈이 번쩍 빛났으나, 이내 시선을 떨구었다. "이 아이는, 알렉세이 표도로비치, 당신에게 뭘 전해달라는 부탁을 받았답니다…… 그런데 건강은 어떠세요?" 소녀의 엄마가 갑자기 알료샤 쪽으로 몸을 돌리고, 멋진 장갑을 낀 손을 그에게 내밀면서 말을 이어갔다. 장로는 주위를 둘러보다가 갑자기 알료샤를 유심히 바라보았다. 알료샤는 리자에게 다가가, 어딘지 이상하고 어색한 미소를 지으며 그녀에게 한 손을 내밀었다. 리즈는 엄숙한 표정을 지었다.

"카체리나 이바노브나가 이걸 전해달랬어요." 그녀는 그에게 조그만 편지를 내밀었다. "자기 집에 들러달라고, 그것도 되도록 빨리, 아주 빨리 들러달라고, 기대를 저버리지 말고 꼭 좀 와달라고 특별히 부탁하던

---

* 리자(리자베타)의 프랑스식 이름.

데요."

"그분이 저더러 들러달라고 부탁한다고요? 저더러 그분한테…… 대체 무슨 일로?" 알료샤는 몹시 놀라서 중얼거렸다. 그의 얼굴에 갑자기 근심이 그득해졌다.

"오, 이건 모두 드미트리 표도로비치, 그리고…… 최근에 있었던 모든 사건들과 관련해서," 소녀의 엄마가 황급히 설명하기 시작했다. "카체리나 이바노브나가 이제 어떤 결심을 한 모양인데…… 하지만 그걸 위해 당신을 꼭 만나봐야겠다는 거죠…… 왜냐고요? 그건 물론 나도 모르지만, 아무튼 가능한 한 빨리 와달라고 부탁했어요. 그러니 당신은 그래 주시겠죠, 꼭 그래 주시겠죠, 이건 심지어 그리스도교인으로서의 감정이 명하는 바예요."

"저는 그분을 단 한 번 보았을 뿐인걸요." 여전히 납득이 안 간다는 듯 알료샤가 말을 이었다.

"오, 그분은 너무도 고귀해서 도저히 다다를 수 없는 존재랍니다……! 그분의 고통만 하더라도…… 생각해보세요, 그분이 어떤 고통을 견뎌냈고, 지금 어떤 고통을 견뎌내고 있으며, 어떤 고통이 그분을 기다리고 있는지…… 이 모든 게 무서워요, 정말 무서워요!"

"좋습니다, 가지요." 알료샤는 꼭 와달라는 간곡한 부탁 말고는 아무 설명도 들어 있지 않은 수수께끼 같은 짤막한 쪽지를 훑어보고 나서 이렇게 마음을 정했다.

"아, 그래 주신다니, 정말로 친절하고 훌륭하세요." 갑자기 완전히 활기를 띠면서 리즈가 소리쳤다. "사실 저는 엄마에게 그랬거든요. '그 사람은 절대로 안 가, 도를 닦는 중이니까.' 당신은 정말, 정말 멋진 분이

세요! 하긴 저는 늘 당신을 멋진 분이라고 생각해왔어요. 지금 이 말을 당신에게 하게 돼서 너무 기뻐요!"

"리즈!" 엄마는 나무라듯 말했지만 이내 미소를 지었다.

"당신은 우리도 잊어버리셨죠, 알렉세이 표도로비치, 우리집에 통 들를 생각을 하지 않으시니. 그런데도 리즈는 당신하고 있을 때만 기분이 좋다고 두 번이나 내게 말했답니다." 알료샤는 떨구었던 눈을 들어올렸으나 갑자기 다시 빨개져서는 왜 그런지 자신도 모르게 또다시 미소를 짓고 말았다. 하지만 장로는 이미 그를 지켜보고 있지 않았다. 앞에서 이미 말한 바 있는 수도사, 그러니까 리즈의 안락의자 옆에서 그가 나오기를 기다리고 있던, 다른 지방에서 온 수도사와 대화를 나누기 시작했던 것이다. 이 사람은 보아하니 아주 평범한 수도사들 가운데 한 명, 다시 말해 대단찮은 신분에 근시안적이고 융통성 없는 세계관을 지녔으나 믿음이 강하고 자기 나름의 고집을 가진 수도사였다. 그는 먼 북방의 오브도르스크라는 곳에 있는, 수도사가 모두 아홉 명밖에 되지 않는 가난한 수도원인 성聖 실베스트르에서 왔노라고 자신을 소개했다. 장로는 그를 축복한 뒤, 언제든 좋으니 자신의 처소에 들러달라고 초대했다.

"장로님께서는 어찌 능히 이런 일들을 행하실 수 있습니까?" 갑자기 수도사가 위엄 있고 엄숙하게 리즈를 가리키며 물었다. 그녀의 '치료'를 두고 한 말이었다.

"그것에 대해선, 물론, 아직 말하기 이릅니다. 병이 좀 가벼워지긴 했지만 아직 완전히 나은 것도 아닐뿐더러, 다른 원인 때문일 수도 있으니까요. 하지만 뭔가가 일어났다면, 그건 누구의 힘도 아닌, 하느님의 뜻에 의한 것입니다. 모든 것은 하느님께로부터 옵니다. 저를 방문해주시지요, 신부님." 그러면서 그는 수도사에게 이렇게 덧붙였다. "실은 어느 때나 방문을 받을 수는 없는 처지입니다. 병을 앓고 있는지라, 살날이 얼마 남지 않았다는 걸 알고 있습니다."

"오, 아녜요, 아녜요, 하느님께선 장로님을 우리에게서 앗아가지 않을 거예요. 오래오래 더 사실 거예요." 소녀의 엄마가 외쳤다. "게다가 편찮으시긴 어디가 편찮으시단 말씀이세요? 이렇게 건강하고 명랑하고 행복해 보이시는데."

"오늘은 제 상태가 유난히 가뿐하지만, 이게 한순간일 뿐이라는 걸 이미 알고 있습니다. 저는 지금 제 병이 어떤 것인지 분명하게 이해하고 있으니까요. 제가 그토록 행복해 보인다니, 당신의 그 말씀보다 저를 더 기쁘게 해준 건 여태껏 없답니다. 왜냐하면 사람은 행복하기 위해 창조되었고, 완전히 행복한 사람은 '나는 이 땅에서 하느님의 뜻을 이루었노라'라고 스스로 말할 자격이 정말로 있기 때문입니다. 모든 의로운 자, 모든 성자, 모든 거룩한 수난자는 다 행복했습니다."

"오, 정말로 훌륭하신 말씀이에요, 정말로 대담하고 고상하신 말씀이에요." 소녀의 엄마가 외쳤다. "마치 폐부를 찌르는 듯한 말씀이세요. 하지만 행복, 행복—그건 어디에 있을까요? 누가 자기 자신에 대해서 자신은 행복하다고 말할 수 있을까요? 오, 장로님께선 오늘 저희가 다시 한번 장로님을 뵙도록 허락해주셨을 만큼 친절한 분이시니, 제가 지난번에 미처 다 말씀드리지 못했고 차마 말할 용기도 없었던 것을 끝까지 다 들어주세요, 제가 그렇게 오래전부터, 오래전부터 그렇게 괴로워해왔던 모든 것을요! 저는 괴로워요, 용서해주세요, 저는 몹시 괴로워요……" 그녀는 어떤 뜨거운 격정에 사로잡혀 장로 앞에서 두 손을 모았다.

"특히 무엇 때문에 그러신지요?"

"제가 괴로운 건…… 불신 때문이에요……"

"하느님에 대한 불신입니까?"

"오, 아녜요, 아녜요, 그런 것은 감히 생각할 수도 없어요. 하지만 내세라는 것은—너무나도 수수께끼예요! 누구도, 정말 누구도 그것에 대해 답해주지 않아요! 제발 들어주세요, 장로님께선 사람의 병을 치유해주시고 사람의 영혼을 누구보다 잘 아시는 분이시니까요. 물론 저는 장로님께 제 말을 전적으로 믿어달라고 감히 요구할 수도 없지만, 제가 지금 경솔한 마음으로 말하고 있지 않고, 무덤 너머의 내세에 대한 생각이 고통과 공포와 경악을 불러일으킬 만큼 저를 뒤흔들고 있다는 것을 아주 엄숙하게 맹세하겠어요…… 누구에게 물어봐야 할지도 모르겠고, 평생 그럴 용기도 없었어요…… 그러다 지금 이렇게 감히 장로님께 물어보려고 하는 거예요…… 오, 맙소사, 장로님께서 이제 저를 어떻게 여기실까!" 그녀는 손뼉을 탁 쳤다.

"제 견해에 대해서는 염려하지 마십시오." 장로가 대답했다. "부인의 고민이 진실하다는 것을 전적으로 믿습니다."

"오, 정말 감사합니다! 있잖아요, 저는 눈을 감고 생각한답니다. 만약 다들 믿고 있다면, 이것은 대체 어디서 생겨났을까? 그런데 어떤 이들이 단언하길, 이 모든 것은 애초에 자연의 위협적인 현상들에 대한 두려움에서 생겨났을 뿐, 실은 아예 존재하지도 않는다고 하더군요. 그러자 평생토록 믿음을 가지고 살다가—죽게 되었는데, 갑자기 아무것도 없고, 어느 작가의 글에서 읽은 대로, 그저 '무덤 위에 우엉 잎들만 무성할 뿐'*이라면 어쩌지 하는 생각이 드는 거예요. 이건 무서운 일이에요! 무엇으로, 무엇으로 믿음을 되찾을 수 있을까요? 하긴, 어린아이였을 때는 아무것도 생각하지 않고 그저 기계적으로 믿기만 했는데…… 하지만 도대체 어떻게, 어떻게 이것을 증명할 수 있을지, 저는 장로님 앞에 엎드려 그 해답을 간청드리고자 온 거랍니다. 만약 지금 이 기회를 놓친다면—제 평생 아무도 이 물음에 답해주지 않을 거예요. 대체 무엇으로 증명할 수 있으며, 무엇으로 확신할 수 있을까요? 오, 저는 정말 불행해요! 서서 주위를 둘러보면, 모든 사람이, 거의 모든 사람이 지금 이런 것엔 무심하기만 한데, 저 혼자만 그것을 견딜 수 없어 해요. 정말 죽을 것만 같아요, 아주 죽을 것만 같아요!"

"틀림없이 죽도록 괴로우실 겁니다. 그러나 이 경우 아무것도 증명할 수는 없지만, 확신할 수는 있습니다."

"어떻게요? 무슨 방법으로요?"

"실천적 사랑의 경험을 통해서지요. 부인의 이웃을 실천적으로 끊임없이 사랑하도록 노력하십시오. 사랑하게 되는 만큼, 하느님의 존재와 부인 영혼의 불멸을 확신하게 될 겁니다. 이웃을 사랑함에 있어 완전한 자기희생에 이르게 된다면, 그때는 이미 확고히 믿게 될 것이며, 어떤 의혹도 부인의 영혼에 깃들지 못할 것입니다. 이것은 입증된 바이며, 틀림없습니다."

"실천적인 사랑이라고요? 그 역시 문제예요, 그것도 아주, 아주 어려

* 투르게네프의 소설 『아버지와 아들』에서 주인공 바자로프가 하는 말을 약간 변형시켜 인용하고 있다.

운 문제죠! 말예요, 저는 인류를 너무나 사랑하는 나머지, 믿으실지 모르지만, 때로는 모든 것을, 제가 가진 모든 것을 던져버리고, 리즈까지도 홀로 남겨두고, 간호사의 길을 떠나는 꿈까지 꾼답니다. 눈을 감고 생각하며 꿈에 잠기노라면, 그 순간 저는 억제할 수 없는 어떤 힘을 제 안에서 느껴요. 어떤 상처라도, 어떤 곪은 종기라도 저를 겁주지 못할 거예요. 저는 제 손으로 직접 상처를 싸매주고, 깨끗이 씻겨주고 싶어요, 이 고통받는 사람들 곁에 붙어앉아 간호해주고 싶고, 그 농종에 기꺼이 입을 맞출 각오가 돼 있어요……"

"부인께서 다른 어떤 꿈이 아닌, 바로 그런 꿈을 꾸고 계신다면, 그것만으로도 이미 대단하고 훌륭한 일입니다. 아니, 아니, 그러다보면 정말로 자기도 모르는 사이에 어떤 좋은 일을 하시게 될 겁니다."

"예, 하지만 제가 그런 생활을 오래 견뎌낼 수 있을까요?" 부인은 거의 미친 듯 흥분해 열띤 어조로 말을 이었다. "바로 여기에 가장 중요한 문제가 있답니다! 이게 저를 가장 괴롭히는 문제예요. 저는 눈을 감고 자신에게 물어본답니다. 너는 이 길에서 오래 버틸 수 있느냐? 만약 네가 농종을 씻어주고 있는 그 환자가 너에게 즉시 감사로 답하지 않고 오히려 변덕을 부리며 너를 괴롭히고, 너의 인류애적인 봉사를 높이 사고 알아봐주기는커녕, 네게 소리를 지르며 무례한 요구를 하고 심지어 상부에다 불평까지 늘어놓는다면(고통이 심한 환자들의 경우 흔히 있는 일이니까요)—그땐 어떻게 될까? 너의 사랑이 지속될까, 아닐까? 그런데—상상해보세요, 저는 몸서리를 치면서 이미 이렇게 결론 내렸답니다. 만약 인류에 대한 나의 '실천적'인 사랑을 싸늘히 식게 만들 수 있는 그 무엇이 있다면, 그것은 오로지 배은망덕이라고요. 한마디로,

저는 임금 노동자예요. 저는 즉시 보수를, 즉 나 자신에 대한 칭찬과, 사랑에 대해 사랑으로 보답해줄 것을 요구해요. 다른 방식으로는 저는 누구도 사랑할 수 없어요!"

그녀는 아주 진정으로 자신을 힐책하는 발작적인 기분에 휩싸여 말을 마치고는 도전적인 결의를 품고 장로를 바라보았다.

"그건 이미 오래전의 일이지만 어느 의사가 제게 해준 얘기와 아주 똑같군요." 장로가 지적했다. "이미 나이가 지긋하고, 누가 봐도 똑똑한 사람이었지요. 그도 부인처럼 솔직하게 털어놓았는데, 비록 농담삼아 한 말이긴 했으나 서글픈 농담이었습니다. 자기는 인류를 사랑하지만 스스로에게 놀라곤 한다는 것인데, 그가 인류 전체를 사랑하면 할수록, 개개의 사람들, 즉 개별적인 인격으로서의 한 사람 한 사람은 덜 사랑하게 된다고 말입니다. 공상 속에서 그는 인류에게 봉사하겠다는 열렬한 생각에 이르게 되고, 갑자기 어떻게든 그런 일이 요구된다면 사람들을 위해 정말 십자가에라도 매달릴 각오지만, 그러면서도 정작 단 이틀을 어느 누구하고든 한방에서 같이 지낼 수 없다, 그것을 경험으로 잘 알고 있다고 말하더군요. 누가 조금이라도 자기에게 가까이 오면, 그 사람의 존재 자체가 자신의 자기애를 압박하고 자신의 자유를 구속한다는 겁니다. 단 하루 밤낮이면 심지어 아무리 훌륭한 사람에 대해서도 증오를 느끼게 될 수 있는데, 어떤 사람은 식사를 너무 오래해서, 어떤 사람은 감기에 걸려 쉴새없이 코를 풀어대는 바람에 그렇다는 거지요. 사람들이 자기를 조금이라도 건드리면, 자신은 곧바로 그들의 적이 되어버린다더군요. 대신 한 사람 한 사람의 인간을 증오하면 할수록, 인류 전체에 대한 사랑은 언제나 더욱더 불타오르게 된다고 말했습니다."

"하지만 어떻게 해야 되나요? 그런 경우엔 대체 어떻게 해야죠? 이제 절망에 빠져야만 하나요?"

"아닙니다, 부인께서 이 때문에 상심하고 계시다는 것만으로도 족합니다. 부인께서 할 수 있는 일을 하십시오, 그러면 보답이 있을 것입니다. 자신을 그토록 깊고 진실하게 인식하실 수 있었으니, 부인께선 이미 많은 것을 행하신 셈입니다! 만일 부인께서 지금 저와 함께 그토록 솔직하게 말씀하신 것이 지금 제게서 그러하시듯, 자신의 진실됨에 대해 오직 칭찬을 받기 위한 것이었다면, 물론 실천적인 사랑의 위업에 있어서도 아무런 성과를 얻지 못할 겁니다. 그렇게 되면 모든 것은 그저 부인의 몽상 속에만 남아 있을 뿐, 삶 전체가 마치 환영처럼 깜박이다가 꺼져버릴 것입니다. 그렇게 되면 물론 내세에 대해서도 잊게 되어 결국엔 어쨌든 마음이 편해지실 테지요."

"장로님께선 저를 완전히 짓부숴버리셨어요! 저는 이제야 비로소, 장로님께서 말씀해주신 이 순간에야 비로소 깨달았어요. 배은망덕을 견뎌내지 못할 거라는 얘기를 하면서, 저는 사실 저의 솔직함을 장로님께서 칭찬해주시기만 기다렸던 거예요. 장로님께서는 제가 어떤 인간인가를 저 자신에게 넌지시 일러주셨고, 저를 간파하셨고, 저에게 저 자신을 설명해주셨습니다."

"진심으로 하시는 말씀이지요? 그렇다면 이제 부인의 그런 고백이 있었으니, 저는 부인께서 진실하고 마음이 착하신 분이라 믿겠습니다. 설령 행복에 다다르진 못한다 해도, 좋은 길을 걷고 계시다는 것을 언제나 기억하시고, 그 길에서 벗어나지 않도록 노력하십시오. 무엇보다 거짓을, 모든 종류의 거짓을, 특히 자신에 대한 거짓을 피하십시오. 자신의 거짓을 관찰하고 매시간, 매분 그것을 들여다보십시오. 또한 다른 사람들에 대해서건, 자신에 대해서건 혐오감을 갖지 않도록 하십시오. 자기 안에 있는 그 무엇이 추악하게 여겨질지라도, 자기 안에 그것이 있다는 걸 스스로 깨달았다는 사실만으로도 그것은 이미 깨끗하게 정화됩니다. 공포도 피하십시오. 하기야 공포는 모든 거짓의 결과에 지나지 않습니다. 사랑을 달성함에 있어 자신의 소심함을 결코 두려워 마시고, 그 길에서 행할 수 있는 좋지 못한 행동들조차 너무 두려워 마십시오. 더 위안이 될 만한 이야기를 부인께 들려드릴 수 없어서 안타까울 따름입니다만, 실천적인 사랑은 몽상적인 사랑에 비해 엄혹하고 무서운 것이니까요. 몽상적인 사랑은 금세 만족할 만한 신속한 위업을 갈망하며 모든 사람이 자신을 쳐다봐주기를 갈망합니다. 그러다보니 실제로, 단지 오래 끌지 않고 무대 위에서처럼 가능한 한 빨리 그 일이 이루어져 모든 사람의 시선을 받고 칭찬을 받을 수만 있다면 목숨마저 내놓기에 이릅니다. 하지만 실천적인 사랑—그것은 노동이자 인내이며, 어떤 사람들에게는 아마 하나의 완전한 학문과도 같을 것입니다. 그러나 미리 말씀드려두지만, 모든 노력에도 불구하고 목적에 가까이 가기는커녕 오히려 더욱 멀어진 듯하다는 것을 스스로 공포마저 느끼며 목도하게 되는 바로 그 순간—바로 그 순간에, 미리 말씀드리는 바이지만, 부인께서는 갑자기 그 목적에 도달할 것이며, 언제나 부인을 사랑하시고 언제나 비밀스레 인도해주셨던 주님의 기적적인 힘을 부인 위에서 분명히 보게 될 것입니다. 죄송합니다만, 부인과 더 오래 머무를 수가 없군요, 기다리는 분들이 계셔서. 그럼 안녕히 가십시오."

부인은 울고 있었다.

"리즈, 리즈, 부디 이 아이를 축복해주세요, 축복해주세요!" 갑자기 그녀가 자리에서 벌떡 일어섰다.

"이 아가씨는 사랑받을 자격이 없습니다. 제가 보니 줄곧 장난만 치고 있더군요." 장로가 농담처럼 말했다. "아가씨는 왜 계속 알렉세이를 놀렸지요?"

사실 리즈는 이런 장난에만 내내 정신이 팔려 있었다. 벌써 오래되었지만 지난번에 만났을 때부터 그녀는 알료샤가 자기 앞에서 당황해하며 자기 쪽을 쳐다보지 않으려고 애쓴다는 걸 알아챘는데, 이게 그녀는 무척이나 재미있었다. 그녀는 뚫어지게 응시하며 기다리고 있다가 그의 시선을 낚아채곤 했다. 알료샤는 집요하게 자신을 향하는 시선을 더이상 견디지 못하고 갑자기 자기도 모르게 어떤 이겨낼 수 없는 힘에 이끌려 그녀 쪽을 힐끗 쳐다보았고, 그러면 그녀는 단박에 그의 눈을 빤히 쳐다보면서 의기양양한 미소를 지었다. 알료샤는 당황스러웠고 더욱더 약이 올랐다. 마침내 그는 그녀에게서 완전히 몸을 돌려 장로의 등뒤에 숨어버렸다. 몇 분 뒤 그는 다시금 아까의 그 불가항력에 이끌려, 그녀가 자기를 쳐다보고 있는지 어떤지 보려고 몸을 돌렸다가, 리즈가 안락의자에서 몸을 완전히 밖으로 내밀다시피 하고 그를 옆에서 바라보면서, 언제 그가 쳐다봐줄까 열심히 기다리고 있는 모습을 보았다. 그의 시선을 붙잡은 그녀가 큰 소리로 깔깔대며 웃어대는 통에 장로도 가만히 있을 수가 없었던 것이다.

"장난꾸러기 아가씨, 왜 그를 그렇게 무안하게 하지요?"

아주 뜻밖에도 리즈는 별안간 얼굴을 붉히고 눈을 반짝 빛내며 무섭게 심각한 표정이 되더니, 몹시 분개한 듯 격렬한 불평을 섞어 갑자기 신경질적이고 빠른 어조로 말하기 시작했다.

"저분은 왜 모든 걸 잊었대요? 제가 어렸을 땐 저를 안고 다니기도 했고, 저희는 함께 놀았어요. 제게 글 읽는 법을 가르쳐주러 오기도 했다고요, 아세요? 두 해 전에 헤어지면서 저분이 그랬어요, 절대로 잊지 않겠다고, 우리는 영원한 친구라고, 영원한, 영원한 친구라고요! 그런데 이제 갑자기 절 무서워하는 거예요. 제가 저분을 잡아먹나요, 네? 왜 가까이 오지도 않으려 하고, 왜 말도 나누지 않는 거죠? 왜 우리집엔 오기 싫어한대요? 장로님께서 못 나가게 하신다면 또 몰라. 하지만 저흰 저분이 어디든 나다닌다는 걸 안다고요. 제가 저분을 초대하는 건 점잖지 못하니까, 잊지 않은 이상, 저분 쪽에서 먼저 그 생각을 해야 하는 거잖아요. 아니, 아니죠, 저분은 지금 구도 생활중이시죠! 장로님께선 왜 저분에게 저렇게 긴 법의를 입히셨나요…… 뛰어가려다간 넘어질 텐데……"

그러다가 그녀는 더이상 참지 못하고 갑자기 한 손으로 얼굴을 가리더니, 격렬하게 떨리기만 할 뿐 소리도 나지 않는, 특유의 그 길게 이어지는 신경질적인 웃음소리를 내며 도무지 억제할 수 없다는 듯 몹시 웃어대기 시작했다. 장로는 빙그레 웃는 얼굴로 그녀의 말을 들은 뒤, 다정하게 그녀를 축복해주었다. 그녀는 장로의 손에 입을 맞추려다가, 갑자기 그 손을 자신의 눈에 갖다대며 울음을 터뜨렸다.

"제게 화내지 말아주세요, 저는 바보예요, 아무 쓸모도 없는…… 그러니 알료샤가 옳은지도 몰라요, 아주 옳아요, 이런 우스꽝스러운 계집애한테는 오고 싶지 않을 거예요."

"내가 꼭 보내도록 하지요." 장로가 결론을 짓듯이 말했다.

V
그렇게 되어지이다, 아멘!

장로가 처소를 비운 시간은 이십오 분가량이었다. 벌써 열두시 반이 지났으나, 드미트리 표도로비치는 그 자신 때문에 다들 이렇게 모였는데도 아직 나타나지 않고 있었다. 하지만 모두 그에 대해서는 거의 잊기라도 한 듯이, 장로가 다시 방에 들어섰을 때에는 더없이 활기찬 공통의 대화가 손님들 사이에 오가는 중이었다. 이 대화에는 누구보다도 이반 표도로비치와 두 수도사제가 참가하고 있었다. 미우소프도 보아하니 매우 열을 올리며 대화에 끼어들곤 했지만, 이번에도 그는 운이 나빴다. 그는 분명히 뒤로 밀려난 처지였고 더구나 그에게 대꾸하는 사람조차 별로 없었던 탓에, 이 새로운 상황은 점점 쌓여만 가던 그의 울분을 더욱 부추겼을 뿐이다. 그는 전에도 이반 표도로비치와 어느 정도 지식을 겨룬 적이 있었지만, 문제는 그쪽에서 자기를 좀 얕보고 나오는 것을 냉정하게 참아낼 수 없었다는 점이다. '적어도 지금까지 유럽의 진보와 관련된 모든 것에서 정상에 서 있던 이 몸인데, 감히 이 새로운 세대가 우리를 완전히 무시하다니!' 그는 속으로 이렇게 생각하고 있었다. 의자에 앉아 잠자코 있겠노라고 제 입으로 약속했던 표도르 파블로비치는 실제로 얼마 동안 입을 봉하고 있었지만, 비아냥거리는 미소를 띠고 자기 옆자리의 표트르 알렉산드로비치를 지켜보면서 잔뜩 울화가 치민 상대방의 모습에 기뻐하는 기색이 역력했다. 그는 이미 오래전부터 이것저것 앙갚음을 해주려고 별러온 터라 지금 이 기회를 놓치고 싶지 않았다. 그래서 마침내 더는 못 참고 옆 사람의 어깨로 몸을 기울이며 속닥속닥 또 한번 약을 올렸다.

"아니, 댁은 왜 아까 '사랑스레 입을 쪽쪽 맞춘 뒤에' 가버리지 않고 이런 무례한 일당 속에 남아 있기로 하셨소? 굴욕과 모욕을 당한 기분이라, 보복으로 자신의 지혜를 한번 보여주겠다고 남으신 거겠지. 이제 저 친구들한테 자신의 지혜를 과시하기 전에는 절대로 못 가시겠구먼."

"또 시작이오? 천만에, 지금 갈 거요."

"나중에, 맨 나중에 자릴 뜨시겠지!" 표도르 파블로비치가 또 한번 따끔하게 찔렀다. 장로가 돌아온 것과 거의 같은 순간이었다.

논쟁이 잠시 잠잠해졌으나, 장로가 자기 자리에 앉더니 어서 계속하라고 상냥하게 북돋워주기라도 하듯 좌중을 둘러보았다. 장로의 거의 모든 표정을 훤히 알고 있던 알료샤는 장로가 몹시 지쳐서 간신히 버티고 있다는 걸 분명하게 알아차렸다. 최근에는 병세가 깊어져 기력이 쇠진한 나머지 실신하는 일도 잦았다. 실신 직전에 볼 수 있는 것과 거의 똑같은 창백한 빛이 지금도 그의 얼굴에 퍼져가고, 입술은 새하얬다. 하지만 분명히 그는 이 모임을 해산시키고 싶지 않은 것 같았다. 게다가 자기 나름의 어떤 목적이 있는 듯도 싶었지만—대체 어떤 목적일까? 알료샤는 그를 뚫어지게 지켜보고 있었다.

"이분의 대단히 흥미로운 논문에 대해 이야기하는 중입니다." 사서 수도사제 이오시프가 이반 표도로비치를 가리키며 장로를 향해 말했다. "이분은 많은 새로운 것을 제시하고 있지만, 그 사상 자체는 양쪽으로 해석될 수 있어 보입니다. 교회의 사회 재판, 그리고 그 권리의 범위 문제와 관련하여 이분은, 바로 이에 대해 두꺼운 책까지 한 권 쓴 어느 성직자에게 답하는 형식으로 잡지에다 논문을 발표하셨는데요……"

"유감스럽게도 그 논문을 읽어보진 못했지만, 얘기는 들었습니다." 장로가 예리한 시선으로 이반 표도로비치를 주의깊게 응시하며 말했다.

"이분은 대단히 흥미로운 관점을 취하고 있습니다." 사서 신부가 말을 이었다. "보건대, 이분은 교회의 사회 재판 문제에 있어 교회를 국가로부터 분리하는 것을 전적으로 거부하고 있거든요."

"그거 흥미롭군요, 하지만 어떤 의미에서 그렇게 생각하시는지요?" 장로가 이반 표도로비치에게 물었다.

이윽고 이반 표도로비치가 그에게 대답했으나, 알료샤가 전날부터 걱정했던 것처럼 상대방을 내려다보는 식의 정중함이 아니라 겸손하고 신중하고 눈에 띄게 조심스러운데다 어떤 저의라곤 조금도 없어 보였다.

"저는 두 요소의 혼합, 즉 교회와 국가라는 서로 별개인 이 두 본질의 혼합이 물론 영구히 계속되리라는 명제로부터 출발하고 있습니다만, 이 혼합은 불가능할 뿐만 아니라, 이 일의 바탕에는 기만이 놓여 있는 까닭에, 그렇게 해서는 정상적인 상태는 물론이거니와 다소나마 동의할 수 있는 상태로도 결코 나아가지 못할 것입니다. 예컨대 재판과 같은 문제에 있어 국가와 교회의 타협은, 제 생각으로는, 순전히 그 본질상 불가능합니다. 제가 반박을 가했던 그 성직자는 교회가 국가 속에서 정확하고 일정한 위치를 점하고 있다고 주장합니다. 저는 반대로, 교회가 국가 속에서 그저 어떤 한구석을 차지할 게 아니라 국가 전체를 스스로 자신의 내부에 포함시켜야 하며, 비록 지금은 그것이 어떤 이유에서든 불가능할지라도, 일의 본질상, 앞으로 그리스도교 사회의 발전 전체에서 직접적이고도 가장 주된 목표로 설정되어야 함이 분명하다고 그에게 반박했습니다."

"전적으로 지당하신 말씀입니다." 말수가 적고 박식한 수도사제 파이시 신부가 강경하고도 신경질적인 어조로 말했다.

"순전히 교황지상주의*로군!" 미우소프가 초조한 나머지 다리를 번갈아 꼬고는 소리쳤다.

"에이, 우리 나라엔 산도 없잖습니까!" 이오시프 신부가 이렇게 소리치고 장로를 바라보며 말을 이어갔다. "이분은 무엇보다 자신의 논적論敵인 그 성직자의 다음과 같은 '기본적이고 본질적인' 명제들을 반박하고 있으니, 이 명제들에 유념해주십시오. 첫째, '어떤 사회 연합도 구성원들의 시민적, 정치적 권리를 지배하는 권력을 전유할 수 없으며 전유해서도 안 된다'. 둘째, '형법적, 민법적 권력은 교회에 속해선 안 되며, 그러한 권력은 신의 기관으로서 교회가 지닌 본질과도, 종교적 목적을 위한 사람들의 단체로서 교회가 지닌 본질과도 결코 양립할 수 없다'. 끝으로 셋째, '교회는 이 세상에 속한 왕국이 아니다'……"

"성직자로서 도저히 해선 안 될 말장난이지요!" 파이시 신부가 끝내 참지 못하고 또다시 말을 끊었다. "저도 당신이 논박하신 그 책을 읽었는데," 하고 그는 이반 표도로비치 쪽을 보며 말했다. "'교회는 이 세상에 속한 왕국이 아니다'라는 그 성직자의 말에 깜짝 놀랐습니다. 만약

---

* ultramontanisme. 교회를 교황에게 종속시키고 세속국가에 대한 교황 권력의 우위를 확보하고자 했던 가톨릭교회의 한 흐름으로, 글자 그대로는 '산 너머(ultra montis)', 즉 알프스 너머의 로마교황청을 가리키며, 이어지는 이오시프 신부의 응수는 이에 대한 말장난이다.

이 세상에 속한 것이 아니라면, 교회는 지상에 전혀 존재할 수도 없습니다. 성스러운 복음서에서 '이 세상에 속한 것이 아니니라'*라는 말씀은 그런 뜻으로 쓰인 게 아닙니다. 그 말씀을 가지고 장난치는 것은 있을 수 없는 일입니다. 우리 주 예수 그리스도는 바로 이 지상에 교회를 세우기 위해 오신 것입니다. 천국은 응당 이 세상의 것이 아니라 하늘의 것이지만, 지상에 굳건하게 세워진 교회를 통하지 않고는 그곳에 들어갈 수 없습니다. 따라서 세속적인 말장난은 이런 의미에서 도저히 있을 수 없는 일이며, 수치스러운 일입니다. 교회야말로 진실로 왕국이며, 통치할 사명을 지니고 있습니다. 그리고 종국에는 반드시 전 지상의 왕국이 되어야 합니다—이것은 하느님께서 우리에게 주신 약속입니다……"

그는 갑자기 자제하려는 듯 입을 다물었다. 이반 표도로비치는 공손하고 주의깊게 그의 말을 끝까지 듣고 나서, 몹시 침착하면서도 아까와 같이 열의 있고 소박한 태도로 장로를 향해 말을 이었다.

"제 논문의 전체 사상은 이렇게 요약됩니다. 고대 그리스도교, 즉 초창기 삼 세기 동안 그리스도교는 지상에서 그저 교회의 모습으로 나타났고 오로지 교회였을 뿐입니다. 그러다가 로마라는 이교 국가가 그리스도교 국가가 되길 원했을 때 로마제국은 그리스도교 국가가 되긴 했으나, 실상은 대단히 많은 방면에서 여전히 이교 국가로 머무르면서 그저 교회를 자신 속에 포함시키는 일이 필연적으로 일어났습니다. 또 본질적으로 반드시 그렇게 될 수밖에 없었습니다. 그러나 국가로서 로마

* 「요한복음」 18:36.

에는 이교적인 문명과 지혜가 너무 많이 남아 있었으며, 예컨대 국가의 목적과 기반이 그 자체로 이교적이었습니다. 물론 그리스도 교회는 국가 속으로 들어간 이후에도, 자신의 기반, 자신이 서 있는 초석에서 그 어떤 것도 양보할 수 없었으며, 다름아닌 주님 당신에 의해 일단 지시되고 확립된 자신의 목적들을 계속 추구하는 수밖에 없었습니다. 그 목적들 중에서도 가장 중요한 것이 전 세계를, 따라서 고대 이교 국가 전체도 교회로 변모시키는 것이었습니다. 그리하여(즉 미래의 목적을 위해) 교회가 (제가 논박하고 있는 저자가 교회를 두고 한 표현대로) '온갖 종류의 사회 연합'이나 '종교적 목적을 위한 사람들의 연합'처럼 국가 안에서 일정한 자기 자리를 찾아야 하는 것이 아니라, 오히려 정반대로, 모든 지상 국가가 교회의 목적과 일치하지 않는 자신의 모든 목적을 버린 다음, 종국에는 완전히 교회로 바뀌어야 하며, 다른 그 무엇이 아니라 오로지 교회 그 자체가 되어야 합니다. 이 모든 것은 결코 국가에 굴욕을 안겨주지 않을뿐더러 위대한 국가로서의 영예와 영광, 그리고 그 통치자의 영광을 앗아가지도 않고, 오히려 국가를 여전히 이교적인 그릇되고 거짓된 길에서 끌어내 영원한 목적으로 나아가는 유일하고 올바르고 참된 길 위에 세워줄 따름입니다. 그런즉, 만약 『교회의 사회 재판의 근거들』이라는 책의 저자가 이 근거들을 탐색하고 제시하면서, 그것들이 우리의 죄 많고 불완전한 시대에는 아직도 불가피한 일시적인 타협일 뿐 그 이상은 아닌 것으로 보았다면, 그의 판단은 옳았다고 할 수 있겠지요. 그러나 이 근거들의 집필자가 자신이 지금 이 책에서 제안하고, 방금 이오시프 신부님께서 일부 열거하셨던 그 근거들이 확고부동하고 근원적이고 영원한 것이라고 감히 공언한다면, 바로 그 순간 그는 교회와 그것의 신성하고 영원하고 확고부동한 사명에 정면으로 맞서게 되는 것입니다. 바로 이것이 제 논문의 전부이자, 완전한 요지입니다."

"그러니까 두어 마디로 말하면 이렇군요." 파이시 신부가 한마디 한마디 힘을 주며 다시 입을 열었다. "우리의 19세기에 와서 너무도 분명해진 어떤 이론에 따르면, 교회는 마치 하등한 종이 고등한 종으로 변하듯, 국가로 다시 태어나야 하고, 그다음엔 과학과 시대정신과 문명에 자신의 자리를 양보하고 국가 속에서 소멸해야 한다는 겁니다. 만약 이를 원하지 않고 저항한다면, 교회는 그 대가로 국가 속에서 고작 어떤 한쪽 구석을 할당받게 되고 그나마도 언제나 감시를 받게 될 것이며—이것은 오늘날 동시대 유럽 국가들 어디에서나 볼 수 있는 현상입니다. 그러나 러시아인들이 이해하고 열렬히 희망하는 바에 따르면, 마치 하등한 유형이 고등한 유형으로 변화하듯 교회가 국가로 다시 태어나야 하는 것이 아니라, 반대로 국가가 종국엔 달리 그 무엇도 아닌, 오로지 교회로 변모해야 합니다. 그렇게 되어지이다, 아멘!"

"뭐, 솔직히 말해, 신부님 말씀을 들으니 저도 이제 기운이 좀 납니다." 미우소프가 다시 다리를 바꾸어 꼬고서 히죽 웃었다. "제가 이해하기로는, 이건 그러니까, 그리스도 재림 때나 실현될 끝없이 요원한 어떤 이상이로군요. 뭐, 아무려면 어떻습니까. 전쟁이나 외교관, 은행 등의 소멸을 그리는 아름다운 유토피아적 꿈인걸요. 심지어 사회주의와 닮은 구석도 있어요. 그런데도 저는 이 모든 얘기가 어찌나 진지한지, 이제는 교회가 예컨대 형사사건을 재판하고 태형과 유형, 어쩌면 사형까지도 선고하게 될 거라고 생각했답니다."

"가령 지금이라도 재판이 교회의 사회 재판밖에 없다고 한다면, 지금도 교회는 유형을 보내거나 사형을 선고하지는 않을 겁니다. 그 경우엔 범죄도, 범죄를 바라보는 시각도 틀림없이 달라져야만 하겠지요. 물론 지금 당장 갑자기는 아니고 조금씩이겠지만, 그래도 어쨌든 상당히 빨리……" 이반 표도로비치가 눈 한 번 깜박이지 않고 침착하게 말했다.

"진담이십니까?" 미우소프는 그를 뚫어지게 응시했다.

"모든 것이 교회가 된다면, 교회는 범죄자나 불복종자를 파문하지 목을 베지는 않을 겁니다." 이반 표도로비치가 말을 계속했다. "한번 물어봅시다. 파문당한 자가 대체 어딜 가겠습니까. 그렇게 되면 그는 지금처럼 사람들뿐만 아니라 그리스도로부터도 떠나야 하는데 말입니다. 자신의 범죄로 말미암아 사람들뿐만 아니라 그리스도의 교회에 대해서도 반기를 든 셈이니까요. 이것은 지금도 물론 엄격한 의미에서는 그렇습니다만, 아무튼 명백하게 고시된 것은 아니어서, 오늘날 범죄자의 양심은 대단히, 대단히 자주, 자기 자신과 거래를 시작합니다. '도둑질을 하긴 했다, 하지만 교회에 대드는 건 아니니 그리스도의 적은 아니지!'라는 식으로요. 오늘날의 범죄자는 자신에게 끊임없이 이런 식으로 말합니다만, 교회가 국가의 자리에 서게 되면 그때는 그가 전 지상의 교회 전체를 부정하면서, '모두가 잘못하고 있고, 모두가 올바른 길에서 벗어났고, 모두가 거짓 교회다, 살인자에 도둑인 나 하나만—올바른 그리스도 교회다'라고 말하긴 힘들 겁니다. 자신에게 이렇게 말하기는 무척 어렵고, 그러려면 엄청난 조건들과 좀처럼 찾아볼 수 없는 상황이 요구되니까요. 이제 다른 측면에서 범죄에 대한 교회 자체의 시각을 한번 보시지요. 거의 이교도적인 지금의 시각과는 본질적으로 달라져야 하지 않겠습니까. 사회를 보호하기 위해 오늘날 행해지는 방법, 즉 병균에 감염된 구성원을 기계적으로 잘라내버리는 식은 이제 인간을 새롭게 갱생시키고 부활시키고 구원해야 한다는 이념으로 완전하고도 참되게 바뀌어야 하지 않을까요……"

"아니, 그건 대체 뭡니까? 또 이해가 안 가는군요." 미우소프가 말을 가로챘다. "또다시 무슨 꿈같은 얘기인데. 뭐가 어렴풋하기만 해서, 당최 알 수가 있어야지. 파문이라뇨, 무슨 파문인데요? 설마 그냥 농담삼아 하는 얘기겠죠, 이반 표도로비치."

"사실 지금도 정말 똑같습니다." 갑자기 장로가 입을 열자 모두가 일제히 그에게로 시선을 돌렸다. "만약 지금 그리스도의 교회가 없다면, 범죄자에겐 악행을 제어할 그 무엇도 없을 것이며 심지어 나중에 그 악행에 대해 가해질 징벌조차 없을 것입니다. 즉, 방금 저분께서 말씀하신 것처럼, 대개의 경우 사람들의 마음속에 화를 돋울 뿐인 기계적인 징벌이 아니라, 유일하게 효과적이고 유일하게 두려움을 갖게 하며 마음의 평화를 가져다주고 자신의 양심을 의식하게 하는 진정한 징벌 말입니다."

"대체 어째서 그런 건지, 좀 알게 해주시겠습니까?" 미우소프가 아주 왕성한 호기심을 보이며 물었다.

"그건 바로 이렇습니다." 장로가 말을 시작했다. "이렇게 유형을 보내 징역을 살게 하는 것으로는, 전에는 거기다 태형까지 더해졌습니다만, 아무도 교화시킬 수 없을뿐더러 무엇보다 거의 어떤 범죄자에게도 공포심을 일으킬 수 없으니, 범죄의 수가 줄어들기는커녕 오히려 점점 더 늘어나고 있습니다. 여러분도 여기엔 분명히 동의하시겠지요. 결과적으로, 이런 식으로는 사회가 전혀 보호받지 못하는데, 비록 해로운 구성원을 기계적으로 잘라내 눈에 보이지 않게끔 멀리 유형을 보낸다 해도, 그 자리에 곧 또다른 범죄자가, 그것도 어쩌면 둘씩이나 나타나게 되니까요. 만약 우리 시대에도 사회를 보호해주고 심지어 범죄자마저 교화하여 다른 사람으로 거듭나게 해주는 뭔가가 있다면, 그것은 다시금, 오로지 자신의 양심을 깨달을 때 들려오는 그리스도의 계율뿐입니다. 그리스도 사회의 아들, 즉 교회의 아들로서 자신의 죄를 깨달을 때에만, 그는 다름아닌 사회, 다시 말해 교회 앞에 자신이 지은 죄도 깨닫게 되는 것입니다. 이렇듯 오늘날의 범죄자는 오로지 교회 앞에서만 자신의 죄를 깨달을 수 있지, 결코 국가 앞에서가 아닙니다. 그러므로 만약 재판권이 교회라는 사회에 속해 있다면, 그 사회는 파문당한 자들 중 누구를 불러들여 자신의 품에 다시 받아들여야 할지 알고 있겠지요. 하지만 지금 교회는 어떤 실질적인 재판권도 없이 그저 도덕적인 심판만이 가능한 까닭에, 범죄자에 대한 실제적인 징벌을 스스로 멀리합니다. 교회는 범죄자를 자신으로부터 파문하는 게 아니라, 그저 그에게 아버지 같은 훈계를 마다하지 않는 것이지요. 이뿐만 아니라, 범죄자와 그리스도 교회 간의 교제를 모두 그대로 유지하려고 노력합니다. 교회 미사와 성찬식에도 함께하게 하고 희사금도 주면서 죄인이라기보다는 오히려 미혹당한 자로서 그를 대합니다. 만약 그리스도교 사회, 다시 말해 교회마저, 속세의 법이 그를 배척하고 잘라내버리듯 그를 배척한다면, 오, 주여! 그 범죄자는 어떻게 될까요? 국법의 징벌에 이어 교회마저 그를 그때그때 즉시 파문함으로써 징벌을 가한다면, 어떻게 되겠습니까. 적어도 러시아 범죄자에겐 이보다 더 큰 절망이 있을 수 없으니, 러시아 범죄자들에겐 아직도 믿음이 있기 때문입니다. 그렇지만 누가 알겠습니까, 교회마저 그를 저버린다면 그땐 아마도 무서운 일이 일어날 겁니다—어쩌면 범죄자의 마음이 절망한 나머지 믿음을 잃어버릴 테니, 그때는 어떻게 되겠습니까? 하지만 교회는 온화하고 자애로운 어머니처럼 실제적인 징벌을 스스로 삼갑니다. 왜냐하면 교회가 징벌을 가하지 않아도 죄인은 이미 국가 재판에 의해 너무나 고통스러운 벌을 받고 있어, 오히려 누구든 그에게 동정을 베풀어야 하니까요. 그러나 교회가 징벌을 피하는 가장 중요한 이유는, 교회 재판이야말로 진리를 담은 유일한 재판인 까닭에, 설령 일시적인 타협이라 할지라도 그 어떤 다른 재판과도 본질적으로나 도덕적으로나 결합될 수 없기 때문입니다. 여기엔 이미 거래를 한다는 게 불가능합니다. 외국 범죄자는 회개하는 경우가 드물다고들 하는데, 이는 가장 현대적인 학설들까지 나서서, 그의 범죄는 범죄가 아니라 부당한 억압적 힘에 맞선 봉기일 뿐이라는 생각을 그에게 확신시켜주기 때문이지요. 사회는 절대적인 힘으로 범죄자를 짓밟으면서 그를 완전히 기계적으로 내치는데, 그 추방에 증오까지 동행시키면서(적어도 유럽에서는 그들 스스로 자신에 대해 그렇게 얘기합니다)—그를 증오하고, 자신의 형제이기도 한 그의 앞날의 운명에 대해서는 완전히 무관심할 뿐만 아니라 깡그리 잊어버립니다. 이렇듯 모든 것이 교회로부터의 일말의 동정도 없이 이루어지는데, 왜냐하면 많은 경우 거기엔 이미 교회가 전혀 존재하지도 않고 그저 교회 종사자들과 웅장한 교회 건물만 남아 있을 뿐, 그곳의 교회 자체는 이미 오래전부터 교회라는 하등한 종에서 국가라는 고등한 종으로 열심히 이행하면서 마침내 국가 속에서 완전히 소멸되길 열망하고 있으니까요. 적어도 루터교 국가들에서는 그렇다고 생각됩니다. 로마에서는 교회 대신 국가가 선포된 지 벌써 천 년이 됐지요. 그런 까닭에 범죄자 스스로도 자신을 이미 교회의 구성원으로 의식하지 않으며, 추방을 당하면 절망에 빠지고 맙니다. 사회로 돌아온다고 해도 극심한 증오를 품은 경우가 드물지 않아, 사회 자체가 아예 앞서서 담을 쌓아버리는 듯도 합니다. 이것이 어떻게 끝날지는 여러분 스스로 판단하실 수 있겠지요. 많은 경우, 우리 나라도 매한가지로 보일지 모릅니다. 그러나 중요한 것은, 우리 나라에는 제도화된 재판 이외에도, 그것을 넘어서서 범죄자를 자신의 사랑스럽고 여전히 소중한 자식으로 대하면서 그와의 교제를 절대로 끊지 않는 교회가 엄연히 존재하고, 더욱이 지금은 비록 실제적인 힘을 갖지 못하지만 공상 속에서라도 미래를 위해 살고 있는 교회 재판이 관념적으로나마 존재하고 보존되고 있으며, 범죄자 자신도 이것을 영혼의 본능에 의해 의심의 여지 없이 인정하고 있다는 점입니다. 방금 여기서 얘기된 것들도 옳습니다. 만약 교회 재판이 정말로 도입되어 완전한 힘을 발휘하게 된다면, 즉 사회 전체가 오로지 교회로 변하기만 한다면, 교회 재판이 지금과는 결코 비교가 안 될 정도로 범죄자의 교화에 큰 영향을 미칠 뿐만 아니라, 어쩌면 정말로 범죄 자체도 믿을 수 없을 만큼 현저히 줄어들 것입니다. 그리고 교회도 미래의 범죄자와 범죄에 대해 많은 경우 지금과 완전히 달리 이해하게 될 것이며, 파문당한 사람을 돌아오게 하고, 나쁜 생각을 품고 있는 자에게 미리 경종을 울리고, 타락한 자를 갱생시킬 수 있을 것이 분명합니다. 사실," 하고 장로는 미소를 지었다. "지금은 그리스도교 사회 자체가 아직 완성되지 않아서, 일곱 의인義人 위에 서 있을 뿐입니다.* 하지만 이 의인들은 결코 쇠퇴하지 않으며, 그런 까닭에 그리스도교 사회는 현재로서는 거의 이교적인 연합에 불과한 이 사회로부터 전 세계를 다스리는 단일 교회로 완전히 변모하리라는 기대 속에서 한결같이 굳건히 존속하고 있습니다. 이것은 반드시 이루어지도록 예정된 것인즉, 비록 만겁의 끝에 가서라도 그렇게 되어지이다, 아멘! 때와 기한 때문에 흔들릴 필요는 조금도 없으니, 때와 기한의 비밀은 하느님의 지혜와 선견지명, 하느님의 사랑 속에 있기 때문입니다. 인간의 셈으로는 아직 너무도 요원할 수 있는 것이, 하느님의 예정에 따르면 아마도 바로 실현 전야에, 바로 문턱에 와 있는지도 모릅니다. 그렇게 되어지이다, 아멘."

"그렇게 되어지이다! 아멘!" 파이시 신부가 경건하고 엄숙하게 받아 외웠다.

"이상하군, 굉장히 이상하군!" 미우소프가 이렇게 말했는데, 흥분했다기보다 왠지 어떤 분노를 감추고 있는 듯했다.

"무엇이 그리 이상하게 여겨지시는지요?" 이오시프 신부가 조심스레 물었다.

"아니, 이게 도대체 뭡니까?" 갑자기 터져버리기라도 한 듯 미우소프가 소리쳤다.

"지상에서 국가가 제거되고 교회가 국가의 지위에 올라간다니요! 이건 교황지상주의 정도가 아니라 초超교황지상주의 아닙니까! 교황 그

* 성경에서 일곱 사람을 택해 하느님의 용사로 다듬는다는 구절(「잠언」 9:1)을 염두에 둔 것이다.

레고리우스 7세*도 이런 건 꿈도 못 꾸었을 겁니다!"

"완전히 반대로 이해하고 계시군요!" 파이시 신부가 엄격하게 말했다. "교회가 국가로 변하는 게 아닙니다, 이 점을 아셔야 합니다. 그것은 로마이고, 로마의 꿈입니다. 그것이야말로 악마의 세번째 유혹입니다! 그와 반대로, 오히려 국가가 교회로 변모하여 교회의 지위에까지 올라가고 전 지상의 교회가 되는 것이니, 교황지상주의와도 로마와도 당신의 해석과도 완전히 상반되며, 오로지 이것이야말로 이 지상에서 정교에 주어진 위대한 소명입니다. 이 별은 동방으로부터 빛나게 될 것입니다."

미우소프는 의미심장하게 잠시 침묵했다. 그의 모습 전체가 유별난 자긍심을 드러내고 있었다. 관대한 듯 도도한 미소가 그의 입가에 맴돌았다. 알료샤는 심장이 쾅쾅 뛰는 것을 느끼며 모든 상황을 지켜보고 있었다. 이 모든 대화가 그를 골수까지 흥분시켰던 것이다. 그는 무심코 라키친에게로 눈을 돌렸다. 라키친은 비록 눈을 내리깔고 있었지만 주의깊게 귀를 기울이고 살펴보면서 아까부터 자기 자리였던 문 옆에 꼼짝도 않고 서 있었다. 그러나 두 뺨을 선명하게 물들인 홍조로 보아, 라키친도 아마 자기 못지않게 흥분해 있을 거라고 알료샤는 짐작했다. 알료샤는 그가 무엇 때문에 흥분했는지 알고 있었다.

"조그만 일화 하나를 소개하도록 해주시지요, 여러분." 갑자기 미우소프가 왠지 유난히 위엄을 부리면서 의미심장하게 입을 열었다. "파리

* 교황의 통치적 전권을 주장하고 자신을 교회와 속세의 위계질서 최정점에 올려놓고자 했던 11세기 말의 로마교황.

에서였는데, 벌써 몇 년 전, 그러니까 12월 쿠데타* 직후 어느 날, 저는 그 당시 정부의 지도자급에 있던 대단히, 대단히 중요한 인물인 지인을 방문했다가 그의 집에서 무척 흥미로운 한 신사를 만났습니다. 그 사람은 그렇고 그런 탐정이 아니라, 일단의 정치 탐정들 전체를 지휘하는 것 같았는데—나름대로 상당한 영향력을 지닌 요직에 있었습니다. 기회를 엿보아 저는 비상한 호기심을 가지고 그와 대화를 나누기 시작했지요. 그는 친분이 있어 방문이 허락된 게 아니라 부하 관리로서 모종의 보고를 하러 왔던 터라, 자기 상관이 저를 맞는 모습을 보고는 자기 쪽에서도 저를 웬만큼 솔직한 태도로 대하더군요—뭐, 그야 물론 어느 정도라는 얘기이고, 솔직하다기보다는 오히려 예모禮貌 있었다고 하는 편이 옳겠지요. 프랑스 사람들은 워낙 예모가 바른데다, 그는 제가 외국인이라는 걸 알아보았으니까요. 하지만 저는 그의 말을 아주 잘 이해했습니다. 화제는 마침 그 당시 추적 대상이던 사회주의 혁명가들에 관한 것이었지요. 대화의 주된 내용은 생략하고, 이 신사의 입에서 갑자기 튀어나온 아주 흥미진진한 지적 한 가지만 소개하겠습니다. 그가 그러더군요. '우리는 사실 그런 사회주의자들을—무정부주의자니, 무신론자니, 혁명가니 하는 모든 사회주의자들을—그리 두려워하지도 않습니다. 우리는 그들을 지켜보고 있고, 그들의 동태를 훤히 꿰고 있으니까요. 그러나 그자들 중엔 많지는 않아도 좀 특별한 자들이 있지요. 그들은 신을 믿는 그리스도교도이면서 동시에 사회주의자입니다. 바로 이런 자들이 우리는 제일 두렵습니다, 아주 무서운 족속이지요! 그

* 1851년 12월 2일 샤를 루이 나폴레옹 보나파르트가 일으킨 쿠데타.

리스도교도인 사회주의자는 무신론자인 사회주의자보다 훨씬 무섭습니다.' 이 말에 저는 그때도 몹시 충격을 받았습니다만, 지금 이 자리에 있자니, 여러분, 왠지 갑자기 이 말이 떠올라서……"

"그럼 당신은 그 말을 우리와 결부시켜 우리를 사회주의자로 보신다는 건가요?" 파이시 신부가 에두르지 않고 단도직입적으로 물었다. 그러나 표트르 알렉산드로비치가 미처 무슨 대답을 생각해내기도 전에 문이 열리더니, 약속 시간에 그토록 늦어버린 드미트리 표도로비치가 들어왔다. 사실 다들 그를 더이상 기다리지도 않았던 셈이어서, 그의 갑작스러운 출현은 처음 한순간 어떤 놀라움마저 불러일으켰다.

VI
저런 인간이 왜 살까!

드미트리 표도로비치는 중키에 호감이 가는 얼굴을 지닌 스물여덟살의 청년이었으나 실제보다 나이가 훨씬 더 들어 보였다. 근육질에 상당한 체력의 소유자라는 것을 짐작할 수 있었지만, 그럼에도 그의 얼굴에는 뭔가 병적인 기운이 감돌았다. 얼굴이 여윈데다 두 볼이 움푹 패고, 안색은 어쩐지 건강하지 못한 누르스름한 빛을 띠고 있었다. 짙은 색의 상당히 큰 퉁방울눈은 언뜻 보기엔 매우 집요하게 앞을 응시하고 있지만, 왠지 모호한 데가 있었다. 몹시 흥분해 격앙된 어조로 말할 때조차, 그의 시선은 마음속의 기분을 따르지 않고 때로는 그 순간과 전혀 부합하지 않는 뭔가 다른 것을 나타내는 듯했다. "그 친구가 무슨 생각을 하는지 좀처럼 알 수가 있어야지." 그와 얘기를 나눠본 사람들은 때로 이렇게 말하곤 했다. 어떤 사람들은 그의 두 눈에서 뭔가 우수에 잠긴 침울한 표정을 보고 있다가 그가 느닷없이 웃음을 터뜨리는 바람에 갑자기 깜짝 놀라기도 했는데, 이는 그가 그렇게 침울한 눈을 하고 있던 바로 그 순간에도 유쾌하고 장난스러운 생각이 마음속에 숨어 있었음을 증명해주는 것이었다. 그렇지만 이 순간 그의 얼굴에 다소 병적인 기색이 엿보이는 것은 이해할 만도 했다. 그가 최근에 우리 도시에서 몹시 불안정한 '방탕' 생활에 빠져 있다는 건 다들 알고 있거나 들었으며, 문제의 그 돈 때문에 자기 아버지와 다투느라 신경이 유난히 곤두선 상태라는 것 역시 다들 아는 사실이나 마찬가지였다. 이미 세간에는 이에 대해 몇 가지 일화가 나돌고 있었다. 사실 그는 천성적으로 화를 잘 냈으며, 우리 고장의 치안판사인 세묜 이바노비치 카찰니코프가 어느 모임에서 그를 두고 제대로 말했듯이, '돌발적이고 변칙적인 정신'의 소유자였다. 그는 프록코트의 단추를 채우고 검은 장갑을 낀 손에 실크해트를 든, 나무랄 데 없이 우아한 옷차림을 하고 들어왔다. 퇴역한 지 얼마 안 된 군인답게 콧수염만 기르고 턱수염은 지금도 깨끗이 면도한 모습이었다. 짙은 아맛빛 머리는 짧게 깎았는데, 어째선지 관자놀이께는 앞쪽으로 빗었다. 걸음걸이도 군대식이어서 큰 보폭으로 성큼성큼 단호하게 걸었다. 한순간 그는 문지방에서 걸음을 멈추고 모두를 쓱 훑어본 뒤, 장로가 주인임을 알아보고는 곧장 그를 향해 걸어갔다. 그는 장로에게 몸을 깊이 숙여 절하고 축복을 청했다. 장로는 자리에서 일어나 그를 축복했다. 드미트리 표도로비치는 장로의 손에 경건하게 입을 맞추고는 유난히 흥분해 거의 신경질적인 어조로 말했다.

"부디 너그럽게 용서해주십시오, 이렇게 오래 기다리시게 한 점에 대해서요. 아버지가 보낸 하인 스메르쟈코프에게 제가 약속 시간을 그렇게나 다짐받듯 물었는데도, 한시 정각이라고 두 번씩이나 아주 단호하게 대답하지 뭡니까. 이제야 갑자기 알고 보니……"

"괘념치 마십시오." 장로가 말을 가로막았다. "괜찮습니다, 그저 좀 늦었을 뿐, 큰일은 아닙니다……"

"대단히 감사합니다. 워낙 선량하신 분이라 이렇게 대해주실 줄 알았습니다." 짧게 말을 끊고 또 한번 몸을 숙여 절을 하고 난 뒤 드미트리 표도로비치는 갑자기 자기 '아버님' 쪽으로 몸을 돌리더니, 마찬가지로 경건하게 몸을 깊이 숙여 절했다. 이 절은 그가 미리부터 곰곰 생각한 끝에, 이것으로 자신의 경의와 선량한 의도를 표하는 게 도리라고 여겨 그렇게 하기로 진심으로 결정해둔 게 분명했다. 표도르 파블로비치는 불의의 기습을 당하고 말았지만, 즉시 자기 식으로 출구를 찾아냈다. 드미트리 표도로비치의 절에 대한 답례로 그도 의자에서 벌떡 일어나 역시 똑같이 허리를 깊이 숙여 아들에게 절을 한 것이다. 그의 얼굴은 갑자기 위엄 있고 엄숙하게 변했으나, 오히려 이 때문에 더할 나위 없이 악의에 찬 표정이 되어버렸다. 그러자 드미트리 표도로비치는 말없이 고개를 숙이고 방안에 있던 모든 사람에게 인사를 한 다음, 특유의 그 단호한 걸음으로 성큼성큼 창가로 다가가서는, 파이시 신부로부터 그리 떨어지지 않은 곳에 단 하나 남은 빈 의자에 앉아 곧 몸을 앞으로 쑥 내밀고 자기 때문에 중단된 대화가 계속되길 기다리며 경청할 자세를 취했다.

드미트리 표도로비치의 등장으로 소요된 시간은 고작 이 분을 넘지 않아, 하던 대화를 다시 시작하는 수밖에 없었다. 그러나 이번에는 표트르 알렉산드로비치가 파이시 신부의 거의 화나다시피 한 집요한 질문에 대답할 필요를 느끼지 않았다.

"그 주제는 이쯤 해두지요." 사교계 사람답게 그가 좀 능청을 떨며 말했다. "게다가 까다로운 주제니까요. 저기 이반 표도로비치가 우릴 보고 웃고 있군요. 분명, 이 문제에 대해 뭔가 재미있는 얘기가 있는 모양입니다. 그에게 물어보시지요."

"특별한 건 없고, 그냥 짧게 한마디 하자면요," 하고 이반 표도로비치가 곧장 대답했다. "대체로 유럽의 자유주의, 그리고 심지어 우리 러시아의 자유주의적 딜레탕티슴도 이미 오래전부터 사회주의의 궁극적인 결과를 그리스도교의 그것과 자주 혼동하고 있습니다. 이 기괴한 결론은—물론 그들다운 특징이지요. 하지만 사회주의를 그리스도교와 혼동하는 것은, 이제 보니, 비단 자유주의자나 딜레탕트들뿐만이 아니고, 많은 경우 헌병들도 그들과 마찬가지인 모양이군요, 물론 외국 헌병들을 두고 하는 말입니다만. 당신의 파리 이야기가 그런 특징을 충분히 잘 보여줍니다, 표트르 알렉산드로비치."

"다시 한번 부탁드리지만, 이 문제는 그만해둡시다." 표트르 알렉산드로비치가 되풀이했다. "그 대신 다른 일화를, 여러분, 다름아닌 이반 표도로비치 자신을 더없이 잘 말해주는 아주 흥미진진한 일화를 하나 이야기해드리지요. 불과 닷새쯤 전의 일인데, 주로 부인들이 오는 이곳의 한 모임에서 그는 논쟁중에 엄숙하게 이렇게 선언했답니다. 사람들에게 자기와 비슷한 자들을 사랑하라고 강요할 수 있는 것은 단연코

이 세상 어디에도 없고, 인간이 인류를 사랑해야 한다는 자연법칙—그런 것은 전혀 존재하지 않으며, 설령 지금까지 이 지상에 사랑이 존재했다 하더라도, 그것은 자연법칙 때문이 아니라 오로지 사람들이 자신의 불멸을 믿었기 때문이라고 말이지요. 그러면서 바로 여기에 자연법칙의 모든 것이 들어 있으므로, 만약 인류에게서 자신의 불멸에 대한 믿음을 완전히 없애버린다면, 그 즉시 인류에게서는 사랑뿐만 아니라 이 세상에서의 삶을 계속할 수 있는 모든 생명력까지도 고갈될 것이라고 주석을 달더군요. 그뿐 아닙니다. 그렇게 되면 부도덕하다는 개념 자체가 이미 존재할 수 없게 되어, 모든 것이 허용되고 심지어 식인까지도 허용될 거라는 겁니다. 하지만 이것도 모자라 그는 말을 끝맺으면서 이런 주장을 펼치더군요. 이를테면 지금의 우리와 같이, 신도 자신의 불멸도 믿지 않는 인간 개개인에게는, 도덕적인 자연법칙이 예전의 종교적인 자연법칙과는 완전히 반대되는 것으로 즉각 바뀌어야 하고, 악행이라 할 정도의 이기주의조차 인간에게 허용되어야 할 뿐만 아니라 심지어 그런 상태에서는 불가피하고도 가장 합리적이며 아마도 가장 고상하기까지 한 귀결로서 인정되어야 한다고 말입니다. 이런 역설로 미루어 여러분께서는 우리의 친애하는 기인이자 역설가인 이반 표도로비치께서 선언하고 계시고, 또 아마도 앞으로 그럴 의향이신 그 밖의 모든 주장을 능히 추론하실 수 있을 테지요."

"죄송합니다만," 하고 뜻밖에도 드미트리 표도로비치가 갑자기 외쳤다. "혹시 잘못 들은 게 아닌가 해서요. '악행은 허용되어야 할 뿐만 아니라, 어떤 무신론자에게나 그들의 상황에서 가장 불가피하고 가장 현명한 출구로 인정되어야 한다!' 그렇습니까, 네?"

"정확하게 그렇습니다." 파이시 신부가 대답했다.

"명심하겠습니다."

이렇게 말한 뒤, 드미트리 표도로비치는 대화에 느닷없이 끼어들었던 것만큼이나 느닷없이 입을 딱 다물어버렸다. 다들 호기심을 가지고 그를 쳐다보았다.

"정말로 당신은 사람들에게 자기 영혼의 불멸에 대한 믿음이 고갈되면 그런 결과가 온다고 확신하십니까?" 갑자기 장로가 이반 표도로비치에게 물었다.

"예, 저는 그렇게 주장했습니다. 불멸이 없다면 선행도 없습니다."

"그렇게 믿으신다면, 당신은 축복받은 사람이거나 아니면 이미 아주 불행한 사람입니다!"

"왜 불행한가요?" 이반 표도로비치가 미소를 지었다.

"왜냐하면 필시 당신은 당신 영혼의 불멸을 믿지 않을 테니까요, 심지어 자신이 교회와 교회 문제에 대해 썼던 것까지도."

"장로님 말씀이 옳을지도 모르겠습니다……! 하지만 제 말이 완전히 농담이었던 건 아닙니다……" 이반 표도로비치가 얼굴을 확 붉히며 이상하게도 갑자기 이런 고백을 했다.

"완전히 농담이었던 건 아니다, 그 말이 진실입니다. 그 사상은 당신의 마음속에서 아직 해결되지 못한 채 당신의 마음을 괴롭히고 있습니다. 하지만 수난자도 이따금 자신의 절망을 노리개 삼아 즐기길 좋아하는데, 아마도 그 또한 절망에서 비롯되겠지요. 당신도 아직은 절망을 노리개 삼아 즐기면서—잡지에 논문을 싣고 사교계에서 논쟁을 벌이고 있지만, 스스로도 자신의 변증법을 믿지 못하고 마음속에 고통을 느끼면서 속으로는 그것을 비웃고 있습니다…… 당신 마음속에서 이 문제가 해결되지 않았으니, 바로 거기에 당신의 크나큰 비애가 있는 거지요, 왜냐하면 그것은 끈질기게 해결을 요구하니까요……”

“하지만 그것이 제 마음속에서 해결될 수 있겠습니까? 긍정적인 쪽으로 해결될 수 있을까요?” 이반 표도로비치는 줄곧 어떤 설명하기 어려운 미소를 띤 채 장로를 바라보면서 이상하게도 계속 물었다.

“긍정적인 쪽으로 해결될 수 없다면, 부정적인 쪽으로도 결코 해결되지 못할 겁니다. 이것이 당신 마음의 속성이라는 건 당신 자신도 알고 있고, 거기에 마음의 모든 고뇌가 있는 것이지요. 그러나 그런 고뇌를 고뇌로 삼을 수 있는 가장 고귀한 마음을 당신에게 주신 창조주께 감사하십시오. ‘위의 것을 생각하고 위의 것을 구하라, 이는 우리의 살 곳이 하늘에 있음이니라.’* 하느님께서 당신이 이 지상에 있는 동안 당신의 마음속에서 해결을 보게 해주시고, 또한 당신의 길을 축복해주시기를!”

장로는 한 손을 들어 그 자리에서 이반 표도로비치에게 성호를 그어주려 했다. 그러나 이반 표도로비치는 갑자기 의자에서 일어나더니 장로에게 다가가 그의 축복을 받고 그의 손에 입을 맞추고는 말없이 제자리로 돌아왔다. 그의 표정은 단호하고 진지했다. 이 행동, 나아가 이반 표도로비치로부터는 예상도 하지 못했던, 장로와의 앞선 대화는 수수께끼 같으면서도 어떤 장엄함마저 지니고 있었던지라, 다들 어쩐지 큰 충격을 받아 잠시 침묵했고, 알료샤의 얼굴에는 거의 경악마저 떠

* 「빌립보서」 3:18~20과 「골로새서」 3:1~2의 부분 부분을 하나로 합친 것이다.

올랐다. 그러나 미우소프가 갑자기 어깨를 으쓱했고, 같은 순간 표도르 파블로비치가 의자에서 벌떡 일어났다.

"신성하시고 더없이 거룩하신 장로님!" 그는 이반 표도로비치를 가리키며 소리쳤다. "이 녀석은 제 아들, 제 육신에서 나온 육신, 저의 가장 사랑하는 혈육이옵니다! 이 녀석은 저의 가장 공손한, 말하자면 카알 모어이옵니다만, 방금 들어온 저 아들놈, 제가 장로님께 공명정대한 판결을 해주십사 청하는 저 드미트리 표도로비치로 말하자면—저놈은 불손하기 짝이 없는 프란츠 모어올시다—둘 다 쉴러의 『군도群盜』에서 가져온 인물이옵지요만, 이럴 경우 저는, 저 자신은 어쩔 수 없이 *영주인 폰 모어 백작*이 되겠군요! 모쪼록 잘 판단하셔서 구원해주십시오! 우리에겐 기도뿐만 아니라, 장로님의 예언도 필요하거든요."

"어리석은 말씀은 관두시고, 집안식구를 모욕하는 말로 얘기를 시작하지도 마십시오." 장로가 기진맥진하여 힘없는 목소리로 말했다. 시간이 갈수록 그는 지친 기색이 더욱 역력했고, 기력도 눈에 띄게 쇠진해갔다.

"천해빠진 희극 같으니, 여기로 오면서 벌써 짐작했습니다!" 드미트리 표도로비치가 격분해서 이렇게 소리치며 역시 자리를 박차고 일어섰다. "용서하십시오, 존엄하신 장로님." 그는 장로를 향해 말했다. "저는 못 배운 사람인지라, 장로님을 어떻게 불러야 하는지조차 모르지만, 장로님께서는 속으셨습니다. 우리가 이렇게 암자에 모이도록 승낙하시다니, 장로님께서 너무 선량하셨던 겁니다. 아버지한텐 그저 스캔들이 필요하고, 무엇을 위한 스캔들이냐—거기엔 아버지만의 꿍꿍이셈이 있습니다. 아버지에겐 늘 자기만의 꿍꿍이셈이 있으니까요. 하지만 저도 이젠 알 것 같군요, 뭘 위한 건지……"

"죄다 나를 나쁜 놈으로 몰고 있어, 저들 모두!" 이번에는 표도르 파블로비치가 소리쳤다. "여기 이 표트르 알렉산드로비치도 나를 나쁜 놈으로 몰고 있다고. 나를 나쁜 놈으로 몰았소, 표트르 알렉산드로비치, 나쁜 놈으로 몰았단 말이오!" 갑자기 그는 그의 말을 가로막을 생각조차 없었던 미우소프 쪽으로 몸을 홱 돌리고 대들었다. "내가 자식들 돈을 장화 속에 감췄다가 통째로 꿀꺽했다고 몰아대는데, 아니 도대체 재판소도 없답디까? 거기서 댁한테 다 계산해줄 거외다, 드미트리 표도로비치*, 바로 댁께서 쓰신 영수증, 편지, 계약서 들에 의거해, 댁의 돈이 얼마 있었는지, 댁께서 얼마를 쓰셨는지, 댁한테 지금 몇 푼이나 남아 있는지! 표트르 알렉산드로비치가 왜 법원 판결을 회피하는 거겠소? 그건 드미트리 표도로비치가 자기한테 남이 아니기 때문이지. 그래서 다들 한패가 되어 나한테 덤벼드는데, 하지만 결산을 해보면 드미트리 표도로비치는 나에게 오히려 빚이 있고, 그것도 그냥 몇 푼이 아니라 몇천 루블이나 된다굽쇼, 나한테 그 증빙서류들이 다 있소이다! 저 녀석이 벌이는 요란한 술판 때문에 온 도시가 들썩들썩 난리법석이라고요! 게다가 거기, 전에 근무하던 곳에서는 정숙한 아가씨들을 꼬시느라 1, 2천씩 그냥 쓰곤 했다지요. 우린 그걸, 드미트리 표도로비치, 잘 알고 있는뎁쇼, 아주 비밀스러운 부분까지 샅샅이, 그러니 내가 증명해드립죠…… 더없이 거룩하신 장로님, 믿어주실지 모르지만, 저놈은 양갓집 출신에 재산도 있는 아주 고귀한 아가씨한테 반했었답니다.

* 이름과 부칭을 함께 부르는 것은 상대방에 대한 존경심 또는 거리감, 야유를 나타낸다.

자신의 예전 상관이던, 커다란 공훈을 세워 목에 거는 성 안나 검십자 劍十字 훈장을 수여받은 용맹스러운 대령의 따님인데, 저놈이 감히 청혼을 하여 그 아가씨의 명예를 욕되게 해놓고, 이제는 고아가 된 그 아가씨가 지금 이곳에 와 있는데도 자기 약혼녀인 그 아가씨를 놔두고 버젓이 그 아가씨 눈앞에서 이곳의 어떤 요부한테 다니고 있답니다. 하지만 이 요부는 어느 존경할 만한 사람과 이른바 내연 관계이긴 했지만, 워낙 자립심이 강한 성격이어서 누구한테나 난공불락의 요새이고, 아무튼 법적인 아내나 다름없지요. 정조 있는 여자니까요—그렇고말곱쇼! 거룩하신 수도사님들, 그 여자는 정조가 굳답니다! 그런데도 드미트리 표도로비치는 이 요새를 황금 열쇠로 열어볼 심산으로 지금 나한테 건방지게 덤벼들어 돈을 뜯어내려는 수작이지만, 지금까지 이 요부한테 쏟아부은 돈만 해도 수천은 족히 됩니다. 그래서 닥치는 대로 돈을 꿔다 쓰는데, 말이 나왔으니 말이지, 대체 누구한테 꾼다고 여러분은 생각하십니까? 말을 할까 말까, 미챠?"

"잠자코 계세요!" 드미트리 표도로비치가 소리를 질렀다. "기다리세요, 내가 여기서 나갈 때까지는, 그리고 내 앞에서 감히 그 고귀한 아가씨를 욕되게 하지 마세요…… 아버지가 그녀의 이야기를 입에 올리는 것만으로도 그녀에겐 이미 치욕이니까…… 절대 용납하지 않겠어요!"

그는 숨을 헐떡였다.

"미챠! 미챠!" 표도르 파블로비치가 억지로 눈물을 쥐어짜면서 애처로운 목소리로 외쳤다. "아비의 축복이란 게 왜 있더냐? 그래, 내가 저주한다면, 그땐 어떻게 될까?"

"철면피, 위선자!" 드미트리 표도로비치가 미친 듯이 고래고래 소리를 질렀다.

"저놈이 아비한테, 제 아비한테! 이러니 다른 사람들한테야 어떻겠습니까? 여러분, 생각 좀 해보십시오. 여기 가난하지만 존경받아 마땅한 한 사람이 있습니다, 퇴역 대위올시다. 불행한 일로 퇴역을 당했지만, 재판에 회부되어 공개적으로 그리된 건 아니라서 자신의 명예만큼은 온전히 지킬 수 있었으나, 많은 식구의 생계가 그의 목에 달려 있습지요. 그런데 삼 주 전에 우리의 드미트리 표도로비치가 술집에서 그 사람의 턱수염을 움켜쥐고 그대로 길바닥에 끌어내서는 오가는 사람들이 죄다 보는 앞에서 마구 두들겨 팼는데, 그게 다 그 사람이 제 조그만 일에서 비밀리에 대리인 노릇을 했기 때문이랍니다."

"모두 거짓말입니다! 겉은 사실이지만 속은 거짓말입니다!" 드미트리 표도로비치는 격분한 나머지 온몸을 부들부들 떨고 있었다. "아버지! 제 행동을 변명하진 않겠습니다. 예, 모든 사람 앞에서 고백하겠습니다. 저는 그 대위한테 짐승처럼 굴었어요. 그렇게 짐승처럼 화를 내다니, 지금은 후회되고 저 자신이 혐오스럽습니다. 하지만 아버지의 그 대위, 그러니까 아버지의 대리인은 아버지가 요부라고 말하는 그 부인을 찾아가, 만약 제가 재산 청산 문제로 아버지한테 자꾸 귀찮게 굴면, 아버지 수중에 있는 제 어음을 그녀가 챙겨서 그것으로 저를 고소해 감옥에 처넣어달라고 아버지 이름으로 그 여자에게 제안했단 말입니다. 아버진 지금 제가 그 여자에게 사족을 못 쓴다고 비난하지만, 그런 아버지야말로 그 여자더러 절 유혹하라고 사주했잖습니까! 그 여자가 직접 대놓고 그렇게 얘기하고 있어요, 제 입으로 나한테 얘기했다고요, 아버지를 비웃으면서! 아버지가 저를 감옥에 집어넣으려는 건 그 여자 때문에 절 질투해서죠, 아버지 자신이 그 여자한테 빠져 치근대기 시작했으니까요. 전 이것도 벌써 다 압니다. 그 여자는 또다시 깔깔대더군요—듣고 계시겠죠—아버질 비웃으면서 얘기해줬단 말입니다. 성스러우신 분들, 바로 이것이 저 인간의 정체입니다, 방탕한 아들을 비난하는 아버지는 바로 이런 사람입니다! 증인 여러분, 제가 분노를 터뜨린 걸 용서해주십시오. 하지만 저는 저 교활한 늙은이가 여러분을 모두 이곳에 불러모은 것이 스캔들을 노린 수작이라는 걸 이미 짐작하고 있었습니다. 저는 만약 아버지가 제게 손을 내민다면 용서해드리려고, 용서해드리고 용서를 구할 생각으로 왔습니다! 그러나 아버지가 이 순간 저뿐만 아니라, 그 이름을 함부로 입에 올리는 것조차 삼갈 정도로 제가 공경하는 더없이 고결한 아가씨까지 모욕했기 때문에, 아버지의 온갖 농간을 공개적으로 폭로하기로 결심한 겁니다, 비록 그 사람이 제 아버지일지라도……!"

그는 더이상 계속할 수가 없었다. 두 눈이 번득이고 숨도 헐떡거렸다. 그러나 장로의 방에 모인 사람들 역시 다들 흥분해 있었다. 장로를 제외한 모두가 불안한 마음으로 자기 자리에서 일어섰다. 수도사제 신부들은 준엄하게 지켜보고 있었지만, 그래도 장로의 뜻을 기다렸다. 장로는 이미 완전히 창백해진 채 앉아 있었으나, 흥분해서가 아니라 병으로 인해 기력이 다해서였다. 애원을 담은 미소가 그의 입술에서 조용히 빛났다. 미쳐 날뛰는 사람들을 제지하려는 듯 그는 간간이 한 손을 들어올렸는데, 물론 이 소동을 멈추게 하려면 그의 손짓 하나만으로도 충분했을 터이다. 그러나 장로 자신은 마치 뭔가를 더 기다리는 것 같았고, 뭔가를 더 이해하고 싶고 뭔가가 아직 분명하게 납득이 안 간다는 듯, 주의깊게 살펴보고 있었다. 마침내 표트르 알렉산드로비치 미우소프는 자신이 모욕과 치욕을 당했다는 사실을 결정적으로 느꼈다.

"지금 벌어진 스캔들은 우리 모두의 잘못입니다!" 그가 격앙해서 말했다. "하지만 저는 여기로 오면서 설마 이럴 줄은 짐작도 못했습니다, 물론 상대방이 어떤 인간인지는 알고 있었지만…… 이 일은 지금 당장 끝내야 합니다! 장로님, 믿어주십시오. 저는 여기서 폭로된 온갖 세세한 사실들을 정확히 알지 못했고, 또 믿고 싶지도 않았습니다, 정말 지금 처음 듣는 소리입니다…… 행실이 추잡한 계집을 두고 아비가 아들을 질투하고, 바로 그 잡년하고 짜고서 아들을 감옥에 집어넣으려 하다니…… 그리고 저는 이런 패거리에 끼여 여기로 끌려온 것입니다…… 저는 속았습니다. 모든 분께 선언하지만, 저도 다른 분들 못지않게 속은 겁니다……"

"드미트리 표도로비치!" 표도르 파블로비치가 갑자기 어딘가 자기 목소리 같지 않은 소리로 울부짖었다. "내 아들만 아니라면, 지금 당장 당신에게 결투를 신청했을 거요…… 권총으로, 단 세 발짝 거리에서…… 손수건 너머로! 손수건 너머로!"* 그는 두 발을 구르면서 말을 끝냈다.

한평생 배우처럼 살아온 늙은 거짓말쟁이들에게는 자신의 연기에 너무 몰입한 나머지 진정으로 몸을 떨며 흥분해서 우는 순간이 더러 있는 법이니, 비록 그런 순간에조차(아니면 불과 일 초 뒤면) 스스로에

---

* 프리드리히 쉴러의 『계략과 사랑』에서 페르디난트가 권총과 애인의 손수건을 연적에게 건네면서 손수건의 양끝을 한쪽씩 잡고 물러서서 총을 쏘는 근거리 결투를 제안하는 장면을 염두에 둔 것이다.

게 "넌 거짓말을 하고 있는 거다, 늙은 철면피야, 네가 아무리 '거룩한' 분노며 분노의 '거룩한' 순간을 맛보고 있다 해도 넌 지금도 역시 배우인 거야" 하고 스스로에게 속삭일지 모르지만 말이다.

드미트리 표도로비치는 무섭게 낯을 찌푸리고, 형언할 수 없는 경멸이 담긴 시선으로 아버지를 쳐다보았다.

"저는…… 저는," 그가 어쩐 일인지 조용하게, 자제하며 말했다. "제 영혼의 천사, 제 약혼녀와 함께 고향으로 돌아와 아버지의 노년을 위로해드릴 생각이었는데, 정작 와서 보니, 그저 방탕한 호색한에다 비열하기 짝이 없는 희극배우에 지나지 않더군요!"

"결투다!" 숨을 헐떡이고 한마디 할 때마다 침을 튀기면서 또다시 늙은이가 울부짖었다. "그런데 당신, 표트르 알렉산드로비치 미우소프, 알아두시구려, 이 양반아, 아마 당신네 가문을 샅샅이 뒤져도 그, 그러니까 당신 말마따나, 방금 당신이 감히 잡년이라 부른 그 여자보다 더 고귀하고 더 정숙한 여자는—아시겠소, 더 정숙한 말이오—지금도 없고, 전에도 없었을 거요! 그런데 드미트리 표도로비치, 댁은 바로 그 '잡년'을 댁의 약혼녀와 맞바꾸지 않았소. 그걸 보면, 댁 스스로 댁의 약혼녀도 이 여자의 신발 밑창만 못하다고 판단한 거니까, 결국 이 잡년이 그렇게 대단하단 얘기지!"

"수치스럽군!" 하는 소리가 갑자기 이오시프 신부의 입에서 튀어나왔다.

"수치스럽고 치욕스러워!" 줄곧 입을 다물고 있던 칼가노프가 얼굴이 새빨갛게 되어, 흥분한 나머지 떨려 나오는 소년 같은 목소리로 갑자기 소리쳤다.

"저런 인간이 왜 살까!" 이미 분노로 거의 미쳐버리다시피 한 드미트리 표도로비치가 둔중한 소리를 내며 으르렁거렸는데, 왠지 어깨를 잔뜩 추켜올린 모습이 흡사 곱사등이 같았다. "아니, 말씀해주십시오, 저런 인간이 계속 대지를 욕보이도록 내버려둘 수 있겠습니까." 그는 한 손으로 노인을 가리키면서 모두를 둘러보았다. 그의 말은 느리고 침착했다.

"들으시지요, 들으시지요, 수도사님들, 제 아비 죽일 놈의 말을!" 표도르 파블로비치가 이오시프 신부에게 대들었다. "자, 바로 이게 신부님의 '수치스럽군'에 대한 대답입니다! 뭐가 수치스럽습니까? 그 '잡년', 그 '행실이 추잡한 계집'은 아마 당신네들 모두보다 더 성스러울 겁니다, 도를 닦고 계신 수도사제 여러분! 그 여자는 어쩌면 어린 시절에 환경에 옥죄어 타락했을 수도 있지만 '많이 사랑했고', 그리고 사랑함이 많은 여인은 그리스도께서도 용서하셨습니다*……"

"그리스도께서는 그런 사랑 때문에 용서하신 것이 아니오." 온화한 이오시프 신부도 더이상 참지 못했는지, 그의 입에서 이런 말이 튀어나왔다.

"천만에요, 그런 사랑, 바로 그런 사랑 때문입니다, 수도사님들, 바로 그런 사랑 때문이라고요! 당신들은 여기서 배추 먹는 걸로 도를 닦으면서, 자신들이 의인이라고 생각하시지요! 기껏 꼬치고기나 잡숫고, 매일 꼬치고기 한 마리씩 드시면서 꼬치고기로 하느님을 살 수 있다고 생각하시죠!"

---

* 「누가복음」 7 : 47.

"있을 수 없어, 도저히 있을 수 없는 말이야!" 방안 곳곳에서 이런 소리가 들렸다.

그러나 추태에까지 이른 이 장면은 가장 예상치 못한 방식으로 전부 중단되었다. 갑자기 장로가 자리에서 일어난 것이다. 자신과 모든 이가 염려되어 공포로 거의 얼이 빠져 있던 알료샤는 그래도 가까스로 장로의 팔을 부축할 수 있었다. 장로는 드미트리 표도로비치 쪽으로 걸음을 떼어, 바로 그가 있는 데까지 다다르자 그의 앞에 무릎을 꿇었다. 알료샤는 장로가 기진해서 쓰러진 줄 알았으나, 그게 아니었다. 장로는 무릎을 꿇은 채 드미트리 표도로비치의 발아래 엎드리며 심지어 이마가 바닥에 닿을 정도로 완전히, 분명하고도 의식적인 절을 한 것이었다. 알료샤는 어찌나 놀랐던지, 장로가 몸을 일으킬 때 미처 부축해드리지도 못했다. 가냘픈 미소가 보일 듯 말 듯 그의 입가에서 빛났다.

"용서해주십시오! 다들 용서해주십시오!" 이렇게 말하면서 그는 사방을 돌아보며 손님들에게 절을 했다.

드미트리 표도로비치는 벼락이라도 맞은 듯 얼마 동안 그 자리에 우뚝 서 있었다. 그의 발아래 머리를 조아리고 절을 하다니—이게 무슨 일인가? 마침내 그는 갑자기 "오, 하느님!" 하고 외치더니, 두 손으로 얼굴을 감싸고 그대로 방에서 뛰쳐나가버렸다. 그의 뒤를 따라, 다른 손님들도 너무 당황한 나머지 주인에게 작별인사도, 절도 하지 않은 채 다들 우르르 몰려나갔다. 수도사제들만이 축복을 받으러 다시 장로 앞으로 다가갔다.

"그가 발에 대고 그랬던 건 대체 뭘까요, 무슨 상징인 듯한데?" 웬일인지 갑자기 잠잠해졌던 표도르 파블로비치가 대화를 시도해볼 양으로 입을 열었으나, 딱히 누구에게 개인적으로 말을 걸 엄두는 내지 못했다. 이 순간 그들은 모두 암자 울타리를 나서고 있었다.

"정신병원이나 정신병자들은 내 알 바 아니오." 미우소프가 잔뜩 화가 치민 말투로 곧바로 응수했다. "대신 이제 당신네 패거리에는 절대 끼지 않겠소, 표도르 파블로비치, 그리 아시오, 영원히 그럴 테니. 아까 그 수도사는 어디 있지……?"

그러나 '그 수도사', 그러니까 아까 그들을 수도원장이 베푸는 점심 식사에 초대했던 그 수도사는 그들을 기다리게 하지 않았다. 그는 그들이 장로의 처소 밖 현관 계단을 내려오기 무섭게, 마치 거기서 내내 기다리고 있었던 것처럼 즉시 손님들을 맞았다.

"부디 부탁드립니다, 존경하는 수도사님, 수도원장님께 저의 한결같이 깊은 존경의 뜻을 잘 말씀드려주시고, 예기치 못한 상황이 갑자기 벌어진 탓에 저의 더없이 진실한 소망에도 불구하고 그분의 오찬에 함께하는 영광을 결코 누릴 수 없게 된 데 대해 원장님께 저, 미우소프를 대신하여 친히 사과 말씀을 전해주셨으면 합니다." 표트르 알렉산드로비치가 짜증 섞인 어조로 수도사에게 말했다.

"그 예기치 못한 상황이란—바로 나랍니다!" 표도르 파블로비치가 즉각 말을 받았다. "아십니까, 수도사님, 그건 표트르 알렉산드로비치가 나하고 함께 남기 싫다는 소립니다. 그렇지 않다면 대번에 갈 테죠. 자, 어서 가보시지요, 표트르 알렉산드로비치, 어서 수도원장한테 가셔서—실컷 드슈! 잘 알아두슈, 이건 댁이 아니라 내가 마다하는 거니까. 이 몸께선 집으로 갑니다, 집으로, 난 집에서 먹겠소. 여기선 그럴 기분이 당최 아니어서, 표트르 알렉산드로비치, 친애해 마지않는 내 친척

양반."

"난 당신 친척도 아니고 그랬던 적도 없소, 저열한 인간 같으니!"

"댁이 성내는 꼴을 보려고 일부러 그런 거요, 친척이라고 하면 펄쩍 뛰니까. 하지만 아무리 아닌 척해봐야 친척은 친척이니, 내가 교회력으로 증명해 보이리다.* 이반 표도로비치, 너에겐 제때 마차를 보내줄 테니, 원한다면 너도 여기 남으려무나. 표트르 알렉산드로비치, 댁은 예의 때문에라도 수도원장님한테 가봐야 할 거요. 댁과 내가 여기서 한판 저지른 것에 대해 사과드려야 할 테니……"

"당신 정말 가는 거요? 거짓말 아니오?"

"표트르 알렉산드로비치, 그런 일이 있은 마당에 내가 감히 무슨 낯짝으로! 너무 몰입해버린 거요, 용서하시오, 여러분, 그만 너무 몰입하는 바람에! 게다가 너무 강한 자극을 받아서! 정말이지 부끄럽소이다. 여러분, 어떤 사람은 마케도니아의 알렉산드로스 같은 심장을 가졌는가 하면, 어떤 사람은—강아지 피젤카** 같은 심장을 가지고 있소. 내 심장은—강아지 피젤카 심장이란 말이오. 겁을 먹고 말았소! 그런 탈선을 저지른 마당에 오찬 자리에 가다니, 수도원의 소스까지 축내야겠소? 염치가 있지, 그럴 수야 없지요. 그럼 이만 실례!"

'귀신이나 저 인간을 알까, 저 속이는 솜씨하고는!' 미우소프는 멀어져가는 어릿광대를 미심쩍은 눈으로 지켜보며 생각에 잠긴 채 서 있었다. 표도르 파블로비치는 몸을 돌렸다가, 표트르 알렉산드로비치가 자

---

* 교회력은 기독교 성인과 교회 축일의 이름을 달력 순서에 따라 1년 12개월에 걸쳐 배열해놓은 목록으로, 이것으로는 친척 관계를 증명할 수 없다.

** 고골의 단편소설 「광인일기」에 나오는 강아지.

기를 지켜본다는 걸 알아채고는 한 손으로 그에게 키스를 보냈다.

"당신은 수도원장에게 갈 작정이오?" 미우소프가 이반 표도로비치에게 퉁명스레 물었다.

"왜 안 갑니까? 더구나 저는 벌써 어제 원장한테서 특별히 초대를 받았는데요."

"불행히도 나 역시 정말 이 젠장맞을 식사에 꼭 가야 할 것 같은 느낌이 드는군요." 미우소프는 수도사가 듣고 있어도 아랑곳하지 않고, 여전히 아까처럼 씁쓸하고 짜증 섞인 어조로 말을 계속했다. "거기 가서 우리가 여기서 저지른 짓에 대해 용서도 빌고, 우리가 장본인이 아니라고 해명이라도 해야지…… 당신 생각은 어떻소?"

"그럼요, 우리 때문이 아니라고 해명해야죠. 더구나 아버진 안 오실 테니." 이반 표도로비치가 말했다.

"정말 당신 아버지까지 있게 된다면! 이 젠장맞을 점심!"

아무튼 모두 그곳을 향해 걸어갔다. 수도사는 말없이 듣기만 했다. 조그만 숲을 가로질러 가는 도중에, 그는 원장님께서 이미 오래전부터 기다리고 계시며 반시간 이상 늦었다는 말을 딱 한 번 했을 뿐이다. 아무도 그의 말에 대꾸하지 않았다. 미우소프는 증오 어린 눈으로 이반 표도로비치를 흘낏 쳐다보았다.

'아무 일도 없었다는 듯 점심 먹으러 가는 꼴하고는!' 하고 그는 생각했다. '철판을 깐 이마에다 카라마조프적 양심이지.'

VII
출세주의자 신학생

알료샤는 장로를 침실로 모시고 들어가 침대에 앉혔다. 꼭 필요한 가구만 갖춘 아주 자그마한 방이었다. 철제 침대는 폭이 좁았고, 그 위에는 요 대신 펠트 천이 한 장 깔려 있을 뿐이었다. 성상을 모신 구석에 독경대가 있고, 십자가와 복음서가 그 위에 놓여 있었다. 장로는 힘없이 침대에 털썩 몸을 내려놓았다. 두 눈이 번쩍이고, 힘겹게 숨을 쉬고 있었다. 자리에 앉자 그는 마치 무엇인가 곰곰 생각하는 듯 알료샤를 유심히 바라보았다.

"이제 가보거라, 얘야, 가보거라, 내 곁엔 포르피리면 충분하니까, 넌 어서 가거라. 넌 거기에 필요하니 수도원장님께 가보거라, 식사 시중도 들고."

"제발 여기 있게 해주십시오." 알료샤가 간청하는 목소리로 말했다.

"넌 거기서 더 필요하단다. 거기엔 평화가 없을 테니. 네가 시중을 들면 도움이 될 거다. 악령들이 소란을 피우면 기도문을 읊거라. 그리고 알아두어라, 아들아(장로는 그를 이렇게 부르길 좋아했다), 앞으로도 네가 있을 곳은 여기가 아니다. 이 점을 명심해라, 얘야. 내가 하느님의 부르심을 받게 되면—곧바로 수도원을 떠나거라. 아주 가거라."

알료샤는 몸을 흠칫 떨었다.

"왜 그러느냐? 앞으로 얼마 동안 여긴 네가 있을 곳이 아니다. 세상에 나가 위대한 수행을 하도록 너를 축복하마. 네겐 아직 많은 편력이 필요하단다. 그리고 혼인도 해야지, 해야 하고말고. 다시 이곳으로 올 때까지 너는 모든 것을 견뎌내야 해. 많은 일이 있을 게다. 하지만 난 너를 의심하지 않는단다, 그래서 널 보내는 거야. 그리스도께서 너와 함께하신다. 그리스도를 지켜드려라, 그러면 그리스도께서도 너를 지켜주실 게다. 크나큰 괴로움을 맛보겠지만, 그 괴로움 속에서 행복해질 것이다. 네게 주는 유훈이니, 잘 듣거라. 괴로움 속에서 행복을 구하거라. 일을 하거라, 끊임없이 일해야 한다. 내가 한 말을 앞으로 명심하도록 해라. 너와 또 이야기할 기회가 있겠지만, 내 명은 고작 며칠, 아니 몇 시간밖에 남지 않았으니."

알료샤의 얼굴에 다시금 격렬한 동요가 일었다. 입가가 파르르 떨렸다.

"왜 또 그러느냐?" 장로가 조용히 미소를 지었다. "속세 사람들이야 눈물로 고인들을 배웅하지만, 여기 있는 우리는 떠나가는 신부를 기쁜 마음으로 보내는 거란다. 기뻐하며 그를 위해 기도드리지. 이제 그만 혼자 있게 해다오. 기도를 드려야겠다. 어서 가보아라, 서둘러서. 형들 곁에 있어야 하느니라. 어느 한 형이 아니라, 두 형 모두의 곁에."

장로는 축복을 해주려고 손을 들어올렸다. 알료샤는 너무나 남아 있고 싶었으나, 거역할 수가 없었다. 그리고 '이마가 땅에 닿도록 드미트리 형에게 절을 하신 건 무슨 뜻에서였습니까' 하고 물어보고 싶었고, 심지어 그 질문이 입 밖으로 튀어나올 지경이었지만—감히 여쭈어볼 용기가 나지 않았다. 그럴 수만 있다면, 묻기도 전에 장로가 자진해서 설명해주었으리라는 걸 그는 알고 있었던 것이다. 하지만 그러지 않았으니, 장로는 그럴 의도가 없다는 얘기였다. 그러나 이 큰절은 알료샤에게 무서운 충격을 주었다. 그는 이 큰절 속에 어떤 신비한 의미가 담겨 있다고 맹목적으로 믿고 있었다. 신비하고도 어쩌면 무시무시한 의미가. 수도원장의 오찬 시간에 늦지 않게 수도원에 닿으려고(물론 그저 식사 시중을 들기 위해서였다) 서둘러 암자 울타리 밖으로 나왔을 때, 갑자기 그는 가슴이 아프게 조여들어 그 자리에 멈춰 섰다. 그의 앞에서 다시금, 그토록 가까이 다가온 자신의 종말을 예언하던 장로의 말이 울리고 있는 것만 같았다. 장로님께서 예언하셨으니, 더구나 그렇게 정확하게 예언하셨으니, 반드시 그렇게 될 것이다, 하고 알료샤는 그것을 성스럽게 믿었다. 하지만 그분 없이 어떻게 자기 혼자 남는단 말인가, 어떻게 그분을 뵙지도 그분의 음성을 듣지도 못하게 된단 말인가? 자기는 어디로 가야 한단 말인가? 울지 말고 수도원을 떠나라고 명하시지 않는가, 맙소사! 일찍이 오랫동안 알료샤는 이런 비애를 느껴본 적이 없었다. 그는 암자와 수도원 사이를 가로지르는 숲속을 되도록 빨리 걸어갔지만, 자신을 그토록 무겁게 짓누르는 상념들을 도저히 견딜 수가 없어, 숲의 양쪽 길섶을 따라 늘어선 수백 년 된 소나무들을 바라보기 시작했다. 이 통행로는 그다지 길지 않아 기껏해야 오백 보 정도 되었다. 이 시간에 여기서 누구와 마주치는 일이 있을 수도 없을 텐데 갑자기 길의 첫 모퉁이에서 라키친의 모습이 눈에 들어왔다. 그는 누군가를 기다리고 있었다.

"날 기다리는 거 아냐?" 그와 나란히 서게 되자 알료샤가 물었다.

"바로 너 맞아." 라키친이 히죽 웃었다. "수도원장님께 바삐 가는 길이군. 알아, 오찬이 있다는 거. 대주교와 파하토프 장군을 함께 접대한 이래, 너도 기억하겠지만, 이렇게 성대한 오찬은 아직 한 번도 없었지. 나는 그 자리에 없겠지만, 넌 어서 가서 소스라도 날라줘라. 그런데 알렉세이, 한 가지만 말해줘, 그 꿈이 대체 무슨 뜻이지? 난 바로 그걸 묻고 싶었어."

"무슨 꿈?"

"아니 왜, 이마가 땅에 닿도록 네 형 드미트리에게 절한 것 말이야. 바닥에 이마를 쿵 찧기까지 했잖아!"

"조시마 장로님 얘기야?"

"그래, 조시마 장로님."

"이마를 쿵 찧었다고?"

"아, 표현이 불경스러웠군! 뭐, 불경스러우면 어때. 아무튼 그 꿈이 무슨 뜻이야?"

"나도 몰라, 미샤*, 무슨 뜻인지."

"그럴 줄 알았어, 장로가 너한테 설명해줄 리가 없지. 물론 여기에 불가사의한 건 아무것도 없어. 그저 늘 보는 바보짓이 전부겠지. 하지만 그 요상한 짓은 일부러 한 거라고. 이제 독실한 신자입네 하는 자들이 다들 '이 꿈이 무슨 뜻이지?' 하고 시내에서 떠들어대기 시작하고 현 전체에 소문을 퍼뜨릴 거야. 내가 보기에 이 노인은 정말 형안이 있어. 범죄 냄새를 맡아냈단 말이야. 너희 집안에선 악취가 나거든."

"범죄라니, 무슨?"

라키친은 분명 뭔가 말하고 싶은 눈치였다.

"너희 집안에서 그게, 그러니까 그 범죄가 일어날 거야. 네 형들과 돈 많은 네 아버지 사이에서 일어날 거라고. 그래서 조시마 장로는 앞으로

---

* 라키친의 이름인 미하일의 애칭.

있게 될 모든 경우에 대비해 그렇게 이마를 쿵 찧은 거지. 나중에 정말 무슨 일이 일어나면, '아, 과연 거룩하신 장로님께서 미리 말씀하신 대로구나, 정말 예언하신 대로야'라고 말할 테지만, 장로가 이마를 찧은 것에 무슨 예언 따위가 들어 있겠어? 아니, 그런데도 이건 상징이었어, 알레고리였어 하면서 귀신 씻나락 까먹는 소릴 해댈걸. 요란하게 찬양을 하고 길이길이 기리겠지. 범죄가 일어날 것을 사전에 알아맞히셨다, 범인을 점찍으셨다 하면서 말이야. 유로지브이들은 늘 그 모양이거든. 술집을 향해 성호를 긋고, 사원에는 돌을 던진다고. 너의 장로도 마찬가지야. 의인은 지팡이로 내쫓으면서, 살인자의 발에다 절을 하니까."

"무슨 범죄? 어떤 살인자? 대체 무슨 소리야?" 알료샤는 그 자리에 못박힌 듯 멈춰 섰고, 라키친도 걸음을 멈추었다.

"어떤 살인자냐고? 모르는 척하는 거야? 내기라도 하겠어. 너도 이미 그 생각을 하고 있었을걸. 아무튼 이거 재미있는데. 이봐, 알료샤, 넌 언제나 진실을 말해, 비록 늘 양다리를 걸치긴 하지만. 어디 대답해봐. 그 생각을 했어, 안 했어?"

"했어." 알료샤가 조용히 대답했다. 라키친조차 당황하고 말았다.

"뭐 네가? 정말 너도 이미 그런 생각을 했단 말이야?" 그가 소리쳤다.

"나는…… 나는 꼭 그렇게 생각했다기보다," 알료샤가 중얼거렸다. "네가 지금 너무 이상하게 그 얘길 꺼내니까, 나도 정말 그 생각을 했던 것처럼 여겨져서."

"거봐(너도 분명하게 말했으니까), 그렇지? 오늘 아빠와 미첸카* 형

* 드미트리의 애칭.

을 바라보면서 잠시 범죄 생각을 한 거지? 그럼 내 생각이 틀린 건 아니겠군?"

"아니, 잠깐만, 잠깐만." 알료샤가 초조하게 말을 가로챘다. "무슨 근거로 넌 이 모든 걸 그렇게 보는 거야……? 아니, 왜 네가 이 일에 그렇게 관심을 갖는지, 그게 첫번째 문제야."

"두 질문은 별개의 것이지만 자연스러운 질문이야. 각각의 질문에 따로따로 대답해주지. 왜 그렇게 보느냐고? 네 형 드미트리 표도로비치를, 그의 정체 전부를, 그가 어떤 인간인가 하는 것을 오늘 갑자기, 단번에, 한순간에, 전부 꿰뚫어보지 못했다면, 난 아무것도 알아보지 못했을 거야. 그런데 어떤 한 가지 특징으로 그의 전부를 단번에 파악했단 말씀이야. 대단히 정직하긴 하지만 호색적인 이런 사람들에겐 결코 넘어서는 안 될 선이 있지. 그렇지 않으면—그렇지 않으면 제 아비라도 칼로 푹 찔러버릴 테니까. 그런데 아비란 자는 주정뱅이에다 절제라곤 모르는 허랑방탕자이고, 무슨 일에서건 결코 한계라는 걸 모르니—두 사람 모두 자신을 억제하지 못하고 도랑물에 풍덩……"

"아냐, 미샤, 아니야. 그저 그런 거라면, 넌 내게 오히려 용기를 준 셈이야. 거기까진 가지 않을 테니까."

"그럼 왜 온몸을 부들부들 떠는 거냐? 도대체 무슨 일이 벌어지고 있는지 알기나 해? 그가 정직한 인간이라 치자, 그 미첸카 말이야(멍청하지만 정직하긴 하지). 하지만 그는—호색한이라고. 이게 그에 대한 정의이고 그의 내적인 본질의 전부야. 이건 아버지가 그에게 자신의 저열한 정욕을 물려주었기 때문이지. 정말 난 너에 대해서만큼은, 알료샤, 놀랄 따름이야. 어떻게 네가 동정을 지킬 수 있지? 너도 카라마조프잖아! 너희 집안에선 정욕이 곪아터질 지경에 이르렀단 말이야. 바로 그래서 이 세 명의 호색한은 지금 서로를 지켜보고 있는 거야…… 장화 속에 칼을 감추고서. 셋은 이미 마빡을 맞부딪쳤고, 네가 어쩌면 네번째겠지."

"넌 그 여자에 대해 잘못 생각하고 있어. 드미트리는 그 여자를…… 경멸해." 알료샤는 어떤 이유에서인지 몸을 떨면서 말했다.

"그루셴카 말이야? 천만에, 형제, 경멸하지 않아. 자기 약혼녀를 공공연하게 그 여자하고 맞바꿨다면, 그건 이미 경멸이 아니지. 여기엔…… 여기엔, 형제, 네가 지금은 이해할 수 없는 무엇이 있어. 한 사내가 어떤 미녀한테, 여자의 몸이라든가, 아니면 그저 여자의 몸의 한 부분에라도 반하게 되면(호색한이라면 이걸 이해할 수 있지), 그 여자를 위해 자기 자식들까지 내놓고, 아비와 어미도, 러시아도 조국도 팔아먹는 법이야. 정직한 인간이라도 가서 도둑질을 해. 온순한 인간이라도—사람을 베어 죽이고, 충직한 인간이라도—배반을 하게 돼. 여자의 사랑스러운 발을 노래한 시인 푸쉬킨은 자기 시에서 발을 찬미했지.* 다른 사람들도 소리 높여 찬미하진 못하지만, 그래도 귀여운 발을 보면 전율을 느끼게 마련이거든. 하지만 발뿐만이 아니야…… 여기엔 형제, 경멸이라는 게 아무 소용 없어, 설령 그가 그루셴카를 경멸한다 쳐도 말이지. 경멸하면서도 떨어질 순 없는 거야."

"나도 그건 알아." 갑자기 알료샤가 불쑥 내뱉었다.

"정말? 하긴, 첫마디부터 안다고 그렇게 불쑥 내뱉는 걸 보니 알긴

* 특히 『예브게니 오네긴』의 1장 30~34연에서 거의 40행에 걸쳐서 발이 찬미된다.

안다는 소리네." 고소해하면서 라키친이 심술궂게 말했다. "넌 그걸 무심코 내뱉은 거야, 그냥 툭 튀어나온 소리지. 그만큼 그 고백은 더 소중해. 그러니까 그건 너한테 이미 친숙한 주제이고, 그것에 대해, 색욕에 대해 이미 생각해봤다는 얘기 아냐. 야아, 너, 이 숫총각이! 알료쉬카, 네가 얌전하고 성자 같은 인간이라는 데 난 동의해, 하지만 너같이 얌전한 샌님이 젠장 벌써 무슨 생각인들 안 해봤고, 뭔들 모르겠냐고! 숫총각이 벌써 그런 깊숙한 데까지 들어갔으니—난 너를 오래전부터 관찰하고 있어. 너도 카라마조프야, 완전히 카라마조프야. 그러니, 핏줄이니 유전이니 하는 것도 뭔가 의미가 있단 얘기지. 아버지를 닮아 호색한에다, 어머니를 닮아 유로지브이렷다. 왜 부들부들 떠는 거야? 천기누설이어서? 그런데 있잖아, 그루셴카가 나한테 부탁하던걸, '그앨(그건 너야) 데려와, 내가 그애 법의를 벗겨버릴 테니까' 하고. 아주 신신당부를 하더라니까, 데려와, 데려와 하면서! 난 잠시 생각해봤지. 어째서 그 여자가 너한테 그토록 관심을 보일까? 이봐, 그 여자도 예사 여자가 아니야, 역시!"

"인사나 전해줘, 난 가지 않는다고 말해주고." 알료샤가 빼뚜름하게 웃었다. "하던 얘기나 마저 해, 미하일, 그런 다음 내 생각을 말할 테니."

"마저 할 것도 없어, 다 빤한걸. 형제, 이건 죄다 판에 박힌 옛날 노래야. 네 속에마저 이미 호색한이 숨어 있다면, 한배에서 나온 네 형 이반이야 어떻겠어? 그도 카라마조프잖아. 바로 여기에 너희 카라마조프 집안의 모든 문제가 들어 있는 거야. 호색한들, 강탈자들, 그리고 유로지브이들! 네 형 이반은 자기가 무신론자이면서도 당분간은 장난삼아 무슨 멍청해빠진 알지 못할 속셈에서 신학 논문 나부랭이들을 잡지에 싣고 있지만, 그게 비열한 짓이라는 걸 자기도 의식하고 있어—너희 형 이반은 이런 인간이야. 그뿐만 아니라 미챠 형한테서 약혼녀를 가로채는 중인데, 뭐, 이 목적도 이룰 걸로 보여. 게다가 미첸카 자신도 동의하고 있거든. 왜냐하면 약혼녀한테서 어떡하든 벗어나 한시바삐 그루셴카한테 가려고 자기 쪽에서 약혼녀를 이반에게 양보하고 있는 판이니까. 게다가 자신이 지닌 모든 고결하고 청렴한 마음에도 불구하고 이런 온갖 짓거리를 하고 있으니, 이걸 유념해둬. 정말이지 이런 자들이야말로 제일 치명적인 인간들이야! 이러니 귀신이나 너희를 이해할까. 자신의 저열함을 자각하면서도 스스로 그 저열함 속으로 기어들어가니 말이야! 더 들어봐. 지금 미첸카의 길을 가로막고 있는 건 영감쟁이 아버지야. 이 영감쟁이는 그루셴카 때문에 갑자기 정신이 나가 그 여자를 보기만 해도 침을 질질 흘릴 지경이지. 방금 장로의 방에서도 그 여자 하나 때문에 그런 스캔들을 일으킨 거잖아, 미우소프가 감히 그 여자를 행실이 추잡한 잡년이라고 불렀다는 이유만으로. 발정한 고양이보다 더 고약하게 빠져버렸다니까. 전에 그 여자는 영감쟁이한테 보수를 받으면서 그의 술집과 관련된 무슨 컴컴한 일을 그저 거들어주는 정도였는데, 이 영감쟁이가 요즘 와서 갑자기 알아챈 듯 요모조모 뜯어보더니 완전히 정신이 나가서는 이런저런 제안을 하면서 들러붙고 있는 거야, 물론 떳떳한 제안일 리가 없지. 뭐, 그러니 그자들이, 자상한 아비와 사랑스러운 아들이 이 길에서 충돌할 수밖에. 그런데 그루셴카는 이 남자 저 남자 누구에게도 확실한 말을 해주지 않고 아직은 그저 이런저런 핑계를 대고 두 사람의 약을 살살 올리면서, 어느 쪽이 자기한테 더 유리할까 살피는 중인데, 아비한테선 거액을 뜯어낼 수 있지만 그렇다고 그 작자가 혼인해주진 않을 테고, 어쩌면 결국엔 유대인 같은 노랑이가 되어 돈주머니 끈을 꽉 졸라매버릴지도 모르니까. 이렇게 되면 미첸카도 나름의 가치가 있지. 돈은 없지만, 그 대신 혼인은 할 수 있으니까. 암, 혼인할 수 있고말고! 비할 바 없이 미인인 약혼녀, 돈도 많고 귀족인데다 대령의 따님인 카체리나 이바노브나를 차버리고, 늙은 장사치에다 방탕한 촌놈인 도시의 괴수魁帥 삼소노프의 첩이었던 그루셴카와 혼인해줄 수 있지. 이 모든 걸 보면 실제로 형사범죄적인 충돌도 일어날 수 있어. 네 형 이반은 바로 이걸 기다리는 중이야, 그럴 경우 그가 몽땅 먹게 돼 있거든. 애간장을 말리는 카체리나 이바노브나를 차지하고 그녀의 지참금 6만 루블까지 꿀꺽하는 거지. 그 작자처럼 알몸뚱이 하나뿐인 변변찮은 인간에게 이건 시작치곤 아주 군침이 돌 만한 일일걸. 그리고 잘 들어둘 건, 이게 미챠에게 모욕을 주기는커녕 오히려 무덤에 들어갈 때까지 크나큰 은혜를 베푸는 셈이 된다는 거야. 이건 내가 확실히 알고 있는 얘기인데, 벌써 지난주에 미첸카가 술집에서 집시 계집들하고 술에 취해서는, 자신은 자기 약혼녀 카첸카*의 배필감이 못 되지만, 동생 이반은—이반이라면 충분히 그럴 자격이 있다고 제 입으로 요란하게 떠들어댔다는군. 카체리나 이바노브나 쪽에서도, 물론 이반 표도로비치처럼 매력적인 사내를 끝끝내 마다할 순 없을 테지. 그 여자는 이미 지금도 두 사내 사이에서 갈팡질팡하고 있으니까. 그런데 이 이반이 무슨 수로 너희 모두를 사로잡았기에 하나같이 그를 그렇게 숭배하는 거야? 하지만 그는 너희를 비웃고 있

* 카체리나의 애칭 또는 비칭.

다고. 네놈들은 굿이나 해라, 나는 가만히 앉아 네놈들 덕에 떡을 먹겠다는 식이지."

"어떻게 넌 이 모든 걸 알아? 어떻게 그렇게 자신 있게 말하지?" 알료샤가 미간을 찌푸리며 갑자기 날카롭게 물었다.

"그럼 어째서 넌 지금 그렇게 물으면서 벌써부터 내 대답을 두려워하는데? 그건 내 말이 사실이라는 걸 너 스스로 인정한다는 뜻이야."

"이반을 좋아하지 않는구나. 이반은 돈에 혹할 사람이 아냐."

"그래? 그럼 카체리나 이바노브나의 미모는? 여긴 돈 문제만 개입된 게 아냐, 6만 루블이라면 군침이 돌 만도 하지만."

"이반은 더 높은 데를 바라보고 있어. 이반은 몇천금이 된대도 혹하지 않을 거야. 이반은 돈이나 안일 따위를 구하지 않아. 어쩌면 고뇌를 구하고 있는지도 몰라."

"그건 또 무슨 잠꼬대야? 아이고, 너네…… 귀족나리들!"

"이봐, 미샤, 이반은 폭풍 같은 영혼을 지녔어. 그의 정신은 뭔가에 사로잡혀 있다고. 그 속엔 아직 해결되지 못한 위대한 사상이 들어 있는 거야. 그는 수백만금이 아니라 사상의 해결이 필요한 사람 중 하나야."

"문학적 표절이야, 알료샤. 넌 네 장로의 말을 살짝 바꿔 말한 거라고. 쳇, 어쨌든 이반이 너희한테 수수께끼 하나를 던져주셨군!" 라키친이 노골적으로 악의를 드러내며 소리쳤다. 심지어 낯빛마저 변하고 입술도 일그러졌다. "게다가 그 수수께끼라는 게 하도 멍청해놔서, 풀고 어쩌고 할 것도 없어. 머리를 조금만 굴리면—금세 알 수 있으니까. 그의 논문은 가소롭기 짝이 없는 엉터리야. 아까 그의 멍청한 이론을 들었잖아. '영혼의 불멸이 없으면 선행도 없다, 따라서 모든 것이 허용된다.'(근데, 그 미첸카 형이 이렇게 외친 거, 너도 기억하지, '명심하겠습니다!'라니.) 유혹적인 이론이지, 비열한 놈들한테는…… 이렇게 말하니 험담이 되는군, 이것도 멍청한 짓이니…… 비열한 놈들이 아니라 '해결될 길 없는 심오한 사상'을 지닌 애송이 뻥쟁이들이라고 해두지. 호기롭게 떠벌려대지만, 그 요점이란 '한편으로는 자백하지 않을 수 없고, 다른 한편으로는—자인하지 않을 수 없다!'라는 게 전부잖아. 그의 이론 전체가—비열 그 자체야! 인류는 설령 영혼의 불멸을 믿지 않더라도, 선행을 위해 살 수 있는 힘을 자기 내부에서 스스로 발견하게 될 거야! 자유와 평등과 우애에 대한 사랑 속에서……"

라키친은 너무 열이 오른 나머지, 거의 자신을 통제할 수 없을 지경이었다. 하지만 뭔가 생각난 듯, 그는 갑자기 말을 멈추었다.

"뭐, 그만해두자." 그는 아까보다 더 빼뚜름하게 웃었다. "왜 웃어? 내가 속물이라고 생각하는 거야?"

"아니, 네가 속물이라니, 난 그런 생각조차 해보지 않았어. 넌 똑똑해, 하지만…… 관두자, 그냥 무심코 웃었을 뿐이야. 네가 열올릴 만하다는 걸 이해해, 미샤. 네가 그렇게 열중하는 걸 보고 너도 카체리나 이바노브나한테 관심이 없진 않다는 걸 알아차렸어, 형제. 난 오래전부터 그럴지도 모른다고 생각해왔거든. 그래서 네가 이반 형을 좋아하지 않는 거고. 이반 형을 질투하고 있지?"

"그리고 그 여자의 돈도 질투한다? 그렇게 덧붙여보시지 그래?"

"아니, 돈 이야기는 덧붙이지 않겠어. 널 모욕할 생각은 없으니까."

"네가 그렇게 말하니 믿겠지만, 너네 집안이고 네 형 이반이고 간에 모조리 귀신한테나 잡혀가라지! 너네들은 아무도 모를 거야, 카체리나 이바노브나가 아니더라도 그는 도저히 좋아할 수 없는 인간이라고. 또 내가 뭐 때문에 그를 좋아해야 되지, 제기랄! 그는 자기가 날 욕하는 걸 당연하게 생각하고 있어. 왜 나라고 그를 욕할 권리가 없다는 거야?"

"좋은 말이든 나쁜 말이든 형이 너에 대해 무슨 말을 하는 걸 들어본 적이 없어, 네 얘긴 전혀 안 해."

"하지만 듣자 하니 그저께 그가 카체리나 이바노브나의 집에서 나에 대해 욕이란 욕은 다 퍼부었다던데, 그 정도로 너네들의 이 순종적인 하인한테 관심을 가졌다는 소리지. 그러니, 형제, 이쯤 되면 누가 누구를 질투한다는 건지—모르겠군! 이런 생각을 피력하셨다지. 만약 내가 아주 가까운 장래에 대수도원장이 되려는 출세의 꿈을 접고 삭발 수도사의 길을 단념한다면, 틀림없이 페테르부르크로 가서 두툼한 잡지 발행에, 그것도 틀림없이 비평 분과에 합류해서는 십 년가량 글을 쓰다가 마침내 그 잡지를 내 것으로 만들어버릴 거라나. 그후에도 그 잡지를 계속 발행하겠지만 틀림없이 자유주의적이고 무신론적인 경향을 취하고, 사회주의적인 색채뿐만 아니라 사회주의의 번쩍번쩍한 광채까지 살짝 입히되, 귀를 바짝 곤두세우고, 그러니까 본질적으로는 내 편이든 네 편이든 다 경계하면서 바보들의 눈을 속일 거라는 얘기지. 네 형의 해석에 따르자면, 내 출세가도는 사회주의적 색채에 조금도 구애됨이 없이 잡지 예약금을 당좌계정에 넣어두고 경우에 따라서는 어느 유대인에게 자문을 구하면서 마음대로 유용하고, 드디어는 페테르부르크에 거대한 건물을 지어 편집국도 그곳으로 옮기고 나머지 층들은 세입자들에게 임대하는 것으로 대미를 장식한다는 거야. 그러면서 그 건물의 위치까지 정해주었다는데, 그게 페테르부르크에 설계중이라는, 네바강을 가로지르는 노브이 카멘느이 다리 옆이라나, 리체이나야 거리에서 브이보르그스카야 거리로 나가는……"

"아, 미샤, 그건 아마 전부 그대로 실현될 거야, 마지막 한 마디까지 모두 다!" 알료샤는 더이상 참지 못하고 유쾌하게 웃으면서 갑자기 소리쳤다.

"당신까지도 빈정대시는 건가요, 알렉세이 표도로비치."

"아냐, 아냐, 농담이야, 미안해. 난 지금 전혀 다른 생각을 하고 있어. 하지만 좀 물어봐도 되겠지, 누가 네게 그런 세세한 것까지 알려줬을까, 누구한테서 그 얘길 들을 수 있었던 걸까. 이반 형이 네 얘길 할 때 네가 카체리나 이바노브나의 집에 있었을 리 없잖아?"

"나는 없었지만, 대신 드미트리 표도로비치가 있었고, 나는 그 얘길 드미트리 표도로비치로부터 두 귀로 직접 들었는데, 그러니까 정확히 말하자면, 그가 내게 말한 게 아니라 내가 엿들은 거야, 물론 부득이 그리된 거지. 나는 그루셴카의 침실에 앉아 있었는데, 드미트리 표도로비치가 옆방에 있는 동안은 밖으로 나갈 수가 없었거든."

"아, 그래, 깜박했구나, 그 여잔 네 친척이지……"

"친척? 그 그루셴카가 내 친척이라고?" 갑자기 라키친이 얼굴이 벌게져서 소리쳤다. "너 정말 돌았어, 응? 제정신이 아니구나."

"아니, 왜 그래? 그럼 친척이 아냐? 난 그렇게 들어서……"

"어디서 그걸 들었는데? 아니, 너희 카라마조프네 양반들은 무슨 대단하고 유서 깊은 귀족인 양 구는데, 네 아버진 남의 집 식탁을 전전하며 어릿광대짓을 했고, 가까스로 동정을 사서 부엌 한구석에 겨우 끼어앉곤 했지. 난 고작 사제의 아들이어서 당신들 귀족의 눈엔 버러지로밖에 안 보이겠지만, 그래도 그렇게 신나서 아무 생각 없이 날 모욕하진 마시오. 내게도 명예라는 게 있단 말이오, 알렉세이 표도로비치. 내가 그루셴카, 그 갈보하고 친척일 수야 없지요. 부디 제대로 알아두라 굽쇼!"

라키친은 격분해 있었다.

"제발 용서해줘, 이럴 줄은 정말 몰랐어. 그런데 그 여자가 어째서 갈보라는 거야? 정말로…… 그런 여자야?" 알료샤는 갑자기 얼굴을 붉혔다. "다시 한번 말하지만, 친척이라고 들었어. 넌 그 여자 집에 자주 다니고, 네 입으로 연애 관계는 아니라고 그랬잖아…… 그래서 네가 그 여자를 그렇게 경멸하리라곤 생각조차 못했어! 아니, 정말 그런 여자야?"

"내가 그 여자를 방문한다면 내 나름의 이유가 있어서일 테니, 너한텐 그걸로 족해. 친척 관계로 말하자면, 네 형이나 심지어 네 아버지가 몸소 나서서 그 여자를 네 친척으로 엮어줄걸, 나한테가 아니라. 자, 이제 다 왔군. 넌 부엌으로 바로 가는 게 낫겠다. 아니! 저기 저게 뭐야, 뭐지? 우리가 너무 늦었나? 저렇게 빨리 식사를 끝냈을 리 없는데? 아니면 저기서도 카라마조프들이 또 무슨 난리판을 벌였나? 틀림없이 그거야. 저기 네 아버지도 나오고 이반 표도로비치도 따라 나오네. 저들은 수도원장한테서 도망쳐 나온 거야. 저기 이시도르 신부가 현관 밖 층계에서 그들 등뒤에 대고 뭐라고 소리치는데. 네 아버지도 소리치면서 두 팔을 휘두르고 있어. 욕설을 퍼붓고 있는 게 분명해. 우와, 저기 미우소프도 마차를 타고 출발했어. 봐, 저기 가잖아. 지주 막시모프도 뛰어가고 있네—맞아, 저기서 스캔들이 일어난 거야, 그러니까 오찬은 아예 없었어! 저자들이 수도원장을 두들겨 팬 것 아닐까? 아니면 저자들이 두들겨 맞았나? 그래도 싸지……!”

라키친이 이렇게 소리를 질러댄 것도 무리는 아니었다. 정말로 스캔들이, 전대미문의 예상치 못한 스캔들이 벌어졌던 것이다. 모든 것은 ‘영감에 의해’ 일어난 일이었다.

VIII
스캔들

미우소프와 이반 표도로비치가 이미 수도원장의 처소로 들어가고 있을 때, 진정으로 점잖고 세심한 사람답게 표트르 알렉산드로비치의 마음속에서는 나름대로 미묘한 어떤 변화가 급속히 일어나, 자신이 화를 냈던 게 부끄러워졌다. 그 쓰레기 같은 표도르 파블로비치를 애당초 그냥 경멸해버릴 일이지, 장로의 처소에서 그랬던 것처럼 자기 스스로 냉정을 잃고 정신없이 행동하지는 말았어야 했다는 느낌이 속으로 든 것이다. ‘적어도 그 수도사들은 이 일에 아무 잘못도 없어.’ 그는 수도원장 처소의 현관 밖 계단을 올라가면서 갑자기 이런 결론을 내렸다. ‘만약 여기 사람들도 점잖다면(수도원장인 이 니콜라이 신부도 귀족 출신인 모양이니까), 뭐 그들을 다정하고 상냥하고 정중하게 대하지 못할 이유가 없잖은가……? 논쟁은 하지 말고, 오히려 맞장구까지 쳐주면서 상냥하게 굴어 호감을 사자. 그리고…… 그리고…… 끝으로 내가 이 이솝, 이 어릿광대, 이 피에로와 한패거리가 아니라 그들 모두와 꼭 마찬가지로 어처구니없이 이 일에 걸려든 것뿐이라고 그들에게 증명해 보일 테다……'

분쟁을 빚고 있는 산림 벌목권과 그 어로권(이 모든 것이 어디에 있는지는—그 자신도 몰랐다)은 별 가치도 없는 것들이니, 그는 오늘 당장에라도 아주 완전하게, 단번에 영원히 양보해버리고, 수도원을 상대로 한 모든 소송도 취하하기로 결심했다.

이 모든 갸륵한 의도는 그들이 수도원장 신부의 식당으로 들어섰을 때 더욱더 굳어졌다. 그런데 수도원장의 방들은 물론 장로의 방보다 훨씬 넓고 편리하긴 했으나, 실제로 처소 전체가 고작 방 두 칸이었기 때문에 식당이랄 곳이 따로 있지는 않았다. 방의 가재도구 역시 특별히 안락해 보이지는 않았다. 가구는 마호가니에 가죽을 씌운, 20년대 구식이었고, 마룻바닥은 칠도 안 되어 있었다. 대신 모든 것이 청결해서 반들반들 윤이 났고, 창턱에는 진귀한 꽃들이 즐비했다. 그러나 이 순간 무엇보다 화려했던 것은 당연히, 비록 이 역시 상대적으로 그렇다는 말이지만, 호화롭게 차려진 식탁이었다. 식탁보는 깨끗했고, 식기도 반짝반짝 빛이 났다. 식탁에는 훌륭하게 구워낸 세 종류의 빵, 포도주 두 병, 수도원에서 생산되는 최상급 꿀 두 병, 이 근방에서 명성을 날리는 수도원제 크바스*가 담긴 커다란 유리 주전자 등이 놓여 있었다. 보드카는 전혀 없었다. 라키친이 나중에 이야기한 바로는, 이번 오찬을 위해 다섯 가지 요리를 준비했다고 했다. 철갑상어 수프와 생선 피로쉬

* 보리, 호밀 등으로 만드는 러시아의 청량음료.

키*, 그다음엔 특별한 방식으로 탁월하게 조리된 생선찜, 다음엔 붉은 생선 커틀릿, 아이스크림과 과일 설탕 절임, 그리고 끝으로 블랑망제와 비슷한 젤리가 그것이었다. 이 모든 것은 라키친이 궁금증을 참을 수 없어, 결국 이전부터 자주 드나들던 수도원장의 부엌을 슬쩍 들여다보고서 알아낸 것들이었다. 그는 어디에나 연줄이 있어서 어디서나 정보를 얻어냈다. 그는 심성이 매우 불안정하고 질투가 심했다. 또 자신이 뛰어난 능력을 지녔다는 것을 충분히 자각하고 있었으나, 자만심에 빠진 나머지 그 점을 신경질적으로 과장하곤 했다. 그는 자기가 나름대로 활동가가 되리라는 걸 분명하게 알고 있었지만, 그에게 무척 애착을 가진 알료샤는 자기 친구 라키친이 정직하지 못할뿐더러 스스로 그것을 전혀 의식하지도 못하고, 오히려 자기가 탁자에서 돈을 훔치지는 않으리라는 걸 아는 까닭에 스스로를 대단히 정직한 사람으로 철석같이 믿고 있다는 게 마음 아팠다. 하지만 이 점에서는 알료샤뿐 아니라 어느 누구라도 어쩔 수 없었을 것이다.

라키친은 신분이 보잘것없어서 오찬에 초대받지 못했고, 대신 이오시프 신부와 파이시 신부, 그리고 또 어느 수도사제가 함께 초대를 받았다. 표트르 알렉산드로비치, 칼가노프, 이반 표도로비치가 안으로 들어섰을 때, 그들은 이미 수도원장의 식당에서 기다리고 있었다. 지주 막시모프도 한쪽 옆에서 기다리는 중이었다. 수도원장 신부가 손님들을 맞기 위해 방 한가운데로, 앞으로 걸어나왔다. 그는 키가 크고 여위었지만 아직 정정한 노인으로, 원래 검었던 머리엔 백발이 성성했고,

* 조그만 파이.

정진하는 사람다운 얼굴은 기름하고 근엄했다. 그가 말없이 손님들에게 절을 하자, 그들도 이번에는 축복을 받으러 그의 앞으로 다가섰다. 미우소프는 그의 손에 입까지 맞추려 했으나, 수도원장이 어째서인지 마침 그때 손을 거두는 바람에 입을 맞추지는 못했다. 대신, 이반 표도로비치와 칼가노프는 이번엔 완전한 형식을 갖추어, 다시 말해 단순한 민중처럼 아주 소박하게 손에다 입을 쪽 맞추면서 축복을 받았다.

"심심한 사과의 말씀을 드리지 않을 수 없군요, 원장님." 표트르 알렉산드로비치가 상냥하게 이를 환히 드러내 보이며 말문을 열었으나, 어조는 근엄하고 정중했다. "원장님께서 초대해주신 우리 일행 중 한 사람인 표도르 파블로비치와 함께 오지 못한 점에 대해 용서를 빕니다. 그는 원장님의 식사 초대를 부득이 사양해야만 했던바, 거기엔 까닭이 없지 않습니다. 조시마 신부님의 처소에서 그는 아들과의 불행한 집안싸움에 너무 열중한 나머지, 아주 부적절한…… 요컨대 아주 무례한 말을 몇 마디 내뱉고 말았는데…… 이에 대해서는 (그는 수도사제들을 흘낏 쳐다보았다) 원장님께서도 이미 알고 계실 줄 압니다. 그래서 스스로 잘못을 인정하고 진심으로 뉘우치면서 수치스러워했으며, 그 수치심을 이기지 못해 저희, 그러니까 저와 자기 아들 이반 표도로비치에게 진심에서 우러나온 유감과 회오와 참회의 마음을 원장님께 대신 말씀드려 달라고 부탁했습니다…… 요컨대 그는 차후에 모든 것을 보상하길 희망하고 또 그럴 각오입니다만, 지금은 우선 원장님의 축복을 간구하면서 앞서 있었던 일에 대해서는 잊어주십사 간청하고 있습니다……"

미우소프는 입을 다물었다. 일장 연설을 끝낼 즈음에는 자기 자신에게 완전히 만족했던 터라, 좀전의 울분은 그의 마음속에서 가뭇없이 사라져버렸다. 그는 다시금 인류를 전적으로, 진정으로 사랑하고 있었다. 수도원장은 근엄하게 그의 말을 들은 뒤, 가볍게 고개를 숙이고 답례하며 말했다.

"오시지 못한 분에 대해 진심으로 안타깝게 생각합니다. 아마도 함께 식사를 하노라면, 우리가 그분을 사랑하듯이 그분도 우리를 사랑하게 될 텐데요. 자, 여러분, 어서 드십시오."

그는 성상 앞에 서서 소리 내어 기도를 올리기 시작했다. 모두 경건하게 고개를 숙였고, 지주 막시모프는 특별히 경건한 마음에서 양 손바닥을 가슴 앞에 모으고 몸을 유난히 앞으로 쑥 빼기까지 했다.

그런데 하필이면 바로 그때 표도르 파블로비치가 광대짓의 종결판을 펼쳐 보인 것이다. 여기서 말해두겠는데, 그는 정말로 떠날 생각이었고, 장로의 처소에서 그렇게 치욕스러운 짓을 해놓고 아무 일도 없었다는 듯 수도원장의 오찬 모임에 갈 수는 도저히 없는 노릇이라고 느낀 것도 사실이었다. 자신이 너무 수치스러워서 스스로를 책망해 그랬던 것은 아니다. 어쩌면 심지어 정반대였는지도 모른다. 그러나 어쨌든 거기서 식사까지 한다는 건 예의에 어긋난다고 느끼고 있었다. 하지만 여관 현관 계단 앞에 그의 덜커덩거리는 마차를 대령하기가 무섭게 이미 마차 안으로 기어들어가고 있던 그가 갑자기 발을 멈추었다. 장로의 처소에서 자신이 했던 말이 생각났던 것이다. '아닌 게 아니라, 저는 사람들 사이에 들어가게 되면 늘 내가 모든 놈들보다 비열하고 그놈들이 죄다 날 어릿광대 취급한다는 느낌이 들고—그러다보니, 좋다, 그럼 진짜로 어릿광대 역을 해주마, 네놈들이 어떻게 생각하든 하나도 무섭지 않다, 네놈들은 하나같이 나보다 더 어리석고 더 비열하니까! 하는 식이 돼버립니다.' 그는 자신이 저지른 비열한 짓에 대해 모든 사람에게 복수하고 싶어졌다. 게다가 공교롭게도 바로 지금, 언젠가 더 옛날에 한번은 "어째서 당신은 그 아무개를 그토록 증오하는 거요?"라는 질문을 받았던 일이 불현듯 떠올랐다. 그때 그는 어릿광대 같은 파렴치한 감정이 폭발해 이렇게 대답했다. "그건 왜냐하면 이렇소. 그 사람은 사실 나한테 아무 짓도 안 했지만, 대신 나는 그 사람한테 파렴치하기 짝이 없는 짓을 하나 했소. 그런데 그 짓을 하자마자 바로 그것 때문에 그 사람을 증오하게 되더란 말이오." 지금 이것을 떠올리자, 그는 순간 생각에 잠겨 조용히 악의에 찬 미소를 지었다. 그의 두 눈이 번득였고, 입술마저 파르르 떨렸다. '일단 시작한 이상, 끝장을 내자' 하고 그는 갑자기 결심했다. 이 순간 그의 마음속 가장 은밀한 느낌은 이렇게 표현할 수 있으리라. '이제 와서 어차피 명예회복은 글렀으니, 그래, 놈들한테 파렴치할 정도로 침이나 더 뱉어주자. 네놈들한텐 부끄럽지도 않다, 그뿐이야!' 그는 마부에게 좀 기다리라고 일러두고, 빠른 걸음으로 수도원으로 되돌아가 곧장 수도원장에게로 갔다. 그는 자기가 무슨 짓을 하게 될지 아직 잘 몰랐으나, 이미 자신을 제어할 수 없다는 것, 그리고—아주 조그만 자극에도—순식간에 그 어떤 추잡함의 극단까지 치닫게 될 것이며—그럼에도 불구하고 그건 그저 추잡함일 뿐, 결코 어떤 범죄나 법의 처벌이 따를 수 있는 금지된 돌출 행동은 아니라는 것을 알고 있었다. 그는 그런 경우 언제나 자신을 억제할 수 있었고, 어떤 때는 그런 자신이 스스로도 놀라웠다. 그가 수도원장의 식당에 나타난 것은, 기도가 끝나고 다들 식탁으로 향하던, 정확히 바로 그 순간이었다. 문지방에 멈춰 서서 일동을 쓱 훑어본 뒤, 그는 모든 이의 눈을 대담하게 쏘아보면서 오랫동안 뻔뻔하고 심술궂게 웃어젖혔다.

"저들은 내가 가버린 줄 알았겠지만, 자, 내가 바로 그놈이올시다!" 그는 온 방이 떠나가라고 외쳤다.

한순간 모두 그를 뚫어지게 쳐다보며 말이 없었으나, 갑자기 다들 이제 뭔가 혐오스럽고 어처구니없는 일이, 틀림없이 스캔들이 일어나리라는 것을 직감했다. 표트르 알렉산드로비치는 더없이 고상하던 기분에서 더없이 사나운 기분으로 순식간에 곤두박질치고 말았다. 그의 가슴속에서 이미 꺼지려는 듯 잠잠해졌던 모든 것이 단번에 되살아나 고개를 쳐들었다.

"아니, 이건 정말 참을 수가 없군요!" 그가 소리쳤다. "도저히 못 참겠어…… 절대로!"

피가 머리로 솟구쳤다. 그는 말까지 더듬었으나 이미 말투 따위에 신경쓸 겨를도 없이 자신의 모자를 움켜쥐었다.

"저 사람은 뭘 못 참겠다는 거죠?" 표도르 파블로비치가 소리를 질렀다. "'뭘 절대로 못 참겠고, 뭘 결코 못 참겠다'는 건가요? 원장님, 제가 들어가도 될까요, 아니면 관둘까요? 또 한 명의 식탁 동료를 받아들이시겠습니까?"

"진심으로 환영합니다." 수도원장이 대답했다. "여러분! 송구한 말씀이오나," 하고 그가 갑자기 덧붙였다. "일시적인 다툼을 멈추시고 저희의 이 소박한 식사를 함께 드시면서 주님께 올리는 기도와 더불어 사랑과 친족 간의 화합 속에 하나가 되어주십사 온 마음으로 부탁드리는 바입니다."

"아니, 안 됩니다, 불가능합니다." 표트르 알렉산드로비치가 마치 제

정신이 아닌 듯이 소리쳤다.

"표트르 알렉산드로비치가 안 된다면, 저도 안 되니, 전 여기 남지 않겠습니다. 저는 그러려고 여기 온 거니까요. 저는 이제부터 어디든 표트르 알렉산드로비치와 함께 있겠습니다. 댁이 떠난다면, 표트르 알렉산드로비치, 나도 떠나고, 댁이 남는다면—나도 남겠소. 친족 간의 화합이라고 말씀하신 것이 저 사람의 아픈 데를 아주 정통으로 찔렀답니다, 원장님. 저 사람은 자기가 제 친척이라는 걸 인정하지 않거든요! 안 그런가, 폰 존? 바로 저기 폰 존도 서 있군요. 안녕하신가, 폰 존."

"그게…… 저더러 하는 말씀인갑쇼?" 깜짝 놀란 지주 막시모프가 중얼거렸다.

"물론 자네한테지." 표도르 파블로비치가 소리쳤다. "아니면 누구겠나? 원장님께서 폰 존일 리야 없잖은가!"

"하지만 저도 폰 존이 아닙니다. 저는 막시모프예요."

"아니, 자넨 폰 존일세. 원장님, 폰 존이 어떤 사람인지 아십니까? 그런 형사재판이 있었답니다. 그자는 음탕의 소굴에서 살해되었는데—신부님들은 그곳을 그렇게 부르시는 것 같더군요—살해범들은 금품까지 강탈한 다음, 나이도 지긋한 그자의 시신을 궤짝에 쑤셔넣어 못을 박고 밀봉한 뒤 여객열차의 수하물 운송 차량편으로 번호표까지 붙여 페테르부르크에서 모스크바로 발송했답니다. 궤짝에 못을 박을 때 음탕한 무희들이 노래를 부르고 구슬리*, 그러니까 춤판 피아노**를 연주

---

* 현악기의 일종.

** 원문은 '포르테플랴스이'(фортеплясы)로, 피아노의 원래 이름인 '포르테피아노'와 춤을 뜻하는 '플랴스이'를 결합한 말장난이다.

했다지요. 그러니까 여기 이자가 바로 그 폰 존입니다. 죽은 자들로부터 부활한 거죠, 안 그런가, 폰 존?"

"대체 이게 무슨 소리요? 어떻게 이럴 수가?" 수도사제들 사이에서 이런 목소리들이 들려왔다.

"가자!" 표트르 알렉산드로비치가 칼가노프를 향해 소리쳤다.

"안 됩니다, 잠깐만!" 표도르 파블로비치가 방안으로 한 걸음 더 내디디며 찢어지는 듯한 목소리로 그의 말을 가로챘다. "마저 다 말하게 해주십시오. 저쪽 암자에서는 제가 불경하게 굴었다고 저에 대해 나쁜 소문을 퍼뜨렸지만, 그건 바로 제가 꼬치고기에 대해 외쳤기 때문입니다. 제 친척인 표트르 알렉산드로비치 미우소프는 자기 말이 *진실하기보다 고상하길* 좋아하지만, 저는 반대로 제 말이 *고상하기보다 진실하길* 좋아해서—*고상함* 따위엔 침이나 뱉어줘라 이겁니다! 안 그런가, 폰 존? 죄송합니다만, 원장님, 저는 비록 어릿광대이고 또 어릿광대 역을 하고 있습니다만, 명예를 지닌 기사로서 한말씀드리고 싶습니다. 그렇습지요, 저는 명예를 지닌 기사지만, 표트르 알렉산드로비치의 가슴속에는—억눌린 자존심만 있을 뿐, 그외엔 아무것도 없습니다. 제가 오늘 여기 온 것도 한번 직접 보고 제 진심을 말씀드리기 위해서였는지 모르겠습니다. 제 아들 알렉세이가 이곳에서 수행하고 있거든요. 저는 아비로서 그애의 운명을 염려하고 있고, 그게 제 의무이기도 하지요. 저는 모든 것을 귀담아들으면서 어릿광대 놀음을 했고 그러면서 또 몰래 살펴보아왔는데, 이제 여러분께 이 공연의 마지막 막을 보여드리고 싶군요. 도대체 우리는 지금 어떤 형편입니까? 우리에게선, 쓰러져가고 있다 하면 이미 드러누워 있습니다. 우리에게선, 한번 쓰러지면 아주 영원히 그렇게 드러누워 있으라는 식입니다. 달리 무슨 수가 있겠습니까요! 저는 일어나고 싶습니다. 거룩하신 신부님들, 저는 신부님들에게 격분해 있습니다. 고해란 위대하고도 신비한 성례이고, 저는 경건하게 그 앞에 머리를 조아릴 용의도 있지만, 저쪽 암자에서는 다들 갑자기 무릎을 꿇고 큰 소리로 고해를 한다 이겁니다. 도대체 큰 소리로 고해성사를 하는 것이 허용되는 일입니까? 고해성사는 귓속말로 하라고 거룩하신 신부님들께서 정해두셨으며, 그래야만 여러분의 고해성사가 신비로운 성례가 될 것이고, 예로부터도 그렇습니다. 그런데 어떻게 모든 사람이 다 있는 데서, 나는 예컨대 이렇고 저렇고 한 짓을…… 뭐, 그러니까 이렇고 저렇고 한 짓, 아시겠죠, 그러니까 그런 짓을 어쩌고 하면서 털어놓을 수 있겠습니까? 때로는 입에 담기조차 상스러운 일들도 있잖습니까. 그렇게 되면 이건 그야말로 스캔들이지요! 아니, 신부님들, 여기서 신부님들과 함께 있다가는 아마 편신교도*가 돼버릴 겁니다…… 저는 기회 닿는 대로 곧 종무원**에 서신을 올리고, 제 아들놈 알렉세이를 집으로 데려가겠습니다……"

여기서 잘 기억해두시길. 표도르 파블로비치는 어디서 그런 소문이 도는 걸 들은 적이 있었다. 언젠가 악성 유언비어가 퍼져 대주교의 귀에까지 들어갔는데 (우리 수도원뿐만 아니라 장로제가 확립되어 있는 다른 수도원들에서도) 장로들이 지나친 존경을 받는 나머지 수도원장

---

* 17세기에 나타난 러시아 기독교의 한 종파로 채찍질을 통해 인간의 몸을 악한 힘으로부터 정화시킴으로써 인간 속에 신성을 구현할 수 있다고 믿었으며, 사람들이 보는 앞에서 자신의 몸을 매질하는 경우가 많았다.

** 러시아정교의 최고 지도기관.

의 위상마저 훼손될 지경이며 특히 장로들이 고해성사의 신성함을 악용하는 듯하다느니 어쩌다느니 하는 등등의 내용이었다. 비난은 터무니없는 것이어서 우리 도시에서나 다른 어디에서나 때가 되자 저절로 사그라들었다. 그러나 표도르 파블로비치를 사로잡아 그의 신경에 올라타고는 어디론가 치욕의 심연 속으로 점점 더 멀리, 더 멀리 그를 끌고 가던 멍청한 악마가 예전의 그 비난을 그에게 슬쩍 속삭여주었는데, 정작 표도르 파블로비치 자신은 그것을 첫마디조차 이해하지 못했다. 게다가 그는 그것을 제대로 표현할 줄도 몰랐고, 더구나 이번에는 장로의 처소에서 아무도 무릎을 꿇고 있지 않았고 큰 소리로 고해도 하지 않았던 터라 표도르 파블로비치가 그런 것을 제 눈으로 봤을 리 만무했으므로, 그저 어찌어찌 생각난 옛날의 소문과 유언비어를 그대로 주절거린 것에 지나지 않았다. 그러나 그런 멍청한 소리를 늘어놓은 뒤 그는 자기가 터무니없는 헛소리를 지껄였다는 것을 느꼈고, 그러자 갑자기 청중에게, 아니 무엇보다 자기 자신에게, 자신의 말이 결코 헛소리가 아님을 당장 증명하고 싶어졌다. 앞으로 한마디 더 지껄일 때마다 이미 지껄인 헛소리에 그런 똑같은 헛소리를 더 많이, 더 터무니없이 덧붙이게 될 뿐임을 아주 잘 알고 있었지만—그럼에도 이제 그는 도저히 자신을 제어할 수가 없었으니, 이미 산비탈을 빠르게 내닫기 시작한 셈이었다.

"정말 비열하긴!" 표트르 알렉산드로비치가 소리쳤다.

"죄송합니다만," 하고 갑자기 수도원장이 입을 열었다. "예로부터 이런 말씀이 있습니다. '사람들이 나에 대해 온갖 말을 하고 악담까지 늘어놓는도다. 나는 모든 것을 듣고 스스로에게 이르기를, 이는 예수님의 양약이니, 허영심 많은 내 영혼을 고치기 위해 보내주신 것이니라.' 그런즉 저희도 당신께 삼가 감사를 표하는 바입니다, 고귀하신 손님이여!"

이렇게 말하고 그는 표도르 파블로비치에게 허리 굽혀 절을 했다.

"쯧쯧쯧! 위선에다 케케묵은 상투어! 케케묵은 상투어에 케케묵은 제스처! 케케묵은 거짓말에 이마가 땅에 닿는 형식적인 절! 그런 절이라면 우리도 알고 있소이다! 쉴러의 『군도』에 나오듯, '입술에는 키스를, 심장에는 비수를', 이 식이잖소. 신부님들, 거짓은 싫소이다, 나는 진실을 원해요! 하지만 진실은 꼬치고기에 있는 게 아니지요, 그건 내가 이미 선언했습니다! 수도사님들, 왜 금식수행을 하시지요? 왜 그 대가로 천국에서의 보상을 기대하시는 겁니까? 그런 보상 때문이라면 나도 금식을 시작하겠구먼! 아니지, 거룩하신 수도사 양반, 살아 있는 동안 선행을 베풀고 사회에 공헌할 일이야, 이렇게 수도원에 틀어박혀 공짜 빵을 먹고 저기 높은 데서 보상을 바랄 게 아니라—하긴 그러기가 더 힘들걸. 나도 말이오, 원장님, 꽤나 조리 있게 말할 줄 안답니다. 그런데 여긴 뭐가 준비돼 있나?" 그는 식탁으로 다가갔다. "오래된 팍토리* 포트와인, 옐리세예프 형제상회**에서 병에 주입한 메도크 포도주, 어라, 이거 신부님들이! 꼬치고기하고는 완전 딴판이군. 아니, 신부님들이 술병을 늘어놓다니, 헤헤헤! 하지만 누가 이걸 다 여기로 갖다줬을꼬? 이건 러시아 농부, 그 부지런한 일꾼이 굳은살 박힌 손으로 죽도록 일해서 번 몇 푼 안 되는 돈을 여기로 가져오는 것 아닌가, 가족의

* 포트와인 상표.

** 당시 러시아에서 제일가던 포도주 무역, 판매 상회의 하나.

생계비와 나라에 낼 세금에서 떼어 말이지! 거룩하신 신부님들, 당신들은 백성의 피를 쪽쪽 빨아먹고 있는 거요!"

"당신, 정말 품위가 없군요." 이오시프 신부가 말했다. 파이시 신부는 끈기 있게 입을 다물고 있었다. 미우소프는 방에서 뛰쳐나갔고, 칼가노프도 그 뒤를 따랐다.

"그럼 신부님들, 나도 표트르 알렉산드로비치의 뒤를 따르겠소. 더이상은 당신들한테 오지 않을 거요, 무릎을 꿇고 애원해도 안 올 거요. 천 루블을 당신들에게 보내줬더니, 이번에도 눈이 빠지게 쳐다보고 있더군, 헤헤헤! 어림없지, 더이상은 보태주지 않겠소. 지나가버린 내 청춘, 내 모든 굴욕에 대한 복수요!" 그는 스스로 지어낸 감정이 북받쳐올라 주먹으로 식탁을 쾅 내리쳤다. "이 알량한 수도원은 내 인생에서 많은 것을 뜻했지. 이 수도원 때문에 쓰라린 눈물을 얼마나 많이 쏟았던가! 내 마누라, 클리쿠샤를 사주해서 나에게 반항하게 만든 것도 당신들이었어. 당신들은 일곱 개의 종교회의*에서 나를 저주하고, 근방에 나쁜 소문을 퍼뜨렸지! 그만됐수다, 신부님들, 이젠 자유주의의 시대, 기선과 철도의 시대니까. 천 루블은커녕, 백 루블도, 아니 단돈 백 코페이카도, 땡전 한푼도 나한테서 받아내지 못할 거요!"

다시금 기억해두시길. 우리 수도원이 그의 인생에서 그런 특별한 의미를 가진 적은 단 한 번도 없었고, 이 수도원 때문에 그가 단 한 방울의 쓰라린 눈물을 쏟은 적도 없었다. 하지만 그는 자신이 지어낸 눈물에 너무 매혹되어, 한순간 스스로 그것을 믿어버릴 지경이었고, 심지어

---

* 기독교회 최고 사제 대회인 전(全) 기독교도 총회 가운데 정교회는 최초의 일곱 총회를 인정하고 있으며, 이 일곱 총회에서는 거의 매번 누군가에게 저주와 심판을 내렸다.

감동의 울음까지 터뜨릴 뻔했다. 그러나 바로 그 순간 그는 이제 수레의 끌채를 뒤로 돌릴 순간임을 느꼈다. 수도원장은 그의 악랄한 거짓말에 고개를 숙이고 다시금 엄중하게 말했다.

"또 이런 말씀도 있습니다. '뜻하지 않게 너에게 가해지는 비방을 기쁘게 참고, 당황해하지 말며, 너를 비방하는 자를 미워하지 말지어다.' 저희도 그렇게 행동하겠습니다."

"쯧쯧쯧, 하는 생각들 하곤! 죄다 허튼소리만! 생각들 실컷 하슈, 신부님들, 난 가볼 테니. 내 아들놈 알렉세이는 아비의 권한으로 여기서 영영 데려가겠소. 제일 공손한 내 아들 이반 표도로비치, 귀하에게도 날 따르라고 명하도록 허락해주시오! 폰 존, 자네라고 뭣 때문에 여기 남겠나! 지금 당장 시내의 우리집으로 오게. 우리집은 신나거든. 기껏해야 1베르스타도 안 돼. 중놈들이나 먹는 식물성 기름 대신 카샤*를 바른 통통한 새끼 돼지를 내놓지. 점심이나 먹자고. 코냑도 내놓고 그 다음엔 리큐어도 내놓지. 딸기 리큐어도 있다네…… 어이, 폰 존, 행운을 놓치지 말게."

그는 소리를 내지르고 요란하게 손짓 몸짓을 하면서 밖으로 나갔다. 바로 이 순간 라키친이 밖으로 나오는 그를 보고 알료샤에게 가리켰던 것이다.

"알렉세이!" 멀리서 아버지가 그를 알아보고는 소리쳤다. "오늘 당장 이 아비 집으로 아주 옮겨와라, 베개랑 요도 함께 끌고 와. 여기선 네 냄새 하나도 나지 않게."

---

* 곡물죽.

알료샤는 말없이 이 소동을 주의깊은 눈으로 지켜보며 그 자리에 못 박힌 듯 멈춰 섰다. 그러는 사이 표도르 파블로비치는 마차에 올랐고, 뒤이어 이반 표도로비치도 알료샤에게 몸을 돌려 작별인사도 나누지 않은 채 입을 꾹 다문 침울한 얼굴로 마차에 막 오르려는 참이었다. 그러나 이때 이 에피소드를 완성시켜주는, 거의 믿기 힘든 또하나의 우스꽝스러운 장면이 연출되었다. 갑자기 마차의 발판 옆에 지주 막시모프가 모습을 드러낸 것이다. 행여 늦을세라 헐레벌떡 뛰어온 참이었다. 라키친과 알료샤는 그가 뛰어가는 것을 보고 있었다. 그는 몹시 서두르면서, 이반 표도로비치의 왼발이 아직 얹혀 있는 발판에 성급하게도 벌써 자신의 한쪽 발을 올려놓고는, 마차의 몸체를 붙잡고 안으로 뛰어들려는 태세였다.

"나도, 나도 함께 갑시다!" 그는 팔짝팔짝 뛰면서, 무엇이든 마다하지 않겠다는 듯 희색이 만면해 즐겁게 히죽히죽 웃으며 외쳐댔다. "나도 데려가주시구려!"

"거봐, 내가 그러지 않았나." 표도르 파블로비치가 열광하여 소리쳤다. "이놈은 폰 존이라고! 이놈은 죽은 자들로부터 부활한 진짜 폰 존이라니까! 그래, 자넨 어떻게 저기서 도망쳐 나왔나? 저기서 얼마나 폰 존답게 굴었기에 어떻게 자네마저 식사 자리에서 빠져나올 수 있었느냐고? 그러려면 얼굴이 철판이어야지! 나도 철판을 한 판 깔았지만, 형씨, 자네한텐 정말 놀라겠구먼! 뛰어올라, 어서 뛰어오르라고! 이 친구 태워줘라, 바냐*, 재미있을 거야. 여기 발치에라도 어떻게 누워 있겠지.

* 이반의 애칭.

그러겠나, 폰 존? 아니면 마부석에 마부와 함께 앉힐까……? 마부대로 뛰어오르게, 폰 존……!"

그러나 이미 자리를 잡고 앉았던 이반 표도로비치가 아무 말 없이 갑자기 막시모프의 가슴팍을 힘껏 떠미는 바람에 그는 1사젠*이나 튕겨나갔다. 나자빠지지 않은 것은 순전히 우연이었다.

"가자!" 이반 표도로비치가 마부에게 사납게 소리쳤다.

"대체 왜 그러냐? 왜 그래? 그 사람한테 왜 그래?" 표도르 파블로비치가 고함을 질렀으나, 마차는 이미 달리기 시작했다. 이반 표도로비치는 묵묵부답이었다.

"아니, 이 녀석이!" 이 분쯤 입을 닫고 있다가 표도르 파블로비치가 다시 아들을 흘겨보며 말했다. "네놈이 이 수도원 건을 다 꾸미고, 네놈이 나서서 부추기고, 네놈이 좋다고 해놓고서, 지금 와서 웬 성질이냐?"

"헛소리 실컷 지껄였을 테니 이제라도 좀 쉬시죠." 이반 표도로비치가 무뚝뚝하게 잘라 말했다.

표도르 파블로비치는 또다시 이 분가량 잠자코 있었다.

"이럴 땐 코냑이 좋지." 그가 잠언조로 한마디했다. 그러나 이반 표도로비치는 대꾸가 없었다.

"집에 가면 너도 한잔해라."

이반 표도로비치는 여전히 말이 없었다.

표도르 파블로비치는 또다시 이 분가량 기다렸다.

"어쨌거나 알료샤를 수도원에서 데려오겠소, 댁에겐 몹시 불쾌하겠

---

* 1사젠은 약 2.134미터에 해당한다.

지만. 더없이 공손한 카알 폰 모어 양반."

이반 표도로비치는 경멸스럽다는 듯 어깨를 으쓱하더니, 얼굴을 돌려 길을 바라보기 시작했다. 그러고는 집에 도착할 때까지 두 사람은 아무 말도 하지 않았다.

제3편
호색한들

I
하인의 방에서

표도르 파블로비치 카라마조프의 집은 딱히 시내 한복판에 있진 않았지만, 그렇다고 그리 변두리도 아니었다. 상당히 낡은 집이었으나 외관은 번듯했다. 다락방이 딸린 단층집은 회색 칠이 되어 있고, 붉은 함석지붕이 얹혀 있었다. 여하튼 아직은 아주 오래 버틸 수 있는 집이었고, 넓은데다가 아늑했다. 집안에는 여러 헛간과 숨을 만한 곳들, 뜻밖에 나타나는 작은 계단들이 많았다. 쥐도 들끓었지만 표도르 파블로비치는 그다지 짜증도 내지 않고, '밤에 혼자 있을 때 어쨌든 그리 적적하진 않거든' 하고 여겼다. 사실 그는 밤이 되면 하인들을 곁채로 내보내고 밤새도록 혼자 집안에 틀어박히는 습관이 있었다. 이 곁채는 마당에 있었는데, 널찍하고 견고했다. 집안에 부엌이 있었지만, 표도르 파블로비치는 곁채에도 부엌을 두게 했다. 음식 만드는 냄새를 싫어해, 겨울

이건 여름이건 마당을 거쳐 음식을 집안으로 날라왔다. 원래 이 집은 대가족을 위해 지어진 터라, 주인 가족이든 하인이든 지금의 다섯 배쯤은 너끈히 더 수용할 수 있었다. 그러나 우리의 이야기 속 사건이 진행되는 순간, 이 집에는 오직 표도르 파블로비치와 이반 표도로비치, 그리고 곁채에는 단 세 명의 하인, 그러니까 그리고리 영감과 그의 아내인 마르파 할멈, 그리고 아직 나이가 젊은 하인 스메르쟈코프만이 살고 있었다. 이 세 하인에 대해서는 좀더 자세히 이야기할 필요가 있다. 그렇지만 그리고리 바실리예비치 쿠투조프 영감에 대해서는 이미 충분히 얘기했다. 그는 일단 어떤 하나의 점이 무슨 이유에서든(놀랄 정도로 비논리적인 이유일 때도 잦았다) 자기 앞에 확고부동한 진리로 서 있기만 하면, 그 점을 향해 일직선으로 끈질기게 나아가는 강고하고 고지식한 인간이었다. 요컨대 돈 따위로 매수할 수 없는 사람이었고 정직했다. 그의 아내 마르파 이그나치예브나는 남편의 뜻이라면 평생 군말없이 따랐지만, 예를 들어 농노해방 직후에는 남편에게 표도르 파블로비치의 집을 떠나 모스크바로 가서 무슨 조그만 장사라도 시작해보자고(그들에겐 돈이 좀 있었다) 지독하게 조른 적이 있었다. 그렇지만 그때 그리고리는 '여편네들이란 하나같이 정직하지 못한 족속이 돼놔서' 이 여편네가 거짓말을 하고 있고, 예전 주인이 어떤 사람이든 자기들은 그를 떠나서는 안 되며, '그것이 자기들의 의무이기 때문이다'라고 단 한 번에 영원히 결론을 내려버렸다.

"임잔 의무라는 게 뭔지 알기나 해?" 그가 마르파 이그나치예브나에게 물었다.

"의무라면 나도 알지요, 그리고리 바실리예비치, 하지만 여기 남는 게 어째서 우리 의무라는 건지, 그건 통 모르겠네요." 마르파 이그나치예브나가 꿋꿋하게 대답했다.

"그럼 그냥 모르고 있어, 그 일은 그렇게 될 테니까. 앞으론 입다물고."

결국 그렇게 되었다. 그들은 떠나지 않았고, 표도르 파블로비치는 그들에게 그리 많지 않은 급료를 정해놓고 실제로 매번 그렇게 지불했다. 게다가 그리고리는 자기가 주인 나리에게 아주 확실한 영향력을 가지고 있다는 걸 알고 있었다. 그는 그것을 감지하고 있었고, 그 느낌은 옳았다. 교활하고 고집 센 어릿광대 표도르 파블로비치는 자기 말마따나 '인생사의 어떤 것들에서는' 대단히 확고한 성격이었지만, 다른 어떤 '인생사들'에 있어서는 자기 자신도 놀랄 만큼 아주 나약한 성격의 소유자였다. 그리고 그게 어떤 것들인지 자기도 잘 알고 있었고, 잘 아는 까닭에 많은 것을 두려워했다. 인생사의 어떤 것에서는 귀를 곤두세우고 경계해야 했으므로, 그럴 때 충직한 사람이 곁에 없으면 무척이나 힘들었지만, 그리고리는 더없이 충직한 사람이었다. 심지어 표도르 파블로비치는 그의 인생 역정에서 여러 차례나 얻어맞을 뻔했고, 때로는 맞아죽을 뻔한 일까지 있었으나, 그때마다 그리고리가 나타나 비록 나중에 매번 일장 훈계를 늘어놓을망정, 늘 그를 구해주었다. 하지만 그저 얻어맞는 정도라면 표도르 파블로비치가 그렇게 겁을 내진 않았을지 모른다. 그런 것보다 더 차원 높고 심지어 대단히 미묘하고 복잡한 경우도 종종 있었는데, 그럴 때면 이따금 표도르 파블로비치는 아마 자기 자신도 뭐라고 설명할 수 없었을 테지만, 충직한 사람을 가까이 두고 싶은 비정상적일 정도로 강렬한 욕구를 순간적으로, 정말 영문도 알 수 없을 만큼 불현듯 마음속에 느끼게 되곤 했다. 이것은 거의 병적인 경우들이었다. 방탕하기 그지없고 자신의 색욕에 있어서는 종종 사나운 해충처럼 잔인한 표도르 파블로비치였지만, 술에 취한 순간이면 때때로 갑자기 자신의 내부에서 정신적인 공포와 도덕적인 전율을 느꼈고, 그 전율은 그의 영혼 속에서 말하자면 거의 물리적인 반향을 일으켰다. "이럴 땐 내 영혼이 목구멍에서 바르르 떠는 것만 같아." 그는 이따금 이렇게 말하곤 했다. 바로 이런 순간이면 그는 자기 옆 가까이에, 비록 같은 방이 아니어도 좋으니 곁채에라도, 충성스럽고 굳센 사람, 자기와는 전혀 다른 사람, 방탕을 모르는 사람, 하지만 자기가 저지르는 모든 방탕한 짓을 목도하고 온갖 비밀을 알고 있으면서도 한결같은 충성심에서 모든 것을 눈감아주고 대들지 않을 사람, 무엇보다—현세에서나 내세에서나 절대로 자기를 비난하지 않고 그 무엇으로도 협박하지 않을뿐더러, 필요한 경우엔 자기를 보호해주기도 할 사람, 그런 사람이 있기를 원했지만—대체 누구로부터 보호해준단 말인가? 누구인지 알 수 없으나 아무튼 무섭고 위험한 어떤 사람으로부터일 것이다. 요컨대 문제는, 아픈 순간에 불러들여 그저 얼굴이나 한번 보고 어쩌면 아주 쓸데없는 무슨 얘기라도 몇 마디 나눌 수 있는, 오래전부터 친구처럼 지내온 다른 사람이 반드시 있어야 한다는 거였다. 만약 그 사람이 아무렇지도 않게 여겨 화를 내지 않는다면 어쩐지 마음이 한결 가벼워질 것이고, 화를 낸다면 뭐 그땐 더 우울해질 것이다. 실제로(아주 드물긴 했지만) 표도르 파블로비치가 밤중인데도 곁채로 가서 그리고리를 깨워 잠깐 오라고 하는 일도 있었다. 그가 오면 표도르 파블로비치는 그저 시시껄렁한 얘기를 시작하다가 곧바로 그를 돌려보내면서 어떨 땐 조롱과 농지거리까지 덧붙이기도 했으나, 정작 자신은 침을 퉤 뱉고 잠자리에 들어 마치 의로운 사람마냥 깊은 잠에 빠져들곤 했다. 알료샤가 돌아왔을 때도 이와 비슷한 어떤 일이 표도르 파블로비치에게 일어났다. 알료샤는 '함께 살면서 모든 것을 보면서도 아무것도 비난하지 않음'으로써 '그의 폐부를 찔렀다'. 더욱이 알료샤는 이제껏 없었던 것을 그에게 가져다주었다. 늙은이인 그를 조금도 경멸하지 않았을뿐더러, 오히려—그럴 자격이라고는 눈곱만큼도 없는 그에게 언제나 상냥하게 대했고, 더없이 자연스럽고 소박한 애정을 주었던 것이다. 가정이라고는 모르는 늙은 난봉꾼, 지금까지 오로지 '추악한 것'만을 좋아해온 그에게 이 모든 것은 전혀 예기치 못한 완전히 놀라운 선물이었다. 알료샤가 떠난 후, 그는 자기가 지금껏 이해하려고도 하지 않았던 무언가를 이해하게 되었음을 스스로 인정했다.

이미 내 이야기의 첫머리에서 언급했다시피, 그리고리는 표도르 파블로비치의 첫 부인이자 그의 장남 드미트리 표도로비치의 어머니인 아젤라이다 이바노브나를 증오한 반면, 그의 둘째 부인인 클리쿠샤 소피야 이바노브나는 자신의 주인뿐만 아니라 그녀에 대해 고약한 말이나 경솔한 말을 지껄이려고 생각하는 모든 사람에 맞서면서까지 감싸주었다. 이 불행한 여인에 대한 그의 동정은 어떤 신성한 것으로 변해, 이십 년이 지난 뒤에도 그는 상대가 누구든 그녀에 대해 무슨 고약한 암시라도 할라치면 도저히 참지 못하고 즉시 그 모욕자에게 대들 정도였다. 겉모습으로 판단하기에, 그리고리는 냉정하고 위엄 있고 과묵한 사람으로, 무게 있고 사려 깊은 말만 입 밖에 냈다. 그래서 그를 보고 첫눈에, 그가 말대꾸라곤 할 줄 모르는 순종적인 자기 아내를 사랑하는지 아닌지 알아내기란 불가능한 일이나 다름없었으나, 그는 정말로 아내를 사랑했고, 그녀도 물론 이 점을 잘 알고 있었다. 이 마르파 이그나치예브나는 결코 어리석은 여자가 아닐뿐더러, 어쩌면 자기 남편보다 더 현명하고 적어도 실생활과 관련된 일들에서는 판단력이 더 뛰어났으나, 그래도 신혼 때부터 그에게 군말 없이 고분고분 복종했고 그의 정신적인 우월함을 인정하며 무조건 존경해왔다. 주목할 점은, 이 두 사람이 평생 살면서 아주 불가피한 일상사를 제외하고는 서로 말을 주고받는 일이 무척 드물었다는 것이다. 진중하고 위엄 있는 그리고리는 자신의 모든 일과 근심거리를 언제나 혼자 곰곰 생각했으므로, 마르파 이그나치예브나는 남편이 자신의 조언 따윈 전혀 필요로 하지 않는다는 사실을 이미 오래전부터 확실히 깨달았다. 그녀는 남편이 자신의 침묵을 높이 평가하며, 그 때문에 자신을 현명한 여자로 인정해주는 거라고 느꼈다. 그가 그녀를 때리는 일은 절대로 없었는데, 꼭 한 번 그런 적이 있긴 했지만 그냥 살짝 손을 댄 정도였다. 아젤라이다 이바노브나와 표도르 파블로비치가 혼인한 첫해에, 한번은 시골에서 그 당시 아직 농노였던 마을 처녀들과 아낙네들이 주인 나리 댁의 뜰에 모여 노래를 부르고 춤을 춘 적이 있었다. 〈풀밭에서〉라는 춤곡이 시작되자 그때 아직 젊었던 마르파 이그나치예브나가 갑자기 합창단 앞으로 뛰어나가 '루스카야'를 별난 방식으로 추기 시작했는데, 아낙네들이 추는 시골식이 아니라, 전에 그녀가 부유한 미우소프 집안의 하녀였던 시절, 모스크바에서 불러온 춤 선생이 배우들을 훈련시키던 그 지주 댁의 가정극장에서 추어본 적 있는 춤이었다. 그리고리는 아내가 춤추는 모습을 보고 있다가 한 시간 뒤에 자신의 오두막으로 돌아가, 그녀의 머리채를 조금 잡아당기며 가르침을 베풀었다. 하지만 이로써 손찌검은 단 한 번에 영영 끝났고 평생 두 번 다시 되풀이되지 않았으며, 마르파 이그나치예브나도 이후에는 절대로 춤을 추지 않겠노라고 맹세했다.

하느님은 그들에게 자식을 주지 않았는데, 아이가 하나 생기긴 했지만 그나마도 죽고 말았다. 그리고리는 아이들을 좋아하는 것 같았고 그것을 숨기지도 않아서, 그런 내색을 하는 걸 부끄러워하지 않았다. 아젤라이다 이바노브나가 도망치자, 그는 세 살배기 어린애였던 드미트리 표도로비치를 제 손으로 거두어 거의 일 년 동안이나 열심히 돌봐주었고, 빗으로 손수 머리를 빗겨주고, 아이를 함지에 넣어 자기 손으로 목욕까지 시켰다. 나중에는 이반 표도로비치와 알료샤도 돌봐주었고 그 때문에 따귀까지 얻어맞았으나, 이건 이미 앞에서 다 한 이야기이다. 자신의 아이가 그에게 기쁨을 준 것은, 마르파 이그나치예브나가 아직 임신중이었을 때, 그저 희망 하나만으로였다. 정작 아이가 태어나자, 그의 가슴은 슬픔과 공포로 크나큰 충격을 받았다. 문제는 이 사내아이가 육손이로 태어났다는 거였다. 그것을 보고 그리고리는 너무나 상심한 나머지, 아이가 세례를 받는 날까지도 줄곧 입을 다물고 있었을 뿐만 아니라 입을 다물고 있으려고 일부러 정원으로 나가곤 했다. 때마침 봄이어서 그는 사흘 내내 정원의 채마밭에서 이랑을 팠다. 사흘째 되던 날 아이에게 세례를 주어야 했는데, 그리고리는 그동안 이미 뭔가 생각해둔 게 있었다. 교회 사람들이 모여 있고, 손님들이 와 있고, 대부가 되어줄 표도르 파블로비치까지 드디어 몸소 나타나 있던 오두막 안으로 들어서면서, 그는 이 아이에겐 '아예 세례를 줄 필요도 없다'고 갑자기 선언했는데—큰 소리로 선언한 것도, 자세히 설명한 것도 아니고, 말 한마디 한마디를 간신히 내뱉으면서 그저 멍한 표정으로 사제를 뚫어지게 바라보기만 했다.

"왜 그러시나?" 사제가 재미있다는 표정으로 놀라면서 물었다.

"이놈은…… 용龍이거든요……" 그리고리가 중얼거렸다.

"용이라니, 무슨 용?"

그리고리는 얼마 동안 말이 없었다.

"자연의 착란이 일어난 거지요……" 아주 아리송하게 중얼거리기는 했으나 어조는 매우 확고했고, 더는 장황하게 늘어놓고 싶지 않다는 눈치였다.

다들 잠시 웃음을 터뜨렸고, 가여운 아이는 물론 세례를 받았다. 그리고리는 세례반洗禮盤 옆에서 열심히 기도를 드렸지만 갓난아이에 대한 자신의 생각을 바꾸진 않았다. 그렇다고 뭘 절대 방해하지도 않았으나 다만 이 아픈 아이가 살아 있던 두 주일 내내 아이를 거의 쳐다보지 않았고, 아이의 존재를 의식하기조차 싫어해 대개는 오두막 밖으로 나가 있었다. 그러나 아이가 두 주일 후 아구창으로 죽었을 때는 제 손으로 아이를 조그만 관 속에 누이고 깊은 슬픔에 잠겨 아이를 바라보았으며, 아이의 그리 깊지 않은 작은 무덤이 흙으로 덮이자, 무덤 앞에 무릎을 꿇고 이마가 땅에 닿도록 절을 했다. 그로부터 긴 세월 동안 그는 한 번도 자기 아이에 대해 말하지 않았고, 마르파 이그나치예브나도 그가 있는 데서는 한 번도 아이 얘기를 꺼내지 않았는데, 행여 누구와 자기 '갓난이' 얘길 하게 되면 그리고리 바실리예비치가 그 자리에 없는데도 소곤소곤 귓속말로 하곤 했다. 마르파 이그나치예브나의 말에 따르면, 그는 이 무덤에서 돌아온 직후부터 주로 '하느님에 관한 것'에 몰두하기 시작해, 매번 자신의 커다랗고 둥근 은테 안경을 끼고 대개는 묵독으로 혼자서 순교자전을 읽었다. 부활제 전의 대재 기간이 아니면 소리 내어 읽는 일이 드물었다. 그는 「욥기」를 좋아했고, '신의 체득자體得者이신 우리의 교부님 이삭 시리아인人'*의 말씀과 설교 사본집을 어디서 구해와 여러 해 동안 끈기 있게 읽었는데, 내용은 거의 아무것도 이해하지 못했으나, 어쩌면 바로 그 때문에 이 책을 가장 높이 평가하고 사랑했는지도 모른다. 요 근래 와서는 이웃을 통해 우연히 알게 된 편신교에 귀를 기울이고 깊이 파고들기 시작해 보아하니 깊은 감동을 받은 듯하나, 새로운 종교로 개종하는 것은 적당하지 않다고 판단했다. '하느님에 관한 것'을 탐독하면서 그의 얼굴은 당연히 더욱더 위엄 있는 표정을 갖게 되었다.

아마도 그에게는 신비주의적인 성향이 있었던 것 같다. 그런데다 그의 육손이 갓난아이가 세상에 나왔다가 죽은 사건과 때를 같이해 마치 우연의 장난인 양 하필이면 또하나의 대단히 이상하고 해괴한 뜻밖의 사건이 일어났는데, 이 사건은 이후 어느 날 그 자신이 표현한 대로 그의 영혼에 깊은 '낙인'을 찍어놓았다. 그러니까 육손이였던 어린 것을 묻은 바로 그날, 마르파 이그나치예브나는 밤중에 잠이 깨었다가 갓난아이의 울음소리 같은 것을 듣게 되었다. 그녀는 깜짝 놀라 남편을 깨웠다. 그는 귀를 기울여 듣다가, 이건 아마 누군가 신음하는 것 같다, "아마 여자인 것 같다"라고 말했다. 그는 자리에서 일어나 옷을 걸쳤다. 꽤나 따스한 5월의 밤이었다. 현관 층계로 나와 귀를 기울이니,

* 7세기에 활동한 기독교 전도자, 고행자.

신음이 정원 쪽에서 나는 게 또렷이 들렸다. 그러나 정원은 밤 동안 마당 쪽에서 자물쇠를 채워두었고, 튼튼하고 높은 담장이 정원 전체에 쳐져 있어서 이 입구가 아니면 정원 안으로 들어올 수도 없었다. 그는 집으로 돌아와 초롱에 불을 켜고 정원 열쇠를 집어든 뒤, 아이의 울음소리가 들린다, 이건 분명 내 아이가 울면서 나를 부르는 거라고 여전히 우겨대며 히스테리에 걸린 듯 공포에 떨고 있는 아내를 내버려두고, 말없이 정원으로 갔다. 거기서 그는 신음이 쪽문에서 멀지 않은, 정원 한쪽에 있는 그들의 목욕탕에서 나고, 정말로 여자의 신음이라는 것을 똑똑히 알 수 있었다. 목욕탕 문을 연 그는 눈앞에 펼쳐진 광경을 보고 말뚝처럼 그 자리에 굳어버리고 말았다. 온 거리를 돌아다니고 있어서 이 도시 사람이라면 누구나 다 아는, 리자베타 스메르쟈샤야*라는 별명을 가진 이 도시의 유로지바야**가 그들의 목욕탕으로 몰래 들어와 방금 막 아이를 낳은 것이었다. 아이는 그녀 곁에 누워 있고, 그녀는 아기 곁에서 죽어가고 있었다. 그녀는 아무 말이 없었는데, 원래 말을 할 줄 모른다는 그 한 가지 이유 때문이었다. 하지만 이 모든 것은 별도의 설명이 필요할 듯싶다.

---

* 악취를 풍기는 여자라는 뜻.

** 여자 유로지브이.

II
리자베타 스메르자샤야

여기에는 한 가지 특별한 사정이 개입되어 있었는데, 이것은 그리고리가 전부터 품어왔던 어떤 불쾌하고 구역질나는 의심을 결정적으로 굳혀줌으로써 그에게 극심한 충격을 주었다. 이 리자베타 스메르자샤야는 키가 아주 작아서, 그녀가 죽은 뒤 우리 도시의 믿음 깊은 많은 노파가 자못 감동해 회상하곤 한 대로, '2아르쉰* 남짓'한 처녀였다. 스무살 난 그녀의 건강하고 넓적하고 불그레한 얼굴은 그대로 백치였다. 시선은 유순하나 움직임이 전혀 없어 불쾌감을 주었다. 그녀는 평생토록 여름이나 겨울이나 맨발에 삼베 윗도리 한 장만 걸치고 돌아다녔다. 거의 까만색인 머리털은 유난히 숱이 많고 양털처럼 곱슬곱슬해서 머리위에 흡사 무슨 커다란 모자라도 덮어쓴 것 같은 모습이었다. 게다가 머리털엔 언제나 흙이나 더러운 오물이 묻어 있고 작은 나뭇잎이나 나무 부스러기, 대팻밥 따위가 들러붙어 있었는데, 그건 그녀가 늘 땅바닥이나 진흙탕에서 잠을 자기 때문이었다. 그녀의 아버지 일리야는 집 한 칸 없이 몰락한데다 병으로 골골하는 소시민이었는데 주벽이 심했고, 이미 여러 해째, 역시 우리 도시의 소시민이긴 해도 돈이 많은 부유한 어느 주인들 집을 전전하며 품팔이꾼처럼 붙어살고 있었다. 리자베타의 어머니는 오래전에 죽었다. 늘 병을 달고 살고 성격이 포악한 일리야는 리자베타가 집에 오기만 하면 인정사정없이 두들겨 팼다. 그러

---

* 1아르쉰은 약 71센티미터에 해당한다.

나 그녀는 온 도시를 돌아다니며 하느님의 사람인 유로지바야로 살았기 때문에 집에 가는 일이 드물었다. 일리야의 주인들도, 일리야 자신도, 게다가 주로 상인들과 그들의 마누라들이었던 우리 도시의 동정심 많은 사람들까지 다수 합세해 리자베타에게 윗도리 속옷 한 장보다는 좀 점잖게 옷을 입히려고 여러 번 시도했고, 겨울이 다가오면 언제나 그녀에게 털 외투를 입히고 발에는 장화를 신겨주었다. 하지만 그녀는 사람들이 옷을 입혀주는 대로 대개는 가만히 있다가, 주로 큰 성당의 현관 같은 어딘가로 가서는 자신에게 베풀어준 모든 것을—머릿수건이든, 치마든, 털 외투든, 장화든—죄다 벗어 그 자리에 둔 채, 전처럼 맨발에 윗도리 한 장만 걸치고 가버리곤 했다. 한번은 우리 현의 신임 지사가 우리 소도시를 잠깐 시찰하다가 리자베타를 보고 고상하기 그지없는 감정에 심한 손상을 입은 적이 있었는데, 보고를 듣고 이 여자가 유로지바야라는 것을 알게는 되었지만, 그래도 젊은 처녀가 윗도리 속옷 한 장만 걸치고 돌아다니는 것은 미풍양속을 해치니 앞으로는 그런 일이 없도록 하라고 훈시했다. 하지만 지사가 떠나자, 사람들은 리자베타를 그냥 전처럼 내버려두었다. 마침내 그녀의 아버지가 죽어 고아가 된 그녀는 우리 도시의 신앙심 깊은 모든 사람에게서 더욱 사랑을 받게 되었다. 사실 다들 그녀를 좋아하기까지 하는 듯 보였는데, 사내아이들, 특히 초등학교에 다니는 우리 사내아이들은 짓궂은 장난질을 좋아하는 족속이지만, 그애들조차 그녀를 놀리거나 모욕하는 일이 없었다. 그녀가 모르는 사람들의 집에 들어가도 누구 하나 그녀를 내쫓기는커녕, 오히려 상냥하게 대하면서 동전을 쥐여주곤 했다. 동전을 주면, 그녀는 곧장 그걸 가지고 가서 성당이나 형무소의 헌금함 같은 데다 집어넣었다. 시장에서 둥근 가락지 빵이나 흰 빵을 주어도 꼭 그걸 가지고 가다가 처음 만나는 아이에게 주거나, 아니면 우리 도시의 어떤 제일 부잣집 마님을 세워서는 건네주곤 했고, 마님도 그걸 받으며 기뻐하기까지 했다. 그녀 자신은 검은 빵과 물 이외엔 아무것도 먹지 않았다. 가끔 그녀가 부유한 상점에 들어와 앉을 때면, 거기에 아무리 값비싼 물건이며 돈이 놓여 있어도 주인들은 그녀를 전혀 경계하지 않았고, 설령 수천금을 그녀가 있는 데다 내놓고 깜박 잊는다 해도 동전 한 닢 가져갈 염려조차 없다는 것을 잘 알고 있었다. 그녀가 교회에 가는 일은 드물었고, 잠은 교회 현관이나 아니면 뉘 집 바자울을(우리 도시에는 오늘날까지도 담장 대신에 바자울을 쳐둔 집이 많다) 기어넘어가 어디 채마밭에서 잤다. 집에는, 그러니까 세상을 뜬 아버지가 살았던 주인들 집에는 일주일에 한 번 정도 나타나곤 했지만 겨울에는 날마다 왔는데, 그건 오로지 밤을 지내기 위해서였고, 현관이나 외양간에서 잠을 잤다. 사람들은 그녀가 그런 생활을 견디는 것에 놀라워했지만, 그녀는 이미 거기에 익숙했고, 게다가 키는 비록 작았으나 체격만큼은 유난히 튼튼했다. 우리 도시의 어떤 신사 양반들은 그녀가 이러는 게 다 오만함 때문이라고 주장했지만, 그건 어딘가 맞지 않는 얘기였다. 말도 한마디 할 줄 모르고 간간이 어떻게 혀를 굴려 송아지 울음소리를 내는 게 고작인데, 이런 마당에 오만함이 다 뭔가. 그런데 한번은 (꽤 오래된 일인데) 보름달이 휘영청 밝은 따뜻한 9월 어느 날 밤, 우리로서는 이미 아주 늦었다고 해야 할 시각에, 흥청망청 환락을 즐긴 수완 좋은 우리 신사들 패거리 대여섯 명이 술에 취해 클럽에서 나와 '뒷길로 해서' 집으로 돌아가던 중이었다. 골목 양쪽으로 바자울이 쳐져 있고,

그 뒤로는 서로 경계를 맞대고 있는 집들의 채마밭이 이어졌다. 골목은 우리가 습관적으로 이따금 시내라고 부르기도 하는, 우리 도시의 악취 나는 긴 웅덩이를 가로지르는 조그만 다리 쪽으로 나 있었다. 이 패거리는 바자울 옆, 쐐기풀과 우엉 속에서 리자베타가 잠을 자고 있는 것을 발견했다. 술 취한 신사들은 걸음을 멈춘 채 그녀를 내려다보고 연방 킬킬거리면서, 온갖 외설스러운 농담을 마구 지껄이기 시작했다. 그때 어느 도련님의 머릿속에, 도저히 있을 수 없는 주제에 대한 해괴망측한 질문이 갑자기 떠올랐다. '누구든 저런 짐승을 여자로 다룰 수 있을까, 가령 지금 당장이라도 등등.' 다들 구역질이 난다는 듯 거드름을 피우며, 그럴 수 없다고 결론지었다. 하지만 이 패거리에 마침 표도르 파블로비치가 끼여 있었는데, 그가 단박에 앞으로 튀어나오더니, 여자로 다룰 수 있다, 얼마든지 그럴 수 있을 뿐만 아니라, 아주 자극적인 특별한 맛까지도 있다, 어쩌고 하는 결론을 내놓았다. 사실, 그 무렵 그는 우리 도시에서 지나치게 열심히 어릿광대 역을 자청하면서, 어디든 툭 튀어나와 신사 양반들을 즐겁게 해주길 좋아했는데, 물론 겉으로는 대등해 보였지만 실제로 그들 눈엔 완전히 상놈이나 다를 바 없었다. 이것은 그가 페테르부르크로부터 첫번째 부인 아젤라이다 이바노브나의 사망 소식을 들은 바로 그때였고, 모자에 상장을 단 채 술을 마시고 심한 추태를 부려 우리 도시의 어떤 사람들, 심지어 더없는 난봉꾼들조차 그 꼴을 보고 상을 찌푸리곤 하던 때의 일이었다. 물론 패거리는 이 뜻밖의 견해에 요란스레 웃음을 터뜨렸다. 이 패거리 중 어느 누군가는 심지어 표도르 파블로비치를 부추기기 시작했으나, 나머지 사람들은 비록 여전히 아주 신나 있긴 했지만 그래도 점점 더 세차게 침을 퉤 퉤 뱉어대다가 마침내 다들 제 갈 길로 흩어져 갔다. 나중에 표도르 파블로비치는 자기도 그때 나머지 사람들과 다 함께 그 자리를 떴다고 맹세하곤 했다. 어쩌면 정말로 그랬을 수도 있는데, 이것은 지금 아무도 정확하게 모르고 또 전에도 결코 알 수 없었던 일이지만, 대여섯 달 뒤 우리 도시의 모든 사람은 진심으로 격분하여 리자베타가 배가 부른 채 돌아다니고 있다고 수군거리기 시작했고, 대체 어떤 놈이 이런 몹쓸 죄를 저질렀는지, 어떤 몹쓸 놈이 욕을 보였는지 수소문하며 알아내려고 애썼다. 그런데 바로 그때 갑자기, 욕을 보인 그놈이 바로 표도르 파블로비치라는 해괴한 소문이 온 도시에 쫙 퍼진 것이다. 어디서 이 소문이 생겨난 것일까? 그때 같이 놀았던 패거리 중 마침 그 무렵 도시에 남아 있던 가담자는 단 한 명뿐이었는데, 과년한 딸들을 둔 가장에다 나이 지긋하고 존경받을 만한 5등 문관*으로, 설사 그런 일이 있었다 해도 결코 소문을 퍼뜨리고 다닐 사람은 아니었다. 다섯 명쯤 되는 나머지 가담자들은 그 당시 이미 뿔뿔이 흩어지고 없었다. 그러나 소문은 표도르 파블로비치를 똑바로 지목하고 있었고, 계속 끈질기게 그를 지목했다. 물론 그는 이에 대해 그다지 항변하려 들지도 않았다. 무슨 시시한 장사치들이나 소시민 따위에게 대꾸하러 나설 생각은 없었을 것이다. 그 무렵 그는 오만했고, 그가 그토록 열심히 즐겁게 해주고 있던 관리와 귀족 무리가 아니면 말상대도 하지 않았다. 그런데 바로 이때 그리고리가 분연히 온 힘을 다해 자신의 주인 나리 편을 들고 나서

* 1722년 표트르 1세에 의해 확립되어 1917년 혁명 때까지 대체로 그 골격을 유지했던 러시아 관등 체계는 총 14관등으로 이루어져 있었다. 14등관이 제일 낮았고, 동일 관등에서는 무관이 문관보다 높은 대우를 받았다.

서 이 모든 비방에 맞서 그를 옹호했을 뿐만 아니라, 그를 위해 욕설과 언쟁까지 마다하지 않으면서 많은 사람의 확신을 바꾸어놓았다. "제 년이, 그 천한 년이, 잘못한 거지"라고 그는 자신 있게 말하면서, 욕을 보인 놈은 다름아닌 '나사못 카르프'(이것은 당시 이 도시에서 모르는 사람이 없던 유명한 죄수의 별명으로, 그는 현의 감옥을 탈출해 몰래 우리 도시에서 살고 있었다)라고 했다. 이 추측은 그럴듯해 보였으니 사람들은 카르프를 기억하고 있었고, 특히 그해 초가을 문제의 바로 그 며칠 밤 동안 그가 도시를 배회하며 세 명에게 강도짓을 저지른 일을 기억하고 있었기 때문이다. 그러나 이런 사건과 온갖 소문도 불쌍한 유로지바야에 대해 다들 품고 있던 동정을 앗아가진 못했으며, 사람들은 오히려 더욱더 그녀를 지켜주고 보호하게 되었다. 콘드라치예바라는 어느 부유한 상인의 미망인은 리자베타를 4월 말부터 자기 집에 데려다놓고 해산할 때까지 내보내지 않도록 조치해두기까지 했다. 다들 거의 눈도 붙이지 않고 감시했지만, 그 엄중한 감시에도 불구하고 리자베타는 결국 마지막 날 저녁에 갑자기 콘드라치예바 집을 몰래 빠져나가 표도르 파블로비치의 정원에 나타났다. 그녀가 그런 몸으로 어떻게 그 높고 견고한 정원 담장을 기어 넘을 수 있었는지는 일종의 수수께끼로 남고 말았다. 누구는 그녀를 "사람들이 옮겨주었다"고 했고, 누구는 "귀신이 옮겨주었다"고 주장했다. 그러나 가장 그럴듯한 추측은, 이 모든 것이 대단히 기이하긴 하지만 자연스러운 방식으로 이루어졌으며, 밤을 지내기 위해 바자울을 넘어 남의 집 채마밭으로 기어들어갈 줄 아는 리자베타인 만큼, 표도르 파블로비치의 담장 위로도 어찌어찌 몰래 올라가서는 자기 몸에 해가 되는 일인데도 몸 상태를 생각하지 않고 정원으로 껑충 뛰어내렸으리라는 것이다. 그리고리는 마르파 이그나치예브나에게 황급히 달려가 리자베타를 돕도록 보내고, 자신은 마침 멀지 않은 곳에 살고 있던 소시민인 산파 할멈을 부르러 달려갔다. 아이의 목숨은 건졌으나, 리자베타는 동틀녘에 죽었다. 그리고리는 아이를 받아 집으로 데려와서 아내를 앉히고, 그녀의 무릎 위에, 바로 젖가슴 가까이에 아이를 내려놓았다. "고아는 하느님의 아이라서 누구한테나 친척이 되지, 특히 나하고 임자한텐. 이 아이는 죽은 우리 애가 보내준 거네. 하지만 악마의 자식과 의로운 여자 사이에서 태어난 애야. 잘 키우게, 앞으론 울지 말고." 그리하여 마르파 이그나치예브나는 아이를 기르게 되었다. 그들은 아이에게 세례를 받게 하고 파벨이라는 이름을 붙여주었으나, 부칭은 누가 그러라고 한 것도 아닌데 다들 자연스레 표도로비치라고 부르기 시작했다. 표도르 파블로비치는 아무 반대도 하지 않고 오히려 이 모든 것을 재미있어했지만, 그러면서도 계속 자기는 모든 일과 아무 상관 없다고 극구 부인했다. 우리 도시 주민들은 그가 업둥이를 거둔 것을 좋아했다. 후에 표도르 파블로비치는 업둥이에게 성까지 지어주었는데, 아이 어머니 리자베타의 별명인 스메르쟈샤야를 따서 스메르쟈코프라고 불렀다. 바로 이 스메르쟈코프가 표도르 파블로비치의 두번째 하인이 되어, 우리의 이야기가 시작될 무렵 그리고리 영감, 마르파 할멈과 함께 곁채에 살고 있었던 것이다. 그는 요리사의 일을 맡고 있었다. 그에 대해서도 뭔가 특별히 더 얘기해둬야겠지만, 이토록 평범한 하인들을 가지고 내 독자들의 주의를 너무 오래 붙잡아두는 것도 나로서는 면목이 없으므로, 스메르쟈코프에 대해서는 앞으로 이야기가 진행되는 동안 어떻게든 자연스레 더 얘기할 기회가 오길 기대하면서, 나의 이야기로 넘어가기로 한다.

III
열렬한 마음의 고백. 시의 형식으로

알료샤는 아버지가 수도원을 떠나면서 마차에서 자기에게 큰 소리로 외친 명령을 듣고 몹시 어리둥절해 한동안 그 자리에 그대로 서 있었다. 그러나 그저 장승처럼 서 있었다는 얘기는 아니고, 그런 일은 그에게 일어나지도 않았다. 오히려 그는 무척 불안한 가운데도 즉시 수도원장의 부엌으로 가서 자기 아버지가 위에서 무슨 일을 저질렀는지 자세히 알아보았다. 하지만 그런 다음엔, 자신을 괴롭혀온 문제가 길을 가는 도중에 어떻게든 해결되길 간절히 바라면서 시내를 향해 출발했다. 미리 말해두지만, 아버지의 고함과 '베개와 요까지 싸들고' 집으로 옮겨오라는 명령에 대해서 그는 조금도 두려워하지 않았다. 집으로 들어오라고 다들 들으라는 듯 그렇게 과시적으로 외친 명령이 '몰입 상태에서', 심지어는 이른바 미美를 위해 내려진 것임을 그는 너무나 잘 알고 있었고—이것은 마치 얼마 전에 그들이 사는 도시의 어느 소시민이 자신의 명명일에 술을 진탕 마시고는 자기에게 보드카를 더 주지 않는다고 손님들이 있는 자리에서 마구 화를 내면서 갑자기 자신의 그릇을 깨고 자신과 아내의 옷을 찢고 자기 집 가구를 부수고 마침내 집 안의 유리창까지 깨부수기 시작한 것과도 흡사했는데, 이 모든 것 역시 미적인 광채를 노린 것이었으며, 이와 똑같은 모든 일이 지금 아버지에게도 일어난 것이었다. 물론 진탕 취했던 이 소시민은 이튿날 술이 말짱하게 깨자, 부숴버린 찻잔이며 접시 들을 무척 아까워했다. 알료샤는 노인도 내일이면 분명 자기를 수도원으로 도로 보내줄 것이고, 어쩌면 오늘 중으로라도 보내줄지 모른다는 것을 알고 있었다. 더욱이 그는 아버지가 다른 사람한테라면 몰라도 자기한테 모욕을 주고 싶어할 리는 없다고 굳게 믿고 있었다. 알료샤에겐 이 세상천지 어느 누구도 절대로 그를 모욕하고 싶어하지 않을 것이며, 그러고 싶어하지 않을 뿐만 아니라 그럴 수도 없다는 확신이 있었던 것이다. 이것은 그에게 논의의 여지도 없이 단번에 영원히 주어진 공리였고, 이런 의미에서 그는 어떤 흔들림도 없이 앞으로 나아가고 있었다.

그러나 이 순간 그의 가슴속에는 완전히 다른 종류의 두려움이, 자신도 뭐라고 분명히 정의할 수 없어 더욱 고통스러운 어떤 다른 두려움이 꿈틀대고 있었는데, 그것은 다름아니라 여자에 대한 두려움, 아까 호흘라코바 부인 편에 쪽지까지 보내 무슨 일이 있으니 자기에게 꼭 와달라고 절박하게 애원하던 바로 그 카체리나 이바노브나에 대한 두려움이었다. 이 요구, 그리고 반드시 가봐야 한다는 생각이 그의 마음속에서 대번에 어떤 고통스러운 느낌을 불러일으켰으며, 그뒤 수도원에서, 또 방금 수도원장의 거처 등등에서 그 모든 소동과 엽기적인 일들이 벌어졌음에도 불구하고, 이 느낌은 아침나절 내내 시간이 가면 갈수록 그의 내면에서 더욱더 심하고 더욱더 고통스럽고 아프게 자라났다. 그녀가 자기에게 무슨 말을 꺼낼지, 그녀에게 뭐라고 대답해야 할지 몰라서 두려운 게 아니었다. 그녀가 여자라서 두려운 것도 아니었다. 물론 여자들을 잘 알지는 못했으나, 그래도 아주 어렸을 적부터 수도원에 들어오기 직전까지 평생 여자들하고만 함께 살아온 터였다. 그가 두려워하는 것은 바로 이 여자, 다름아닌 카체리나 이바노브나 자체였다. 그는 그녀를 처음 본 바로 그때부터 그녀가 두려웠다. 그녀를 본 건 고작 한두 번, 어쩌면 세 번에 불과했고, 어쩌다 한 번 우연히 몇 마디 말을 나눈 게 다였다. 그의 기억에 떠오르는 그녀의 모습은 아름답고 오만하고 위엄 있는 아가씨였다. 그러나 그를 괴롭히는 것은 그녀의 아름다움이 아니라, 다른 무엇이었다. 그리고 자신의 공포를 설명할 수 없다는 바로 그 사실이 지금 그의 마음속에서 이 공포를 한층 더 강하게 만들고 있었다. 이 아가씨의 목적은 더없이 고결한 것이었고, 그도 그것을 아는 바였다. 그녀는 자신에게 이미 잘못을 범한 그의 형 드미트리를 구하려 애쓰고 있었으며, 그 노력은 오로지 관대한 마음에서 나온 것이었다. 하지만 그 사실을 잘 알고 있고 이 모든 아름답고 관대한 감정이 옳다는 걸 전적으로 인정하면서도, 그녀의 집이 가까워질수록 그는 등골이 서늘해졌다.

그는 그녀와 아주 가까운 사이인 형 이반 표도로비치가 그녀의 집에 와 있지는 않을 거라고 생각했다. 지금 이반 형은 분명 아버지와 함께 있을 것이다. 드미트리는 더더구나 와 있지 않을 것이다. 그는 왠지 그런 예감이 들었다. 그러니 단둘이 있는 데서 대화를 하게 될 것이다. 이 숙명적인 대화에 앞서 그는 잠깐이라도 드미트리 형을 꼭 만나고 싶었고, 그에게 달려갔다 왔으면 하는 마음이 간절했다. 그 편지를 보여주지 않더라도 형과 뭔가 말을 나눌 수는 있을 터였다. 그러나 드미트리 형은 먼 곳에 살았고, 필시 지금 집에 있지도 않을 것이다. 일 분쯤 그 자리에 서 있다가 그는 마침내 최종적으로 결심을 굳혔다. 몸에 익은 빠른 동작으로 성호를 긋고 왠지 금세 미소까지 짓더니, 그는 확고한 걸음으로 그 무서운 숙녀의 집을 향해 걷기 시작했다.

그는 그녀의 집을 알고 있었다. 하지만 볼샤야 거리로 나가 그다음에 광장을 지나고 어쩌고 하자면 꽤나 먼 길이 될 법했다. 우리의 크지 않은 도시에는 집들이 여기저기 아주 흩어져 있었고, 어떤 땐 그 사이의 거리가 상당히 멀었다. 더구나 아버지가 그를 기다리고 있고, 어쩌면 아직 자신의 명령을 잊지 않고 무슨 변덕을 부릴지도 모르니, 이곳저곳에 다 늦지 않으려면 서둘러야 했다. 이런저런 궁리 끝에 뒷길로 질러가기로 마음먹었는데, 그는 이 조그만 도시의 모든 길을 제 손바닥처럼 훤히 꿰고 있었다. 뒷길로 간다는 것은, 거의 길도 나 있지 않은 데를 인기척이 없는 담장을 따라 때로는 심지어 남의 집 바자울을 넘기도 하고 남의 집 뜰을 통과하기도 해야 한다는 말이었는데, 물론 남의 집이라고는 해도 누구나 그를 알고 있었고 다들 그와 인사를 나누는 사이였다. 이렇게 해서 그는 갑절이나 빠르게 볼샤야 거리로 나갈 수 있었다. 도중에 어느 한 곳에서는 심지어 아버지 집과 아주 가까운 데를, 그러니까 아버지의 정원과 맞붙어 있는, 네 개의 창문이 난 낡고 기울어진 어느 조그만 집의 정원을 지나야만 했다. 이 작은 집의 주인은 알료샤가 알기로는 도시의 소시민으로 다리를 못 쓰는 노파였는데, 함께 살고 있는 딸은 예전에 수도에서 개화된 하녀 노릇을 하며 얼마 전까지만 해도 장군 댁 같은 데만 돌아다닌지라, 지금은 노파의 병 때문에 집에 온 지 벌써 일 년이나 됐는데도 여전히 화려한 옷차림을 뽐내며 다녔다. 그런데 이 노파와 딸은 지독한 가난에 빠진 처지여서, 심지어 수프와 빵을 얻기 위해 이웃인 표도르 파블로비치 집 부엌에 매일같이 드나들고 있었다. 마르파 이그나치예브나는 기꺼이 그들에게 먹을 것을 퍼주었다. 하지만 딸은 수프를 얻으러 오면서도 자신의 옷가지는 하나도 내다팔지 않았는데, 그중 한 벌에는 아주 긴 꼬리까지 달려 있었다. 이 마지막 얘기는 알료샤가, 이 도시에서 일어나는 일이라면 무엇 하나 모르는 게 없는 자신의 친구 라키친에게서 물론 아주 우연히 들은 것이지만, 듣고는 당연히 금세 잊고 말았다. 그러나 지금 이웃집 정원 옆까지 오자 문득 그 꼬리 얘기가 떠올라, 생각에 잠겨 숙이고 있던 머리를 번쩍 들어올린 순간…… 이런 데서 만나리라곤 전혀 예기치 못했던 사람과 갑자기 마주친 것이다.

바자울 너머 이웃집 정원에서 뭔가에 발을 딛고 서서 그의 형 드미트리 표도로비치가 몸을 가슴팍까지 쑥 내민 채 그에게 열심히 손짓해 부르면서 오라는 시늉을 하고 있었는데, 소리를 지르는 건 물론이고 누가 들을까봐 소리 내어 말하는 것조차 두려운 듯했다. 알료샤는 단박에 울타리 쪽으로 달려갔다.

"네가 이쪽으로 돌아봤기에 망정이지, 하마터면 네게 소리지를 뻔했다." 드미트리 표도로비치가 반가워하면서 다급하게 속삭였다. "이리 넘어와! 얼른! 아, 네가 오다니, 정말 잘됐다. 막 네 생각을 하고 있었거든……"

알료샤도 역시 반가웠으나, 그저 울타리를 어떻게 넘어야 할지 몰라 머뭇거리고 있었다. 하지만 '미챠'가 용사처럼 억센 손으로 그의 팔꿈치를 붙잡고 뛰어넘는 것을 도와주었다. 알료샤는 수도복 자락을 걷어 올리고, 맨발로 거리를 뛰어다니는 사내아이들처럼 잽싸게 울타리를 뛰어넘었다.

"자, 와라, 가자!" 미챠의 입에서 기쁨에 들뜬 속삭임이 터져나왔다.

"어디로요?" 알료샤도 이렇게 속삭이며 사방을 둘러보았으나, 그들 두 사람 말고는 아무도 없는 텅 빈 정원만 보일 따름이었다. 정원은 자그마했지만, 주인 노파의 집은 그들에게서 적어도 오십 보는 떨어져 있었다. "여긴 아무도 없는데, 형은 왜 소곤거려요?"

"왜 소곤거리느냐고? 아, 젠장." 드미트리 표도로비치가 갑자기 목청껏 소리쳤다. "그래, 내가 왜 소곤거리지? 뭐, 너도 보듯이, 인간의 본성이란 갑자기 이런 어이없는 짓을 할 수도 있단다. 나는 여기 몰래 숨어서 비밀을 감시하는 중이거든. 그 설명은 나중에 하고, 아무튼 비밀이라고 생각하다보니 갑자기 비밀스레 말하게 됐고, 그럴 필요가 없는데도 바보처럼 소곤거리고 있는 거야. 가자! 거기로! 그때까진 잠자코 있어. 너한테 입을 맞추고 싶구나!

세상의 가장 높으신 분께 영광,
내 마음속의 가장 높으신 분께 영광!*

지금 네가 오기 바로 전에 난 여기 앉아서 이걸 되뇌고 있었단다……"

정원은 1제샤치나** 남짓한 크기로, 네 면의 울타리를 따라 정원 가장자리에만—사과나무, 단풍나무, 보리수, 자작나무 같은 수목들이 심어져 있었다. 정원의 가운데는 텅 빈 풀밭으로, 여름이면 여기서 몇 푸드***

---

* 「누가복음」 2:14의 변형일 듯하다.

** 1제샤치나는 1.092헥타르, 즉 10,920제곱미터에 해당한다.

*** 1푸드는 약 16.38킬로그램에 해당한다.

의 건초를 베어 들이곤 했다. 봄이 되면 여주인은 몇 루블을 받고 정원을 빌려주기도 했다. 나무딸기, 구스베리, 까치밥나무 이랑도 있었는데, 모두 울타리 주위에 자리했다. 하지만 바로 집 가까이에 있는 채소 이랑은 최근에 만든 것이었다. 드미트리 표도로비치는 손님을 집 건물에서 가장 멀리 떨어진 정원 한구석으로 데려갔다. 거기에는 갑자기, 빽빽이 서 있는 울창한 보리수, 그리고 까치밥나무, 넓은 잎 딱총나무, 까마귀밥나무, 라일락 등 고목 덤불 사이에서 너무 낡아 폐허처럼 보이는 녹색 정자가 모습을 드러냈는데, 색은 이미 거무죽죽해지고 형체가 기운데다 벽은 격자로 되어 있었으나, 지붕이 남아 있어 그런대로 아직 비는 피할 수 있었다. 정자가 언제 지어졌는지는 알 길이 없지만, 전해오는 이야기에 따르면 오십 년쯤 전에 당시 그 집의 소유주였던 알렉산드르 카를로비치 폰 슈미트라는 퇴역 중령이 세웠다고 한다. 그러나 이미 모든 것이 삭을 대로 삭아서 마룻바닥은 썩고 널쪽은 죄다 들썩이고 재목에선 눅눅한 곰팡내가 났다. 정자 안에는 바닥에 고정시킨 녹색 나무 탁자가 하나 있고, 그 주위로는 아직 앉을 만한, 마찬가지로 녹색인 긴 나무의자들이 놓여 있었다. 알료샤는 형이 환희에 취해 있다는 걸 이내 알아차렸지만, 정자에 들어가보니 조그만 탁자 위에 코냑 반병과 작은 술잔이 놓여 있었다.

"코냑이야!" 미챠가 껄껄 웃기 시작했다. "뭘 그리 쳐다보냐. '또 술타령이구나' 싶지? 허상을 믿지 마.

공허하고 거짓된 무리를 믿지 말며,
네 마음속의 의혹을 잊을지니……*

나는 술타령을 하는 게 아냐, 그 돼지 새끼 같은 네 친구 라키친 말마따나 '음미'하고 있는 거지. 그 자식은 앞으로 5등관이 돼서도 여전히 '음미한다'고 지껄이겠더라. 앉아라. 나는 말이다, 알료쉬카, 널 붙잡고 으스러지도록 가슴에 꽉 껴안고 싶구나, 왜냐하면 온 세상에서…… 정말로…… 정-말-로…… (잘 알아둬라! 잘 알아둬!) 너 하나만 사랑하니까!"

마지막 구절을 말할 때 그는 거의 열광한 상태였다.

"너 하나만, 아니 또하나가 있군, 그 '더러운 년', 난 그년한테 반해서 신세까지 망쳤으니. 하지만 반한다는 게 사랑한다는 뜻은 아냐. 증오하면서도 반할 수 있거든. 잘 들어둬라! 지금은 아직 명랑한 기분으로 얘기하고 있으니까! 자, 여기 탁자 앞에 앉아라, 나는 곁에서 네 얼굴을 보며 모든 걸 얘기하마. 너는 아무 말 않고 듣기만 하고, 난 모든 걸 얘기하마, 이제 그럴 때가 됐으니까. 하지만 말이다, 내 생각엔 정말 작은 소리로 얘기해야 할 것 같다, 여긴…… 여긴…… 전혀 예상치 못한 귀들이 열려 있을 수도 있거든. 죄다 설명하마, 이런 말이 있잖냐, '앞으로 계속됨'이라고 말이다. 왜 나는 너를 그토록 만나고 싶어했을까, 왜 나는 지금 너를, 요 며칠 내내, 그리고 방금도 그렇게 애타게 기다렸을까? (내가 여기 닻을 내린 지도 벌써 닷새째야.) 요 며칠 동안 내내? 왜냐하면 오직 너 한 사람한테만 모든 걸 얘기하고 싶어서야. 왜냐하면 그래야 하니까, 왜냐하면 네가 필요하니까, 왜냐하면 내일이면 나는 구름에

* 네크라소프의 시 「망상의 어둠에서……」의 한 구절.

서 뛰어내릴 테니까, 왜냐하면 내일이면 삶이 끝나고 다시 시작될 테니까. 넌 산꼭대기에서 구덩이로 떨어져본 적 있냐? 아니, 꿈에서라도 본 적 있냐? 그런데 말이다, 난 지금 꿈속에서 날고 있는 게 아냐. 그래도 두렵진 않아, 그러니 너도 두려워할 것 없다. 사실 두렵긴 하지만 달콤해. 그러니까 달콤하다기보다는 황홀해…… 하지만 젠장, 뭐든 상관없어. 강한 정신이든, 약한 정신이든, 여자 같은 정신이든—아무려면 어때! 우리는 자연을 찬양하자고. 봐라, 햇빛이 아직 얼마나 많고, 하늘이 얼마나 청명하고, 나뭇잎은 아직 푸르기만 하고, 아직도 한여름이구나, 오후 세시가 조금 지난 시각의 이 고요함! 그런데 어디 가던 길이냐?"

"아버지한테요, 하지만 먼저 카체리나 이바노브나에게 들를 참이었어요."

"그 여자와 아버지한테! 햐! 제대로 들어맞는구나! 그래, 내가 무엇 때문에 널 불렀고, 무엇 때문에 널 원했고, 무엇 때문에 내 영혼의 구석구석까지, 심지어 갈비뼈 한 대 한 대까지 널 사무치게 그리워하고 애타게 기다렸겠냐? 바로 너를 아버지한테 나 대신 보내고, 그다음엔 그 여자, 카체리나 이바노브나한테 보내서, 그 여자하고도 아버지하고도 결판을 짓고 싶어서였어. 난 천사를 보내고 싶었던 거야. 아무라도 보낼 수 있겠지만, 난 천사를 보내야만 했거든. 그런데 너도 마침 그 여자한테, 그리고 아버지한테 가는 길이라니."

"정말 날 보내려고 했던 거예요?" 알료샤의 얼굴에 고통스러운 표정이 떠오르면서 이런 말이 튀어나왔다.

"가만, 너도 알고 있었구나. 보아하니, 넌 모든 걸 대번에 알아차린 것 같은데. 하지만 아무 말 말아줘, 아직은 아무 말도 말아다오. 날 동정하지도, 울지도 말고!"

드미트리 표도로비치는 자리에서 일어나더니 생각에 잠겨 손가락을 이마에 갖다댔다.

"그 여자 쪽에서 널 불렀구나, 네게 편지나 뭔가를 써 보냈을 거고, 그래서 그 여자한테 가는 길이었겠지. 그렇지 않고서야 네가 거길 갈까?"

"여기 쪽지가 있어요." 알료샤는 주머니에서 쪽지를 꺼냈다. 미챠는 재빨리 그것을 훑어보았다.

"그래서 네가 뒷길로 들어섰다니! 오, 신들이시여! 이 녀석을 뒷길로 가게 하시어 저와 마주치게 해주신 것에 감사하옵니다, 이건 꼭 늙은 바보 어부한테 황금 물고기가 걸려들었다는 동화* 같구나. 들어봐라, 알료샤, 들어봐, 아우야. 이제 나는 기어코 모든 걸 말할 작정이다. 누구한테든 말을 해야 하거든. 하늘의 천사에겐 이미 말했다만, 지상의 천사에게도 말해야지. 넌 지상의 천사야. 잘 듣고 판단해서 용서해주는 거야…… 내게 필요한 건 드높은 누군가한테서 용서받는 거니까. 들어봐라, 만약 두 존재가 갑자기 지상의 모든 것과 관계를 끊고 아주 이상한 것 속으로 날아간다면, 혹은 적어도 그들 중 한 사람이라도 그런다면, 그리고 영영 날아가버리거나 파멸하기 전에 다른 사람에게 와서 이것 이것을 해달라고, 임종시가 아니면 누구에게도 절대 부탁할 수 없는 그런 것을 해달라고 말한다면—그 사람이 정말 그걸 들어주지 않을 수 있을까…… 그가 친구라면, 형제라면?"

---

* 푸쉬킨의 동화 「어부와 물고기 이야기」를 염두에 둔 것이다.

"나라면 들어주겠어요, 하지만 그게 뭔지 말해줘요, 어서요." 알료샤가 말했다.

"어서라…… 흐음, 서두르지 마라, 알료샤. 서두르는 걸 보니 불안한 모양이구나, 이제 서두를 것 없다. 이제 세계가 새로운 길로 들어섰으니까. 아, 알료샤, 네 생각이 황홀의 경지에 이르지 못한 게 안타깝구나! 아니, 내가 무슨 소릴 하고 있지? 네 생각이 거기엔 이르지 못했다니! 내가 무슨 소릴 하는 거야, 머저리같이.

인간이여, 고결할지니!*

이게 누구의 시더라?"

알료샤는 기다리기로 결심했다. 자기가 해야 할 일이 사실 여기 앉아 있는 게 다일지도 모른다고 깨달은 것이다. 미챠는 팔꿈치를 탁자에 괴고 손바닥으로 머리를 받친 채 잠시 생각에 잠겼다. 둘 다 말이 없었다.

"료샤,"** 하고 미챠가 말했다. "너만은 비웃지 않겠지! 나는 말이다…… 내 고백을…… 쉴러의 환희의 송가로 시작하고 싶다. '안 디 프로이데'***! 하지만 난 독일어를 몰라, 그냥 '안 디 프로이데'라는 것만 알지. 내가 술주정을 한다고는 생각지 마라. 전혀 취하지 않았어. 코냑은 코냑이지만, 나는 두 병은 마셔야 취하니까.

---

* 스트루고프쉬코프가 번역한 괴테의 시 「신성(神性)」의 첫 행.

** 알료샤의 애칭.

*** An die Freude. '환희에 부쳐'라는 뜻.

비틀거리는 당나귀를 탄
낯바닥이 불콰한 실렌.*

그런데 나는 반의 반 병도 안 마셨고 실렌도 아니야. 실렌이 아니라 실룐**이지, 영원히 결단을 내렸으니까. 말장난을 용서해라, 너는 오늘 내 말장난 말고도 많은 걸 용서해야 돼. 걱정할 것 없어, 쓸데없는 소리 늘어놓지 않고 요점만 얘기할 테니. 그래, 곧장 본론으로 들어가마. 감질나게 굴진 않겠다. 가만, 그게 어떻더라……"

그는 고개를 들고 생각에 잠기더니 갑자기 열띤 어조로 읊기 시작했다.

동굴에 사는 벌거숭이 야만인은
겁에 질려 바위굴에 몸을 숨겼고,
유목민은 광야를 떠돌며
들판을 황무지로 만들었네.
사냥꾼은 창과 화살로 위협하며
숲속을 누비고 있었나니……
가엾도다, 파도에 떠밀려

* A. H. 마이코프의 시 「부각(浮刻)」의 마지막 행. 실렌은 디오니소스를 키우고 가르쳤다고 전해지는 실레노스를 가리키며, 주로 술에 취해 당나귀 등에 올라탄 뚱뚱한 대머리 노인으로 그려지는데, 그리스신화에서 당나귀는 주로 나태, 게으름, 성적 탐닉, 신의 동물적인 면을 나타낸다.

** '강하다'라는 뜻을 지닌 형용사의 남성형.

으스스한 바닷가에 던져진 자여!

납치당한 프로세르피나*를 찾아
올림포스산 정상에서
어머니 케레스가 내려오건만,
눈앞에 놓인 것은 거친 세상뿐.
어디 한 곳 몸 둘 데 없고,
누구 하나 반갑게 맞는 이 없네,
신들을 섬기는 사원이라곤
이 세상 어디서도 볼 수 없어라.

들판의 열매와 달콤한 포도송이도
향연의 식탁에서 빛나지 않고,
피로 얼룩진 제단 위에선
제물의 남은 뼈다귀만 연기를 내는구나.
슬픈 눈길 어디로 향해도
케레스에겐—
굴욕의 심연에 빠진
인간만이 보일 뿐!**

* 제우스와 케레스(그리스신화 속 데메테르)의 딸로 저승의 신 하데스에게 납치당하며, 그리스신화 속 페르세포네이다.

** 쥬콥스키의 번역에 따른 쉴러의 시 「엘레우시스 제전」의 제2, 3, 4연.

갑자기 미챠의 가슴에서 흐느낌이 터져나왔다. 그는 알료샤의 손을 움켜쥐었다.

"벗이여, 벗이여, 굴욕 속에, 지금도 굴욕 속에 빠져 있다고. 인간은 이 지상에서 끔찍하게 많은 것을 견뎌야 해, 끔찍하게 많은 불행을! 내가 그저 코냑이나 마시며 방탕을 일삼는, 장교 계급을 가진 인간쓰레기라고 생각하진 말아다오. 아우야, 나는 거의 이것에 대해서만, 굴욕에 빠진 이 인간에 대해서만 생각하고 있단다, 내가 그저 거짓말을 하고 있는 게 아니라면 말이다. 제발 내가 지금 거짓말을 늘어놓고 자화자찬하는 게 아니라면 좋겠구나. 내가 이 인간에 대해서 생각하는 건, 나 자신이 그런 인간이기 때문이야.

저열함의 심연에서 진정코
영혼으로 일어서려면, 인간이여,
태고의 어머니 대지와
영원히 결합할지니.*

하지만 문제는 바로 이거야. 내가 어떻게 대지와 영원히 결합할 것인가? 나는 대지에 입을 맞추지도 않고, 대지의 가슴속을 파고들지도 않는데. 내가 정말 어떻게 농부나 양치기가 된단 말이냐? 앞을 향해 걸어가면서도 내가 악취와 오욕 속으로 떨어진 것인지, 빛과 기쁨 속으로 들어선 것인지 모르겠구나. 바로 여기에 불행이 있는 거야, 왜냐하면

---

* 같은 시 제7연의 전반부.

세상의 모든 것이 수수께끼거든! 깊디깊은 방탕의 오욕 속으로 떨어질 때면(하기야 나한텐 그런 일만 있었지), 나는 늘 케레스와 인간을 노래한 이 시를 읽곤 했지. 그게 날 좀 바로잡아주었느냐고? 천만에! 왜냐하면 나는 카라마조프니까. 어차피 나락으로 떨어질 바엔 머리를 처박고 발뒤꿈치를 위로 쳐든 채 곧장 곤두박질치는 편이 낫고, 바로 그렇게 굴욕적인 자세로 떨어지는 것이 만족스럽기조차 한데다가, 나 같은 놈한테는 그게 아름다운 일이라고 여기기 때문이야. 그런데 바로 이런 오욕의 한복판에서 나는 갑자기 송가를 부르기 시작해. 내가 저주받은 놈이라 해도, 내가 비열하고 야비한 놈이라 해도, 설사 그럴지라도 나 또한 내 하느님이 입고 계신 그 성스러운 옷자락에 입을 맞추고 싶은 거야. 바로 그러면서 동시에 악마의 뒤를 따라간다고 해도 나는 여전히 당신의 아들이오니, 주님, 나는 당신을 사랑하오며 이 세상을 지탱하고 존재할 수 있게 해주는 기쁨을 느끼옵나이다.

영원한 기쁨이 촉촉이
신의 창조물의 영혼을 적셔주고,
발효의 신비로운 힘으로
생명의 잔을 불타오르게 하도다.
풀잎조차 빛을 향하게 하고,
혼돈을 태양들로 화하게 하여
점성술사도 알 수 없는 드넓은 우주에
넘치도록 흩뿌려놓았도다.

자연의 복된 젖가슴에서
숨쉬는 모든 것이 환희를 마시나니,
삼라만상이, 만백성이
환희에 이끌려 그 뒤를 따르는도다.
불행에 빠진 우리에게 환희는 벗들을,
포도즙을, 카리테스*의 화관을 주었고,
버러지들에겐—정욕을 주었나니……
천사가—신 앞에 서 있도다.**

하지만 시는 이쯤 해두자! 내가 눈물을 다 흘렸군, 그래, 좀 울게 해다오. 다들 비웃을 어리석은 짓이지만, 너만은 비웃지 않겠지. 거봐, 네 눈도 활활 타고 있구나. 시는 그만 됐다. 이제 너한테 '버러지들' 얘길 하고 싶다, 하느님께서 정욕을 선물해주신 그놈들 말이다.

버러지들에겐—정욕을 주었나니!

나야말로, 아우야, 바로 이 버러지란다, 이건 특히 나를 두고 한 말이야. 그리고 우리 카라마조프는 죄다 그런 놈들이지. 천사인 네 안에도 이 버러지가 살고 있으니 네 핏속에서도 폭풍을 낳는 거야. 이건—폭풍이야, 정욕은 폭풍이니까, 아니 폭풍보다 더하지! 아름다움—이건

* 그리스신화에서 인간과 신의 마음에 기쁨을 주는 미의 세 여신인 에우프로시네, 탈리아, 아글라이아를 일컫는다.

** 츄체프가 번역한 실러의 송시 「환희에 부쳐」의 7연과 5연.

무섭고 섬뜩한 것이야! 무섭다고 하는 건 뭐라고 정의할 수 없기 때문이고, 정의할 수 없다는 건 하느님께서 수수께끼만을 던져주셨기 때문이지. 여기선 양극단이 맞붙어버리고, 모든 모순이 함께 살고 있어. 나는, 아우야, 교양이라곤 하나 없는 놈이지만, 이건 많이 생각해봤단다. 정말 비밀이 무섭게 많아! 너무나 많은 수수께끼가 이 지상에서 인간을 짓누르고 있어. 네가 알아서 풀어보라니, 몸에 물 한 방울 적시지 말고 물에서 나오라는 소리나 마찬가지야. 아, 아름다움이란! 게다가 내가 참을 수 없는 건, 어떤 사람이, 그것도 더없이 고상한 마음과 높은 이성을 지닌 사람이 마돈나의 이상에서 시작해 소돔의 이상으로 끝나고 만다는 거야. 더욱 무서운 건 이미 영혼 속에 소돔의 이상을 품고 있는 인간이 마돈나의 이상을 부정하지 않고, 그 이상 때문에 가슴을 불태운다는 거지, 티 없이 순결했던 청년 시절처럼 진실로, 진실로 불태운다는 거지. 아니야, 인간은 넓어, 너무 넓어서 난 좀 좁히고 싶을 지경이야. 젠장, 뭐가 뭔지 도대체 알 수가 있어야지, 정말! 이성엔 오욕으로 여겨지는 것이 가슴엔 오로지 아름다움이니 말이다. 소돔에도 아름다움이 있을까? 내 말을 믿어라, 엄청나게 많은 사람에게 아름다움이란 다름아닌 소돔 속에 도사리고 있단다—넌 이 비밀을 알고 있었니, 어때? 섬뜩한 건, 아름다움이 무서울 뿐만 아니라 신비로운 것이기도 하다는 사실이야. 거기서 악마가 신과 싸우고, 그 전쟁터가 바로—사람들의 마음속이지. 그런데 어디가 아프면 꼭 그 이야기를 하게 되나 보지. 자, 이제 본론으로 들어가자."

IV
열렬한 마음의 고백. 일화 형식으로

"나는 거기서 방탕하게 지냈어. 아까 아버지는 내가 처녀애들을 꼬시느라 수천 루블을 썼다고 했지. 하지만 그건 돼지 같은 망상이고, 그런 짓은 절대 없었어, 설령 있었다 해도 정말 '그것' 때문에 돈이 필요했던 건 아냐. 내게 돈이란 그저—액세서리이고 영혼의 열기이고 무대 소품일 뿐이니까. 지금 이 순간은 어느 귀부인이 내 여자라 해도, 내일이면 그 자리를 거리의 창부가 대신하거든. 이 여자든 저 여자든 나는 다 즐겁게 해주고, 음악이다, 집시 계집들이다 하고 돈을 한 움큼씩 뿌려대면서 흥청망청 한판 벌이는 거야. 필요하다면 여자에게도 돈을 주지, 다들 받으니까, 아주 사족을 못 쓰며 받으니까, 이건 솔직히 인정해야 돼, 그리고 다들 만족해하고 고마워하거든. 양갓집 규수들도 나를 좋아했어, 다들 그런 건 아니지만, 그런 일이 종종 있었어, 종종. 하지만 나는 언제나 뒷골목을 좋아했지, 광장 뒤에 있는 으슥하고 컴컴하고 인적 없는 뒷골목을—거기엔 모험이 있고, 뜻밖의 사건이 있고, 진흙 속에 숨은 천연의 보석이 있으니까. 아우야, 난 지금 알레고리로 말하는 거다. 내가 있던 조그만 도시엔 실제로 그런 뒷골목이 없었지만, 도덕적인 의미에선 그런 것들이 있었어. 하지만 네가 나 같은 놈이라면, 그게 무슨 뜻인지 이해할 텐데. 나는 방탕을 사랑했고 방탕의 치욕마저 사랑했어. 잔인한 짓을 사랑했지. 그러니 내가 과연 빈대가 아니란 말이냐, 흉악한 버러지가 아니란 말이냐? 말했잖아—카라마조프라고! 한번은 도시 전체 소풍날이어서, 트로이카 일곱 대를 타고 나섰단다.

겨울이었는데 어둑어둑한 썰매 안에서 나는 옆자리 처녀의 조그만 손을 꽉 쥐기 시작했고, 마침내 입맞춤까지 여러 차례 했지. 가난하고 사랑스럽고 온순하고 고분고분한, 관리의 딸이었어. 허락하더군, 어둠 속에서 많은 걸 허락했어. 가엾은 것, 그 처녀애는 내가 내일이라도 자기 집에 찾아가서 청혼할 줄 알았던 거야(무엇보다 나는 좋은 신랑감으로 인정받고 있었거든). 하지만 나는 그후 그 여자에게 단 한 마디도, 아니 다섯 달 동안 단 반 마디도 건네지 않았어. 무도회가 있을 때면(그 도시에선 걸핏하면 무도회였으니까) 그 여자의 두 눈이 홀 구석에서 나를 좇는 걸 보았지, 두 눈에 불꽃이—잔잔한 분노의 불꽃이 이글거리더군. 이 장난은 내가 내 안에서 키우고 있던 버러지의 정욕을 즐겁게 해주었을 뿐이야. 다섯 달 뒤에 그 여자는 어느 관리와 혼인해서 그 도시를 떠났지만…… 화가 난 채로 여전히 날 사랑하고 있었을 거야, 아마. 지금 그들은 행복하게 살고 있지. 하지만 잘 알아둬라, 난 아무한테도 이 얘길 하지 않았고 그 여자의 명예에 먹칠을 하지도 않았다는 걸. 비록 비열한 욕망을 지녔고 비열한 짓을 좋아할망정, 명예를 모르는 놈은 아니니까. 너, 낯을 붉히는구나, 눈도 번쩍였고. 너한테 이런 더러운 얘기는 그만하마. 그런데 이건 모두 폴 드코크*식의 맛보기에 지나지 않아. 비록 내 영혼 속에선 이미 잔인한 버러지가 자라고 있었고, 이미 점점 더 커갔지만 말이다. 이런 식의 추억들이라면, 아우야, 두툼한 앨범 한 권은 될 거다. 하느님, 귀여운 그녀들에게 부디 건강을 보내주시옵소서. 나는 헤어질 때 다투는 걸 좋아하지 않았어. 뭘 누설한 적

* 19세기 프랑스 소설가. 주로 파리 하층민의 생활상을 그렸다.

도 절대 없고, 어떤 여자의 얼굴에도 먹칠을 한 적이 없어. 하지만 관두자. 정말 이 쓰레기 같은 얘기나 하려고 너한테 이리 오자고 한 줄 아냐? 천만에, 이제 너한테 더 흥미진진한 얘기를 해주마. 하지만 내가 네 앞에서 수치스러워하기는커녕 오히려 신이라도 난 기색이라고 놀라진 마라."

"내가 얼굴을 붉혔다고 그러는 거죠?" 알료샤가 갑자기 한마디했다. "내가 얼굴을 붉힌 건 형의 말 때문도, 형이 한 일 때문도 아니고, 그냥 나도 형과 똑같아서예요."

"네가? 야아, 이건 좀 심한데."

"아뇨, 그렇지 않아요." 알료샤가 열띤 어조로 말했다(보아하니 그의 마음속엔 이미 오래전부터 이런 생각이 있었던 것 같았다). "다 똑같은 계단인걸요. 나는 맨 아랫단에 서 있고, 형은 위쪽, 열세번째 단 어디에서 있어요. 나는 이 일을 그렇게 봐요, 하지만 이 모든 것은 똑같아요, 완전히 동일한 종류의 것이죠. 아랫단에 발을 내디딘 이상, 어쨌거나 반드시 윗단으로 올라가게 돼 있어요."

"그러니까 아예 발을 내딛지 마라?"

"그럴 수 있는 사람이라면—아예 내딛지 말아야죠."

"그럼 넌—그럴 수 있어?"

"그럴 수 없을 것 같아요."

"아무 말 마라, 알료샤, 아무 말도 하지 마. 얘야, 네 손에 입을 맞추고 싶구나, 이렇게, 너무 감동해서 말이다. 그루셴카, 그 악당 년이 사람을 볼 줄 안다니까. 하루는 그년이 나한테 언젠가 널 꼭 잡아먹겠다고 그랬거든. 아무 말도 않으마, 아무 말도! 이 추잡스러운 것들로부터, 파리

새끼들로 더럽혀진 무대로부터 내 비극으로 옮아가자, 역시 파리새끼들로, 다시 말해 온갖 저열함으로 더럽혀진 무대이긴 하지만. 그러니까요는, 아까 그 영감쟁이가 나를 보고 순진무구한 처녀들을 유혹했네 어쩌네 하고 거짓말을 늘어놓았다만, 사실 내 비극 속에 그런 일이 있긴 있었어, 단 한 번뿐이었고 그나마도 이루어지지 못해서 그렇지. 노친네는 있지도 않은 얘기로 날 욕했지만, 이 일에 대해선 알지도 못해. 난 아무한테도 이 얘길 한 적이 없거든, 지금 너한테 처음 얘기하는 거야, 물론 이반은 제외하고, 이반은 모든 걸 알아. 너보다도 먼저, 오래전부터 알고 있지. 하지만 이반은—무덤이야."

"이반 형이—무덤이라고요?"

"그래."

알료샤는 극도로 주의깊게 듣고 있었다.

"나는 그곳 전열戰列 대대에서 근무하고 있었는데, 소위보이긴 해도 무슨 유형수처럼 늘 감시를 받고 있는 거나 다름없었지. 하지만 그 도시 사람들은 날 끔찍하게 잘 대해줬어. 돈을 마구 뿌려대니까 내가 부자라고 믿었고, 나 자신도 그렇게 믿었거든. 그렇긴 해도 뭔가 다른 것 때문에도 내가 그들 마음에 들었던 게 틀림없어. 다들 고개를 설레설레 내저으면서도 실은 날 좋아했으니까. 그런데 이미 노인이던 우리 중령*이 갑자기 나를 싫어하게 된 거야. 걸핏하면 나한테 시비를 걸었어. 하지만 나를 비호해주는 사람이 있는데다 도시 전체가 내 편이었기 때문에 세게 나올 수는 없었지. 내 잘못도 있었어. 응당 요구되는 존경을

* 앞에서는 '대령'이라고 언급되었다.

내 쪽에서 일부러 표하지 않았거든. 거만했던 거야. 이 늙은 옹고집은 썩 괜찮은 사람이었고 손님 접대를 좋아하는 더없는 호인이었는데, 언젠가 장가를 두 번 들어 두 번 다 상처한 홀아비였어. 첫번째 부인은 순박한 평민 출신으로, 역시 아주 순박한 딸 하나를 남겨놓았지. 내가 있을 때 벌써 스물네 살쯤 된 처녀였는데, 아버지와, 죽은 어머니의 여동생인 이모와 함께 살고 있더구나. 이모는—말이 없고 순박한 여자였지만, 조카딸, 그러니까 중령의 맏딸은—순박하면서도 활달했어. 나는 옛날을 회상하면서 좋게 말하길 즐긴다만, 얘야, 그 처녀보다 더 매력적인 성격의 여자는 정말 한 번도 본 적이 없다. 아가피야라는 이름이었는데, 상상해봐라, 아가피야 이바노브나라는 이름이었다니까.* 게다가 생긴 것도 전혀 밉지 않은 게, 러시아식이었지. 큰 키에 흐벅지고 풍만한 몸매에다, 얼굴이 좀 거친 편이긴 해도 눈만큼은 참 아름다웠거든. 두 번이나 혼담이 있었지만 시집을 가지 않고 다 거절했는데, 그래도 여전히 명랑했어. 나는 그녀와 가까워졌지만—절대로, 그렇고 그런 식이 아니라, 아무렴, 순수하고 말하자면 친구 같은 관계였어. 하긴 난 여자들하고 그야말로 아무 죄도 짓지 않고 친구로서 교제한 적이 종종 있으니까. 그 여자 앞에서 지독히 노골적인 얘기를 떠들어대도, 하! 그냥 웃고만 있는 거야. 여자들은 대개 노골적인 얘기를 좋아한단다, 기억해둬라. 게다가 그 여자는 처녀였어, 그래서 더 재미있었지. 또 한 가지는 그 여자를 아무래도 귀족 아가씨라고 부를 수가 없었다는 거야. 이모와 함께 아버지 집에 살면서도 어째선지 자기를 자발적으로 낮추

* 아가피야는 대중적인 이름으로, 귀족 계급에서는 잘 쓰이지 않았다.

고, 사교계의 다른 모든 이들과 대등하게 행세하려고 들지 않았지. 다들 그녀를 좋아했고 그녀를 필요로 했는데, 아주 뛰어난 재봉사였거든, 재주가 있는데다 자신의 봉사에 대해 대가를 요구하지도 않고 그저 호의에서 일을 해주었지만, 돈을 주면—굳이 마다하지도 않았어. 하지만 그 중령은—웬걸! 중령은 그 지방에서 아주 일류 명사 중 하나였어. 떵떵거리고 살면서 그 도시 사람들을 죄다 집으로 초대해 걸핏하면 만찬이고, 무도회였지. 내가 그곳에 도착해 대대에 배속되었을 때, 중령의 둘째 따님께서 수도에서 곧 우리 도시로 오실 거라는 소문이 온 도시에 자자하더군. 미인 중에서도 절세미인으로 지금 막 수도의 어느 귀족 기숙여학교를 졸업했다는 거야. 이 둘째 딸이—바로 카체리나 이바노브나이고, 중령의 둘째 부인 소생이지. 이미 세상을 뜬 이 둘째 부인은 어느 명망 있는 대단한 장군 집 딸이긴 했지만, 내가 아는 믿을 만한 얘기에 의하면 중령에게 지참금을 한푼도 가져오지 않았다더군. 그 말은, 친척들이 있으니 거기에나 무슨 희망을 걸어볼까, 현금은 한푼도 없었다는 얘기지. 어쨌거나 기숙학교를 졸업한 이 아가씨가 돌아오자(아주 돌아온 건 아니고 잠시 들른 거였어), 온 도시가 일시에 되살아난 것 같았는데, 제일 높은 귀부인들인—각하 부인 둘과 대령 부인 하나를 비롯해 모두가, 모든 부인이 즉시 비상한 관심을 갖고 그녀를 독점하려 들고 무도회와 피크닉의 여왕으로 떠받들며 즐겁게 해주었고, 무슨 여자 가정교사들을 돕는답시고 활인화活人畵까지 연출하더군. 나는 말없이 허랑방탕하게 지내다 온 도시가 뒤집힐 정도로 떠들썩한 장난을 하나 쳤지. 대대장 집에서 있었던 일인데, 보니까 이 여자가 한번은 눈으로 나를 재듯이 훑고 있는 거야. 난 그때 다가가지도 않았어. 네까짓 걸 뭘 알고 지내냐 하고 싹 무시해버리는 식으로 말이야. 그후 얼마 지난 다음에야, 역시 어느 야회에서였는데, 내 쪽에서 다가가 말을 걸었더니, 그 여자는 제대로 쳐다보지도 않고 멸시하듯 입술을 꼭 다물더구나. 나는 생각했지, 두고 보자, 꼭 복수해줄 테다! 당시 나는 대개의 경우 아주 끔찍이도 막돼먹게 행동하는 놈이었고, 나 자신도 그걸 느끼고 있었어. 무엇보다 '카첸카'가 그저 순진해빠진 여학생이 아니라 개성 있고 긍지도 높고 정말로 고결한 인물인데다 지성과 교양까지 겸비했지만, 나는 이도 저도 없는 놈이라는 걸 절감하고 있었던 거야. 넌 내가 청혼이라도 하려 했다고 생각하냐? 천만에, 그저 내가 그런 잘난 놈이고 그녀가 안중에도 없어한다는 것에 복수하고 싶었을 따름이야. 하지만 당분간은 술판을 벌이고 난동을 피우기에 바빴지. 마침내 중령이 나를 사흘 동안 영창에 집어넣기까지 했으니까. 바로 이 무렵, 때마침 아버지가 나한테 6천 루블을 보내줬어. 그건, 내가 모든 것을 포기한다는, 다시 말해 우리는 '계산이 전부 끝났고' 앞으로는 한푼도 청구하지 않겠다는 정식 포기각서를 보낸 뒤였지. 나는 그때 아무것도 몰랐거든. 난 말이다, 아우야, 여기 도착할 때까지만 해도, 아니 바로 요 며칠 전까지만 해도, 심지어 어쩌면 오늘까지만 해도, 아버지하고 나 사이에 얽혀 있는 모든 돈 문제에 대해선 아무것도 몰랐단다. 하지만 빌어먹을, 그 얘긴 다음에 하자. 그래서 그때 그 돈 6천을 받고 나서, 나는 우연찮게 한 지인이 보낸 편지를 통해 나로서는 무척이나 호기심이 동하는 사실 하나를 갑자기 알게 됐는데, 바로 우리 중령이 상부의 불만을 사고 있고 군기문란 혐의를 받고 있다는, 한마디로 말해 그의 적들이 그를 잡을 미끼를 준비하고 있다는 거였지. 그러고는 정말로 사단

장이 직접 와서 온갖 질타를 퍼붓더구나. 그후 얼마 지나 퇴역서를 제출하라는 명령이 떨어졌어. 어쩌다 이렇게 됐는지 너한테 세세하게 다 얘기하진 않겠다만, 아무튼 그에겐 실제로 적들이 있었고, 도시 사람들이 갑자기 그와 그의 가족 전부에게 아주 싸늘해진 게 마치 다들 불시에 썰물처럼 빠져나가버린 것 같더군. 바로 그때 내 첫번째 장난이 시작된 거야. 나는 늘 우정을 유지해오던 아가피야 이바노브나를 만나서 말했지. '아버님한테는 그 공금 4천5백 루블이 없잖습니까.' '그게 무슨 말씀이세요, 왜 그런 말씀을 하시죠? 요전에 장군이 오셨을 때만 해도 고스란히 있었는데요……' '그때는 있었지만 지금은 없습니다.' 그녀는 지독히도 놀라더군. '제발 놀라게 하지 마세요, 대체 누구한테 들으셨나요?' '걱정 말아요' 하고 내가 말했지. '아무한테도 말 안 할 테니. 아시다시피 나는 이 점에선 무덤이니까요, 다만 이 일과 관련해서 그러니까 '만약의 경우'를 위해 덧붙여두고 싶었던 게 하나 있습니다. 만약 아버님께서 그 돈 4천5백을 요구받았는데 그 돈이 수중에 없는 경우엔 군법회의에 회부되고, 결국 늙은 나이에 사병으로 강등될 테니, 그땐 차라리 댁의 여대생을 나한테 몰래 보내주십시오, 마침 송금 받은 돈이 있으니 그 4천을 그녀에게 내줄 수 있을 겁니다, 비밀은 맹세코 지켜드리지요.' '아, 정말 야비한 사람이군요!' 그녀가 그렇게 말하더군(정말로 그렇게 말했어). '당신은 정말 흉악하게 야비한 인간이야! 어떻게 감히!' 그녀는 무섭게 화를 내며 자리를 떴고, 나는 그녀의 등뒤에 대고 비밀은 맹세코 꼭 지키겠노라고 또 한번 소리쳤어. 미리 말해두자면, 이 두 여자, 그러니까 아가피야와 그녀의 이모는, 알고 보니 이 모든 일이 진행되는 내내 순결한 천사처럼 행동했고, 이 거만한 여동생

카챠*를 진심으로 숭배해 그녀 앞에서 자신을 낮추며 그녀의 하녀 노릇을 했지…… 아가피야는 그저 이 장난을, 즉 우리의 대화를 그때 그녀에게 옮기기만 하면 됐던 거야. 나는 나중에 이 모든 일을 내 손바닥처럼 훤히 알게 됐어. 아가피야는 그 이야기를 숨기지 못했고, 뭐, 그거야 말로 바로 내가 노렸던 거지.

갑자기 신임 소령이 부대를 인수하러 왔어. 인수 업무가 진행됐지. 늙은 중령은 갑자기 병이 나서 꼼짝도 못하고 이틀 밤낮을 집에 틀어박혀서는 공금을 내놓지 않는 거야. 우리 의사 크라프첸코도 그가 정말 병을 앓고 있다고 확인해주었어. 하지만 나만은 비밀을 속속들이, 그것도 이미 오래전부터 알고 있었지. 그 돈은 벌써 한 사 년 전부터 계속, 수뇌부의 점검이 끝나기만 하면 한동안 사라지곤 했거든. 중령은 그 돈을 아주 믿을 만한 어떤 사람에게 빌려주고 있었는데, 우리 도시의 상인 트리포노프가 바로 그 작자로, 금테 안경을 쓴 텁석부리 늙은 홀아비였지. 이 상인은 정기 시장에 가서 자기에게 필요한 무슨 거래를 끝내고는 즉시 중령에게 그 돈을 전액 돌려주면서 시장에서 선물을 가져다줄 뿐만 아니라, 선물과 함께 이자까지 덤으로 갖다주는 거야. 그런데 이번만은(나는 그때 이 모든 것을 트리포노프의 코흘리개 아들 녀석한테서 아주 우연히 듣게 됐는데, 이 애송이는 그의 친아들이고 상속자이긴 하지만 세상에 둘도 없는 망나니였지), 이번만은 시장에서 돌아온 뒤 아무것도 돌려주지 않았다는 거야. 중령이 그에게 달려들자, '나는 당신한테서 아무것도 받은 적이 없는데요, 더구나 받아서도 안

* 카체리나의 애칭.

되었고요'라는 게 그자의 대답이었다는군. 뭐, 이렇게 되자 우리 중령은 집에 틀어박혀 수건으로 머리를 싸매고 앉았고, 집안 여자들 셋이 모두 달려들어 정수리에 얼음을 올려놓고 있는데, 갑자기 연락병이 장부와 명령서를 가지고 나타난 거야. '공금을 지체 없이 두 시간 내에 즉각 반납할 것'이라는 명령이었지. 그는 서명했고, 나도 나중에 그 장부의 서명을 본 적이 있는데—어쨌든 그는 자리에서 일어나더니 제복을 입겠다며 자기 침실로 달려가서는, 자신의 이연발 엽총에 장전하고 군용 탄환을 잰 다음 오른쪽 장화를 벗고는 총구를 가슴팍에 고정시키고 발로 방아쇠를 더듬더듬 찾기 시작했어. 하지만 아가피야가 이미 의심하고 있던데다 내가 그때 한 말이 생각나서 살금살금 다가갔다가 제때 들여다보게 된 거지. 기겁을 하고 달려들어가 뒤에서 그를 꽉 껴안는 바람에 총은 천장을 향해 위로 발사됐고, 다친 사람은 아무도 없었어. 다른 사람들도 뛰어들어와서 그를 붙들고 총을 빼앗고 두 손을 꽉 붙잡고…… 이건 다 내가 나중에 자세히 알게 된 것들이야. 나는 그때 집에 앉아 있었지. 어둑어둑 해가 질 무렵이었는데, 막 외출하려던 참이어서 옷을 입고 머리를 빗고 손수건에 향수를 뿌리고 제모를 집어드는데, 그 순간 갑자기 문이 열리더니—내 앞에, 내 집에 카체리나 이바노브나가 서 있는 거야.

살다보면 이상한 일도 종종 있는 법이지. 그때 그녀가 나한테 오는 걸 거리에서 눈치챈 사람이 아무도 없어서, 도시에서 이 일은 그대로 수면 아래 가라앉았으니까. 나는 관리의 미망인이었던 아주 고불고불하게 늙은 두 노파 집에 세 들어 살고 있었는데, 이들은 내 시중도 들어주고, 둘 다 무척 공손한 할멈들이라 내 말이라면 뭐든 고분고분 따랐던 터라, 이 일에 대해서도 내 지시에 따라 그후에도 마치 무거운 쇳덩어리처럼 입을 꼭 봉하고 있어주더군. 물론 나는 모든 걸 대번에 알아차렸지. 그녀가 안으로 들어와 나를 똑바로 응시하는데, 짙은 두 눈은 결연하다못해 대담한 시선으로 쳐다보고 있었지만, 입술과 입가에는 주저하는 빛이 역력했어.

'언니가 그러더군요, 당신이 4천5백 루블을 주실 거라고, 만약 제가 그걸 받으러…… 직접 여기 오면요. 제가 왔으니…… 돈을 주세요……!' 더이상 견디지 못해 그녀는 숨을 헐떡였고, 겁을 먹은 나머지 목소리가 끊어지면서 입술 양끝과 입언저리의 선이 파르르 떨리기 시작하더군. 알료샤, 듣고 있는 거냐, 자는 거냐?"

"미챠 형, 나는 형이 모든 진실을 말해줄 거라는 걸 알고 있어요." 알료샤가 흥분해서 말했다.

"그 진실을 말해주마. 모든 진실을 말한다면, 그때 있었던 일 그대로여야 하니까, 나 자신을 두둔하진 않겠다. 맨 처음 떠오른 생각은—카라마조프적인 거였어. 한번은, 아우야, 독거미에 물려 두 주일 동안이나 몸이 불덩어리가 되어 누워 지낸 적이 있었단다. 그런데 갑자기 그 순간도 그 독거미가 내 심장을 물어뜯는 소리가 들리는 거야, 그 흉악한 버러지가 말이다, 알겠니? 나는 그녀를 쓰윽 훑어보았지. 너도 그녀를 본 적이 있지? 정말 미인이잖냐. 그런데 그때 그녀의 아름다움은 그런 게 아니었어. 그 순간 그녀가 아름다웠던 건, 그녀는 고결하고 나는 야비한 놈이라는 것, 그녀가 관대하고도 숭고하게 아버지를 위해 자신을 희생하려고 나선 데 반해, 나는 빈대에 불과하다는 것 때문이었어. 그런데 바로 그런 나한테, 빈대같이 야비한 놈한테 그녀가 송두리째 달려 있단 말이다, 송두리째, 영혼이건 육체건 완전히 송두리째. 독 안에 든 쥐였지. 너한테 솔직히 말하마. 이 생각, 그 독거미 생각이 내 심장을 어찌나 세차게 움켜쥐었던지 그 고통만으로도 심장의 피가 말라버릴 것만 같았어. 이미 갈등이니 뭐니 할 것도 없을 것 같더구나. 바로 빈대처럼, 사나운 독거미처럼 행동하는 거다, 일말의 동정도 없이…… 숨조차 멎어버릴 지경이었어. 들어봐라. 나는 물론 내일이라도 그녀 집을 찾아가서 청혼할 수도 있었을 게다, 이 모든 일을 이른바 아주 고상한 방식으로 마무리지어 아무도, 그러니까 이 일을 모르게끔, 또 알 수도 없게끔 말이다. 왜냐하면 난 비록 저열한 욕망을 가진 놈이긴 해도 명예를 아는 인간이니까. 그런데 그때 갑자기, 바로 그 순간 누군가가 내 귀에 대고 이렇게 속삭이는 거야. '그래 내일 네가 청혼하러 가면, 이 여자는 너를 맞으러 나오기는커녕, 너를 마당에서 쫓아내라고 마부에게 명령할걸. 온 도시에 소문을 낼 테면 내라, 네까짓 것 두렵지도 않아! 하면서.' 아가씨를 흘낏 쳐다보았더니, 내 목소리가 거짓말을 한 게 아니다 싶었어. 물론 그래, 정말 그럴 거다, 내 목덜미를 움켜잡고 내쫓아버릴 거다, 지금 저 얼굴만 봐도 벌써 알 수 있다, 그런 생각이 드는 거야. 속에서 분노가 부글부글 끓어오르면서, 제일 야비하고 돼지새끼 같고 장사치 같은 장난질이 치고 싶어지더군. 비웃는 눈으로 좀 쳐다보다가, 바로 면전에서, 그녀가 지금 내 앞에 서 있는 동안, 장사치나 쓸 법한 말투로 뒤통수를 치는 거지.

'거시기, 4천이라고요! 농담으로 해본 소린뎁쇼, 아니 그걸? 너무 멋대로 믿고 계산하셨구먼그려, 아가씨. 백짜리 둘 정도라면 나도 뭐, 얼마든지 기꺼이 내놓겠지만, 4천이라—그건 그런 돈이 아니구먼요, 아

가씨, 그런 경솔한 일에 내던지라고 있는 돈이 아니올시다, 괜히 헛수고만 하셨습니다요.'

이렇게 말했다면, 이봐, 나는 물론 모든 걸 잃고 그녀는 달아나버렸겠지. 대신 악랄한 복수가 되는 셈이니까, 나머지 모든 것에 대한 보상이 될 수도 있었을 거야. 나중에 한평생 후회하며 울부짖을망정, 지금 당장만큼은 이 장난질을 치고 싶다, 그거였으니까! 믿을지 모르겠다만, 나는 어떤 여자도, 단 한 여자도 그 순간의 그녀만큼 증오를 품고 바라본 적이 없었어—십자가에 맹세라도 하마. 나는 그때 삼 초 내지 오 초가량, 이 여자를 무서운 증오의 눈으로 쳐다보았는데, 그 증오는 사랑, 미칠 듯이 강렬한 사랑과—털끝만큼의 차이밖에 없었어! 나는 창문으로 다가가 꽁꽁 언 유리에 이마를 갖다댔지. 얼음이 마치 불덩이처럼 내 이마를 활활 태우던 걸 지금도 기억해. 걱정 마라, 그리 오래 그녀를 붙잡아둔 건 아니니까. 나는 몸을 돌려 탁자로 다가가서 서랍을 열고 이율이 5퍼센트인 액면가 5천 루블짜리 무기명채권을 꺼냈지(내 프랑스어 사전에 들어 있던 거였어). 그런 다음 그것을 말없이 그녀에게 보여주고 접어서 건네준 뒤, 내 손으로 직접 그녀에게 현관으로 나가는 문을 열어주고는 한 걸음 물러서서, 그녀에게 허리를 숙여 더없이 정중하고 더없이 감동적인 절을 했지, 믿어다오! 그녀는 온몸을 부르르 떨고는 한순간 뚫어지게 바라보다가 백지장처럼 겁나게 새하얘지더군. 그러더니 갑자기 아무 말 없이, 격렬한 동작이 아니라 아주 부드럽고 깊고 조용하게 온몸을 숙여 바로 내 발 앞에 머리를 조아리며—이마가 바닥에 닿도록 공손히 절을 하는 거야, 기숙학교에서 배운 식이 아니라 러시아식으로! 그러고는 발딱 몸을 일으켜 달려나가더군. 그녀가 밖으로 달려나갔을 때, 나는 마침 장검을 차고 있었어. 장검을 뽑아 들었는데, 바로 그 자리에서 나 자신을 찔러버리고 싶었지만 무엇 때문이었는지는—나도 모르겠어, 물론 지독하게 멍청한 짓이었지만, 분명 너무 황홀해서 그랬을 거야. 네가 이해할지 모르겠다만, 어떤 황홀감에서 자살을 할 수도 있거든. 그렇지만 나는 자살하지 않고 그저 장검에 입을 맞추고는 칼집에 도로 꽂아넣었지—이런 얘기야 너한테 하지 않을 수도 있었는데. 게다가 지금 이 모든 갈등을 얘기하는 와중에도 나 자신을 칭찬하려고 덧칠을 좀 한 듯싶으니까. 하지만 괜찮아, 그러면 또 어떠냐, 인간의 마음을 염탐하는 첩자들은 죄다 귀신한테나 잡혀가라지! 자, 바로 이게 나와 카체리나 이바노브나 사이에 있었던 '사건'의 전부야. 그러니까 이제 이걸 아는 사람은 동생 이반과 너—단둘뿐이다!"

드미트리 표도로비치는 자리에서 일어나 흥분한 모습으로 한 걸음, 또 한 걸음 내딛더니 손수건을 꺼내 이마의 땀을 훔치고는 다시 앉았으나, 아까 앉았던 자리가 아니라 다른 쪽 벽 옆에 놓인 맞은편 벤치의 다른 자리였기 때문에 알료샤는 그를 향해 완전히 몸을 돌려야 했다.

V
열렬한 마음의 고백. '곤두박질'

"이제," 하고 알료샤가 말했다. "나는 이 일의 전반부를 아는 거로군요."

"전반부를 아는 거지. 이건 드라마고, 저쪽에서 벌어졌던 거야. 후반부는 비극이고, 이제 이쪽에서 벌어질 거다."

"후반부라면 난 아직 아무것도 몰라요." 알료샤가 말했다.

"그럼 나는? 나라고 뭘 안다는 거냐?"

"잠깐만, 드미트리 형, 여기서 아주 중요한 거 하나만 물어볼게요. 말해줘요, 약혼한 거 맞죠, 형은 지금도 약혼 상태죠?"

"약혼은 곧바로가 아니라, 그때 그 일이 있고서 고작 석 달이 지났을 때 했어. 그때 그 일이 있고 바로 다음날, 나는 그 일은 완전히 끝나 결판났으니, 속편은 없을 거라고 나 자신에게 말했지. 청혼을 하러 간다는 게 비열하게 여겨졌거든. 그녀 쪽에서도 그후 여섯 주나 우리 도시에 살았지만—한마디 기별도 없었어. 하긴 한번 그런 일이 있긴 했구나. 날 찾아왔던 그 이튿날 그 집 하녀가 나한테 몰래 와서 아무 말 않고 봉투 하나를 건네주더군. 봉투에는 누구누구 앞이라고 주소가 적혀 있었어. 열어보니—5천 루블짜리 채권의 거스름돈이었어. 필요한 돈은 4천5백 루블뿐이었지만, 5천 루블짜리 채권을 파는 데 2백 루블 남짓 손실이 있었던 거지. 잘 기억은 안 나지만, 나한테 돌려보낸 돈은 모두 260루블 정도였을 거야, 돈뿐이었고—쪽지도, 한마디 말도, 설명도 없었어. 봉투 안에 무슨 연필 표식이라도 있나 싶어 찾아봤지만, 아, 아무것도 없었어! 뭐 좋아, 나는 그 나머지 루블로 한동안 술을 퍼마시며 놀았고, 결국 신임 소령도 나를 문책할 수밖에 없었지. 어쨌든, 중령이 공금을 무사히 내놓자—다들 깜짝 놀라더군, 돈이 그의 수중에 고스란히 남아 있으리라곤 이미 어느 누구도 예상하지 못했으니까. 돈을 반환했지만, 그는 곧바로 병이 나서 드러눕더니 삼 주가량 앓다가 갑자기

뇌연화증에 걸려 닷새 만에 죽고 말았어. 군장軍葬으로 장례를 치렀지, 미처 퇴역명령도 정식으로 받지 못한 상태였거든. 카체리나 이바노브나와 언니, 이모는 아버지의 장례를 마치자마자 열흘쯤 뒤 모스크바로 떠났어. 떠나던 당일(나는 그들을 보지도 못했고, 배웅도 못했단다), 출발 직전에야 조그맣고 푸르스름한 봉투 하나를 받았는데, 가장자리가 레이스 모양인 작은 종이에 연필로 딱 한 줄 적혀 있더구나. '편지드릴테니, 기다려주세요. K.' 그게 다였어.

이제부터는 두어 마디로 짧게 설명하마. 모스크바에서 그들의 형편은 번개처럼 순식간에, 아라비아 동화처럼 뜻밖의 방식으로 완전히 바뀌어버렸어. 그녀의 제일 중요한 친척인 그 장군 부인이 가장 가까운 두 상속녀, 그러니까 가장 가까운 조카딸 둘을 갑자기 한꺼번에 잃고 말았는데—둘 다 천연두에 걸려 같은 주에 죽은 거야. 큰 충격을 받은 노파는 카챠가 마치 친딸이라도 되고 구원의 별이라도 되는 듯 반기면서 그녀에게 매달렸고, 즉시 그녀를 위해 유언장을 고쳐 썼는데, 하지만 그거야 미래의 일이고 우선 당장은 그녀의 손에 곧바로—8만 루블을 쥐여주면서, '이건 네 지참금이니 너 좋을 대로 쓰거라'라고 한 거지. 나도 나중에 모스크바에서 자세히 본 적 있지만, 히스테리가 있는 여자야. 뭐, 아무튼, 그렇게 해서 그때 나는 갑자기 4천5백 루블을 송금 받게 된 거야. 당연히 하도 놀라고 어리둥절해서, 할말을 잃었지. 사흘 후에는 약속했던 편지도 왔어. 그 편지는 지금도 가지고 있는데, 언제나 나와 함께 있었고 죽을 때도 같이 있을 거야—보여줄까? 꼭 읽어봐. 청혼을 하고 있다고, 자기 쪽에서 청혼을 하고 있다니까. '미칠 듯이 사랑해요, 저를 사랑해주시지 않는다 해도—상관없으니, 다만 제 남편이 되어주세요. 두려워하진 마세요—결코 당신을 속박하지 않겠어요, 전 당신의 가구가 되겠어요, 당신이 밟고 다니시는 양탄자가 되겠어요…… 영원토록 당신을 사랑하고 싶어요, 당신을 당신 자신으로부터 구해드리고 싶어요……' 알료샤, 나는 내 비열한 말, 내 비열한 말투, 영원히 입에 붙어버린 내 비열한 말투로는 이 문장을 전할 자격조차 없는 놈이야. 한데 이놈의 비열한 말투는 아무래도 고칠 수가 없더구나! 이 편지는 오늘까지도 내 폐부를 찌르고 있어. 그러니 지금 내 속이 편하겠냐, 오늘 내 속이 과연 편하겠냐고? 그때 나는 당장 답장을 썼지(도저히 직접 모스크바로 갈 수는 없었거든). 눈물을 흘리면서 썼어. 다만 한 가지 두고두고 창피한 것은, 그녀는 이제 부자에다 지참금도 있지만, 나는 가난뱅이 무뢰한에 지나지 않는다고 언급한 거야—돈 얘길 꺼내버렸단 말이다! 꾹 참아야 했는데, 그만 펜 끝에서 튀어나와버린 거였어. 그때 난 모스크바에 있는 이반에게도 즉시 편지를 써서 가능한 한 모든 사정을 설명했는데, 여섯 장이나 되는 편지였지, 그리고 이반을 그녀에게 보냈어. 왜 그렇게 봐? 왜 그렇게 쳐다봐? 뭐, 그렇게 돼서 이반은 그녀에게 반하게 됐고 지금도 홀딱 반해 있지, 그건 나도 알아, 너희 눈엔, 세상 사람들 눈엔 내가 바보짓을 한 것처럼 보이겠지. 하지만 어쩌면 바로 이 바보짓만이 지금 우리 모두를 구해줄 수도 있을 거야! 아아! 넌 정말 안 보이는 거냐, 그녀가 이반을 얼마나 존경하고 얼마나 숭배하는지? 우리 둘을 비교해본다면 그녀가 과연 나 같은 놈을 사랑할 수 있을까, 더구나 여기서 그 모든 일이 있은 마당에?"

"하지만 난 그녀가 사랑하는 건 형 같은 사람이지, 이반 형 같은 사람이 아니라고 확신해요."

“그녀는 자신의 미덕을 사랑하는 거야, 내가 아니라.” 드미트리 표도로비치의 입에서 갑자기 이런 말이 저도 모르게, 거의 악의마저 띠고 불쑥 튀어나왔다. 그는 웃음을 터뜨렸으나 금세 두 눈이 번득이고 얼굴이 벌겋게 되더니 주먹으로 탁자를 힘껏 내리쳤다.

“맹세코, 알료샤.” 그가 자신에게 진심으로 무서운 분노를 터뜨리며 외쳤다. “네가 믿든 안 믿든, 거룩하신 하느님 앞에, 우리 주 그리스도 앞에 맹세코, 비록 내가 지금 그녀의 고결한 감정을 비웃었을지언정, 내 영혼이 그녀보다 백만 배나 하찮고, 그녀의 이 고결한 감정이—하늘의 천사처럼 진실하다는 걸 난 알고 있어! 바로 거기에, 내가 이 점을 확실히 알고 있다는 데, 비극이 있는 거야. 사람이 좀 연설조로 말하기로서니 뭐가 문제냐? 지금 내 말투도 연설조잖아? 하지만 그래도 난 진심이야, 진심이고말고. 이반으로 말하자면, 녀석이 지금 얼마나 저주스러운 눈으로 자연을 보고 있을지, 난 충분히 이해해, 더구나 그렇게 똑똑한 녀석이니! 그런데 누가, 어떤 놈이 선택됐지? 선택된 건 바로 짐승만도 못한 인간 아니냐, 이미 약혼까지 했고 모든 사람이 지켜보는 마당에 여기서도—그것도 약혼녀 눈앞에서, 그 약혼녀가 버젓이 보고 있는데 그런 추잡한 짓을 관두지 못하는 놈 아니냐! 나 같은 놈이 선택되고, 녀석은 거절당하는 거야. 하지만 대체 왜? 그건 이 낭자娘子가 감사한 마음에서 자신의 인생과 운명을 억지로 희생하고 싶어하기 때문이야. 당치도 않지! 나는 이반한테 이런 뜻으론 한 마디도 한 적이 없고, 이반도 물론 이에 대해서는 일언반구도, 털끝만한 암시도 한 적이 없어. 하지만 운명의 섭리에 따라 결국 자격 있는 자가 그 자리에 설 테고, 자격 없는 자는 영원히 뒷골목으로—자신의 더러운 뒷골목, 그가 그토록 좋아하고 그의 본성에 어울리는 뒷골목으로 숨어들어, 거기서 진창과 악취 속에 쾌락을 느끼면서 자발적으로 파멸하고 말 테지. 내가 허풍을 좀 쳤고, 내가 쓰는 말들도 다 닳고 닳은 것들이라 되는대로 마구 지껄이는 것 같다만, 결국 내가 말한 그대로 될 거다. 나는 뒷골목 깊숙이 가라앉고, 그녀는 이반에게 시집갈 거야."

"형, 잠깐만." 알료샤가 몹시 불안한 얼굴로 다시 말을 가로막았다. "어쨌든 형이 아직 분명하게 설명해주지 않은 게 하나 있어요. 형은 약혼자잖아요, 어쨌든 약혼자잖아요? 그녀가, 약혼녀가 원하지 않는데, 어떻게 파혼하겠다는 거죠?"

"나는 약혼자야, 정식 약혼자이고 축복까지 받았지. 모든 건 내가 모스크바에 도착한 뒤 성상 앞에서 성대하고 화려하게 거행됐어. 장군 부인이 축복을 해주었고—네가 믿건 말건 카챠에게 축하까지 해주었지. 잘 골랐구나, 나는 이 사람이 훤히 보인단다 하면서 말이다. 그런데 믿어지냐. 장군 부인이 이반을 좋아하지 않아 축하도 해주지 않았단다. 모스크바에서 나는 카챠와 많은 얘기를 나누었고, 나에 대해 있는 그대로 전부 정직하고 성실하게 자세히 얘기해줬어. 그녀는 끝까지 귀담아 듣더구나.

> 사랑스레 당황하던 모습,
> 상냥하던 그 말들……

하긴, 오만한 말들도 하긴 했지. 그때 나한테 품행을 고치겠다는 엄청난 약속을 요구했거든. 난 약속했어. 그런데 지금……"

"뭔데요?"

"지금, 오늘, 난 너한테 소릴 질러 여기로 끌고 왔지. 오늘이라는 날짜를—기억해둬라!—그건 널, 다시금 오늘이야, 카체리나 이바노브나한테 보내서……"

"뭔데요?"

"앞으로 더이상 찾아가지 않을 것이며, 허리 숙여 인사를 전하도록 일렀다고 말하게 하려고."

"어떻게 그럴 수 있어요?"

"그래, 그러니까 널 대신 보내는 거지. 어떻게 내 입으로 그녀에게 이런 말을 하겠냐?"

"형은 어디로 갈 건데요?"

"뒷골목."

"그럼 그게 그루셴카로군요!" 알료샤는 괴로워서 손뼉을 탁 치며 외쳤다. "그럼 라키친이 말한 게 정말 사실이었군요? 난 형이 그냥 좀 드나들다 끝낸 줄 알았는데."

"약혼한 몸으로 거길 드나든다고? 과연 그럴 수 있는 일이냐, 더구나 그런 약혼녀가 있고 사람들이 다 보고 있는데? 나한테도 염치라는 게 있다. 그루셴카한테 드나든 그 순간부터 나는 이미 약혼자도 아니고 염치를 아는 인간도 아니야, 나도 그걸 알아. 왜 그렇게 쳐다봐? 나는 말이다, 처음엔 그 여자를 그냥 두들겨 패주러 간 거였어. 내가 얘길 들어서 이제 확실하게 안다만, 아버지의 대리인인 그 이등 대위가 이 그루셴카한테 내 명의의 어음을 건네줬어, 그 여자더러 날 상대로 청구소송을 하게 해서 내 기를 꺾어 손을 떼게 할 속셈으로 말이지. 날 겁주려 했던 거야. 그래서 난 그루셴카를 패주려고 간 거야. 전에도 그 여자를 얼핏 본 적이 있지. 별다른 느낌은 없었어. 그 늙은 상인에 대해서도 알고 있었는데, 요즘은 더구나 병도 들고 아주 쇠약해서 자리보전하고 있지만, 어쨌든 그 여자한테 크게 한밑천 남겨줄 거야. 그 여자가 돈 버는 데 아주 재미를 붙여 돈을 긁어모으고 있고, 악질적인 비싼 이자로 돈놀이를 하는 아주 교활한 년에다 피도 눈물도 없는 악당이라는 것도 알고 있었어. 그래서 그년을 두들겨 패주러 갔는데, 그냥 그년 집에 눌러앉고 만 거야. 갑자기 천둥 번개가 번쩍이면서 역병이 내리친 건데, 그때 감염된 게 여태 그대로야, 알아, 난 이미 만사가 끝장났고, 다른 길은 절대 없을 거야. 시간의 회로가 닫혀버렸으니까. 이게 바로 내 상황이야. 그런데 뜻밖에도, 그때 비렁뱅이인 내 주머니에 갑자기 3천 루블이 굴러들어온 거야. 나는 그 여자를 데리고 모크로예로 갔지, 여기서 25베르스타 떨어진 곳인데, 그곳으로 남녀 집시들을 부르고 샴페인을 가져오라 해서 그 마을 농사꾼들, 아낙네들, 처녀애들 할 것 없이 죄다 취하도록 퍼마시게 하면서 수천 루블을 마구 뿌렸지. 사흘 뒤에는 알몸이 되었지만, 그래도 매鷹나 다름없었어. 이 매가 뭔가 얻어냈다고 생각하겠지? 먼빛으로라도 그년은 보여주지 않더구나. 굳이 말하자면 곡선 정도였어. 그루셴카, 그 망할 년의 몸엔 그런 기막힌 곡선이 있거든. 그 곡선은 그년 발에도 드러나 있고, 심지어 왼쪽 새끼발가락에도 나타나 있단 말이다. 난 그걸 보고 거기다 입을 맞추었지, 그뿐이야— 맹세코! 그년은 '원한다면 시집가줄게, 당신이 거지이긴 하지만. 절대 때리지 않고 내가 원하는 건 다 하게 해주겠다고 말해봐, 그럼 시집가줄지도 모르니까'라면서 깔깔 웃더라고. 지금도 깔깔 웃고 있어!"

드미트리 표도로비치는 분노가 폭발하는 듯 자리에서 벌떡 일어났다. 그는 갑자기 술 취한 사람처럼 보였다. 그의 두 눈에 갑자기 핏발이 섰다.

"형은 정말 그 여자하고 혼인할 생각이에요?"

"그 여자가 원하면 당장 하고, 원하지 않으면 그래도 그 여자 집에 계속 있을 거야, 마당에서 문지기 노릇이라도 하겠어. 너는…… 너는, 알료샤……" 갑자기 그는 알료샤 앞에 멈춰 서서 어깨를 움켜잡더니 다짜고짜 힘껏 흔들기 시작했다. "네가, 순결한 소년인 네가 알라마는, 이건 죄다 섬망譫妄이야, 생각조차 할 수 없는 섬망이야, 왜냐하면 여기엔 비극이 있으니까! 알아둬라, 알렉세이, 나는 저열하고 타락한 열정에 휘둘리는 저열한 인간일 수는 있을지언정, 이 드미트리 카라마조프가 도둑놈이고 소매치기이고 현관을 터는 좀도둑일 수는 절대로 없다. 자, 그렇지만 이제 잘 알아둬라, 나는 좀도둑이야, 호주머니나 뒤지고 현관이나 터는 도둑놈이라고! 그루셴카를 패주러 가기 직전에, 마침 바로 그날 아침 카체리나 이바노브나가, 당분간은 아무도 모르게 하려고 극비리에(무엇 때문인지는 모르지만, 그녀로선 필시 그럴 필요가 있었겠지) 날 불러서는, 현청 소재지로 가서 모스크바에 있는 아가피야 이바노브나한테 3천을 우편으로 부쳐달라고 부탁하더군. 그 도시로 가달라고 한 건 이곳 사람들이 모르도록 하려는 거였어. 그때 바로 이 돈 3천을 주머니에 넣고 나는 곧장 그루셴카한테 갔고, 그 돈으로 모크로예도 갔다 온 거야. 그뒤에 나는 그 도시에 급히 다녀온 척했지만, 우편 영수증은 그녀 앞에 내놓지도 않고, 송금했으니 영수증을 갖다주겠다고 말하고는 여태까지 갖다주지 않고 있어, '깜박 잊었구먼요'라는 식이지.

이제, 넌 어떻게 생각하니, 자, 네가 오늘 그녀에게 가서 말하는 거야. '형이 허리 숙여 인사를 전하더군요.' 그럼 그녀가 그러겠지. '그런데 돈은요?' 넌 다시 이렇게 말하면 돼. '형은 천박한 호색한에다 욕정을 억제할 수 없는 비열한 존재예요. 형은 그때 아가씨의 돈을 송금하지 않고 탕진하고 말았어요, 짐승처럼 자신을 억제할 수 없었던 거죠.' 하지만 그래도 이렇게는 덧붙일 수 있겠지. '대신 형은 도둑은 아니에요. 여기 아가씨의 돈 3천이 있어요, 형이 되돌려보내는 것이니 아가씨께서 아가피야 이바노브나에게 직접 부치세요. 그리고 형이 허리 숙여 인사를 전하라고 이르더군요.' 그럼 이제 그녀는 '그래, 돈은 어딨죠?' 하고 대뜸 물을 거다."

"미챠 형, 형은 불행하군요, 그래요! 하지만 형이 생각하듯 그 정도는 아니니까—절망해서 자신을 해치면 안 돼요, 절대 해치지 말아요!"

"아니, 무슨 생각을 하는 거냐. 갚을 돈 3천을 구하지 못하면 내가 권총 자살이라도 할 거라는 거냐? 문제는 바로 그거야, 난 자살 따윈 하지 않아. 지금은 그럴 기력도 없어. 나중엔 몰라도, 어쨌든 지금은 그루셴카에게 가겠어…… 나 같은 비겟덩어리는 될 대로 되는 거야!"

"그럼 그 여자한테서는요?"

"그 여자의 남편이 될 거야, 남편이 되는 영광을 누리는 거지. 정부가 오면 다른 방으로 비켜주고. 남자 친구들의 더러운 덧신도 닦아주고, 사모바르도 입으로 후후 불어주고, 뛰어다니면서 심부름꾼 노릇도 하고……"

"카체리나 이바노브나는 모든 걸 이해해줄 거예요." 갑자기 알료샤가 힘주어 말했다. "이 모든 슬픔을 밑바닥까지 이해하고 화해해줄 거예요. 그녀는 아주 현명하니까, 누구도 형보다 더 불행할 수 없다는 걸 스스로 알아볼 거예요."

"그녀라고 모든 것과 화해할 순 없을 거다." 미챠가 이를 드러내 보이며 히죽 웃었다. "여기엔, 아우야, 어떤 여자라도 화해할 수 없는 무엇이 있거든. 그런데 제일 좋은 방법이 뭔지 알아?"

"뭔데요?"

"그녀에게 3천을 갚는 거야."

"어디서 그 돈을 구하죠? 아 참, 나한테 2천이 있고, 이반 형도 천을 줄 거예요. 그러면 3천이 되니, 가지고 가서 갚아요."

"그렇지만 그게 언제 들어오겠니, 너희 돈 3천이? 더구나 넌 아직 미성년자인데. 아무튼 넌 반드시, 반드시 오늘 중으로, 돈이 있든 없든 그녀한테 가서 작별인사를 전해야 해, 더이상은 미룰 수가 없거든. 일이 이런 지경에까지 이른 거야. 내일이면 이미 늦어, 늦다고. 난 널 아버지한테 보낼 생각이다."

"아버지한테요?"

"그래, 그녀한테 가기 전에 아버지한테 먼저 가. 가서 3천을 부탁해 봐라."

"하지만 미챠 형, 아버진 안 주실 거예요."

"물론 주지 않겠지. 그건 나도 알아. 알렉세이, 절망이라는 게 뭔지 아니?"

"알아요."

"들어봐. 법적으로 아버진 나한테 아무 빚도 없어. 내가 다 빼다 썼으니까, 죄다. 그건 나도 알아. 하지만 도덕적으로는 나한테 빚이 있어, 그러냐 안 그러냐? 아버진 어머니의 2만 8천을 가지고 10만이라는 재산을 만들지 않았냐. 그 2만 8천 중에서 나한테 3천만, 딱 3천만 준다면, 아버진 내 영혼을 지옥에서 꺼내주는 거고, 그것으로 자신의 많은 죄도 감해지는 거야! 나는 이 3천만 받으면, 너한테 엄숙하게 맹세하지만, 깨끗이 끝내주고, 아버지는 더이상 나에 대한 얘기를 듣지 않게 될 거다. 마지막으로 아버지 노릇을 할 수 있는 기회를 주는 셈이지. 아버지한테 가서 말해라, 하느님께서 직접 이 기회를 보내주시는 거라고."

"미챠 형, 아버진 절대로 안 주실 거예요."

"알아, 안 줄 거라는 건 너무도 잘 알아. 지금은 특히 그럴 거다. 게다가 난 또 알고 있는 게 있지. 이제야, 그래 봤자 요 며칠 사이에야, 아니 아마도 어제서야, 아버지는 그루셴카가 어쩌면 농담을 하고 있는 게 아니라 정말로 나한테 시집올 마음을 먹을 수도 있다는 걸 처음으로 진지하게('진지하게'라는 말에 유의해라) 알아차린 거야. 아버진 그루셴카의 성격을 알고 있거든, 이 암고양이를 잘 알고 있다고. 뭐, 그러니 이 일을 거들려고 나한테 돈까지 줄 리가 있겠냐, 아버지 자신도 그 여자 때문에 완전히 넋이 나간 판에? 하지만 이것도 약과야. 너한테 더 굉장한 걸 알려주마. 나는 아버지가 벌써 대엿새 전에 3천 루블을 빼 가지고 백 루블짜리 지폐로 바꿔 커다란 봉투에 넣어서는 다섯 군데나 봉인을 찍고 그 위를 빨간 끈으로 열십자 모양으로 묶어뒀다는 걸 알아. 거봐, 내가 얼마나 자세하게 알고 있냐! 봉투에는 이렇게 적혀 있다고. '나의 천사 그루셴카에게, 만약 나한테 오길 원한다면.' 이건 조용할 때 몰래 자기 손으로 끼적거려둔 건데, 아버지한테 그런 돈이 준비돼 있다는 건 하인 스메르쟈코프 말고는 아무도 몰라. 아버지는 이 녀석의 정직함을 자기 자신만큼이나 굳게 믿고 있거든. 그래서 아버지는 벌써 사나흘째 그루셴카를 기다리고 있어, 봉투를 가지러 오길 바라는 거지. 아버지가 그걸 귀띔해주자, 그녀 쪽에서 '어쩌면 갈지도 모르겠네요' 하고 알려왔다는 거야. 그러니 만약 그녀가 정말로 영감쟁이한테 찾아간다면, 과연 내가 그녀와 혼인할 수 있겠어? 이젠 너도 알겠지, 왜 내가 여기 몰래 앉아 있는지, 도대체 무엇을 감시하고 있는지 말이야?"

"그녀를요?"

"그래, 그녀야. 저 칠칠치 못한 이 집 주인 모녀한테 포마가 작은 방 한 칸을 세 들어 살아. 포마는 우리 고장 출신인데, 전에 우리 부대에 졸병으로 있었거든. 녀석은 이 집에서 시중을 들면서, 밤에는 보초를 서고 낮에는 멧닭 사냥이나 하며 그걸로 그냥저냥 살고 있지. 나는 여기서 녀석의 방에 숨어 있는데, 녀석도 집주인 모녀도 비밀을 몰라. 그러니까 내가 여기서 뭘 감시하고 있다는 걸 몰라."

"스메르쟈코프 혼자만 아나요?"

"그래, 그 녀석 혼자만. 그 여자가 영감쟁이한테 오면, 녀석이 나한테 알려주게 돼 있어."

"형에게 돈봉투 얘길 해준 것도 그였나요?"

"그래, 하지만 이건 절대 비밀이다. 이반조차 돈 얘기든 뭐든 아무것도 몰라. 영감쟁이는 이반을 이삼일간 체르마쉬냐로 보낼 작정이야. 숲 벌목권을 8천 루블에 사겠다는 매입자가 나타나서 영감쟁이가 이반에게 '좀 도와다오, 직접 다녀오너라' 하고 부탁하고 있거든. 그러니까 이삼일간 예정으로 말이야. 이반이 없을 때 그루셴카를 오게 하려는 거지."

"그럼 오늘도 아버진 그루셴카를 기다리겠군요?"

"아니, 오늘은 안 올 거야, 그럴 징조가 있거든. 분명히 안 올 거야!" 미챠가 갑자기 소리쳤다. "스메르자코프도 그렇게 생각하고 있어. 아버지는 지금 술을 퍼마시는 중이야, 이반과 함께 식탁 앞에 앉아 있어. 어서 가서, 알렉세이, 아버지에게 이 3천만 좀 부탁해다오……"

"미챠 형, 형, 어떻게 된 거예요!" 알료샤는 자리에서 벌떡 일어나 이렇게 외치면서, 미친 듯이 흥분해 있는 드미트리 표도로비치의 얼굴을 들여다보았다. 한순간 그는 형이 미쳐버렸다고 생각했다……

"너 왜 그러냐? 난 미치지 않았어." 드미트리 표도로비치가 왠지 엄숙하기까지 한 시선으로 뚫어지게 바라보며 말했다. "걱정 마, 너를 아버지한테 보내면서 내가 무슨 말을 하고 있는지 잘 알고 있어, 난 기적을 믿고 있는 거야!"

"기적을요?"

"하느님의 섭리의 기적 말이다. 하느님께선 내 마음을 알고 계셔, 내 모든 절망을 보고 계셔. 그분께선 이 모든 광경을 보고 계셔. 설마 그분께서 끔찍한 일이 일어나도록 내버려두시겠어? 알료샤, 난 기적을 믿는다, 어서 가봐!"

"갈게요. 형은 여기서 기다릴 거죠?"

"기다리마, 나도 알아, 시간이 좀 걸릴 거다. 들어가자마자 무턱대고 얘길 꺼낼 순 없으니까! 아버진 지금 취해 있어. 세 시간, 네 시간, 다섯 시간, 여섯 시간, 일곱 시간이라도 기다리마. 하지만 이것만은 알아둬라, 한밤중이라도 좋으니 돈이 있든 없든 너는 오늘 중으로 카체리나 이바노브나한테 가서 '아가씨께 허리 숙여 인사를 전하라고 형이 일렀습니다'라고 말하는 거야. 내가 원하는 건 네가 바로 이 말을 해주는 거야. '허리 숙여 인사를 전하라고 형이 일렀습니다.'"

"미챠 형! 그런데 그루셴카가 갑자기 오늘 오면…… 오늘이 아니라면 내일이나 모레라도?"

"그루셴카? 그러면 내가 엿보고 있다가 쳐들어가서 훼방을 놓는 거지……"

"하지만 만약……"

"만약 그러면 죽여버리고 말 테다. 그 꼴을 보고 어찌 참겠냐."

"누굴 죽인단 말이에요?"

"물론 영감쟁이지. 그 여자는 안 죽여."

"형, 무슨 말을 하는 거예요?"

"나도 몰라, 모르겠어…… 안 죽일지도 모르고, 죽일지도 몰라. 내가 두려운 건, 바로 그 순간 아버지의 얼굴이 갑자기 증오스러워지지 않을까 하는 거야. 아버지 목의 그 울대, 그 코, 그 눈, 그 파렴치한 조소를 나는 증오해. 한 인간으로서 끔찍한 혐오를 느껴. 바로 이게 나는 두려워, 도저히 나 자신을 억제할 수 없을 테니……"

"그만 가볼게요, 미챠 형. 하느님께서 제일 잘 아시니까, 그런 끔찍한 일이 벌어지지 않도록 보살펴주시리라 믿어요."

"나는 앉아서 기적을 기다리마. 하지만 기적이 일어나지 않는다면, 그땐……"

알료샤는 깊은 생각에 잠긴 채 아버지 집으로 향했다.

VI
스메르쟈코프

그가 가보니 정말 아버지는 아직도 식탁 앞에 앉아 있었다. 집안에는 식당으로 쓰는 방이 원래 따로 있었으나, 언제나처럼 식탁은 홀에 차려져 있었다. 이 홀은 집에서 제일 큰 방으로, 왠지 꽤나 고풍스러운 분위기가 나는 가구들로 꾸며놓았다. 아주 구식인 가구는 흰색이었고, 비단이 반쯤 들어간 붉은색의 낡은 덮개를 위에다 씌운 것들이었다. 창문 사이의 벽에는 거울을 끼워두었으며, 고풍스러운 무늬가 복잡하게 새겨진 거울 테두리는 역시 흰색에다 금박이 섞여 있었다. 이미 군데군데 벽지가 찢어진 흰 벽에는 커다란 초상화 두 점이 걸려 있었는데—하나는 삼십 년쯤 전에 이 지역의 총독을 지낸 어느 공작의 초상화였고, 다른 하나는 역시 이미 오래전에 세상을 뜬 어느 주교의 초상화였다. 앞쪽 구석에는 성상화가 몇 점 자리하고 있었고, 밤이면 그 앞에 등명을 켰으나…… 경건함에서라기보다 밤에 방을 밝히기 위해서였다. 표도르 파블로비치는 밤마다 무척 늦게, 새벽 서너시쯤에나 잠자리에 들었고, 그때까지 줄곧 방안을 서성이거나 안락의자에 앉아 생각에 잠기곤 했다. 그게 습관이 돼버린 것이다. 하인들을 모두 곁채로 내보내고 집안에서 완전히 혼자 밤을 보내는 일도 드물지 않았으나, 대개는 밤마다 하인 스메르쟈코프가 그의 곁에 남아 문간방의 궤짝 위에서 잠을 잤다. 알료샤가 들어왔을 때는 이미 식사가 모두 끝나고 과일 절임과 커피가 나와 있었다. 표도르 파블로비치는 식사 후에 코냑과 함께 단것을 먹기 좋아했다. 이반 표도로비치도 함께 식탁 앞에 앉아 역시 커피를 마시는 중이었다. 하인인 그리고리와 스메르쟈코프는 식탁 옆에 서 있었다. 주인들도, 하인들도, 모두 눈에 띄게 유난히 활기차고 유쾌한 분위기였다. 표도르 파블로비치는 큰 소리로 껄껄 웃고 있었다. 알료샤는 현관에 들어서자마자 전부터 그토록 귀에 익은 쇳소리 섞인 웃음을 듣고서, 그 웃음소리로 보아 아버지가 취하려면 아직도 멀었고 지금은 그저 기분좋게 약간 술기운이 오른 것뿐이라고 이내 결론지었다.

"아이고, 얘가 왔구나, 얘가 왔어!" 알료샤를 보자 갑자기 엄청나게 반가워하며 표도르 파블로비치가 쇳소리를 내질렀다. "우리랑 함께 어울리자, 어서 앉아, 커피라도 할래—기름기도 없으니 재계용 음료 아니냐, 아무렴, 재계용이지, 게다가 뜨겁고 아주 기가 막히다니까! 코냑은 권하지 않으마, 넌 재계하는 사람이니. 하지만 생각 있냐, 마셔볼래? 아니, 차라리 리큐어를 권하마, 굉장한 거야!—스메르쟈코프, 찬장에 가서 가져와, 두번째 칸 오른쪽이다. 옜다, 열쇠, 어서!"

알료샤는 리큐어를 거절하려 했다.

"어쨌든 내올 거다, 네가 싫다면 우리가 마시면 돼." 표도르 파블로비치의 얼굴이 환하게 빛났다. "그런데 참, 너 점심은 들었냐?"

"먹었습니다." 알료샤는 이렇게 대답했으나, 실은 수도원장의 부엌에서 빵 한쪽에 크바스 한 잔 마신 게 다였다. "하지만 뜨거운 커피라면 기꺼이 마실래요."

"내 예쁜 아들! 기특하긴! 얘가 커피를 마시겠단다. 좀 데워야 하지 않을까? 아니, 됐다, 지금도 끓고 있구나. 기가 막힌 커피야, 스메르쟈코프 커피란다. 커피와 쿨레뱌카*라면 우리집 스메르쟈코프가 예술가야, 생선 수프도 일품이고, 정말. 언제 한번 생선 수프 먹으러 와라, 미리 알려주고서…… 그런데 잠깐, 잠깐, 아까 내가 너한테 오늘 중으로 당장 요랑 베개랑 다 챙겨 집으로 들어오라고 했겠다? 그래, 요를 끌고 왔느냐? 헤헤헤……!"

"아뇨, 안 가져왔어요." 알료샤도 싱긋 웃었다.

"하지만 놀랐지, 아까는 아주 놀랐을 거다, 놀랐지? 아이고 얘야, 우리 귀여운 비둘기, 내가 어찌 네 마음을 상하게 할 수 있겠느냐. 난 말이다, 이반, 얘가 이렇게 내 눈을 들여다보며 웃으면 가만히 보고 있을 수가 없구나. 얘를 보면 내 배 속에서부터 웃음이 나온다니까, 난 얘를 사랑해! 알료쉬카, 아비로서 널 축복하게 해다오."

알료샤는 자리에서 일어났으나, 표도르 파블로비치는 그사이 생각이 달라졌다.

"아니, 아니다, 지금은 그냥 너에게 성호를 그어주마, 자, 이렇게, 됐으니 다시 앉거라. 이제 너한테 아주 재미날 거다, 딱 네 주제에 대해 얘기하던 중이거든. 실컷 웃을 게다. 우리집 발라암의 당나귀**가 입을 열었는데, 어찌나 말을 잘하는지, 아주 청산유수야."

발라암의 당나귀란 하인 스메르쟈코프를 두고 한 말이었다. 아직 겨우 스물네 살 정도밖에 안 된 젊은이인 그는 사람 사귀는 것을 끔찍이 싫어하고 말도 없었다. 그렇다고 낯가림을 하거나 뭔가 부끄러워하는 건 아니었고, 오히려 오만한 성격에다 심지어 모든 사람을 깔보는 것 같기도 했다. 하지만 이참에 여기서 그에 대해 두어 마디라도 하지 않

---

* 반죽으로 속재료를 감싸는 러시아식 파이인 '피로그'의 한 종류로, 큼직하고 기다란 모양이다.

** 자기 주인 발라암의 불행을 인간의 말로써 경고했다는 당나귀(「민수기」 22:20).

고는 지나칠 수 없겠다. 마르파 이그나치예브나와 그리고리 바실리예비치가 그를 키워주었으나, 그는 그리고리의 말을 빌리자면 '은혜라곤 모르고' 한쪽 구석에서 세상을 노려보는 거친 소년으로 자랐다. 어렸을 때는 고양이를 목매달아 죽인 뒤 갖은 의식을 갖추어 장례식 놀이를 하는 걸 무척이나 좋아했다. 이를 위해 그는 사제의 미사복 대신 침대시트를 몸에 두르고 노래를 부르면서, 향로를 대신할 만한 뭔가를 고양이 시체 위에서 흔들어댔다. 이 모든 짓을 아무도 몰래 아주 비밀리에 하곤 했던 것이다. 한번은 그리고리가 이런 짓을 하고 있는 그를 붙잡아 회초리로 호되게 때려준 적이 있었다. 그러자 그는 방구석에 틀어박혀 일주일가량이나 눈을 흘겼다. "이 녀석은 나도 임자도 좋아하지 않아, 이 망나니 같은 자식" 하고 그리고리는 마르파 이그나치예브나에게 말했다. "게다가 아무도 좋아하지 않아. 네가 도대체 사람이냐," 그가 갑자기 스메르자코프를 향해 대놓고 말했다. "넌 사람이 아냐, 넌 목욕탕 수증기에서 생겨난 놈이야, 그게 바로 너야……" 훗날 드러난 바이지만, 스메르자코프는 그리고리의 이 말을 두고두고 용서할 수 없었다. 그리고리는 그에게 글을 가르쳤고, 열두 살 정도가 지나자 성경 이야기를 가르치기 시작했다. 그러나 이 일은 곧 허사로 끝나고 말았다. 언젠가 한번은 그래 봐야 두번째 아니면 세번째 수업 때였는데, 소년이 갑자기 피식 웃는 것이었다.

"왜 그래?" 그리고리가 안경 너머로 무섭게 노려보며 물었다.

"아무것도 아닙니다요. 주님은 첫째 날에 빛을 만드셨고, 해와 달과 별은 넷째 날에 만드셨다면서요.* 그럼 첫째 날에 그 빛은 대체 어디서 비친 건데요?"

그리고리는 어안이 벙벙해졌다. 소년은 비아냥거리듯 스승을 쳐다보았다. 그 시선에는 어딘가 오만불손한 빛마저 어려 있었다. 그리고리는 참을 수가 없었다. "바로 여기서다!" 하고 고함을 지르면서 그는 미친 듯이 제자의 뺨을 후려쳤다. 소년은 한마디 대꾸도 않고 따귀를 감수했지만, 또다시 며칠 동안 방구석에 틀어박혔다. 하필이면 이 일이 있고 나서 일주일 뒤 그에게 난생처음 뇌전증 발작이 일어났는데, 이 증상은 이후 평생을 두고 그에게서 떠나지 않았다. 이 사실을 알게 된 뒤 표도르 파블로비치는 소년에 대한 자신의 태도를 갑자기 바꾼 듯했다. 전에는, 비록 절대로 욕도 하지 않고 만나면 늘 코페이카 한 닢을 손에 쥐여주곤 했어도, 왠지 무관심하게 그를 바라보았다. 기분이 좋을 때면 가끔 식탁에서 뭔가 단것을 집어 소년에게 보내주기도 했다. 하지만 이제 병이 있다는 걸 알게 되자 소년에게 확실히 신경쓰기 시작했고 의사를 불러 치료도 받게 했으나, 치료가 불가능하다는 사실이 밝혀졌다. 발작은 평균 한 달에 한 번꼴로 일어났으나, 간격은 일정치 않았다. 발작 정도도 일정하지 않아서—어떤 때는 가볍고, 어떤 때는 매우 심각했다. 표도르 파블로비치는 소년에게 체벌을 가하는 것을 그리고리에게 엄격히 금지했고, 소년이 자신의 방으로 올라오는 것을 허락하기 시작했다. 무엇을 가르치는 일도 당분간 금지했다. 그러나 한번은 소년이 이미 열다섯 살쯤 되었을 때의 일인데, 표도르 파블로비치는 소년이 그의 책장 주위를 서성이며 유리 너머로 책 제목을 읽고 있는 것을 발견했다. 표도르 파블로비치에겐 백 권 남짓 되는 꽤 많은 책이 있

* 「창세기」 1:3~5, 14~19.

었지만, 그가 책을 읽는 것을 본 사람은 여태 아무도 없었다. 그는 즉시 책장 열쇠를 스메르쟈코프에게 건네주었다. "그래, 읽어라, 마당이나 어슬렁거리느니 사서가 되는 거다, 앉아서 읽거라. 자, 이 책을 읽어봐라." 그러면서 표도르 파블로비치는 『지칸카 근교의 야화』*를 뽑아주었다.

소년은 읽긴 했으나 뭐가 못마땅한지 한 번도 웃지 않았고, 읽기를 마쳤을 때는 상까지 찌푸리고 있었다.

"왜? 우습지 않아?" 표도르 파블로비치가 물었다.

스메르쟈코프는 말이 없었다.

"대답해봐, 이 멍청아."

"온통 거짓말만 적혀 있는걸요." 스메르쟈코프가 이죽거리면서 우물우물 말했다.

"뭐, 썩 꺼져버려, 이 종놈아. 잠깐만, 옜다, 스마라그도프의 『세계사』**, 여긴 죄다 사실만 있으니, 읽어봐라."

그러나 스메르쟈코프는 스마라그도프를 열 쪽도 채 읽지 않았는데, 지루해서였다. 그리하여 책장도 다시 닫히고 말았다. 얼마 안 지나, 마르파와 그리고리는 스메르쟈코프한테 느닷없이 어떤 지독한 결벽증이 점차 나타나게 됐다고 표도르 파블로비치에게 아뢰었다. 수프를 앞에 두고 앉아서는 숟가락을 들고 수프 속에서 뭘 찾고 또 찾으면서 몸을 구부리고 살피다가 한 술 떠서 빛 쪽으로 가져간다는 것이다.

---

* 고골의 첫 작품집. 고향 우크라이나의 민담과 전설을 소재로 한 단편을 모은 것이다.

** 19세기의 저명한 역사학자이자 지리학자, 교육가였던 스마라그도프가 쓴 『초등학교를 위한 세계사 개요』를 가리킨다.

"바퀴벌레라도 빠졌나, 응?" 그리고리가 묻곤 했다.

"파리겠죠." 마르파가 한마디했다.

결벽증에 걸린 청년은 한 번도 대꾸하는 일이 없었으나, 빵이든 고기든 모든 음식에 대해 똑같은 짓을 했다. 포크로 한 조각 집어 올려 빛 쪽으로 가지고 가서는 현미경을 들여다보듯 꼼꼼하게 한참 들여다보며 주저하다가 마침내 결단을 내리고 입으로 가져가곤 했다. "어이쿠, 양반댁 도령 나셨네." 그리고리가 그를 보며 중얼거렸다. 표도르 파블로비치는 스메르쟈코프의 새로운 자질에 대해 듣자, 이놈은 요리사가 돼야 한다고 즉각 결정하고 모스크바로 유학을 보냈다. 몇 해 동안 그곳에서 공부를 하고 돌아온 그는 얼굴이 아주 딴판이 돼 있었다. 웬일인지 갑자기 폭삭 늙어버렸고, 나이에 전혀 맞지 않게 쪼글쪼글 주름투성이인데다 안색까지 누렇게 변한 게 흡사 거세당한 사내의 몰골이었다. 그러나 정신적으로는, 모스크바로 떠나기 전과 거의 똑같은 모습으로 돌아왔다. 여전히 사람을 싫어했고, 결코 누구와도 교제할 필요성을 느끼지 않았다. 나중에 전해들은 바로는, 모스크바에서도 늘 말이 없었다고 한다. 모스크바 자체도 왜 그런지 그의 흥미를 거의 끌지 못했던 터라, 거기 있으면서도 알게 된 게 몇 가지 없었고 나머지 것에 대해서는 주의조차 기울이지 않았다. 심지어 한번은 극장에도 갔지만, 입을 꾹 다물고 못마땅한 얼굴로 돌아왔다. 대신 그는 깨끗한 프록코트와 셔츠를 입은 훌륭한 차림으로 모스크바에서 우리 도시로 돌아왔으며, 어김없이 하루에 두 번씩 자신의 옷을 솔로 아주 정성 들여 직접 손질했고, 자신의 멋진 송아지가죽 구두를 특별한 영국제 왁스로 거울처럼 반짝반짝 광나게 닦는 것을 끔찍이도 좋아했다. 요리사로서 그는 아주 뛰어났다. 표도르 파블로비치는 그에게 일정한 급료를 주고 있었는데, 그는 이 급료를 거의 전부 옷, 포마드, 향수 따위를 사는 데 썼다. 하지만 여자에 대해서는 남자나 마찬가지로 경멸하는 것 같았고, 거의 접근조차 할 수 없게끔 아주 절도 있는 태도로 그들을 대했다. 표도르 파블로비치는 다소 다른 관점에서 그를 바라보기 시작했다. 문제는 그의 뇌전증 발작이 더 심해졌다는 것인데, 그런 날이면 어쩔 수 없이 마르파 이그나치예브나가 음식 준비를 맡게 되어, 표도르 파블로비치는 이게 영 못마땅했다.

"어째서 발작이 더 잦아지는 거냐?" 그는 이따금 힐금힐금 곁눈질을 하면서 새 요리사의 얼굴을 자세히 살피기도 했다. "누구한테 장가라도 들면 어때, 장가보내주랴……?"

그러나 이 말에 스메르자코프는 분해서 얼굴이 새하얗게 질렸을 뿐, 아무 대꾸도 하지 않았다. 표도르 파블로비치는 손을 내저으며 물러나곤 했다. 하지만 무엇보다 중요한 것은, 표도르 파블로비치가 그의 정직함을, 그가 절대로 뭘 집어가거나 훔쳐가지 않을 사람임을 단 한 번의 일로 아주 영원히 확신하고 있었다는 점이다. 한번은 표도르 파블로비치가 술에 취해 방금 받은 무지갯빛 지폐* 석 장을 자기 집 마당의 진창에다 떨어뜨렸는데, 그 돈이 없어졌다는 사실을 다음날에야 알아차리고 부랴부랴 호주머니를 뒤지기 시작한 순간, 느닷없이 그의 탁자 위에 무지갯빛 지폐 석 장이 고스란히 놓여 있는 게 아닌가. 어디서 이게? 그것은 스메르자코프가 주워서 어제 벌써 갖다놓은 거였다. "그

* 혁명 전의 백 루블짜리 지폐.

래, 얘야, 너 같은 녀석은 본 적이 없다." 그때 표도르 파블로비치는 짧게 이렇게만 말하고 그에게 10루블을 선물로 주었다. 여기서 덧붙여야 할 것은, 표도르 파블로비치가 그의 정직함을 굳게 믿었을 뿐만 아니라 어쩐 일인지 그를 사랑하기까지 했다는 것인데, 정작 이 녀석은 다른 사람들에게도 그러듯 표도르 파블로비치를 곁눈질로 흘겨보며 언제나 말이 없었다. 먼저 말을 꺼내는 일도 드물었다. 그럴 때 누군가 그를 바라보며 이 젊은이는 대체 무엇에 관심이 있고 어떤 생각을 가장 자주 하는지 물어보고 싶은 생각이 불쑥 들었더라도, 그를 바라보면서 그 의문을 풀기란 사실 불가능했을 것이다. 그런데 그는 이따금 집안에서, 혹은 마당이나 거리에서도, 걸음을 멈추고 생각에 잠겨 그렇게 십 분씩이나 서 있을 때가 종종 있었다. 만약 관상학자가 그의 얼굴을 눈여겨보았다면, 거기엔 상념도 생각도 없으며 일종의 어떤 관조가 있다고 말했을 법하다. 화가 크람스코이*의 작품 중에 〈관조자〉라는 매우 주목할 만한 그림이 있다. 그림에는 겨울 숲이 그려져 있고, 숲속 길에서 짚신을 신고 누더기 카프탄**을 걸친 어느 농부가 아주 깊은 고독에 잠겨 완전히 홀로 서 있는데, 마치 서서 골똘히 생각하는 듯 보이지만 실은 생각하는 게 아니라 뭔가를 '관조하는' 것이다. 만약 그를 툭 친다면, 그는 몸을 부르르 떨고 마치 잠에서 깨어난 듯 아무 영문도 모르는 채 당신을 쳐다볼 것이다. 물론 금방 제정신으로 돌아오기야 하겠지만, 그렇게 서서 무엇을 생각하고 있었느냐고 물어보면 그는 분명 아무것도 기억해내지 못할 것이며, 그러나 대신, 그렇게 관조하는 동안 받은 인상

* 19세기 후반 러시아 사실주의 회화의 중요한 유파인 이동전람회파를 대표하는 화가.
** 옷자락이 긴 농민 외투.

들은 분명 마음속 깊이 감춰둘 것이다. 이 인상들이야말로 그에게 소중한 것이어서, 그는 아무도 모르게, 심지어 자기 자신도 의식하지 못한 채 그것들을 하나둘씩 모으는데—무엇을 위해 무엇 때문에 그러는지는 물론 그 자신도 알지 못한다. 어쩌면 오랜 세월 동안 그 인상들을 모은 뒤 갑자기 모든 것을 팽개치고 순례와 구도를 위해 예루살렘으로 떠날 수도 있을 것이고, 또 어쩌면 갑자기 고향 마을을 불살라버릴 수도 있고, 또 어쩌면 이 두 가지 일이 한꺼번에 일어날 수도 있을 것이다. 민중 가운데는 이런 관조자들이 꽤 있다. 분명 스메르쟈코프도 바로 이런 관조자들 중 한 사람이었을 것이고, 분명 그 또한 왜 그러는지 스스로도 거의 알지 못하면서 자신의 인상들을 탐욕스럽게 모으고 있었을 것이다.

VII
논쟁

그런데 이 발라암의 당나귀가 갑자기 말을 하기 시작한 것이다. 마침 그 화제라는 것도 희한했다. 그리고리는 아침녘에 상인 루키야노프의 가게에 물건을 사러 갔다가 그로부터 어느 러시아 병사에 관한 이야기를 들었는데, 국경 지방 어느 먼 곳에서 아시아인들에게 포로로 잡힌 이 병사가 아시아인들이 그에게 당장 고통스럽게 죽여버리겠다고 협박하면서 그리스도교를 버리고 이슬람교로 개종하라고 강요했으나 끝끝내 자신의 신앙을 배반하지 않고 고통을 받아들였을뿐더러 자신의 살가죽이 벗겨지는데도 그리스도를 찬양하고 찬송하며 죽었다는 것으로—이 엄청난 위업에 대한 기사는 마침 그날 받은 신문에도 실려 있었다. 바로 이 이야기를 그리고리가 식사 자리에서 꺼냈던 것이다. 표도르 파블로비치는 전에도 매번 식사 후에 후식을 들면서 그리고리하고라도 잠깐 신나게 웃고 이야기하기를 좋아했다. 더구나 이번엔 기분마저 가뿐하고 유쾌하게 들떠 있었다. 코냑을 홀짝거리며 이 소식을 다 전해들은 뒤, 그는 그런 병사는 지금 당장 성자로 받들어야 하며 벗겨낸 살가죽은 어디 수도원에 모시는 게 마땅하다고 한말씀하면서, "그러면 사람들이 떼 지어 몰려들고 돈깨나 들어올 거다"라고 했다. 그리고리는 표도르 파블로비치가 조금이라도 감동하기는커녕 여느 때의 버릇 그대로 천벌 받을 소리나 지껄이기 시작하는 것을 보고 얼굴을 찌푸렸다. 그때 갑자기 문 옆에 서 있던 스메르쟈코프가 피식 웃었다. 스메르쟈코프는 전에도 아주 자주, 그러니까 식사가 끝날 무렵 식탁 옆에 서 있는 것을 허락받았다. 하지만 이반 표도로비치가 우리 도시에 온 뒤로는 식사 때마다 거의 매번 모습을 나타내기 시작했다.

"너 왜 그래?" 표도르 파블로비치는 그가 웃는 걸 이내 눈치채고, 그것이 물론 그리고리를 겨냥한 것인 줄 알면서도 이렇게 물었다.

"제 생각은 말입죠." 뜻밖에도 스메르쟈코프가 갑자기 큰 소리로 입을 열었다. "그 칭송할 만한 병사의 행동이 아무리 위대하다 해도 말입죠, 제 생각엔 그런 경우 예컨대 설사 그리스도의 이름을 부인하고 자기 자신의 세례를 부인한다 해도, 그래도 아무 죄가 되지는 않을 것 같은뎁쇼. 그렇게 자기 목숨을 구해가지고 앞으로 살아가면서 좋은 일을 하여 그 비겁함을 보상하면 됩지요."

"그게 어째서 죄가 안 된다는 거냐? 허튼소리 작작해, 그러다간 너 곧장 지옥에 끌려가서 양고기처럼 지글지글 구워질 테니까." 표도르 파블로비치가 말을 받았다.

바로 그때 알료샤가 들어왔던 것이다. 표도르 파블로비치는, 우리가 보았듯, 알료샤가 온 걸 끔찍이도 반가워했다.

"네 주제에 관한 거야, 네 주제!" 그는 함께 들어보라고 알료샤를 자리에 앉히며 기뻐서 히히거렸다.

"양고기라뇨, 그렇지 않습니다요, 그런 말을 했다고 해서 거기서 무슨 일이 있지도 않을 것이굽쇼, 그런 일이 있을 수도 없습니다요, 정말로 공정하다면 말씀입죠." 스메르쟈코프가 무게를 잡으며 지적했다.

"정말로 공정하다는 건 무슨 소리냐." 표도르 파블로비치는 무릎으로 알료샤를 툭툭 치면서 더욱 재미있어하며 외쳤다.

"비열한 놈, 원래 저런 놈이에요!" 갑자기 그리고리의 입에서 이런 소리가 튀어나왔다. 그는 분을 참지 못하고 스메르쟈코프의 눈을 똑바로 쏘아보았다.

"비열한 놈 얘기는 잠깐 미뤄두십쇼, 그리고리 바실리예비치." 스메르쟈코프가 차분하고 침착하게 응수했다. "차라리 스스로 판단해보시지요, 제가 만약 그리스도교도의 박해자들한테 포로로 붙잡혀 하느님의 이름을 저주하고 저의 성스러운 세례를 부정하라는 요구를 받는다면, 저는 그 문제에 있어 저 자신의 이성에 의거해 행동할 전적인 권리를 가진다 이겁니다. 그런다고 죄가 될 리는 없거든요."

"그 얘긴 벌써 했어, 길게 늘어놓지 말고 증명이나 해!" 표도르 파블로비치가 소리쳤다.

"부엌데기 주제에!" 경멸스럽다는 듯 그리고리가 꿍얼거렸다.

"부엌데기 얘기도 잠깐 미뤄두십쇼, 욕은 관두고 스스로 판단해보시지요, 그리고리 바실리예비치. 제가 박해자들에게 '아니다, 나는 그리스도교도가 아니다, 나의 참된 하느님을 저주한다'라고 말하면, 바로 그 순간 저는 하느님의 가장 높은 심판에 의해 즉시 파문자로 특별한 저주를 받게 되고, 신성한 교회로부터 이교도나 다름없이 완전히 추방되고 말 게 아닙니까요. 그것도 심지어 바로 그 순간에—제가 그 말을 입 밖에 내자마자가 아니라, 그 말을 하려고 생각한 바로 그 순간에 말입죠. 그러니 제가 추방되는 데는 4분의 1초도 안 걸리는 것입죠—그런가요, 안 그런가요, 그리고리 바실리예비치?"

그는 눈에 띄게 만족한 표정으로 그리고리를 향해 말했으나 실은 오로지 표도르 파블로비치의 질문에 대답하는 것이었고, 그렇다는 걸 아주 잘 알면서도 일부러, 마치 그리고리가 이 질문을 하기라도 한 듯이 굴고 있었다.

"이반!" 갑자기 표도르 파블로비치가 외쳤다. "나한테 귀 좀 바싹 갖다대거라. 녀석은 너 때문에 다 저러는 거야, 네 칭찬을 받고 싶어서. 칭찬 좀 해줘라."

이반 표도로비치는 희열에 들뜬 아버지의 말을 아주 진지한 얼굴로 듣고 있었다.

"가만, 스메르쟈코프, 잠깐만 입다물고 있거라." 표도르 파블로비치가 또다시 소리쳤다. "이반, 나한테 다시 귀 좀 갖다대봐라."

이반 표도로비치는 또다시 아주 진지한 표정으로 몸을 숙였다.

"아비는 너나 알료쉬카나 똑같이 사랑한다. 내가 널 사랑하지 않는다고 생각하지는 마라. 코냑 할 테냐?"

"주세요." 이반 표도로비치는 '하지만 이 양반도 어지간히 취했군' 하며 잠시 아버지를 뚫어지게 쳐다보았다. 스메르쟈코프에 대해서라면 비상한 호기심을 가지고 지켜보는 중이었다.

"네놈은 지금도 저주받은 파문자야." 그리고리가 갑자기 퍼부었다. "그런 마당에 네놈이, 이 비열한 놈, 어찌 감히 판단을 한단 말이냐, 만약에……"

"욕하지 말게, 그리고리, 욕은 그만둬!" 표도르 파블로비치가 말을 가로막았다.

"좀 기다리시죠, 그리고리 바실리예비치, 아주 잠깐이라도 말입죠, 그리고 마저 들어주십쇼, 전 아직 안 끝났으니까. 그래서 제가 하느님께 즉각 저주받게 되면 말입죠, 바로 그 순간, 그야말로 바로 그 한순간에 말입죠, 저는 이미 이교도나 다름없이 되고 저의 세례는 저로부터 거두어들여져 없던 일이 되고 말죠—이것만은 사실이 아닙니까요?"

"결론을 내려, 얘야, 어서, 결론을." 표도르 파블로비치가 입맛을 다시며 술잔을 들어 한 모금 홀짝이고는 재촉했다.

"만약 제가 이미 그리스도교도가 아니라면, 그건 박해자들이 '네놈은 그리스도교도냐 아니냐' 하고 물었을 때 제가 그들에게 거짓말을 한 것도 아닙지요, 왜냐하면 이런 생각을 했다는 것만으로도 저는 박해자들한테 미처 무슨 말을 하기도 전에 이미 하느님 자신에 의해 그리스도교도의 자격을 박탈당했거든요. 제가 이미 그리스도교도 자격을 박탈당했다면, 그리스도를 부정했다고 해서 무슨 수로, 무슨 공정한 원칙에 따라, 저세상에서 저한테 그리스도교도로서의 책임을 물을 겁니까요. 부정하기도 전에 이미 그런 생각만으로도 저의 세례가 취소된 마당에요? 제가 이미 그리스도교도가 아니라면 그리스도를 부정할 수도 없지요, 저한텐 부정할 것도 없으니까요. 아무리 하늘나라라도, 더러운 이교도 놈 타타르인한테 그가 그리스도교도로 태어나지 않았다고 해서 어느 누가 책임을 묻겠습니까요, 그리고리 바실리예비치, 누가 그걸로 그를 벌하겠느냐고요, 소 한 마리에서 가죽 두 장을 벗겨낼 수 없다는 걸 다들 아는 판에 말입죠. 더구나 온 세상의 지배자이신 하느님께서 타타르인이 죽었을 때 그에게 책임을 직접 묻는다 해도, 제 생각에는, 이교도 부모한테서 이교도로 세상에 태어난 것이 결코 그의 죄는 아니라고 판단하여 가장 가벼운 어떤 벌을 내릴 겁니다요(벌을 전혀 안 내릴 수야 없을 테니까요). 주 하느님께서 타타르인을 강제로 붙들고서 너도 그리스도교도였노라고 말할 수는 없잖습니까? 그렇게 되면 전능하신 주님께서 순전히 거짓말을 하는 꼴입죠. 하늘과 땅의 지배자이신 주님께서 과연 무슨 단 한 마디라도 거짓말을 할 수 있습니까요?"

그리고리는 어안이 벙벙해져서 눈을 휘둥그레 뜨고 연사를 바라보았다. 무슨 소리들을 하는지 잘 이해하진 못했으나, 그래도 이 장황한 헛소리에서 뭔가 퍼뜩 깨달은지라 그는 갑자기 벽에 이마를 부딪힌 사람의 얼굴을 하고 그 자리에 그대로 서 있었다. 표도르 파블로비치는 잔을 마저 비우고는 쇳소리 섞인 웃음을 쏟아냈다.

"알료샤카, 알료샤카, 어떠냐! 얼씨구, 이 궤변가 녀석! 요 녀석은 분명 어디서 예수회 놈들하고 어울린 게야, 이반. 아이고 이놈, 구린내 나는 예수회 놈아, 대체 누가 네놈을 가르친 게냐? 하지만 네놈은 거짓말만 늘어놓고 있어, 이 궤변가 녀석아, 죄다 거짓말이란 말이다, 거짓말,

거짓말이라고. 울지 말게, 그리고리, 우리가 이놈을 당장 박살 내서 연기와 재로 만들어버릴 테니. 그럼 어디 나한테 말해봐라, 이 당나귀야. 비록 네놈이 박해자들 앞에서는 정당하다 해도, 네놈 스스로 마음속에서 자신의 신앙을 부정했고 네놈 입으로도 바로 그때 파문자로 저주받았다고 말하고 있으니, 일단 파문자가 되었다면 그 때문에 지옥에서 네놈의 머리를 쓰다듬어주진 않을 게다. 어떻게 생각하느냐, 나의 멋진 예수회 양반?"

"마음속으로 부정한 건 틀림없지요만, 그게 특별한 죄가 되는 건 절대 아니굽쇼, 설령 죄라고 해도 지극히 평범한 것입지요."

"아니, 지극히 평범한 것입지요라니!"

"헛소리 작작해, 저-어-주받은 놈." 그리고리가 씩씩거렸다.

"스스로 판단해보시지요, 그리고리 바실리예비치." 스메르자코프는 자신의 승리를 의식하면서, 그러나 패배한 적에게 아량이라도 베푸는 듯한 태도로 차근차근 침착하게 말을 계속했다.

"성경에도 쓰여 있잖습니까, 너희에게 만일 믿음이 가장 작은 씨앗만큼이라도 있어 이 산에 바닷속으로 내려가라 명하면, 산은 너희의 명이 떨어지기 무섭게 조금도 지체 없이 그 속으로 내려갈 것이니라*라굽쇼. 어디, 그리고리 바실리예비치, 저는 믿음이 없는 자이고 당신은 쉴새없이 저를 욕할 만큼 믿음이 깊으니, 이 산에 명하여 바다는 관두고 (여기서 바다까지는 머니깝쇼) 이 집 정원 뒤를 흐르는 저 악취나는 우리 동네 개천으로라도 내려가라고 해봅쇼. 그럼 그 순간 당신 눈으로

* 「마태복음」 17:20, 21:21.

직접 보게 될 테죠. 당신이 아무리 소리쳐도 말입죠, 무엇 하나 꿈쩍하지 않굽쇼, 전에 있던 자리에 완전히 그대로 있는 걸 말입죠. 이건, 그리고리 바실리예비치, 당신도 제대로 믿고 있지 않으면서 대신 다른 사람들에게만 온갖 욕을 해댄다는 뜻이지요. 그렇지만 당신뿐만 아니굽쇼, 우리 시대에는 누구도, 심지어 가장 높은 사람들부터 가장 낮은 농사꾼에 이르기까지 말입죠, 단연코 그 누구도 산을 바다로 밀어낼 수 없다는 걸 고려한다면, 물론 전 지구상에서 누군가 한 사람 아니면 기껏해야 두 사람의 예외야 있겠지만요, 이 사람들마저 저기 이집트의 사막 어딘가에 숨어서 도를 닦고 있는지라 도무지 찾아낼 수가 없거든요—그러니 만약 그렇게 된다면 말입죠, 만약 나머지 사람들은 전부 믿음이 없는 자가 돼버린다면, 이 나머지 사람들 전부, 다시 말해 그 두 명의 어떤 은자를 제외한 전 지구의 주민들을 말입죠, 과연 주님께서 저주하실까요. 그토록 유명한 자비심을 가지셨으면서 그들 중 아무도 용서하지 않으실까요? 따라서 저는 하느님을 의심한 적이 있더라도 참회의 눈물을 쏟는다면 용서받게 된다고 믿고 있습니다요."

"잠깐만!" 표도르 파블로비치가 황홀감의 절정에 달해 자지러지는 소리를 내질렀다. "그러니까 산을 움직일 수 있는 그런 사람이 네 생각엔 그래도 두 명은 있단 말이지, 그런 거지? 이반, 잘 새겨둬라, 적어둬. 이거야말로 러시아인의 모든 것을 보여주는 생각이야!"

"이것이 믿음의 민족적 특성이라는 점을 아버지는 완전히 정확하게 지적하셨어요." 이반 표도로비치가 찬동하는 미소를 지으며 동의했다.

"동의하는 거로구나! 네가 동의한다면, 그렇다는 게지! 알료쉬카, 정말 그렇잖냐? 완전히 러시아적인 믿음 아니냐?"

"아니요, 스메르쟈코프에겐 러시아적인 믿음이 전혀 없습니다." 알료샤가 진지하고 확고하게 말했다.

"나는 저 녀석의 믿음이 아니라, 그 특성, 그 두 명의 은자, 그 한 가지 특성만을 두고 말하는 거야. 이건 정말 러시아적이지 않느냐, 러시아적이지?"

"예, 그 특성은 전적으로 러시아적인 것입니다." 알료샤가 미소를 지었다.

"당나귀야, 방금 네놈이 한 말은 금화 한 닢의 값어치는 있으니, 그걸 오늘 중으로 보내주마, 하지만 나머지 말은 죄다 거짓말에 거짓말에 거짓말이야. 알아둬라, 멍청아, 여기서 우리 모두는 경솔하기 때문에 믿음이 없는 것뿐이야, 우리한텐 그럴 시간이 없거든. 첫째로는 우린 일에 치여 죽을 지경이고, 둘째로는 하느님께서 너무 시간을 적게 주셔서 하루를 고작 스물네 시간으로 정해놓으신 바람에, 참회는 고사하고 잠 한 번 푹 잘 시간마저 없단 말이다. 그런데 네놈은 믿음 말고는 아무것도 생각할 게 없고 그야말로 네놈 자신의 믿음을 제대로 보여주어야만 하는 그때 거기 박해자들 앞에서 믿음을 부정했단 말이다! 안 그러냐, 얘야, 내 생각엔 일리가 있는 것 같은데?"

"일리가 있다면 있겠지요. 그런데 그리고리 바실리예비치, 스스로 잘 생각해보세요, 그 말씀이 일리 있을수록 제 마음은 가벼워진단 말입니다. 만약 그때 제가 그 성스러운 진리를 진정으로 믿고 있으면서도, 자신의 믿음을 위해 고통을 받아들이는 대신 더러운 마호메트교로 개종했다면 그건 정말 죄가 되겠지요. 하지만 그때는 말입죠, 고통까지 갈 것도 없었을 거라굽쇼. 그 순간 저는 그 산에 빨리 움직여 저 박해자를 몽개버리라고 말만 하면 됐을 테니깝쇼, 그러면 산이 움직여 순식간에 박해자를 바퀴벌레처럼 뭉개 죽였을 테니, 저는 아무 일도 없었다는 듯 하느님을 찬송하고 찬양하며 그 자리를 떠나면 됐겠지요. 하지만 제가 바로 그 순간에 이 모든 것을 시도해보고 그 산에 이 박해자들을 뭉개버리라고 일부러 소리까지 쳤는데도—산이 그들을 뭉개버리지 않았다면, 말씀해보시죠, 그땐 제가 어떻게 의심을 품지 않겠습니까, 더구나 죽음의 엄청난 공포가 밀어닥치는 그런 무서운 시간인데요? 그러잖아도 제가 천국에 완전히 도달하지 못하리라는 걸 알고 있는 마당에 (산이 제 말에 따라 움직이지 않았다는 건 제 믿음을 그곳에서 그다지 믿지 않는다는 거고, 저세상에서도 그리 큰 보상이 절 기다리지 않는다는 뜻이니까요), 하물며 제 살가죽까지 뭣하러 아무 소용도 없이 벗겨지도록 두겠습니까요? 설령 제 등가죽이 이미 절반이나 벗겨졌다 한들, 제가 말하고 외친다고 해서 그 산이 움직일 리도 만무한데요. 그럼요, 그런 순간엔 그저 의심을 품게 되는 정도가 아니라 심지어 공포 때문에 분별력조차 잃어버릴 수 있고, 뭘 판단하는 것 자체가 완전히 불가능해질걸요. 그러니 이승에서나 저승에서나 이득도 보상도 안 보이는 처지에 그나마 제 살가죽이라도 소중히 간직해두려는 것인데 그게 어째서 특별히 죄가 된단 말입니까요? 그래서 저는 주님의 자비를 굳게 믿으면서 저 또한 완전히 용서받으리라는 희망을 키우는 거라굽쇼……"

VIII
코냑을 마시며

논쟁은 끝났으나, 그토록 흥이 나 있던 표도르 파블로비치는 끝날 무렵이 되자 이상하게도 갑자기 얼굴을 찌푸렸다. 얼굴을 찌푸린 채 코냑 잔을 단숨에 비웠지만 그 한 잔은 이미 완전히 과한 것이었다.

"다들 꺼져버려, 이 예수회 놈들, 썩." 그가 하인들에게 소리쳤다. "저리 가, 스메르쟈코프, 약속한 금화는 오늘 중으로 보내주마, 하지만 지금은 꺼져. 그리고리, 자네는 울지 말고 어서 마르파한테 가보게, 위로도 해주고 잠자리에 눕혀줄 테니. 식사 후에 좀 조용히 앉아 있지도 못하게 하는군, 악당 놈들." 그의 분부가 떨어지기 무섭게 하인들이 물러나자, 그는 갑자기 역정을 내며 이렇게 내뱉었다. "스메르쟈코프가 요즘 식사 때마다 여기로 기어오는 걸 보니, 너한테 아주 관심이 많은 모양이구나, 그놈을 뭘로 그렇게 홀린 거냐?" 그가 이반 표도로비치에게 덧붙였다.

"아무것도 하지 않았는데요." 상대방이 말했다. "날 존경하고 싶어졌나보죠. 놈은 머슴에다 인간쓰레기예요. 전진을 위한 육탄이죠, 물론 때가 왔을 때 얘기지만."

"전진을 위한?"

"다른 놈들, 더 나은 놈들도 있겠지만, 저런 놈들도 있겠죠. 처음엔 저런 놈들이 있고, 그뒤에 더 나은 놈들이 나오겠지요."

"그럼 그때가 언제 오는 거냐?"

"봉화가 오를 때겠지만, 제대로 타오르지 못할 수도 있어요, 민중은 아직 저런 부엌데기들 말을 그다지 듣고 싶어하지 않으니까요."

"그건 그런데, 얘야, 저 발라암의 당나귀는 늘 생각에만 잠겨 있는데, 저러다 나중엔 무슨 생각까지 할지 통 모르겠다."

"생각을 축적하겠죠." 이반이 히죽 웃었다.

"이봐, 난 알아, 저놈은 누구한테나 그렇듯이 나도 참을 수 없어해, 너한테도 마찬가지야, 넌 저놈이 널 '존경하고 싶어졌나보다'라고 여기겠지만 말이다. 더구나 알료쉬카에 대해선, 저놈은 알료쉬카를 경멸하고 있어. 그래도 뭘 훔칠 놈은 아니니 그게 어디냐, 입을 나불대지도 않고 말이 없으니, 집안의 온갖 쓰레기를 밖에 나가서 떠벌리진 않을 테고, 쿨레뱌카도 기가 막히게 굽지. 하지만 빌어먹을, 정말이지 그놈에 대해 이렇게 얘기할 가치나 있는 거냐?"

"물론 없죠."

"하지만 저놈이 몰래 생각하고 있을 꿍꿍이 속셈이라니. 러시아 농부들이란, 대체로 두들겨 패줘야 돼. 난 언제나 그렇게 주장해왔다. 우리 러시아 농부는 협잡꾼이야, 동정할 가치도 없어, 지금도 그놈들을 더러 패주고 있으니 그나마 다행이지. 러시아 땅이 단단한 건 자작나무 덕분이야. 숲을 마구 베어버리면—러시아 땅도 무너져버릴걸. 나는 현명한 사람들 편이다. 우리는 너무 현명해서 농부들 두들겨 패는 일을 관뒀다만, 정작 자기들끼리는 계속 서로 두들겨 패고 있다고. 하긴 잘 하는 짓이지. 너희가 헤아리는 그 헤아림으로 너희도 헤아림을 도로 받을 것이니라,* 아니면 그 비슷한 건데…… 한마디로, 다 앙갚음을 당하

* 「누가복음」 6:38.

는 거라고. 러시아는 돼지우리야. 얘야, 내가 러시아를 얼마나 증오하는지 네가 안다면…… 그러니까 러시아가 아니라 이 모든 악덕을…… 아니 뭐 러시아라 해도 좋다. *이건 온통 돼지우리야!* 내가 좋아하는 게 뭔지 아느냐? 난 기지機智를 좋아한단다."

"또 한 잔 비우셨군요. 이제 그만하시지요."

"조금만 기다려, 한 잔 더, 그러고 나서 딱 한 잔만 더 하고 끝내마. 아니, 잠깐, 넌 내 말을 끊어놨어. 모크로예를 지나는 길에 한 늙은이한테 물어보니 그러더라. '우리는 마을의 결정에 따라 행실 나쁜 처녀애들을 두들겨 패주길 제일 좋아하는데, 패는 일은 늘 총각 놈들한테 맡기지요. 그러면 오늘 패준 처녀애를 내일이면 그 총각 놈이 색시로 데려가니, 처녀애들도 그렇게 두들겨 맞는 걸 즐긴답니다.' 이건 정말 사드 후작* 아니냐, 응? 어떠냐, 아무튼 이것도 기지가 넘치지. 우리도 한번 가서 구경해볼까, 응? 알료쉬카, 너 빨개진 거야? 부끄러워할 것 없다, 아가. 정말 유감이구나, 아까 수도원장의 오찬 식탁에 앉지도 못해 수도사들한테 모크로예 처녀들 얘길 못 해줬네, 알료쉬카, 아까 내가 너희 수도원장한테 심하게 군 것, 화내지 마라. 부아가 치밀어서 그랬던 거야, 얘야. 하느님이 있다면, 정말 존재한다면, 뭐, 그땐 내가 죄를 진 거니 책임지마, 하지만 만약 하느님이라는 게 전혀 존재하지 않는다면, 그놈들, 네 그 신부 놈들이 왜 있어야 하는 거지? 그때는 그놈들 목을 베는 걸로 부족해, 그놈들은 발전을 가로막고 있으니까. 넌 믿느냐, 이반, 이 때문에 내 마음이 얼마나 괴로운지. 아니, 안 믿는구나, 네 눈

* 프랑스 소설가. 성도착과 성 본능을 다룬 작품을 많이 썼으며, 그의 이름에서 사디즘이 유래했다.

을 보면 알아. 넌 내가 그저 어릿광대에 지나지 않는다는 사람들 말을 믿는 거야. 알료샤, 넌 내가 한낱 어릿광대가 아니라는 걸 믿겠지?"

"그럼요, 그렇게 믿고 있어요."

"네가 그렇게 믿고 있고 그 말이 진심이라는 걸 나도 믿는다. 넌 시선도 진심이고 말도 진심이야. 하지만 이반은 아니다. 이반은 오만해…… 어쨌든 그 알량한 너희 수도원을 아주 끝장내버리고 싶다. 온 러시아 땅에서 그놈의 신비주의를 죄다 붙잡아 싹 없애버리고 싶단 말이다, 그 모든 멍청이가 아주 똑똑히 정신을 차리게. 그러면 얼마나 많은 금은이 조폐국으로 쏟아져 들어갈까!"

"아니, 왜 없애버립니까?" 이반이 말했다.

"좀더 빨리 진리가 환히 빛나게 하려고. 그게 바로 이유야."

"하지만 진리가 환히 빛나면, 제일 먼저 아버지 재산을 다 빼앗고…… 그런 다음엔 아버지를 없애버리겠죠."

"이런! 하긴 네 말이 옳을지도 모르지. 아이쿠, 내가 바로 당나귀였구나." 표도르 파블로비치가 가볍게 이마를 치고는 외쳤다. "뭐, 그렇다면 알료쉬카, 너희 수도원은 그대로 두기로 하자. 우리 현명한 사람들이야 따뜻한 데 들어앉아 코냑이나 즐기는 거지. 그런데 말이다, 이반, 이건 어쩌면 하느님 당신께서 틀림없이 일부러 이렇게 만들어놓은 것일 테지? 이반, 말해봐라, 하느님은 있느냐, 없느냐? 잠깐, 확실하게 말해야 돼, 진지하게 말하라고! 왜 또 웃는 거냐?"

"내가 웃는 건, 산을 움직일 수 있는 장로가 두 명은 존재한다는 스메르쟈코프의 믿음에 대해 아까 아버지가 아주 재치 있게 평했기 때문이에요."

"그럼 지금 내 말도 그것과 비슷하다는 거냐?"

"아주요."

"뭐, 그 말은 나도 러시아 사람이고, 내게도 러시아적인 특성이 있다는 얘기로군. 그리고 너 같은 철학자에게서도 바로 그와 비슷한 특성을 지적해줄 수 있어. 원한다면 지적해주지. 내기를 해도 좋아, 내일 당장 지적해주마. 어쨌든 말해봐, 하느님은 있는 거냐, 없는 거냐? 단, 진지해야 된다! 난 지금 진지한 대답이 필요해."

"없습니다, 하느님은 없습니다."

"알료쉬카, 하느님은 있느냐?"

"하느님은 계십니다."

"이반, 그럼 불멸은 있는 게냐, 그러니까 거기 뭐든 간에, 뭐 조그만 거라도, 아주 쪼끄만 거라도?"

"불멸도 없습니다."

"전혀?"

"전혀."

"그렇다면 아주 완전한 영零이라는 거냐, 아니면 뭔가가 있다는 거냐. 아마도 어떤 뭔가는 있지 않을까? 어쨌든 완전히 무는 아닐 거 아니야!"

"완전한 영입니다."

"알료쉬카, 불멸이 있니?"

"있습니다."

"그럼 하느님도, 불멸도?"

"하느님도, 불멸도요. 하느님 속에 불멸도 있습니다."

"흐음, 아무래도 이반 쪽이 옳은 것 같구나. 맙소사, 인간이 얼마나 많은 믿음과 얼마나 많은 힘을 이 몽상에 헛되이 바쳐왔는지 생각하면, 그것도 이미 수천 년 동안이나! 대체 누가 이렇게 인간을 우롱하는 걸까? 이반? 마지막으로 확실히 말해다오, 하느님은 있는 거냐, 없는 거냐? 마지막으로 묻는 거다!"

"나도 마지막으로 대답합니다. 없습니다."

"그럼 대체 누가 인간을 우롱하는 거냐, 이반?"

"악마겠지요, 아마도." 이반 표도로비치가 씩 웃었다.

"그럼 악마는 있느냐?"

"아뇨, 악마도 없습니다."

"유감이군. 젠장, 그러니 하느님을 맨 처음 생각해낸 놈을 어떻게 해야 속이 시원할까? 사시나무에 목을 매달아 죽이는 거로는 성에 차지도 않겠는데."

"하느님을 생각해내지 않았다면 문명이란 것도 아예 없었을 겁니다."

"없었을 거라고? 하느님이 없다면?"

"예. 코냑도 없었을 겁니다. 하지만 이제 아버지 코냑을 치워야겠어요."

"잠깐, 잠깐, 잠깐만, 얘야, 딱 한 잔만 더 하고. 내가 알료샤 마음을 상하게 했어. 화난 거 아니지, 알렉세이? 내 귀여운 알렉세이치크*, 알렉세이치크!"

* 알렉세이의 애칭.

"아뇨, 화난 거 아녜요. 저는 아버지 생각을 잘 알아요. 아버진 머리보다 마음이 더 좋으세요."

"머리보다 마음이 더 좋다고? 아이고, 누가 또 이런 말을 다 해주겠냐? 이반, 너도 알료쉬카를 사랑하지?"

"사랑해요."

"사랑해줘라. (표도르 파블로비치는 몹시 취해 있었다.) 들어봐라, 알료샤, 내가 아까 네 장로한테 막된 짓을 했어. 하지만 흥분해서 그런 거다. 그런데 그 장로에겐 기지가 있단 말이야, 네 생각엔 어떠냐, 이반?"

"있는지도 모르죠."

"있어, 있다마다, *속에 피롱*이 들어 있다니까*. 그자는 예수회교도야, 물론 러시아식 예수회지. 고상한 사람이 으레 그렇듯, 그의 마음속엔 감춰진 분노가 끓고 있는 게야, 연기를 하면서…… 억지로 성자 시늉을 해야 하니."

"하지만 장로님은 하느님을 믿고 계세요."

"천만에. 아니, 넌 몰랐느냐? 모든 사람한테 자기 입으로 그렇게 말하고 있어, 뭐 모든 사람은 아니고 그를 찾아오는 모든 현명한 사람한테지. 현지사 슐츠에겐 까놓고 딱 잘라 말했다던데. '*믿습니다*, 하지만 뭘 믿는지는 나도 모르겠습니다'라고 말이야."

"정말로요?"

"정말 그렇다니까. 하지만 난 그를 존경해. 그에겐 뭔가 메피스토펠레스**적인 것, 아니 더 정확히 말해 『우리 시대의 영웅』***에 나오

* 외설 작가라는 평판을 받았던 프랑스의 시인, 극작가.

** 괴테의 『파우스트』에 나오는 악마.

는…… 아르베닌****인가 뭔가 하는 사내 같은 점이 있거든…… 내 말은, 이봐, 그가 호색한이라는 거야. 하도 호색한이어서, 만약 내 딸이나 마누라가 그자한테 고해하러 간다면, 나는 지금도 겁부터 날 거야. 말이지, 그자가 어떤 식으로 이야기를 꺼내는가 하면…… 재작년에 그가 차와 리큐어를(마님들이 그에게 리큐어를 보내주거든) 마시자며 우리를 초대한 적이 있는데, 그가 옛날 일을 얘기해주기 시작하자 우리는 아주 포복절도했다니까…… 특히 그가 몹시 병약한 어느 여자를 치료해준 이야기를 할 땐 다들 넘어갔지. '내가 다리만 아프지 않아도 여러분한테 춤 한 자락 추어 보일 텐데요'라고 하더구나. 그래, 어떠냐? '저도 소싯적엔 미친 짓 꽤나 했지요'라는 말도 하던데. 제미도프라는 상인한테서 6만 루블을 슬쩍하기도 했어."

"아니, 훔쳤다고요?"

"좋은 사람인 줄 알고 상인이 그에게 돈을 가져왔던 거지, '좀 맡아주세요, 형제님, 내일 가택수색이 있어서요'라면서. 그래서 그가 돈을 맡았어. 그런데 나중에 '자넨 교회에 헌금하지 않았나'라고 했다는 거야. 그래서 내가 그자에게 그랬지, 당신은 야비한 놈이야, 그렇게 말해줬지. 그놈이 그러더군, 아니오, 나는 야비한 놈이 아니라 도량이 넓은 사람이오…… 그런데 이건 그자 얘기가 아닌데…… 이건 딴 사람이었어. 딴 사람하고 혼동해놓고…… 알아채지도 못하고 있군. 자, 딱 한 잔만 더 하고 관두마, 술병을 치워라, 이반. 난 거짓말을 늘어놓고 있었는데,

*** 레르몬토프의 장편소설.

**** 레르몬토프의 희곡 「가면무도회」의 주인공. 표도르 파블로비치는 『우리 시대의 영웅』의 주인공 페초린을 아르베닌과 혼동하고 있다.

왜 말리지 않은 거냐, 이반…… 거짓말이라고 왜 말하지 않았지?"

"알아서 그만두실 거라 생각했죠."

"거짓말하긴, 네놈은 내가 미워서, 오로지 미워서 그런 거야. 네놈은 나를 경멸해. 내 집에 와 살면서 내 집에서 날 경멸하고 있어."

"그래서 곧 떠납니다. 코냑이 머리끝까지 올랐군요."

"하루이틀쯤 체르마쉬냐에 제발 좀 다녀와달라고…… 하느님 그리스도의 이름으로 그렇게 부탁했는데도, 네놈은 갈 생각도 않고 있어."

"정 그러시다면, 내일 가지요."

"가긴 뭘 가. 네놈은 여기서 날 감시하고 싶은 게야, 그게 네놈이 원하는 거지, 나쁜 놈, 그 때문에 안 가는 것 아니냐?"

늙은이는 진정될 줄 몰랐다. 그의 취기는 지금껏 얌전하던 술꾼도 갑자기 분기충천하고 자신을 과시하고 싶어 못 배기는 그런 지점에 도달해 있었다.

"왜 날 그렇게 보는 게냐? 네놈 눈초리가 왜 그래? 네놈 눈은 날 쳐다보면서 '저 주정뱅이 상판하고는'이라고 말하고 있어. 네놈 눈초리가 수상해, 사람을 경멸하는 눈이야…… 네놈은 무슨 꿍꿍이속이 있어서 여기 온 게지. 봐라, 알료쉬카도 날 보고 있다만, 저애 눈은 밝게 빛나고 있어. 알료샤는 날 경멸하지 않아. 알렉세이, 이반을 사랑하지 마라……"

"형한테 화내지 마세요! 형을 그만 모욕하세요." 갑자기 알료샤가 강경하게 말했다.

"그래, 좋아, 나야 뭐. 아이고, 골이 쑤신다. 코냑 좀 치워라, 이반, 벌써 세번째 말하는 거다." 그는 잠시 생각에 잠겼다가 갑자기 입을 양옆으로 길게 늘이며 교활한 미소를 지었다. "이반, 골골하는 이 늙은이한테 화내지 마라. 네가 날 좋아하지 않는다는 건 안다만, 어쨌든 화는 내지 마라. 하긴 나야 좋아할 건더기라곤 없는 인간이지. 체르마쉬냐에 다녀와다오, 나도 뒤따라갈 테니, 선물을 가져다주지. 거기서 너한테 계집애 하나를 보여주마, 전부터 점찍어뒀거든. 아직은 맨발로 돌아다니는 계집애야. 맨발 계집애라고 기겁할 것 없다, 깔볼 것도 없고—완전 진주니까……!"

그러고 나서 그는 자기 손에 입을 쪽 맞추었다.

"나한텐," 그는 좋아하는 주제가 나오자마자 대번에 술이 확 깬 듯, 갑자기 완전히 활기를 되찾았다. "나한테는 말이다…… 흐이구, 요 애송이들! 요 꼬마들, 요 쬐끄만 돼지새끼들아, 나한테는…… 한평생 두고서도 못생긴 여자란 없었어, 이게 내 원칙이지! 네놈들이 이 말을 알아듣기나 하겠어? 아무렴, 어떻게 알아듣겠냐. 몸속에 피 대신 젖이나 흐르는 놈들이, 네놈들은 아직 알에서 깨어나지도 못했어! 내 원칙에 따르면 말이지, 어떤 여자든 다른 여자한테선 찾을 수 없는 지극히 흥미진진한 구석이, 젠장맞을, 있다 이거야—다만 그걸 찾아낼 줄 알아야 돼, 그게 바로 예술이지! 그게 재주라고! 나한테는 못생긴 여자란 아예 있지도 않았어, 여자라는 것 하나만으로도 이미 절반은 된 거니까…… 그래, 네놈들이 이걸 어찌 이해하겠냐! 심지어 노처녀들도, 그런 년들한테서도 때로는, 다른 사내들이 얼마나 멍청하면 저런 년들을 어떻게 여태 못 알아보고 저렇게 늙게 내버려뒀을까 싶어 그저 어이가 없어지는 그런 걸 찾아낼 수 있다니까! 맨발 계집애나 못생긴 년들은 우선 맨 먼저 깜짝 놀라게 해줘야 돼—이게 바로 그런 년들한테 작업을 거는 비결이야. 너는 몰랐겠지? 저렇게 귀하신 나으리가 자기같이 천한 계집한테 반하다니 하고, 황홀해하고 감격하고 부끄러워할 만큼 깜짝 놀라게 해줘야 되는 거라고. 정말 멋지지 않냐, 이 세상엔 언제나 상놈과 양반이 있고 앞으로도 언제나 그럴 거니 말이다, 그렇게 되면 마룻바닥이나 닦는 그런 계집도 언제나 있을 거고 그 계집의 주인도 언제나 있게 될 테니, 인생의 행복을 위해선 바로 요것만 있으면 돼! 잠깐…… 들어봐라, 알료쉬카, 나는 죽은 네 어미도 언제나 깜짝 놀라게 해주었단다, 그저 방법이 좀 다르긴 했다만. 보통 때는 한 번도 애무해주지 않다가 바로 이때다 싶은 순간이 오면 갑자기—갑자기 네 어미 앞에서 온갖 곰살궂은 짓을 다 해보이고 무릎을 꿇고 기면서 발에다 입을 맞춰서 네 어미를 언제나, 언제나 웃게 만들었는데—지금도 그게 방금 있었던 일처럼 기억이 생생하구나—아주 가늘고 짧게 끊어지면서 낭랑하게 울리는, 크지 않고 신경질적인 독특한 웃음이었지. 네 어미는 그렇게밖에 웃을 줄 몰랐어. 네 어미의 병이 늘 그런 식으로 시작되곤 했으니 당장 내일이면 클리쿠샤처럼 마구 소리를 지르기 시작할 테고, 그러니 지금 저렇게 가느다랗게 웃는 게 진짜 황홀을 뜻하진 않는다는 걸 나는 알고 있었다만, 그래도 뭐, 착각일망정 어쨌든 황홀이긴 했거든. 어떤 것에서나 나름의 특성을 찾아낼 줄 안다는 건 바로 이걸 두고 하는 말이야! 한번은 벨랍스키라고 하는 잘생기고 돈 많은 남자가 네 어미 꽁무니를 쫓아다니며 우리집에도 곧잘 왔는데—이 자가 느닷없이 내 따귀를 갈기는 거야, 그것도 네 어미가 보는 앞에서. 그러자 네 어미가, 그 양처럼 순한 여자가 말이지, 내가 따귀를 맞았다고 나를 두들겨 팰 기세로 마구 대들더구나. '당신은 지금 얻어맞았죠,

얻어맞았다고요, 저런 사람한테 따귀를 얻어맞았다고요! 당신은 저를 저 사람한테 팔아넘긴 거나 마찬가지예요…… 어떻게 저 사람이 감히 내 앞에서 당신을 때리다뇨! 감히 내 곁에 얼씬할 생각도 말아요, 절대로, 절대로! 당장 쫓아가서 그 사람에게 결투를 신청해요……' 그래서 난 그때 네 어미를 진정시키려고 수도원으로 데려갔고, 성스러운 신부들이 네 어미에게 기도문을 읽어주었단다. 하지만 맹세코, 알료샤, 나는 단 한 번도 내 클리쿠샤를 모욕한 적이 없다. 딱 한 번 있긴 했다만, 아직 첫해 때의 일이니까. 그때 이미 네 어미는 기도에 열심이었고, 특히 성모축일을 엄격하게 지켜서 그런 때는 날 서재로 쫓아냈어. 난 생각했지, 어디 두고 봐라, 내가 이 여자한테서 이놈의 신비주의를 쳐부숴버릴 테다! '봐, 보라고, 여기 당신의 성상이 있어, 여기 이거야, 지금 내가 이걸 끄집어내겠어. 잘 봐, 당신은 이게 기적을 행하는 줄 알지만 난 지금 당신 눈앞에서 여기다 침을 뱉겠어, 그래도 나한텐 아무 일 일어나지 않을 테니……!' 그랬더니 네 어미가 날 노려보는 폼이, 맙소사, 이제 날 때려죽이겠구나 하는 생각이 들더구나. 그런데 그저 자리에서 발딱 일어나 손뼉을 탁 치고는 두 손으로 얼굴을 가리고 온몸을 부들부들 떨더니 바닥에 쓰러지는 거야…… 그냥 픽 쓰러졌어…… 알료샤, 알료샤! 왜 그러냐, 왜 그래!"

노인은 대경실색해서 벌떡 일어섰다. 알료샤는 어머니 얘기가 나왔을 때부터 얼굴빛이 점점 변하기 시작했다. 얼굴이 새빨개지고 눈이 불타기 시작하고 입술이 파들파들 떨렸다…… 술에 취한 영감쟁이는 마지막 순간까지 아무것도 눈치채지 못하고 연방 침을 튀기고 있었는데, 그때 갑자기 알료샤에게 뭔가 아주 이상한 일이 일어나, 방금 그가 '클리쿠샤'에 대해 얘기했던 것과 똑같은 일이 갑자기 알료샤에게서 반복된 것이다. 알료샤는 자기 어머니가 그랬다는 얘기 그대로, 갑자기 탁자 앞에서 벌떡 일어나 손뼉을 탁 치고 두 손으로 얼굴을 가린 채 마치 다리가 잘린 사람처럼 의자에 픽 쓰러지더니, 갑자기 히스테리 발작이라도 일어난 듯, 경련이 섞여 느닷없이 솟구쳐오르는 눈물을 소리 없이 흘리면서 온몸을 후들후들 떨기 시작했다. 모든 것이 어머니와 너무도 닮은지라, 노인은 특히 큰 충격을 받았다.

"이반, 이반! 어서 얘한테 물 가져와. 제 어미하고 똑같구나, 제 어미, 그때 제 어미하고 아주 똑같아! 입으로 얘한테 물을 뿜어줘라, 나도 그때 얘 어미한테 그랬다. 얘가 제 어미 때문에, 제 어미 때문에……" 그가 이반에게 중얼거렸다.

"얘 어머니는 내 어머니이기도 했다고 생각하는데, 아버지 생각은 어떤가요?" 이반이 분노와 경멸을 억누르지 못하고 불쑥 내뱉었다. 그의 번득이는 눈빛에 노인은 몸을 흠칫 떨었다. 그러나 그때 비록 아주 짧은 한순간이긴 했으나 뭔가 아주 기이한 일이 일어났다. 알료샤의 어머니가 이반의 어머니이기도 했다는 생각이 노인의 머리에서 정말 어디론가 튀어나가버린 것 같았다……

"어떻게 네 어미라니?" 도통 영문을 몰라 하며 그가 중얼거렸다. "그게 무슨 소리냐? 어떤 어미 말이냐……? 그래, 정말로 그 여자가…… 아이고, 젠장! 그래, 그 여자가 네 어미이기도 하구나! 아이고, 젠장맞을! 뭐 이건, 얘야, 전엔 정신이 이 모양으로 흐리지 않았는데, 용서해라, 내 생각엔 그저, 이반…… 헤헤헤!" 그는 말을 멈추었다. 술에 취한, 별다른 의미도 없는 긴 웃음이 그의 얼굴을 양옆으로 벌려놓았다. 그때 갑자기, 바로 그 순간 현관에서 무서운 소음과 우당탕탕 하는 소리가 나고 미친 듯한 고함소리가 들리더니 문이 확 열리면서 드미트리 표도로비치가 홀 안으로 들이닥쳤다. 노인은 기겁을 하며 이반 곁으로 달려갔다.

"날 죽일 거다, 죽일 거야! 날 내주지 마라, 내주지 마!" 이반의 프록코트 자락에 꼭 매달린 채 그가 부르짖었다.

IX
호색한들

곧바로 드미트리 표도로비치의 뒤를 이어 그리고리와 스메르자코프가 홀 안으로 달려들어왔다. (이미 며칠 전에 표도르 파블로비치가 직접 내린 지시에 따라) 그를 들여보내지 않으려고 현관에서 그와 몸싸움을 한 것도 그들이었다. 홀 안으로 들이닥친 드미트리 표도로비치가 잠시 멈추어 서서 주위를 둘러보는 틈을 타, 그리고리는 식탁을 빙 돌아 달려가서는 안쪽 방들로 통하는 홀의 입구 맞은편 문 두 쪽을 걸어 잠그고, 말하자면 마지막 피 한 방울까지 바쳐 입구를 사수하겠다는 각오로 두 팔을 십자가 모양으로 쩍 벌린 채 잠긴 문 앞에 섰다. 이것을 본 드미트리는 고함을 치는 게 아니라 찢어질 듯한 비명을 내지르며 그리고리에게 달려들었다.

"그러니까 그년이 거기 있구나! 그년을 거기다 숨겼군! 비켜, 썩을 놈아!" 그는 그리고리를 떨쳐내려고 했으나, 그리고리가 그를 밀쳐버렸다. 격분한 나머지 제정신이 아닌 드미트리는 주먹을 번쩍 들어올려 그리고리를 힘껏 내리쳤다. 노인은 마치 밑동이 잘린 볏단처럼 털썩 쓰러졌고, 드미트리는 그를 뛰어넘어 문을 부수다시피 밀쳐 열고는 안으로 들어갔다. 스메르쟈코프는 홀의 다른 쪽 끝에 그대로 선 채, 새파랗게 질려 부들부들 떨면서 표도르 파블로비치에게 몸을 바싹 붙이고 있었다.

"그년은 여기 있어." 드미트리 표도로비치가 소리쳤다. "그년이 이 집 쪽으로 돌아 들어가는 걸 방금 내 눈으로 봤단 말이다, 미처 따라잡지 못했을 뿐이지. 그년 어딨어? 어딨느냐고?"

'그년은 여기 있어'라는 고함소리는 표도르 파블로비치에게 상상도 못할 강렬한 효과를 낳았다. 모든 공포가 순식간에 그에게서 사라져버렸다.

"잡아라, 저놈 잡아라!" 그는 울부짖으면서 드미트리 표도로비치의 뒤를 쫓아 돌진했다. 그러는 사이 그리고리는 바닥에서 몸을 일으켰으나, 아직 제정신이 아닌 듯했다. 이반 표도로비치와 알료샤가 아버지를 뒤쫓아 달려갔다. 세번째 방에서 갑자기 뭔가가 바닥에 떨어져 쨍그랑하고 산산이 부서지는 소리가 들렸다. 대리석 받침대 위에 있던 (비싼 축에 들지 않는) 유리 꽃병이었는데, 드미트리 표도로비치가 그 옆을 달려가다가 건드렸던 것이다.

"저놈 잡아라!" 노인이 울부짖었다. "게 누구 없느냐!"

이반 표도로비치와 알료샤가 그제야 간신히 노인을 따라잡아 억지로 다시 홀 안으로 끌고 왔다.

"어쩌자고 형을 쫓아가는 거예요! 거기 가면 정말로 아버지를 죽일 거예요!" 이반 표도로비치가 격분해서 아버지에게 소리쳤다.

"바네치카*, 료셰치카**, 그 여자가 그러니까 여기 있는 거야, 그루셴카가 여기에 있어. 그 여자가 이리로 달려오는 걸 저놈이 제 눈으로 봤대잖아……"

그는 숨이 막혀 제대로 말을 잇지 못했다. 이번에는 그루셴카를 기다리지도 않았는데, 갑자기 그녀가 여기 있다는 소식을 듣자 대번에 이성을 잃어버린 것이다. 온몸을 덜덜 떠는 것이 흡사 정신 나간 사람 같았다.

"아니, 그 여자가 여기 오지 않았다는 건 아버지도 알잖아요." 이반이 소리를 질렀다.

"저쪽 입구로 왔는지도 모르잖냐?"

"저쪽, 저쪽 입구는 잠겨 있어요, 열쇠는 아버지가 가졌고……"

갑자기 드미트리가 다시 홀에 나타났다. 그는 물론 저쪽 입구가 잠겨 있는 걸 보고 왔고, 잠긴 입구의 열쇠는 실제로 표도르 파블로비치의 호주머니에 들어 있었다. 방이란 방의 창문도 마찬가지로 모두 잠겨 있었다. 따라서 그루셴카가 어디서 기어들어올 수도, 어디서 뛰어넘어 나갈 수도 없는 노릇이었다.

"저놈 잡아라!" 드미트리를 다시 보자마자 표도르 파블로비치가 찢어져라 비명을 질러댔다. "저놈은 저기 내 침실에서 돈을 훔쳤어!" 그러면서 그는 이반에게서 빠져나와 또다시 드미트리에게 덤벼들었다. 그러나 드미트리는 두 손을 들어올려 노인의 관자놀이께에 간신히 붙어

---

* 이반의 애칭.

** 알료샤의 애칭.

있는 마지막 머리털 두 타래를 덥석 움켜쥐고 잡아당기더니 쿵 소리가 날 만큼 세차게 바닥에 내동댕이쳤다. 그러고서도 그는 쓰러져 있는 노인의 얼굴을 구두 뒤축으로 두세 차례 더 걷어찼다. 노인은 귀청이 찢어질 듯한 신음소리를 내기 시작했다. 이반 표도로비치는 형 드미트리만큼 힘이 세지는 않았지만 그를 양팔로 꽉 끌어안고 안간힘을 쓰며 노인에게서 떼어놓았다. 알료샤도 연약하나마 있는 힘을 다해 앞쪽에서 큰형을 붙잡고 이반을 도왔다.

"미쳤어요, 형, 정말로 아버지를 죽이겠어요!" 이반이 소리쳤다.

"죽어도 싸지!" 드미트리가 씨근덕거리면서 외쳤다. "지금 죽이지 못했으니, 다시 와서 죽이겠어, 너희가 저 영감을 지켜주진 못할걸!"

"드미트리 형, 당장 여기서 나가요!" 알료샤가 명령하듯이 소리쳤다.

"알렉세이! 너만이라도 나한테 말해다오, 네 말만은 믿을 테니. 그년이 지금 여기 있었냐, 없었냐? 그년이 골목길에서 울타리를 지나 이쪽으로 몰래 숨어드는 걸 내 눈으로 똑똑히 봤단 말이다. 내가 소릴 질렀더니 그년이 달아났어……"

"맹세코 여기 오지 않았어요, 여기 있는 누구도 그녀를 기다리지 않았어요!"

"하지만 내 눈으로 그년을 봤는데…… 그럼 그년은…… 그년이 어디 있는지 금방 알아내고 말 테다…… 잘 있어라, 알렉세이! 지금은 이솝한테 돈 얘기 꺼내지 마라, 하지만 카체리나 이바노브나에게는 반드시 지금 당장 가서, '허리 숙여 인사를 전하라고 했습니다, 허리 숙여 인사를 전하라고 했습니다, 허리 숙여 인사를 드리라고요! 이렇게 허리 숙여 인사드리고 영원한 작별인사를 전하라고 말입니다!'라고 해야 한다.

그녀에게 이 촌극도 자세히 얘기해줘라."

그러는 사이 이반과 그리고리는 노인을 일으켜 안락의자에 앉혔다. 그의 얼굴은 피투성이였으나 의식은 있어서, 드미트리의 고함소리에 탐욕스럽게 귀를 기울이고 있었다. 그루셴카가 집안 어딘가에 정말로 있다고 아직도 생각되는 모양이었다. 드미트리 표도로비치는 밖으로 나가면서 증오스럽다는 듯 그를 힐끗 쳐다보았다.

"피 좀 보게 했다고 내가 후회라도 할 줄 알아!" 그가 소리를 질렀다. "몸조심해, 영감쟁이, 꿈도 조심해서 지키고, 꿈은 나한테도 있으니까! 영감쟁이를 저주하고, 이로써 내 쪽에서 완전히 부자의 연을 끊겠어……"

그는 방에서 달려나갔다.

"그 여자가 여기 있어, 분명 여기 있어! 스메르쟈코프, 스메르쟈코프." 노인은 손가락으로 스메르쟈코프를 부르면서 목쉰 소리로 들릴락 말락 하게 말했다.

"여기 없어요, 없어. 정말 정신 나간 노인이군." 이반이 그를 향해 매섭게 쏘아붙였다. "이런, 기절했어! 물 가져와, 수건도! 어서, 스메르쟈코프!"

스메르쟈코프는 물을 가지러 달려갔다. 그들은 마침내 노인의 옷을 벗기고 침실로 옮겨 침대에 뉘었다. 머리엔 물수건을 감아주었다. 코냑에 취한데다 심하게 흥분하고 얻어맞기까지 한 탓에 노인은 베개에 머리가 닿자마자 금세 눈을 감고 의식을 잃었다. 이반 표도로비치와 알료샤는 홀로 돌아왔다. 스메르쟈코프는 깨진 꽃병 조각을 밖으로 내가는 중이었고, 그리고리는 시선을 내리깐 채 침울한 표정으로 식탁 옆에 서 있었다.

"할아범도 물수건을 머리에 얹고 침대에 누워야 하지 않을까." 알료샤가 그리고리에게 말을 걸었다. "아버진 우리가 여기서 돌볼 테니. 큰형이 할아범을 정말 호되게 때렸지…… 더구나 머리를."

"도련님이 나한테 이런 짓을 하다니요!" 또박또박 말을 끊으면서 그리고리가 침울하게 말했다.

"아버지한테도 '이런 짓'을 했으니, 할아범 정도야 약과지." 이반 표도로비치가 입을 일그러뜨리며 한마디했다.

"내 손으로 목욕까지 시켜드렸는데…… 도련님이 나한테 이런 짓을!" 그리고리가 되뇌었다.

"젠장, 내가 형을 떼어놓지 않았으면 아마 그대로 죽여버렸을 거야. 이솝 하나 해치우는 게 뭐 그리 대수겠어?" 이반 표도로비치가 알료샤에게 속삭였다.

"하느님 맙소사!" 알료샤가 외쳤다.

"뭐가 맙소사냐?" 이반은 표독스레 얼굴을 일그러뜨리고 여전히 속삭이면서 말을 계속했다. "독사 한 마리가 다른 독사 한 마리를 잡아먹을 거야, 둘 다 그 길밖에 없어!"

알료샤는 흠칫 몸을 떨었다.

"물론 나는, 지금도 그랬지만, 살인이 일어나게 내버려두진 않겠다. 넌 여기 있어, 알료샤, 나는 나가서 뜰을 좀 거닐어야겠다, 머리가 아파와서."

알료샤는 아버지 침실로 가서 병풍 뒤, 그의 머리맡에 한 시간가량 앉아 있었다. 노인이 갑자기 눈을 뜨더니 분명 기억을 더듬어 뭔가 헤아려보려는 듯 한참동안 말없이 알료샤를 바라보았다. 갑자기 극심한 흥분의 빛이 그의 얼굴에 떠올랐다.

"알료샤." 그가 조심스레 속삭였다. "이반은 어디 있느냐?"

"머리가 아프다고 뜰에 나갔어요. 형이 우리를 지켜주고 있어요."

"거울 좀 다오, 저기 있는 거, 이리 다오!"

알료샤는 서랍장 위에 있던 작고 둥근, 접는 거울을 건네주었다. 노인은 거울을 들여다보았다. 코가 꽤나 심하게 부어올랐고, 왼쪽 눈썹 위의 이마에는 상당히 커다란 짙은 자주색 피멍이 들어 있었다.

"이반이 뭐라고 그러던? 알료샤, 얘야, 나한테 아들이라곤 너뿐이다, 난 이반이 무섭구나, 그놈보다 이반이 더 무서워. 무섭지 않은 건 너 하나뿐이야……"

"이반 형도 무서워하실 것 없어요, 이반 형은 지금 화가 나 있지만, 아버지를 지켜드릴 거예요."

"알료샤, 그놈은? 그루셴카한테 달려갔겠지! 귀여운 천사야, 사실대로 말해다오, 아까 그루셴카가 여기 왔었냐, 아니냐?"

"아무도 그 여자를 못 봤어요. 그건 착각이에요, 안 왔어요!"

"하지만 미치카* 놈이 그 여자하고 혼인을 하려잖아, 혼인을!"

"그 여자는 형한테 시집 안 갈 거예요."

"안 가지, 안 가지, 안 가고 말고, 안 가지, 절대 안 갈 거야……!" 지금 이 순간 그에게 더 반가운 소식은 없다는 양, 노인은 기쁨에 겨워 몸까지 부르르 떨었다. 그는 환희에 넘쳐 알료샤의 손을 덥석 잡더니 자

---

* 드미트리의 애칭 혹은 비칭.

기 가슴에 꼭 갖다댔다. 두 눈에는 눈물까지 반짝였다. "그 성상 말이다, 아까 내가 얘기했던 그 성모상은 네가 가져라, 네가 가져가거라. 수도원으로 돌아가는 것도 허락하마…… 아까는 농담한 거야, 화내지 마라. 머리가 아프구나, 알료샤…… 료샤, 내 마음을 달래다오, 천사가 되어주려무나, 진실을 말해다오!"

"또 그 얘기로군요, 그 여자가 왔는지 안 왔는지?" 알료샤가 괴로워하면서 말했다.

"아니, 아니, 아니다, 난 너를 믿어. 하지만 내 말은, 네가 그루셴카한테 직접 가든지 아니면 어떻게든 만나서, 빨리, 되도록 빨리 그 여자한테 물어보고, 직접 네 눈으로 알아보란 말이다. 그 여자가 누구한테 가길 원하는지, 나인지 그놈인지? 어떠냐? 어때? 할 수 있겠느냐, 없겠느냐?"

"그 여자를 보게 되면 물어볼게요." 알료샤가 난처해하며 중얼거렸다.

"아니, 그년은 너한테 말하지 않을 게다." 노인이 말을 가로막았다. "그년은 제멋대로야. 너한테 입을 맞추기 시작하면서 너한테 시집가겠다고 그럴걸. 그년은 거짓말쟁이야, 염치라곤 모르는 년이지. 안 돼, 네가 그년한테 가면 안 돼, 안 되고말고!"

"게다가 그건 안 좋을 거예요, 아버지, 절대로 안 좋을 거예요."

"그런데 그놈은 아까 널 어디로 보내려 했던 거냐? 달아나면서, '다녀와라'라고 소리치던데."

"카체리나 이바노브나한테요."

"돈 때문에? 돈을 부탁하디?"

"아뇨, 돈 때문이 아니에요."

"그놈한텐 돈이 없어, 한푼도 없어. 이봐, 알료샤, 난 밤에 여기 누워서 뭘 좀 생각해볼 테니, 넌 일단 가봐라. 혹시 네가 그 여자를 만나게 될지도 모르니까…… 단, 내일 아침녘에 나한테 꼭 들러야 한다, 꼭. 내일 너한테 할말이 하나 있어서 그래. 들를 거지?"

"들르지요."

"오게 되면, 네가 알아서 온 것처럼, 문병 온 것처럼 해야 한다. 내가 오라고 했단 말은 아무에게도 하지 말고. 특히 이반한테는 한 마디도 하지 마."

"알았어요."

"그럼 잘 가거라, 천사야, 아까 내 편 들어준 거, 평생 잊지 않으마. 내일 너한테 해줄 말이 하나 있다만…… 좀더 생각해봐야겠구나……"

"지금 기분은 좀 어떠세요?"

"내일, 내일이면 일어나서 걸을 수 있을 게다, 난 완전히 건강해, 완전히, 완전히 건강해……!"

뜰을 지나다가 알료샤는 대문 옆 벤치에 앉아 있는 이반 형을 만났다. 그는 앉아서 수첩에다 뭔가 연필로 적어넣고 있었다. 알료샤는 이반에게, 노인이 깨어났고 의식도 돌아왔으며, 수도원에서 밤을 보내도록 허락해주었다고 전했다.

"알료샤, 내일 아침녘에 너를 좀 만났으면 참 좋겠는데." 이반이 몸을 일으키며 상냥하게 말했는데—이런 상냥한 태도가 알료샤에겐 아주 뜻밖이기조차 했다.

"내일은 호흘라코바 부인 댁에 가봐야 해요." 알료샤가 대답했다. "카체리나 이바노브나한테도 만약 지금 못 만나면 내일 또 가봐야 할지 모르고……"

"그럼 여하튼 지금은 카체리나 이바노브나한테 가는 거로군! '영원한 작별의 인사를 전하기 위해서'겠지, '영원한 작별의 인사'?" 갑자기 이반이 히죽 웃었다. 알료샤는 당혹스러웠다.

"아까 형이 고함친 이유를 이제 다 알 것 같군, 전에 있었던 일들도 뭔가 이해되고. 분명 드미트리 형은 너한테 그녀에게 들러 형이…… 뭐…… 뭐…… 한마디로 말해, '작별을 고한다'는 말을 전해달라고 부탁한 거지."

"형! 아버지와 드미트리 형 사이의 이 끔찍한 일이 모두 어떻게 끝날까요?" 알료샤가 외쳤다.

"정확히야 알 수 없지. 어쩌면 아무 일도 없을지 몰라, 그냥 흐지부지되는 거지. 이 여자는—짐승이야. 어쨌든, 노인네를 집에 꼭 붙들어두고, 드미트리 형은 집에 들이지 말아야 돼."

"형, 하나만 더 물어볼게요. 어떤 사람이든지 나머지 사람들을 보면서 누구는 살 가치가 있고 누구는 더이상 그럴 가치가 없다고 결정할 권리가 과연 있을까요?"

"왜 여기에 가치 결정이라는 걸 개입시키지? 이 문제는 결코 가치에 근거해서가 아니라, 대개는 훨씬 더 자연스러운 다른 이유에 따라 사람들의 마음속에서 해결되는 거야. 하지만 권리로 말하자면, 무엇을 바랄 수 있는 권리야 누구든 가지는 것 아니겠냐?"

"다른 사람의 죽음도요?"

"죽음이라면 또 어때서? 모든 사람이 그렇게 살고 있고, 어쩌면 또 그렇게밖에 살 줄 모르는데, 굳이 자신에게 거짓말을 할 필요야 없지. 아까 내가 '독사 두 마리가 서로를 잡아먹을 거다'라고 말한 것 때문에 그러냐? 그렇다면 너한테 물어보마. 너는 나도 드미트리 형처럼 이솝의 피를 흘리게 할 수 있다고, 뭐 그러니까, 능히 그를 죽일 수 있다고 생각하는 거냐, 그래?"

"무슨 말이에요, 이반 형! 그런 건 생각조차 해본 적 없어요! 난 드미트리 형도 그럴 거라곤 생각하지 않아요……"

"그것만이라도 고맙구나." 이반이 씩 웃었다. "알아둬라, 난 아버지를 언제나 지켜드릴 거다. 하지만 이 경우 내 기대에 대해서는 완전한 자유 공간을 남겨두겠다. 그럼 내일 또 보자. 날 비난하지 말고, 나쁜 놈으로 보지도 말아다오." 그가 미소를 지으면서 덧붙였다.

그들은 서로의 손을 꽉 잡았는데, 전에 없던 일이었다. 알료샤는 형 쪽에서 먼저 그를 향해 한 걸음 내디뎠고 여기엔 뭔가가, 반드시 무슨 의도가 있는 거라고 느꼈다.

X
두 여인이 한자리에

알료샤는 아까 들어갈 때보다 더 맥이 풀리고 암담한 심정으로 아버지 집을 나섰다. 그의 이성 역시 산산이 부서져 흩어져버린 듯했으나, 동시에 그렇게 흩어진 조각들을 하나로 모아 이 하루 동안 겪은 모든 고통스러운 모순으로부터 어떤 공통된 개념을 끌어내는 것을 자신이 두려워하고 있음을 느꼈다. 뭔가가 거의 절망에 맞닿아 있었고, 이건 알료샤의 마음속에 아직 한 번도 없던 일이었다. 모든 것 위에 산처럼 버티고 서 있는 것은 해결할 길 없는 가장 중요하고도 숙명적인 물음이었다. 이 무서운 여자로 인한 아버지와 드미트리 형 사이의 긴장은 어떻게 끝날 것인가? 이제는 이미 그 자신이 목격자였다. 그 자신이 그 자리에 있었고 그들이 서로 마주한 것을 보았다. 그렇지만 불행한 사람, 정말 가장 무섭게 불행한 사람은 오직 드미트리 형이라 할 수 있었다. 의심의 여지가 없는 무서운 재난이 큰형을 노리고 있었다. 다른 사람들도 알료샤가 전에 짐작할 수 있었던 것보다 아마 훨씬 더 많이 이 모든 일에 관련되어 있다는 사실이 드러났다. 심지어 뭔가 수수께끼 같은 일도 일어났다. 이반 형은 알료샤가 오랫동안 바라던 대로 그를 향해 한 걸음 내디뎠으나, 왜 그런지 지금은 그렇게 다가온 이 한 걸음이 그를 경악케 했다는 느낌이 스스로도 드는 것이다. 그럼 그 여인들은? 이상한 일이었다. 아까 그는 무척이나 당혹스러워하며 카체리나 이바노브나의 집을 향해 나섰는데, 지금은 전혀 그런 느낌이 들지 않을뿐더러, 오히려 마치 그녀에게서 무슨 지침이라도 발견하기를 기대하는 양 그녀의 집을 향해 스스로 걸음을 재촉하고 있었다. 하지만 부탁받은 말을 그녀에게 전하는 일은 이제 아까보다 더 힘들 것 같아 보였다. 3천 루블 건은 완전히 결판났기 때문에 드미트리 형은 이제 자신을 파렴치한 놈이라 여기고 이미 모든 희망을 잃은 채, 어떤 타락 앞에서도 멈춰 서지 않을 게 틀림없다. 게다가 형은 지금 막 아버지 집에서 일어난 소동도 카체리나 이바노브나에게 전하라고 하지 않았는가.

알료샤가 카체리나 이바노브나의 집으로 간 것은 벌써 일곱시가 되어 어스레한 땅거미가 내리고 있을 때였는데, 그녀는 볼샤야 거리의 아주 널찍하고 살기 좋은 집 한 채를 빌려 쓰고 있었다. 알료샤는 그녀가 두 이모와 함께 산다는 것을 알고 있었다. 하지만 그중 한 명은 언니인 아가피야 이바노브나에게만 이모가 되는 여자였다. 이 여자가 바로 그녀가 기숙학교를 졸업하고 아버지 집으로 왔을 때 언니와 함께 그녀를 보살펴주었던 말수 적은 부인이었다. 다른 이모는 가난한 집안 출신이긴 해도 거드름을 피우고 위엄을 부리는 모스크바 귀부인이었다. 들리는 말로는, 두 사람 다 모든 일에서 카체리나 이바노브나의 뜻에 고분고분 따랐고, 그저 예모 반듯한 시중을 들기 위해 그녀 곁에 있다고 했다. 카체리나 이바노브나는 오로지 그녀의 은인인 장군 부인에게만 복종했으며, 병 때문에 모스크바에 남아 있는 이 부인에게 매주 두 통씩 편지를 보내 자신의 근황을 상세히 전해야만 했다.

알료샤가 현관으로 들어서서 문을 열어준 하녀에게 자기가 온 것을 알려달라고 부탁했을 때, 홀에서도 이미 그가 온 것을 분명히 알고 있는 듯했지만(어쩌면 창문으로 그를 보았을 수도 있다), 알료샤는 갑자기 무슨 소음 같은 것을 들었을 뿐이다. 누군지 달려가는 여자의 발소리와 사각거리는 옷자락 소리가 들린 걸로 보아, 아마도 두세 명의 여자가 홀에서 달려나가는 듯싶었다. 자기가 왔다고 이토록 동요하다니, 알료샤는 이상하다는 생각이 들었다. 하지만 그는 곧 홀로 안내되었다. 그곳은 갖가지 우아한 가구들을 갖추어놓은, 시골티가 전혀 나지 않는 커다란 방이었다. 소파와 긴 안락의자, 작은 소파, 크고 작은 탁자들이 많았다. 벽에는 그림이 여러 점 걸려 있고, 탁자 위에는 꽃병과 램프가 여럿 놓여 있는데다 꽃도 많았으며, 창가에는 커다란 수족관까지 있었다. 땅거미가 지고 있어서 방안은 좀 어둑했다. 알료샤는 방금 전까지 분명히 사람들이 앉아 있었던 듯싶은 소파 위에 비단 망토가 내던져져 있고 소파 앞 탁자 위에는 마시다 만 초콜릿 두 잔, 비스킷, 푸른 건포도가 담긴 수정 접시, 사탕이 담긴 또다른 접시가 놓여 있는 것을 알아보았다. 누군가를 접대하고 있었던 것이다. 알료샤는 하필이면 다른 손님들이 있을 때 온 것을 눈치채고 얼굴을 살짝 찌푸렸다. 그러나 바로 그 순간 문에 드리운 커튼이 올라가더니 날렵하고 다급한 걸음으로 카체리나 이바노브나가 들어와 기쁨에 넘치는 황홀한 미소를 지으며 알료샤에게 두 손을 내밀었다. 때를 같이하여 하녀가 불을 밝힌 초 두 자루를 가지고 들어와 탁자 위에 올려놓았다.

"아이, 고마워라, 드디어 당신도 와주셨군요! 당신이 와주시기만을 온종일 하느님께 기도했답니다! 앉으세요."

카체리나 이바노브나의 아름다움은 전에도 알료샤에게 강한 충격을 안겨주었는데, 삼 주쯤 전 카체리나 이바노브나 쪽에서 아주 간절히 원해 드미트리 형이 알료샤를 그녀에게 처음으로 데려가 소개도 시키고 인사도 시켰던 것이다. 하지만 그 만남에서 두 사람 사이에 대화가 오가지는 않았다. 알료샤가 몹시 난처해한다고 생각한 카체리나 이바노브나는 그때 마치 그를 배려하기라도 하듯 줄곧 드미트리 표도로비치하고만 이야기를 나누었다. 알료샤는 말없이 있었지만, 많은 것을 아주 자세히 살펴볼 수 있었다. 그를 깜짝 놀라게 한 것은 이 도도한 아가씨의 위압적인 분위기, 당당하고 거리낌없는 태도, 자신감이었다. 더구나 이 모든 것은 의심의 여지도 없이 분명했다. 알료샤는 자신의 느낌이 과장된 게 아니라고 느꼈다. 그는 그녀의 불타는 듯한 커다란 검은 눈이 매우 아름답고, 특히 그녀의 창백하고 약간 노르스름한 빛까지 엷게 띤 갸름한 얼굴에 무척이나 잘 어울린다고 생각했다. 그러나 이 눈에는 매혹적인 입술 윤곽과 마찬가지로 그의 형이 물론 미친 듯 사랑에 빠질 수는 있었으나 아마도 오랫동안 사랑할 수는 없었을 그런 무엇이 있었다. 이 방문 후 드미트리가 그에게 자신의 약혼녀를 만나보고 어떤 인상을 받았는지 제발 숨기지 말고 말해달라고 졸랐을 때, 알료샤는 자기 생각을 거의 그대로 털어놓았다.

"형은 그녀와 함께라면 행복할 테지만, 아마…… 평온한 행복은 아닐 거예요."

"맞아, 바로 그거야, 아우야. 저런 여자들은 언제나 저런 모습으로 머무르지, 운명에 순응하려 들지 않거든. 그러니까 넌 내가 그녀를 영원히 사랑하지는 않을 거라고 생각하는 거지?"

"아뇨, 아마도 영원히 사랑하겠죠. 하지만 그녀와 함께 아마 영원히 행복하진 않을 거예요……"

알료샤는 그때 자기 의견을 말하면서 얼굴을 붉혔고, 형의 부탁에 못 이겨 그런 '바보 같은' 생각을 입 밖에 내버린 자신에게 화가 났다. 입 밖에 내자마자, 그 의견은 자신에게도 지독하게 바보같이 여겨졌기 때문이다. 더구나 여자에 대해 이러쿵저러쿵 주제넘게 의견을 말한 것부터가 부끄러웠다. 그런 만큼, 지금 그를 맞으러 달려나온 카체리나 이바노브나를 처음 본 순간 그는 더욱 놀라면서, 자기가 그때 어쩌면 아주 잘못 생각했을 수도 있다고 느꼈다. 지금 그녀의 얼굴은 꾸밈없이 소박한 선량함과 솔직하고 열정적인 진실함으로 빛나고 있었다. 그때 알료샤를 그토록 놀라게 한, 예전의 모든 '오만함과 도도함'에서 지금 눈에 띄는 것은 오로지 용감하고도 고결한 활력과 그녀 자신에 대한 어떤 분명하고도 강한 믿음뿐이었다. 알료샤는 그녀를 보자마자, 그녀의 첫마디 말을 듣자마자, 그토록 사랑하는 사람과 관련하여 자신이 너무나도 비극적인 상황에 놓여 있다는 사실이 그녀에게 결코 비밀이 아니며 어쩌면 이미 모든 것을, 완전히 모든 것을 알고 있을지도 모른다고 깨달았다. 하지만 그럼에도 불구하고 그녀의 얼굴에는 그토록 밝은 빛과 미래에 대한 믿음이 넘치고 있었다. 알료샤는 갑자기 자신이 그녀에게 의도적으로 큰 죄를 지은 듯한 느낌이 들었다. 그는 한순간에 제압당하고 매혹되어버린 것이다. 이 모든 것 외에도 그는 이미 그녀의 첫마디에서 그녀가 왠지 굉장히 흥분해 있고 그녀로서는 아마 좀처럼 없을—심지어 어떤 황홀과도 흡사한 흥분에 사로잡혀 있다는 걸 눈치챘다.

"제가 그토록 당신을 기다린 건 지금 오로지 당신만이 모든 진실을 말해줄 수 있어서예요—정말로 당신밖에 없어요!"

"제가 온 건……" 알료샤가 당혹해하며 더듬거렸다. "저는…… 형이 보내서……"

"아, 그이가 보냈군요, 그럴 줄 알았어요. 이제 다 알겠어요, 다!" 카체리나 이바노브나가 갑자기 눈을 빛내며 외쳤다. "잠깐만요, 알렉세이 표도로비치, 우선 제가 왜 당신을 그렇게 기다렸는지 말씀드리겠어요. 말이죠, 어쩌면 저는 심지어 당신보다도 더 많은 걸 알고 있을 거예요. 제가 당신에게서 필요로 하는 건 소식이 아니에요. 제게 필요한 건 당신 자신이 그이에게서 최근에 어떤 인상을 받았는지 그걸 아는 거예요, 저한테 가장 솔직하고 꾸밈없이 말씀해주셔야 돼요, 심지어 무례해도 괜찮아요(오, 얼마든지 무례해도 좋아요!)—오늘 그이를 만난 뒤 당신은 지금 그이와 그이의 상황을 어떻게 보고 계신가요? 그이가 더이상 저한테 오고 싶어하지 않으니, 제가 그이에게서 직접 설명을 듣느니 어쩌면 이러는 편이 나을 것 같군요. 제가 당신에게서 뭘 원하는지 아시겠죠? 이제 그이가 무슨 일로 당신을 제게 보냈는지(저도 그이가 당신을 보낼 줄 알았어요!), 간단하게 말씀해주세요, 그이의 맨 마지막 말만 말씀해주시면 돼요……!"

"형은 당신에게…… 허리 숙여 인사를 전해달라고, 앞으로 더이상 오지 않겠다며…… 당신에게 허리 숙여 인사를 전하라고 일렀습니다."

"허리 숙여 인사를요? 그이가 정말 그렇게 말했나요, 그런 식으로 말하던가요?"

"예."

"그냥 지나가는 말로, 어쩌면, 무심코 실언을 한 게 아닐까요, 적절한 말을 찾지 못해서요?"

"아뇨, '허리 숙여 인사를 전한다'는 이 말을 꼭 하라고 일렀어요. 잊지 말고 전하라고 세 번씩이나 부탁한걸요."

카체리나 이바노브나가 얼굴을 확 붉혔다.

"이제 절 도와주세요, 알렉세이 표도로비치, 지금이야말로 제겐 당신의 도움이 필요해요. 제 생각을 말씀드릴 테니, 제 생각이 맞는지 아닌지만 말씀해주세요. 그럼 들어보세요. 그이가 만약 지나가는 말로 저에게 허리 숙여 인사를 전하라고 하면서, 꼭 그 말대로 전할 것을 고집하지도 않고 그 말을 강조하지도 않았다면, 그걸로 모든 게 끝난 거겠죠…… 그러면 바로 끝일 거예요! 하지만 그이가 이 말을 특별히 고집

했고, '허리 숙여 인사드린다'는 이 말을 잊지 말고 꼭 전하라고 특별히 당부했다면—그건 아마 그이가 몹시 흥분해서 제정신이 아니었다고 할 수 있지 않겠어요? 결심은 섰는데, 자신의 결심에 경악하고 만 거죠! 확고한 걸음으로 제게서 떠난 게 아니라, 눈 딱 감고 산비탈길에서 그냥 몸을 구른 거예요. 이 말을 강조한 것은, 어쩌면 그저 허세를 의미할 수도 있어요……"

"그래요, 그래요!" 알료샤가 열띤 어조로 맞장구쳤다. "제 생각에도 지금 그래 보여요."

"그렇다면 그이는 아직 파멸한 게 아녜요! 그이는 그저 절망한 것뿐이에요, 하지만 전 아직 그이를 구할 수 있어요. 잠깐만요, 그이가 돈에 대해, 3천 루블에 대해 혹시 무슨 말 하지 않던가요?"

"하다마다요, 게다가 무엇보다 바로 그게 형을 죽도록 괴롭히는 것 같아요. 형은 이제 자기는 명예까지 잃었다, 이젠 어찌되든 상관없다고 말하고 있으니까요." 열띤 어조로 알료샤가 대답했는데, 정말로 형을 구해낼 방법이 어쩌면 아직 있을지 모른다는 한줄기 희망이 가슴속에서 샘솟는 것을 온 마음으로 느꼈던 것이다. "그럼…… 그 돈에 대해 알고 계신가요?" 그는 이렇게 덧붙이고는 갑자기 입을 다물었다.

"벌써부터 알고 있고, 확실히 알고 있어요. 모스크바에 몇 차례 전보를 보내 물어본 까닭에, 돈을 받지 못했다는 걸 오래전부터 알았죠. 그이가 돈을 부치지 않았지만, 저는 잠자코 있었죠. 지난주에야 저는 그이에게 아직도 돈이 얼마나 필요했는지 알게 됐어요…… 저는 이 모든 일에서 단 한 가지 목표만을 세웠어요. 누구에게로 돌아가야 하는지, 누가 자신의 가장 충실한 친구인지 그이가 깨닫도록 하자는 거죠. 아뇨, 그이는 제가 그이에게 가장 충실한 친구라는 것을 믿으려 하지 않고 저를 제대로 알려고 하지도 않은 채, 저를 단지 여자로만 보고 있어요. 저는 일주일 내내 무서운 걱정에 시달렸어요, 그이가 3천 루블을 다 써버린 것 때문에 제 앞에서 수치스러워하지 않게 하려면 어떻게 해야 하나 하고요. 다시 말해, 모든 사람과 자기 자신 앞에서는 수치스러워할망정, 제 앞에서만은 수치심을 느끼지 않도록 하자는 거죠. 그이도 하느님한테는 부끄러워하지 않고 모든 걸 말하잖아요. 제가 그이를 위해 얼마나 많은 것을 참을 수 있는지 그이는 왜 지금껏 모르는 걸까요? 왜, 왜 저를 모를까요, 이 모든 일이 있었는데도 어째서 절 모를 수 있을까요? 저는 그이를 영원토록 구해드리고 싶어요. 제가 자신의 약혼녀라는 건 그이가 잊어도 좋아요! 하지만 자신의 명예 때문에 절 두려워하다뇨! 알렉세이 표도로비치, 당신한테는 자기 마음을 털어놓는 걸 두려워하지 않았겠죠? 왜 전 지금껏 그런 대접을 받지 못하는 거죠?"

마지막 말을 하면서 그녀는 눈물을 글썽였다. 그녀의 눈에서 눈물이 솟구쳐 흘렀다.

"알려드려야 할 얘기가 있습니다." 알료샤도 떨리는 목소리로 말을 꺼냈다. "방금 형과 아버지 사이에 있었던 일입니다." 그는 모든 소동을 이야기하고, 형이 돈 때문에 자신을 아버지한테 보낸 얘기며, 형이 불시에 들이닥쳐 아버지에게 심한 폭행을 가했고, 그런 다음 '허리 숙여 인사를 전하러' 가도록 알료샤 그에게 또 한번 특별히 집요하게 다짐을 받았다는 얘길 했다…… "형은 그 여자한테 갔어요……" 알료샤가 조용히 덧붙였다.

"당신은 제가 그녀를 미워할 거라고 생각하시나요? 제가 미워할 거라고 그이는 생각하나요? 하지만 그이는 그녀와 혼인하지 않아요." 그녀가 갑자기 신경질적인 웃음을 터뜨렸다. "과연 카라마조프가 그런 열정을 영원히 불태울 수 있을까요? 그건 열정이지, 사랑이 아녜요. 그이는 그녀와 혼인하지 않아요. 왜냐하면 그녀가 그이와 혼인하려 들지 않을 테니까……" 갑자기 카체리나 이바노브나가 또다시 야릇한 미소를 지었다.

"형은 아마 혼인할 겁니다." 알료샤가 눈을 떨구고 서글프게 말했다.

"그이는 그녀와 혼인하지 않아요, 제가 단언해요! 그 아가씨는—천사예요, 그걸 아세요? 그걸 아시냐고요!" 카체리나 이바노브나가 갑자기 이상하리만큼 열띤 어조로 외쳤다. "그 아가씬 모든 경이로운 창조물 중에서도 가장 경이로워요! 그녀가 얼마나 유혹적인지는 저도 알아요. 하지만 저는 그녀가 선량하고 꿋꿋하고 고결하다는 것도 알아요. 왜 절 그렇게 쳐다보시죠, 알렉세이 표도로비치? 제 말에 놀라시는 모양이군요. 제 말이 믿어지지 않나보죠? 아그라페나 알렉산드로브나*, 나의 천사님!" 그녀가 다른 방 쪽을 쳐다보며 갑자기 누군가에게 소리쳤다. "우리 곁으로 오세요, 귀한 분이 와 계세요, 알료샤예요. 이분은 우리 일을 다 알고 계시니 이리 나오세요!"

"커튼 뒤에서 당신이 불러주시기만을 기다렸죠." 부드럽고 약간 달착지근하기까지 한 여자의 목소리가 말했다.

커튼이 들리더니…… 다름아닌 그루셴카가 기쁘게 웃으면서 탁자로 다가왔다. 알료샤는 자신의 내부에서 뭔가가 심하게 경련을 일으키

* 그루셴카의 정식 이름과 부칭.

는 것만 같았다. 그는 그녀에게 시선을 고정한 채 눈을 뗄 수가 없었다. 이게 바로 그 여자, 그 무서운 여자—반시간 전에 이반 형이 불쑥 내뱉었던 대로, 바로 그 '짐승'이다. 하지만 그의 앞에 서 있는 것은 언뜻 보기에 가장 평범하고 단순한 존재 같았으며—선량하고 사랑스러운 여자, 비록 아름답다손 치더라도, 아름답지만 '평범한' 다른 모든 여자와 너무나 비슷한 여자였다! 사실, 그녀는 매우, 매우 아름답기까지 했고—그것은 그토록 많은 사람에게서 열정적인 사랑을 불러일으킬 수 있는 러시아적인 아름다움이었다. 키는 꽤 컸으나 카체리나 이바노브나보다는(이 여자는 키가 아주 컸다) 약간 작았고—풍만한 몸매에다 소리도 들리지 않을 듯한 부드러운 몸놀림은 그녀의 목소리와 마찬가지로 뭔가 독특하고 달착지근한 부자연스러움이 풍길 정도로 나긋나긋했다. 그녀는 카체리나 이바노브나처럼—늠름하고 활기찬 걸음걸이가 아니라, 오히려 소리 없이 사뿐히 걸어서 다가왔다. 발이 마룻바닥에 닿아도 소리가 전혀 들리지 않았다. 그녀는 검은색의 화려한 비단옷을 가볍게 사각거리면서 부드럽게 안락의자에 몸을 내려놓더니, 거품처럼 희디흰 풍만한 목과 넓은 어깨를 값진 검은 모직 숄로 살포시 감쌌다. 나이는 스물둘, 얼굴은 딱 그 나이로 보였다. 무척 하얀 얼굴이었지만, 뺨에는 창백하다 싶은 연분홍빛 홍조가 윗부분에 살짝 감돌았다. 얼굴 윤곽은 너무 넓다 싶었고, 아래턱은 앞으로 살짝 튀어나오기까지 한 모습이었다. 윗입술은 가늘었으나, 아랫입술은 약간 튀어나온 데다 갑절이나 두툼해서 마치 부어오른 듯한 느낌을 주었다. 하지만 놀랄 만큼 아름답고 풍성한 짙은 아맛빛 머리, 흑담비 털처럼 새까만 눈썹, 그리고 속눈썹이 긴, 매혹적인 청회색 눈만큼은, 아무리 무관심하고 멍하게 걷고 있는 사람일지라도 심지어 군중 속에서도, 복잡한 유원지에서도, 인파가 북적대는 북새통 속에서도, 어디서든 이 얼굴 앞에서 갑자기 걸음을 멈추고 오래도록 그 얼굴을 기억에 아로새기게 했을 것이다. 이 얼굴에서 알료샤를 무엇보다 깜짝 놀라게 한 것은 어린아이같이 천진난만한 표정이었다. 그녀는 어린아이처럼 바라보며 무언가에 어린아이처럼 기뻐했고, 탁자로 다가왔을 때도 '기쁨에 넘쳐', 마치 이제 곧 뭔가가 일어날 거라고 어린아이처럼 굳게 믿으면서 호기심에 가득차 초조하게 기다리고 있는 듯했다. 그녀의 시선은 사람의 마음을 즐겁게 했다—알료샤는 그것을 느꼈다. 그녀에게는 또 그가 분명하게 이해할 수 없고 그럴 엄두조차 낼 수 없는, 그러나 그에게도 아마 무의식적으로 느껴졌을 무엇이 있었는데, 그것은 다름아니라 앞에서도 말했던 그 부드럽고 나긋나긋한 몸놀림, 고양이처럼 소리조차 들리지 않는 그 몸놀림이었다. 그렇긴 해도 이것은 힘에 넘치는 풍만한 몸이었다. 숄 밑으로는 넓고 풍만한 어깨가 드러나고, 아직도 완전히 처녀 같은 볼록한 젖가슴의 윤곽을 알아볼 수 있었다. 이 육체는 밀로의 비너스의 몸매를 약속하고 있는 듯싶었는데, 하긴 지금도 분명히 몸의 비율이 약간 커져 있긴 하지만—이미 그것을 예감할 수 있었다. 러시아 여성의 아름다움에 정통한 사람이라면 그루셴카를 보면서, 아직 젊디젊은 이 싱싱한 아름다움이 서른 줄에 접어들면 곧 조화를 잃어 윤곽이 흐트러지기 시작하고, 얼굴도 부석부석해지고, 눈언저리와 이마에는 눈 깜짝할 사이 잔주름이 나타나고, 얼굴빛은 윤기를 잃고 아마도 불그죽죽해질 것이니—한마디로 이것은 바로 러시아 여자에게서 그토록 자주 만나게 되는 찰나적인 아름다움, 스치듯 지나가는 아름다움이라고 자신 있게 예언할 수 있을 것이다. 알료샤는 물론 이런 생각을 하지는 않았으나, 그녀에게 매혹된 상태에서도 뭔가 불쾌한 기분을 느끼며, 마치 유감스러워하듯 자신에게 묻고 있었다. 왜 그녀는 이렇게 말끝을 길게 끌까, 자연스럽게 말할 수는 없는 걸까? 아마도 그녀는 이렇게 말끝을 길게 끌면서 음절과 음을 일부러 아주 달착지근하게 발음하는 것을 무슨 멋으로 여기는 것 같았다. 이것은 물론 천한 말투의 천한 버릇으로, 교양이 낮다는 점과 어릴 적부터 몸에 익힌 저속한 예절 관념을 증명해주는 것이었다. 하지만 이런 투의 단어 발음과 억양이 아이처럼 천진하고 기쁨에 넘치는 이 얼굴 표정, 고요하고도 행복하게 빛나는 어린아이 같은 이 눈빛과 함께한다는 것이 알료샤에게는 거의 있을 수 없는 어떤 모순처럼 여겨졌다! 카체리나 이바노브나는 그녀를 금세 알료샤 맞은편 안락의자에 앉히더니, 웃고 있는 그녀의 입술에 몇 번이나 열광적으로 입을 맞추었다. 흡사 그녀에게 반한 것 같았다.

"우린 처음으로 만나는 거랍니다, 알렉세이 표도로비치." 카체리나 이바노브나가 기쁨을 참지 못하며 말했다. "저는 이분을 알고 싶고, 보고 싶었어요. 그래서 이분에게 찾아가려고 했는데, 제 뜻을 알자마자 이분이 몸소 와주셨답니다. 저는 우리 둘이서 모든 걸 해결하게 될 줄 알고 있었어요, 모든 걸요! 마음속으로 그런 예감이 들었거든요…… 사람들은 제가 이러는 걸 말렸지만, 저는 결과를 예감하고 있었고, 결국 제가 틀리지 않은 거예요. 그루셴카는 저에게 모든 것을, 자신의 계획 전부를 밝혔어요. 이분은 착한 천사처럼 여기로 날아와서 평화와 기쁨을 안겨주었어요……"

"저 같은 계집을 경멸하지 않으셨죠, 친절하고 훌륭하신 아가씨세요." 그루셴카는 여전히 그 사랑스럽고 기쁜 미소를 지으면서 마치 노래라도 부르듯 말끝을 길게 끌었다.

"저에게 그런 말은 하지도 마세요, 매혹적인 마법사 아가씨! 당신 같은 분을 경멸하다뇨? 당신의 아랫입술에 또 한번 입을 맞출래요. 살짝 부어오른 듯한 모습이니, 좀더 부어오르도록, 한번 더, 한번 더…… 이 분이 웃는 걸 한번 보세요, 알렉세이 표도로비치. 이 천사를 보노라면 마음이 즐거워진다니까요……" 알료샤는 낯을 붉히며 눈에 띄지 않을 만큼 가늘게 떨고 있었다.

"저를 너무 귀여워해주시는데, 사랑스러운 아가씨, 전 당신의 사랑을 받을 자격이 전혀 없을지도 몰라요."

"가치가 없다뇨! 이분이 그럴 가치가 없다뇨!" 카체리나 이바노브나가 또다시 아까처럼 열띤 어조로 외쳤다. "있잖아요, 알렉세이 표도로비치, 우리 이분은 엉뚱한 생각을 잘하고 자유분방하긴 하지만, 자긍심을, 더없이 높은 자긍심을 가졌어요! 이분은 고결해요. 알렉세이 표도로비치, 이분은 관대해요, 그걸 아세요? 이분은 그저 불행할 뿐이에요. 아마 그럴 가치도 없을뿐더러 경박하기까지 한 사람을 위해 어떤 희생이라도 바치겠다고 너무 일찍 결심했던 거예요. 한 남자가 있었는데 그 역시 장교였죠, 이분은 그를 사랑하게 되어 모든 걸 바쳤어요. 오래된, 그러니까 오 년 전에 있었던 일인데, 하지만 그 사람은 이분을 잊고 다른 여자와 혼인해버렸어요. 그 사람이 이제 상처를 하여, 여기로 온다는 편지를 보낸 거예요. 그런데 아시겠어요, 이분은 그 사람만을, 지금껏 그 사람만을 사랑하고 있고, 평생 그 사람만 사랑해왔답니다! 그 사람이 오면 그루셴카는 다시 행복해질 거예요, 지난 오 년 내내 불행하기만 했거든요. 하지만 대체 누가 이분을 나무라겠으며, 누가 이분의 관대한 마음씨를 자랑할 수 있겠어요! 다리를 못 쓰는 그 노인, 그 상인 한 사람밖에 없잖아요—그렇지만 그는 오히려 이분의 아버지였고, 친구였고, 보호자였어요. 이분이 그토록 사랑하던 남자에게 버림받고 절망과 고통에 빠져 있을 때, 그가 나타난 거죠…… 더구나 이분은 그때 물에 빠져 죽으려고 했는데, 그 노인이 구해줬어요, 이분을 구해준 거예요!"

"절 너무 두둔하시는군요, 사랑스러운 아가씨. 매사에 너무 서두르시고요." 그루셴카가 또다시 말끝을 길게 끌었다.

"두둔한다고요? 아니, 제가 두둔을 한다고요, 감히 제가 두둔을 해요? 그루셴카, 천사님, 당신 손을 제게 주세요, 이 포동포동하고 조그맣고 매혹적인 손을 한번 보세요, 알렉세이 표도로비치. 보이시죠, 이 손이 제게 행복을 가져다주고 절 소생시켜주었으니, 이 손에 지금 입을 맞추겠어요, 손등에도 손바닥에도, 이렇게, 이렇게, 이렇게요!" 그러면서 그녀는 마치 황홀감에 도취된 듯, 너무 포동포동한 듯도 싶은 정말로 매혹적인 그루셴카의 손에 세 번이나 입을 맞추었다. 그루셴카는 손을 내민 채, 발작적이면서도 매혹적인 낭랑한 웃음소리를 내면서 '사랑스러운 아가씨'를 지켜보고 있었는데, 보아하니 자신의 손에 그렇게 입을 맞춰주는 게 기분좋은 듯했다. '너무 도취된 것 같은데' 하는 생각이 알료샤의 머리를 스쳤다. 그는 얼굴을 붉혔다. 어째서인지 내내 몹시 불안한 마음이 들었다.

"알렉세이 표도로비치 앞에서 그렇게 제 손에 입을 맞추시니, 사랑스러운 아가씨, 제가 창피하잖아요."

"아니, 제가 창피를 주려고 그랬나요?" 카체리나 이바노브나가 좀 놀라면서 말했다. "아, 사랑스러운 분, 어쩜 제 마음을 그렇게 몰라주시죠!"

"뭐, 아가씨도 날 그렇게 잘 이해하는 것 같진 않은데요, 사랑스러운 아가씨, 나는 아가씨가 생각하는 것보다 훨씬 더러운 년일지도 몰라요. 나는 마음씨도 더럽고, 제멋대로거든요. 드미트리 표도로비치, 그 가여운 양반도 나는 그저 놀려주려고 한번 꼬셔본 거라고요."

"하지만 지금은 그이를 구해주려는 거죠. 약속했잖아요. 그이가 정신차리게 해준다고요, 오래전부터 다른 남자를 사랑하고 있다고 그이에게 밝힐 거라면서요. 그 남자가 지금 당신한테 청혼하고 있다고요……"

"아이, 천만에요, 난 아가씨한테 그런 약속을 한 적 없어요. 그건 다 아가씨가 나한테 말한 거지, 나는 아무 약속도 안 했어요."

"그럼 내가 잘못 알아들은 건가요." 카체리나 이바노브나가 약간 창백해진 듯한 얼굴로 나지막이 말했다. "그렇게 약속했는데……"

"아이, 아녜요, 천사 아가씨, 난 아무 약속도 안 했어요." 여전히 그 명랑하고 천진한 표정을 지으면서 그루셴카가 조용하고 차분하게 말을 가로챘다. "이제 아시겠죠, 고귀한 아가씨, 내가 아가씨에 비해 얼마나 추잡하고 제멋대로인지. 난 뭐든 내키는 대로 해요. 아까는 내가 아가씨한테 무슨 약속을 했는지 모르지만, 지금 다시 생각해보니, 갑자기 미챠 그 사람이 다시 마음에 들 것 같은데요—이미 그 사람이 내 맘에 들었던 적도 있으니까요. 그것도 거의 한 시간 동안이나요. 그러니 지금 바로 그이한테 가서 말할지도 몰라요, 당장 오늘부터 우리집에서 같이 살자고…… 난 원래 이런 변덕쟁이랍니다……"

"아까 한 말은…… 전혀 달랐어요……" 카체리나 이바노브나는 간신히 이렇게 중얼거렸다.

"아, 아까요! 하지만 난 마음이 약하고 어리석거든요. 그이가 나 때문에 겪어야 했던 걸 생각만 해도! 이제 집에 가서, 갑자기 그이가 가여워지면—그땐 어떡하죠?"

"이럴 줄 몰랐어요……"

"에이, 아가씨, 나한테 비하면 아가씬 너무 착하고 고상해요. 자, 이제 아마 나 같은 바보 년을 더이상 좋아하진 않겠죠, 내 성미를 알았을 테니까. 그 사랑스러운 손을 나한테 줘봐요, 고귀한 천사 아가씨." 그녀는 상냥하게 부탁하고서 거의 경건하게 카체리나 이바노브나의 손을 잡았다. "자, 사랑스러운 아가씨, 이제 내가 아가씨 손을 잡고, 아가씨가 나한테 했던 대로 이렇게 입을 맞추겠어요. 아가씨가 나한테 세 번 입을 맞췄으니, 그 셈을 치르려면 나는 아가씨 손에 3백 번은 입을 맞춰야겠네요. 당연히 그래야 하고, 그다음엔 하느님의 뜻대로 되겠죠. 아마도 난 아가씨의 완전한 종년이 되어 매사에 종년처럼 아가씨 비위를 맞추려고 애쓸 거예요. 우리끼리 무슨 약정이니 약속이니 하지 않아도, 하느님 뜻대로 되겠죠. 이 손 좀 봐, 아가씨는 손도 정말 예쁘네요, 손도! 정말 사랑스러운 아가씨, 나의 다시없는 절세미인!"

입맞춤으로 '셈을 치른다'는 정말로 기이한 목적에서 그녀는 그 손을 가만히 자기 입술로 가져가기 시작했다. 카체리나 이바노브나는 손을 거두지 않았다. 퍽이나 이상하게 표현한 것이긴 했지만 '종년처럼' 비위를 맞추겠노라는 그루셴카의 마지막 약속을 미심쩍은 희망을 품고 귀담아들었던 것이다. 그녀는 긴장한 얼굴로 그루셴카의 눈을 들여다보았다. 그 눈 속에는 여전히 그 신뢰 어린 천진한 표정과 여전히 해맑은 그 명랑함이 깃들어 있었다…… '이 여자는 너무 순진한 건지도 몰라!' 하는 희망이 카체리나 이바노브나의 마음속을 스쳤다. 그러는 사이, 그루셴카는 '사랑스러운 손'을 황홀한 듯 천천히 자신의 입가로 들어올렸다. 하지만 마치 뭔가를 다시 생각해보는 듯, 바로 입가에서 그 손을 이삼 초 동안 그대로 붙잡고만 있었다.

"있잖아요, 천사 아가씨." 갑자기 그녀가 더없이 나긋나긋하고 달착지근한 목소리로 말끝을 길게 늘어뜨렸다. "있잖아요, 아가씨 손을 잡았지만 입은 안 맞출래요." 그러고는 재미나 죽겠다는 듯 키득거리기 시작했다.

"좋으실 대로…… 왜 그러시죠?" 카체리나 이바노브나가 갑자기 몸을 흠칫 떨었다.

"그러니 똑똑히 기억해둬요, 아가씬 내 손에 입을 맞추었지만, 나는 안 그랬으니까." 그녀의 눈 속에서 갑자기 뭔가가 번쩍했다. 그녀는 카체리나 이바노브나를 무섭도록 뚫어지게 쳐다보았다.

"뻔뻔한 것!" 퍼뜩 뭔가를 깨달은 듯 카체리나 이바노브나는 갑자기 이렇게 내뱉고 얼굴이 새빨개져서 자리에서 벌떡 일어났다. 그루셴카도 느긋하게 몸을 일으켰다.

"미챠한테도 곧바로 얘기해줘야겠어요, 아가씬 내 손에 입을 맞췄지만, 나는 아가씨한테 전혀 안 그랬다고. 그이가 얼마나 웃어젖힐까!"

"더러운 년, 썩 꺼져!"

"아이, 부끄럽지도 않으세요, 아가씨. 아이, 얼마나 부끄러울까, 아가씨 같은 분이 정말 쌍스럽게 그런 말까지 쓰다니, 사랑스러운 아가씨."

"썩 꺼지라니까, 이 갈보 년!" 카체리나 이바노브나가 부르짖었다. 일그러질 대로 일그러진 그녀의 얼굴이 온통 경련을 일으키고 있었다.

"뭐, 갈보 년이라 해두죠. 그러는 당신은 처녀의 몸으로 돈 때문에 어둠을 틈타 젊은 사내들한테 다니지 않았나요, 자신의 미모를 팔러 가지 않았느냐고요, 나도 다 알아요."

카체리나 이바노브나는 비명을 내지르며 그녀에게 달려들려고 했으나, 알료샤가 있는 힘을 다해 저지했다.

"한 발짝도 움직이지 말고, 한 마디도 하지 마세요! 아무 말도 말고 아무 대답도 하지 마세요. 저분은 갈 겁니다, 지금 곧 갈 겁니다!"

그 순간, 비명소리를 듣고 카체리나 이바노브나의 두 친척이 방안으로 뛰어들어왔고, 하녀도 뛰어왔다. 다들 그녀 쪽으로 달려갔다.

"그럼 가겠어요." 그루셴카가 소파에서 망토를 집어들며 말했다. "알료샤, 이봐요, 나 좀 바래다줘."

"가주세요, 어서 좀 가주세요!" 알료샤는 애원하며 그녀 앞에 두 손을 모았다.

"사랑스러운 알료셴카*, 좀 바래다줘! 가는 길에 아주아주 재미있는 이야기를 하나 들려줄게! 알료셴카, 이건 당신을 위해 일부러 촌극을 벌인 거야. 바래다줘, 비둘기야, 나중에 후회하지 않을 테니."

알료샤는 두 손을 쥐어틀며 몸을 돌렸다. 그루셴카는 깔깔 웃어대며 집에서 뛰어나갔다.

카체리나 이바노브나는 발작을 일으켰다. 그녀는 흐느껴 울고 있었

---

* 알료샤의 애칭.

고, 경련 때문에 거의 질식할 지경이었다. 모두들 그녀 주위에서 부산을 떨었다.

"그러게 내가 뭐랬어요." 큰이모가 그녀에게 말했다. "그러지 말라고 말렸는데…… 성미도, 참, 불같긴…… 어떻게 그런 결정을 내릴 수 있담! 당신은 그런 년들을 잘 몰라요, 더구나 그년은 제일 악질이라던데…… 아니, 당신은 정말 고집이 너무 세요!"

"그년은 호랑이야!" 카체리나 이바노브나가 울부짖었다. "왜 날 막았어요, 알렉세이 표도로비치, 그년을 두들겨 패줬을 텐데, 실컷 두들겨 팼을 텐데!"

그녀는 알료샤 앞에서 자신을 억제할 힘이 없었고, 어쩌면 자제하고 싶지도 않았을 것이다.

"그년은 채찍으로 갈겨줘야 돼, 교수대에 매달아놓고 망나니를 시켜, 사람들이 다 보는 앞에서……!"

알료샤는 문 쪽으로 뒷걸음질쳤다.

"아니, 맙소사!" 카체리나 이바노브나가 갑자기 손뼉을 탁 치더니 외쳤다. "그이가! 그이가 그렇게 파렴치하고, 그렇게 비인간적이라니! 그 영원히 저주스럽고 저주스러운 그때 그 숙명적인 날에 거기서 있었던 일을 그 사람이 그년한테 얘기한 거잖아! '미모를 팔러 가지 않았느냐고요, 사랑스러운 아가씨!' 그년은 알고 있어요! 당신 형은 비열한 인간이에요, 알렉세이 표도로비치!"

알료샤는 무슨 말을 하고 싶었지만 한 마디도 생각이 나지 않았다. 고통으로 가슴이 죄어들었다.

"가주세요, 알렉세이 표도로비치! 전 수치스러워요, 끔찍한 기분이에요! 내일…… 무릎 꿇고 애원하는 거예요, 내일 와주세요. 절 비난하지 마세요, 용서해주세요, 어떡해야 할지 모르겠어요!"

알료샤는 휘청거리듯 거리로 나왔다. 그녀처럼 그도 울고 싶은 심정이었다. 갑자기 하녀가 뒤쫓아왔다.

"아가씨께서 이걸 전하는 걸 깜박하셨어요, 호흘라코바 양의 편지인데, 점심식사 때부터 놓여 있었어요."

알료샤는 조그만 장밋빛 봉투를 기계적으로 받아 거의 무의식적으로 호주머니에 찔러넣었다.

XI
또하나의 실추된 명예

도시에서 수도원까지는 1베르스타 남짓밖에 되지 않았다. 이 시각이면 인적이 없는 길을 따라, 알료샤는 걸음을 재촉했다. 벌써 한밤중에 가까운 때라, 삼십 보 앞에 있는 것들도 알아보기 힘들었다. 절반쯤 갔을 때 갈림길이 나왔다. 갈림길에 외롭게 서 있는 버드나무 아래 어떤 형체가 보였다. 알료샤가 갈림길에 들어서자마자 그 형체가 자리에서 휙 튀어나오더니 그를 향해 덤벼들며 사납게 소리를 내질렀다.

"목숨이 아깝거든 지갑을 내놔라!"

"아니, 형이잖아, 미챠 형!" 그래도 알료샤는 소스라치게 놀라 몸을 부르르 떨었다.

"하-하-하! 놀랐냐? 어디서 널 기다릴까 생각해봤지. 그녀의 집 근처에서? 하지만 거기는 길이 세 갈래로 나뉘니 널 깜박 놓칠 수도 있어서, 결국 여기서 기다리기로 한 거야. 넌 틀림없이 여길 지나갈 테고, 수도원으로 가는 다른 길은 없으니까. 자, 어서 사실대로 얘기해봐, 나를 바퀴벌레처럼 으깨버려도 좋으니…… 아니, 왜 그래?"

"아무것도 아네요, 형…… 그냥 너무 놀라서. 아아, 드미트리 형! 좀 전에 아버지가 그렇게 피를." 알료샤는 울음을 터뜨렸다. 아까부터 울고 싶었던 차에, 지금 갑자기 그의 마음속에서 뭔가가 터져버린 것만 같았다. "아버질 하마터면 죽일 뻔해놓고…… 아버지에게 저주를 퍼붓고서…… 이제는…… 지금은…… 장난을 치다뇨…… '목숨이 아깝거든 지갑을 내놔라'라고요!"

"그래, 뭐 어때서? 무례하다, 이거야? 내 처지에 이건 있을 수 없다?"

"그게 아니라…… 난 그저……"

"잠깐, 밤을 좀 봐라. 저 봐, 얼마나 깜깜한 밤이냐. 저 구름하며, 바람까지 이렇게 이는구나! 여기 버드나무 아래 숨어서 널 기다리고 있는데, 갑자기 그런 생각이 들더라. (이건 정말이야!) 더이상 괴로워할 게 뭐 있나, 뭘 기다리는 거냐? 자, 여기 버드나무도 있고, 손수건도 있고, 셔츠도 있으니, 당장이라도 꼬아서 끈을 만들 수 있고, 덤으로 바지 멜빵까지 있잖느냐. 뭣하러 구차스레 살아남아 이 땅에 짐이 되고 이 땅을 욕되게 한단 말인가! 바로 그때 네가 오는 소리가 들리는 거야—맙소사, 정말로 뭔가가 내 위로 날아내려온 것만 같더구나. 그래, 맞아, 내겐 아직 사랑하는 사람이 있다, 저기 그가, 그 사람이, 내가 이 세상에서 가장 사랑하는 사람, 유일하게 사랑하는 사람이, 내 사랑스러운 동생이 있다! 그러자 네가 너무 좋아져서, 그 순간 네가 너무 좋아서, 당장 녀석에게 달려들어 목을 꽉 껴안자고 생각했지! 그런데 문득 바보 같은 생각이 떠오르잖냐. '녀석을 재미나게 해주자, 기겁하게 해주자.' 그래서 바보같이 소릴 내지른 거야, '지갑 내놔라!' 하고. 바보짓 해서 미안하다—그건 그냥 실없는 짓이었고, 내 마음은…… 어디까지나 진지해…… 에이 젠장, 그건 그렇고, 말해봐, 거긴 어땠어? 그녀가 뭐라던? 날 확 으깨버려, 날 내리치라고, 사정 봐줄 것 없어! 미친 듯이 화를 냈겠지?"

"아뇨, 그게 아니라…… 전혀 달랐어요. 미챠 형, 거긴…… 난 지금 거기서 그 여자분 둘을 모두 만났어요……"

"둘이라니?"

"카체리나 이바노브나 집에서 그루센카를 봤어요."

드미트리 표도로비치는 어안이 벙벙해졌다.

"설마!" 그가 소리쳤다. "무슨 잠꼬대냐! 그루셴카가 그녀 집에?"

알료샤는 카체리나 이바노브나 집에 들어선 순간부터 그에게 일어났던 모든 일을 이야기했다. 이야기는 십 분가량 이어졌는데, 유창하고 논리정연했다고는 할 수 없어도 가장 중요한 말과 가장 중요한 동작들을 짚어가면서 이따금 간략하게 자신의 느낌도 생생히 덧붙이며 그래도 분명하게 전한 것 같았다. 드미트리 형은 말없이 귀를 기울이며 무섭도록 꼼짝도 하지 않고 뚫어져라 응시하고 있었지만, 알료샤는 그가 이미 모든 것을 이해했고, 사건의 의미를 전부 파악했다는 것을 분명히 알 수 있었다. 하지만 이야기가 진행될수록 그의 얼굴은 침울하다 못해 사뭇 위협적인 모습으로 변해갔다. 그는 미간을 잔뜩 찌푸린 채 이를 악물고 있었으며, 꼼짝 않는 시선은 더욱더 꼼짝도 않고, 더욱더 집요하고 무섭게 변해갔다…… 그런 만큼 더욱더 뜻밖이게도, 그때까지 분노로 타오르던 사나운 얼굴이 갑자기 순식간에 싹 변하고 악다문 입술이 벌어지더니, 드미트리 표도로비치가 갑자기 도저히 억누를 수 없는, 그야말로 꾸밈없는 웃음을 터뜨렸다. 글자 그대로 웃음이 봇물처럼 터져나온지라, 웃느라고 한동안 말도 제대로 못할 지경이었다.

"그러니까 손에 입도 안 맞췄단 말이지! 입도 안 맞추고 그냥 내뺐단 말이지!" 그는 왠지 병적으로 열광하여 외쳐댔는데—만약 그토록 꾸밈없는 게 아니었다면 뻔뻔스러운 열광이라고도 할 만한 것이었다. "그러니까 그 여자가 저년은 호랑이라고 소리쳤단 말이지! 호랑이가 맞아! 그년을 교수대에 매달아야 한다고? 암, 아무렴, 그래야지, 그렇고말고, 나도 같은 생각이야, 그래야지, 진작에 그랬어야지! 그런데 아우야, 교수대도 좋지만, 우선 그년 마음의 병부터 고쳐야 돼. 이 파렴치의 여왕을 나는 이해해, 그년의 전부가 거기, 바로 그 손에서 모조리 드러났거든. 그년은 악녀야! 천하에 있을 법한 모든 악녀 중 여왕이지! 거기서 나름의 희열을 느끼는 거야! 그래, 그년이 집으로 달려갔다고? 나도 당장…… 에잇…… 나도 그년한테 달려가봐야겠다! 알료쉬카, 날 욕하지 마, 그년은 목을 졸라 죽여도 시원찮아, 나도 동감이야……"

"그럼 카체리나 이바노브나는요!" 알료샤가 슬퍼하며 외쳤다.

"이제 난 그 여자도 보여, 속속들이 보여, 그 어느 때보다 훤히 보여! 이건 정말 이 세상 4대주大州, 아니 5대주 전부가 발견된 거야! 그런 걸 결행하다니! 이건 바로 그때의 그 카첸카야, 아버지를 구하겠다는 관대한 생각에 무서운 모욕의 위험까지 무릅쓰면서 가소롭고 난폭한 장교를 겁도 없이 찾아왔던 그 여학생 그대로야! 하지만 이건 그 여자의 오만함, 모험에 대한 욕구, 운명에 대한 도전, 끝 간 데 없는 도전이기도 해! 그 이모가 그녀를 말렸다고 했지? 이 이모는 원래 전제군주처럼 굴던 여자야. 모스크바 장군 부인의 친동생으로, 자기 언니보다 콧대가 더 높았지만 남편이 공금횡령으로 걸려들어 영지고 뭐고 전부 다 잃고 난 뒤엔 이 거만한 부인이 갑자기 목소리를 낮추더니 그때부터 기를 못 펴게 됐지. 그럼 이 이모가 말렸어도 카챠가 듣지 않았단 말이군. '난 모든 걸 정복할 수 있다, 모든 건 내 뜻에 따르는 거야, 내가 원한다면 그루셴카도 꼼짝 못하게 할 수 있어'라는 거겠지. 그러고는 자기 자신을 믿고 자신에게 허세를 부린 거니, 대체 누구를 탓하겠냐? 넌 그 여자가 일부러 자기 쪽에서 먼저 그루셴카의 손에 입을 맞춘 것 같으냐, 무슨 교활한 속셈이 있어서? 천만에, 그 여자는 정말로, 그 여잔 정말로 그루셴카한테 반했던 거야. 다시 말해 그루셴카가 아니라 자신의 꿈에, 자신의 미망迷妄에 반한 거지—왜냐하면 그건 나 자신의 꿈이고, 나 자신의 미망이었으니까! 얘야, 알료샤, 그들한테서, 그런 여자들한테서 어떻게 살아나온 거냐? 도망쳤겠지, 수도복 자락을 치켜들고, 응? 하하하!"

"형이 카체리나 이바노브나를 얼마나 모욕했는지, 그런 것엔 신경조차 안 쓰이는 모양이군요, 형이 그날 일에 대해 그루셴카에게 얘기해줬잖아요. 그루셴카가 방금 그녀의 눈에 대고 '젊은 사내들한테 몰래 미모를 팔러 다녔잖아요!'라고 쏘아붙였단 말이에요. 형, 이보다 더한 모욕이 또 있겠어요?" 물론 그럴 리 없었지만 카체리나 이바노브나가 당한 모욕을 형이 오히려 기뻐한다는 생각이 들어 알료샤는 무엇보다 괴로웠다.

"아차!" 갑자기 드미트리 표도로비치는 무섭게 미간을 찡그리더니 손바닥으로 이마를 탁 쳤다. 카체리나 이바노브나가 받은 모욕에 대해서도, 그녀가 "당신 형은 비열한 인간이에요!"라고 소리쳤다는 것도 조금 전에 알료샤한테서 모두 들었는데, 이제야 그것에 생각이 미친 것이다. "그래, 어쩌면 정말 카챠가 말하는 그 '숙명적인 날' 얘기를 내가 그루셴카한테 했는지도 몰라. 맞아, 그래, 얘기했어, 기억난다! 그때 모크로예에서였는데, 난 술이 취했고 집시 계집들이 노래를 불렀지…… 하지만 난 흐느끼고 있었어, 그때 난 흐느껴 울면서 무릎을 꿇고 카챠의 모습을 떠올리며 기도를 드렸단 말이다. 그루셴카도 그걸 이해해줬어. 그년은 그때 모든 걸 이해해줬고. 내 기억으로는 함께 울어주기도 했어…… 그래 놓고, 빌어먹을! 아니, 이제 와서 어떻게 딴판일 수 있지? 그때는 울더니만, 이제 와선…… 이제 와선 '심장에 비수를!' 계집들이란 그런 거야." 그는 눈을 내리깔고 생각에 잠겼다.

"그래, 난 비열한 놈이야! 틀림없이 비열한 놈이지." 그가 갑자기 침울한 목소리로 말했다. "매한가지야, 내가 그때 울었거나 말았거나, 어차피 비열한 놈인걸! 그쪽에 이렇게 전해다오, 위로가 될 수만 있다면 그렇게 부르는 걸 받아들이겠다고. 뭐, 이쯤 해두자, 잘 가거라, 지껄여봐야 뭐하냐! 재미도 없는데. 너는 네 길을, 나는 내 길을 가는 거다. 그게 언제든, 맨 마지막 순간이 닥칠 때까진 더이상 보고 싶지도 않구나. 잘 가거라, 알렉세이!" 그는 알료샤의 손을 꼭 쥐어주고는, 여전히 눈을 내리뜬 채 고개도 들지 않고 마치 홱 뿌리치듯 도시 쪽을 향해 급히 발걸음을 떼어놓았다. 형이 이렇게 갑자기 가버리다니, 알료샤는 믿을 수 없어하며 그의 뒷모습을 지켜보았다.

"잠깐만, 알렉세이, 고백할 게 하나 더 있다, 너한테만!" 갑자기 드미트리 표도로비치가 되돌아왔다. "날 봐라, 찬찬히 잘 봐. 보이냐, 바로 여기, 바로 여기에—무서운 파렴치가 준비되고 있단 말이다. ('바로 여기에'라고 말하면서 드미트리 표도로비치는 주먹으로 자기 가슴을 쾅쾅 두들겨대며, 마치 그 파렴치가 바로 거기, 그의 가슴팍 어디에, 어쩌면 호주머니 속에 보관되어 있거나, 아니면 꿰매어 목에 걸고 있기라도 한듯 이상한 표정을 지어 보였다.) 넌 이미 나를 잘 알고 있어. 나는 비열한 놈, 딱지 붙은 비열한 놈이지! 하지만 알아둬라. 내가 이전에 무슨 짓을 했고 지금이나 앞으로 무슨 짓을 하든 간에—어떤 것도, 어떤 것도 그 비열함에 있어 바로 지금, 바로 이 순간 여기 내 가슴팍에, 바로 여기, 여기에 간직하고 있는 파렴치와는 비교가 될 수 없어. 이 파렴치는 이미 작동하고 있고 지금 완성되는 중이지만, 그것을 중단시킬 완전한 권력을 가진 주인은 나여서, 나는 그것을 중단시킬 수도 있고 끝까지 완성시킬 수도 있어, 이걸 명심해라! 뭐, 그렇지만 어쨌든 알아둬라, 난 그것을 완성할 거다, 중단시키지 않을 거야. 아까 너한테 모든 걸 얘기했다만 이건 얘기하지 않았지. 나도 그 정도로 철면피는 아니니까! 나도 아직 멈출 수는 있어. 멈추면, 잃어버린 명예의 절반은 내일 당장 온전히 되찾을 수 있겠지. 하지만 난 멈추지 않을 거다, 비열한 계획을 완전히 실행할 거야. 앞으로 네가 증인이 되어주려무나. 나는 이것을 충분히 알고서 미리 말하는 거다! 파멸과 암흑! 설명할 것도 없어, 때가 되면 알게 될 테지. 악취가 진동하는 뒷골목과 악녀라! 잘 있어라. 나를 위해 기도는 하지 마, 그럴 가치도 없는 놈이니까. 게다가 필요도 전혀 없어, 전혀 필요 없어…… 난 그런 거 전혀 필요 없어! 가봐라……!"

이렇게 말하고 나서 그는 휑하니 멀어져갔는데, 이번에는 아주 완전히 사라져버렸다. 알료샤는 수도원을 향해 걷기 시작했다. '대체 어째서, 대체 어째서 다시는 형을 못 본다는 거지, 형의 말이 무슨 뜻일까?' 자꾸만 이상한 생각이 들었다. '그래, 내일 꼭 만나서 알아내자, 기어코 알아낼 테다, 그게 무슨 말인지……!'

그는 수도원을 빙 돌아 솔밭 사이로 해서 곧장 암자로 갔다. 이 시각에는 이미 아무도 암자로 들여보내지 않았지만, 그에게는 문을 열어주었다. 장로의 방으로 들어서자, 그는 가슴이 떨렸다. '왜, 왜 여기서 나갔던 걸까, 왜 그분께선 나를 '속세로' 보내신 걸까? 이곳엔 고요함이, 이곳엔 거룩함이 있지만, 그곳은—혼란이고 그곳은 암흑이어서 대번에 길을 잃고 헤맬 텐데……'

장로의 방에는 수련 수도사 포르피리와 수도사제 파이시 신부가 종일토록 매 시각 조시마 장로의 병세를 알아보러 들르던 차에 마침 와 있었는데, 알료샤는 그의 상태가 점점 나빠지고 있다는 것을 알게 되자 덜컥 겁이 났다. 으레 열리던 수도원 형제들과의 저녁 담화마저 이번에는 열릴 수 없었다. 여느 때는 예배가 끝나는 저녁이면 매일, 잠자리에 들기 전 수도원 형제들이 장로의 방으로 모여들어, 누구나 자신이 그날 지은 죄와 죄스러운 몽상과 생각, 유혹, 심지어 만약 서로 간에 말다툼이 있었다면 그런 것까지도 장로에게 큰 소리로 고백하곤 했다. 어떤 사람들은 무릎을 꿇고 고백하기도 했다. 장로는 용서해주고, 화해시키고, 가르침을 주고, 보속 행위를 부과하고, 축복하고, 그러고는 돌려보냈다. 바로 형제들의 이런 '고해'에 대해 장로제 반대자들은, 실상 여기서 이루어지는 일이 전혀 다른 것이었지만, 이것이 신비한 성사인 고해를 세속화하며 신성모독이나 다를 바 없다고 말하면서 들고일어났다. 심지어 교구장에게 진정을 넣어, 이런 식의 고해는 좋은 목적에 이르지 못할 뿐만 아니라 실제로 사람들을 고의적으로 악과 유혹으로 이끈다고 주장하기도 했다. 사실 형제들 중 많은 이는 장로에게 다니는 것을 부담스러워하면서도, 다들 가니까 마지못해, 게다가 오만하고 생각이 반항적이라는 소리를 들을까봐 어쩔 수 없이 간다는 것이다. 어떤 형제들은 저녁 고해에 가면서 "내가 아침에 자네한테 화를 냈다고 말할 테니, 맞장구를 좀 쳐주게나" 하고 자기들끼리 미리 짠다는 얘기도 있었는데—이는 아무거나 말해서 그저 적당히 빠져나오기 위해서였다. 알료샤는 이런 일이 더러는 실제로 일어나고 있다는 걸 알고 있었다. 그는 또 형제들 중에는, 암자의 수도사들에게 오는 가족들의 편지까지도 일단 장로가 받아서 먼저 뜯어보는 관례에 대해 무척 격분하는 이들이 있다는 것도 알고 있었다. 물론 이 모든 것은 자발적인 순종과 구도 생활의 지도를 위해 자유롭고 성실하게 진심에서 이루어져야 함을 전제했지만, 이미 드러났다시피 실제로 때로는 대단히 불성실할뿐더러 오히려 거짓되게 가식적으로 행해지는 경우가 있었다. 그러나 형제들 중에서도 가장 나이 많고 경험 많은 이들은 '진심으로 구도를 위해 이 담장 안으로 들어온 사람들에겐 이 모든 순종과 힘든 수행이 틀림없이 구도를 돕고 큰 이로움을 가져다줄 것이다. 도리어 이를 부담스러워하고 투덜거리는 자는 수도사가 아닌 것이나 다름없고 수도원에 들어온 것도 공연한 일일 따름이니, 그런 자가 있을 곳은 속세다. 죄악과 악마로부터 몸을 지키기 어렵기는 속세에서나 사원 안에서나 마찬가지인즉, 따라서 죄악을 너그럽게 대해줄 까닭이 없다'라고 판단해 자신들의 입장을 고수했다.

"많이 쇠약해져서 혼수상태시다." 파이시 신부가 알료샤를 축복하고 나서 귓속말로 알려주었다. "깨워드리기도 어려워. 하긴 깨워드릴 필요도 없다만. 오 분 정도 깨어 계셨는데 형제들에게 축복을 전해달라시면서 형제들도 당신을 위해 밤 기도를 드려달라고 당부하셨어. 내일 아침에 한번 더 성찬을 받을 생각이시다. 네 얘기도 하셨단다, 알렉세이. 네가 떠났느냐고 물으시기에 시내에 있다고 대답해드렸다. '그렇게 하도록 나도 그를 축복해주었느니라. 그곳이 그의 자리야, 당분간은 여기가 아니고.' 너에 대해 이런 말씀을 하시더구나. 사랑과 배려가 가득하신 모습으로 널 생각하셨어. 넌 네가 어떤 영광을 누리는지 아느냐? 다만 어째서 그분께선 네게 아직 당분간은 속세에 머물라고 하셨을까? 필시 그분께선 네 운명에서 뭔가를 예견하고 계신 거야! 명심하거라, 알렉세이, 속세로 돌아가더라도 그건 장로님께서 네게 내리신 순종의 의무에 따른 것이지, 부질없는 경박함이나 세속적인 환락을 위한 것이 아니니라……"

파이시 신부는 밖으로 나갔다. 장로가 아직 하루이틀은 더 살 수 있다 하더라도 이미 죽음의 길에 들어섰다는 사실은 알료샤에게도 의심의 여지가 없었다. 알료샤는 아버지, 호흘라코바 모녀, 형, 그리고 카체리나 이바노브나와 만나기로 약속했지만—내일은 하루종일 수도원에서 나가지 않고 장로님께서 세상을 뜨실 때까지 곁에 머무르겠다고 뜨거운 마음으로 굳게 결심했다. 그의 가슴은 사랑으로 불타올랐으며, 임종의 침상에 누워 계신 그분을 수도원에 남겨두고 세상에서 누구보다 존경하는 그분을 그곳에서, 시내에서, 한순간이나마 까맣게 잊어버릴 수 있었다니, 그는 가슴이 쓰라리도록 자신을 책망했다. 그는 장로의 침실로 들어가 무릎을 꿇고서, 주무시고 계신 분을 향해 이마가 바닥에 닿도록 절을 올렸다. 장로는 고르긴 하나 거의 알아챌 수도 없을 만큼 약한 숨을 쉬면서 미동도 않고 조용히 잠들어 있었다. 그의 얼굴은 평온했다.

다른 방, 그러니까 아침녘에 장로가 손님들을 맞았던 그 방으로 돌아와서, 알료샤는 거의 입은 옷 그대로 구두만 벗은 채, 벌써 오래전부터 매일 밤 언제나 베개만 들고 와서 잠자곤 했던, 딱딱하고 좁은 가죽 소파에 몸을 뉘었다. 아까 아버지가 소리쳤던 요로 말하자면, 그걸 깐다는 것조차 잊은 지 이미 오래되었다. 그는 그저 수도복을 벗어 담요 대신 덮곤 했다. 그러나 잠들기 전에 그는 무릎을 꿇고 오랫동안 기도를 드렸다. 그 열렬한 기도 속에서 그는 하느님께 자신의 혼란스러움을 해소해달라고 빌지는 않고, 다만 하느님께 찬양과 영광을 드린 뒤면 언제나 그의 영혼을 찾아오던 예전의 감동, 기쁨에 넘치는 그 감동만을 갈망했을 뿐이며, 잠자기 전에 드리는 그의 모든 기도는 보통 그런 것들로 이루어져 있었다. 그에게 찾아들던 그 기쁨은 가뿐하고도 평온한 잠을 가져다주었다. 지금도 그렇게 기도를 드리는데, 갑자기 호주머니에서 아까 카체리나 이바노브나의 하녀가 길까지 쫓아나와 건네주었던 조그만 장밋빛 봉투가 우연히 손끝에 느껴졌다. 그는 당황스러웠지만 기도를 끝까지 드렸다. 그러고는 조금 망설이다가 봉투를 열어보았다. 거기에는 리즈라고 서명된, 그에게 보내는 짤막한 편지가 들어 있었는데—아침에 장로 앞에서 그를 그렇게 놀려댄, 바로 그 호흘라코바 부인의 어린 딸이 쓴 것이었다.

"알렉세이 표도로비치, 아무도 모르게, 엄마도 모르게 당신에게 이 편지를 쓰고 있어요. 이게 얼마나 나쁜 짓인지 잘 알아요. 하지만 내 마음속에 생겨난 것을 당신에게 말하지 않고는 더이상 못 살겠어요. 그래도 이건 우리 두 사람 말고는 때가 될 때까지 누구도 알아선 안 돼요. 그렇지만 내가 당신에게 그토록 말하고 싶은 것을 당신에게 어떻게 말해야 하죠? 종이는 얼굴을 붉히지 않는다지만, 맹세코 그건 거짓말이에요, 종이도 지금 내 얼굴이랑 아주 똑같이 새빨개지고 있거든요. 그리운 알료샤, 나는 당신을 사랑해요. 내가 아직 어렸을 때부터, 모스크바에 있었을 때부터, 당신이 지금과 아주 달랐던 그때부터 사랑하고 있고, 평생토록 사랑해요. 나는 당신과 하나가 되기 위해, 그리고 늙어서 함께 우리의 생을 마감하기 위해, 내 가슴이 명하는 대로 당신을 택했어요. 물론 당신이 수도원에서 나온다는 조건으로요. 하긴 우리 나이 때문에, 법이 정해둔 때까지는 기다려야겠죠. 그때면 나도 꼭 다 나아서, 걸을 수도 있고 춤도 추게 될 거예요. 그건 두말할 것도 없어요.

내가 모든 걸 얼마나 곰곰이 생각했는지 아시겠죠. 하지만 한 가지만큼은 짐작이 안 가요. 이 편지를 읽고 당신이 나를 어떻게 생각하실까요? 나는 언제나 웃어대고 장난을 쳐서, 아까도 당신을 화나게 했지만, 맹세해요, 지금, 펜을 잡기 전에 나는 성모상 앞에서 기도를 드렸고, 지금도 기도를 드리고 있어요. 울음이 터질 것만 같아요.

나의 비밀은 당신의 손안에 있어요, 내일 당신이 오시면 어떻게 당신을 쳐다봐야 할지 모르겠어요. 아아, 알렉세이 표도로비치, 내가 바보같이 또다시 참지 못하고 당신을 보며 아까처럼 웃음을 터뜨리면 어떡하죠? 당신은 나를 남을 놀리기만 하는 못된 여자로 여기고 내 편지도 믿지 않으실 테죠. 그러니 간곡히 부탁드려요, 그리운 이여, 날 가엾게 여기신다면 내일 들어오실 때 내 눈을 너무 똑바로 쳐다보지 말아주세요. 당신과 눈이 마주치면 틀림없이 갑자기 웃음을 터뜨릴 것 같으니까요. 게다가 당신은 그 기다란 옷을 입고 계실 거잖아요…… 그 생각을 하면 지금부터 온몸이 오싹해져요. 그러니 들어오실 때 얼마 동안은 아예 나를 보지 말고 엄마나 창문 쪽을 봐주세요……

이렇게 당신에게 연애편지를 쓰고 말았군요, 오 하느님, 내가 무슨 짓을 한 걸까요? 알료샤, 나를 경멸하지 말아주세요. 만약 내가 아주 나쁜 짓을 해서 당신을 화나게 했다면 용서해줘요. 이제 나의 명예는 영원히 실추돼버렸는지도 모르지만, 그 비밀은 당신 손안에 있어요.

나는 오늘 틀림없이 울고 말 거예요. 다시 만날 때까지, 그 두려운 재회의 순간까지 안녕히. 리즈.

추신, 알료샤, 다만 꼭 오셔야 해요, 꼭, 꼭! 리즈."

알료샤는 놀라워하면서 읽었고, 두 번을 읽고 난 뒤에 잠시 생각에 잠겼다가 갑자기 조용하고도 달콤한 웃음을 터뜨렸다. 그러다 몸을 흠칫 떨었는데, 이 웃음이 죄스럽게 여겨져서였다. 그러나 잠시 뒤 그는 다시금 좀전처럼 조용하고 행복하게 웃기 시작했다. 그는 천천히 편지를 봉투에 넣은 뒤 성호를 긋고 자리에 누웠다. 영혼의 혼란은 갑자기 사라져버렸다. "주님, 조금 전의 모든 이를 어여삐 여기시어, 마음의 평정을 잃은 불행한 그들을 보호해주시옵고 바르게 이끌어주시옵소서. 주님께 길이 있나니, 그들에게 길을 알려주시옵고 그들을 구원해주시옵소서. 주님은 사랑이시니, 모든 이에게 기쁨을 보내주시옵소서!" 알료샤는 이렇게 중얼거리며 성호를 긋고는 평온한 잠에 빠져들었다.

제2부

제4편
파열

I
페라폰트 신부

이른 아침, 동이 트기도 전에 알료샤는 잠에서 깼다. 장로가 눈을 뜨고, 기력이 아주 쇠진한 것을 느끼면서도 침대에서 일어나 안락의자에 앉고 싶어한 것이다. 그는 의식이 아주 또렷했다. 비록 몹시 지쳐 있긴 해도 밝고 기쁨에 넘치는 듯한 얼굴이었으며, 시선은 즐겁고 상냥하고 다정했다. "어쩌면 오늘을 넘기지 못할 것 같구나." 그가 알료샤에게 말했다. 그러고 나서 그는 곧 고해를 하고 성찬을 받고 싶다고 했다. 그의 고해신부는 언제나 파이시 신부였다. 이 두 의식이 끝나자 도유식塗油式이 시작되었다. 수도사제들이 모여들었고, 처소는 점차 암자의 수도사들로 가득찼다. 그러는 사이 날이 밝았다. 수도원에서도 사람들이 오기 시작했다. 성스러운 식이 끝나자 장로는 모든 이와 작별인사를 나누고 싶다면서 모두에게 입을 맞추었다. 처소가 좁은 탓에, 먼저 온 사람들은 다른 사람들에게 자리를 내주기 위해 밖으로 나갔다. 알료샤는 다시 안락의자로 옮겨 앉은 장로 곁에 서 있었다. 장로는 힘닿는 데까지 계속 말하고 설교를 했는데, 그의 목소리는 약하긴 해도 아직 상당히 또렷했다. "워낙 오랜 세월 동안 여러분에게 가르침을 펴오고, 그 때문에 워낙 오랜 세월 동안 큰 소리로 말을 해온 까닭에, 말을 하는 것이, 말을 하면서 여러분을 가르치는 것이 습관이 되다시피 해서, 말하는 것보다 침묵하는 것이 제겐 더 힘들 지경이군요, 사랑하는 신부님들, 그리고 사랑하는 형제님들, 지금처럼 기운이 없을 때조차 말이지요." 그는 자기 주위에 몰려든 이들을 감동 어린 눈으로 바라보면서 이렇게 농담을 했다. 그가 그때 했던 말 중 어떤 것은 그후에도 알료샤의 기억에 남아 있었다. 그러나 발음도 분명하고 목소리도 꽤나 또렷했지만 그의 말은 상당히 두서가 없었다. 그는 많은 이야기를 했는데, 필시 죽음의 순간을 앞두고 생전에 미처 못다한 말들을 모두 얘기하고 다시 한번 모든 것을 알리고 싶어하는 듯 보였으나, 그것은 단지 교훈만을 위한 것이 아니라, 자신의 기쁨과 환희를 모든 이, 모든 한 사람 한 사람과 함께 나누고 살아생전에 다시 한번 자신의 진정을 토로하고 싶은 간절한 마음 때문이었으리라……

"서로 사랑하십시오, 신부님들." 장로는 (훗날 알료샤가 기억하는 한) 이렇게 가르침을 폈다. "하느님의 백성을 사랑하십시오. 여기로 와서 이 담장 안에 틀어박혔다고 우리가 속세의 사람들보다 성스러운 것은 아니며, 오히려 여기로 온 이는 누구나 이곳으로 왔다는 바로 그 사실만으로도 이미 자신이 속세의 모든 사람, 이 땅의 모든 사람과 모든 것보다 못하다는 점을 마음속으로 깨달은 것입니다…… 그리고 수도

사는 이 담장 안에서 오래 살수록 이 점을 더 뼈저리게 의식해야만 합니다. 그렇지 않다면 이곳에 올 까닭조차 없던 것이지요. 자신이 속세의 모든 사람보다 못할 뿐만 아니라, 모든 사람과 모든 것에 대해, 사람들의 죄, 세상의 죄, 개개인의 죄, 이 모든 죄에 대해, 모든 사람 앞에서 스스로 죄가 있음을 깨달을 때, 그때야 비로소 우리의 하나됨이라는 목적이 이루어질 것입니다. 왜냐하면, 사랑하는 여러분, 알아두십시오, 우리 한 사람 한 사람은 이 땅의 모든 사람과 모든 것에 대해 틀림없이 죄가 있으며, 세상의 보편적인 죄에 관여하고 있을 뿐만 아니라 이 땅의 모든 이들과 모든 한 사람 한 사람에 대해서도 각자 개인적으로 죄가 있기 때문입니다. 이러한 자각이야말로 수도사가 나아가야 할, 아울러 지상의 모든 사람이 나아가야 할 길의 월계관입니다. 왜냐하면 수도사란 무언가 다른 사람이 아니라, 지상의 모든 사람이 마땅히 되어야 할 그런 사람에 지나지 않기 때문입니다. 그때 비로소 우리의 마음은 포만을 모르는 무한한 우주적인 사랑의 감격에 충만할 수 있을 것입니다. 그때 여러분 한 사람 한 사람은 사랑으로써 온 세상을 얻을 수 있고 자신의 눈물로써 세상의 죄악을 씻어버릴 힘을 지니게 될 것입니다…… 모두 자신의 마음을 순찰하면서 끊임없이 자기 자신에게 고해하십시오. 설령 자신의 죄를 의식했다 해도 그 죄를 두려워하지는 마십시오, 참회하기만 하면 될 테니까요. 하지만 하느님께 조건을 내걸지는 마십시오. 거듭 말하거니와—오만해서는 안 됩니다. 작은 사람들 앞에서 오만하게 굴지 말 것이며, 위대한 사람들 앞에서도 오만하게 굴지 마십시오. 여러분을 배척하는 자들, 여러분을 모욕하는 자들, 여러분을 비방하는 자들, 여러분을 중상하는 자들을 미워하지 마십시오. 무신론자들, 악의 교사자들, 유물론자들, 그들 중 선한 자들뿐만 아니라 심지어 악한 자들조차 미워해서는 안 되니, 왜냐하면 그들 중에도 선한 사람들이 많으며, 특히 우리 시대에는 더더욱 그러하기 때문입니다. 그러니 이렇게 기도드리면서 그들을 기억하십시오. 주님, 아무도 기도해줄 사람이 없는 모든 이를 구원해주시옵소서, 주님께 기도드리길 원하지 않는 이들도 구원해주시옵소서. 그리고 곧바로 이렇게 덧붙이십시오. 저의 교만함에서 이렇게 기도드리는 게 아니오니, 주님, 왜냐하면 저야말로 이 세상의 그 누구, 그 무엇보다 비천하기 때문이옵니다…… 하느님의 백성을 사랑하십시오. 침입자들이 양떼를 빼앗아가게 내버려두지 마십시오. 여러분이 게으름과 오만불손, 특히 무엇보다 탐욕의 잠에 빠져들면, 침입자들이 사방팔방에서 몰려와 여러분의 양떼를 빼앗아갈 것입니다. 쉬지 말고 민중에게 복음을 전파하십시오…… 이利를 탐하지 마십시오…… 금과 은을 사랑하지 말고, 갖지도 마십시오…… 하느님을 믿으면서 깃발을 굳게 쥐십시오. 그것을 높이 들어올리십시오……"

사실 장로의 말은, 여기에 적은 것보다, 또 알료샤가 나중에 기록한 것보다 더 토막토막 끊어졌다. 이따금 그는 기운을 모으려는 듯 말을 완전히 멈추고 숨을 가쁘게 몰아쉬곤 했지만, 그래도 환희에 젖어 있는 것 같았다. 다들 감동하여 그의 말을 듣고 있었으나, 많은 이가 그의 말에 의아해하면서 그 말에서 어떤 어두운 그림자를 보고 있었다…… 나중에 사람들은 다들 이 말을 떠올렸다. 알료샤가 잠깐 장로의 처소 밖으로 나올 일이 있었을 때, 그는 처소 안과 처소 주위에 모여 있던 형제들이 다들 흥분과 기대에 휩싸여 있는 것을 보고 깜짝 놀랐다. 그 기대는 어떤 이들 사이에서는 거의 불안에 가까운 것이었고, 어떤 이들에게는 장엄한 것이었다. 다들 장로가 선종하면 그 즉시 뭔가 굉장한 일이 일어나리라 기대하고 있었다. 이 기대는 어떤 점에서 보면 거의 경박한 것이나 다름없었으나, 가장 엄격한 장로들까지도 거기서 벗어나지 못하고 있었다. 누구보다 엄격한 얼굴을 하고 있는 사람은 수도사제인 파이시 장로였다. 알료샤가 잠깐 처소 밖으로 나온 것은 그저 시내에서 돌아온 라키친이 어느 수도사를 통해 그를 몰래 불러냈기 때문인데, 라키친은 호흘라코바 부인이 알료샤 앞으로 보낸 이상한 편지를 가지고 왔다. 부인은 알료샤에게 아주 때마침 도착한 흥미진진한 소식 하나를 전해왔다. 그러니까 어제 장로에게 인사드리고 축복을 받기 위해 왔던 평민 여신도들 가운데 시내에 사는 하사관의 늙은 미망인인 프로호로브나가 있었다. 이 노파는 장로에게 아들 녀석 바센카가 근무차 멀리 시베리아의 이르쿠츠크로 간 뒤 벌써 일 년 동안이나 감감무소식이니, 죽은 것으로 간주하여 교회에서 추도식을 올려주어도 괜찮을지 물어보았었다. 이에 장로는 그런 추도식은 굿과 같은 것이니 절대로 안된다고 엄하게 대답했다. 하지만 무지해서 그런 생각을 한 것이라며 노파를 용서해주고는, "마치 미래의 책이라도 들여다보듯이"(호흘라코바 부인은 편지에서 이런 표현을 썼다), '그녀의 아들 바샤는 틀림없이 살아 있으며, 이제 곧 돌아오거나 편지를 보내올 테니 집에 가서 기다려보라'는 위로의 말도 함께 해주었다. "그래서 어떻게 되었겠어요?" 하고 호흘라코바 부인은 열광해서 덧붙였다. "예언이 심지어 글자 그대로, 아니 그 이상으로 이루어졌답니다." 노파가 집에 돌아가자마자, 진작에 시베리아에서 온 편지가 그녀를 기다리고 있어서 즉시 건네받았다는 것이다. 하지만 그뿐이 아니었다. 도중에 예카테린부르크에서 써 보낸 이 편지에서 바샤는 자기는 지금 어느 관리와 함께 러시아로 돌아가는 길이니, 이 편지를 받고 삼 주쯤 지나면 "어머니를 껴안을 수 있을 거예요"라고 알려온 것이다. 호흘라코바 부인은 새로 실현된 이 '예언의 기적'을 수도원장과 모든 형제 수도사에게 지체 없이 전해달라고 간곡하고도 열렬하게 부탁하면서, "이건 다들, 다들 알아야 해요!"라고 외치며 편지를 끝맺었다. 그녀가 편지를 급히 서둘러 쓴 탓에, 편지를 쓴 사람의 흥분이 편지글 한 줄 한 줄에 드러나 있었다. 그러나 다들 이미 모든 걸 알고 있어 알료샤는 형제 수도사들에게 알리고 말고 할 것도 없었다. 라키친은 알료샤를 불러내달라고 수도사를 보내면서, '파이시 신부님께도 라키친 자신이 용무가 좀 있는데, 너무나 중요한 일인 까닭에 일 분도 지체 말고 알려드려야 해서 그러니, 부디 자신의 무례함을 용서해주시기 바란다는 말씀을 아주 정중하게 아뢰어달라'는 부탁도 함께 했다. 그리하여 그 수도사가 알료샤보다는 파이시 신부에게 먼저 라키친의 부탁을 전했기 때문에, 다시 제자리로 돌아온 알료샤는 그 편지를 읽은 다음 그것을 곧장 파이시 신부에게 그저 증거서류로서 건네주면 그만이었다. 그러자 좀처럼 남의 말을 믿지 않는 이 준엄한 사람도 미간을 찌푸리며 '기적' 소식을 읽고는 자신의 마음속에 일렁이는 어떤 감정을 완전히 억누르지 못했다. 그의 두 눈이 번쩍였고, 입가에 갑자기 엄숙한 감동의 미소가 떠올랐다.

"우리가 보게 될 게 이런 것일까요?" 갑자기 그에게서 이런 말이 터져나왔다.

"우리가 또 보게 될 게 이런 것일까요, 또 보게 될 게 이런 것일까요!"

주위의 수도사들도 같은 말을 되풀이했으나, 파이시 신부는 다시 미간을 찌푸리고, 당분간 이에 대해 아무한테도 큰 소리로 알리지 말라고 모두에게 당부하면서, “아직 더 많은 것이 뒷받침되어야 하고 속세의 일에는 경솔한 것들이 많을뿐더러, 이 경우도 어쩌면 자연스레 일어난 것일 수 있으니까요” 하고 조심스레 덧붙였는데, 양심의 거리낌이 없도록 그러는 듯했지만, 그 스스로도 자신이 일러두는 보류 조건들을 거의 믿지 않았으며, 그의 말을 듣고 있던 사람들도 그 점을 아주 잘 알고 있었다. 물론 ‘기적’은 즉각 수도원 전체에 알려졌고, 예배식에 참석하러 수도원에 온 많은 속세 사람들에게도 알려졌다. 하지만 이 기적의 실현에 누구보다 충격을 받은 사람은 먼 북방에 있는 오브도르스크의 조그만 수도원 ‘성 실베스트르’에서 어제 이곳 수도원으로 온 수도사인 듯했다. 그는 어제 호흘라코바 부인 옆에 서서 장로에게 절하고는, ‘병이 나은’ 부인의 딸을 가리키며 “장로님께서는 어찌 능히 이런 일들을 행하실 수 있습니까?” 하고 물으면서 충격을 감추지 못했던 그 수도사였다.

문제는 지금 그가 그러잖아도 이미 어떤 의혹에 빠져들어, 무엇을 믿어야 할지 거의 알 수 없게 되었다는 점이었다. 실은 이미 어제저녁에 그는 양봉장 뒤의 외딴 암자에 사는 수도사 페라폰트 신부를 방문했는데, 이 만남이 안겨준 강렬하고도 무서운 인상 때문에 매우 큰 충격을 받았다. 이 노수도사, 그러니까 페라폰트 신부는 가장 고령인 수도사이자 엄청난 재계주의자에 묵언수행자였으며, 이미 앞에서도 말했다시피 조시마 장로를 반대하고, 특히—장로제를 해롭고 경솔한 새 제도로 간주해 장로제 자체를 반대하고 있었다. 이 반대자는 비록 묵언수행자로서 누구와도 거의 말 한마디 나누지 않았지만, 대단히 위험한 존재였다. 그가 위험한 인물이라는 것은 무엇보다 다수의 도반道伴 수도사들이 그에게 완전히 공감하고 있을뿐더러, 수도원을 찾아오는 속세 사람들 중에도 매우 많은 이가 그가 유로지브이임에 틀림없다고 여기면서도 여전히 위대한 의인이자 고행자로서 존경했기 때문이다. 아니, 유로지브이라는 것 자체가 사람들의 마음을 사로잡기도 했다. 이 페라폰트 신부는 한 번도 조시마 장로에게 간 적이 없었다. 비록 암자에 살고 있긴 해도 암자의 규율을 지키도록 귀찮게 강요받는 일은 그다지 없었으며, 이 또한 그가 드러내놓고 유로지브이 행세를 하기 때문이었다. 나이는 적어도 일흔다섯 살쯤 되고, 암자 양봉장 뒤꼍 담장 한 구석에 있는, 다 허물어지다시피 한 낡은 목조 암자에 기거하고 있었는데, 이 암자는 아주 아득한 옛날, 그러니까 벌써 지난 세기에 또 한 사람의 위대한 재계수행자이자 묵언수행자였던 이오나 신부를 위해 세워진 것으로, 백다섯 살까지 살았던 이 신부의 수행에 대해서는 흥미진진하기 그지없는 숱한 이야기가 지금까지도 수도원과 그 인근에 떠돌고 있었다. 페라폰트 신부는 칠 년 전쯤 드디어 허락을 얻는 데 성공하여 가장 외진 이 작은 암자에 기거하게 되었는데, 이 암자는 그야말로 오두막이나 다름없었지만 안에는 사람들이 바친 수많은 성상이 있고, 그 앞에는 역시 누군가가 바친 등명들이 영원히 켜져 있어 조그만 예배당과 매우 흡사했으며, 마치 이것들을 지키고 등명을 밝히기 위해 페라폰트 신부가 거기에 딸려 있는 것만 같았다. 사람들 말에 따르면(게다가 그것은 사실이기도 했다), 그는 사흘에 고작 빵 2푼트* 말고는 아무것도 먹지 않았다. 빵은 바로 그곳 양봉장에 사는 벌치기가 사흘에 한 번씩 가져다주었지만, 페라폰트 신부는 그의 시중을 들어주는 이 벌치기하고도 좀처럼 말을 하지 않았다. 이 4푼트의 빵과 일요일마다 늦은 오전 미사가 끝난 뒤 수도원장이 이 복된 자에게 꼬박꼬박 보내오는 성병聖餠**이 그의 일주일 양식의 전부였다. 하지만 그의 작은 항아리에 든 물만큼은 매일 갈아주었다. 그가 미사에 나타나는 일은 드물었다. 그를 찾아온 숭배자들은 이따금 그가 내내 무릎을 꿇은 채 옆도 보지 않고 온종일 기도에만 열중하는 모습을 보기도 했다. 어쩌다 그들과 말을 주고받더라도, 그의 말은 짤막하고 툭툭 끊어지고 괴상한데다 언제나 거의 거칠었다. 하긴 그가 방문객들과 제법 긴 대화를 나누는 일도 아주 드물게 있긴 했지만, 대개는 방문객들에게 늘 커다란 수수께끼와도 같은 이상한 말 한마디만 툭 던져놓고 그다음엔 아무리 애원해도 절대로 설명이 없었다. 그는 성직자의 직위를 갖지 않은, 그저 평수사였다. 아주 몽매한 사람들 사이에서이긴 하나 기괴하기 짝이 없는 소문이 나돌았는데, 페라폰트 신부가 하늘의 영들과 소통하며 그들과만 대화를 나누고, 그래서 사람들하고는 말을 하지 않는다는 거였다. 오브도르스크의 수도사는 양봉장에 당도해, 역시 아주 말이 없고 무뚝뚝한 수도사인 벌치기가 가르쳐주는 대로 페라폰트 신부의 작은 암자가 있는 구석진 곳으로 걸음을 옮겼다. "어쩌면 먼 타지에서 오신 분이라고 말상대를 해주실지도 모르지만, 어쩌면 아무 말도 듣지 못할 수도 있습니다"라고 벌치기가 그에게 미리 일러주었다. 이 수도사는, 이건 그가 훗날 직접 해준 말이지만, 무척이나 겁을 내면서 그곳으로 다가갔

* 1푼트는 0.41킬로그램에 해당한다.

** 정교회의 미사에 사용되는 조그만 흰 빵.

다. 이미 꽤 늦은 시각이었다. 페라폰트 신부는 그때 암자 문 옆의 나지막한 벤치에 앉아 있었다. 그의 머리 위에서는 수령이 오래된 커다란 느릅나무가 가볍게 소리를 내며 설렁거리고 있었다. 저녁의 서늘한 기운이 밀려왔다. 오브도르스크의 수도사는 복된 성자 앞에 넙죽 엎드려 축복을 해주십사 빌었다.

"수도사여, 나도 자네 앞에 엎드리길 바라는 겐가?" 페라폰트 신부가 말했다. "일어나게!"

수도사는 일어났다.

"나를 축복해주고 자네도 축복을 받게나, 곁에 앉게. 어디서 왔는고?"

불쌍한 수도사가 무엇보다 놀란 것은, 페라폰트 신부가 틀림없이 굉장히 금욕적인 생활을 해오고 있을뿐더러, 그처럼 고령임에도 불구하고 아직 겉보기에 정정한 노인으로, 키가 크고 자세가 꼿꼿하고 허리가 굽지 않은데다, 얼굴도 비록 여위긴 했으나 생기 있고 건강하다는 점 때문이었다. 틀림없이 힘도 아직 상당히 셀 듯싶었다. 근골이 장사처럼 아주 실한 사람이었다. 예전에는 아주 새까맸을 머리털과 구레나룻은 그토록 연로한 나이에도 완전히 하얗게 세지도 않았거니와 여전히 숱이 아주 무성했다. 회색의 커다란 눈은 광채를 발하고 있었으나, 아주 휘둥그렇게 뜨고 있어 심지어 사람을 놀라게 했다. 말할 때면 모음 O를 강하게 발음했다. 옛날엔 죄수 옷감으로 통하던 거친 천으로 지은 불그죽죽하고 긴 농사꾼 외투를 입고 허리에는 굵은 밧줄을 매고 있었다. 목과 가슴이 드러나 있고, 몇 달씩 갈아입지 않아 거의 완전히 새까매진 굵은 삼베 속옷이 외투 밑으로 삐죽이 보였다. 외투 속에 30푼트나 되는 쇠사슬을 몸에 두르고 다닌다는 얘기도 들렸다. 신발이라고는,

헐어서 다 떨어지다시피 한 반장화를 맨발에다 걸치고 있었다.

"오브도르스크의 조그만 수도원인 성 셀리베스트르*에서 왔습니다." 타지에서 온 수도사는 공손하게 대답하면서, 약간 겁먹은 듯하면서도 호기심 어린 조그만 눈을 재빠르게 굴려가며 은자를 주의깊게 살펴보았다.

"자네의 셀리베스트르에 가본 적이 있네. 한동안 거기서 살았지. 그래, 셀리베스트르는 잘 있나?"

수도사가 당황해서 머뭇거렸다.

"멍청한 놈들 같으니! 재계는 어떻게들 하고 있나?"

"저희의 식사는 예로부터 내려오는 암자의 규칙에 따라 다음과 같이 이루어집니다. 사순절**에는 월요일, 수요일, 금요일에 식사를 전혀 하지 않습니다. 화요일, 목요일에는 형제들에게 흰 빵, 꿀음료, 나무딸기나 소금에 절인 양배추, 귀리죽이 나옵니다. 토요일에는 흰 배춧국, 완두콩국수, 건더기가 없는 죽을 먹는데, 모두 기름이 들어 있습니다. 주일에는 배춧국에 마른 생선과 죽이 딸려 나옵지요. 수난주일***에는 월요일부터 심지어 토요일 저녁까지 꼬박 엿새 동안 오로지 빵과 물, 익히지 않은 채소만 먹는데, 그나마도 절제해야 해서 앞서 첫 주에 대해 말씀드린 대로 가능하면 매일 먹지는 말아야 됩니다. 성금요일****에는 아무것도 입에 대지 않고, 성토요일에도 역시 금식을 하다가 두시가 넘어서

* 실베스트르를 가리킨다.

** 부활제 전에 7주간 계속되는 대재 기간.

*** 사순절의 다섯번째 주로, 부활절 전주(前週).

**** 예수 수난일.

야 약간의 빵과 물을 맛보고 포도주를 한 잔씩 마십니다. 성목요일*에는 기름을 쓰지 않은 음식을 먹는데, 포도주를 조금 마실 때도 있고 마른 음식만 먹을 때도 있습니다. 왜냐하면 라오디케아 종교회의**에서도 성목요일에 대해 '사순절 마지막 주의 목요일을 끝까지 지키지 아니하면 사순절 전체를 더럽히는 것과 같으니라'라고 말씀하셨기 때문입니다. 저희 수도원은 이렇습니다. 하지만 위대하신 아버지, 신부님과 비교할 바는 아니지요." 조금 용기가 난 수도사가 덧붙였다. "일 년 내내, 심지어 부활절에도 빵과 물만 드시는데다, 우리가 이틀 동안 먹는 빵을 일주일 양식으로 삼으시니까요. 신부님의 위대하신 절제는 참으로 놀랍습니다."

"그런데 그루지*** 아나?" 페라폰트 신부가 불쑥 물었는데, 마치 목구멍에서 숨을 거칠게 밀어내듯이 '그' 음을 거의 '흐'처럼 발음했다.

"그루지라고요?" 어안이 벙벙해진 수도사가 되물었다.

"그래, 그거. 나는 이놈들의 빵 따윈 전혀 필요 없으니까 다 버리고 떠날 작정이야. 숲속으로 가서 버섯이나 산딸기를 먹으며 사는 거지. 여기 이놈들은 자기 빵을 버리고 떠나지 못하니 악마한테 묶여 있는 거라고. 요즘 더러운 이교도 놈들은 그렇게까지 재계를 할 필요 없다고 지껄이더군. 그놈들의 그런 생각이야말로 교만하고 부정한 거야."

"아, 옳으신 말씀입니다." 수도사가 한숨을 내쉬었다.

"저놈들한테서 악마를 보았나?" 페라폰트 신부가 물었다.

---

* 부활제 전의 세족(洗足) 목요일.

** 소아시아의 도시 라오디케아의 성당에서 4세기 후반에 열린 종교회의.

*** 버섯.

"저놈들이라니, 누구 말씀이신지요?" 수도사가 겁에 질려 물었다.

"나는 작년 오순절에 수도원장한테 간 뒤로 한 번도 가지 않았네. 그때 보았지. 어떤 놈한테는 가슴팍에 눌러앉아 법의 아래 숨은 채 뿔만 바깥으로 내밀고, 어떤 놈한테선 호주머니 속에서 살짝 내다보는데 눈알을 재빨리 굴리는 꼴이 나를 겁내는 눈치더군. 어떤 놈한테선 배 속에 기어들어가, 그 더럽기 짝이 없는 똥배 안에 자리를 턱 잡고 들어앉았고, 또 어떤 놈한테서는 목에 매달려 꽉 들러붙어 있는데, 그런 꼴로 달고 다니면서 정작 본인은 그걸 못 본단 말일세."

"신부님께서는…… 보이십니까?" 수도사가 물었다.

"보인다지 않나, 훤히 보인다네. 수도원장한테서 나오려다가 보니—한 놈이 나를 피해 문 뒤로 숨더군, 덩치가 이따만하게 크고 키가 1아르쉰 반은 실히 되는데다 굵고 긴 짙은 밤색 꼬리를 가졌는데, 마침 꼬리 끝이 문틈으로 비죽 나와 있는 거야. 나도 바보는 아니어서 이때다 싶어 갑자기 문을 쾅 닫아 그놈의 꼬리를 문틈에다 꽉 끼워버렸지. 비명을 내지르고 버둥거리기 시작하기에, 그놈한테 십자가 표식으로 세 번이나—성호를 그어주었지. 그러자 짓눌린 거미처럼 그 자리에서 뒈져버리더군. 지금쯤 그 구석에서 썩어 악취가 진동할 테지만, 그놈들이야 보지도 냄새를 맡지도 못해. 일 년 넘도록 난 거기 안 가고 있네. 외지에서 왔다기에 자네한테만 털어놓는 걸세."

"무서운 말씀이십니다! 그런데 위대하고 복되신 신부님." 수도사는 점점 더 대담해졌다. "신부님께선 성령과 끊임없이 교통하신다는 굉장한 명성이 먼 고장에까지 자자한데, 정말이신지요?"

"날아온다네, 이따금."

"날아온다뇨? 어떤 모습으로요?"

"새의 모습이지."

"비둘기 모습을 한 성령인가요?"

"성령일 때도 있고, 성신일 때도 있어. 성신은 달라, 다른 새의 모습을 하고 내려올 수도 있지. 어떤 땐 제비, 어떤 땐 방울새, 어떤 땐 박새의 모습이야."

"그 박새를 보고 어떻게 성신인 줄 아십니까?"

"말을 하니까."

"말을 하다뇨, 어떤 말로 하나요?"

"사람의 말이지."

"그럼 신부님께 뭐라고 말합니까?"

"오늘은 웬 바보가 찾아와서 쓸데없이 물어댈 거라고 알려주더군. 수도사 양반, 자넨 알고 싶어하는 게 많구먼."

"참으로 두려운 말씀이십니다, 그지없이 복되시고 성스러우신 신부님." 수도사는 고개를 절레절레 저었다. 하지만 겁먹은 눈에는 의혹의 빛이 엿보였다.

"저 나무가 보이는가?" 페라폰트 신부가 잠시 입을 다물었다가 물었다.

"보입니다, 복되신 신부님."

"자네 눈엔 느릅나무일 테지만, 내 눈에는 전혀 다른 것으로 보이네."

"어떤 것입니까?" 수도사는 부질없는 기대를 품으며 잠시 침묵했다.

"밤이면 보이곤 하지. 저기 큰 나뭇가지 두 개 보이는가? 밤이면 그리스도께서 나를 향해 저 손을 뻗으시고 나를 찾으셔. 그게 똑똑히 보여서 몸이 덜덜 떨린다네. 두려워, 오, 두려운지고!"

"정말 그리스도라면 뭐가 두렵습니까?"

"붙잡아서 데리고 올라가실 테니까."

"산 채로 말입니까?"

"엘리야의 영과 힘을 지니고,* 이런 말 들어보지 못했나? 껴안고 데려가실 거네……"

오브도르스크의 수도사는 이 대화를 나눈 뒤 자기에게 지정된, 어느 형제의 조그만 방으로 돌아왔는데, 상당히 강한 의혹에 빠져 있긴 했지만 그래도 조시마 장로보다는 분명 페라폰트 신부에게 마음이 더 기울어 있었다. 오브도르스크의 수도사는 무엇보다 재계를 옹호하는 사람이었으므로, 페라폰트 신부처럼 위대한 재계수행자가 '불가사의한 것들을 본다'는 게 놀랍지 않았다. 그의 말이 물론 터무니없는 듯도 했으나, 그래도 주님께서는 그 속에, 그 말들 속에 무슨 뜻이 들어 있는지 아실 것이며, 더구나 그리스도에게 몸을 바친 유로지브이들은 다들 그보다 더 엉뚱한 말과 행동도 하지 않는가. 문에 끼인 악마의 꼬리에 대해서라면 그는 비유적인 의미뿐만 아니라 직설적인 의미에서도 진정으로 기꺼이 믿을 용의가 있었다. 이뿐만 아니라 그는 예전에도, 그러니까 이 수도원으로 찾아오기 전부터도 장로제에 대해 심한 편견을 가지고 있었는데, 물론 그때까지는 그저 얘기로만 들어 알고 있으면서도 많은 다른 이를 좇아 그것을 단연코 유해한 새 제도로 여겼던 것이다. 이 수도원에서 이제 하룻밤을 보내고 나자, 그는 장로제에 찬성하지 않

* 「누가복음」 1 : 17.

는 몇몇 경박한 형제들의 은밀한 불평도 알아챌 수 있었다. 게다가 이 수도사는 천성적으로 모든 일에 호기심이 엄청나게 강해서 여기저기 날쌔게 돌아다니며 아무데나 얼굴을 들이미는 사람이었다. 바로 이 때문에, 조시마 장로가 새로운 '기적'을 행했다는 굉장한 소식을 접하자 그는 극심한 혼란에 빠지고 말았다. 나중에 알료샤는 그때 장로를 보려고 그의 처소 주위에 몰려든 수도사들 사이에서 사람들 무리마다 잽싸게 헤집고 다니면서 모든 얘기에 귀를 바짝 기울이고 아무한테나 무엇을 물어보던 호기심 많은 오브도르스크 손님의 모습이 그의 눈앞을 여러 차례 스쳤던 게 생각났다. 그러나 그때는 이 수도사에게 별 주의를 기울이지 않았고, 나중에 가서야 모든 게 새삼 떠올랐던 것이다…… 더구나 그때는 그럴 겨를도 없었다. 조시마 장로가 재차 피로를 느껴 침대에 다시 누워 이미 눈을 붙이려다 갑자기 알료샤 생각이 나서 불러달라고 했기 때문이다. 알료샤는 지체 없이 달려왔다. 그때 장로 옆에는 파이시 신부와 수도사제 이오시프 신부, 그리고 수련 수도사 포르피리밖에 없었다. 장로는 지친 눈을 뜨고 알료샤를 가만히 응시하다가 갑자기 물었다.

"네 가족이 널 기다리고 있겠지, 아들아?"

알료샤가 머뭇거렸다.

"그들에게 네가 필요한 게 아니더냐? 오늘 가겠다고 어제 누구에게 약속했을 테지?"

"약속했습니다…… 아버지한테…… 형들한테…… 그리고 다른 이들한테도……"

"거봐라. 반드시 가거라. 슬퍼할 것 없다. 네게 이 땅에서의 내 마지막 말을 해주기 전에는 죽지 않을 테니, 그리 알아라. 네게 그 말을 해주마, 아들아, 네게 그 말을 유언으로 남기려는 거다. 너에게, 사랑하는 아들아, 네가 나를 사랑하니까. 하지만 지금은 우선 약속한 이들한테 가보아라."

알료샤는 떠나기가 너무 괴로웠지만 이내 장로의 말을 따랐다. 그러나 이 세상에서의 마지막 말을, 더구나 알료샤 그에게 남기는 유언으로 들려주겠노라는 장로의 약속은 그의 영혼을 환희에 떨게 했다. 그는 시내에서 빨리 모든 일을 마치고 한시라도 빨리 돌아올 생각에 서두르기 시작했다. 마침 파이시 신부도 그에게 송별의 말을 해주었는데, 그 말은 그에게 예상치 못한 아주 강렬한 인상을 남겼다. 두 사람이 이미 장로의 방에서 나온 뒤의 일이었다.

"끊임없이 명심하거라, 얘야." 파이시 신부는 아무런 서론도 없이 곧바로 이렇게 시작했다. "세속의 학문은 커다란 세력으로 규합하여 특히 지난 세기에 들어서는 성스러운 책들 속에서 우리에게 유언으로 약속된 모든 천상의 것들을 비판했고, 이 무자비한 분석 후 이 세상의 학자들에겐 예전의 모든 성스러운 것 가운데 단연코 그 어떤 것도 남아 있지 않게 되었단다. 하지만 그들은 부분부분만 분석했을 뿐 전체는 간과했고, 어쩌면 그렇게들 눈이 멀었는지 심지어 놀라울 정도지. 그런 까닭에 전체는 그들의 눈앞에 전과 다름없이 꿈쩍도 않고 굳건히 서 있어서, 지옥의 문도 그것을 제압하지 못할 것이다.* 그것은 천구백 년이라는 오랜 세월 동안 살아오지 않았느냐, 그리고 지금도 한 사람 한 사

* 「마태복음」 16:18.

람 영혼의 움직임 속에, 민족 대중의 움직임 속에 여전히 살아 있지 않느냐? 심지어 모든 것을 파괴한 무신론자들, 바로 그들 영혼의 움직임 속에도 그것은 예전과 다름없이 조금도 흔들리지 않고 굳건히 살아 있어! 왜냐하면 그리스도교를 부정하고 그것에 반기를 든 사람들조차 그 자신의 본질에 있어서는 스스로 그리스도의 형상 그대로이고 또한 그렇게 머물렀기 때문이며, 지금껏 그들의 지혜도, 그들 가슴의 열정도, 일찍이 그리스도가 제시한 것보다 더 높은 다른 형상을 인간과 인간의 존엄을 위해 창조해내진 못했기 때문이란다. 그런 시도가 없었던 건 아니지만, 결과는 하나같이 기형적인 것이 되고 말았지. 이 점을 특히 명심하거라, 얘야. 세상을 뜨시는 네 장로님께서 속세로 나가라고 명하셨으니 말이다. 아마도 이 위대한 날을 떠올릴 때면, 떠나는 너의 길을 진심으로 축복하기 위해 해준 나의 이 말들도 잊지 않고 기억하겠지. 왜냐하면 너는 아직 어린데 세상의 유혹은 너무 힘겨워서 네 힘만으로 견뎌내기 벅찰 테니까. 자, 이제 가보아라, 고아야."

이렇게 말하면서 파이시 신부는 그를 축복해주었다. 수도원을 나서면서 이 모든 뜻밖의 말들을 곰곰 생각하다가 알료샤는 여태껏 자신에게 엄격하고 준엄하기만 했던 이 수도사가 이제 뜻하지 않게 새 친구가 됐음을, 자신을 뜨겁게 사랑해주는 새 인도자가 됐음을 불현듯 깨달았고, 그러자—꼭 조시마 장로가 죽음을 눈앞에 두고 그에게 유언으로 자신을 맡긴 것만 같았다. '두 분 사이에 정말로 그런 일이 있었는지도 모르지.' 알료샤는 갑자기 이런 생각이 들었다. 방금 뜻하지 않게 들려준 그의 학문적인 견해, 다른 어떤 것도 아닌 바로 그것이야말로 파이시 신부의 뜨거운 가슴을 증명해주는 것에 다름아니었다. 그는 유혹과의 싸움에 대비해 어린 지성을 가능한 한 빨리 무장시키고 자기에게 맡겨진 어린 영혼을 위해 자기가 생각할 수 있는 가장 튼튼한 담장을 세워주려고 벌써부터 서두르고 있었던 것이다.

II
아버지 집에서

맨 먼저 알료샤는 아버지 집으로 갔다. 집 가까이 다가가면서 그는 어제저녁에 아버지가 어떻게든 이반 형 몰래 들어오라고 신신당부하던 것을 떠올렸다. '왜 그러셨을까?' 알료샤는 지금 갑자기 이런 생각이 들었다. '아버지가 나한테만 뭔가 비밀리에 말씀하실 게 있다 해도, 왜 몰래 들어가야 되지? 분명 어제 흥분해서 무슨 다른 말을 하시려다가 미처 못 하신 거야.' 그는 이렇게 결론지었다. 그렇긴 해도 마르파 이그나치예브나가 그에게 쪽문을 열어주면서(그리고리는 몸이 심하게 아파서 곁채에 누워 있었다) 그의 물음에 대해 이반 표도로비치는 벌써 두 시간 전에 나갔다고 알려주자, 몹시 기뻤다.

"아버지는요?"

"일어나서 커피를 드시고 계세요." 마르파 이그나치예브나가 어쩐지 좀 무뚝뚝하게 대답했다.

알료샤는 안으로 들어갔다. 노인은 슬리퍼를 신고 낡은 외투를 걸친 채 식탁 앞에 혼자 앉아 그다지 주의도 기울이지 않으면서 심심파적 삼아 무슨 계산서를 훑어보고 있었다. 이 큰 집에 오로지 그 혼자였다

(스메르자코프도 점심 찬거리를 사러 나간 참이었다). 하지만 계산서도 별 재미를 주지 못했다. 그는 아침 일찍 잠자리에서 일어나 원기를 되찾고 있었으나, 여전히 피곤하고 기운이 없어 보였다. 지난 밤사이 검붉은 멍이 커다랗게 퍼져버린 이마에는 붉은 수건을 칭칭 두르고 있었다. 코도 밤새 무섭게 퉁퉁 부어오른데다 그리 대단하진 않지만 조그만 얼룩 같은 피멍이 곳곳에 들어 있어, 얼굴 전체가 왠지 유난히 적의에 차 있고 짜증스러워 보였다. 노인 자신도 이를 알고 있었던지라, 방으로 들어오는 알료샤를 마뜩잖은 눈초리로 힐끗 쳐다보았다.

"커피가 식었어." 그가 퉁명스레 소리쳤다. "권하지 않으마. 나는 오늘, 얘야, 재계용 생선 수프만 먹을 작정이어서 식사에 아무도 부르지 않는 거다. 그래, 왜 오신 게냐?"

"아버지 건강이 어떠신가 해서요." 알료샤가 말했다.

"그래. 게다가 내 입으로 어제 너더러 와달라고 일렀지. 다 헛소리였는데. 공연히 허둥지둥하게 했구나. 하긴 네가 곧 헐떡거리고 오겠다 싶더라만……"

그는 아주 노골적인 적의를 드러내며 이렇게 말했다. 그러면서 자리에서 일어나 거울 앞에 서서(아침부터 벌써 마흔 번은 되었을 것이다) 걱정스레 자기 코를 들여다보았다. 이마에 두른 붉은 수건도 제대로 매만지기 시작했다.

"붉은 게 낫지, 흰 건 병원 냄새가 나거든." 잠언이라도 말하듯 그가 짤막하게 내뱉었다. "그래, 거기 네 수도원은 어떠냐? 너네 장로는 괜찮고?"

"아주 안 좋으세요, 오늘 돌아가실지도 몰라요." 알료샤는 이렇게 대답했으나, 아버지는 귀담아듣지도 않고 자기가 한 질문마저 금세 잊어버렸다.

"이반은 나갔다." 그가 불쑥 말했다. "미치카의 약혼녀를 가로채려고 아주 용을 쓰고 있어, 여기서 사는 것도 그 때문이지." 그는 심술궂게 덧붙인 뒤 입을 일그러뜨리고 알료샤를 쳐다보았다.

"형이 아버지께 정말 직접 그렇게 말하던가요?" 알료샤가 물었다.

"아무렴, 벌써 오래됐다. 네 생각은 어떠냐, 그렇게 말한 지 삼 주는 됐을걸. 몰래 내 목을 베려고 그놈이 여기 온 건 아니겠지? 그래도 무슨 목적이 있어서 왔을 거 아니냐?"

"무슨 말씀이세요! 어떻게 그런 말씀을 하세요?" 알료샤는 아연실색했다.

"그놈은 돈 달라는 소린 안 해. 그래, 어차피 나한테서 땡전 한푼도 못 얻어낼 테니까. 나는 말이다, 친애해 마지않는 알렉세이 표도로비치, 이 세상에서 한껏 오래 살 작정인데, 이건 그대들도 알아두는 게 좋을 게다, 그래서 나한텐 동전 한 닢이라도 더 필요하고, 오래 살면 살수록 돈이 더 필요해진단 말씀이야." 그는 누런 여름용 삼베로 만든, 땟국물이 번들번들한 헐렁한 외투 주머니에 두 손을 찔러넣고 방안의 이 구석 저 구석을 오가며 말을 이었다. "어쨌든 나는 지금 아직 멀쩡한 사내야, 쉰다섯밖에 안 됐으니까. 그렇지만 앞으로도 이십 년쯤은 더 사내 노릇을 하고 싶단 말이야. 하지만 늙어 꼬부라지면—흉측한 몰골일 테니, 그땐 저년들이 나한테 자진해서 오진 않을 테고, 바로 그때 나한테 필요한 게 돈 아니냐. 그래서 나는 지금 될 수 있는 한 많이, 더 많이 돈을 긁어모으고 있지. 이건 오로지 나 혼자만을 위해서라굽쇼, 그러니

친애해 마지않는 나의 아들 알렉세이 표도로비치, 그대들도 이걸 잘 알아두었으면 해, 왜냐하면 나는 끝까지 내 추잡함 속에서 살고 싶거든, 그대들도 이 점을 잘 알아두시길. 추잡함 속에서 사는 게 더 달콤해. 추잡한 걸 다들 욕하지만 다들 추잡하게 살고 있어. 다만 다들 뒷구멍으로 그러지만 나는 탁 까놓고 그러는 것뿐이야. 그 추잡한 놈들이 죄다 나한테 덤벼든 것도 내가 이렇게 솔직하기 때문이지. 난 그대의 그 천국에는, 알렉세이 표도로비치, 갈 생각 없다, 이건 그대도 알아두는 게 좋을 게야. 설령 저세상에 그대의 그 천국이라는 게 있다손 쳐도, 제대로 된 인간이 그런 데 간다는 건 점잖지 못하지. 내 생각에는, 한번 눈 감으면 못 깨어나지, 그냥 아무것도 없어. 그대들이 그러고 싶다면 내 명복을 빌어주고, 그럴 생각이 없다면, 젠장 놈의 것, 아무래도 상관없어. 그게 내 철학이다. 어제 이반은 여기서 말깨나 근사하게 하더구나, 우리 둘 다 취하긴 했다만. 이반은 허풍선이야, 이렇다 할 학식도 전혀 없고…… 무슨 특별한 교양이 있는 것도 아니야. 내내 입다물고 있다가 상대방을 쳐다보며 말없이 피식 웃는 게 다지—오로지 그걸로 재미를 보는 거라고."

알료샤는 잠자코 그의 말을 듣고 있었다.

"어째서 그놈은 나하고 말을 안 할까? 말을 하더라도 거드름이나 피우거든. 네 형 이반은 비열한 놈이야! 나는 마음만 먹으면 지금 당장 그루셴카하고 혼인한다. 돈만 있으면 뭐든 원하기만 하라굽쇼, 알렉세이 표도로비치, 다 그대로 되니까. 이반 녀석은 바로 그게 두려워서 내가 혼인하지 못하도록 감시하면서, 미치카를 부추겨 그루쉬카*하고 혼인하게 하려는 거야. 그렇게 해서 나를 그루쉬카로부터도 지키고(내가 그루쉬카하고 혼인하지 않는다고 제 놈한테 돈이라도 남겨줄 줄 아나!), 게다가 미치카가 그루쉬카와 혼인하면 이반은 미치카의 부자 색싯감을 차지하겠다, 이게 바로 그놈의 속셈이지! 네 형 이반은 비열한 놈이야!"

"신경이 너무 날카로워지셨어요. 어제 일 때문이에요. 가서 좀 누우시는 게 좋겠어요." 알료샤가 말했다.

"이봐, 네가 그런 말을 하면," 노인은 이제 막 처음으로 머리에 떠오른 듯이 갑자기 말했다. "네가 말하면 난 네게 화가 나지 않아. 하지만 똑같은 말을 이반이 했다면 난 그놈한테 마구 화를 냈을 거다. 너하고 단둘이 있을 때만 나도 때로 착해지는 순간이 있다니까. 원래 나는 악한 인간 아니냐."

"아버지는 악한 사람이 아니라 그냥 좀 비뚤어졌어요." 알료샤가 싱긋 웃었다.

"들어봐라. 나는 오늘 미치카 그 강도 놈을 감옥에 처넣을 작정이었다만, 지금도 어떻게 결정해야 할지 모르겠구나. 물론 유행이나 좇는 요즘 시대에는 다들 어미, 아비를 편견 덩어리로 여긴다만, 아무리 이런 시대라 해도 그렇지, 늙은 아비의 머리털을 끌고 다니고, 마룻바닥에 쓰러진 아비의 낯짝을 구두 뒤축으로 걷어차도 된다는 법은 없을 게다. 그것도 바로 제 아비 집에서 말이다. 그러고는 다시 와서 아주 숨통을 끊어버리겠다고 거들먹거리니—그것도 만인이 보는 앞에서 말입죠. 내가 마음만 먹으면 그놈을 갈고리로 꿰어 어제 일로 당장 감옥

* 그루셴카의 애칭.

에 처넣을 수도 있어."

"그럼 고소하실 생각은 아닌 거죠, 예?"

"이반이 말리더구나. 까짓 이반 녀석의 말쯤이야 침이나 퉤 뱉어주면 그만이다만, 나한테도 한 가지 꿍꿍이수가 있거든……"

그러면서 그는 알료샤에게 몸을 구부리고 반쯤 속삭이듯 은밀하게 말을 계속했다.

"내가 그놈, 그 비열한 놈을 처넣었다 치자, 그럼 그 계집은 내가 그놈을 처넣었다는 소문을 듣고 당장 그놈한테 달려갈 거다. 하지만 그놈이 나를, 이 힘없는 늙은이를 두들겨 패서 반쯤 죽여놨다는 얘기를 오늘이라도 들으면, 아마도 그놈을 팽개치고 당장 나를 찾아올걸…… 우리는 누구나 그런 성질을 타고났거든—그저 청개구리처럼 반대로만 하려 들지. 나는 그 계집을 속속들이 꿰고 있어! 그런데 혹시 코냑 한잔 할 테냐? 식은 커피라도 좀 들어라, 코냑을 반의 반잔 정도 부어주마, 그러면 맛이 좋단다, 얘야."

"아뇨, 고맙지만 됐어요. 괜찮다면 여기 이 빵이나 하나 가져갈게요." 알료샤는 이렇게 말하고 3코페이카짜리 프랑스빵을 하나 집어 수도복 주머니에 넣었다. "아버지도 코냑을 그만 드시는 게 어떨까요." 그가 노인의 얼굴을 들여다보며 조심스럽게 충고했다.

"네 말이 맞아. 신경만 자극하고, 마음을 가라앉혀주지 않으니. 그래도 딱 한 잔만…… 그럼 내가 저 찬장에서……"

그는 열쇠로 '찬장'을 열고 코냑을 한 잔 따라서 쭉 들이켠 다음, 찬장을 잠그고는 열쇠를 다시 호주머니에 넣었다.

"됐어, 한잔했다고 뒈지진 않겠지."

"보세요, 이제 더 착해지셨잖아요." 알료샤가 미소를 지었다.

"흐음! 나는 코냑을 안 마셨을 때도 너를 좋아해, 하지만 상대가 비열한 놈이면 나도 비열한 놈이 되지. 반카*는 체르마쉬냐로 안 가—왜냐고? 염탐질을 해야 하거든. 혹시라도 그루셴카가 오면 내가 많이 집어주지 않을까 하고 말이지. 죄다 비열해빠졌어! 사실 나는 이반이라는 놈을 전혀 인정하지 않아. 대체 어디서 그런 놈이 나왔을까? 우리하고는 영혼부터 아주 딴판이거든. 내가 그놈한테 뭐라도 남겨줄 것 같아? 나는 유언장 따위 안 남겨, 이건 너희도 알아둬야 될 거다. 미치카 놈을 바퀴벌레처럼 으깨버릴 테다. 나는 밤마다 시커먼 바퀴벌레들을 슬리퍼로 짓밟아 죽이는데, 발을 갖다대기만 해도 탁 소리를 내며 터져버리지. 네 미치카도 이제 탁 소릴 내며 터져버릴 거다. 네 미치카라고 한 건 네가 그놈을 사랑하기 때문이야. 그래, 넌 그놈을 사랑하지만, 네가 그놈을 사랑한다 해도 난 무섭지 않다. 이반이 그놈을 사랑한다면야, 나는 나 자신이 걱정돼서 이반이 그놈을 사랑하는 걸 무서워했겠지만. 그런데 이반은 아무도 사랑하지 않아. 이반은 우리하고 달라, 이반 같은 인간들은, 그놈들은, 얘야, 우리하고 인종이 달라, 그놈은 부옇게 일어난 먼지야…… 바람이 불면 먼지는 사라지지…… 어제 너한테 오늘 꼭 오라고 했을 때, 내 머리엔 바보 같은 생각이 떠올랐던 거야. 너를 통해 미치카에 대해 한번 알아볼까 했지. 만약 지금 그놈한테 1천이나 2천 루블을 던져준다면 그 더러운 거지같은 놈이 여기서 완전히 꺼져줄까. 한 오 년, 아니 삼십오 년쯤이면 더 좋지, 물론 그루쉬카는 여

* 이반의 속칭 또는 비칭.

기 두고, 그러니까 그 계집을 완전히 포기하고 말이다, 응?"

"저는…… 제가 형한테 물어볼게요……" 알료샤가 더듬거렸다. "3천을 채워주신다면, 형도 아마……"

"집어치워라! 이젠 물어볼 필요도 없어, 아무것도 필요 없다! 생각이 달라졌으니까. 어제 내 멍청한 대가리에 그런 멍청한 생각이 떠올랐던 것뿐이야. 아무것도 안 준다, 단돈 한 푼도. 내 돈은 바로 나한테 필요해." 노인은 손을 내저었다. "안 그래도 그놈을 바퀴벌레처럼 으깨버릴 거다. 그놈한테 아무 소리 하지 마라, 지레 입맛부터 다실 테니. 너도 나한테 있어봐야 아무 할 일 없으니, 그만 가봐라. 그런데 그 약혼녀 말이다, 그놈은 나한테 그 여자를 내내 꼭꼭 감추었는데, 그 카체리나 이바노브나는 그놈한테 시집을 가는 거냐 마는 거냐? 네가 어제 그 여자 집에 갔다 온 모양이던데?"

"그 여자는 형을 절대로 포기하지 않을 거예요."

"그렇게 마음씨 고운 귀족 아가씨들이 하필이면 그런 놈팡이에다 비열한 놈들을 사랑한단 말이야! 너한테 하는 말이다만, 얼굴에 핏기라곤 없는 그 귀족 아가씨들은 영 틀려먹었어. 거기다 비하면…… 뭐, 좋아! 내가 그놈만큼 젊다면, 그때의 내 얼굴이기만 하다면(내가 스물여덟이었을 땐 그놈보다 훨씬 볼만했지), 그놈 못지않게 계집들을 호리고 다닐 텐데. 악당 놈 같으니! 그래도 그루셴카는 손에 넣지 못할 거구먼요, 못하고 말굽쇼…… 내 그놈을 아주 똥으로 만들어버릴 테다!"

마지막 말을 하면서 그는 또다시 사납게 화를 냈다.

"너도 어서 가봐라, 오늘 나한테 있어봤자 아무 할일 없다." 그가 퉁명스레 딱 잘라 말했다.

알료샤는 작별인사를 하려고 가까이 다가가 그의 어깨에 입을 맞췄다.
"이건 뭐냐?" 노인은 조금 놀랐다. "또 볼 텐데, 다시는 못 볼 거라 생각하는 거냐?"

"전혀 아니에요, 그냥 별 뜻 없어요."

"그래 됐다, 나도, 나도 그냥 그런 거니……" 노인이 그를 쳐다보았다. "들리느냐, 얘, 이봐." 알료샤의 등뒤에 대고 노인이 소리쳤다. "언제 곧 와라, 생선 수프 먹으러. 생선 수프를 끓여주마, 아주 특별한 걸로, 오늘 같은 거 말고. 꼭 와라! 그래, 내일, 듣고 있느냐, 내일 와라!"

그러고는 알료샤가 문밖으로 나가기 무섭게 그는 다시 찬장으로 다가가 반잔 더 홀짝 들이켰다.

"이제 그만해야지!" 그는 이렇게 중얼거리며 크우어허허허 하고 기분좋게 목젖을 울리고는, 다시 찬장을 잠그고 열쇠를 호주머니에 넣은 뒤, 침실로 가서 맥없이 침대에 눕더니 금세 잠들었다.

III
어린 학생들과 어울리다

'천만다행이다, 아버지가 그루셴카 얘길 묻지 않으셔서.' 알료샤는 알료샤대로 아버지 집에서 나와 호흘라코바 부인 집으로 향하면서 이렇게 생각했다. '만약 그랬다면 어제 그루셴카와 만난 얘기를 하지 않을 수 없었을 텐데.' 알료샤는 투사들이 하룻밤 동안 새 기운을 모아 날이 새자마자 다시 돌처럼 마음이 굳어버린 것에 가슴이 아팠다. '아버지께서 신경이 곤두서서 적개심에 불타고 있는 걸 보니 뭔가 생각해내서 그걸 고수하고 계신 거야. 그럼 드미트리 형은? 형도 밤새 더 힘을 모아 분명 신경이 곤두서고 적개심에 불타겠지, 역시 뭔가 생각해두었을 게 틀림없어…… 아, 무슨 일이 있어도 오늘 꼭 형을 찾아내야 하는데……'

하지만 알료샤는 이런 생각에 오래 잠겨 있을 겨를이 없었다. 길을 가던 중 갑자기 한 가지 사건이 일어났기 때문인데, 이 일은 겉보기엔 그리 대수롭지 않았지만 그에게 커다란 충격을 안겨주었다. 광장을 가로질러, 개천 하나를 사이에 두고(우리 도시에는 이런 개천들이 종횡으로 흐르고 있었다) 볼샤야 대로와 나란히 나 있는 미하일롭스카야 거리로 나가려고 골목길로 막 접어들었을 때, 그는 조그만 다릿목 아래쪽에 어린 학생들이 옹기종기 모여 있는 것을 보았다. 다들 나이가 많아야 아홉 살에서 열두 살 정도의 어린아이들이었다. 학교가 파하고 모두 집으로 가는 길인지라, 등에 책가방을 멘 아이들이 있는가 하면, 가죽 주머니를 끈에 매달아 어깨에 걸친 아이들도 있었으며, 어떤 애들은 짧은 윗도리 차림이고, 어떤 애들은 외투 차림이었지만, 돈 많은 아버지 밑에서 호강하는 어린아이들이 특히 뻐기기 좋아하는, 목 부분을 접은 긴 장화를 신은 아이들도 있었다. 이 한 무리의 소년들은 뭔가에 대해 열심히 재잘거리고 있었고, 보아하니 무슨 의논을 하는 듯싶었다. 알료샤는 모스크바에 있을 때도 그랬지만 절대로 아이들 곁을 그냥 지나칠 수가 없었는데, 그가 제일 좋아하는 건 세 살 안팎의 어린아이들이었지만 열 살, 열한 살쯤 되는 학생들도 무척 좋아했다. 그래서 지금 걱정거리가 아무리 태산 같을지라도, 갑자기 아이들 쪽으로 발길을 돌려 그들의 대화에 끼어들고 싶어졌다. 가까이 다가가며 그들의 발그스레하고 생기 넘치는 얼굴을 살펴보다가 그는 갑자기 모든 소년의 손에 돌이 하나씩, 어떤 소년들 손엔 두 개씩이나 들려 있는 것을 발견했다. 개천 건너편에도, 이 무리가 있는 데서 삼십 보가량 떨어진 담장 옆에 소년이 또 한 명 서 있었다. 역시 책 주머니를 옆으로 둘러메고 키로 보아 기껏해야 열 살이나 되었을까, 아니면 더 어릴 듯싶은 역시나 학생인 소년이—파리하고 병색인 얼굴에 검은 눈을 번득이고 있었다. 그는 뭔가 알아내려는 듯 여섯 명의 학생을 주의깊게 관찰하고 있었는데, 그들은 필시 그 소년의 급우들 같았고, 방금 학교에서 소년과 함께 나오긴 했지만 보아하니 사이가 아주 안 좋은 듯했다. 알료샤는 그들에게 다가가 곱슬곱슬한 금발머리에 볼이 발그레하고 검은 재킷을 입은 한 소년을 유심히 보고 나서 말을 걸었다.

"내가 여러분처럼 이런 책 주머니를 메고 다닐 땐 오른손으로 금방 꺼낼 수 있게 다들 왼쪽으로 멨답니다. 여러분은 오른쪽으로 메고 있어서 꺼내기가 불편하겠군요."

알료샤는 미리 생각해둔 무슨 계교 같은 것은 전혀 없이 곧장 이런 실제적인 화제로 시작했는데, 사실 어른이 어린아이, 특히 한 무리의 아이들 전부에게 곧바로 신뢰를 얻으려면 다른 식으로 시작해서는 안 된다. 완전히 대등하게 어울리려면 바로 이렇게 진지하고 실제적으로 시작해야 하는 것이다. 알료샤는 이 점을 본능적으로 알고 있었다.

"얘는 왼손잡이예요." 덩치가 크고 건강한, 열한 살쯤 되어 보이는 다른 소년이 재빨리 대답했다. 나머지 다섯 소년은 모두 알료샤를 뚫어져라 쳐다보았다.

"얘는 돌도 왼손으로 던져요." 또다른 소년이 끼어들었다. 때마침 그 순간 이 소년들을 향해 돌멩이 하나가 날아왔는데, 능숙한 솜씨로 세차게 던진 것이긴 했으나 왼손잡이 소년을 살짝 스치고 옆으로 날아가 버렸다. 개천 건너편에 있는 소년이 던진 것이었다.

"저 자식 까줘라, 저 자식 한 대 맞혀라, 스무로프!" 다들 소리쳤다. 그러잖아도 스무로프(왼손잡이)는 기다리고 말고 할 것도 없이 즉각 응수했다. 그는 개천 건너편의 소년을 겨냥해 돌멩이를 던졌으나 헛방이었다. 돌멩이는 땅바닥에 떨어졌다. 개천 건너편의 소년은 곧바로 이쪽의 무리를 향해 또다시 돌멩이를 던졌는데 이번에는 알료샤에게 명중하여 꽤나 아프게 그의 어깨를 때렸다. 개천 건너편 소년의 호주머니에는 미리 준비해둔 돌멩이가 가득했다. 외투 주머니가 불룩한 걸로 보아 삼십 보나 떨어진 곳에서도 금방 알 수 있었다.

"이건 저 자식이 당신을, 당신을 겨눈 거예요, 일부러 당신을 겨눈 거라고요. 당신은 카라마조프, 카라마조프잖아요?" 소년들은 깔깔 웃어대며 소리쳤다. "자, 저 자식을 향해 일제사격이다, 발사!"

여섯 개의 돌멩이가 일시에 아이들 무리로부터 날아갔다. 그중 하나가 소년의 머리에 명중하는 바람에 소년은 쓰러졌으나, 금방 벌떡 일어나더니 이쪽 무리를 향해 돌멩이를 던지며 맹렬한 응전에 돌입했다. 쌍방간에 쉴새없는 투석전이 시작되었는데, 이쪽에도 호주머니에 돌을 준비해둔 아이들이 많았다.

"이게 무슨 짓입니까! 부끄럽지도 않나요, 여러분! 여섯이서 한 명을 공격하다니, 정말 저애를 죽이겠어요!" 알료샤가 외쳤다.

그는 앞으로 뛰어나가 자기 몸으로 개천 건너편의 소년을 보호하기 위해, 날아오는 돌멩이들을 막아섰다. 서너 명의 아이가 잠시 잠잠해졌다.

"재가 먼저 시작했어요!" 빨간 셔츠를 입은 소년이 약이 잔뜩 오른, 어린애 같은 목소리로 소리쳤다. "비겁한 자식이라고요, 아까 교실에서 크라소트킨을 펜 깎는 칼로 찔러서 피가 나게 했단 말이에요. 크라소트킨은 일러바치려고 하지 않았지만, 저런 자식은 두들겨 패줘야 해요……"

"아니, 왜 그랬을까요? 여러분 쪽에서 먼저 저애를 놀려주나보죠?"

"아, 재가 당신의 등에다 또 돌을 던졌어요. 재는 당신을 알아요." 아이들이 소리쳤다. "지금 재는 당신을 겨눈 거예요, 우리가 아니고요. 자, 다들 다시 한번 저 자식을 향해 던지자, 빗맞히기 없다, 스무로프!"

또다시 투석전이 시작됐는데, 이번에는 아주 험악했다. 개천 건너편의 소년은 가슴팍에 돌을 맞고 비명을 지르며 울음을 터뜨리더니 미하일롭스카야 거리 쪽 언덕길 위로 달아나기 시작했다. 이쪽 무리는 일제히 소리를 질러댔다. "와아, 겁먹었다, 도망치는구나, 수세미!"

"당신은 아직 몰라요, 카라마조프 씨, 저 자식이 얼마나 비겁한지. 잰 때려 죽여도 시원찮다고요." 제일 나이가 많은 듯싶은 재킷 차림의 소년이 눈을 이글거리면서 되풀이했다.

"어떤 애인데요?" 알료샤가 물었다. "고자질이라도 했나요, 예?"

소년들은 비웃기라도 하듯 서로 눈짓을 주고받았다.

"당신도 저쪽, 미하일롭스카야 쪽으로 가는 길이죠?" 좀전의 그 소년이 말을 이었다. "그럼 저 자식을 쫓아가보세요…… 저기 보이죠, 다시 멈춰 서서 당신을 노려보며 기다리고 있네요."

"당신을 노려보고 있어요, 당신을 노려보고 있어요!" 다른 소년들이 맞장구를 쳤다.

"그러니까 저 자식한테 물어보세요, 너덜너덜한 목욕탕 수세미를 좋아하는지. 아시겠죠, 그렇게 물어보시라고요."

다들 깔깔대며 웃음보를 터뜨렸다. 알료샤는 그들을, 그들은 알료샤를 쳐다보고 있었다.

"가지 마세요, 저 자식한테 다쳐요." 스무로프가 경고하듯 소리쳤다.

"여러분, 난 저애한테 수세미에 대해서 묻지 않겠어요, 아무래도 여러분이 그걸로 저애를 놀려주는 것 같으니까. 하지만 여러분이 왜 저애를 그렇게 미워하는지 직접 알아봐야겠군요……"

"알아보세요, 어디 알아보세요." 소년들이 또 웃어대기 시작했다.

알료샤는 다리를 건너 담장 옆 언덕길을 따라, 따돌림당한 소년이 서 있는 곳을 향해 곧장 걷기 시작했다.

"조심하세요." 등뒤에서 소년들이 소리치며 경고했다. "걔는 당신을 겁내지 않아요, 갑자기 몰래 푹 찌를 거예요…… 크라소트킨에게 한 것처럼요."

소년은 그 자리에서 꼼짝 않고 그를 기다리고 있었다. 알료샤가 아주 가까이 다가가서 보니, 겨우 아홉 살 정도밖에 안 된, 허약하고 몸집도 작은데다 파리하고 여윈 갸름한 얼굴을 한 어린아이가 적개심이 이글거리는 크고 짙은 눈으로 그를 노려보고 있었다. 상당히 낡고 오래된 외투를 입고 있었는데, 그동안 자라버린 몸에 옷이 이미 맞지 않아 소년은 마치 기형처럼 보였다. 소맷자락 아래로는 벌거벗은 팔이 튀어나와 있었다. 바지 오른쪽 무릎엔 커다란 바대를 덧대었고, 엄지발가락이 닿는 오른쪽 신발코 부분에는 커다랗게 구멍이 나서 잉크로 진하게 칠해놓은 게 보였다. 불룩한 외투 양쪽 주머니에는 돌멩이가 가득 들어 있었다. 알료샤는 두어 걸음 앞에서 걸음을 멈추고 묻는 듯한 시선으로 소년을 바라보았다. 소년은 알료샤의 눈빛에서 자기를 때리려는 게 아니라는 걸 곧 알아채고는, 기세를 꺾고 심지어 먼저 말을 걸어왔다.

"나는 혼자고, 쟤들은 여섯이지만…… 나 혼자서 쟤들을 모조리 때려눕힐 거예요." 소년이 갑자기 눈을 번득이며 말했다.

"돌멩이 하나에 아주 아프게 맞은 것 같던데." 알료샤가 말해주었다.

"난 스무로프 녀석 머리통을 명중시켰어요!" 소년이 외쳤다.

"저기 아이들이 그러던데, 군이 나를 알고 있고 무슨 까닭이 있어서 나한테 돌을 던졌다며?" 알료샤가 물었다.

소년은 침울하게 그를 쳐다보았다.

"나는 군이 누군지 몰라요. 군은 정말 나를 아나요?" 알료샤가 계속 캐물었다.

"귀찮게 굴지 말아요!" 소년이 갑자기 짜증을 내며 소리를 질렀으나, 여전히 뭔가 기다리는 듯 자리에서 꼼짝도 않고 또다시 적개심을 드러내며 눈을 번득였다.

"좋아, 갈게요." 알료샤가 말했다. "다만 나는 군을 모르고 군을 놀리는 것도 아니에요. 저애들은 군을 어떻게 놀려주는지 말했지만, 나는 군을 놀릴 마음이 전혀 없어요. 그럼 잘 가요!"

"수도사라면서 고급 정장 바지를 입고!" 소년은 여전히 적개심에 찬 도전적인 눈초리로 알료샤의 뒷모습을 지켜보며 이렇게 외치고는, 알료샤가 이제 틀림없이 자기에게 달려들 거라고 예상해 즉각 전투태세를 취했지만, 알료샤는 몸을 돌려 그를 한번 바라보고는 그대로 앞으로 걸어갔다. 그러나 미처 세 걸음도 가기 전에 소년이 던진 막돌이 그의 등을 아프게 때렸는데, 그건 소년의 호주머니에 들어 있던 돌 중에서 제일 큰 놈이었다.

"뒤에서 이러깁니까? 그럼 저애들의 말이 맞군요, 군이 몰래 덮친다는 게?" 알료샤는 다시 몸을 돌렸으나, 이번에는 소년이 미친 듯 악에 받쳐 또다시 알료샤를 향해, 그것도 정통으로 얼굴을 겨냥해 돌을 던졌는데, 알료샤가 제때 몸을 피한 덕분에 돌은 그의 팔꿈치에 맞았다.

"부끄럽지도 않습니까! 내가 군에게 무슨 짓을 했다는 거죠?" 알료샤가 소리쳤다.

소년은 알료샤가 이제야말로 틀림없이 자기에게 달려들 거라 생각하고 말없이 씩씩거리며 오로지 그것만을 기다렸다. 그러나 상대방이 이번에도 달려들지 않는 걸 보자, 소년은 조그만 야수처럼 완전히 사나워졌다. 자리를 박차고 자기 쪽에서 먼저 알료샤에게 덤벼들었는데, 적개심에 불타는 소년은 상대방이 미처 몸을 옴죽거려보기도 전에 머리를 숙여 두 손으로 그의 왼손을 움켜쥐더니, 가운뎃손가락을 으스러지게 깨물었다. 소년은 이로 손가락을 꽉 깨문 채 십 초가량이나 놓아주지 않았다. 알료샤는 손가락을 빼내려고 안간힘을 쓰면서 너무 아파 비명을 내질렀다. 소년은 마침내 손가락을 놓아주고는 뒤로 껑충 물러나 아까와 같은 간격을 두고 섰다. 손가락은 아주 아프게 깨물려, 손톱 바로 밑이 거의 뼈가 드러날 정도로 깊숙이 패어 있었다. 피가 줄줄 흐르기 시작했다. 알료샤는 손수건을 꺼내 다친 손을 꽁꽁 동여맸다. 동여매는 데 꼬박 일 분 가까이 걸렸다. 그러는 동안 소년은 내내 서서 기다렸다. 마침내 알료샤는 그를 향해 조용한 시선을 들어올렸다.

"자, 좋아요." 알료샤가 말했다. "보이죠, 군이 나를 얼마나 아프게 깨물었는지. 이제 직성이 좀 풀렸나요, 예? 그럼 이제, 내가 군에게 무슨 짓을 했는지 말해줄래요?"

소년은 놀란 눈으로 쳐다보았다.

"나는 군이 누군지 전혀 모르고 지금 처음 보지만," 알료샤는 여전히 차분하게 말을 이었다. "아마 군에게 아무 짓도 안 한 것 같진 않군요—군이 나를 괜히 괴롭히는 건 아닐 테니까. 그러니 내가 도대체 무슨 짓을 했는지, 군한테 무슨 죄를 지었는지 말해줄래요?"

소년은 대답 대신 별안간 큰 소리로 엉엉 울음을 터뜨리더니 알료샤에게서 갑자기 달아나기 시작했다. 알료샤는 그 뒤를 따라 조용히 미하일롭스카야 거리 쪽으로 걸음을 떼어놓았는데, 멀리서 소년이 걸음을 늦추지도 주위를 돌아보지도 않고 필시 아직도 여전히 목놓아 우는 모습으로 달려가는 것이 한참 동안이나 눈에 들어왔다. 그는 시간이 나는 대로 반드시 저 소년을 찾아내 자신에게 너무나 큰 충격을 안겨준 이 수수께끼를 꼭 풀어야겠다고 다짐했다. 하지만 지금은 그럴 겨를이 없었다.

IV
호흘라코바 모녀의 집에서

곧 그는 호흘라코바 부인의 집에 다다랐는데, 부인 소유로 되어 있는 이 집은 우리 도시에서도 손꼽힐 정도로 아름다운 이층짜리 석조 건물이었다. 호흘라코바 부인은 주로 영지가 있는 다른 현이나 자기 소유의 집이 있는 모스크바에서 살았지만, 우리의 작은 도시에도 선조들한테 물려받은 집이 있었다. 게다가 우리 군에 있는 영지는 그녀가 소유한 세 영지 가운데 가장 컸지만, 지금껏 그녀가 우리 현에 오는 일은 무척이나 드물었다. 그녀는 알료샤를 맞으러 현관까지 달려나왔다.

"받으셨죠, 받으셨죠, 새로운 기적 얘기를 적은 편지 말이에요?" 그녀가 빠른 어조로 호들갑을 떨며 말을 시작했다.

"예, 받았습니다."

"모든 이에게 알렸나요, 보여주었나요? 그분께선 어머니한테 아들을 돌려보내주셨답니다!"

"그분께선 오늘 중으로 세상을 뜨실 겁니다." 알료샤가 말했다.

"들어서 알고 있어요. 오, 난 당신과 얘기하고 싶어 미치겠어요! 당신하고, 아니면 누구하고든 간에 이 모든 것에 대해 말이에요. 아녜요, 당신하고, 당신하고요! 너무나 안타까워요, 다시는 그분을 뵐 수 없다니! 온 도시가 흥분에 휩싸여 다들 기대에 부풀어 있어요. 하지만 지금…… 우리집에 지금 카체리나 이바노브나가 와 있는 거, 아세요?"

"아, 정말 다행이군요!" 알료샤가 외쳤다. "이렇게 댁에서 그분도 만나뵙게 되다니, 오늘 꼭 와달라고 그분이 어제 그랬거든요."

"나도 알아요, 다 알고 있어요. 모두 자세히 들었어요, 어제 그 집에서 있었던 일도…… 그…… 몹쓸 년하고 있었던 그 끔찍한 일도 죄다. *이건 비극이에요*, 내가 그녀였다면—내가 그녀였다면 무슨 일을 저질렀을지 몰라요! 하지만 당신의 그 형, 그 드미트리 표도로비치는 어쩜 그렇게—오, 맙소사! 알렉세이 표도로비치, 난 뭐가 뭔지 모르겠어요, 상상해보세요. 저기 지금 당신 형이, 그러니까 그 형, 어제의 그 끔찍한 형이 아니라, 다른 형인 이반 표도로비치가 앉아서 그녀와 얘길 나누고 있다고요. 굉장히 심각한 대화예요…… 당신은 정말 믿을 수 없을 거예요, 지금 두 사람 사이에 무슨 일이 일어나고 있는지—그야말로 무서운 일이에요. 이건 말이죠, 그야말로 파열이라니까요, 도저히 믿을 수 없는 무서운 옛날 동화예요. 두 사람은 무엇 때문인지 둘 다 모르면서 자신을 파멸시키고 있어요, 자신들도 그것을 알고 있고 그것에서 쾌감마저 느끼고 있다고요. 내가 당신을 얼마나 기다렸는지! 애타게 기다렸어요! 무엇보다도, 나는 이걸 참을 수가 없어요. 난 이제 당신에게 모든 걸 얘기하겠지만, 지금은 다른 얘기부터 할게요, 제일 중요한 일이니까요—아, 내가 어쩌자고 이게 제일 중요한 일이라는 것마저 잊고 있었을까. 말해주세요, 왜 리즈가 히스테리를 부리는 거죠? 당신이 집 가까이 오고 있다는 얘길 듣기 무섭게 히스테리가 시작됐거든요!"

"*엄마*, 지금 히스테리를 부리는 건 엄마예요, 내가 아니라." 갑자기 옆방으로 통하는 문틈에서 리즈의 재잘대는 목소리가 들려왔다. 문틈은 아주 빠끔히 벌어져 있었는데, 목소리는 마치 웃고 싶어 죽겠는 걸 간신히 참고 있는 듯 경련을 일으키고 있었다. 알료샤는 금세 이 문틈을 알아챘는데, 리즈는 분명 자신의 안락의자에 앉아 문틈으로 몰래 그를 살펴보고 있었겠지만, 그것은 그도 정확히 판단할 수 없었다.

"이상할 것도 없지, 리즈, 그렇잖아…… 네 그 변덕에 난들 어찌 히스테리가 안 나겠니. 그건 그렇고, 재가 많이 아프답니다, 알렉세이 표도로비치. 밤새도록 어찌나 심하게 앓던지, 열이 펄펄 나고 끙끙 신음까지 하잖아요! 가까스로 아침이 되길 기다려 게르첸슈투베를 불렀죠. 그이는 뭔지 전혀 모르겠다면서 좀 두고 봐야 한다는 거예요. 이 게르첸슈투베는 올 때마다 뭔지 전혀 모르겠다는 말만 해요. 당신이 집에 다다랐다는 얘길 듣자마자, 저애는 비명을 내지르며 발작을 일으키더니, 자기를 여기, 옛날 자기 방으로 옮겨달라고 막무가내로 떼를 쓰는 거예요……"

"엄마, 난 저분이 오고 있는 걸 전혀 몰랐다고요, 난 절대 저분 때문에 이 방으로 옮기겠다고 한 게 아니거든요."

"또 거짓말, 리즈, 율리야가 너한테 달려가서 알렉세이 표도로비치가 오고 있다고 말해줬잖니. 그앤 네가 시켜서 망을 보고 있었잖아."

"사랑하는 예쁜 엄마, 정말 지독히도 둔하시네요. 조금이라도 만회하시려면 지금 뭔가 아주 현명한 말을 해보세요, 사랑하는 엄마. 여기 들어오신 친애하는 신사분 알렉세이 표도로비치에게 이렇게 말씀하세요, 어제의 일이 있고 나서 모든 사람의 조롱거리가 됐는데도 오늘 이렇게 우리집에 오기로 결심하셨으니, 그것 하나만으로도 눈치 없는 사람이라는 걸 이미 증명했다고 말이죠."

"리즈, 정말 제멋대로구나. 분명히 말해둔다만, 자꾸 이러면 결국 혼내줄 수밖에 없어. 대체 누가 이분을 조롱한다는 거냐, 나는 이분이 와주셔서 얼마나 기쁜지 모르겠는데. 난 이분이 필요해, 정말 없으면 안 될 분이야. 아, 알렉세이 표도로비치, 난 너무나 불행하답니다!"

"아니, 왜 그래요, 엄마?"

"아이고, 네 그 변덕에다, 리즈, 금방 이랬다저랬다 하지, 네 병, 밤새도록 열이 무섭게 들끓는데다, 언제까지나 그 모양인 그 끔찍한 게르첸슈투베, 무엇보다 그가 언제까지나, 언제까지나, 언제까지나 그 모양 그 꼴이라는 거야! 그리고 결국엔 모든 게, 모든 게 다…… 또 마침내 그 기적까지 일어났으니! 오, 이 기적이 나에게 얼마나 큰 충격과 감동을 안겨주었는지, 친애하는 알렉세이 표도로비치! 게다가 지금 저기 응접실에선 저런 비극이 벌어지고 있으니, 난 저건 도저히 못 참아요, 참을 수가 없어요. 당신한테 미리 말해두지만, 도저히 참을 수가 없어요. 하긴 어쩌면 희극인지도 모르죠, 비극이 아니라. 그런데 말씀해주세요, 조시마 장로님께선 내일까지 사실 수 있을까요, 사실 수 있을까요? 오, 하느님! 내가 왜 이럴까, 매 순간 눈을 감기만 하면 모든 게 허깨비 같아 보여요, 모든 게 허깨비로요."

"저어, 급한 부탁이 있는데요." 알료샤가 갑자기 말을 끊었다. "손가락을 싸맬 깨끗한 헝겊조각을 뭐든 좀 주십시오. 손가락을 심하게 다쳤는데, 이젠 정말 많이 아프군요."

알료샤는 깨물린 손가락을 펴 보였다. 손수건이 온통 피투성이였다. 호흘라코바 부인은 비명을 내지르며 눈을 반쯤 감았다.

"세상에, 무슨 상처가, 끔찍해라!"

그러나 리즈는 문틈으로 알료샤의 손가락을 보자마자 문을 확 열어젖혔다.

"들어오세요, 여기 제 방으로 들어오세요." 그녀가 고집스레 명령하듯 소리쳤다. "더이상 바보같이 굴지 말고요! 오 맙소사, 왜 내내 그렇게 서서 아무 소리도 안 한 거예요? 피를 많이 흘려 죽을 뻔했잖아요, 엄마! 대체 어디서 이런 거예요, 어쩌다가요? 물부터 갖다줘요, 물! 상처를 씻어내고, 통증이 멎게 그냥 찬물에 담그고 계속 있어야 돼요, 계속요…… 어서, 어서 물 좀 갖다줘요, 엄마, 식사 때 손가락 씻는 그릇에 담아서요. 제발, 어서요." 마지막 말을 그녀는 신경질적으로 외쳤다. 그녀는 완전히 겁에 질려 있었다. 알료샤의 상처에 무섭게 놀랐던 것이다.

"게르첸슈투베를 불러야 하지 않을까?" 호흘라코바 부인이 소리쳤다.

"엄마, 날 죽일 셈이군요. 엄마의 그 게르첸슈투베가 와봤자 모르겠다고나 하겠죠! 물, 물! 엄마, 제발 직접 가서 율리야한테 재촉 좀 해요, 걔는 어디서 미적거리느라 절대로 빨리 오는 법이 없으니까! 어서 빨리요, 엄마, 안 그러면 나 죽어요……"

"정말 별것 아닙니다!" 알료샤는 두 사람이 그렇게 놀라는 것에 오히려 놀라서 소리쳤다.

율리야가 물을 가지고 달려왔다. 알료샤는 물에 손가락을 담갔다.

"엄마, 제발 거즈 붕대 좀 가져다줘요, 거즈랑 상처 난 데 바르는 그 아리고 뿌연 물약, 아이, 뭐더라! 우리집에 있는데, 있어요, 있어요…… 엄마, 엄마도 알잖아요, 그 유리병이 어디 있는지. 엄마 침실 오른쪽 찬장, 거기에 커다란 유리병이랑 거즈 붕대가 있어요……"

"지금 모두 가져오마, 리즈, 제발 그렇게 소리지르지 말고 법석 좀 떨지 마. 봐라, 저런 불행을 당하고도 알렉세이 표도로비치는 얼마나 의연하게 견디고 있니. 그런데 어디서 그렇게 끔찍하게 다치셨대요, 알렉세이 표도로비치?"

호흘라코바 부인은 황급히 나갔다. 리즈는 그 순간만을 기다리고 있었다.

"우선 이것부터 대답해주세요." 그녀가 알료샤에게 재빨리 말을 꺼냈다. "어디서 그렇게 다치셨어요? 대답을 들어야, 완전히 다른 문제를 얘기하겠어요. 자, 어서요!"

알료샤는 엄마가 돌아올 때까지의 시간이 그녀에게 몹시 소중하다는 걸 본능적으로 느끼고—많은 것을 생략하고 줄이면서, 그러나 정확하고 분명하게 어린 학생들과 만나 겪었던 수수께끼 같은 일에 대해 서둘러 얘기해주었다. 다 듣고 난 뒤 리즈는 손뼉을 탁 쳤다.

"아니, 어떻게 그럴 수가 있어요, 그럴 수가, 더구나 그런 옷을 입고 꼬마들과 어울리다니!" 그녀는 마치 자기가 그에 대해 무슨 권리라도 있는 양, 화를 발끈 내며 외쳤다. "그런 걸 보니 당신이야말로 꼬마로군요, 세상에 유례없는 제일 꼬맹이 꼬마! 그렇지만 그 괘씸한 꼬마 녀석에 대해서는 어떻게든 알아내 나한테 죄다 얘기해주셔야 돼요, 거기엔 무슨 곡절이 있을 테니까요. 자, 이제 두번째 얘기인데요, 그전에 미리 물어볼게요. 알렉세이 표도로비치, 통증 때문에 괴로운데도 아주 하찮은 것에 대해 얘기하실 수 있겠어요? 진지하게 얘기하실 수 있겠어요?"

"그럼요, 더구나 이젠 통증도 그리 심하지 않아요."

"손가락을 물에 담그고 있어서 그래요. 지금 바로 물을 갈아야 해요, 금방 뜨뜻해지니까. 율리야, 얼른 지하실에 가서 얼음조각을 가져와, 물도 새 그릇에 담아오고. 자, 이제 저애도 갔으니 할 얘기를 하죠. 제발요, 친절한 알렉세이 표도로비치, 내가 어제 당신한테 보낸 그 편지, 지금 바로 돌려주세요—어서요. 엄마가 곧 올지도 몰라요, 나는 싫어요……"

"지금 가지고 있지 않아요, 그 편지."

"거짓말, 가지고 있어요. 그렇게 대답할 줄 알았어요. 지금 그 호주머니에 있잖아요. 그 바보 같은 장난 때문에 밤새 후회했다고요. 그 편지, 당장 돌려줘요, 어서 내놔요!"

"거기 두고 온걸요."

"하지만 그런 바보 같은 소릴 적은 편지를 받았다고 나를 어린 계집애로, 철없는 꼬마 계집애로 여기면 안 돼요! 바보 같은 장난을 한 데 대해선 용서를 빌죠. 하지만 편지는 꼭 갖다주세요. 정말 지금 안 갖고 계시면—오늘 중으로 꼭 갖다주세요, 꼭요, 꼭!"

"오늘은 아무래도 안 되겠어요, 수도원으로 가야 하니까. 그리고 이삼 일, 아니 나흘간은 오지 못할 거예요, 조시마 장로님께서……"

"나흘씩이나, 그런 말이 어딨어! 들어보세요, 당신은 날 무척 비웃었죠?"

"조금도 비웃지 않았는걸요."

"왜요?"

"모든 걸 완전히 믿었으니까요."

"날 모욕하시는군요!"

"천만에요. 편지를 읽자마자 모든 게 그렇게 될 거라는 생각이 들었어요. 왜냐하면 조시마 장로님께서 돌아가시면 곧 수도원을 나와야 하니까요. 그렇게 되면 학교 공부를 계속해서 시험을 치를 거고, 적법한 나이가 되면 우린 혼례를 올리는 거예요. 나는 당신을 사랑할 겁니다. 아직은 더 많이 생각해볼 시간이 없었지만, 당신보다 훌륭한 아내는 찾지 못할 거라는 생각이 들었고, 장로님께서도 나더러 혼인하라고 분부하셨거든요……"

"그렇지만 난 불구예요, 의자에 태워 끌고 다녀야 하는 몸이라고요!"

리즈는 빰이 새빨개지며 웃기 시작했다.

"그럼 내 손으로 당신을 의자에 태워 밀고 다니지요, 하지만 그때까지는 틀림없이 완쾌될 겁니다."

"정말 돌았군요." 리즈가 신경질적으로 말했다. "농담 좀 한 건데 갑자기 이런 헛소릴 하시다니……! 아, 저기 엄마가 오세요, 딱 알맞은 때 오시는 것 같은데요. 엄마, 엄만 언제나 늦다니까요, 어쩜 그렇게 오래 걸려요! 봐요, 율리야도 벌써 얼음을 가져오잖아요!"

"아이고, 리즈, 소리 좀 지르지 마, 제발—소리는 지르지 마. 난 그 소리만 들으면…… 그럼 난들 어떡하냐, 네가 거즈 붕대를 엉뚱한 데 처박아둔 걸…… 찾고 또 찾느라…… 아무래도 이상해, 네가 일부러 그런 것 같은데."

"하지만 난 이분이 손가락이 깨물려서 올 줄은 알 수 없었잖아요, 알았다면 정말 일부러 그랬을 수도 있죠. 천사 같은 엄마, 이제 엄마도 아주 재치 있는 말씀을 하네요."

"재치 있다고 해두자. 하지만 리즈야, 알렉세이 표도로비치의 손가락이나 이 모든 일이 어떤 느낌을 불러일으키는지 아니! 오, 친애하는 알렉세이 표도로비치, 날 죽도록 괴롭히는 건 어떤 일 하나하나도 아니고, 무슨 게르첸슈투베도 아녜요, 모든 것이 한데 합쳐, 모든 것이 다 함께 날 괴롭히는 거예요, 난 그걸 정말 참을 수가 없어요."

"됐어요, 엄마, 게르첸슈투베 얘긴 이제 됐어요." 리즈가 명랑하게 웃었다. "얼른 거즈나 줘요, 엄마, 물약도요. 이건 그냥 세척용 초산연수醋酸鉛水예요, 알렉세이 표도로비치, 이제야 이름이 생각났지만, 아주 좋은 세척제예요. 엄마, 글쎄 생각해보세요, 이분은 여기 오다가 길에서 꼬마들하고 싸움을 했는데, 한 꼬마가 이분을 깨물었대요. 그러니 이분도 어린애 아닌가요, 정말 어린애잖아요, 엄마. 그런데도 이분이 혼인할 수 있을까요. 왜냐하면 이분이, 글쎄 생각해보세요, 이분이 혼인을 하고 싶대요, 엄마. 한번 상상해봐요, 이분이 혼인한 모습을요, 정말 웃기잖아요, 정말 끔찍하잖아요?"

그러면서 리즈는 짓궂게 알료샤를 쳐다보며 그 신경질적인 자잘한 웃음을 계속 쏟아냈다.

"아니, 혼인이라니, 리즈. 왜 갑자기 그런 말을 하니, 정말 뚱딴지같긴…… 그런데 그 아이가 혹시 공수병일 수도 있잖아."

"아이참, 엄마! 공수병에 걸린 애들이 어딨어요?"

"왜 없다는 거냐, 리즈, 꼭 내가 바보 소릴 한다는 투로구나. 그애가 미친개한테 물렸다면 공수병에 걸리는 거고, 그렇게 되면 그애도 누구든 닥치는 대로 주위 사람을 물게 되는 거야. 리즈가 붕대를 정말 잘 감아드렸네요, 알렉세이 표도로비치, 나도 절대 그렇게는 못 감을 거예요. 지금도 아프세요?"

"지금은 그리 안 아픕니다."

"물은 무섭지 않나요?" 리즈가 물었다.

"이제 그만해둬라, 리즈. 공수병에 걸린 아이 얘긴 내가 정말 너무 경솔했던 것 같다만, 그걸 네가 당장 그렇게 이용해먹다니. 알렉세이 표도로비치, 카체리나 이바노브나는 당신이 왔다는 얘길 듣기 무섭게 나한테 달려들었어요. 지금 당신을 애타게, 아주 애타게 기다리고 있답니다."

"아이참, 엄마! 거긴 혼자 가세요, 이분은 지금 갈 수 없어요, 저렇게 아픈데."

"전혀 아프지 않습니다. 얼마든지 갈 수 있어요……" 알료샤가 말했다.

"뭐라고요! 가신다고요? 그런가요? 그런 거예요?"

"왜 그러죠? 거기서 일이 끝나는 대로 다시 올 텐데, 그럼 우린 당신이 원하는 만큼 실컷 또 얘기할 수 있어요. 다만 어서 카체리나 이바노브나를 만났으면 해요, 무슨 일이 있어도 오늘은 되도록 빨리 수도원에 돌아가고 싶으니까요."

"엄마, 이분 붙잡고 어서 데려가요. 알렉세이 표도로비치, 카체리나 이바노브나를 만난 뒤에 나한테 들르려고 애쓸 것 없이 곧장 당신 수도원으로 가세요, 그게 당신 길이에요! 나는 좀 자고 싶어요, 밤새 한잠도 못 자서."

"아아, 리즈, 그건 그냥 농담이겠지. 그래도 정말 잠 좀 푹 자주면 얼마나 좋겠니!" 호흘라코바 부인이 외쳤다.

"어떻게 해야 할지 모르겠군요…… 그럼 삼 분쯤 더 있겠습니다, 원한다면 오 분이라도." 알료샤가 중얼거렸다.

"오 분이라도! 이 사람을 빨리 데리고 가라니까요, 엄마, 이 사람은 괴물이에요!"

"리즈, 정신이 나갔구나. 갑시다, 알렉세이 표도로비치, 애가 오늘따라 유난히 변덕이 심해서, 신경을 건드릴까봐 겁나요. 오, 저렇게 신경이 예민한 여자애를 상대하긴 정말 힘들답니다, 알렉세이 표도로비치! 하지만 애는 당신하고 같이 있는 동안 정말로 졸음이 쏟아졌는지도 모르죠. 어떻게 그리 빨리 애를 졸리게 만들었나요, 천만다행이죠!"

"아이, 엄만 말씀도 정말 사랑스럽게 하셔. 그 보답으로, 엄마, 뽀뽀해 줄게요."

"그럼 나도 네게 뽀뽀, 리즈. 들어보세요, 알렉세이 표도로비치." 알료샤와 함께 나오면서 호흘라코바 부인은 엄숙한 표정을 지으며 빠른 소리로 은밀하게 속삭였다. "나는 당신에게 어떤 언질도 주고 싶지 않고 이 막을 올려주고 싶지도 않지만, 저기 들어가서 무슨 일이 벌어지고 있는지 모든 걸 직접 한번 보세요. 이건 끔찍해요, 이건 가장 환상적인 희극이라고요. 그녀는 당신의 작은형 이반 표도로비치를 사랑하면서도, 자기가 사랑하는 건 당신의 맏형 드미트리 표도로비치라고 안간힘을 다해 자신에게 우겨대고 있어요. 이건 끔찍해요! 저는 당신과 함께 들어가서, 쫓아내지만 않는다면 끝까지 지켜보겠어요."

V
응접실에서의 파열

그러나 응접실의 대화는 이미 끝나가고 있었다. 카체리나 이바노브나는 결연한 표정을 짓고 있었지만 몹시 흥분한 상태였다. 알료샤와 호흘라코바 부인이 안으로 들어선 순간, 이반은 자리를 뜨려고 막 일어서는 참이었다. 그의 얼굴이 다소 창백해, 알료샤는 불안한 마음으로 그를 바라보았다. 무엇보다 지금 알료샤에겐 자신의 의혹 하나가, 얼마 전부터 그를 괴롭혀온 불안한 수수께끼 하나가 이제 여기서 풀리려 하고 있었다. 벌써 한 달쯤 전부터 이미 여러 차례 사방팔방에서, 이반 형이 카체리나 이바노브나를 사랑하고 있고 무엇보다 미챠한테서 그녀를 정말 '가로챌' 작정이라고 그에게 귀띔해주었던 것이다. 아주 최근까지도 이것은 알료샤에게 그저 기괴한 이야기로만 여겨졌으나, 그래도 그를 무척 불안하게 했다. 그는 두 형을 모두 사랑하고 있어, 그들 사이에 그런 경쟁이 있다는 생각만 해도 두려웠다. 그런데 어제 갑자기 드미트리 표도로비치가 자기는 작은형 이반이 경쟁자로 나선 것이 오히려 반갑고 이것은 드미트리 그를 여러모로 도와주는 거라고 알료샤에게 제 입으로 드러내놓고 선언한 것이다. 도대체 뭘 도와준다는 걸까? 그루셴카하고 혼인하도록? 하지만 알료샤에겐 그것이 최후의 절망적인 모험으로밖에 생각되지 않았다. 이 모든 것 말고도, 바로 어제 저녁까지만 해도 알료샤는, 카체리나 이바노브나 역시 큰형 드미트리를 열정적으로 집요하게 사랑한다고 굳게 믿고 있었다. 어제저녁까지 말이다. 게다가 왠지 그는, 그녀가 절대로 이반 같은 사람을 사랑할 수 없다, 그녀는 큰형 드미트리를 사랑하며, 비록 그런 사랑이 아무리 기괴해 보일지라도, 있는 그대로의 드미트리 형을 사랑한다는 생각이 자꾸만 들었던 것이다. 그런데 어제 그루셴카와의 그 끔찍한 소동을 보면서 갑자기 다른 생각이 마음속에 떠올랐다. 방금 호흘라코바 부인의 입에서 튀어나온 '파열'이라는 말을 듣고 그가 전율했던 것은, 바로 간밤 새벽녘에 그가 잠에서 반쯤 깨어나 필시 자신이 꾸었던 꿈에 답하기라도 하듯 "파열이다, 파열!" 하고 갑자기 말했기 때문이다. 밤새도록 그는 어제 카체리나 이바노브나 집에서 있었던 소동을 꿈에서 보았다. 그러던 차에 지금 갑자기 호흘라코바 부인이 카체리나 이바노브나는 이반 형을 사랑하면서도 그저 스스로 그 어떤 유희 심리 때문에, '파열'

때문에 일부러 자신을 기만하고 있으며, 아마도 어떤 감사의 마음 때문에 드미트리를 억지로 사랑하면서 그것으로 자신을 괴롭히는 거라고 솔직하고도 자신만만하게 주장을 펴자—알료샤는 그만 충격을 받고 말았다. '그래, 어쩌면 정말 바로 이 말속에 완전한 진실이 들어 있는지도 몰라!' 하지만 그런 경우, 이반 형의 처지는 어떻게 되는 걸까? 알료샤는, 카체리나 이바노브나 같은 성격은 누군가를 지배하지 않고는 못 배기지만, 그녀가 지배할 수 있는 사람은 다만 드미트리 같은 남자지, 결코 이반 같은 남자가 아님을 본능적으로 느끼고 있었다. 왜냐하면 드미트리는(비록 오랜 시간이 걸릴지라도) 결국엔 '그 자신의 행복을 위해서도 다행스럽게'(이것이야말로 알료샤가 바라는 바였다) 그녀 앞에 굴복할 수 있을 테지만, 이반은 그렇지 않아서 결코 그녀 앞에 굴복할 수도 없으려니와, 그런 굴복이 그에게 행복을 가져다주지도 못할 것이기 때문이었다. 알료샤는 왠지 자기도 모르게 이반에 대해 이런 생각을 품고 있었다. 이 모든 의혹과 상념이 지금 응접실로 들어서는 순간, 그의 뇌리를 번쩍 스치고 지나갔다. 그리고 또 한 가지 생각이 갑자기 떠올라—떨쳐버릴 수가 없었다. '만약 그녀가 아무도 사랑하지 않는다면, 이쪽도 저쪽도 사랑하지 않는다면?' 여기서 지적해두지만, 알료샤는 지난 한 달간 이런 생각들이 들 때면 자신의 생각이 부끄러운 듯 스스로를 책망해왔다. '사랑이나 여자에 대해 내가 뭘 안다고 그런 결론을 내릴 수 있단 말인가'—그런 생각이나 짐작이 들 때마다 그는 이렇게 여기며 자신을 책망했다. 하지만 아무리 그래도 생각을 하지 않을 수는 없었다. 예컨대 그는 지금 두 형의 운명에서 이 경쟁이 대단히 중요한 문제이며 많은 것이 이 문제에 달려 있다는 걸 본능적으로 이해하고 있었다. "독사 한 마리가 다른 독사 한 마리를 잡아먹을 거야." 어제 이반 형이 아버지와 드미트리 형 얘기를 하면서 짜증스레 이렇게 내뱉지 않았던가. 그러면 이반 형의 눈에 드미트리 형은 독사로 보인단 말인가, 어쩌면 이미 오래전부터 독사로 보이지 않았을까? 이반 형이 카체리나 이바노브나를 알게 되었을 때부터 그렇지 않았을까? 이 말은 물론 어제 이반 형의 입에서 무심코 튀어나온 것이지만, 무심코 나온 말인 만큼 더 중요하다. 만약 그렇다면 여기에 무슨 평화가 깃들 수 있겠는가? 오히려 그들 집안의 증오와 반목을 키울 새로운 구실이 주어진 게 아닐까? 무엇보다도 알료샤 그는 누구를 동정해야 하는가? 그리고 두 형에게 각각 무엇을 빌어주어야 하는가? 그는 두 형을 모두 사랑하지만, 이런 무서운 모순 속에서 두 형에게 각각 무엇을 빌어주어야 한단 말인가? 이 같은 혼돈에 빠지면 완전히 어찌할 바를 모르게 되는 것이 당연했지만, 알료샤의 마음은 이런 모호한 상태를 견딜 수 없었는데, 그건 그의 사랑이 언제나 실천적인 성격을 지녔기 때문이다. 그는 수동적인 사랑이라고는 아예 할 수가 없었고, 일단 누구를 사랑하게 되면 즉시 도움의 손길을 내밀었다. 그러기 위해서는 목표를 세워야 했고, 그들 한 사람 한 사람에게 무엇이 좋고 필요한지 확실히 알아야 했으며, 목표가 옳다는 확신이 서면 또한 마땅히 그들 각각을 도와야 했다. 그러나 지금은 확실한 목표는 고사하고 모든 것이 불분명하고 혼돈스럽기만 했다. 방금 '파열'이라고 말했겠다! 하지만 이 파열이란 말만 해도 그렇지, 그가 뭘 이해할 수 있었다는 건가? 이 혼돈 와중에서 그는 첫마디조차 이해하지 못하고 있지 않은가!

알료샤를 보자 카체리나 이바노브나는 자리를 뜨려고 이미 일어난 이반 표도로비치에게 재빨리 기쁜 어조로 말했다.

"잠깐만! 잠깐만 더 계세요. 제가 진심으로 신뢰하는 바로 이분의 의견을 듣고 싶어요. 카체리나 오시포브나, 부인께서도 가지 마세요." 그녀는 호흘라코바 부인을 향해 이렇게 덧붙였다. 그녀는 알료샤를 자기 곁에 앉혔고, 호흘라코바는 이반 표도로비치와 나란히 맞은편에 앉았다.

"여기에 저의 모든 벗이, 제가 사랑하는 이 세상 모든 벗이 모였어요." 그녀는 열띤 어조로 말을 시작했는데, 그 목소리에는 진정한 고뇌의 눈물이 함께 떨리고 있어 알료샤는 금세 또 그녀에게로 마음이 기울었다. "알렉세이 표도로비치, 당신은 어제 그…… 끔찍한 소동의 증인이시고, 제가 어땠는지 다 보셨어요. 이반 표도로비치, 당신은 그걸 못 보셨지만, 이분은 보셨어요. 이분이 어제 저를 어떻게 생각하셨는지는—모르지만, 다만 한 가지 제가 알고 있는 건, 똑같은 일이 오늘, 지금 이 순간 되풀이된다 해도 저는 어제와 똑같은 감정을 나타낼 거라는 점이에요—똑같은 감정, 똑같은 말, 똑같은 행동을 말이죠. 당신은 제 행동을 기억하고 계실 거예요, 알렉세이 표도로비치, 제 행동 중 하나를 직접 제지하기까지 하셨으니까요……(이 말을 하면서 그녀는 얼굴을 붉혔고, 두 눈은 반짝이기 시작했다.) 분명하게 밝히지만, 알렉세이 표도로비치, 저는 그 무엇하고도 절대로 화해할 수 없어요. 들어보세요, 알렉세이 표도로비치, 저는 제가 지금 그이를 사랑하고 있는지조차 잘 모르겠어요. 저는 그이가 가여워졌어요, 이건 사랑의 증거로는 나쁜 거죠. 만약 제가 그이를 사랑한다면, 한결같이 사랑하고 있다면, 아마도 저는 지금 그이를 가여워하지 않고 오히려 증오해야 할 테니까요……"

그녀의 목소리가 떨리기 시작했고, 속눈썹에서는 눈물이 반짝였다. 알료샤는 속으로 전율했다. '이 아가씨는 진실하고 정직하다'라고 그는 생각했다. '그리고…… 그리고 드미트리 형을 더이상 사랑하지 않는다!'

"맞아요! 그래요!" 호흘라코바 부인이 소리쳤다.

"잠깐만 기다려주세요, 친애하는 카체리나 오시포브나, 전 아직 가장 중요한 것을 말하지 않았어요, 간밤에 내린 최종적인 결심을 말하지 않았어요. 제 결심이—저에게 무서운 것일 수 있다는 걸 느껴요—하지만 저는 예감하고 있어요, 저는 무슨 일이 있어도, 무슨 일이 있어도, 평생토록 그 결심을 바꾸지 않을 거예요. 그리고 또 그렇게 될 거예요. 다정하고 선량하며 언제나 관대한 저의 조언자이자 제 마음을 깊이 이해하고 계신 이반 표도로비치, 이 세상에 둘도 없는 저의 유일한 친구인 이분께서도 모든 점에서 저에게 찬성해주시고 제 결심을 칭찬해주고 계세요…… 이분은 제 결심을 아시거든요."

"그렇습니다, 저는 찬성합니다." 이반 표도로비치가 조용하지만 확고한 목소리로 말했다.

"하지만 저는 알료샤도(어머나, 알렉세이 표도로비치, 용서하세요, 그냥 알료샤라고 불렀군요), 알렉세이 표도로비치도 지금 이렇게 저의 두 친구가 있는 자리에서—제가 옳은지 아닌지 바로 말씀해주셨으면 해요. 저는 본능적으로 이런 예감이 들어요, 당신이, 알료샤가, 저의 사랑하는 동생이 말예요(당신은 저의 사랑하는 동생이니까요)," 그녀는 자신의 뜨거운 손으로 그의 차가운 손을 잡고 다시금 환희에 휩싸여 말했다. "그러니까 저는요, 제가 아무리 괴로울지라도 당신의 결정, 당신의 찬성이 제 마음에 평온을 주리라 예감하고 있어요, 당신의 말을 들으면 제 마음도 가라앉고 그대로 따르게 될 테니까요—전 그걸 예감하고 있어요!"

"무엇을 물어보시는 건지 잘 모르겠어요." 알료샤가 얼굴이 새빨개져서 말했다. "제가 아는 건, 제가 당신을 사랑하고, 이 순간 당신의 행복을 저 자신의 행복보다 더 간절히 바란다는 것뿐이에요……! 하지만 저는 이 일들에 대해서 아무것도 몰라서……" 갑자기 무엇 때문인지 그는 황급히 이렇게 덧붙였다.

"이 일은 말이죠, 알렉세이 표도로비치, 이 일들에서 지금 제일 중요한 것은—명예와 의무이고, 또 그게 뭔지는 잘 모르지만 좀더 높은 것, 심지어 의무 그 자체보다도 더 높은 것이에요. 제 가슴은 이 불가항력적인 감정에 대해 말해주고 있고, 이 감정이 저를 불가항력적으로 끌어가고 있어요. 하지만 모든 것을 두어 마디로 말하자면, 저는 이미 결심했어요. 설령 그이가 그…… 잡것하고 혼인한다 해도," 그녀는 장엄하게 말을 시작했다. "제가 결코, 결코 용서할 수 없는 그 여자와 혼인한다 해도, 저는 그래도 그이를 버리지 않을 거예요! 지금 이 순간부터 저는 절대로, 절대로 그이를 버리지 않을 거예요!" 그녀는 이렇게 말하면서 왠지 핏기 없는 환희를 마치 억지로 짜내듯 폭발시키고 있었다. "그 말은 그이 뒤를 쫓아다니면서 그이 눈앞에 끊임없이 얼씬거리고 괴롭히겠다는 게 아니라—오, 아녜요, 저는 그이가 원한다면 어디로든 다른 도시로 떠나겠어요. 하지만 평생, 제 평생 그이를 끈기 있게 지켜보겠어요. 그이가 그 여자하고 혼인해서 불행해지면, 하긴 틀림없이 곧 그렇게 될 테지만, 그때는 저한테 와도 좋아요, 그럼 그이는 친구를, 누이동생을 만나게 되겠죠…… 물론 그저 누이일 뿐이고, 영원히 누이일 뿐이겠지만, 결국엔 그이도 이 누이가 자신을 사랑하고 자신을 위해 일생을 희생한 진짜 누이라는 걸 확신하게 될 거예요. 저는 반드시 이 목표를 이루고야 말 거예요, 그이가 마침내 저를 알아보고 부끄럼 없이 저에게 모든 것을 고백하도록 만들고 말겠어요!" 그녀는 마치 광란에 사로잡힌 듯이 외쳤다. "저는 그이의 신이 될 것이고, 그이는 저에게 기도드리게 될 거예요—이건 저를 배반한 데 대해, 제가 그이 때문에 어제 겪은 일에 대해 그이가 제게 치러야 할 최소한의 대가예요. 그이는 자기 눈으로 평생토록 보게 될 거예요, 그이는 저에게 신의를 지키지 않고 절 배반했지만, 저는 한평생 그이에게 충실하고 그이에게 한 번 약속한 말을 충실히 지킨다는 것을. 저는…… 저는 오로지 그이의 행복을 위한 수단이 되겠어요(또는 어떻게 말하면 좋을까요), 도구가 되겠어요, 그이의 행복을 위한 기계가 되겠어요, 그것도 평생, 평생토록. 그리고 그이가 이것을 앞으로 한평생 보도록 만들겠어요! 이게 제 결심의 전부예요! 이반 표도로비치는 저에게 대찬성이세요."

그녀는 숨을 헐떡이고 있었다. 그녀는 아마 자신의 생각을 훨씬 더 품위 있고 세련되고 자연스럽게 표현하고 싶었을 테지만, 결국 너무 성급하고 너무 노골적인 게 되고 말았다. 젊음의 치기 때문에 자신을 자제하지 못한 게 많았고, 많은 것은 그저 어제의 울분과 자신을 과시하고 싶은 욕구를 드러내고 있었으며, 그녀 자신도 이 점을 느꼈다. 그녀의 얼굴이 왠지 갑자기 어두워지고, 눈의 표정도 언짢아졌다. 알료샤는 이 모든 것을 금세 눈치챘고, 그러자 마음속에서 동정심이 솟아올랐다.

바로 이때 이반 형도 한마디 덧붙였다.

"저는 다만 제 생각을 피력했을 뿐입니다." 그가 말했다. "다른 여자라면 이것이 다 왜곡되고 억지로 꾸며낸 게 되고 말았겠지만, 당신은—그렇지 않습니다. 다른 여자라면 옳지 않았겠지만, 당신은 옳습니다. 그 이유를 어떻게 설명해야 할지 모르겠습니다만, 저는 당신이 지극히 진실하다는 것, 그리고 그 때문에 옳다는 것을 압니다……"

"하지만 그건 이 순간에만 그래요…… 그런데 이 순간이란 게 뭐죠? 그저 어제의 수모가 남긴 것일 뿐이에요—그게 바로 이 순간이 뜻하는 거라고요!" 갑자기 호흘라코바 부인이 더이상 참지 못하고 터졌는데, 분명 끼어들고 싶지 않았겠지만 끝내 자신을 억제하지 못하고 지극히 타당한 생각을 불쑥 말해버린 것이다.

"그렇습니다, 그렇고말고요." 자신의 말을 끊어놓은 데 울화가 치밀었는지, 이반이 갑자기 화를 내며 말을 가로챘다. "물론 그렇지요, 그러나 다른 여자라면 이 순간이 그저 어제 일이 남긴 인상이고, 그야말로 한순간일 뿐이지만, 카체리나 이바노브나의 성격이라면 이 순간이—평생토록 이어집니다. 다른 이들에겐 그저 약속에 지나지 않는 것이 이 분에게는 영원히 계속되는 괴롭고도 어쩌면 음울하기까지 한, 그렇지만 지칠 줄 모르고 이행하는 의무라는 말입니다. 이분은 의무를 다했다는 느낌을 양식 삼아 살아갈 겁니다! 카체리나 이바노브나, 당신의 삶은 지금은 자신의 감정, 자신의 위업, 자신의 슬픔에 대한 고통스러운 관조 속에 지나가겠지만, 나중에는 이 고통도 부드러워지고 당신의 삶은 확고하고도 자랑스러운 계획을 영원히 달성했다는, 실제로 나름대로는 자랑스럽지만 어떻든 절망적인 그 계획을 완전히 정복했다는 감미로운 의식으로 이미 바뀔 거고, 마침내 이 의식은 당신에게 가장 완전한 만족을 안겨줌으로써 나머지 모든 것과 화해시킬 테죠……"

그는 단호한 어조로 이 말을 하면서 어떤 독기마저 내보였는데, 의도적으로 그러는 게 분명했으나, 자신의 의도, 즉 일부러 냉소적으로 말하고 있다는 것을 숨길 뜻이 없는 듯했다.

"오 맙소사, 이건 정말 아니잖아요!" 호흘라코바 부인이 또다시 외쳤다.

"알렉세이 표도로비치, 당신도 말씀해주세요! 당신이 무슨 말을 하실지 저는 죽어도 알아야 돼요!" 카체리나 이바노브나는 이렇게 외치더니 갑자기 눈물을 쏟기 시작했다. 알료샤는 소파에서 벌떡 일어섰다.

"아니, 아무것도 아녜요. 아무것도!" 그녀는 울면서 말을 이었다. "간밤의 일 때문에 심란해서 그래요, 하지만 당신과 당신 형님 같은 두 친구가 곁에 있어주니 한결 든든해요…… 전 알거든요…… 두 분은 절대로 절 버리지 않으실 테죠……"

"불행히도 저는 내일이라도 모스크바로 가야 해서 오랫동안 당신을 버려둘 것 같습니다…… 그리고 이건 불행히도 변경될 수 없습니다……" 이반 표도로비치가 느닷없이 이렇게 말했다.

"내일, 모스크바로요!" 카체리나 이바노브나의 얼굴이 갑자기 온통 일그러졌다. "하지만…… 하지만 맙소사, 정말 다행이군요!" 그녀가 이렇게 외쳤는데, 목소리는 순식간에 완전히 달라졌고, 눈물 또한 순식간에 쫓아버렸는지 흔적조차 남아 있지 않았다. 순식간에 놀랍도록 변해버린 모습에, 알료샤는 굉장히 놀랐다. 조금 전까지만 해도 그 어떤 감정의 파열에 울고 있던 모욕당한 가련한 아가씨 대신, 자신을 완벽하게 제어하며 심지어 갑자기 무슨 반가운 일이라도 생긴 듯 무척 만족감에 들떠 있는 여인이 돌연 나타난 것이다.

"오, 당신을 잃게 돼서 다행이라는 게 아녜요, 그럴 리가 있나요." 그녀는 갑자기 사교적인 상냥한 미소를 띠면서 자신의 말을 바로잡는 듯했다. "당신 같은 벗이 설마 그렇게 생각하실 리는 없겠죠. 당신을 잃게 돼서 전 오히려 너무 불행한걸요.(갑자기 그녀는 이반 표도로비치한테 와락 달려들어 그의 두 손을 붙잡더니 격정적으로 꽉 쥐었다.) 하지만 다행이라고 한 건, 당신이 이제 모스크바에서 이모와 아가샤*한테 제 처지를, 저의 지금 이 끔찍한 상황을 몸소 전해주실 테니 말예요, 아가샤에겐 숨김없이 모두 털어놓고, 사랑하는 이모한텐 재량껏 알아서 말씀드려주세요. 그들에게 이 끔찍한 편지를 어떻게 써야 할지 알 수 없어서 제가 어제, 그리고 오늘 아침에 얼마나 불행했는지 당신은 상상도 못하실 거예요…… 편지로는 절대로, 절대로 전할 수 없는 일이잖아요…… 이젠 한결 가벼운 마음으로 편지를 쓸 수 있겠네요, 당신이 그들을 직접 만나 모든 걸 설명해주실 테니. 아, 정말 기뻐요! 하지만 제가 기뻐하는 건 다만 그것 때문이에요, 다시 한번 제 말을 믿어주세요. 당신이야말로 제겐 정말 누구와도 바꿀 수 없는 분이랍니다…… 이제 곧바로 달려가서 편지를 쓰겠어요." 그녀는 갑자기 말을 끝맺고 방에서 나가려고 이미 한 걸음 내디딘 참이었다.

"그럼 알료샤는요? 알렉세이 표도로비치의 의견을 꼭 듣고 싶다면서요?" 호흘라코바 부인이 소리쳤다. 그녀의 말에는 가시 돋친 노기가 서

* 아가피야의 애칭.

려 있었다.

"그걸 잊은 게 아녜요." 카체리나 이바노브나가 갑자기 멈춰 섰다. "이런 순간에 제게 왜 그리 적대적이시죠, 카체리나 오시포브나?" 그녀가 신랄하고 격앙된 어조로 힐난하듯 말했다. "저는 제 입으로 말한 건 반드시 지켜요. 제겐 이분의 의견이 꼭 필요해요, 그뿐만 아니라 이분의 결정도 꼭 필요해요! 이분이 무슨 말씀을 하시든, 그 말씀대로 될 거예요—자, 저는 이렇게까지 당신 말씀을 갈망하고 있답니다, 알렉세이 표도로비치…… 아니, 왜 그러세요?"

"저는 정말 생각지도 못했어요, 상상할 수도 없는 일입니다!" 갑자기 알료샤가 비통하게 외쳤다.

"뭐가요, 뭘 말예요?"

"형이 모스크바로 간다고 하자, 당신은 잘됐다고 외치셨죠—일부러 그렇게 외치신 거예요! 그러고는 이내 그것 때문에 기쁜 게 아니라, 오히려…… 친구를 잃게 되어 슬프다고 설명하시기 시작했지만—그것 역시 일부러 연기하신 거예요…… 마치 극장에서처럼 희극을 연기하신 거죠……!"

"극장이라고요? 어째서요……? 그게 무슨 말씀이죠?" 몹시 놀란 카체리나 이바노브나가 얼굴을 확 붉히며 미간을 찌푸리고 소리쳤다.

"형 같은 벗을 잃게 되어 안타깝다고 그렇게 다짐하시면서도, 떠난다니 다행이라고 형 얼굴에 대고 고집하시니……" 이렇게 말하면서 알료샤는 이제 완전히 숨을 헐떡이다시피 했다. 그는 탁자 앞에 선 채 앉으려고도 하지 않았다.

"무슨 말씀인지 전 이해가 안 가요……"

"저 자신도 잘 모르지만…… 머릿속이 갑자기 환해진 것 같아요…… 이런 말을 하는 게 좋지 않다는 걸 알지만, 그래도 모두 말씀드리겠습니다." 알료샤는 여전히 떨리는 목소리로 띄엄띄엄 말을 이었다. "머릿속이 환해졌다는 건 이거예요, 당신은 드미트리 형을 어쩌면 전혀 사랑하지 않아요…… 맨 처음부터…… 또 드미트리 형 역시 어쩌면 당신을 전혀 사랑하지 않아요…… 맨 처음부터…… 그저 존경할 뿐이죠…… 제가 지금 어떻게 이 모든 것을 감히 말하고 있는지 정말 모르겠지만, 누군가는 이 진실을 말해야만 해서…… 왜냐하면 아무도 여기서 진실을 말하려 하지 않으니까요……"

"진실이라뇨?" 이렇게 소리치는 카체리나 이바노브나의 목소리에는 뭔가 히스테리 같은 것이 울리고 있었다.

"그건 이런 겁니다." 알료샤는 마치 지붕에서 몸을 날리는 듯한 심정으로 중얼거렸다. "지금 바로 드미트리 형을 부르세요—제가 형을 찾아내겠습니다. 형이 여기 와서 당신 손을 잡고, 다음엔 이반 형의 손을 잡아 당신들 두 사람의 손을 하나로 결합시켜주는 거예요. 왜냐하면 당신은 이반 형을 괴롭히고 있으니까요, 그것도 그저 이반 형을 사랑하고 있기 때문에…… 하지만 또 그렇게 괴롭히는 것은 당신이 감정의 극단적인 파열로 인해 드미트리 형을 사랑하고 있고…… 정말로 사랑하는 게 아니기 때문이에요…… 사랑한다고 자기 자신에게 우기기 때문이에요……"

알료샤는 말을 끊고 입을 다물었다.

"당신은…… 당신은…… 당신은…… 애송이 유로지브이로군요, 바로 그게 당신이군요!" 이미 얼굴이 새하얗게 질린 카체리나 이바노브나가 분노를 참지 못해 입술을 실룩거리면서 갑자기 날카롭게 내뱉었다. 이반 표도로비치가 느닷없이 웃음을 터뜨리며 자리에서 일어났다. 그의 손에는 모자가 들려 있었다.

"네가 오해를 했구나, 우리 착한 알료샤." 이렇게 말하면서 그는 알료샤가 여태껏 한 번도 본 적 없는 표정을 지었는데—거기엔 젊은이다운 어떤 진실함과 억누를 수 없을 만큼 강렬하고도 솔직한 감정이 담겨 있었다. "카체리나 이바노브나는 나를 사랑한 적이 없어! 이분은 내가 자기를 사랑하고 있다는 걸 내내 알고 있었지. 비록 내가 한 마디도 사랑 고백을 한 적은 없다만. 이분은 그걸 알고 있었지만 날 사랑하진 않았어. 나는 이분의 친구인 적도 없어, 단 한 번도, 단 하루도. 오만한 여성에게 나의 우정 따윈 필요없었거든. 이분이 나를 자기 곁에 붙들어둔 건 끊임없는 복수를 위해서였지. 드미트리 형에게서 받은 모욕, 지금까지 매 순간 끊임없이 견뎌온 그 모든 모욕에 대해 나에게, 나한테 복수를 한 거야, 두 사람이 처음 만났을 때부터 계속된 모욕에 대해서…… 두 사람의 첫 만남 자체도 이분의 마음속에 모욕으로 남아 있었으니까. 정말 대단한 마음이시지! 이분한테서 나는 내내 형에 대한 사랑 얘기를 들어준 거 말고는 한 일이 없단다. 자, 나는 이제 떠납니다, 하지만 카체리나 이바노브나, 당신은 실제로 형 한 사람만 사랑한다는 걸 알아두십시오. 그리고 형이 모욕을 줄수록, 당신은 더욱더 형을 사랑하실 테죠. 그게 바로 당신의 감정 파열입니다. 당신이 사랑하는 건 바로 지금 그대로의 형이고, 당신에게 모욕을 주는 형이에요. 만약 형이 몸가짐을 고친다면 당신은 즉시 형을 버릴 테고 사랑은 송두리째 식고 말 겁니다. 당신에게 형이 필요한 건, 정절이라는 자신의 숭고한 위업을 항상 눈앞에 떠올리면서 형의 불성실함을 책망하기 위해서니까요. 그리고 이건 모두 당신의 오만함에서 비롯되는 겁니다…… 오, 물론 거기엔 자기 비하와 굴욕도 많겠지만, 아무튼 이 모든 것은 오만함에 기인합니다…… 나는 너무 젊고, 당신을 너무도 강렬하게 사랑했습니다. 당신에게 이런 말을 할 필요도 없고, 그냥 당신 곁을 떠나는 편이 내 입장에서도 더 품위 있을 거라는 건 잘 알아요. 그러면 당신에게도 그다지 모욕스럽지 않을 테지요. 하지만 나는 멀리 떠나 다시는 돌아오지 않을 겁니다. 그러니 이제 영원히…… 나는 그런 파열 곁에 앉아 있고 싶지 않습니다…… 어쨌거나 더이상 어떻게 말해야 할지 모르겠군요, 할말을 다하기도 했고…… 안녕히 계십시오, 카체리나 이바노브나, 나한테 화내시면 안 됩니다, 나는 당신보다 백배는 더 가혹한 벌을 받고 있거든요. 당신을 더이상 볼 수 없다는 것만으로도 이미 벌을 받고 있는 거지요. 안녕히 계십시오. 나에게 손을 내밀어주실 필요는 없습니다. 당신은 너무도 의식적으로 나를 괴롭혔기 때문에, 이 순간엔 당신을 용서할 수 없군요. 나중엔 용서하겠지만, 지금은 손을 내밀 것 없습니다.

*감사 따윈, 숙녀님, 바라지 않소** —"

그는 일그러진 미소를 띠며 이렇게 덧붙였는데, 이로써 전혀 뜻밖에도 그도 쉴러를 암송할 수 있음을 증명한 셈이 돼버린 것이, 예전 같으

* 쉴러의 발라드 「장갑」의 끝 구절.

면 알료샤가 도저히 믿지 못했을 일이었다. 그는 집주인인 호흘라코바 부인한테조차 작별인사를 하지 않고 방에서 나갔다. 알료샤는 손뼉을 탁 쳤다.

"이반 형." 알료샤는 넋이 나간 듯 그의 등뒤에 대고 소리쳤다. "돌아와요, 이반 형! 아냐, 아냐, 형은 이제 절대 돌아오지 않을 거야!" 그는 뭔가를 퍼뜩 깨닫고 괴로워하며 다시금 소리쳤다. "하지만 이건 나 때문이야, 내 잘못이야, 내가 시작한 일이야! 이반 형은 심술궂고 안 좋은 말을 했어. 부당하고 심술궂은 말을……" 알료샤는 반쯤 미친 사람처럼 부르짖었다.

카체리나 이바노브나는 갑자기 다른 방으로 가버렸다.

"당신은 아무 잘못도 없어요, 당신은 아주 훌륭하게 행동한걸요, 천사처럼." 비탄에 잠긴 알료샤에게 호흘라코바 부인이 기쁨에 차서 빠르게 속삭였다. "내가 어떻게 해서든 이반 표도로비치가 떠나지 않도록 해볼게요……"

그녀의 얼굴이 기쁨으로 빛나는 것을 보자 알료샤는 더한층 괴로웠다. 그런데 바로 이때 카체리나 이바노브나가 갑자기 돌아왔다. 그녀의 손에는 무지갯빛 지폐 두 장이 들려 있었다.

"큰 부탁이 하나 있어요, 알렉세이 표도로비치." 그녀는, 방금 정말 아무 일도 일어나지 않았다는 듯, 조용하고 차분한 목소리로 알료샤를 똑바로 보며 입을 열었다. "일주일—맞아요, 일주일 전인 것 같아요—드미트리 표도로비치가 흥분한 나머지 옳지 못한 일을, 아주 추한 일을 한 가지 저질렀답니다. 여기엔 좋지 못한 장소, 그러니까 술집이 한 곳 있어요. 거기서 그이가 그 퇴역 장교를 만났대요, 당신 아버님이 무은 일 때문에 고용했다는 그 이등 대위 말예요. 드미트리 표도로비치는 무엇 때문인지 이 이등 대위한테 격분해서 그 사람 수염을 움켜쥐고는 모든 사람이 있는 데서 그런 굴욕적인 모습으로 한길로 끌고 나가 길에서도 계속 오랫동안 끌고 다녔대요. 그런데 사람들 말로는, 그 이등 대위에겐 이곳 학교에 다니는 아들이 있는데, 아직 어린애인 그 소년이 그걸 보고 내내 그 옆을 쫓아다니며 엉엉 울면서 아버지를 위해 빌고 아버지를 도와달라고 모든 사람에게 몸을 던지며 애원했지만 다들 웃기만 했다는 거예요. 죄송하지만 알렉세이 표도로비치, 전 그이의 이 창피스러운 행동을 생각할 때마다 분개하지 않을 수 없어요…… 드미트리 표도로비치만이 할 수 있는 행동이죠, 분노에 사로잡힌 나머지…… 자신의 격한 성미를 이기지 못해서! 저는 차마 이 얘기를 하지도 못하겠어요, 그럴 수가 없어요…… 말이 자꾸 꼬이네요. 그 수모를 당한 이에 대해 알아봤더니 몹시 가난한 사람이더군요. 스네기료프라는 분이에요. 군대에서 무슨 잘못을 저질러 파면당했대요, 자세한 말씀은 드릴 수가 없고요. 지금은 식구를 거느리고 끔찍한 가난에 허덕이고 있는데, 그 불행한 가족은 아이들도 병이 든데다 부인은 미쳤다는 것 같아요. 이 도시에 산 지는 이미 오래됐고, 무슨 일을 하기도 하고 어디서 서기로도 있었는데, 지금은 갑자기 봉급이 끊겼다는군요. 저는 당신을 보자…… 그러니까 제가 생각한 건—정말 왜 이렇게 말이 뒤죽박죽인지 모르겠네요—있잖아요, 전 당신에게 부탁을 드리려고 했어요, 알렉세이 표도로비치, 저의 더없이 착하신 알렉세이 표도로비치, 제발 그 사람에게 가서, 어떻게든 구실을 찾아내 그 사람 집으로, 그러니까 그 이등 대위 집으로 가주세요—오 맙소사! 왜 이렇게 말이 꼬일까—

아주 섬세하고 조심스럽게—이건 당신만이 할 수 있어요(알료샤는 갑자기 낯이 빨개졌다)—당신만이 이 희사금을 그 사람에게 건네줄 수 있어요. 자, 여기 2백 루블이에요. 그 사람은 분명 받을 거예요…… 받도록 꼭 설득해달라는 얘기예요…… 혹시 안 받을까요, 어떻게 생각하세요? 있잖아요, 이건 그 사람이 고소하지 않도록 타협조로 내놓는 돈이 아니라(그 사람은 고소하려는 모양이에요), 그저 동정심에 돕고 싶어서 주는 거예요, 제가, 제가요, 드미트리 표도로비치의 약혼녀인 제 쪽에서요, 그이 본인이 아니라…… 아무튼, 당신이라면 해내실 거예요…… 제가 직접 찾아갈 수도 있지만, 당신이 저보다 훨씬 잘하실 거예요. 그 사람은 오제르나야 거리에 있는 칼므이코바라는 평민 여자의 집에 살아요…… 제발 부탁이니, 알렉세이 표도로비치, 저를 위해 이 일을 해주세요, 그럼 이제…… 이제 전 좀…… 피곤해서. 다음에 또 뵐게요……"

그녀는 황급히 몸을 휙 돌려 커튼 뒤로 다시 사라져버렸고, 그래서 알료샤는 그토록 하고 싶은 말이 있었건만—한 마디도 할 수가 없었다. 그는 용서를 빌고 자신을 꾸짖고 싶었고—가슴이 터질 듯 꽉 차 있어 무슨 말이든 하고 싶어서, 이대로 방에서 나가기는 죽을 만큼 싫었다. 하지만 호흘라코바 부인이 그의 손을 붙잡고 직접 밖으로 끌고 나갔다. 현관에서 그녀는 아까처럼 그를 다시 멈춰 세웠다.

"워낙 자존심이 강한 아가씨라 자신을 억누르고 있지만, 참으로 선량하고 매혹적이고 너그러운 분이에요!" 호흘라코바 부인이 반쯤 속삭이는 소리로 탄성을 내질렀다. "아, 난 그녀가 정말 좋아요, 어떨 땐 특히 더 그래요, 난 지금 모든 게, 모든 게 기뻐요, 또다시 새롭게 기뻐요!

사랑하는 알렉세이 표도로비치, 당신은 모르시겠지만, 글쎄 우린 모두, 모두—나와 그녀의 두 이모는—모두, 심지어 리즈까지도, 이 한 달 내내 그녀가 당신이 제일 좋아하는 형 드미트리 표도로비치와 헤어져 이반 표도로비치와 혼인하기만을 바라고 기도하고 있답니다. 사실 큰형은 그녀를 알려고도 하지 않고 털끝만큼도 사랑하지 않는 데 반해, 작은형은 교양 있고 아주 훌륭한 청년인데다 세상에서 그녀를 그 무엇보다 사랑하잖아요. 우린 여기서 완전한 음모까지 꾸몄고, 내가 여길 떠나지 못하는 것도 어쩌면 순전히 그것 때문이라고요……"

"하지만 그분은 울었잖아요, 또다시 모욕을 당하고!" 알료샤가 외쳤다.

"여자의 눈물을 믿지 마세요, 알렉세이 표도로비치—난 이런 경우는 여자들의 반대편이죠, 난 남자들 편이랍니다."

"엄마, 엄만 저분을 타락시키고 망치고 계세요." 문 뒤에서 리즈의 가느다란 목소리가 들렸다.

"아뇨, 다 제 탓입니다, 끔찍한 잘못을 저질렀어요!" 알료샤는 자신의 돌출 행동 때문에 고통스러운 수치심에 휩싸여 두 손으로 얼굴을 가리기까지 하며 참담한 심정으로 되뇌었다.

"천만에요, 당신은 천사처럼, 정말 천사처럼 행동하셨어요, 난 이 말을 수백만 번이라도 되풀이할 수 있어요."

"엄마, 왜 저분이 천사처럼 행동하셨다는 건대요." 또다시 리즈의 조그만 목소리가 들렸다.

"이 모든 걸 지켜보면서 왠지 문득," 알료샤는 마치 리즈의 말이 들리지도 않는 것처럼 말을 계속했다. "그분이 이반 형을 사랑하고 있다는 생각이 들더군요, 그래서 그런 바보 같은 말을 해버렸으니…… 이제 어떻게 될지!"

"아니, 누구 얘기예요, 누구?" 리즈가 소리쳤다. "엄마, 엄만 정말 내가 죽는 꼴 보고 싶으신 거죠. 이렇게 물어봐도—대답도 안 해주고."

이때 하녀가 뛰어들어왔다.

"카체리나 이바노브나가 몸이 안 좋으세요…… 막 우시고…… 히스테리 발작이 일어나서 몸부림을 치고 계세요."

"뭐라고!" 리즈가 어느새 불안해진 목소리로 외쳤다. "엄마, 히스테리는 내가 일으키겠어요, 그분이 아니라!"

"리즈, 제발 소리 좀 지르지 마, 나 좀 살려줘라. 넌 아직 어리니, 어른들이 아는 걸 죄다 알 필요는 없어, 곧 다녀와서—다 말해주마, 네가 알아도 좋은 건 죄다. 오, 하느님! 간다, 곧 간다…… 히스테리라니—이건 좋은 징조예요, 알렉세이 표도로비치, 그분에게 히스테리 발작이 일어났다면 아주 잘된 거예요. 또 꼭 이렇게 돼야만 하거든요. 난 이런 경우 언제나 여자들의 반대편이에요, 이런 온갖 히스테리와 눈물의 적이죠. 율리야, 얼른 뛰어가서 내가 속히 날아간다고 말해라. 어쨌든 이반 표도로비치가 그렇게 나가버린 건 바로 그녀의 잘못이에요. 그렇지만 그는 떠나지 않을 거예요. 리즈, 제발 소리 좀 지르지 말라니까! 아, 그래, 네가 소리지르는 게 아니구나, 내가 질러대지, 이 엄마를 용서해라, 하지만 난 기뻐 죽겠어, 기뻐, 기뻐서! 그런데 보셨죠, 알렉세이 표도로비치, 아까 이반 표도로비치가 나갈 때 젊음 넘치는 그 멋진 모습을, 그렇게 모든 걸 말하고 나서 나가버리는 그 모습이란! 나는 그분이 그저 아주 유식한 학자인 줄만 알았는데, 갑자기 그토록 열정적이고도 열정적이고, 솔직하고도 젊고, 미숙하고도 젊은 모습이라니, 모든 게 너무 아름다웠어요, 정말 아름다웠어요, 꼭 당신처럼…… 게다가 그 독일 시구를 읊조릴 땐 정말이지 꼭 당신 같았어요! 하지만 난 이제 달려가봐야겠어요, 달려가야죠. 알렉세이 표도로비치, 방금 부탁받은 그 일을 되도록 서둘러 끝내고 속히 돌아오세요. 리즈, 너 뭐 필요한 거 없니? 제발 단 일 분도 알렉세이 표도로비치를 붙들고 있지 마라, 금방 네게 돌아오실 테니……"

드디어 호흘라코바 부인이 달려나갔다. 알료샤는 가기 전에 리즈의 방문을 열려고 했다.

"안 돼요!" 리즈가 소리쳤다. "지금은 절대 안 돼요! 그냥 문틈으로 말하세요. 어떻게 천사가 된 거죠? 내가 알고 싶은 건 그뿐이에요."

"지독히도 바보 같은 짓을 했거든요, 리즈! 그럼 잘 있어요."

"그렇게 가는 법이 어딨어요!" 리즈가 소리를 지르다시피 했다.

"리즈, 나는 너무 괴로워요! 곧 돌아오지요, 하지만 너무너무 괴롭군요!"

그러면서 그는 방에서 뛰어나갔다.

VI
오두막에서의 파열

사실 그는 지금껏 거의 느껴보지 못한 크나큰 괴로움에 빠져 있었다. 불쑥 나서서 '바보짓을 한 것이다'—대체 어떤 일에서였던가. 사랑의 감정에 관한 문제가 아니었던가! '아니, 내가 이것에 대해 뭘 이해한단 말인가, 이런 일들을 내가 어떻게 알 수 있단 말인가?' 그는 얼굴을 붉히며 속으로 이 말을 백 번이나 되뇌었다. '아, 부끄러운 것쯤이야 괜찮아, 부끄러움이야 내가 마땅히 받아야 할 벌이니까—진짜 문제는 이제 나 때문에 틀림없이 새로운 불행들이 생겨나리라는 거야…… 장로님께선 사람들을 화해시키고 결합시키라고 날 보내시지 않았던가. 그런데 이런 식으로 무슨 결합을 시킨단 말인가?' 그러자 갑자기 자신이 '어떻게 그들의 손을 결합시켰는지' 다시금 떠올라, 또다시 부끄러워서 견딜 수가 없었다. '이 모든 것이 나로선 비록 진정에서 한 일이지만 앞으로는 좀더 현명해져야겠다.' 그는 갑자기 이렇게 결론 내리고, 자신의 결론에 대해 미소조차 짓지 않았다.

카체리나 이바노브나에게서 부탁받은 일은 오제르나야 거리로 가야 했으나, 마침 드미트리 형도 그쪽으로 가는 길에 있는, 오제르나야 거리에서 멀지 않은 골목에 살고 있었다. 알료샤는 이등 대위의 집으로 가기에 앞서, 어쨌든 형한테 들러보기로 마음먹었지만, 어쩐지 형이 집에 없을 것 같은 예감이 들었다. 어쩌면 형이 지금 일부러 그에게 몸을 숨기려 하는지도 모른다는 의심이 들긴 했으나—무슨 수를 쓰더라도 형을 찾아내야만 했다. 시간은 자꾸만 지나가고, 더구나 임종을 앞둔 장로 생각이 수도원을 나선 그 시각부터 일분일초도 뇌리에서 떠나지 않았다.

카체리나 이바노브나의 부탁에는 그의 호기심까지 무척 자극하는 한 가지 정황이 번득이며 나타나 있었다. 카체리나 이바노브나가 어린 소년, 그러니까 그 이등 대위의 아들인 어린 학생이 엉엉 울면서 아버지 곁을 뛰어다녔다는 얘기를 했을 때부터, 알료샤의 머리에는 아까 그가 무슨 일로 그렇게 마음 상하게 했느냐고 캐묻자 그의 손가락을 깨물었던 그 어린 학생이 바로 이 아이일 거라는 생각이 퍼뜩 떠올랐던 것이다. 이유는 자기도 아직 모르지만, 이제 알료샤는 그것을 거의 확신하고 있었다. 이런 식으로 다른 생각에 빠져 있노라니 시름도 좀 잊혀서, 그는 방금 자신이 초래한 그 '재앙'만 '생각'하고 후회하며 자신을 괴롭힐 게 아니라, 어차피 그 일은 어떻게든 될 테니 자기 할일이나 하자고 결심했다. 이렇게 생각하니 그도 마침내 용기가 났다. 때마침, 드미트리 형이 살고 있는 골목으로 접어들자 허기가 느껴져, 아버지 집에서 가져온 빵을 주머니에서 꺼내 길을 걸어가면서 먹었다. 이것이 그의 기운을 북돋워주었다.

드미트리는 집에 없었다. 주인집 늙은 목수 부부와 그들의 아들은 미심쩍은 눈초리로 그를 쳐다보기까지 했다. "벌써 사흘째 집을 비우시는데, 아마 어디로 떠나신 모양이외다." 알료샤의 끈질긴 물음에 노인이 이렇게 대답했다. 알료샤는 노인이 시킨 대로 대답하고 있다는 것을 알아챘다. "그루셴카한테 가 있는 건 아닐까요, 아니면 또 포마한테 숨어 있든지" 하고 알료샤가 묻자(알료샤는 일부러 이렇게 허물없이 말을 건네보았다), 주인집 사람들은 다들 흠칫 겁을 내며 그를 쳐다보았다. '보아하니 형을 좋아해서 형의 편을 들어주고 있구나' 하고 알료샤는 생각했다. '잘된 일이야.'

마침내 그는 오제르나야 거리에 있는 칼므이코바라는 평민 여자의 집을 찾아냈는데, 다 기울어진 아주 낡고 조그만 그 집은 길 쪽으로 난 창문이 세 개밖에 안 되고, 지저분한 마당 한가운데에 암소 한 마리가 쓸쓸히 서 있었다. 마당에서 현관으로 들어가는 입구가 있고, 현관 왼쪽에는 주인 노파가 딸과 함께 살고 있었는데, 그 딸 또한 노파였고 둘 다 귀머거리인 듯했다. 이등 대위에 대해 그가 몇 번씩이나 되풀이해서 물어보자, 마침내 그들 중 한 명이 자기들 집에 세 들어 사는 사람들을 찾나보다 알아채고는, 손가락으로 현관 건너편에 있는 그야말로 오두막과 다름없는 집의 문을 가리켰다. 이등 대위의 집은 실제로 그냥 오두막에 지나지 않았다. 알료샤는 문을 열려고 쇠 손잡이에 막 손을 대려다가 갑자기 문 안쪽이 이상하리만큼 괴괴한 데 흠칫 놀랐다. 하지만 그는 카체리나 이바노브나의 말을 통해 퇴역 이등 대위에게 가족이 있다는 사실을 알고 있었다. '다들 자는 걸까, 아니면 내가 온 소리를 듣고 내 쪽에서 문을 열 때까지 기다리는 건지도 몰라, 우선 문을 두드리는 게 낫겠군.' 이렇게 생각하고 그는 문을 두드렸다. 대답이 들렸으나, 금세가 아니라 그사이 십 초가량은 족히 지난 듯싶었다.

"누구요?" 누군가가 화가 잔뜩 난 목소리로 버럭 소리를 쳤다.

그러자 알료샤는 문을 열고 문지방 너머로 발을 들여놓았다. 그가 들어선 오두막은 꽤 널찍하긴 했으나 사람들과 온갖 너저분한 살림살이들로 꽉 차 있었다. 왼쪽에는 커다란 러시아식 벽난로가 자리하고, 벽난로에서 왼쪽 창문 쪽으로 방 전체를 가로질러 매어놓은 빨랫줄에는 갖가지 누더기가 걸려 있었다. 왼쪽과 오른쪽 벽을 따라 손으로 뜬 담요를 덮어놓은 침대가 하나씩 놓여 있었다. 그중 왼쪽 침대에는 사라사 천으로 만든 베개 네 개가 자그마한 언덕처럼 솟아 있었는데, 크기가 제각각이었다. 오른쪽 다른 침대에는 아주 조그만 베개 하나만 보일 뿐이었다. 이어 앞쪽 구석에는 방구석을 엇비슷하게 가로질러 쳐둔 줄에 역시 커튼인지 욧잇인지 알 수 없는 것을 드리워 칸막이를 한 자그마한 공간이 하나 있었다. 이 커튼 뒤로도 긴 나무걸상에다 의자를 붙여 만든 침대가 한쪽 옆으로 있는 게 눈에 띄었다. 농민들이 사용하는 투박하고 아무 장식도 없는 사각 목제 식탁은 앞쪽 구석에서 가운데 창문 쪽으로 옮겨져 있었다. 곰팡이가 슨 작고 푸르무레한 유리를 넉 장씩 끼운 창은 세 개 다 아주 뿌옇게 흐린데다 꽉 잠겨 있어 방안이 몹시 답답하고 그리 환하지도 않았다. 식탁에는 먹다 남은 달걀부침이 담긴 프라이팬과 조금 베어먹다 만 빵조각, 그 밖에도 지상의 행복*이 바닥에만 조금 남은 세 홉들이 보드카 병이 놓여 있었다. 왼쪽 침대 옆 의자에는 사라사 천의 옷을 입은, 귀부인처럼 보이는 여자가 앉아 있었다. 얼굴이 몹시 여윈데다 누르스름하고, 뺨이 움푹 꺼진 것으로 보아 첫눈에도 병자임이 분명했다. 그러나 알료샤에게 무엇보다 충격을 안겨준 것은 이 가여운 부인의 시선, 더없이 의문에 차 있으면서도 동시에 오만하기 짝이 없는 시선이었다. 그때까지도 부인은 먼저 입을 떼려 하지 않았고, 알료샤가 주인 양반과 이야기를 나누는 동안에도 줄곧 오만하고 의문에 가득찬 커다란 갈색 눈으로, 말하는 사람을 번갈아 쳐다보았다. 이 부인 곁, 왼쪽 창가에는 얼굴이 상당히 못생긴 젊은 아가씨가 서 있었는데, 머리털이 불그스름하고 성긴데다 차림새는 제법 단정했으나 초라했다. 그녀는 안으로 들어온 알료샤를 못마땅한 눈초리로 훑어보았다. 오른쪽에는 역시 침대 옆에 또 한 명의 여자가 앉아 있었다. 보기에도 애처로운 이 여자는 나이가 스무 살쯤 된 역시 젊은 처

* 보드카를 가리킨다.

녀였지만 곱사등이에다 다리를 못 썼는데, 나중에 알료샤가 듣기로는 다리가 완전히 말라붙어버렸다고 했다. 그녀의 목발이 바로 옆 한쪽 구석, 침대와 벽 사이에 세워져 있었다. 이 가여운 처녀의 놀랄 만큼 아름답고 선량한 눈은 왠지 차분하고 유순한 빛을 띠고 알료샤를 바라보았다. 식탁 앞에는 마흔댓쯤 되어 보이는 신사가 앉아 달걀부침을 마저 먹어치우고 있었는데, 크지 않은 키에다 몸도 여윈 약골에 머리털은 불그죽죽하고, 수염 또한 불그스레하니 성긴 것이 너덜너덜해진 수세미와 너무나 흡사했다(이 비교, 특히 '수세미'라는 단어가 어째서인지 첫눈에 알료샤의 머리를 번쩍 스쳤는데, 그는 나중에야 이 사실을 기억해냈다). 방안에 다른 남자가 없는 것으로 보아, 문안에서 "누구요?" 하고 소리친 사람은 이 신사였던 게 분명했다. 그러나 알료샤가 안으로 들어오자, 그는 앉아 있던 식탁 앞의 나무걸상에서 튀어오르듯 벌떡 일어나 구멍이 숭숭한 냅킨으로 입을 훔치며 알료샤에게 날쌔게 다가왔다.

"수도사가 동냥 나왔는데, 번지수 한번 제대로 아셨네!" 그러는 사이 왼쪽 구석에 서 있던 처녀가 큰 소리로 말했다.

하지만 알료샤 쪽으로 달려온 신사가 그 자리에서 대번에 몸을 휙 돌리더니, 흥분해서 툭툭 끊어지다시피 하는 목소리로 그녀에게 대답했다.

"아닙지요, 바르바라 니콜라예브나*, 그게 아닙지요, 잘못 생각하셨습니다요! 제가 한번 여쭤봅죠." 그는 다시 알료샤에게로 몸을 휙 돌렸다. "무슨 일로 찾아오셨습니까요…… 이런 누추한 곳에 말입죠?"

* 성미가 유별난 여대생 딸에게 아버지 스네기료프는 높임말을 사용하며, 이름을 부를 때도 부칭을 함께 붙인다.

알료샤는 주의깊게 그를 바라보았는데, 처음으로 이 사람을 보는 것이었다. 이 사람에겐 뭔가 모나고 성급하고 날선 데가 있었다. 방금 한잔한 건 분명했으나, 취해 있진 않았다. 그의 얼굴엔 어쩐지 극단적으로 뻔뻔스러우면서도 동시에—기이한 일이었지만—눈에 띌 만큼 비굴한 기색이 드러나 있었다. 오랫동안 복종하면서 참아오다 갑자기 벌떡 일어나 자신을 과시하고 싶어하는 사람 같기도 했다. 또는 더 정확히 말하자면, 상대방을 두들겨 패고 싶어 죽겠지만 도리어 그 사람한테 얻어맞을까봐 지독히 겁내는 사람 같았다. 그의 말에서나, 상당히 날카로운 목소리 억양에서 왠지 유로지브이식의 유머가 내비치기도 했는데, 때로는 표독스럽기도 하고 때로는 겁을 집어먹기도 하여 어조가 일관되게 유지하지 못하고 갑자기 바뀌곤 했다. '누추한 곳' 운운하면서 질문을 던질 때에도 온몸을 덜덜 떨다시피 하며 눈을 부라리고 알료샤에게 바싹 달려들어, 알료샤는 저도 모르게 뒤로 한 발짝 물러서고 말았다. 이 신사는 짙은 색의 남경 무명 같은 것으로 지은 아주 형편없는 외투를 걸치고 있었고, 그마저 덕지덕지 기운데다가 여기저기 얼룩까지 묻어 있었다. 바지는 이미 오래전부터 아무도 입고 다니지 않는 너무 밝은 듯한 색상에 바둑판무늬가 있는 것이었는데, 아주 얇은 무슨 천으로 지은 거라 아랫단이 쭈글쭈글 구겨지고 위로 흉하게 말려 올라가서, 마치 부쩍 커버린 어린애의 옷처럼 정강이가 다 드러나 보였다.

"저는…… 알렉세이 카라마조프라고 합니다……" 알료샤가 대답 삼아 말을 꺼냈다.

"그건 잘 압니다요." 신사는 그런 말 안 해도 그가 누구라는 것쯤은 안다는 시늉을 하며 곧바로 말을 잘라버렸다. "저로 말씀드리면, 이등 대위 스네기료프입지요만, 여전히 알고 싶구먼요, 대체 무슨 일로……"

"예, 그냥 잠깐 들렀을 뿐입니다. 실은 한마디 드릴 말씀이 있어서…… 괜찮으시다면……"

"그러시다면 여기 의자가 있으니깝쇼, 착석해주시기 바라 마지않습니다요. 이건 옛날 희극에서 곧잘 하던 말이죠. '착석해주시기 바라 마지않습니다'*……" 그러면서 이등 대위는 빠른 동작으로 빈 의자를 하나 집어들더니(아무것도 씌우지 않고 순전히 나무만으로 된, 농가에서 흔히 볼 수 있는 거칠고 단순한 것이었다) 방 한가운데쯤에 가져다 놓았다. 그런 다음 자기가 앉을 의자도 똑같은 것으로 하나 들고 와서는 알료샤 맞은편에 앉았는데, 좀전처럼 너무 바싹 붙어앉아 무릎이 서로 거의 맞닿을 지경이었다.

"니콜라이 일리치 스네기료프올시다요, 러시아 보병 이등 대위였습죠, 비록 잘못을 저질러 명예에 먹칠을 했지만, 어쨌거나 이등 대위올시다. 하긴 이등 대위 스네기료프가 아니라 슬로보예르소프**라고 하는 편이 낫겠군요. 인생의 후반기에 들어서면서 슬로보예르스를 달아 말하게 되었으니까요. 굴욕에 처하면 슬로보예르스가 입에 붙게 마련이거든요."

---

* 18세기에서 19세기 초까지 널리 사용되던 프랑스식 말투.

** 슬로보예르스(словоерс, slovoers)를 인명화한 것이다. '슬로보예르'는 원래 러시아어 구철자법에서 '에스(съ)'의 명칭이지만, 여기서 '슬로보예르'(또는 '슬로보예르스')는 러시아어에서 단어의 끝에 붙어 겸손, 정중한 경의, 심지어 익살과 비굴에 가까운 경의를 나타내는 접미사 '-c(에스)'를 가리키며, 한국어로는 대개 -읍죠, -습죠, -입죠, -다요, 깝쇼, -굽쇼 등으로 번역된다. 이 소설에서는 스네기료프 외에도, 앞서 제3편의 「논쟁」에서 보았듯 스메르쟈코프가 슬로보예르스를 사용하는 대표적인 인물이다.

"그건 정말 그렇겠지요." 알료샤가 싱긋 웃었다. "다만 저절로 그리 되는 겁니까, 아니면 일부러 그리하시는 겁니까?"

"하느님께서 보고 계시지만, 저절로 그리된답니다. 한 번도 슬로보예르스로 말하지 않았고 한평생 그런 적이 없는데, 갑자기 넘어졌다 일어나 보니 어느새 슬로보예르스를 달고 있습디다. 이건 가장 높으신 힘에 의해 이루어지는 것이지요. 보아하니 이 시대의 여러 문제에 관심이 있으신 것 같군요. 그런데 무슨 일로 그렇게 호기심을 갖게 되었는지, 저처럼 손님도 대접할 수 없는 형편인 인간한테."

"제가 온 건…… 바로 그 일 때문에……"

"바로 그 일이라뇨?" 이등 대위가 초조하게 말을 가로챘다.

"제 형 드미트리 표도로비치하고 만나셨던 바로 그 일 말입니다." 알료샤가 난처해하며 대답했다.

"어떤 만남 말씀입죠? 바로 그때 그 만남 말씀입니까요? 그러니까 그 수세미, 목욕탕 수세미 건 말씀입니까?" 그가 갑자기 몸을 앞으로 바싹 들이미는 바람에 이번엔 정말로 알료샤와 무릎이 부딪치고 말았다. 그의 입술이 묘하게 꽉 다물리며 가느다란 실오라기 모양이 되었다.

"수세미라뇨?" 알료샤가 중얼거렸다.

"저 사람은 나를 일러바치러 온 거야, 아빠!" 이미 알료샤의 귀에 익은 아까 그 소년의 작은 목소리가 한쪽 구석의 커튼 뒤에서 소리쳤다. "아까 내가 저 사람 손가락을 깨물어줬거든!" 커튼이 걷혔고, 그러자 알료샤는 구석의 성상 아래, 긴 나무걸상에 의자를 붙여 만든 침대 위에 아까의 그 적이 누워 있는 것을 보게 됐다. 소년은 자신의 외투 위에 낡은 솜이불까지 덮어쓰고 누워 있었다. 몸이 아픈 게 뻔했고, 눈이 빨갛게 충혈된 것으로 보아 신열이 나는 모양이었다. 아까 같지 않게, 소년은 이제 겁내는 기색도 없이 알료샤를 빤히 노려보았다. '우리집이니 이젠 어쩌지 못할걸' 하고 말하고 싶은 듯했다.

"손가락을 깨물었다고?" 이등 대위가 의자에서 엉거주춤 몸을 일으켰다. "그럼 저애가 당신 손가락을 물었다는 겁니까요?"

"예, 그렇습니다. 아까 저 아이가 한길에서 다른 아이들과 돌팔매질을 하고 있더군요. 여섯이서 함께 저 아이에게 돌을 던지고, 저 아이는 혼자였습니다. 제가 다가가자 저 아이는 저한테도 돌을 던졌고, 두번째 돌이 제 머리에 맞았습니다. 그래서 물어봤죠. 제가 무슨 짓을 했기에 그러느냐고요. 그랬더니 느닷없이 달려들어 손가락을 아프게 깨물었는데, 영문을 모르겠습니다."

"당장 패주겠습니다요! 지금 당장 패줍지요." 이등 대위는 이제는 완전히 의자에서 벌떡 일어났다.

"아니, 전 정말 일러바치는 게 아니라 그냥 얘기한 것뿐인데…… 저 아이가 매맞는 걸 절대 원치 않습니다. 더구나 지금 몸도 아픈 것 같은데……"

"그럼 정말 저애를 두들겨 팰 줄 아셨습니까요? 내가 지금 당장 일류세치카*를 끌어내, 당신 앞에서 당신을 완전히 만족시켜주기 위해 흠씬 두들겨 팰 줄로? 당장에 그러라는 말씀입니까요?" 이등 대위는 금방이라도 달려들 듯한 태세로 알료샤에게 몸을 홱 돌리며 말했다. "나으리, 당신의 손가락에 대해선 유감입니다만, 일류셰치카를 패기 전에 제

---

* 일리야, 일류샤의 애칭.

손가락 네 개를 지금 당장 당신 눈앞에서 당신의 지당하신 만족을 위해 바로 여기 이 칼로 잘라버리면 어떻겠습니까. 손가락 네 개면 당신의 복수욕을 만족시키기에 충분할 것 같은뎁쇼. 다섯번째 손가락까지 요구하진 않겠습죠……?" 그는 숨이 막히기라도 한 듯 갑자기 말을 끊었다. 얼굴의 선 하나하나가 경련을 일으키며 파르르 떨렸고, 노려보는 두 눈에는 도전의 불꽃이 번득였다. 격분해서 제정신이 아닌 듯했다.

"이제야 모든 걸 알 것 같습니다." 알료샤가 여전히 자리에 앉은 채 조용하고 슬프게 대답했다. "당신의 아이—저 착한 소년은 아버지를 사랑하는 마음에 아버지를 모욕한 사람의 동생인 저에게 달려든 거로군요…… 이젠 알겠습니다." 그는 생각에 잠겨 이렇게 되풀이했다. "하지만 제 형 드미트리 표도로비치는 자신의 행동을 뉘우치고 있습니다. 그건 제가 잘 압니다. 만약 형이 당신에게 와도 괜찮거나, 아니 그보다 바로 그곳에서 다시 당신과 만날 수만 있다면, 형은 모든 사람이 보는 앞에서 당신에게 용서를 빌 겁니다…… 당신이 원하신다면 말이죠."

"다시 말해, 수염을 다 잡아뜯어놓고 용서를 빌었다…… 그러니까 다 마무리됐고 상대방의 마음도 풀어줬다, 그런 말씀인갑쇼?"

"오, 아닙니다. 오히려 형은 당신이 원하시는 건 뭐든 다 할 겁니다, 당신이 원하시는 대로 모두 다!"

"그럼 제가 그 존엄하신 분께 바로 그 술집에서 말입지요—'수도'라는 이름입니다만—거기서 제 앞에 무릎을 꿇으라고 부탁한다면, 아니면 광장에서 말입지요, 그러면 과연 그렇게 할까요?"

"그럼요, 무릎도 꿇을 겁니다."

"감격스럽습니다요, 눈물이 나올 만큼 감격스럽습니다요. 그 마음을 십분 느낄 수 있습니다. 하지만 이제 제 가족을 모두 소개해드리지요. 이게 제 가족입니다, 제 두 딸과 아들—모두 한배에서 나온 제 새끼들입지요. 제가 죽으면 누가 저들을 사랑해주겠습니까요? 또 제가 살아 있는 동안, 저들 말고 누가 저를, 이런 비루한 인간을 사랑해주겠습니까요? 이것은 저 같은 모든 인간을 위해 주님께서 행해놓으신 위대한 일입지요. 왜냐하면 저 같은 인간도 누군가한테는 사랑받을 수 있어야 할 것 아닙니까요……"

"아아, 그렇고말고요!" 알료샤가 외쳤다.

"정말, 어릿광대짓 좀 관둬요. 바보 같은 인간만 오면, 창피스러운 짓을 하신다니까!" 뜻밖에도 창가에 서 있던 처녀가 아버지에게 혐오스럽고 경멸스럽다는 표정을 지으며 버럭 소리를 질렀다.

"잠깐만 기다리시게, 바르바라 니콜라예브나, 기왕 이렇게 시작했으니 끝까지 마쳐야지요." 아버지는 딸에게 이렇게 소리쳤는데, 비록 명령조이긴 하지만 딸을 바라보는 그의 시선에는 십분 수긍한다는 눈빛이 담겨 있었다. "우리 따님이 원래 한 성격 합지요." 그는 다시 알료샤 쪽으로 몸을 돌렸다.

이 자연 속의 그 무엇도
그는 축복하려 하지 않더라.*

아니, 그러니까 여성형으로 바꿔야겠군요, '그녀는 축복하려 하지 않

* 푸쉬킨의 시 「악마」의 마지막 행.

더라'라고 말입죠. 하지만 이제 당신을 제 처에게 소개하도록 허락해주십시오. 이쪽은 말입죠, 아리나 페트로브나, 다리 없는 부인입지요, 나이는 마흔셋 정도 되굽쇼. 걷기는 해도 뭐 조금밖에 못 걷습지요. 평민 출신이고요. 아리나 페트로브나, 얼굴을 좀 펴봐요, 이분은 알렉세이 표도로비치 카라마조프이시네. 일어나시지요, 알렉세이 표도로비치." 그는 알료샤의 팔을 잡더니, 아주 뜻밖일 만큼 센 힘으로 갑자기 자리에서 일으켜세웠다. "부인에게 자신을 소개하는 것이니, 일어나셔야 합지요. 이분은 그 카라마조프, 그러니까 엄마, 흠, 그렇고 그랬던 그…… 사람이 아니고, 그 사람의 동생인데 더할 수 없이 겸손한 미덕을 갖추신 분이라오. 부디, 아리나 페트로브나, 부디, 엄마, 부디 우선 당신 손에 입을 맞추도록 해주구려."

그러면서 그는 상냥하기까지 한 태도로 아내의 손에 공손히 입을 맞추었다. 창가의 처녀는 이 장면에 화가 나서 등을 돌리고 말았으나, 의문에 차 있던 부인의 오만한 얼굴에는 갑자기 비할 데 없이 다정한 빛이 떠올랐다.

"안녕하세요, 앉으세요, 체르노마조프* 씨." 그녀가 말했다.

"카라마조프야, 여보, 카라마조프**(우리 집사람은 평민 출신입죠)." 그가 다시 속삭였다.

"뭐, 카라마조프든 뭐든, 난 아무튼 체르노마조프라 하겠어요…… 어서 앉으세요, 뭣하러 저이는 당신을 일으켜세웠대요? 다리 없는 부인이라고 저이는 말하지만, 다리야 있죠, 양동이처럼 통통 부어올라서 그

---

* '검다'는 뜻이 들어 있다.

** 카라마조프에도 '검다(카라마즈이)'라는 뜻이 들어 있다.

렇지. 하지만 몸은 바싹 말라버렸어요. 전엔 나도 살이 꽤나 통통했는데, 지금은 꼭 바늘이라도 삼킨 꼴이랍니다……"

"집사람은 평민 출신입죠, 평민 출신입니다요." 대위가 또 한번 속삭였다.

"아빠, 아이참, 아빠!" 지금껏 말없이 자기 의자에 앉아 있던 곱사등이 처녀가 별안간 이렇게 말하고는 갑자기 손수건으로 눈을 가렸다.

"정말 어릿광대야!" 창가의 처녀가 내뱉었다.

"보세요, 저희 집에 어떤 소식이 있는지." 엄마가 팔을 벌려 두 딸을 가리켰다. "마치 구름이 움직이는 것 같죠, 구름이 지나가고 나면 다시 우리의 음악이 시작된답니다. 전에 저이가 군대에 있을 땐, 우리집에 그런 손님들이 많이 왔어요. 그렇다고 나리, 그걸 지금과 비교하려는 건 아네요. 하지만 누가 누굴 사랑해주면, 이쪽에서도 그 사람을 사랑하게 마련이거든요. 그때 보제 부인이 찾아와서 이러더군요. '알렉산드르 알렉산드로비치는 정말 아름다운 영혼을 지녔지만, 나스타시야 페트로브나 그년은 지옥의 족속이라니까.' 그래서 제가 대꾸해줬죠. '그야 저마다 숭배하는 사람이 따로 있지만, 당신은 쪼끄맣게 한줌밖에 안 되면서 똥 구린내를 풍기고 다니잖아.' 그랬더니 그러더군요. '너 같은 년은 찍소리 못하게 버릇을 고쳐놔야 돼.' 저도, '아이고, 이 시커먼 악당 년아, 네까짓 게 누굴 가르치러 온 게냐?'라고 말해줬어요. 그랬더니 이럽디다. '난 깨끗한 공기를 들여놓지만, 네년 공기는 더러워.' 나도 '그럼 어디 장교님들한테 죄다 물어봐라, 내 안의 공기가 더러운지, 아니면 어떤 다른 년이 그런지' 하고 응수해줬지요. 하지만 그때부터 그게 자꾸 마음에 걸렸는데, 요 얼마 전에 지금처럼 여기 이렇게 앉아서 보니, 장군님께서 들어오신 거예요. 부활절 때도 이곳으로 오셨던 바로 그 장군님이시죠. 그래서 내가 그랬죠. '각하, 이 어엿한 귀부인이 바깥 공기를 좀 들여놔도 괜찮을까요?' 그랬더니만, '그러시오, 댁의 통풍구나 문을 열어둬야겠소, 댁의 공기가 신선하지 않으니'라고 하시잖아요. 봐요, 죄다 이래요! 왜 다들 내 공기 가지고 난리죠? 송장들한테선 더 고약한 냄새도 나는데. '나는 당신의 공기를 더럽히고 싶지 않으니, 신발을 맞춰 신고 떠나겠어요'라고 말해줬죠. 제발, 귀여운 내 새끼들아, 부디 이 어미를 책망하지 말아다오! 니콜라이 일리치, 여보, 내가 당신한테 밉게 굴었나요, 내 기쁨은 오로지 일류셰치카가 학교 갔다 와서 날 사랑해주는 거예요. 어제는 사과를 갖다주었어요. 용서해다오, 얘들아, 부디 이 어미를 용서해다오, 귀여운 내 새끼들아, 외롭기 짝이 없는 어미를 용서해다오, 어쩌다 내 공기가 너희한테 그렇게 역겨운 게 되었을까!"

그러면서 이 불쌍한 여인은 갑자기 통곡하기 시작했고, 눈물이 시냇물처럼 쏟아져 내렸다. 이등 대위는 황급히 그녀 곁으로 달려갔다.

"엄마, 엄마, 여보, 그만 울어요, 그만 됐어! 당신은 혼자가 아냐. 다들 당신을 사랑하고, 다들 숭배하고 있어!" 그는 또다시 그녀의 두 손에 입을 맞추고, 손바닥으로 그녀의 얼굴을 부드럽게 쓰다듬기 시작했다. 그러고는 냅킨을 집어들어 갑자기 그녀의 눈물을 닦아주기 시작했다. 알료샤가 보기에 이등 대위의 눈에도 눈물이 반짝인 것 같았다. "자요, 보셨습니까요? 들으셨습니까요?" 그는 정신이 온전치 못한 불쌍한 여인을 손으로 가리키며 왠지 갑자기 격분해서 알료샤에게로 몸을 돌렸다.

"보고 있습니다, 듣고 있습니다." 알료샤가 중얼거렸다.

“아빠, 아빠! 아빤 어떻게 저 사람하고…… 당장 내쫓아버려, 아빠!” 소년이 갑자기 침대에서 몸을 일으켜, 활활 타는 눈초리로 아버지를 쳐다보며 소리쳤다.

“관두라니까요, 이제 정말 어릿광대짓 좀 집어치워요, 멍청한 짓 보여줘봤자 아무 소용 없다고요……!” 이미 화가 머리끝까지 치민 바르바라 니콜라예브나가 여전히 그 구석에서 발까지 동동 구르며 소리를 내질렀다.

“그렇게 성을 내시는 것도 이번엔 아주 지당하시지, 바르바라 니콜라예브나, 곧 말씀대로 하리다. 모자를 쓰시지요, 알렉세이 표도로비치, 저는 요놈을 쓰고—자, 가십시다요. 진지하게 말씀드릴 게 하나 있는데, 다만 이 안에서는 안 되겠군요. 참, 여기 앉아 있는 이 아가씨가—제 딸아이 니나 니콜라예브나올습니다요, 소개하는 걸 깜박했는데—이애는 육신을 지닌 하느님의 천사지요…… 인간 세상으로 내려온 천사…… 제 말을 이해하실 수 있을는지……”

“흥, 벌벌 떨긴, 경련이라도 일으켰나.” 바르바라 니콜라예브나가 여전히 격분해서 또다시 말했다.

“저애는 저한테 지금 저렇게 발을 구르고 아까 저더러 어릿광대라고 쏘아붙였지만—저애도 육신을 지닌 하느님의 천사입지요, 절 그렇게 부른 것도 당연합니다요. 가십시다, 알렉세이 표도로비치, 마무리를 지어얍지요……”

그리고 그는 알료샤의 팔을 붙잡고 방을 나가 곧장 한길로 데려갔다.

VII
그리고 맑은 바깥공기 속에서

"공기가 맑구먼요, 저의 그 으리으리한 저택은 말입죠, 사실 어떤 의미로 보나 공기가 신선하진 못하지요. 천천히 걸어가기로 하십시다, 나리. 당신이 관심을 가지실 얘기를 무척 하고 싶으니 말입지요……"

"저도 긴요한 용건이 하나 있습니다만……" 알료샤가 입을 열었다. "어떻게 말을 꺼내야 할지 모르겠군요."

"저한테 용건이 있다는 걸 어찌 모르겠습니까요? 용건이 없다면야 저희 집 같은 데를 들여다보지도 않으셨을 테지요. 아니면 정말 그저 아들놈 일을 일러바치러 오신 겁니까요? 하지만 그런 것 같진 않구먼요. 어쨌든 아들놈 얘기가 나온 김에 말입죠, 집안에서는 모든 걸 설명드릴 수가 없었지요만, 이제 여기서 그때 그 장면을 자세히 말씀드리도록 합지요. 보십쇼, 이 수세미는 일주일 전만 해도 숱이 더 많았습지요—제 구레나룻 말입니다요. 제 구레나룻을 수세미라고들 불렀는데, 주로 초등학교 애들이 그랬습죠. 그런데 말입죠, 그때 당신 형 드미트리 표도로비치가 다짜고짜 제 구레나룻을 움켜쥐고 술집에서 광장으로 저를 질질 끌어냈는데, 때마침 학생들이 학교를 파하고 나오는 길이었고 그애들 속에 일류샤*도 끼여 있었던 겁니다. 제가 그런 꼴을 당하는 걸 녀석이 본 것입죠, 녀석은 제게 달려와서 '아빠, 아빠!' 하고 부르짖었습니다요. 저를 붙잡고 부둥켜안고는 떼어놓으려고 안간힘을 쓰

* 일리야의 애칭.

면서, 저를 모욕하는 사람에게 외치는 겁니다. '놓아주세요, 놓아주세요, 우리 아빠예요, 아빠예요, 아빠를 용서해주세요.'—그래요, 바로 그렇게 외쳤습니다, '용서해주세요'라고. 그러면서 그 고사리 같은 두 손으로 그를, 그것도 그의 손을 붙잡고, 바로 그의 그 손에다 입을 맞추었습죠…… 그 순간 그애 얼굴이 어땠는지 지금도 눈에 선합지요. 잊을 수가 없었고, 앞으로도 잊지 못할 거라굽쇼……!"

"맹세합니다!" 알료샤가 외쳤다. "형은 뉘우치는 마음을 진정을 다해 가장 완벽한 방식으로 당신에게 보여드릴 겁니다, 바로 그 광장에서 무릎이라도 꿇을 겁니다…… 제가 형에게 그렇게 시키고야 말겠어요, 그렇게 하지 않는다면 제 형도 아닙니다!"

"아하, 그러니까 아직은 그럴 계획일 뿐이로군요. 그것도 그 사람 자신이 아니라, 그저 당신의 열렬하고도 고결한 마음에서 우러나온 계획이굽쇼. 그럼 그렇게 말씀하셔얍죠. 아니, 그렇다면 저는 당신 형이 지닌 더없이 기사답고 장교다운 고결함에 대해서도 증언하고 싶은뎁쇼, 당신 형은 그때 그것을 유감없이 보여주었으니 말입죠. 그는 제 수세미를 움켜쥐고 실컷 끌고 다닌 뒤에 놓아주었습죠, 그러면서 그러더군요. '네놈도 장교고 나도 장교다, 결투 입회인이 되어줄 제대로 된 사람을 구하면 즉시 나한테 보내라—네놈은 정말 추잡한 놈이다만, 내 기꺼이 결투 신청을 받아주지!' 바로 이렇게 말하더라굽쇼. 이거야말로 기사도 정신 아닙니까! 저는 곧 일류샤를 데리고 그 자리를 떴지만, 집안의 족보에 길이 남을 그 광경은 일류샤의 영혼에 영원한 기억으로 깊숙이 새겨지고 말았습니다. 아니, 우리가 이제 어디서 귀족 행세를 할 수 있겠습니까요. 더구나 방금 그 으리으리한 저희 집에 몸소 와보셨으니,

스스로 판단해보십쇼—거기서 무엇을 보셨습니까요? 숙녀 셋이 앉아 있지요만, 한 명은 다리를 못 쓰는 정신박약자이고, 또 한 명은 다리를 못 쓰는 곱사등이이고, 나머지 한 명은 다리야 성하지만 지나치게 똑똑한데다 대학물까지 먹어본 여대생인지라 다시 페테르부르크로 달려가겠다고 안달이라굽쇼. 거기 네바 강변에서 러시아 여성의 권리를 찾겠다고 말입죠. 일류샤야 말할 것도 없습지요, 이제 고작 아홉 살에다 세상천지 의지할 데 하나 없는 외톨이이니, 제가 죽게 되면—이 식구들은 모두 어떻게 되겠습니까? 제가 당신에게 묻고 싶은 건 그저 이것 하나라굽쇼. 만약 그에게 결투를 신청했다가 그가 저를 그 자리에서 바로 죽여버린다면, 그땐 대체 어떻게 되겠습니까? 그러면 제 식구들은 모두 어떻게 되겠습니까요? 더 고약한 건 그가 저를 죽이지도 않고 그저 병신으로 만들어놓는 겁니다. 일은 할 수 없어도 입은 그대로 남아 있을 텐데, 그렇게 되면 누가 제 입을 먹여 살리고, 누가 그들 모두를 먹여 살리겠습니까요? 일류샤를 학교가 아니라 매일 동냥하러 내보내야 할까요? 그에게 결투를 신청한다는 건 말입죠, 나한테 바로 이런 뜻이라굽쇼, 어리석은 말일 뿐입지요, 더는 아무것도 아니라굽쇼."

"형은 당신에게 용서를 빌 거예요, 광장 한복판에서 당신의 발아래 엎드릴 겁니다." 알료샤가 다시금 불타오르는 시선으로 외쳤다.

"그를 고소하고 싶었습니다." 이등 대위가 말을 계속했다. "하지만 우리 나라의 법전을 펼쳐보십쇼, 제가 받은 개인적인 모욕에 대해 가해자로부터 많은 배상을 받아낼 수 있겠습니까요? 게다가 그때 갑자기 아그라페나 알렉산드로브나가 저를 불러다가, '감히 그럴 생각조차 하지 마! 만약 그 사람을 고소하면 내가 가만있지 않겠어, 그 사람이 널 때린 건 네가 사기를 쳤기 때문이라는 게 만천하에 공개적으로 드러날 테니, 그렇게 되면 도리어 네가 재판을 받게 될걸' 하고 호통을 치는 겁니다. 하지만 누구 때문에 그 사기를 치게 됐고, 누구의 지시에 따라 제가 거기서 졸개 노릇을 했는지는 주님만이 알고 계십지요—바로 그 여자와 표도르 파블로비치가 시킨 일 아닙니까? '그뿐인 줄 알아' 하고 그 여자가 덧붙이더군요. '널 영영 쫓아버릴 테니, 앞으론 나한테서 단 한 푼도 벌어먹지 못할 거야. 우리 상인한테도 그렇게 말할 거고(그 여자는 그 노인을 늘 우리 상인이라고 부릅니다), 그러면 우리 상인도 널 바로 쫓아낼걸.' 그래서 생각해보았지요, 그 상인마저 날 쫓아내면, 그땐 누구한테서 벌어먹나 하고요. 저한테 남은 건 그 두 사람밖에 없거든요, 당신 아버지 표도르 파블로비치는 어떤 다른 이유로 저를 신용하지 않게 됐을뿐더러, 제 서명이 들어 있는 영수증들을 손에 넣어 저를 법정으로 끌고 갈 속셈이니 말입지요. 사정이 죄다 이렇다보니 저도 기가 꺾이고 말았습죠, 당신도 저희 집안 꼴을 보셨잖습니까요. 하지만 이제 물어봐도 되겠지요. 그애가 아까 당신 손가락을 아프게 깨물었습니까, 우리 일류샤가요? 아까 집에서는 녀석이 있어서 자세히 물어볼 수 없었습니다."

"예, 굉장히 아프게 깨물더군요, 그앤 몹시 화나 있었습니다. 제가 카라마조프라고 당신의 복수를 해준 거지요, 이젠 분명히 알겠군요. 하지만 그애가 급우들과 돌팔매질하는 걸 보셨더라면! 아주 위험해요, 아이들이 그애를 죽일 수도 있어요, 아이들이라 철이 없으니, 돌멩이가 날아가 행여 머리를 깨버릴지도 몰라요."

"안 그래도 벌써 한 방 맞았습니다요, 머리는 아니지만 가슴팍을요,

심장 바로 위를 말입지요, 오늘 돌에 맞아 시퍼렇게 멍이 들어가지고 집에 와서 울며 신음을 하더니 저렇게 앓아누웠답니다."

"그런데 아십니까, 그애 쪽에서 먼저 모든 애를 공격하고 있어요, 당신 일로 화가 단단히 난 거죠, 아이들 말로는, 오늘 그애가 크라소트킨이라는 어떤 소년의 옆구리를 펜 깎는 칼로 찔렀다더군요……"

"그 얘기도 들었는데, 위험한 일입지요. 그 크라소트킨은 이곳 관리 미망인의 아들인데, 일이 골치 아프게 될지도 모르겠습니다요……"

"제가 조언을 해드리자면," 알료샤가 열심히 말을 계속했다. "당분간은 아이를 아예 학교에 보내지 않는 게 좋겠어요, 그러는 동안 아이의 마음도 가라앉고…… 마음속의 분노도 사라지겠지요……"

"분노라굽쇼!" 이등 대위가 말을 되받았다. "그렇죠, 분노입지요. 비록 어린것이지만, 마음속에 거대한 분노가 있는 것입죠. 당신은 이 일을 다는 모르십니다요. 허락하신다면 이 사연을 특별히 말씀드리지요. 요는 이 사건 이후 학교의 모든 학생이 우리 아이를 수세미라고 놀려대기 시작한 겁니다. 학교 아이들이란 무자비한 족속입니다. 한 명씩 따로 있을 땐 하느님의 천사들이지만, 함께 있을 땐, 특히 학교에서는 무자비하기 일쑤입니다. 애들이 놀리기 시작하자, 일류샤의 마음속에서 고결한 정신이 벌떡 고개를 쳐든 겁니다. 여느 아이 같으면, 심지가 약한 아들 같으면—그것에 순응하고 제 아비를 부끄러워했을 테지만, 이 아이는 혼자 모두에게 맞서 아버지를 위해 분연히 일어선 것입니다. 아버지를 위해, 진리와 진실을 위해서 말입지요. 녀석이 그때 당신 형의 두 손에 입을 맞추며 '아빠를 용서해주세요, 아빠를 용서해주세요'라고 울부짖으면서 어떤 수모를 견뎌냈는지는—오로지 하느님만 아시고, 저만 압니다요. 바로 이렇게 해서 저희 아이들은—다시 말해 당신네 아이들이 아니라 저희 같은 사람들의 아이들은 말입죠, 멸시당하지만 마음만은 고결한 저희 가난뱅이들의 아이들은 말입죠—아홉 살밖에 안 된 나이에 벌써 이 지상의 진실을 알게 되는 것입죠. 돈 많은 사람들이라면 웬걸요, 그들은 한평생을 쏟아도 그런 깊은 데까지 파고들지 못하지만, 우리 일류쉬카*는 그 광장에서 그의 손에 입을 맞추던 바로 그 순간에 말입죠, 바로 그 순간에 모든 진리를 터득한 거라굽쇼. 이 진리가 말입죠, 그애의 내면으로 들어와 후려쳐서 그애에게 영원토록 크나큰 상처를 입힌 것입지요." 이등 대위는 다시금 극도의 흥분에 사로잡힌 듯 격앙된 어조로 이렇게 말하고는, 마치 '진리'가 그의 일류샤에게 어떻게 상처를 입혔는지 생생하게 보여주려는 듯이 오른손 주먹으로 왼쪽 손바닥을 세차게 내리쳤다. "바로 그날 아들 녀석은 열이 펄펄 나면서 밤새도록 헛소리를 했습지요. 온종일 저하고 별로 말도 하지 않고 심지어 입을 딱 봉하고 있었는데, 그래도 저는 녀석이 구석에서 저를 쳐다보고 또 쳐다보면서 점점 더 창문 쪽으로 몸을 기울이며 공부하는 시늉을 하지만, 공부 생각이 통 없다는 것 정도는 눈치챘습니다. 이튿날은 제가 술을 마신 바람에 그다지 기억나는 게 없습니다요, 이 죄 많은 인간이 괴로워서 마신 것입죠. 그러자 엄마도 울기 시작했습죠—저는 엄마를 무척 사랑합니다요—뭐 그런데도 괴로워서 마지막 한푼까지 탈탈 털어 또 진탕 마셔버렸지요. 나리, 저를 경멸하지 마십시오. 우리 러시아에서는 술꾼들이야말로 제일 착한 사람

* 일리야, 일류샤의 애칭.

들이니까요. 우리 나라에서 제일 착한 사람들은 제일 지독한 술꾼들이기도 하답니다. 그래서 저는 누워 있었고, 그날 일류샤가 어땠는지는 별 기억이 없습니다만, 그러니까 바로 그날 아이들이 학교에서 아침부터 녀석을 놀려대기 시작했던 겁니다요. '어이, 수세미' 하고 소리쳐댔던 거죠. '너네 아버지가 수세미를 붙잡힌 채 술집에서 끌려나왔지, 넌 그 옆에서 뛰어가면서 용서해달라고 싹싹 빌었잖아' 하고 말입죠. 셋째 날 녀석이 다시 학교에서 돌아왔는데, 보니—얼굴이 영 말이 아닌 게 사색이 되어 있었습니다. 제가 물어봤죠, 무슨 일이냐고. 대꾸가 없습디다. 하긴 엄마와 딸애들이 금방 끼어들 테니 집에서는 아무 말도 나눌 수가 없었지요—더구나 이 딸애들이 이미 모든 걸 알아버렸거든요, 그것도 바로 첫날부터. 바르바라 니콜라예브나는 진작에 으르렁거리기 시작했습니다. '다들 어릿광대에 푼수들이라니까, 도대체 아버지한테 정신 똑바로 박힌 데가 있기나 하겠어요?' 그래서 제가 그랬죠. '그래 맞아요, 바르바라 니콜라예브나, 과연 우리한테 정신 똑바로 박힌 데가 있을 수나 있겠소?' 그때는 그렇게 하고 그냥 끝냈습니다. 그러다 말입죠, 저녁 무렵이 되어 산책이나 하자고 아들 녀석을 데리고 나갔습지요. 그런데 알아두셔야 할 게 말입죠, 저는 전에도 저녁마다, 지금 당신과 함께 걷고 있는 바로 이 길로 녀석을 데리고 산책을 나가곤 했지요, 바로 우리집 쪽문에서 저기 길가의 울타리 옆에 덩그러니 서 있는 커다란 바위까지 나아갔는데, 거기서부터는 도시의 목초지가 시작됩니다. 한적하고 참으로 아름다운 곳입지요. 여느 때처럼 일류샤의 손을 꼭 잡고 걸어갔는데, 녀석의 손이 어찌나 조그맣고 손가락은 또 어찌나 가늘고 차갑던지—아들 녀석은 가슴병을 앓고 있거든요. 그 녀석이 '아빠, 아빠!' 하고 말하더군요. 내가 '왜?' 하고 묻는데, 녀석의 눈동자가 번득이는 게 보였어요. '아빠, 그놈이 그때 아빠한테 어떻게 그런 짓을, 아빠!' 하고 말하기에, '도리가 없잖아, 일류샤' 하고 제가 말했지요. '그놈하고 화해하면 안 돼, 아빠, 절대로 화해하지 마. 학교 애들이 그러는 걸, 그놈이 아빠한테 그 일로 10루블을 줬다고.' 제가 말해줬죠. '아니다, 일류샤, 이제 무슨 일이 있어도 그 사람한테서 돈을 받지 않을 거다.' 그러자 녀석은 온몸을 파르르 떨더니 그 고사리손으로 제 손을 꼭 쥐고 또다시 입을 맞추는 겁니다. 그러고는 말하더군요. '아빠, 아빠, 그놈한테 결투를 신청해, 아빠가 겁쟁이라서 그놈한테 결투 신청을 하지 않고 10루블을 받아먹었다고 학교에서 막 놀린단 말이야.' '일류샤, 아빤 그 사람한테 결투를 신청할 수가 없단다.' 저는 이렇게 대답하고 방금 당신에게도 말씀드렸던 모든 사정을 짤막하게 설명해주었습니다. 녀석은 잠자코 끝까지 듣더군요. 그러더니 '아빠, 아빠, 그래도 절대 화해하면 안 돼. 내가 어른이 되면 그놈한테 직접 결투를 신청해서 내 손으로 죽여버릴 거야!'라고 하는 겁니다. 아이의 두 눈이 번쩍이며 이글거립디다. 그렇지만 어찌됐건 아비 된 몸으로 저는 녀석에게 옳은 말을 해주어야만 했습니다. 그래서 그랬죠. '아무리 결투라도 사람을 죽이는 건 죄가 되는 일이야.' 그랬더니 이러는 겁니다. '아빠, 아빠, 내가 이다음에 크면 그놈을 때려눕히고 말 테야, 내 군도軍刀로 그놈의 군도를 쳐서 떨어뜨리고 그놈에게 달려들어 때려눕힌 다음 그놈 위에 군도를 높이 쳐들고 이렇게 말해줄 거야. 당장 네놈을 죽일 수도 있지만 용서해준다, 알겠나!' 보십시오, 보십시오, 나리, 녀석의 그 조그만 머릿속에서 요 이틀 내내 무슨 일이 일어났는지, 밤낮으로 이렇게 군도로 복수할 생각만 하고 있어 밤에는 틀림없이 그걸 두고 잠꼬대까지 했던 것입지요. 다만 녀석이 학교에서 심하게 얻어맞고 오기 시작했는데, 전 그걸 그저께야 알았습니다, 당신이 옳습니다요. 그 학교에는 이제 더이상 보내지 않겠습니다요. 녀석 혼자 반 아이들 전부에 맞서 싸움을 걸고 있고, 녀석 스스로 격분한 나머지 심장에 불이 붙어버렸다는 것을 알게 되자, 저도 그땐 녀석 때문에 덜컥 겁이 났습니다. 또다시 우리는 걸으면서 산책을 했습니다. '아빠, 아빠, 부자들이 세상에서 제일 힘이 세?' 하고 묻더군요. '그래, 일류샤, 이 세상에 부자보다 힘센 사람은 없단다' 하고 말해줬죠. 그러자 이럽디다. '아빠, 난 꼭 엄청난 부자가 될 거야, 장교가 되어 적을 모조리 무찌르면 황제님이 나한테 상을 내려주실 테니, 그렇게 돼서 돌아오면 그땐 아무도 감히……' 그러고는 잠시 입을 다물었다가 다시 말하는데—그 조그만 입술이 조금 전처럼 여전히 파들파들 떨리고 있더군요. '아빠, 우리 도시는 정말 너무 안 좋아, 아빠!' 그러기에 제가 그랬습니다. '그래, 일류셰치카, 우리 도시는 그리 안 좋아.' 아들 녀석이 '아빠, 다른 도시로 이사가자, 아무도 우릴 모르는 좋은 도시로'라고 하더군요. '이사가자.' 제가 그랬죠. '이사가자, 일류샤—아빠가 돈만 좀 모으면.' 저는 녀석을 어두운 생각에서 떼놓을 기회다 싶어 기뻤고, 녀석과 함께 우리의 말이며 달구지를 사서 다른 도시로 이사가는 꿈을 꾸기 시작했습니다. 엄마랑 누나들은 안에다 앉힌 뒤 잘 덮어주고 우리는 옆에서 걸어가는 거야, 간간이 너도 앉게 해주마, 하지만 난 끝까지 옆에서 걸어갈 거란다, 우리 말을 아껴야 하니까 다들 앉아 갈 수는 없거든, 그렇게 우린 출발하는 거야. 녀석은 이 이야기에 황홀해했는데, 무엇보다 우리 말이 생겨 자신이 그 말을 타게 된다는 것에 미칠 듯이 기뻐했습니다. 다들 이미 알다시피, 러시아의 사내아이들은 그야말로 말과 함께 세상에 태어나니까요. 우리는 오랫동안 이런 얘기로 수다를 떨었고, 저는 녀석의 마음을 풀어주고 달래줄 수 있어 정말 다행이라고 생각했답니다. 그게 그저께 저녁이었는데, 어제저녁엔 벌써 상황이 달랐습니다. 녀석은 아침이 되자 다시 그 학교에 갔는데, 돌아올 때 보니 침울한 얼굴이더군요, 몹시 침울했습니다. 저녁에 저는 녀석의 손을 잡고 산책이나 하자며 나갔지만 녀석은 입을 꼭 다문 채 통 말이 없는 겁니다. 그때 소슬바람이 일기 시작했고, 해도 저물어 가을 기운이 완연한데다 이미 어둑어둑해져—걸어가면서도 우린 둘 다 서글픈 기분이었습니다. '어때, 얘야, 길 떠날 채비는 어떻게 하는 게 좋을까?' 어제의 대화를 다시 이어볼 생각에 이렇게 물어보았지요. 여전히 말이 없습디다. 녀석의 가느다란 손가락이 제 손안에서 파르르 떨리는 게 느껴질 뿐이었습니다. '어, 안 좋은데, 무슨 새로운 일이 터졌나보군' 하는 생각이 들더군요. 지금처럼 여기 바로 이 바위까지 오자 저는 바위 위에 걸터앉았는데, 하늘엔 연들이 가득 떠올라 윙윙대며 펄럭거리는 것이 족히 서른 개는 될 법했지요. 하기야 지금은 연을 띄우는 철이 아닙니까요. '이봐, 일류샤, 우리도 작년에 띄웠던 연을 다시 날릴 때인 것 같구나, 내가 손을 좀 봐주마, 그 연을 어디다 숨겨뒀지?' 하고 말했죠. 아들 녀석은 여전히 입을 다문 채 저를 외면하고 옆을 보며 서 있는 겁니다. 그때 갑자기 바람이 윙윙 불기 시작하더니 모래가 소용돌이치며 날아올랐습니다…… 녀석은 갑자기 저한테 와락 달려들어 앙증맞은 두 손으로 제 목을 감고 꽉 껴안더군요. 아십니까, 말이 없고 자존심 강한 아이들은 오랫동안 눈물을 속에 꾹 참고 있지만, 커다란 슬픔이 닥쳐와 갑자기 울음이 터지면 그때는 말입죠, 눈물이 흐른다기보다 그야말로 계곡물처럼 콸콸 쏟아지는 법입니다요. 녀석은 이 뜨거운 눈물의 비말飛沫로 제 얼굴을 흥건히 적셔버렸습니다. 경련이라도 일어난 듯 흑흑 흐느끼고 몸을 떨면서 저를 자기 품에 꼭 끌어안는데, 저는 바위에 그대로 앉아 있었습니다. '아빠, 아빠, 사랑하는 아빠, 그놈이 아빠한테 어떻게 그런 모욕을 줄 수 있어!' 하고 울부짖더군요. 저도 그만 울음을 터뜨렸지요, 우린 그렇게 앉은 채 꼭 부둥켜안고 후들후들 떨었습니다. 녀석이 '아빠, 아빠!' 하고 말하면, 저도 '일류샤, 일류셰치카!' 하고 대답하면서요. 그때 아무도 우리를 보지 못했습지요만, 하느님만은 보고 계셨으니 아마도 제 기록부에 적어주실 겁니다요. 당신 형한테 고맙다고 전해주십시오, 알렉세이 표도로비치. 하지만 천만의 말씀이올시다요, 당신을 만족시키기 위해 아들 녀석을 패는 일은 절대 없을 거라굽쇼!"

그는 다시 아까처럼 성마르고 유로지브이 같은 기이한 어조로 말을 끝맺었다. 하지만 알료샤는 그가 이미 자신을 신뢰하고 있으며, 자기가 아닌 다른 사람을 상대로는 아예 그렇게 '얘기를 털어놓지도' 않았을 것이고, 자기에게 지금 해준 이야기를 알려주지도 않았을 거라고 느꼈다. 이런 생각은 눈물에 잠겨 떨리던 알료샤의 영혼에 용기를 북돋워주었다.

"아아, 아드님과 꼭 화해하고 싶군요!" 그가 외쳤다. "당신이 어떻게 힘을 좀 써주신다면……"

"그러믄입쇼." 이등 대위가 중얼거렸다.

"하지만 지금 말씀드리려는 것은 그게 아닙니다, 전혀 그게 아닙니다. 들어주십시오." 알료샤는 여전히 외치듯이 말을 이었다. "들어봐주십시오! 이렇게 당신을 찾아온 건 부탁받은 일이 있어서입니다. 바로 그 제 형, 그 드미트리는 자기 약혼녀마저, 필시 당신도 들어보셨을 그 고결하기 그지없는 아가씨마저 모욕했습니다. 저는 그분이 받은 모욕을 당신에게 밝힐 권리를 가지고 있고, 그렇게 하는 것이 제 의무이기도 합니다, 왜냐하면 그분은 당신이 받은 모욕과 당신의 불행한 처지를 알게 되자, 방금…… 아까…… 자신이 드리는 이 금전적인 도움을 당신한테 전해달라고 저한테 부탁했습니다만…… 어디까지나 이건 그분 혼자서 드리는 것이지, 그분마저 저버린 드미트리가 주는 게 아니에요, 절대 아니에요. 또 그의 동생인 제가 드리는 것도 아니고, 다른 어느 누구가 주는 것도 아닌, 그분이, 오로지 그분 혼자서 드리는 겁니다! 그분은 당신이 자신의 도움을 받아주시길 애원하고 있어요…… 두 분 모두 똑같은 사람한테서 모욕을 당했으니까요…… 그분은 그에게서 당신이 받은 것과 똑같은(같은 정도로 심한) 모욕을 받자 곧바로 당신을 떠올렸던 겁니다! 그러니 이건 누이동생이 오빠를 도우려는 것과 같은 얘기입니다…… 그래서 그분은 누이동생과 같은 심정으로 드리는 여기 이 2백 루블을 당신이 꼭 받아주시도록 설득해달라고 제게 부탁했답니다. 이것에 대해 아무도 모르고 무슨 허튼 소문이 날 리도 절대 없으니…… 자, 여기 이 2백 루블, 맹세코 드리는 말씀이지만, 이 돈을 꼭 받으셔야 합니다. 안 그러시면…… 안 그러시면, 결국 세상 사람들이 모두 원수지간이 될 수밖에 없으니까요! 하지만 세상에는 형제들도 있지 않습니까…… 당신은 고결한 영혼을 지니셨으니, 이 점을 이해하셔야 합니다, 반드시……!"

그러면서 알료샤는 그에게 무지갯빛 백 루블짜리 새 지폐 두 장을 내밀었다. 두 사람은 그때 울타리 옆, 바로 그 커다란 바위 옆에 서 있었고, 주위에는 아무도 없었다. 지폐는 이등 대위에게 엄청난 충격을 준 모양이었다. 그는 흠칫 몸을 떨었으나 처음엔 그저 너무 놀라서 그런 듯했다. 이 같은 일은 생각도 못했고, 이런 결말은 정말 기대조차 하지 않았던 것이다. 누가 도와준다는 것, 더구나 이런 큰돈을 받게 되리라곤 꿈조차 꾸지 못했다. 그는 지폐를 받아든 채 잠시 대답조차 거의 할 수 없었고, 뭔가 완전히 새로운 어떤 것이 얼굴을 스쳐갔다.

"이걸 저한테, 저한테 말입지요, 이렇게 큰돈을, 2백 루블씩이나! 세상에! 사 년 동안이나 이런 큰돈은 구경도 못했는데, 하느님! 더구나 누이동생이 주는 거라고…… 말씀하신다고요, 그게 정말, 정말입니까?"

"맹세코, 제가 말씀드린 건 모두 정말입니다!" 알료샤가 외쳤다. 이등 대위는 낯을 붉혔다.

"들어보십쇼, 저기, 좀 들어보십쇼, 제가 이걸 받는다면 비열한 놈이 되는 것 아닐까요? 당신이 보시기에, 알렉세이 표도로비치, 비열한 놈이 되는 것 아닐까요, 비열한 놈이? 아닙죠, 알렉세이 표도로비치, 끝까지 들어주십시오, 제발 끝까지 들어주십쇼." 그는 연방 두 손으로 알료샤를 가볍게 건드리며 조급하게 말을 이었다. "'누이동생'이 보내는 거니 받으라고 설득하시지만—속으로는 내심 경멸을 느끼실 테지요, 제가 이걸 받는다면 말씀입죠, 예?"

"천만에요, 아닙니다! 제 영혼의 구원을 걸고 당신께 맹세하지만, 아닙니다! 게다가 우리 말고는 절대 아무도 모를 겁니다, 저와 당신과 그분, 그리고 그분의 절친한 친구인 또 한 명의 부인 말고는……"

"부인 따위가 문제가 아닙니다! 들어보십시오, 알렉세이 표도로비치, 끝까지 들어주십쇼, 이제 정말 끝까지 들으셔야 할 순간이 됐습니다요, 이 2백 루블이 제게 지금 어떤 의미를 가질 수 있는지 도저히 이해조차 못하실 테니까요." 불쌍한 사나이는 점점 더 혼란스럽고 기괴하다 싶기까지 한 열광 상태에 빠져들면서 말을 이었다. 그는 무척이나 당황한 듯, 행여 모든 것을 다 말하지 못하게 하지는 않을까 두려운 양, 몹시 서두르고 허둥대며 말했다. "이것이 그토록 존경할 만한 거룩한 '누이동생'한테서 떳떳하게 받는 돈이라는 점은 제쳐두고 말입죠, 이걸로 이제 엄마와 니노치카—저의 곱사등이 천사인 우리 딸애를 치료받게 해줄 수 있다는 걸 아십니까? 게르첸슈투베라는 의사 선생이 친절하게도 우리집에 와서 꼬박 한 시간 동안이나 두 사람을 진찰해준 적이 있지요. 의사는 '도무지 모르겠군요'라면서도, 이곳 약국에 있는 광천수가(그는 처방전을 써주었습니다) 엄마에게 틀림없이 효과가 있을 거라 말했고, 무슨 여러 가지 약이 들어가는 족욕 물 처방전도 써주었답니다. 광천수는 30코페이카씩 하는데 마흔 통쯤 마셔야 합니다. 그래서 처방전을 받아다 성상 밑 선반에 놓아두었고 지금도 거기 그대로 있습니다. 니노치카에겐 무슨 용액을 넣은 뜨거운 욕조에서 매일 아침저녁으로 목욕을 시키라고 처방해주었지만, 어디 우리 형편에 그런 치료가 가능하기나 합니까요, 우리집, 그 으리으리한 저택엔 하녀도, 도와줄 사람도, 목욕통도, 물도 없는뎁쇼? 그런데 니노치카는 류마티즘이 심합니다, 이건 아직 말씀 안 드렸지만, 밤마다 오른쪽 반신 전체가 쑤셔서 고통스러워하면서도, 믿으실지 모르겠지만 하느님의 천사인 이 아이는 우리한테 걱정을 끼칠까봐 꾹 참으면서 우릴 깨우지 않으려고 신음조차 내지 않습니다. 밥을 먹을 때도 우린 그저 있는 건 뭐든 마구 집어먹는데, 이 아이는 개한테나 던져줄 가장 마지막 조각을 집는답니다. '나 같은 건 이걸 먹을 자격도 없어요, 식구들 몫을 축내고 식구들한테 짐만 되고 있는걸요.' 딸애의 천사 같은 눈은 이렇게 말하고 싶은 것만 같습니다. 딸애는 우리가 시중들어주는 것도 부담스러워해요. '난 시중받을 자격이 없어요, 정말 없어요, 난 아무 가치도 없는 병신, 쓸모없는 병신이에요'—하지만 당치도 않죠, 자격이 없다굽쇼? 그애는 천사처럼 온유한 마음으로 우리 모두를 위해 하느님께 기도해준걸요, 그애가 없다면, 그애의 조용한 말이 없다면, 우리집은 지옥이 돼버렸을 겁니다요, 게다가 그 바랴*의 마음마저 부드럽게 해주었는데요. 하지만 바르바라 니콜라예브나도 책망하진 말아주십쇼, 그애 역시 천사랍니다, 그애 역시 모욕받은 아이입지요. 그 아이는 여름에 집에 왔는데 16루블을 지니고 있었답니다. 과외 선생 노릇을 해서 번 돈인데, 9월에, 그러니까 바로 지금쯤 페테르부르크로 돌아가려고 여비로 따로 간수해둔 것이었지요. 하지만 우리가 그 돈을 받아 생활비로 써버린 탓에 딸애는 이제 돌아갈 여비가 없습니다, 바로 이런 형편입니다요. 또 그러잖아도 돌아갈 수 없는 것이, 딸앤 우리를 위해 유형수처럼 일하고 있거든요—여윈 말에다 멍에를 씌우고 안장을 얹어 부려먹고 있는 꼴이지요, 온 집안 식구들의 시중을 들고, 수선을 하고, 빨래를 하고, 마룻바닥을 쓸고, 엄마를 침대에 눕히고. 그런데 이 엄마가 변덕이 심합지요, 걸핏하면 눈물을 짜는데다 미치광이란 말씀입니다요……! 그렇지만 이제

* 바르바라의 애칭.

이 2백 루블로 하녀를 둘 수도 있습니다요, 아시겠습니까, 알렉세이 표도로비치, 사랑하는 가족에게 치료를 받게 해줄 수도 있굽쇼, 우리 여대생을 페테르부르크로 보낼 수도 있굽쇼, 쇠고기도 사굽쇼, 새로운 식생활을 할 수도 있습니다요. 오, 하느님, 정녕 꿈만 같군요!"

알료샤는 자신이 그토록 큰 행복을 가져다주었다는 것에, 이 불행한 사람이 행복을 받아들이기로 동의했다는 것에 가슴이 터질 정도로 기뻤다.

"잠깐만, 알렉세이 표도로비치, 잠깐만." 이등 대위는 갑자기 머릿속에 떠오른 새로운 꿈을 다시금 황급히 붙잡으며 열광적인 어조로 또다시 빠르게 주절대기 시작했다. "그리고 또 아십니까, 저와 일류쉬카는 어쩌면 이제 정말로 꿈을 이룰 수 있을지도 모릅니다. 말 한 필과 포장마차를 사는 것이죠, 말은 검정말로 살 겁니다, 꼭 검정말이어야 된다고 녀석이 신신당부했으니까요, 그렇게 해서 출발하는 겁니다, 그저께 둘이서 상상의 나래를 폈던 대로 말입니다. 제게는 K현에 아는 변호사가 있는뎁쇼, 어릴 적 친구입죠, 그 친구가 믿을 만한 사람을 통해, 제가 그곳에 오면 자기 사무실에 서기 자리를 주겠노라고 전해왔답니다요, 누가 압니까, 어쩌면 정말로 줄지도…… 자, 그러니 엄마를 태우고, 니노치카도 태우고, 일류셰치카는 마차를 몰도록 마부석에 앉히고, 저는 걸어서, 걸어서, 식구들을 모두 데리고 가는 겁니다요…… 오, 하느님, 떼인 거나 마찬가지인 이곳의 작은 빚만 돌려받아도, 이 일까지 거뜬히 이루어지련만!"

"그러믄요, 이루어지고말고요!" 알료샤가 외쳤다. "당신에게 필요한 만큼 카체리나 이바노브나가 얼마든지 더 보내드릴 거예요, 또 저한테도 돈이 좀 있으니 동생이라, 친구라 여기고 필요한 대로 가져다 쓰십시오, 나중에 돌려주시면 됩니다……(당신은 부자가 될 테니까요, 큰 부자가!) 그리고 말입니다, 다른 현으로 이사를 가시겠다는 건 더없이 훌륭한 생각입니다! 그러면 당신도 잘살 수 있고, 무엇보다 아드님을 위해서도 그렇지요—그러니 되도록이면 빨리, 겨울이 되어 추위가 닥치기 전에 떠나 그곳에서 편지를 주십시오, 우리는 친구로 남는 겁니다…… 아니, 이건 절대 꿈이 아닙니다!"

알료샤는 너무나 흡족한 나머지 그를 거의 끌어안을 참이었다. 그러나 그의 얼굴을 본 순간 알료샤는 갑자기 멈칫했다. 그는 목을 길게 빼고 입술을 앞으로 비죽 내민 채 백지장처럼 새하얗게 질린 광기 어린 얼굴을 하고 서서, 무언가 말하고 싶은 듯 입술을 달싹이며 뭐라고 속삭였으나, 소리는 나오지 않고 연방 입술을 달싹거리는 것이 어딘지 심상치 않았다.

"왜 그러세요!" 알료샤는 갑자기 저도 모르게 몸을 부르르 떨었다.

"알렉세이 표도로비치…… 저는…… 당신은……" 이등 대위는 끊어지는 목소리로 더듬더듬 중얼거리면서, 마치 산에서 몸을 날리기로 결심한 사람과 같은 얼굴을 하고 기괴하고도 사나운 시선으로 그를 뚫어져라 쏘아보았으나, 입술은 흡사 미소라도 짓고 있는 듯했다. "저는 말입죠…… 당신은요…… 아니 그보다 어떻겠습니까, 당신에게 지금 마술을 한 가지 보여드립죠!" 그가 갑자기 빠르고도 확고한 어조로 속삭였는데, 더이상 말을 더듬지도 않았다.

"마술이라뇨?"

"마술, 바로 이런 마술 말입니다." 이등 대위는 여전히 속삭였다. 입술을 왼쪽으로 일그러뜨리고 왼쪽 눈은 실눈을 한 채, 마치 알료샤에게 시선을 못박아버린 듯 눈을 뗄 생각도 않고 줄곧 그를 응시했다.

"정말 왜 그러세요, 마술이라뇨?" 그는 이제 완전히 경악하여 소리쳤다.

"자, 이런 겁니다, 한번 보시죠!" 이등 대위는 갑자기 날카로운 쇳소리를 내질렀다.

그러더니 지금까지 얘기를 나누는 동안 내내 오른손 엄지와 검지로 한쪽 끝을 쥐고 있던 무지갯빛 지폐 두 장을 그에게 보여준 다음, 갑자기 미친듯이 맹렬하게 그것들을 움켜쥐더니 꾸깃꾸깃 난폭하게 구겨서는 오른손 주먹으로 꽉 틀어쥐었다.

"보셨냐굽쇼, 보셨냐굽쇼!" 그는 미친 사람처럼 하얗게 질려 날카로운 쇳소리로 알료샤에게 이렇게 외치더니, 갑자기 주먹을 높이 쳐들고 팔을 힘껏 휘둘러 꼬깃꼬깃 구겨진 지폐 두 장을 모래 위에 홱 내동댕이쳤다. "보셨냐 말입니다요?" 그는 손가락으로 지폐를 가리키며 또다시 쇳소리를 내질렀다. "자, 바로 이것이올시다요……!"

그러고는 갑자기 오른발을 들고 야수 같은 적의를 드러내며 구두 뒤축으로 지폐를 마구 짓밟기 시작했는데, 발길질을 할 때마다 소리를 내지르며 씨근덕거렸다.

"이게 당신네들의 돈입죠! 당신네들의 돈! 당신네들의 돈이라굽쇼! 당신네들의 돈!" 갑자기 그는 껑충 뒤로 물러서더니 알료샤 앞에 몸을 쭉 펴고 섰다. 그의 모습 전체에 이루 말할 수 없는 자부심이 넘쳐흘렀다.

"당신을 보낸 사람들한테 아뢰십시오, 수세미는 자신의 명예를 팔지 않는다굽쇼!" 그는 허공을 향해 한 손을 높이 쳐들며 소리쳤다. 그러고는 얼른 몸을 돌려 달리기 시작했으나, 다섯 걸음도 채 가지 않아 다시 온몸을 돌리고 갑자기 알료샤에게 손짓을 했다. 그러나 또다시 다섯 걸음도 가지 않아 마지막으로 한번 더 돌아보았는데, 이번에는 일그러진 미소는 온데간데없고 오히려 얼굴 전체가 온통 눈물에 젖어 떨리고 있었다. 흐느낌에 목이 메어 툭툭 끊어지는 목소리로 그가 빠르게 부르짖었다.

"우리가 당한 치욕의 대가로 당신네들로부터 돈을 받는다면 제 아들 녀석한테 뭐라고 말하겠습니까?" 이렇게 말하고는 그냥 내달리기 시작했는데, 이번에는 더이상 뒤를 돌아보지 않았다. 알료샤는 형언할 수 없는 슬픔을 느끼면서 그의 뒷모습을 바라보았다. 오, 그는 잘 알고 있었다, 저 사람도 자기가 지폐를 구겨서 내동댕이칠 줄은 마지막 순간까지 몰랐으리라. 내달리기 시작한 사람은 한 번도 뒤돌아보지 않았고, 알료샤도 그가 다시는 돌아보지 않으리라는 것을 알고 있었다. 왜 그러는지 아는 까닭에, 그를 쫓아가 부르고 싶지도 않았다. 그가 시야에서 사라졌을 때에야, 알료샤는 두 장의 지폐를 집어들었다. 지폐는 몹시 구겨지고 납작하게 눌린 채 모래 속에 묻혀 있었을 뿐 아주 멀쩡해서, 알료샤가 다시 펴서 구김살을 매만지자 새 돈처럼 바스락거리기까지 했다. 그는 지폐의 구김살을 반듯하게 편 뒤 접어서 호주머니에 넣고는, 부탁받은 일의 성과를 보고하기 위해 카체리나 이바노브나가 있는 집을 향해 걷기 시작했다.

제5편

PRO와 CONTRA*

I

언약

이번에도 호흘라코바 부인이 맨 먼저 알료샤를 맞아주었다. 그녀가 허둥대는 걸로 보아, 무슨 중대한 일이 벌어진 모양이었다. 카체리나 이바노브나의 히스테리는 결국 졸도로 끝나긴 했으나, 그다음에 "끔찍하고도 무서운 탈진 상태"가 왔다는 것이다. "자리에 눕더니 눈을 뒤집고 헛소리를 하기 시작하잖아요. 지금은 열까지 높아져서 게르첸슈투베를 부르러 사람을 보냈고 이모들도 오게 했어요. 이모들은 벌써 오셨지만, 게르첸슈투베는 아직 안 왔답니다. 다들 그분의 방에 앉아 기다리고 있어요. 꼭 무슨 일이 일어날 것만 같은데, 그분은 의식조차 없어요. 아니, 정말 열병이면 어떡하죠!"

---

* 찬(贊)과 반(反).

이렇게 외치면서 호흘라코바 부인은 정말로 겁에 질린 표정이었다. "정말 큰일이에요, 큰일!" 하고 말끝마다 덧붙이는 품이, 마치 이전에 그녀에게 일어났던 일은 죄다 아무것도 아니라는 투였다. 알료샤는 괴로운 심정으로 그녀의 말을 끝까지 들었다. 그는 방금 자신이 겪은 일을 그녀에게 설명하려 했으나, 입을 떼기 무섭게 그녀는 지금 그 얘길 듣고 있을 겨를이 없다며 그의 말을 가로막더니, 리즈 곁에 가서 앉아 자기를 기다려달라고 부탁했다.

"리즈가 말이에요, 친애하는 알렉세이 표도로비치." 그녀는 그의 귀에 입을 갖다대다시피 하고 속삭였다. "리즈가 방금 나를 이상스레 깜짝 놀라게 했지 뭐예요, 하지만 얘한테 감동받은 바도 있어서 난 마음속으로 얘의 일을 모두 용서하고 있답니다. 글쎄, 아까 당신이 나가자마자, 얘가 갑자기 진심으로 후회하기 시작하는 거예요, 어제와 오늘 당신을 골려주었다면서요. 사실 골려준 게 아니라 그냥 장난 좀 친 것뿐이죠. 그런데도 그렇게 진지하게 후회하면서 눈물까지 흘리려는 바람에, 정말 깜짝 놀랐어요. 얘는 나를 골려주면서도, 여태 한 번도 진지하게 후회한 적이 없거든요, 늘 어물쩍 농담으로 얼버무렸죠. 아시다시피, 얘는 한시가 멀다하고 날 골리잖아요. 그런데 이번엔 진지해요, 모든 게 아주 진지해졌어요. 얘는 당신 의견을 굉장히 존중해요, 알렉세이 표도로비치, 그러니 얘한테 되도록 화내지 마시고 나쁘게 생각지도 말아주세요. 나도 얘를 최대한 너그럽게 대하고 있답니다, 워낙 총명한 애니까요—그렇잖아요? 얘가 방금 그러더군요, 당신이 자기의 어릴 적 친구—'내 어린 시절의 가장 진정한 친구'라고 말이죠—글쎄 생각 좀 해보세요, 가장 진정한 친구래요, 그럼 난 뭐죠? 얘는 이것에 대해 아주 진지한 감정과 추억까지 가지고 있는데다, 무엇보다 놀라운 건, 이런 말과 단어 들이, 정말 전혀 예상치도 못한 이런 뜻밖의 말들이 애 입에서 갑자기 튀어나온다는 거예요. 얼마 전에 소나무 얘기를 할 때도 그랬어요. 애가 아주 어렸을 때 우리집 정원에 소나무가 한 그루 서 있었는데, 하긴 아마 지금도 서 있을 테니까 구태여 과거형으로 말할 필요는 없겠네요. 소나무는 사람이 아니니까 오래도록 변하지 않잖아요, 알렉세이 표도로비치. 애가 이러는 거예요. '엄마, 난 그 소나무를 꿈결처럼 기억해요'—'소나무를 꿈결처럼'*이라고요—아니, 좀 다르게 말한 것 같은데, 뭔가 복잡한 표현이었어요, '소나무'야 전혀 신통할 것 없는 단어지만, 애는 이것과 관련해 뭔가 정말로 기발한 말을 해서 내 재주로는 도저히 그대로 옮길 수가 없군요. 다 잊어버리기도 했고요. 그럼, 나중에 뵐게요, 난 너무 충격을 받아서 정말 정신이 나갈 지경이에요. 아아, 알렉세이 표도로비치, 난 전에도 두 번이나 정신이 이상해져서 치료를 받았답니다. 어서 리즈에게 가봐주세요. 애 마음을 좀 북돋워주세요, 당신이라면 그쯤이야 언제든 문제도 아니잖아요. 리즈야!" 그녀는 방문으로 다가가며 소리쳤다. "네가 그렇게 모욕을 준 알렉세이 표도로비치를 모셔왔다, 조금도 화를 내고 있지 않으셔, 정말이야, 네가 그렇게 생각하는 걸 오히려 이상하게 여기시는걸!"

"*고마워요, 엄마*, 들어오세요, 알렉세이 표도로비치."

알료샤는 안으로 들어갔다. 리즈는 왠지 당황한 표정으로 보고 있다가 갑자기 얼굴을 확 붉혔다. 뭔가 부끄러워하는 눈치였고, 이런 경우

* '소나무(сосна, 소스나)'와 '꿈결에(со сна, 소 스나)'를 가지고 한 언어유희.

언제나 그러듯이, 전혀 관계도 없는 이야기를 아주 황급히 꺼냈는데, 마치 이 순간 자기는 이 아무 상관 없는 일에만 관심 있다는 투였다.

"방금 엄마가 느닷없이 다 말해주었어요, 알렉세이 표도로비치, 그 2백 루블이랑 당신이 받은 부탁…… 그 불쌍한 장교한테 가달라는 얘기요…… 그 장교가 어떤 모욕을 당했는가 하는 그 무서운 얘기도 다 말해주었고요, 엄마 얘긴 정말 두서없고…… 늘 건너뛰지만…… 그래도 난 그 얘길 들으면서 울었어요. 그래, 어떻게, 어떻게 됐나요, 그 돈은 건네주셨나요, 그 불행한 사람은 지금 어떤가요……?"

"그게, 그게 말입니다, 건네주지 못했어요, 얘기가 길어요." 알료샤는 돈을 건네지 못한 것이 자기로서도 무엇보다 마음에 걸린다는 듯이 대답했으나, 리즈는 그 역시 옆으로 시선을 돌리면서 직접 관계없는 얘길 하려고 애쓴다는 것을 대번에 알아챘다. 알료샤는 탁자를 향해 앉아 이야기를 시작했으나, 얘기를 시작하자마자 당황한 기색은 완전히 사라지고 오히려 리즈의 주의를 온통 집중시켰다. 말하는 동안에도 조금 전에 받은 그 특별한 인상과 강렬한 감정이 여전히 남아 있었으므로, 그는 훌륭하고 상세하게 이야기할 수 있었다. 그는 옛날에 모스크바에 있을 때도, 그러니까 리즈가 아직 어렸을 때도 그녀에게 찾아와서 방금 그에게 일어난 일이나 책에서 읽은 것, 또는 자신의 어린 시절 추억을 즐겨 얘기해주곤 했다. 때로는 둘이서 함께 공상의 나래를 펴면서 온갖 얘기를 지어내기도 했는데, 대개 즐겁고 웃기는 것들이었다. 지금 그들은 둘 다 갑자기 두 해 전쯤의 예전 모스크바 시절로 되돌아간 기분이었다. 리즈는 그의 이야기에 몹시 감동했다. 알료샤가 뜨거운 감정을 담아 '일류셰치카'의 모습을 그녀 눈앞에 그려주었던 것이다. 그 불행한 사람이 돈을 마구 짓밟는 광경을 아주 자세하게 다 이야기하고 나자, 리즈는 감정을 이기지 못하고 손뼉을 탁 치면서 외쳤다.

"그럼 돈을 주지 못하셨군요, 그냥 그렇게 달아나게 했군요! 맙소사, 쫓아가서 붙잡지 그랬어요……"

"아녜요, 리즈, 쫓아가지 않길 잘했어요." 알료샤는 이렇게 말하고는 의자에서 일어나 뭔가 마음에 걸리는 게 있는 듯 방안을 이리저리 걸었다.

"잘했다뇨, 어째서 잘했다는 거죠? 이제 그 사람들은 빵이 없어 굶어 죽을 거예요!"

"죽는 일은 없을 겁니다, 이 2백 루블은 어쨌든 그 사람들 손에 들어갈 테니까요. 어차피 내일이면 이 돈을 받을 겁니다. 내일은 틀림없이 받습니다." 알료샤는 생각에 잠겨 걸음을 옮기면서 말했다. "그런데 리즈." 그가 갑자기 리즈 앞에서 걸음을 멈추고 말을 이었다. "나는 거기서 한 가지 실수를 했어요, 하지만 그 실수 때문에 오히려 일이 잘 풀리게 됐어요."

"어떤 실수이기에 더 잘됐다는 거죠?"

"왜냐하면 그는 겁이 많고 심약한 사람이거든요. 온갖 시련을 겪은 아주 착한 사람이죠. 나는 왜 그 사람이 그렇게 갑자기 화를 내면서 돈을 짓밟았을까, 지금도 계속 생각하고 있는데, 분명히 그 자신도 자기가 그 돈을 짓밟게 될 줄 맨 마지막 순간까지 몰랐기 때문일 거예요. 게다가 그 사람은 그때 여러 가지로 화가 났던 것 같아요…… 하긴 그 사람 입장에선 그럴 수밖에 없었겠죠…… 첫째, 그 사람은 내 앞에서 돈을 보고 너무 기뻐 어쩔 줄 몰라 했고, 나한테 그걸 숨기지 않은 것에 화가 났던 거예요. 만약 기뻐하긴 해도 그 정도까지는 아니었고, 그걸 그렇게 노골적으로 드러내지 않은 채 다른 사람들처럼 돈을 받으면서 점잔을 빼고 얼굴이라도 찌푸렸다면, 그냥 꾹 참고 받아넣을 수 있었겠죠. 하지만 이미 너무 솔직하게 기뻐해버린 뒤라 바로 그 때문에 화가 난 거예요. 아, 리즈, 그는 정말 솔직하고 착한 사람인데, 이런 일에서는 바로 그게 모든 불행의 원인이 된답니다! 아까 그 사람은 말하는 내내 목소리가 아주 약하고 기운이 없었어요, 굉장히 빨리 말했고, 왠지 연방 히히거리며 웃는가 하면 갑자기 울기도 하고…… 정말 울었어요, 그만큼 황홀했던 거지요…… 그러면서 딸들 얘기도 했고…… 다른 도시에 가면 자기에게 일자리를 줄 거라는 얘기도 했어요…… 그렇게 자기 가슴속을 모두 털어놓자마자, 나한테 그렇게 자기 가슴속을 다 보여줬다는 게 갑자기 부끄러워진 겁니다. 그래서 나를 이제 증오하게 된 거죠. 그는 끔찍이도 부끄러움을 잘 타는 가난한 사람에 속합니다. 하지만 제일 중요한 건, 나를 너무 빨리 자기 친구로 받아들이고 너무 빨리 자신을 내줬다는 데 스스로 모욕을 느꼈다는 거예요. 나한테 덤벼들고 위협해대다가 돈을 보자 갑자기 나를 껴안으려고 들었거든요. 그는 정말 나를 껴안고 손으로 연방 건드리기까지 했어요. 바로 자신의 그런 모습에서 이 모든 굴욕을 느낀 게 분명해요. 그런데 마침 그때 내가 그만 그 실수를, 아주 중대한 실수를 저지르고 만 거예요. 만약 다른 도시로 이사하는 데 돈이 부족하다면 돈을 더 받을 수도 있고 내가 가진 돈에서 필요한 만큼 얼마든지 내줄 수 있다고 불쑥 말해버렸거든요. 이 말에 그 사람은 갑자기 큰 충격을 받은 겁니다. 왜 너까지 날 돕겠다고 나서느냐, 이거죠. 말이에요, 리즈, 모욕을 받은 사람은 사람들이 다들 무슨 은인이나 되는 듯이 자기를 바라보기 시작하면 정말 지독하게 괴로운 노릇이거든요…… 그렇다고 들었어요, 장로님께서도 말씀해주셨지요. 어떻게 표현해야 할지 모르겠지만, 나도 종종 그런 경우를 보았답니다. 그리고 나 자신도 똑같은 느낌을 받을 때가 있고요. 하지만 중요한 건, 지폐를 짓밟게 될 줄 그가 비록 맨 마지막 순간까지 몰랐다 해도, 그걸 예감은 하고 있었다는 거예요, 틀림없이 그래요. 그렇기 때문에 그토록 황홀해했던 거죠, 그런 예감이 있었으니까…… 이 모든 게 정말 고약하게 되긴 했지만, 어쨌든 잘된 거예요. 심지어 아주 잘됐다고까지 생각해요, 더 좋을 수 없을 만큼……"

"어째서, 어째서 더 좋을 수 없을 만큼 잘됐다는 거죠?" 리즈가 깜짝 놀라 알료샤를 쳐다보면서 외쳤다.

"왜냐하면 리즈, 만약 그 사람이 돈을 짓밟지 않고 그냥 받았다면, 집에 돌아간 지 한 시간도 안 돼 자신의 굴욕에 대해 울음을 터뜨릴 거예요, 틀림없이 그럴 겁니다. 울음을 터뜨리고는 내일 날이 밝기 무섭게 나한테 와서 지폐를 내던지고 아마도 아까처럼 마구 짓밟을 테죠. 하지만 지금 그는 '자기 신세를 망쳐버렸다'는 걸 잘 알면서도 더없이 자부심에 넘쳐 의기양양하게 돌아갔지 않습니까. 그러니 당장 내일이라도 이 돈 2백 루블을 받게 하는 것쯤은 정말 아무 일도 아닙니다, 왜냐하면 그는 이미 자기가 명예를 아는 인간임을 입증해 보였고, 돈을 내동댕이치고 짓밟았으니까요…… 그렇게 짓밟으면서 그는, 내가 내일 돈을 자기에게 다시 가져오리라는 건 생각도 못했겠지요. 하지만 그 사람한텐 이 돈이 정말 죽도록 필요하거든요. 지금이야 자랑스럽겠지만, 벌써 오늘 중에라도 자기가 어떤 도움을 내쳤는지 생각하게 될 겁니다. 밤엔 그 생각이 더욱더 강해져서 꿈까지 꾸겠죠, 아마 내일 아침이면 나한테 달려와 용서라도 빌고 싶은 심정이 될 겁니다. 바로 그때 내가 나타나서, '정말 당신은 당당하신 분입니다, 그걸 증명해 보이셨으니, 자, 이제 이걸 받으시고 우리를 용서해주십시오' 하고 말하는 거예요. 그러면 바로 그 자리에서 받을 겁니다!"

알료샤는 "그러면 바로 그 자리에서 받을 겁니다!" 하고 어떤 희열마저 느끼면서 말했다. 리즈가 손뼉을 탁 쳤다.

"아, 맞아요, 아, 난 이제야 갑자기 그게 이해돼요! 아, 알료샤, 당신은 어떻게 그걸 죄다 아세요? 이렇게 젊은 분이 사람 마음속을 다 알다니…… 나라면 그건 정말 생각도 못했을 텐데……"

"이제 중요한 건, 그 사람이 비록 우리한테서 돈을 받긴 해도 우리 모두와 대등한 위치라는 걸 확신시키는 일이에요." 여전히 희열에 들떠서 알료샤가 말을 이었다. "대등할 뿐 아니라 더 높은 위치에 있다는 걸요……"

"'더 높은 위치'라니—정말 멋져요, 알렉세이 표도로비치, 아니 말씀하세요, 말씀하세요!"

"그러니까 표현이 좀 잘못된 것 같군요…… 더 높은 위치라고 한 건…… 하지만 그건 아무것도 아니에요, 왜냐하면……"

"아, 아무것도 아녜요, 아무것도, 물론 아무것도 아녜요! 용서하세요, 알료샤, 제발…… 있잖아요, 난 지금까지 당신을 별로 존경하지 않았거든요…… 그야 존경하긴 했지만 어디까지나 대등한 위치에서였는데, 이젠 더 높은 위치에 있는 분으로 존경하겠어요…… 제발 '비아냥거린다고' 화내지 마세요." 그녀는 곧 격정적으로 덧붙였다. "나는 우스꽝스럽고 어린 여자애에 지나지 않지만, 당신은, 당신은…… 들어보세요, 알렉세이 표도로비치, 우리의, 그러니까 당신의…… 아니, 그래도 우리라고 하는 게 낫겠군요, 그러니까 우리의 이 모든 판단에는…… 그 사람에 대한, 그 불행한 사람에 대한 경멸이 들어 있지 않을까요…… 지금 우리가 그 사람의 영혼을 마치 위에서 내려다보듯 이렇게 해부하고 있는 데는 말이죠, 네? 우린 지금 그 사람이 돈을 받을 거라고 단정지었잖아요, 네?"

"천만에요, 리즈, 경멸이라뇨." 이 질문에 벌써 대비하고 있었다는 듯, 알료사가 확고한 어조로 대답했다. "여기로 오면서 이미 그 생각을 해보았습니다. 잘 판단해보세요, 우리 자신이 그 사람과 똑같은 인간인데, 모두가 그와 똑같은 사람인데, 경멸이라뇨. 우리도 똑같은 사람들이거든요, 더 나을 게 없어요. 설령 더 낫다 해도, 그 사람 처지에 놓이게 되면 똑같아질 겁니다…… 리즈, 당신은 어떨지 모르지만, 나는 자신이 여러모로 옹졸한 영혼의 소유자라고 생각합니다. 하지만 그는 옹졸하긴커녕 오히려 몹시 섬세한 영혼을 지닌 사람이에요…… 아뇨, 리즈, 여기에 그 사람에 대한 경멸 같은 건 조금도 있을 수 없어요! 아세요, 리즈, 장로님께서 한번은 이런 말씀을 하셨어요, 사람들을 늘 어린아이처럼 보살펴야 하고 어떤 사람들은 병원의 환자들처럼 돌보아야 한다고……"

"아, 알렉세이 표도로비치, 아, 사랑스러운 분, 우리 함께 사람들을 환자처럼 돌보기로 해요!"

"그럽시다, 리즈, 나도 그럴 각오예요, 다만 나 자신이 아직 준비가 완전하진 못해요. 어떤 땐 참을성이 너무 없고, 어떤 땐 사리를 판단하는 눈이 없거든요. 하지만 당신은 달라요."

"아이, 그럴 리가요! 알렉세이 표도로비치, 난 너무 행복해요!"

"당신이 그렇게 말해주니 정말 좋군요, 리즈."

"알렉세이 표도로비치, 당신은 깜짝 놀랄 만큼 좋은 분이지만, 때로는 현학적인 것도 같은데…… 가만히 보면 전혀 현학적이지 않아요. 저 문가로 좀 가봐주세요, 문을 살짝 열고 좀 봐주세요, 엄마가 엿듣진 않는지." 갑자기 리즈가 무슨 일인지 초조하고 다급하게 소곤거렸다.

알료샤는 가서 문을 조금 열어보고 나서 아무도 엿듣지 않는다고 전했다.

"이리 가까이 오세요, 알렉세이 표도로비치." 리즈가 점점 더 얼굴을 붉히며 말을 이었다. "손을 주세요, 네, 그렇게요. 잘 들어주세요, 당신한테 커다란 고백을 해야 하니까요. 어제 그 편지, 장난으로 쓴 게 아니고 진심이에요……"

그러면서 그녀는 한 손으로 자신의 눈을 가렸다. 고백하기가 몹시 부끄러운 모양이었다. 갑자기 그녀는 그의 손을 꼭 쥐고 세 번씩이나 열정적으로 입을 맞추었다.

"아, 리즈, 이건 정말 멋진데요." 알료샤가 기뻐하며 외쳤다. "난 사실 당신이 진심으로 썼다는 걸 아주 확신하고 있었거든요."

"확신했다고요, 어쩜 정말!" 그녀는 갑자기 그의 손을 입가에서 밀어냈으나 여전히 손을 잡은 채 얼굴이 홍당무처럼 빨개지면서, 짧게 끊어지는 웃음소리를 내며 행복하게 웃었다. "내가 손에다 입을 맞춰줬는데, 이이가 고작 한다는 말이 '정말 멋진데요'라뇨." 하지만 그녀의 책망은 온당치 못했다. 알료샤 또한 몹시 당황하고 있었기 때문이다.

"나는 늘 당신 마음에 들고 싶지만, 리즈, 어떻게 해야 하는지 모르겠어요." 간신히 이렇게 중얼거리면서 그도 얼굴을 붉혔다.

"알료샤, 있잖아요, 당신은 정말 냉정하고 뻔뻔해요. 아시느냐굽쇼. 맘대로 날 신붓감으로 정해놓고 그렇게 마음 턱 놓고 있었으니 말이에요! 내가 진심으로 써 보낸 편지라고 확신하고 있었다니, 어떻게 그럴 수가! 이건 너무 뻔뻔하잖아요—정말 그래요!"

"내가 확신하고 있었다는 게 그렇게 나쁜가요?" 알료샤가 갑자기 웃음을 터뜨렸다.

"아, 알료샤, 정반대예요, 너무너무 좋아요." 리즈가 상냥한 눈길로 행복하게 그를 바라보았다. 알료샤는 여전히 한 손을 그녀에게 내맡긴 채 서 있었다. 그러다 갑자기 몸을 숙여 곧바로 그녀의 입술에 입을 맞추었다.

"이건 또 뭐예요? 왜 그러세요?" 리즈가 소리쳤다. 알료샤는 완전히 당황하고 말았다.

"어어, 그게 아니라면…… 용서하세요. 내가 정말 바보 같은 짓을 했나보군요…… 나더러 냉정하다고 하기에 그만 갑자기 입맞춤을 한 건데…… 아무래도 바보같이 돼버렸군요……"

리즈는 깔깔대고 웃음을 터뜨리며 두 손으로 얼굴을 가렸다.

"더구나 그런 옷차림으로!" 웃음 사이로 그녀의 입에서 이런 말이 튀어나왔으나, 그녀는 갑자기 웃음을 멈추고 엄숙하리만큼 자못 진지해졌다.

"이봐요, 알료샤, 입맞춤은 좀더 기다리기로 해요, 우린 둘 다 아직 그런 걸 할 줄 모르잖아요, 우린 아직 아주 오래 기다려야 해요." 그녀는 갑자기 이렇게 결론지었다. "그보다 얘기해주세요, 당신같이 똑똑하고 사려 깊고 날카로운 눈을 가진 사람이 왜 나 같은 이런 바보를, 병든 멍청이를 택했나요? 아, 알료샤, 난 죽을 만큼 행복해요, 난 당신의 선택을 받을 자격이 없거든요!"

"당신은 자격이 충분해요, 리즈. 난 며칠 안으로 수도원에서 아주 나올 겁니다. 속세로 나오면 혼인해야 해요, 그건 나도 알아요. 그분도 내게 그렇게 명하셨거든요. 그런데 당신보다 훌륭한 사람을 어디서 구하며…… 당신 말고 누가 날 선택해주겠어요? 나는 이 문제를 이미 곰곰 생각해봤어요. 첫째, 당신은 나를 어릴 적부터 잘 알고 있고, 둘째, 당신에겐 내가 전혀 갖지 못한 능력이 아주 많아요. 당신은 나보다 명랑한 마음을 지녔어요. 무엇보다 당신은 나보다 순결해요, 난 이미 많은 것을, 아주 많은 것을 접했거든요…… 아, 당신은 잘 모르겠지만, 나도 어쨌든 카라마조프잖아요! 당신이 웃어대고 놀려대는 게 어때서요, 나에 대해서도 마찬가집니다. 오히려 얼마든지 웃어주세요, 난 그게 정말 기쁘니까…… 하지만 당신은 어린 소녀처럼 웃고 있어도 속으로는 순교자 같은 생각을 하고 있어요……"

"순교자 같다고요? 무슨 말이죠?"

"그래요, 리즈, 바로 조금 전에 당신이 물었죠. 우리가 그 불행한 사람의 영혼을 그렇게 해부할 때 우리에게 그 사람을 경멸하는 마음이 숨어 있는 게 아니냐고요—이건 순교자가 던질 법한 질문이에요…… 말이죠, 정말 나는 이걸 제대로 표현할 줄 모르지만, 그런 질문을 떠올릴 수 있는 사람은 스스로 고난을 견딜 능력을 지닌 사람입니다. 그렇게 안락의자에 앉아 있으면서 당신은 분명 지금도 많은 생각을 거듭했겠지요……"

"알료샤, 손을 이리 줘보세요, 왜 손을 빼내시죠?" 리즈가 행복에 겨워 힘이 빠지고 왠지 누그러진 듯한 목소리로 가냘프게 말했다. "있잖아요, 알료샤, 수도원을 나오면 뭘, 어떤 옷을 입으실 거예요? 웃지 마세요, 화도 내지 말고요. 이건 나한테 아주아주 중요하거든요."

"옷에 대해선, 리즈, 아직 생각해보지 않았지만, 당신이 좋다는 대로 입지요."

"난 당신이 짙은 푸른색 우단 재킷과 하얀 피케 조끼에다 부드러운 회색 털모자를 썼으면 좋겠어요…… 그런데 말해봐요, 아까, 어제 그 편지가 진심이 아니었다고 말했을 때, 당신은 정말 내가 당신을 사랑하지 않는다고 믿으셨나요?"

"아뇨, 믿지 않았어요."

"오, 정말 참을 수 없는 사람, 구제불능이셔!"

"말이죠, 난 당신이 나를…… 사랑하는 눈치라는 걸 알고 있었지만, 나를 사랑하지 않는다는 말을 믿는 척했던 거예요, 그래야 당신 마음이…… 더 편할 듯싶어서……"

"그건 더 나빠요! 제일 나쁘지만, 또 제일 좋아요. 알료샤, 나는 당신을 정말 지독하게 사랑해요. 아까 난 당신이 오시는 걸 기다리면서 점을 쳤죠. 그 사람에게 어제의 그 편지를 돌려달라고 하자, 만약 태연하게 그걸 꺼내 나한테 돌려준다면(언제든지 그럴 수 있는 사람이니까), 그건 그가 날 전혀 사랑하지 않고 아무것도 느끼지 못하는, 그저 둔하고 그럴 가치도 없는 소년에 지나지 않으며, 나는 영영 파멸한 거다, 라고 말이에요. 하지만 편지를 수도원에 두고 오셨다기에, 얼마나 기쁘던지. 내가 편지를 돌려달라고 할 것 같아서, 내놓지 않으려고 일부러 암자에 두고 오신 거 맞죠? 그런 거죠? 정말 그렇죠?"

"오, 리즈, 천만에요, 그 편지는 지금도 나한테 있고, 아까도 여기 이 호주머니에 들어 있었어요, 자, 보세요."

알료샤는 웃으면서 편지를 꺼내 멀찌감치 떨어져 그녀에게 보여주었다.

"다만 돌려주진 않을 테니, 내 손에다 두고 보시죠."

"뭐라고요? 그럼 아까는 거짓말을 한 건가요? 수도사가 거짓말을 해요?"

"거짓말을 한 셈이죠." 알료샤도 웃었다. "당신한테 편지를 내주기 싫어서 거짓말을 했어요. 나한테 아주 소중한 거니까요." 그는 갑자기 강렬한 감정을 담아 이렇게 덧붙이면서 또다시 얼굴을 붉혔다. "영원토록 그럴 테니, 난 이걸 누구한테도 절대 내주지 않을 겁니다!"

리즈는 환희에 넘쳐 그를 바라보았다.

"알료샤." 그녀는 다시 더듬거리며 말했다. "문가에서 좀 살펴봐줘요, 혹시 엄마가 엿듣지 않나요?"

"좋아요, 리즈, 살펴보죠, 다만 보지 않는 편이 더 낫지 않을까요, 네? 왜 당신 어머니가 그런 비열한 짓을 할 거라고 의심해야 하죠?"

"비열한 짓이라뇨? 뭐가 비열한데요? 이건 엄마가 딸이 걱정돼서 엿듣는 거예요, 그러니 이건 엄마의 권리지, 비열한 게 아니라고요." 리즈가 발끈했다. "잘 알아두세요, 알렉세이 표도로비치, 나도 앞으로 엄마가 돼서 나 같은 딸을 두게 되면 딸을 위해 반드시 엿들을 거니까."

"정말인가요, 리즈? 그건 좋지 못해요."

"아이, 맙소사, 뭐가 비열하다는 거죠? 흔히들 하는 무슨 세상 얘길 엿듣는다면야 비열한 짓이지만, 친딸이 젊은 남자랑 단둘이 문을 닫아걸고 방안에 들어앉아 있는데…… 이봐요, 알료샤, 잘 알아두시라고요, 혼례를 올리기만 하면 나는 당신이 하는 일도 감시할 거예요, 당신 편지도 죄다 뜯어서 읽을 테니 그것도 알아두세요…… 미리 알려드리는 거니까……"

"그러죠, 물론, 정 그렇다면……" 알료샤가 중얼거렸다. "다만 그건 좋지 않아요……"

"아이, 그렇게 경멸스럽다는 건가요? 알료샤, 제발 우리 처음부터 싸우진 말기로 해요—차라리 내가 당신한테 솔직하게 다 얘기하죠, 엿듣는 건 물론 아주 추한 짓이에요, 그리고 물론 내가 그르고 당신이 옳아요. 다만, 그래도 난 엿들을 거예요."

"그러시죠. 나한테선 몰래 알아낼 만한 게 전혀 없을 테지만." 알료샤가 웃음을 터뜨렸다.

"알료샤, 나에게 복종하실 건가요? 이것도 미리 분명하게 해둬야 해요."

"아주 기꺼이, 리즈, 그리고 반드시 그러죠, 다만 가장 중요한 일에서는 아니에요. 가장 중요한 일에서는 당신이 나한테 동의하지 않더라도 의무가 내게 명하는 대로 하겠습니다."

"그건 그러셔야죠. 그럼 이제 당신도 알고 계세요, 난 반대로 가장 중요한 일은 물론이고 무슨 일이든 당신에게 양보할 거예요, 지금 당신에게 맹세하겠어요—무슨 일이든, 한평생." 리즈는 열정적으로 외쳤다. "그것도 행복을, 행복을 느끼면서 말이에요! 그뿐만 아니라 맹세코, 나는 절대로 당신 말을 엿듣지 않겠고, 단 한 번도, 단 한 통도, 절대로 당신 편지를 몰래 읽지 않을 거예요. 당신이 옳고 나는 그렇지 못하니까요. 엿듣고 싶어 죽을 지경이겠지만, 그건 나도 잘 알아요. 그래도 절대로 그러지 않겠어요. 점잖지 못한 짓이라고 당신이 생각하시니 말이죠. 이제 당신은 나의 하느님과도 같거든요…… 그런데 알렉세이 표도로비치, 이 며칠 내내, 어제도 오늘도, 왜 그리 슬퍼하고 계시죠. 어수선하고 불행한 일들이 있다는 건 알지만, 그것 말고도 무슨 특별한 슬픔이 있나본데, 아마도 비밀로 해야 하는가보죠, 네?"

"그래요, 리즈, 비밀로 해야 하는 슬픔도 있어요." 알료샤가 슬프게 말했다. "그걸 알아챈 걸 보니 당신은 나를 사랑하시는군요."

"어떤 슬픔이죠? 무슨 일인데요? 말해주시면 안 되나요?" 조심스레 애원하듯 리즈가 말했다.

"나중에 말씀드리죠, 리즈…… 나중에……" 알료샤가 곤혹스러워했다. "지금은 아마 이해되지 않을 겁니다. 게다가 나도, 아마 나 자신도 제대로 말로 설명할 수 없을 테고요."

"알아요, 그 밖에도, 형들과 아버지 때문에 괴로우신 거죠?"

"예, 형들 일도." 생각에 잠긴 듯이 알료샤가 말했다.

"난 당신 형 이반 표도로비치가 싫어요." 리즈가 불쑥 말했다.

알료샤는 적이 놀랐으나, 그 말에 뭐라고 대꾸하지는 않았다.

"형들은 자신을 파멸시키고 있어요." 그가 말을 계속했다. "아버지도 마찬가지고요. 자기 자신과 함께 다른 사람들까지 파멸시키고 있어요. 여기엔 요전에 파이시 신부님이 말씀하신 대로 '카라마조프적인 대지의 힘'—광포하고 다듬어지지 않은 대지의 힘이 날뛰고 있는 거지요…… 과연 이 힘 위에 하느님의 뜻이 작용하고 있는지—그것조차 나는 모르겠군요. 내가 아는 건 다만, 나 자신도 카라마조프라는 겁니다…… 나는 수도사, 수도사죠? 내가 수도사인가요, 리즈? 당신이 방금 나더러 수도사라고 한 것 같은데요?"

"네, 그렇게 말했어요."

"그렇지만 그런 내가 어쩌면 하느님을 믿지 않는지도 모릅니다."

"당신이 믿지 않는다고요, 무슨 말씀이세요?" 리즈가 조용하고 조심스럽게 말했다. 그러나 알료샤는 그 말에 대답하지 않았다. 여기에는, 너무도 갑작스러운 그의 이 말에는, 뭔가 너무도 불가사의하고 너무도 주관적인 것이, 어쩌면 그 자신에게도 분명치 않지만 이미 전부터 그를 의심할 나위 없이 괴롭혀온 무엇이 들어 있었다.

"그런데다 지금, 나의 친구가 세상을 뜨시는 중이에요, 세상에서 제일가는 분이 이 땅을 떠나려 하고 계세요. 당신이 아신다면, 리즈, 당신이 아신다면, 내가 이분과 영적으로 얼마나 굳게 연결되어 있는지, 얼마나 굳게 결합되어 있는지! 이제 나는 홀로 남게 될 겁니다…… 나는 당신에게 오겠어요, 리즈…… 앞으로 우리는 함께 있는 거예요……"

"네, 함께 있어요, 함께! 이제부터는 언제나 함께하는 거예요, 평생토록! 자, 입맞춰주세요, 허락할게요."

알료샤는 그녀에게 입을 맞추었다.

"그럼 이제 가보세요. 그리스도께서 당신과 함께하시길! (그러면서 그녀는 그에게 성호를 그어주었다.) 어서 그분께 가보세요, 아직 살아 계실 때요. 당신을 붙잡아두다니 내가 너무 잔인했던 것 같아요. 오늘 그분과 당신을 위해 기도하겠어요. 알료샤, 우린 행복할 거예요! 행복할 거예요, 그렇죠?"

"그렇게 될 거예요, 리즈."

리즈의 방을 나온 그는 호흘라코바 부인에게 들르지 않는 편이 낫다고 생각해 작별인사도 하지 않고 곧장 밖으로 나설 참이었다. 그러나 문을 열고 계단으로 나오자마자, 갑자기 어디서 나타났는지 호흘라코바 부인이 몸소 그의 앞에 서 있었다. 부인의 첫마디를 듣자 알료샤는 그녀가 여기서 일부러 자신을 기다리고 있었다는 것을 짐작했다.

"알렉세이 표도로비치, 이건 끔찍하군요. 이건 철부지들 장난이고, 죄다 실없는 소리라고요. 설마 당신이 그따위 허튼 꿈을 꾸시진 않을 테죠…… 어리석은 일이에요, 어리석어, 정말 어리석어요!" 그녀가 그에게 대들었다.

"제발 그녀에게만은 그런 말씀 마세요." 알료샤가 말했다. "그러면 몹시 흥분할 테고, 지금 그녀에겐 그게 아주 해로우니까요."

"분별 있는 젊은 양반의 분별 있는 말로 들리는군요. 당신이 그애의 말에 동의한 건 그저 그애가 아픈 몸이라는 걸 동정해 그애 신경을 건드리지 않으려고 아무 반박도 하지 않은 거라고 이해해도 될까요?"

"오, 아닙니다, 절대로 아닙니다, 저는 어디까지나 진지한 마음으로 그녀와 이야기한 겁니다." 알료샤가 단호하게 선언했다.

"진지한 마음이란 여기서 가당치도 않거니와 생각도 할 수 없어요, 그리고 첫째, 나는 이제 당신을 다시는 우리집에 들이지 않겠고, 둘째, 나는 그애를 데리고 여길 떠날 테니, 그리 아세요."

"도대체 왜 그러시죠?" 알료샤가 말했다. "이건 아직 먼 훗날의 일이고, 아마 일 년 반은 더 기다려야 할 텐데요."

"아이고, 알렉세이 표도로비치, 그야 물론 맞는 말씀이지요, 그 일 년 반 동안 당신은 그애와 천 번은 싸우고 헤어지겠죠. 하지만 난 너무 불행해요, 너무 불행해요! 이 모든 게 실없는 장난이라 해도, 내겐 정말 치명타였어요. 지금 나는 마지막 장면의 파무소프 꼴이에요, 당신은 차츠키, 그앤 소피야인 셈이죠.* 한번 생각해보세요, 나는 당신을 만나려고 일부러 여기 이 계단으로 달려나온 거예요, 그 연극에서도 숙명적인 사건들은 죄다 계단에서 일어나잖아요. 나는 죄다 들었어요, 정말 쓰러질 지경이었죠. 그러니까 간밤 내내 벌인 그 끔찍한 소동도, 요 며칠 간의 온갖 히스테리도 이제야 설명이 되는군요! 딸년의 사랑이 어미에겐 죽음이라더니. 그대로 관속에 드러누울 지경이에요. 이제 또하나, 이건 가장 중요한 거예요, 그애가 당신에게 쓴 편지란 게 대체 뭐죠, 당장 보여줘요, 당장!"

"아뇨, 그럴 수 없습니다. 카체리나 이바노브나의 건강이 어떤지나 말씀해주시지요, 꼭 알아야 하니까요."

"여전히 헛소리를 하며 누워 있어요, 아직 의식이 돌아오지 않았어요. 이모들이 여기 와 있지만 그저 아, 아 하고 한숨만 내쉬면서 나한테 거드름을 피우고 있답니다. 게르첸슈투베도 왔는데 어찌나 겁을 집어먹고 쩔쩔매던지, 도리어 내가 그 사람을 어떻게 해야 할지, 어떻게 구해줘야 할지 알 수 없어서 의사를 부르려고까지 했다니까요. 결국 내 마차에 태워 돌려보냈죠. 이런 와중에 설상가상으로 갑자기 당신까지 그 편지를 가지고 이러니. 하긴, 이건 다 아직 일 년 반 뒤의 일이긴 하

* 그리보예도프의 희극 〈지혜의 슬픔〉에 나오는 인물들.

죠. 모든 위대하고 거룩한 것의 이름으로, 임종을 앞두신 당신 장로님의 이름으로 나한테 그 편지를 보여주세요, 알렉세이 표도로비치, 나는 그애 어미잖아요! 뭣하면 손가락으로 편지를 잡고 계세요, 당신 손에 두고 그냥 읽어보기만 할 테니."

"아뇨, 보여드리지 않겠습니다, 카체리나 오시포브나, 설령 그녀가 허락한다 해도 제가 보여드리지 않겠습니다. 내일 다시 올 테니, 원하신다면 그때 여러 얘기를 나누도록 하죠, 지금은—이만 실례하겠습니다!"

그러고서 알료샤는 계단에서 거리로 달려나갔다.

II
기타를 든 스메르쟈코프

사실 그는 시간이 없기도 했다. 리즈와 작별인사를 나눌 때부터 그의 머릿속에는 한 가지 생각이 번뜩였다. 다름아니라, 그를 피해 몸을 숨기고 있는 게 분명한 드미트리 형을 어떻게 하면 지금 가장 교묘하게 붙잡을 수 있을까 하는 것이었다. 시간도 이미 이르지 않아 오후 두 시를 넘긴 때였다. 알료샤의 마음은 수도원에서 세상을 뜨고 계신 그의 '위대하신 분'께로 온통 달려가고 있었으나, 드미트리 형을 만나야겠다는 욕구가 모든 것을 압도하고 말았다. 피할 수 없는 끔찍한 파국이 반드시 일어날 거라는 확신이 알료샤의 머릿속에서 시시각각 커져가고 있었기 때문이다. 그 파국의 실체가 무엇이고 지금 이 순간 형에게 무슨 말을 하려는 건지는 아마 그 자신도 명확히 규정할 수 없었을 것이다. '내가 없는 동안 나의 은인이 돌아가신다 해도, 적어도 내가 능히 구해줄 수 있었는데도 구하지 않고 그냥 지나쳐 집으로 총총히 돌아갔다는 것 때문에 평생 자신을 책망하지는 않아도 될 테지. 이렇게 하는 게 그분의 위대하신 말씀을 따르는 것이리라……'

그의 계획이란 드미트리 형을 불시에 붙잡는 것이었는데, 그러기 위해 어제처럼 그 바자울을 뛰어넘어 정원으로 들어가서 몰래 그 정자에 앉아 있을 작정이었다. '형이 거기 없으면,' 하고 알료샤는 생각했다. '포마한테도 집주인 모녀한테도 알리지 말고, 정자에 숨어서 저녁때까지라도 기다리는 거다. 형이 저번처럼 그루센카가 오나 망을 보고 있다면, 반드시 정자에도 나타나겠지……' 세부적인 계획에 대해서는 그다지 많이 생각해보지도 않고, 알료샤는 비록 오늘 중으로 수도원에 돌아가지 못하는 한이 있어도 이 계획을 실행하기로 결심했다……

모든 것이 아무 탈 없이 잘 되어갔다. 그는 어제와 거의 같은 곳에서 바자울을 넘어 살금살금 정자 안으로 들어갔다. 아무한테도 들키지 말았으면 하는 마음이었다. 주인 노파도 포마도(만일 그가 거기 있다면) 형의 편을 들면서 형의 지시를 따르고 있을 법하므로, 알료샤를 정원으로 들여놓지 않거나, 형에게 그를 찾느라 수소문하고 있다는 걸 제깍 알려줄지도 모를 일이었다. 정자에는 아무도 없었다. 알료샤는 어제 앉았던 자리에 앉아 기다리기 시작했다. 정자 안을 둘러보니, 왠지 어제보다 훨씬 더 낡아 보이는 것이, 이번에는 그야말로 폐물 덩어리 같은 느낌이었다. 그러나 날씨만큼은 어제 못지않게 청명했다. 녹색 탁자 위에는 분명 어제 철철 넘치게 따른 코냑 잔 때문에 생긴 듯한 조그만 동그라미가 찍혀 있었다. 지루하게 사람을 기다릴 때면 으레 그렇듯이, 일에 아무 도움이 되지 않는 부질없는 상념들이 그의 머릿속으로 기어들었다. 예컨대, 지금 여기에 들어와서 왜 하필이면 어제와 똑같은 자리에 앉았을까? 왜 다른 자리에 앉지 않은 걸까? 따위의 생각이었다. 마침내 그는 몹시 서글픈 기분이 들었는데, 불안에 찬 불명不明에서 오는 서글픔이었다. 그러나 앉은 지 십오 분도 채 지나지 않아, 갑자기 어딘가 아주 가까이서 기타 치는 소리가 들려왔다. 그가 있는 자리에서 고작 스무 걸음 정도밖에 떨어지지 않은 곳, 관목 덤불 어딘가에 사람들이 전부터 앉아 있었거나 아니면 방금 막 누가 와서 앉은 듯했다. 알료샤는 어제 형과 헤어져 정자를 나설 때 울타리 옆 왼쪽의 관목 덤불 사이로 낡고 나지막한 녹색의 정원용 벤치가 보이던 게, 아니 눈앞에 언뜻 비치는 듯했던 게 갑자기 기억났다. 그러니까 그 벤치에 지금 손님들이 자리잡고 앉은 것이다. 대체 누구일까? 갑자기 남자 목소리 하나가 직접 기타 반주를 넣으면서 달착지근한 가성으로 노래 한 절을 부르기 시작했다.

억누를 길 없는 힘으로
나는 그 임만을 사모하노라,
주여 부디 어여삐 여기소서,
그녀와 나를!
그녀와 나를!
그녀와 나를!

목소리가 멎었다. 상스러운 테너인데다, 노랫가락을 꺾는 품도 상스러웠다. 그러자 또다른 목소리, 이번엔 여자 목소리가 갑자기 교태를 부리며 수줍은 듯, 하지만 꽤나 새침을 떨면서 말했다.

"왜 그렇게 오랫동안 저희 집에 안 오시죠, 파벨 표도로비치, 왜 그렇게 늘 저희를 업신여기세요?"

"천만의 말씀입죠." 남자의 목소리는 정중하게 대답하면서도 무엇보다 자신의 집요하고도 굳건한 위엄을 과시하고 있었다. 보아하니 남자가 우위에 있고,* 여자는 아양을 떨고 있었다. '저 남자는—저건 스메르쟈코프 같은데.' 알료샤는 생각했다. '적어도 목소리로 봐서는 그래, 여자는—틀림없이 모스크바에서 온 이 집 여주인의 딸일 거야, 치렁치렁한 꼬리가 달린 옷을 입고 마르파 이그나치예브나에게 수프를 얻으러 다니는 그 여자……'

"저는 시라면 뭐든 지독히 좋아요, 제대로 지은 거라면요." 여자 목소리가 말을 이었다. "왜 계속하지 않으세요?"

목소리가 다시 노래를 부르기 시작했다.

황제의 왕관 같은—
내 사랑하는 임 부디 안녕히.
주여 부디 어여삐 여기소서
그녀와 나를!
그녀와 나를!

---

* 그러나 파벨 표도로비치, 즉 스메르쟈코프는 여기서도 자신의 '슬로보예르스'를 버리지 못한다.

그녀와 나를!

"지난번이 더 좋았어요." 여자 목소리가 지적했다. "그땐 왕관 대목에서 '내 아리따운 임 부디 안녕히'라고 부르셨잖아요. 그게 더 상냥하게 들리는데, 오늘은 아마 잊으셨나봐요."

"시라는 건 헛소리입니다요." 스메르자코프가 딱 잘라 말했다.

"아이, 아네요, 저는 시가 너무 좋아요."

"시라고들 하지만 말입죠, 본질적으로는 헛소리일 뿐입니다요. 잘 생각해보시죠, 운을 맞춰 말하는 사람이 세상에 어딨습니까? 설령 정부 당국에서 그런 지시를 내린다 해도, 만약 우리가 지시대로 모두 운을 맞춰 말하게 된다면, 어디 제대로 말이나 좀 하겠습니까요? 시라는 건 무용지물입니다, 마리야 콘드라치예브나."

"어쩜 당신은 모든 방면에 그렇게 똑똑하세요, 어쩜 그렇게 모든 것에 통달하셨대요?" 여자 목소리는 더욱더 교태를 부렸다.

"아주 어렸을 때부터 내 운명이 이렇지만 않았다면, 이보다 더 많은 걸 할 수 있고 말입죠, 더 많은 걸 알고 있을 겁니다요. 스메르자샤야의 배 속에서 아비 없이 태어난 자식이라고 날 더러운 놈이라 말하는 놈들이 있다면, 결투를 해서 그놈을 권총으로 쏴 죽여버리고 싶은데, 모스크바에서도 내 눈을 똑바로 쳐다보며 그런 소릴 내뱉는 놈들이 있더라굽쇼, 그리고리 바실리예비치 덕분에 여기서 거기까지 소문이 쫙 퍼졌기 때문입지요. 그리고리 바실리예비치는 내가 내 출생을 저주한다고 야단을 퍼부으면서, '네놈이 그 여자의 태를 열고 나온 거야'*라고 한답니다. 그게 태든 뭐든, 나로선 차라리 아직 배 속에 있을 때 그냥 자살해버리지 않은 게 한스러울 지경입니다, 아예 세상에 나오지도 않게 말입지요. 시장 바닥에서도 쑥덕대고, 당신 엄마까지도 나한테 아주 대놓고 무례하게 지껄여댔죠, 그 여자는 머리에 새둥지를 짓고 돌아다녔다느니, 키가 고작 2아르쉰 쬐에끔 더 됐다 하고요. 다들 말하는 대로 그냥 '조금 더'라고 하면 되지, 대체 왜 '쬐에끔 더'라고 한답니까? 애처롭게 말해보고 싶었던 거겠지만, 그래 봤자 그건 이른바 농사꾼들 눈물이라굽쇼, 그야말로 농사꾼들 감정이라 이 말입니다. 교육받은 사람에 비해 러시아의 농사꾼이 도대체 무슨 감정을 가질 수나 있겠습니까? 러시아 농사꾼은 무식해서 어떤 감정도 가질 수 없어요. 나는 아주 어릴 적부터 그 '쬐에끔 더'라는 말을 들을 때마다 벽에다 아주 머리를 들이박고 싶었다고요. 나는 러시아 전체를 증오합니다, 마리야 콘드라치예브나."

"당신이 군대의 사관후보생이나 젊은 경기병이었다면 그런 말을 하긴커녕, 장검을 빼들고 러시아 전체를 지키려 했을걸요."

"경기병 따위가 되고 싶은 생각은 추호도 없거니와, 마리야 콘드라치예브나, 오히려 모든 병사를 완전히 없애버리고 싶습니다요."

"그럼 적이 쳐들어오면 누가 우리를 지켜주죠?"

"지킬 필요도 없는 거라굽쇼. 12년에, 지금 프랑스 황제의 아버지가 되는 나폴레옹 1세가 러시아 대공격을 감행했는데,** 그때 그 프랑스군이 우리를 완전히 정복해버렸다면 좋을 뻔했어요. 똑똑한 민족이 멍청

* '태를 열고 나온'은 「출애굽기」 13 : 2, 12, 15와 34 : 19에서 따온 대목이다.

** 1812년 대군을 이끌고 러시아 대원정에 나선 보나파르트 나폴레옹은 스메르쟈코프가 말하는 프랑스 황제 루이 나폴레옹(나폴레옹 3세)의 아버지가 아니라 숙부였다.

하기 짝이 없는 민족을 정복해서 말입죠, 자신들한테 병합해버렸어야 했다고요. 그랬다면 우리는 완전히 다른 질서를 가지게 됐겠습죠."

"그럼 거기 그들이 우리 나라 사람들보다 낫다는 건가요? 저는 우리의 멋쟁이 한 명을 영국 청년 세 명하고도 바꾸지 않겠어요." 마리야 콘드라치예브나가 상냥하게 말했는데, 그 순간 분명 더없이 애타는 눈빛으로 그를 바라보고 있었을 것이다.

"숭배하는 거야 취향 나름입지요."

"하지만 당신은 외국 사람하고 똑같아요, 아주 고상한 집안에서 태어난 외국 사람하고 정말 똑같아요, 부끄러움을 무릅쓰고 말씀드리는 거예요."

"정 알고 싶으시다면, 방탕하다는 점에선 그쪽이나 우리 쪽이나 다 비슷해요. 다들 악당이란 말입죠만, 그쪽 악당은 번쩍번쩍 광을 낸 구두를 신고 다니는 데 반해, 우리 쪽의 비열한 인간은 가난에 절어 시궁창 냄새를 풍기면서도 그걸 더럽게 여기지조차 않는 거지요. 어제 표도르 파블로비치가 말이야 바로 했듯이, 러시아 민족은 그저 채찍으로 후려갈겨야 합죠, 하긴 그 작자나 그 자식 놈들이나 죄다 정신 나간 인간들이지만 말입니다요."

"이반 표도로비치를 매우 존경한다고 직접 그러셨잖아요."

"하지만 그분은 나를 악취나는 머슴 놈 취급한단 말입니다. 그분은 내가 반역이라도 저지를 수 있는 인물인 줄 알지만 그건 착각입지요. 호주머니에 돈만 웬만큼 있었다면 난 벌써 오래전에 여길 떴을 겁니다. 드미트리 표도로비치는 행실로 보나, 머리로 보나, 거지 같은 신세로 보나, 어느 머슴보다도 못하고 아무것도 할 줄 모르는 위인입죠만, 그런데도 오히려 모든 사람한테 존경을 받는단 말입니다. 나야 한낱 부엌데기라 해두죠, 하지만 운만 따라주면 모스크바의 페트로프카 거리에다 카페 레스토랑을 열 수도 있어요, 나는 전문적인 요리법을 알고 있지만 모스크바에는 외국인들 말고는 전문적인 요리를 내놓을 줄 아는 사람이 한 명도 없거든요. 드미트리 표도로비치는 알거지입죠만, 아주 세상없이 잘난 백작 아들에게 결투를 신청해도 상대방은 재깍 응해줄 거란 말입니다요. 아니, 그 인간이 나보다 어디가 낫다는 겁니까요! 나하고는 비교도 안 될 만큼 멍청한데요. 쓸데없는 일에 얼마나 많은 돈을 날려버렸는뎁쇼."

"결투는 정말 멋있을 것 같아요." 갑자기 마리야 콘드라치예브나가 한마디 했다.

"그건 왜입죠?"

"엄청 무서우면서도 용감하니까요, 특히 젊은 장교들이 어떤 여자를 두고서 권총을 손에 들고 서로에게 겨누고 쏜다면 더 그렇죠. 그대로 한 폭의 그림일 거예요. 아, 처녀들한테도 보게 해준다면, 정말 보고 싶어 죽겠어요."

"자기가 겨눌 때야 멋있죠, 하지만 저쪽에서 자기 상통을 똑바로 겨눈다면, 그땐 아주 멍한 기분일 겁니다요. 그 자리에서 내빼고 말걸요, 마리야 콘드라치예브나."

"당신 같으면 정말 내빼실 건가요?"

그러나 스메르쟈코프는 아무 대답도 하지 않았다. 잠시 침묵이 이어지더니 다시 기타 소리가 울려퍼지면서 가성을 내는 목소리가 마지막 절을 부르기 시작했다.

아무리 말리셔도
나는야 떠나리니,
인생을 즐기-리-라
수도의 삶을!
슬픔이여, 이제 안녕,
슬픔이여, 영영 안녕,
슬픔일랑 영영 잊었나니!

바로 이때 뜻밖의 일이 벌어졌다. 알료샤가 갑자기 재채기를 한 것이다. 순간, 벤치가 잠잠해졌다. 알료샤는 일어나서 그들 쪽으로 갔다. 과연 스메르자코프가 맞았는데, 옷을 쫙 빼입고, 고불고불 지진 듯한 머리에 포마드를 발라 붙이고, 번쩍번쩍 광을 낸 구두를 신고 있었다. 여자도 마리야 콘드라치예브나, 그 주인 노파의 딸이 맞았다. 그녀는 꼬리가 2아르쉰이나 되는 밝은 하늘색 드레스를 입고 있었다. 아직 젊고 못생기진 않은 처녀였으나, 얼굴이 너무 동그란데다 주근깨투성이였다.

"드미트리 형님이 곧 돌아오실까요?" 알료샤는 될 수 있는 한 침착하게 말했다.

스메르자코프가 천천히 벤치에서 몸을 일으켰다. 마리야 콘드라치예브나도 따라서 일어났다.

"드미트리 표도로비치의 일을 제가 어찌 알겠습니까? 제가 그분을 지키는 사람이라면 다른 문제지만." 스메르자코프가 조용한 소리로 말을 탁탁 끊으면서 멸시하듯 대답했다.

"난 그냥 물어본 것뿐인데, 그럼 모르는 건가요?" 알료샤가 변명했다.

"그분이 어디 계신지 전혀 모르거니와 알고 싶지도 않구먼요."

"하지만 형님 말씀으로는, 집에서 일어나는 일을 당신이 형님한테 전부 알려주고 있다던데요, 아그라페나 알렉산드로브나가 오면 알려주기로 약속하기도 했고."

스메르쟈코프는 당황하는 기색도 없이 천천히 그에게로 눈을 들어 올렸다.

"그런데 지금 어떻게 들어오셨죠? 여기 대문은 벌써 한 시간 전에 빗장을 걸어두었는데." 그가 알료샤를 뚫어지게 쳐다보며 물었다.

"골목길에서 울타리를 넘어 곧장 정자로 들어왔어요. 용서해주십시오." 그가 마리야 콘드라치예브나를 향해 말했다. "한시바삐 형님을 만나야 해서요."

"아이, 저희가 도련님께 화낼 리가 있겠어요." 마리야 콘드라치예브나는 알료샤의 사과에 기분이 달콤해져서 말꼬리를 길게 끌었다. "드미트리 표도로비치도 곧잘 그런 식으로 정자에 드나드셔서, 저희도 모르는 사이 벌써 정자에 가서 앉아 계시곤 하는걸요."

"나는 지금 형님을 급히 찾고 있어요, 꼭 만나고 싶은데, 혹시 지금 어디 계신지 말해주실 수 있는지요. 정말입니다, 형님에게 매우 중요한 일 때문에 이럽니다."

"그분은 우리한테 무슨 말씀 같은 거 안 하세요." 마리야 콘드라치예브나가 혀짤배기소리로 말했다.

"저는 아는 사이이기도 해서 종종 여기 옵니다만." 스메르쟈코프가 다시 입을 열었다. "그분은 이런 데서마저 주인 나리에 대해 끊임없이 캐물으면서 저를 인정사정없이 족쳤습니다. 그쪽은 어떤 상태냐, 누가 오고 누가 가느냐, 또 알려줄 일은 없느냐 하고 말이죠. 심지어 날 죽여버리겠다고 두 번씩이나 위협한걸요."

"뭐, 죽여버리겠다고?" 알료샤는 아연실색했다.

"그분 성격으로 보면 그쯤이야 아무것도 아닙죠, 어제 직접 보시잖았습니까요. 만약 아그라페나 알렉산드로브나를 집안으로 들여보내 거기서 밤을 보내게 하면—그땐 네놈이 제일 먼저 죽을 줄 알아라, 하고 말씀하시는걸요. 저는 그분이 너무 무섭습니다요, 더 심한 꼴을 당하지 않으려면 시 당국에 그분을 신고해야 할 것 같습니다. 무슨 짓을 저지를지 누가 알겠습니까요."

"요전엔 이분더러 '절구통에 넣어 빻아버리겠다'고 말했답니다." 마리야 콘드라치예브나가 거들었다.

"뭐, 절구통 얘긴 그냥 한 말이겠죠……" 알료샤가 말했다. "지금 형님을 만날 수 있다면, 그 얘기도 좀 말씀드릴 텐데……"

"제가 알려드릴 수 있는 건 오직 이것뿐입니다." 스메르쟈코프는 갑자기 마음을 정한 듯했다. "늘 이웃으로 알고 지내는 사이여서 저는 종종 이곳에 옵니다만, 대체 제가 못 올 이유가 뭐 있습니까요? 그건 그렇고, 이반 표도로비치는 오늘 아침 날이 밝기 무섭게 저를 오제르나야 거리에 있는 드미트리 표도로비치 댁으로 심부름을 보냈습니다요, 편지는 없었는뎁쇼, 그냥 함께 식사하자고 이곳 광장에 있는 술집으로 꼭 와달라는 말을 전하라는 것이었습죠. 그래서 갔습지요만, 드미트리 표도로비치는 댁에 안 계셨습니다요, 이제 여덟시였는데 말입죠. '여기

계셨지만 아주 나가셨습니다'라더군요. 이건 그 집 주인들이 저한테 한 말 그대롭니다. 하지만 아무래도 그들이 쌍방간에 뭔가 은밀하게 입을 맞춰둔 게 분명합니다요. 이반 표도로비치는 집으로 식사하러 오시지 않았고, 표도르 파블로비치는 한 시간 전에 혼자 점심식사를 끝내시고 지금 한잠 주무시러 자리에 드셨으니까, 아마도 지금 이 순간 그분은 동생분인 이반 표도로비치와 함께 그 술집에 앉아 계실 겁니다. 하지만 제발 부탁이니, 그분께 제 얘기나 제가 알려줬다는 말은 절대로 하지 마십쇼, 저를 죽일 게 뻔하니깝쇼."

"이반 형님이 오늘 드미트리 형님을 술집으로 불렀다는 거요?" 알료샤가 황급히 되물었다.

"바로 그렇습니다요."

"광장에 있는 '수도'라는 술집으로요?"

"바로 그 집입죠."

"얼마든지 그럴 법해!" 알료샤는 몹시 흥분하여 소리쳤다. "고맙소, 스메르쟈코프, 중요한 소식이야, 지금 당장 거기로 가야겠군."

"제발 비밀을 지켜주십쇼." 그의 등뒤에 대고 스메르쟈코프가 말했다.

"물론이죠, 우연히 그 술집에 들른 것처럼 할 테니 안심해요."

"아니, 어디로 가세요, 제가 쪽문을 열어드릴게요." 마리야 콘드라치예브나가 소리를 지르다시피 말했다.

"아뇨, 이쪽이 더 가까워요, 또 울타리를 뛰어넘죠."

이 소식은 알료샤를 무섭게 흥분시켰다. 그는 술집을 향해 걸음을 재촉했다. 그런 옷차림으로 술집에 들어가는 건 점잖지 못했지만, 계단에서 물어본 뒤 그들을 불러내는 건 괜찮을 것 같았다. 그러나 그가 술집으로 막 다가갔을 때 갑자기 창문 하나가 휙 열리더니 다름아닌 이반 형이 창에서 아래를 내려다보며 그에게 소리쳤다.

"알료샤, 지금 나한테로 이리 들어와줄래, 응? 그래주면 끔찍하게 고맙겠다만."

"얼마든지요, 근데 이런 옷차림으로 어떡해야 할지 몰라서요."

"여긴 마침 별실이니, 그냥 현관 계단으로 올라와라, 내가 바로 내려가마……"

잠시 뒤 알료샤는 형과 나란히 앉아 있었다. 이반은 혼자서 점심을 먹던 참이었다.

III
형제들, 서로를 알아가다

그러나 이반이 있던 곳은 별실이 아니었다. 그곳은 그저 병풍으로 칸막이를 해둔 창가 쪽 좌석에 지나지 않았지만, 그래도 병풍 뒤에 앉아 있는 사람들은 다른 손님들한테는 안 보이게 되어 있었다. 이 방은 입구 쪽의 첫번째 방으로, 옆쪽 벽에는 찬장이 자리하고 있었다. 방안엔 종업원들이 쉴새없이 왔다갔다했다. 손님이라고는 퇴역 군인인 노인 한 명이 구석에 앉아 차를 마시고 있을 뿐이었다. 대신 다른 방들은 술집이면 으레 그렇듯이 소란하기 짝이 없어서, 종업원을 부르는 소리, 맥주병 따는 소리, 당구 치는 소리가 들려왔고, 풍금소리도 붕붕거렸다. 알료샤는 이반이 이 술집을 거의 찾지 않으며, 대체로 술집이라는 걸 좋아하지 않는다는 것을 알고 있었다. 그러니 그가 여기 와 있는 건 오로지 드미트리 형과 만날 약속 때문일 거라는 생각이 들었다. 그런데 드미트리 형은 와 있지도 않았다.

"생선 수프든 뭐든 주문해주마, 너라고 차만 마시고 살진 않을 테니." 이반이 소리치듯 말했는데, 보아하니 알료샤를 붙잡은 게 무척이나 흐뭇한 모양이었다. 하지만 정작 자신은 이미 식사를 끝내고 차를 마시는 중이었다.

"생선 수프를 줘요, 이따가 차도 주고요, 배고파 죽겠어요." 알료샤가 쾌활하게 말했다.

"버찌 잼은 어때? 이 집에 있는데. 생각나니? 어린 시절 폴레노프 집에 살 때, 넌 버찌 잼을 좋아했지."

"형이 그걸 기억해요? 잼도 줘요, 지금도 좋아하니까."

이반은 종업원을 불러, 생선 수프와 차, 잼을 내오도록 일렀다.

"모두 기억하고 있어, 알료샤, 네가 열한 살 되던 때까지는 다 기억해, 그때 나는 열다섯 살이었지. 열다섯 살과 열한 살은 터울이 너무 나서, 그 나이의 형제들끼리는 결코 친구가 되는 일이 없거든. 내가 널 좋아했는지 어땠는지조차 잘 모르겠구나. 모스크바로 간 뒤, 처음 몇 해는 네 생각마저 전혀 하지 않았으니까. 그후 네가 모스크바에 왔을 때도 어디서 딱 한 번 만난 게 다인 것 같다. 게다가 내가 여기서 산 지 벌써 넉 달째인데, 여태껏 너하고 말 한마디 제대로 나눈 적이 없으니. 난 내일 떠날 참이어서 지금 여기 앉아 생각하던 중이었지, 어떡하면 녀석을 좀 만나서 작별인사라도 나눌 수 있을까 하고, 그런데 마침 네가 지나가는 거야."

"그럼 나를 굉장히 만나고 싶었던 거네요?"

"그래, 굉장히. 단 한 번으로 영원히 너와 알게 되고 또 너에게 나라는 인간을 알게 해주고 싶어서지. 그러는 게 바로 작별인사도 되니까. 내 생각으론, 서로를 가까이 아는 데는 작별을 앞두었을 때가 제일 좋거든. 이 석 달 내내 네가 나를 쳐다보는 시선을 보니, 네 눈엔 뭔가 끊임없는 기대 같은 게 담겨 있더구나, 하지만 나는 바로 그걸 견딜 수가 없어서, 그래서 네게 다가가지 않았던 거야. 그렇지만 결국 널 존경하는 법을 배웠지, 어린 녀석이 확고하게 서 있구나 하고. 알아둬라, 난 지금 웃고 있지만 진지하게 말하는 거야. 너는 정말 확고하게 서 있어, 안 그러냐? 나는 그런 확고한 사람들이 좋아, 그들이 어떤 기반 위에 서 있든 간에, 그리고 너처럼 어린 애송이들이어도 상관없어. 기대 어린 네 시선이 나중엔 조금도 싫지 않게 됐고, 마침내 네 기대 어린 시선이 오히려 좋아졌어…… 너도 왠지 날 좋아하는 것 같은데, 알료샤?"

"좋아하고말고요, 이반 형. 드미트리 형은 형을 두고, 이반은—무덤이야, 라고 말하죠. 난 형에 대해, 이반 형은—수수께끼다, 라고 말해요. 형은 나한테 지금도 수수께끼지만, 그래도 형에 대해 뭔가 이미 이해한 것 같아요, 그래 봐야 고작 오늘 아침부터지만!"

"대체 그게 뭔데?" 이반이 웃기 시작했다.

"화내지 않을 거죠?" 알료샤도 웃었다.

"그래, 뭔데?"

"형도 스물세 살짜리 다른 모든 젊은이들과 하나 다를 바 없는 바로 그런 젊은이라는 거죠, 그들과 똑같이 젊고 치기 어린, 풋풋하고 멋진 도련님, 그러니까 뭐 한마디로 주둥이가 샛노란 애송이라는 거예요!

이거, 형 기분을 너무 상하게 한 거 아닌가?"

"웬걸, 오히려 깜짝 놀랐다, 생각이 하도 똑같아서!" 이반이 열띤 목소리로 유쾌하게 소리쳤다. "네가 믿을지 모르겠다만, 아까 우리가 그 여자 집에서 만난 뒤 내가 속으로 줄곧 생각하고 있던 게 바로 그거였어, 나는 주둥이가 샛노란 스물세 살짜리다라고 말이지, 그런데 네가 지금 느닷없이 그걸 정확히 알아맞히고는 대뜸 그 말을 끄집어내다니. 내가 지금 여기 앉아서 나 자신에게 무슨 말을 하고 있었는지 알아? 내가 삶을 믿지 않을지라도, 소중한 여인에게 환멸을 느끼고 사물의 질서에 환멸을 느낄지라도, 심지어 모든 것이 오히려 무질서하고 저주받은, 아마도 악마한테서 나온 게 틀림없는 혼돈이라고 확신할지라도, 인간적 환멸의 온갖 공포가 아무리 세차게 나를 내리칠지라도—그래도 나는 살고 싶다, 일단 이 잔에 입을 댄 이상 마지막 한 방울까지 다 마시기 전에는 절대로 입을 떼지 않겠다! 이거였어. 하긴 서른 살쯤 되면 아마 다 마시지 않았더라도 잔을 던져버리고 떠나겠지…… 어디로일지는 모른다만. 하지만 서른 살이 될 때까지는, 이건 분명히 알고 있어, 내 젊음이 모든 것을—온갖 환멸과 삶에 대한 온갖 혐오를 다 이겨낼 거야. 나는, 내 안에서 미쳐 날뛰는 이 광적이고 어쩌면 무례하기까지 한 삶의 갈증을 압도할 수 있는 그런 절망이 이 세상에 과연 존재할까 하고 나 자신에게 여러 차례 물어보았다만, 그런 절망은 아마 없을 거라는 결론에 도달했어. 하지만 이것 역시, 그러니까 서른 살이 되기 전까지의 얘기야. 그때가 되면 이미 나 자신도 그러고 싶지 않을 테니까. 폐병쟁이 같은 어떤 코흘리개 도덕주의자들은 이 삶의 갈증을 종종 비열한 것이라고 부르지, 특히 시인들이 말이야. 하지만 이건 부분적으로 카라마조프적인 특성이야, 사실 그래, 이 삶의 갈증은 어찌됐건 네 속에도 틀림없이 도사리고 있어, 그런데 왜 그게 비열하다는 거지? 우리의 행성에는 아직도 엄청나게 강한 구심력이 작용하고 있어, 알료샤. 나는 살고 싶고, 비록 논리에 어긋날망정 나는 살고 있어. 내가 비록 사물의 질서를 믿지 않는다 해도, 봄이면 파릇파릇 싹을 틔우는 끈적끈적한 어린잎들이 내겐 소중하고,* 푸른 하늘이 소중하고, 네가 믿든 안 믿든 때로는 정말 까닭도 모르고 사랑하게 되는 어떤 사람이 소중하고, 아마도 이미 오래전에 믿지 않게 되었지만 그래도 옛 기억에 따라 마음으로 여전히 존경하는, 인류가 이룩한 어떤 위업이 내겐 소중한 거야. 자, 생선 수프가 나왔구나, 많이 먹어. 아주 훌륭한 생선 수프야, 요리 솜씨가 좋더라. 나는 유럽에 다녀올 생각이야, 알료샤, 여기서 곧장 출발할 거다. 내가 가는 곳이 묘지에 지나지 않는다는 걸 알아, 하지만 그건 그래도 가장, 가장 소중한 묘지야, 그게 중요해! 가장 소중한 사람들이 거기 잠들어 있고, 그들 위에 서 있는 묘비들은 모두 하나같이 그토록 뜨거운 열기 속에 지나간 삶을, 자신의 위업, 자신의 진리, 자신의 투쟁, 자신의 학문에 대한 그토록 열정적인 믿음을 말해주거든. 나는 진작부터 알고 있어, 나는 땅에 엎드려 그들의 묘비에 입을 맞추고 울면서—동시에, 이 모든 것이 이미 오래전부터 그저 묘지에 불과하며 그 이상은 아무것도 아님을 온 마음으로 확신하고 있겠지. 내가 우는 것은 절망 때문이 아니라, 그저 내가 흘린 눈물로 행복감에 젖어서일 거야. 자신의 감동에 흠뻑 도취되는 거지. 봄날의 끈적끈적한 어린잎들

* 푸쉬킨의 시「아직 찬바람이 불어……」일부를 변형해 인용.

을, 푸른 하늘을 나는 사랑해, 바로 그거야! 여기엔 지성도 논리도 상관 없어, 이건 오장육부로, 배 속으로 사랑하는 거야, 자신의 최초의 젊은 힘을 사랑하는 거지…… 내 넋두리를 좀 알아듣겠니, 알료샤, 응?" 이반이 갑자기 웃기 시작했다.

"아주 잘 이해해요, 형. 오장육부로, 배 속으로 사랑하고 싶다니—정말 멋진 말이었어요, 형이 그토록 살고 싶어하니, 나도 너무너무 기뻐요." 알료샤가 외쳤다. "나는 모든 사람이 이 세상에서 무엇보다 삶을 사랑해야 한다고 생각해요."

"삶의 의미보다 삶 자체를 더 사랑해야 한다고?"

"반드시 그래야죠, 형이 말한 대로, 논리보다 앞서, 반드시 논리보다 앞서 사랑해야 하고, 그래야 비로소 의미도 깨달을 수 있어요. 벌써 오래전부터 그런 생각이 내 머리에 떠오르곤 해요. 형의 일도 이미 절반은 이루어졌어요, 이반 형, 절반은 성취된 거예요. 형은 삶을 사랑하고 있잖아요. 이제 나머지 절반을 위해 노력해야 돼요, 그러면 형은 구원받는 거예요."

"넌 벌써 구원하려 드는구나, 하지만 난 아직 파멸하지 않았는지도 몰라! 어쨌든 네 그 나머지 절반이란 게 뭔데?"

"그건 형의 그 죽은 자들을 부활시키는 거예요, 어쩌면 그 사람들은 전혀 죽지 않았는지도 모르지만요. 이제 차나 좀 줘요. 이렇게 둘이서 얘기하니 참 좋네요, 이반 형."

"넌 꼭 무슨 영감에 차 있는 것 같구나. 나도 그런 *신앙고백*을 듣는 게 무척 좋아, 바로 이런…… 수련 수도사들한테서 말이다. 넌 확고한 인간이야, 알렉세이. 너 수도원에서 나오려 한다는 게 정말이냐?"

"정말이에요. 장로님께서 나를 속세로 내보내시는 거예요."

"그럼 속세에서 또 보게 되겠구나, 서른이 되면 나는 그 잔에서 입을 떼기 시작할 테니 서른이 되기 전에 만나겠지. 그런데 아버진 일흔이 되어도 자신의 잔에서 입을 떼지 않을 거야, 아니 여든까지도 그러리라 꿈꾸고 있지, 자기 입으로 그렇게 말했거든, 어릿광대이긴 하지만 이건 아버지한테 너무도 진지한 문제니까. 아버진 자신의 정욕 위에 버티고 서 있지, 마치 그게 튼튼한 반석이라도 되는 양…… 하긴 서른 이후엔 발을 딛고 설 게 그것 말고는 정말 아무것도 없을지 몰라…… 하지만 일흔까지 그러는 건 비열해, 차라리 서른까지가 나아. 자신을 기만하면서 '고결함의 그림자' 정도는 간직할 수 있으니까. 오늘 드미트리 형 못 봤니?"

"아뇨, 못 봤어요, 스메르자코프는 봤지만." 그러면서 알료샤는 스메르자코프와 만났던 얘기를 형에게 급히, 그러면서도 상세히 해주었다. 이반은 갑자기 무척 걱정스러운 얼굴로 듣기 시작하면서 뭔가 되묻기까지 했다.

"다만 그는 자기가 드미트리 형 얘길 한 것을 당사자한테 절대로 말하지 말라고 신신당부했어요." 알료샤가 덧붙였다.

이반은 미간을 찌푸리고 생각에 잠겼다.

"스메르자코프 때문에 그렇게 찌푸리는 거예요?" 알료샤가 물었다.

"그래, 그놈 때문이야. 뭐, 그딴 놈이야 어찌되든 알 게 뭐냐, 사실 드미트리 형을 꼭 좀 봤으면 했는데, 이젠 그럴 것도 없어……" 이반이 심드렁하게 말했다.

"정말 그렇게 빨리 떠나는 거예요, 형?"

"응."

"드미트리 형과 아버지는 어떡하고요? 두 사람 일은 어떻게 끝날까요?" 알료샤가 불안한 듯 웅얼거렸다.

"또 그 진절머리나는 얘기냐! 그게 나하고 무슨 상관인데? 내가 뭐 드미트리 형을 지키는 사람이라도 된다는 거냐?" 이반은 역정을 내며 거칠게 대꾸했으나, 갑자기 어딘가 씁쓸한 미소를 지었다. "이건 하느님이 살해당한 동생에 대해 묻자 카인이 했던 대답이군,* 안 그래? 어쩌면 너도 지금 그 생각을 하는 거겠지? 하지만 젠장, 내가 정말 여기서 그들을 지키고 있을 수는 없잖아? 난 내 일을 끝냈으니, 가는 거야. 넌 설마 내가 드미트리 형을 질투하고 있다느니, 요 석 달 동안 형의 그 아름다운 카체리나 이바노브나를 가로채려 했다느니 하고 생각하는 건 아닐 테지. 에잇, 젠장, 나한텐 내 일이 있었던 거야. 일을 끝냈으니 가는 거라고. 일은 아까 끝냈어, 네가 증인이잖아."

"아까 카체리나 이바노브나와 있었던 그 일요?"

"그래, 그녀와 있었던 일, 난 아주 단번에 끊어버렸어. 그런데 뭐가 어쨌다는 거냐? 드미트리 형이 나하고 무슨 상관이야? 드미트리 형은 이 일에 아무 관계도 없어. 난 카체리나 이바노브나한테 내 볼일이 있었을 뿐이야. 그런데 너도 알잖아, 드미트리 형은 오히려 나하고 무슨 밀약이라도 맺은 듯이 굴었어. 나는 아무 부탁도 안 했는데, 자기 쪽에서 그녀를 나한테 엄숙하게 넘겨주면서 축복까지 해주더군. 다 웃기는 일이지. 아니, 알료샤, 아니, 넌 절대 모를 거다, 지금 내 마음이 얼마나

* 「창세기」 4:9. 앞서 스메르자코프도 알료샤에게 이와 비슷한 대답을 했다.

홀가분한지! 여기 이렇게 앉아 밥을 먹으면서 내 자유의 첫 시간을 자축하기 위해 샴페인이라도 시킬 참이었으니, 믿어져? 쳇, 젠장맞을, 거의 반년이나 매여 있다가—갑자기 단번에, 아주 단번에 모든 것을 벗어던진 거야. 마음만 먹으면 그걸 끝장내는 게 이렇게 아무 일도 아닌데, 어제만 해도 그걸 어디 생각이나 했겠냐!"

"형의 사랑 얘기를 하는 거군요, 이반 형!"

"원한다면 사랑이라 해두자, 사실 난 그 아가씨, 그 여대생한테 아주 반했었지. 그녀 때문에 괴로워했고, 그녀도 날 괴롭혔어. 내내 그녀한테 목을 매고 있었는데…… 갑자기 모든 게 휙 날아가버린 거야. 아까는 감정이 격해서 지껄여댔지만 밖에 나와서는 한바탕 웃어젖혔다—믿어주라. 정말, 사실 그대로 말하는 거니까."

"지금도 아주 유쾌하게 말하는데요." 정말로 갑자기 유쾌해진 그의 얼굴을 들여다보며 알료샤가 한마디했다.

"아니, 내가 그녀를 전혀 사랑하지 않는다는 걸 어떻게 알 수 있었겠냐! 핫핫! 그런데 알고 보니 아니더란 말이다. 뭐, 마음에 들기야 했지! 아까 내가 일장 연설을 늘어놓을 때도 그녀가 정말 맘에 들더구나. 솔직히, 지금도 지독히 맘에 들지만, 그런데도 그녀한테서 떠나는 게 얼마나 홀가분한지 모르겠다. 넌 내가 허세라도 부린다고 생각하냐?"

"아뇨. 다만 그건 사랑이 아니었는지도 몰라요."

"알료쉬카." 이반이 웃음을 터뜨렸다. "사랑론은 펴지 마! 너한테 안 어울리니까. 아까, 아까도 네가 갑자기 튀어나왔지, 어이쿠야! 너한테 보답으로 입을 맞추는 것도 그만 깜박했구나…… 그런데—그녀가 날 어찌나 괴롭게 하던지! 난 정말이지 분화구 옆에 앉아 있었던 거야. 아,

그녀도 내가 자기를 사랑한다는 걸 알고 있었지! 그녀는 날 사랑했어, 드미트리 형을 사랑한 게 아니야." 이반은 유쾌한 얼굴로 주장했다. "드미트리 형은 그저 감정 파열 대상에 지나지 않아. 내가 아까 그녀에게 말한 건 모두 엄연한 진실이야. 다만 가장 중요한 문제는, 그녀가 드미트리 형을 전혀 사랑하지 않고 오직 자기가 그렇게 괴롭히고 있는 나만을 사랑한다는 사실을 깨닫기까지, 아마 십오 년 내지 이십 년은 걸릴 거라는 점이야. 아니, 어쩌면 오늘의 교훈에도 불구하고 영원히 깨닫지 못할지도 모르지. 뭐, 그러니 차라리 내가 자리를 박차고 일어나 영원히 떠나버린 게 나아. 그런데 참, 그녀는 지금 어떠냐? 내가 나온 뒤에 거긴 어떻게 됐어?"

알료샤는 그에게 그녀가 히스테리 발작을 일으켰고, 아마 지금도 의식을 잃은 채 헛소리를 하고 있을 거라는 얘기를 해주었다.

"호흘라코바가 거짓말을 하는 건 아닐까?"

"그런 것 같진 않아요."

"좀 알아봐야겠군. 하지만 히스테리로 죽은 사람은 지금껏 아무도 없어. 게다가 히스테리라 해도, 그건 하느님이 여자들을 어여삐 여겨 보내주신 거니까. 나는 거기 절대 안 간다. 뭣하러 또 기어들어가."

"그런데 아까 형이 그녀한테, 그녀가 형을 한 번도 사랑한 적 없다고 했잖아요."

"일부러 그런 거야. 알료샤, 샴페인이라도 시킬까, 내 자유를 위해 한 잔 들자꾸나. 아무튼 내가 지금 얼마나 기쁜지, 넌 정말 모를 거다!"

"아녜요, 형, 안 마시는 게 좋겠어요." 알료샤가 갑자기 말했다. "게다가 난 왠지 슬퍼요."

"그래, 아까부터 슬픈 얼굴이더구나, 벌써 눈치채고 있었어."

"그럼 내일 아침에 기어이 떠나는 건가요?"

"아침에? 아침이라고 하진 않았는데…… 하지만 뭐, 아침일 수도 있지. 말이다, 내가 오늘 여기서 점심을 먹은 건 그저 그 영감쟁이하고 같이 밥 먹기 싫어서야, 그 정도로 구역질이 나니까. 영감쟁이 하나 때문에라도 진작에 떠나야 했는데. 하지만 내가 떠난다고 왜 너까지 불안해하고 그러냐. 출발할 때까지 우리 둘에겐 아직 시간이 얼마든지 있는데. 그야말로 영원한 시간이, 불멸이 있어!"

"내일 떠난다면서 무슨 영원이에요?"

"그게 우리 두 사람한테 무슨 상관이야?" 이반이 웃음을 터뜨렸다. "어쨌든 우리가 얘길 나눌 시간은 충분해, 아니면 무엇 때문에 우리가 여길 왔겠어? 왜 그렇게 놀란 얼굴을 하고 보지? 대답해봐, 무엇 때문에 우리가 여기서 만난 거지? 카체리나 이바노브나에 대한 사랑 얘기, 영감 얘기, 드미트리 형 얘기를 하기 위해? 아니면 외국 얘기? 러시아의 숙명적인 상황 얘기? 나폴레옹 황제 얘길 하기 위해? 그런 거야? 그 때문에 온 거야?"

"아뇨, 그 때문은 아네요."

"그럼 무엇 때문인지 너도 아는구나. 다른 사람들이야 그들 나름의 문제가 있고, 주둥이가 샛노란 우리에겐 그와 다른 문제가 있는 거야, 우리는 무엇보다 천지개벽 때부터 있어온 영원한 문제들을 먼저 해결해야 돼, 그게 우리의 고민거리야. 지금 러시아의 젊은 세대는 모두 이 영원한 문제들에 대해서만 논하고 있어. 노인들이 다들 갑자기 실제적인 문제에만 몰두하기 시작한 바로 지금 말이야. 넌 왜 이 석 달 내내 그처럼 기대 어린 눈으로 나를 바라보았을까? 아마도 나에게 '너는 어떤 믿음을 가지고 있느냐, 아니면 전혀 믿지 않느냐?' 캐묻고 싶어서였겠지—지난 석 달에 걸친 아우님의 응시도 결국 이런 의미였을 텐데, 알렉세이 표도로비치, 안 그런가요?"

"그럴지도 몰라요." 알료사가 미소를 지었다. "지금 나를 비웃는 건 아니겠죠, 형?"

"내가 비웃어? 석 달 동안이나 그런 기대 어린 눈빛으로 나를 바라보던 귀여운 동생을 마음 아프게 할 리가 있나. 알료샤, 똑바로 쳐다봐, 나 자신도 너와 똑같이 어린애에 불과해, 다만 수련 수도사가 아닐 뿐이지. 그런데 러시아 아이들이 지금껏 하고 있는 짓이 대체 뭘까? 그러니까 어떤 부류의 애들 말이야. 예를 들어 여기 이 퀴퀴한 술집이 있고, 그들은 여기 모여 구석에 자릴 잡고 앉았어. 전에는 평생 서로 알지도 못했을뿐더러, 이제 이 술집을 나서면 사십 년 동안 다시는 서로 알 일조차 없을 녀석들이지만, 아무렴 어때, 이 술집에서 날쌔게 한순간을 붙잡은 이상, 그 틈을 이용하여 그들은 무엇에 대해 논할까? 다름아닌 세계적인 문제를 논해. 신은 있는가, 불멸은 있는가? 하는 문제 말이야. 신을 믿지 않는 녀석들은 사회주의니, 무정부주의니, 새로운 체제에 따라 전 인류를 개조시킨다느니 하고 떠벌리기 시작하지만, 그래 봤자 결국엔 그놈이 그놈인 결과가 되고 마는 게, 이건 죄다 똑같은 문제들이고, 다만 다른 쪽 끝에서 출발한다는 게 다를 뿐이거든. 러시아의 가장 독창적인 아이들 대다수가, 정말 대다수가 그저 이런 영원한 문제들을 논하는 것 말고는 하는 일이 없어. 정말 그렇지 않니?"

"그래요, 진정한 러시아인들에겐, 신은 있는가, 불멸은 있는가 하는 문제들, 또는 형의 말마따나 다른 쪽 끝에서 시작하는 그 문제들이야말로—물론 모든 것에 우선하는 가장 중요한 문제들이고, 또 마땅히 그래야만 하죠." 알료샤는 이렇게 말하면서 여전히 그 조용하고도 상대방의 속마음을 살피는 듯한 미소를 머금고 형을 바라보았다.

"그런데 알료샤, 러시아인이라는 점 자체가 때로는 전혀 슬기롭지 못한 일이지만, 그래도 지금 러시아 아이들이 열중하고 있는 것보다 더 미련한 짓은 상상조차 할 수 없어. 하지만 난 알료샤라는 러시아 아이 하나만큼은 지독하게 좋아해."

"그건 아주 멋진 결론인데요." 알료샤가 갑자기 웃음을 터뜨렸다.

"자, 그럼 말해봐, 어디서부터 시작할지는 네가 결정해—신? 신은 존재하는가, 거기서 시작할까?"

"형 좋을 대로 시작해요, '다른 쪽 끝'에서 시작해도 좋아요. 형은 어제 아버지 집에서 신은 없다고 선언했잖아요." 알료샤는 뭔가 알아내고 싶은 듯이 형을 쳐다보았다.

"어제 영감쟁이 집에서 밥을 먹다가 널 놀려주려고 일부러 그랬는데, 보니까 네 눈에서 불이 확 일더구나. 하지만 지금은 너와 그 얘길 나누는 걸 절대 마다하지 않겠다, 아주 진지하게 하는 말이야. 너하고 친해지고 싶어, 알료샤, 난 친구가 없거든, 그래서 시도라도 해보고 싶은 거야. 자, 한번 생각해봐, 어쩌면 나도 신을 인정하고 있는지 모르잖아." 이반이 웃기 시작했다. "뜻밖이지, 응?"

"그야 물론이죠, 그저 또 농담만 아니라면."

"'농담'이라니? 어제 장로의 방에서도 나더러 농담한다고들 그러더니만. 이봐, 있잖아, 18세기에 어떤 늙은 죄인이 있었는데, *만약 신이*

존재하지 않는다면 그걸 발명해내야 한다,*라고 말한 자야. 그리고 실제로 인간은 신을 발명해냈지. 그러니 신이 실제로 존재한다는 건 이상할 것도, 놀랄 만한 것도 못 되고, 정말 놀라운 것은, 그런 생각이—신이 반드시 필요하다는 생각이—인간처럼 야만적이고 악한 동물의 머릿속에 슬그머니 기어들 수 있었다는 사실이야, 이 생각은 그만큼 거룩하고, 그만큼 감동적이고, 그만큼 현명하고, 그만큼 인간에게 명예로운 것이거든. 나로 말하자면, 인간이 신을 창조했느냐, 신이 인간을 창조했느냐 하는 문제는 이미 오래전부터 생각하지 않기로 했어. 물론 이에 관해 러시아 아이들이 내세우는 온갖 현대적인 공리들에 대해서도 새삼 왈가왈부하지 않으마, 그래 봤자 하나같이 유럽의 가설에서 그대로 끌어낸 것들에 불과하니까. 왜냐하면 그쪽에선 가설에 불과한 것이 러시아 아이한테는 곧장 공리가 되거든, 하긴 이건 러시아 아이들뿐만 아니라 그 아이들의 교수들도 아마 마찬가지일 테지, 지금 우리 러시아에서는 교수들도 똑같이 아이들이기 십상이니 말이다. 그러니 가설은 모두 묵살하고 넘어가마. 그럼 지금 너와 나, 우리 둘 앞에 놓인 과제는 뭘까? 그건 가능한 한 빨리 너에게 나의 본질을, 다시 말해 내가 어떤 인간이고 무엇을 믿고 무엇에 희망을 걸고 있는지를 설명하는 거겠지, 안 그러냐, 그렇지? 그러니 분명하게 선언하마, 나는 주저 없이 솔직하게 신을 받아들인다. 하지만 그렇다 해도 여기서 지적해둬야 할 게 있어. 만약 신이 존재한다면, 그리고 신이 정말로 이 지구를 창조했다면, 신은 우리가 이미 다 알고 있듯, 유클리드기하학에 따라 지구를 창

* 볼테르의 『서한집』, CXI, 「세 협잡꾼에 관한 새 책을 쓴 작가에게 보내는 편지」에서 인용한 말.

조했을 것이고, 인간의 이성 역시 그저 3차원적 공간 개념만 지닌 것으로 창조했겠지. 그런데도 우주 전체 혹은 더 광의로 말해—존재 전체가 오로지 유클리드기하학에 따라 창조되었다는 것에 의혹을 품으면서 감히, 유클리드에 따르면 이 지상에서는 절대로 만날 수 없는 두 개의 평행선이 어쩌면 무한대 어딘가에서 만날 수도 있을 거라는 대담한 공상마저 펴는 기하학자들과 철학자들이 있었고 심지어 지금도 있어, 더구나 가장 탁월한 학자들 중에도 말이야.* 그래서 얘야, 난 말이다, 만약 내가 이것조차 이해할 수 없다면 어떻게 신에 대해 이해할 수 있겠는가 하고 결론 내렸단다. 난 그런 문제를 풀 능력이 없다는 걸 스스로 겸허하게 인정하는 거야, 내 이성은 유클리드적이고 지상적인데 어찌 이 세상의 것이 아닌 문제를 해결한단 말이냐. 그리고 나의 친구 알료샤, 너한테도 충고하지만, 그런 문제에 대해서는 아예 생각도 하지 마라, 특히 신에 대한 문제, 신은 있는가 없는가 하는 문제는 더더욱 생각하지 마. 이 모든 것은 그저 3차원에 대한 개념만 갖도록 창조된 이성에겐 그야말로 부적절한 문제들이야. 그래서 나는 신을 받아들이는 거야, 신을 기꺼이 받아들일 뿐만 아니라, 우리로서는 도저히 알 수 없는 신의 예지와 신의 목적도 받아들이고, 질서를 믿고, 삶의 의미를 믿고, 우리 모두가 하나로 결합하게 된다는 그 영원한 조화를 믿고, 우주의 지향점이자 그 자체가 '하느님께로 통하고' 그 자체가 바로 하느님인

---

* 유클리드의 평행선 공리에 맞서 러시아 수학자 로바쳅스키는 '평행선의 완전한 이론으로서의 기하학 신원리'를 발표하면서 비(非)유클리드 기하학의 창시자가 되었다. 주로 1820~30년대에 발표된 그의 기하학 이론은 1860년대 말에야 널리 알려지고 인정받았으며, 도스토옙스키는 공병학교 재학 시절에 이 새로운 기하학의 기본 원칙들을 접했다고 한다.

말씀*을 믿고, 뭐 그런 등등의, 기타 등등의 것들을 한도 끝도 없이 믿어. 이에 대해선 참으로 많은 말이 쏟아져나왔지. 나도 이미 좋은 길을 걷고 있는 것 같은데—어때? 자, 그렇다면 이제 상상해봐라, 최종적인 결론은, 나는 이 신의 세계를—받아들이지 않는다는 거야, 비록 신이 존재한다는 것을 알고 있다 해도 절대로 그것을 허용할 수 없어. 나는 신을 받아들이지 않는 게 아니야, 이 점을 잘 알아둬라, 나는 신이 창조한 세계를, 신의 세계라는 것을 받아들이지 않는 거야, 그리고 그걸 받아들이는 데 동의할 수도 없어. 여기서 미리 분명하게 말해두마. 나는 어린아이처럼 굳게 믿고 있어, 즉 언젠가는 온갖 고통도 아물어 사라질 것이고, 인간 모순이 빚어내는 이 굴욕적인 희극도 모두 초라한 신기루처럼, 또한 하나의 원자같이 무력하고 미미한 유클리드적 인간 이성이 만들어낸 추악한 허상처럼 사라질 것이며, 마침내 이 세계의 장엄한 대단원에 이르러 영원한 조화의 순간이 오면 어떤 지극히 고귀한 무엇인가가 일어나고 출현하여, 모든 가슴을 가득 채우고, 모든 분노를 달래주고, 인간들의 모든 악행과 그들이 흘리게 한 모든 피를 충분히 보상해주고, 그리하여 인간들에게 있었던 모든 일을 용서해줄 뿐만 아니라 그 모든 것을 정당화해주기에도 충분할 거라고 말이다—하지만 이 모든 것이 실제로 일어나고 출현한다 할지라도, 설령 그럴지라도 나는 그것을 받아들이지 않고, 받아들이고 싶지도 않아! 평행선이 서로 만나고 내 눈으로 그걸 보게 될지라도, 내 눈으로 직접 보고 그것들이 서로 만났다고 내 입으로 말하게 될지라도, 그래도 난 받아들이지 않을 거

* 「요한복음」 1 : 1~2에 대한 시사.

야. 알겠지, 알료샤. 바로 이게 나의 본질이고, 이게 나의 명제야. 난 너에게 이 모든 것을 아주 진지하게 말했어. 너를 상대로 일부러 더없이 미련하게 시작한 대화였지만, 그래도 그렇게 해서 나의 고백에 도달했구나. 너한테 정작 필요한 건 그것뿐일 테니까. 네게 필요했던 건 신에 대한 이야기가 아니라, 단지 네가 사랑하는 형이 무엇으로 사는지 알고 싶었던 게지. 그래서 나도 이 얘길 한 거야."

이반은 갑자기 어떤 예기치 못한 특별한 감정이 북받치는 걸 느끼면서 자신의 긴 연설을 끝맺었다.

"그런데 왜 '더없이 미련하게' 시작했던 거죠?" 알료샤가 생각에 잠긴 눈으로 그를 바라보며 물었다.

"그건 첫째, 러시아식을 따르기 위해서라고 해두지. 러시아인들은 이런 주제를 두고 대화할 때 다들 더없이 미련한 방식으로 하니까. 둘째, 게다가 미련하면 미련할수록 근본적인 문제에 더 가까이 갈 수 있기 때문이야. 미련할수록 더 명확하지. 미련이란 놈은 단순명료해서 교활하지 않지만, 영리함이란 것은 늘 둘러대고 자신의 정체를 숨기려 드는 법이거든. 영리함이 비열한 놈이라면 미련함은 올곧고 정직해. 나는 이 대화를 결국 나의 절망이라는 결론으로 이끌었는데, 그걸 미련하게 제시한 만큼 나한테는 더 유리한 거지."

"왜 '이 세계를 받아들이지 않는다'는 건지 설명해줄래요?" 알료샤가 말했다.

"물론 설명해주지, 비밀도 아닌데다, 나도 결국 그 얘기를 하자는 거였으니까. 넌 내 사랑스러운 동생이야, 너를 타락시키거나 네 굳건한 기반에서 끌어내려는 생각은 절대 없어, 어쩌면 너를 통해 나 자신을 치유하려는 건지도 모르지." 이반이 갑자기 아주 온순한 어린 소년 같은 미소를 지었다. 그의 얼굴에 그런 미소가 떠오른 것을 알료샤는 지금껏 한 번도 본 적이 없었다.

IV
반역

"너한테 한 가지 고백할 게 있다." 이반이 말을 시작했다. "난 말이다, 사람이 어떻게 자기에게 가까운 사람들을 사랑할 수 있는지 도저히 이해할 수 없었어. 내 생각으로는, 먼 사람이나 사랑할 수 있지, 가까운 사람은 사랑할 수 없으니까. 어쩌다 어디서 '자비로운 요한'(어느 성자겠지)에 대해 읽은 적이 있는데, 몸이 꽁꽁 언 굶주린 나그네가 그에게 와서 자기 몸을 좀 따뜻하게 데워달라고 애원하자, 함께 침대에 누워서는 꼭 껴안고 무슨 끔찍한 병 때문에 썩어 문드러지고 악취가 진동하는 그 사람의 입에다 입김을 불어넣어주기 시작했다는 거야. 나는 그가 그런 행동을 한 것이 위선적인 감정의 발작 때문이었고, 의무가 명하는 사랑 때문이었고, 스스로 자신에게 내린 징벌 때문이었다고 확신해. 사람을 사랑하기 위해서는, 그 사람의 모습이 감춰져 있어야 돼, 얼굴을 보이는 순간—사랑은 사라지니까."

"조시마 장로님도 그 얘기를 여러 번 하셨어요." 알료샤가 말했다. "아직 사랑에 미숙한 많은 사람에겐 인간의 얼굴이 사랑을 방해하는 경우가 잦다고 장로님도 그러셨어요. 하지만 인류에겐 그래도 많은 사랑이 있고, 거의 그리스도의 사랑을 닮은 사랑도 많아요, 그건 나도 알고 있는걸요, 형……"

"나야 뭐 아직 그런 걸 모르거니와 알 수도 없고, 수없이 많은 이들 역시 나와 같을 거야. 하지만 문제는, 사람들의 특별히 고약한 성질 때문에 이 일이 일어나는가, 아니면 인간의 본성이 원래 그렇게 생겨먹었기 때문인가 하는 것이지. 내가 생각하기에, 인간에 대한 그리스도의 사랑은 이 지상에선 있을 수 없는 일종의 기적이야. 물론 그는 신이었지. 하지만 우리는 신이 아니거든. 가령 내가 깊은 고통을 견딜 수 있다 치자. 하지만 내가 어느 정도까지 고통을 견디고 있는지, 다른 사람은 절대로 알 수 없어, 왜냐하면 그는 타인이지 내가 아닐뿐더러, 인간은 여간해선 다른 사람을 고행자로 인정하려 들지 않거든(그게 무슨 벼슬이라도 되나보지). 왜 인정하려 들지 않는 걸까, 네 생각은 어때? 그건 예컨대 나한테서 고약한 냄새가 나고, 내 얼굴이 멍청하고, 내가 언젠가 그 사람 발을 밟은 적이 있기 때문이야. 게다가 고통도 고통 나름이지. 나를 비천하게 만드는 굴욕적인 고통, 이를테면 굶주림 같은 거라면 나의 은인도 인정하겠지, 그러나 좀더 고상한 고통, 예컨대 이념을 위해 겪는 고통이라면, 천만의 말씀, 그런 고통을 인정해주는 경우란 아주 드물어, 왜냐하면 그는 가령 나를 쳐다본 순간 내 얼굴이 그가 상상하고 있던, 이를테면 그런 이념으로 인한 수난자의 얼굴과 전혀 다르다는 걸 갑자기 알게 되기 때문이지. 그래서 나한테서 곧바로 자신의 선행을 거두어버리지만, 절대로 그 사람 마음씨가 고약해서가 아니야. 거지들, 특히 고상한 거지들은 절대로 사람들 앞에 모습을 드러내지 말고 신문을 통해 동냥을 구걸해야 돼. 추상적으로야 이웃을 사랑할 수 있고 때로는 멀리서도 사랑할 수 있겠지만, 가까이에서는 거의 불가능하니까. 모든 게 무대와 같다면야, 거지들이 등장하긴 해도 비단 누더기 위에 찢어진 레이스를 두르고 나타나서 우아하게 춤을 추며 구걸하는 발레 같다면야 뭐, 그들을 감탄하며 바라볼 수도 있겠지. 그때도 그저 감탄하며 바라보는 것일 뿐, 사랑할 수는 없어. 하지만 이런 얘긴 관두자. 그저 너를 내 관점에 세우기만 하면 되는 거였으니까. 나는 인류 전체의 고통에 대해 말할 생각이었지만, 아이들의 고통에 국한하는 게 낫겠어. 그러면 내 논의의 범위가 10분의 1로 줄어들 테지만, 그래도 아이들에 대해서만 말하는 게 낫겠구나. 물론 그럴수록 나한테는 불리하지만 말이야. 하지만 첫째, 아이들은 가까이에서도 사랑할 수 있어, 심지어 더럽고 얼굴이 기분 나쁜 애들조차(하긴 얼굴이 기분 나쁜 애들은 절대 있을 것 같지 않다만). 둘째, 어른에 대해 말하지 않겠다는 건, 그들이 워낙 혐오스러워서 사랑받을 자격조차 없거니와 지금 천벌을 받는 중이기 때문이야. 그들은 사과를 따먹은 뒤 선악을 가릴 수 있게 되어 '하느님처럼' 됐거든. 지금도 계속 그걸 먹고 있지. 하지만 아이들은 아무것도 먹지 않았으니 아직은 아무 죄도 없어. 넌 아이들을 좋아하지, 알료샤? 네가 좋아한다는 것, 나도 알아, 그러니 지금 왜 아이들에 대해서만 얘기하려는 건지, 너도 이해될 거다. 만약 아이들 역시 이 지상에서 무섭게 고통받고 있다면, 그건 말할 것도 없이 그들 아버지들, 사과를 먹은 그들 아버지들 때문이야—하지만 이런 판단이야 저세상의 것이고, 여기 이 지상의 사람들 마음으로는 도저히 이해할 수 없는 일이지. 죄 없는 자가, 그것도 아이들같이 그렇게 죄 없는 자가 다른 사람 때문에 고통을 당해선 안 되니까! 내 말에 놀라겠지만, 알료샤,

나도 아이들을 끔찍하게 좋아한단다. 그리고 알아둬라, 잔인한 인간들, 열정적이고 육욕이 강한 인간들, 카라마조프 놈들이 때론 아이들을 무척 좋아한다는 걸. 아이들은 아직 아이인 동안은, 가령 일곱 살 때까지는 인간들과 너무도 동떨어진 존재야. 완전히 다른 존재 같고 완전히 다른 본성을 지닌 것 같으니까. 나는 옥살이를 하고 있는 한 강도를 알고 있었어. 바깥세상에 있을 때 밤이면 강도짓을 하러 남의 집에 몰래 들어가서 일가족을 몰살하기도 하고 아이들을 한꺼번에 몇 명씩 목 잘라 죽이기도 했던 놈이야. 그런데 감방에 들어앉아 있으면서 이상하리만큼 아이들을 좋아하게 됐어. 그저 감방 창문에 붙어 서서, 감옥 마당에서 노는 아이들을 지켜보는 게 유일한 일과였으니까. 그러다 한 꼬마 소년을 그의 창문 밑에까지 오게 했고, 그애와 아주 친해진 거야…… 알료샤, 내가 왜 이런 얘길 하는지 모르겠지? 왠지 머리가 아프구나, 기분도 영 처량하고."

"형, 말하는 표정도 이상해요." 알료샤가 불안해하며 말했다. "꼭 정신 나간 사람 같아요."

"말 나온 김에 얘기하마, 이건 얼마 전 모스크바에서 어느 불가리아 사람한테 들은 거야." 이반 표도로비치는 동생의 말은 귀에 들어오지도 않는다는 듯 그냥 계속했다. "거기 불가리아에서는 터키인들과 체르케스인들이 슬라브인들의 집단봉기를 두려워해서 어디서든 악행을 저지르는데—불을 지르고 사람을 베어 죽이고 아녀자를 폭행하고, 체포된 자들의 귀를 울타리에 못으로 박아놓고 밤새 그대로 내버려두었다가 다음날 아침에 목을 매달아 죽이는 등—상상도 할 수 없는 온갖 짓을 자행한다는 거야. 사실 인간을 두고 '짐승처럼' 잔인하다는 말을 더러 쓰는데, 짐승들로서는 너무나도 부당하고 모욕적인 소리지. 짐승은 절대로 인간처럼 그렇게 잔인할 수가, 그렇게 정교하고 그렇게 예술적으로 잔인할 수가 없으니까. 호랑이는 그저 물어뜯고 갈기갈기 찢어놓을 뿐, 그 밖엔 다른 재주가 없어. 사람의 귀를 밤새도록 못박아둔다는 건 설사 호랑이가 그런 짓을 할 수 있다손 쳐도, 그런 생각이 머리에 떠오르지도 않을걸. 그런데 이 터키인들은 관능적인 쾌감마저 느끼면서 아이들을 괴롭혔다는데, 칼로 어머니의 배를 갈라 태아를 끄집어내는 일쯤은 아무것도 아니고, 어머니들의 눈앞에서 젖먹이들을 위로 휙 집어던졌다가 총검으로 받기까지 했다는 거야. 어머니들 눈앞에서 그런 짓을 한다는 데 무엇보다 큰 쾌감을 느꼈던 거지. 그런데 내 흥미를 강하게 끌었던 장면은 바로 이거야. 상상해봐, 후들후들 떠는 어머니의 팔에 젖먹이가 안겨 있고, 그곳을 침입한 터키인들이 그 주위를 에워싸고 있어. 그들이 재미있는 장난 하나를 생각해냈지. 놈들은 아이를 웃기려고 열심히 어르고 웃고 해서 드디어 성공해 아이가 웃기 시작했어. 바로 이 순간 터키 놈 하나가 아이 얼굴에서 불과 4베르쇼크* 떨어진 데서 아이에게 권총을 겨누지. 아이가 즐겁게 까르르대면서 권총을 잡으려고 고사리손을 내밀 때 갑자기 이 예술가가 아이의 얼굴 한복판에 방아쇠를 당겨 그 조그만 머리를 박살 내는 거야…… 예술적이지, 안 그러냐? 참, 말이 나온 김에 터키인들은 단것을 무척 좋아한다더라."

"형, 왜 이런 얘길 하는 거죠?" 알료샤가 물었다.

"내 생각엔, 만약 악마가 존재하지 않아서 인간이 악마를 만들어냈

* 1베르쇼크는 약 4.445센티미터에 해당한다.

다면, 그는 그것을 자신의 모습과 형상대로 만들어냈을 거야."

"그럼 인간은 신도 똑같은 식으로 만들어냈겠군요."

"말꼬리를 잡고 뒤집는 솜씨가 놀랍구나, 꼭 『햄릿』에 나오는 폴로니어스* 같은걸." 이반이 소리내어 웃었다. "너한테 말꼬리를 잡혔다만, 아무렴 어때, 난 기쁘기까지 하다. 인간이 자신의 모습과 형상에 따라 신을 만들어냈다면, 너의 신은 훌륭할 테니까. 너는 방금 내가 왜 이런 얘길 하느냐고 물었지. 난 말이다, 어떤 종류의 사실들을 수집하는 애호가여서, 네가 믿을지 모르지만, 신문도 좋고 이야기도 좋고 어디서 알게 됐든 가리지 않고 그런 일화들을 메모해서 모아두는데, 그게 어느새 훌륭한 수집품이 되었단다. 터키 녀석들도 물론 수집품에 들어가 있지만, 어쨌든 그건 다 외국인들이지. 나한텐 우리 국산 이야기들도 있는데, 어떤 건 터키 것보다 오히려 더 뛰어나. 너도 알겠지만, 우리 나라에선 구타도 더 심하고 매질과 채찍질도 더 심한데, 이건 민족적인 특성이야. 물론 귀에 못을 박는 거야 우리 나라에선 생각도 할 수 없는 일이지, 우린 그래도 유럽인이니까, 하지만 매질과 채찍질이라면—이미 우리 것이 돼버려 절대로 뺏길 수 없어. 외국에서는 풍습이 정화되어 그런지, 아니면 사람이 사람을 갈겨선 안 된다는 법이라도 제정된 덕분인지, 이제 매질이 아주 없어진 모양이다만, 대신 우리와 마찬가지로 순수하게 민족적인 다른 것으로 자신을 만족시키게 되었는데, 그게 너무나 그들 특유의 민족적인 방식이 돼놔서 우리 나라에서는 도저히 불가능하다 싶지만, 우리에게서도 특히 상류사회에서 종교적인 운동이

* 『햄릿』 1막 3장에서 폴로니어스가 딸 오필리어에게 하는 말을 염두에 둔 것이다.

시작된 때부터는 조금씩 확산되는 양상이긴 해. 나한테 아주 근사한 작은 책자가 하나 있거든, 제네바에서 불과 얼마 전, 기껏해야 오 년쯤 전에 리샤르라고 하는 어느 악당이자 살인자를 처형한 이야기를 프랑스어판에서 번역한 건데, 스물세 살 된 이 젊은이는 단두대에 오르기 직전에 참회하고 그리스도교를 받아들였다는 거야. 이 리샤르는 원래 누군가의 사생아였는데, 아직 여섯 살 정도밖에 안 된 아이를 부모가 스위스 산속의 어느 양치기들에게 선물했고, 그들은 부려먹을 심산으로 아이를 키웠어. 아이는 그들한테서 마치 들짐승처럼 자랐는데, 양치기들은 아이에게 아무것도 가르쳐주지 않았고, 오히려 일곱 살 됐을 때부터 벌써 양치는 일을 시키면서, 눈비가 오거나 날이 추워도 옷도 입히는 둥 마는 둥, 먹을 것도 거의 주지 않았지. 그러면서도 그들은 누구 하나 주저하거나 양심의 가책을 느끼기는커녕, 오히려 자기들한테 완전한 권리가 있다고 생각했던 거야, 어차피 리샤르는 그들이 물건처럼 선물받은 것이니 먹을 걸 줄 필요조차 없다고 여겼던 거지. 리샤르 자신도 증언하길, 그 시절 그는 마치 복음서에 나오는 탕자처럼, 살을 찌워 내다팔려고 돼지들한테 주는 그 꿀꿀이죽이라도 좀 먹어봤으면 죽어도 여한이 없을 것 같았지만, 그들은 그것마저 주지 않아 그 돼지 먹이를 훔쳐먹고 두들겨 맞았다는 거야. 그렇게 유년기와 청소년기를 모두 보내고 어른이 되어 힘이 세지자 그는 스스로 도둑질을 하러 나섰어. 이 야만인은 제네바에서 날품팔이를 하면서 번 돈으로 술을 퍼마시며 불한당으로 살다가 결국 어떤 노인을 죽이고 강도짓을 하기에 이르렀지. 그는 곧 체포되어 재판을 받고 사형선고를 받았어. 그쪽 사람들이야 감상적이지 않으니까. 그런데 감옥에 들어가자 목사들이며 여러 그리스도 형제회 회원들, 그리고 자선 활동을 하는 귀부인들 등등이 곧 바로 그를 에워싸는 거야. 그들이 감옥에서 그에게 읽고 쓰기를 가르치고 복음서를 설명해주고 훈계를 하고 설득하고 강요하고 잔소리를 늘어놓고 압력을 가해, 드디어 그도 자신의 범죄를 엄숙하게 인정하기에 이르렀지. 그는 세례를 받았고, 재판관들 앞으로 직접 편지를 써서 자기는 천하의 불한당이지만 마침내 영광스럽게도 주님께서 그를 밝게 비추어주시고 은총을 내려주셨다고 밝혔어. 제네바 전체가, 자선을 좋아하는 경건한 제네바 전체가 온통 흥분의 도가니가 되었지. 상류층과 교양 있는 계층에 속하는 자들은 너 나 할 것 없이 리샤르를 면회하러 감옥으로 몰려와, '너는 우리의 형제야, 너한테 은총이 내린 거야'라면서 입을 맞추고 포옹해. 리샤르는 그저 감격한 나머지 울기만 할 뿐이야. '그렇습니다, 저한테 은총이 내렸습니다! 전에 저는 어렸을 때나 좀 컸을 때나 그저 돼지 먹이에 기뻐했습니다만, 이제 저한테도 은총이 내렸으니 주님의 품안에서 죽을 수 있게 됐습니다!' '그래, 그래, 리샤르, 주님의 품안에서 죽어라, 넌 남의 피를 흘리게 했으니 주님의 품안에서 죽어야 돼. 네가 돼지 먹이를 탐내던 때, 그걸 훔쳐먹고 두들겨 맞던 때(네가 한 짓은 아주 좋지 못해, 훔치는 건 금지된 일이니까), 네가 주님을 전혀 몰랐던 건 네 죄가 아니겠지만—그래도 넌 남의 피를 흘리게 했으니 죽어야 돼.' 그리하여 이제 최후의 날이 왔어. 지칠 대로 지친 리샤르는 그저 눈물을 흘리면서 '오늘은 제 인생에서 가장 좋은 날입니다, 저는 주님께로 갑니다!' 하고 끊임없이 되뇔 뿐이지. 그러자 목사들, 재판관들, 자선가 귀부인들이 외쳐대는 거야. '그렇고말고, 오늘은 너의 가장 행복한 날이야, 넌 주님께로 가니까!' 리샤르를 태운 죄수

마차의 뒤를 따라 이들은 모두 마차를 타거나 걸어서 단두대로 향해. 마침내 단두대 앞에 도착했지. '죽어라, 우리 형제여.' 그들은 리샤르에게 이렇게 소리쳐. '주님의 품안에서 죽어라, 너에게도 은총이 내렸으니!' 그러고는 형제들의 키스 세례로 뒤덮인 리샤르 형제를 단두대로 끌고 가서 작두날 밑에 눕히고는, 그에게도 은총이 내렸다는 이유로 형제다운 방식으로 그의 머리를 싹둑 잘라버렸어. 그래, 정말 그게 특징적이지. 이 소책자는 러시아 상류계층에 속하는 어떤 루터파 자선가들에 의해 러시아어로 번역되어 러시아 민중을 계몽하기 위해 신문이나 다른 간행물의 부록으로 무료로 배포되었어. 리샤르 이야기가 훌륭한 점은 민족적인 특징을 보여주기 때문이야. 우리 나라에서는 어떤 사람이 그저 우리 형제가 되었고 그에게 은총이 내렸다는 이유만으로 목을 자른다는 게 황당하기 짝이 없는 일이지만, 거듭 말하거니와 우리한테도 이보다 별로 못하지 않은 우리만의 것이 있거든. 우리에겐 역사적이고 본능적이고 더없이 친숙한 모진 매질의 쾌락이 있어. 네크라소프가 쓴 시*에 농부가 채찍으로 말의 눈을, '유순한 눈'을 사정없이 내리치는 게 나오지. 이런 걸 보지 않은 사람이 어디 있겠나, 이건 그야말로 러시아적인 것인데. 시인은 비쩍 마른 힘없는 말이 너무나 힘에 겨운 무거운 짐을 끌고 가다가 달구지와 함께 진창에 빠져선 헤어나지 못하는 모습을 그리고 있어. 농부는 채찍으로 말을 때리고, 미친 듯이 악을 쓰며 때리고 또 때리다가, 마침내 때린다는 것 자체에 완전히 취해 자기가 무엇을 하고 있는지도 모를 지경이 되어 수없이 호되게 내리치는

* 네크라소프의 시 「땅거미가 지기 전」을 가리킨다.

거야. '힘이 없더라도 끌어, 뒈지더라도 끌란 말이다!' 여윈 말이 기를 쓰며 버둥거려보지만, 농부는 저항하지도 못하는 말을, 그 울고 있는 눈을, '유순한 눈'을 채찍으로 곧장 후려치기 시작해. 말은 갑자기 미친 듯이 몸부림치며 간신히 달구지를 끌어내서는, 숨도 제대로 쉬지 못하고 온몸을 떨면서, 왠지 비스듬히 뒤틀린 몸으로 마치 경련이라도 일으킨 듯 겅중겅중 뛰어오르며 어쩐지 부자연스럽고 치욕스러운 모습으로 걸어가기 시작하는데—네크라소프 시의 이 장면은 정말 읽기가 끔찍해. 그러나 이건 어쨌든 고작해야 말이고, 말이야 때리라고 하느님께서도 주셨지. 타타르인들은 우리에게 이렇게 일깨워주면서 기념으로 채찍을 선사했어. 하지만 매질은 사람에게도 할 수 있거든. 가령 교양 있는 어느 지식인 신사와 그의 부인이 겨우 일곱 살밖에 안 된 어린 친딸을 회초리로 때린 일이 있는데—이에 대해선 내가 자세하게 적어뒀지. 아빠란 자는 회초리에 옹이가 많은 걸 기뻐하면서 '이게 더 맵겠는데' 하고 말하고는 친딸에게 '매타작'을 하기 시작해. 이건 내가 확실히 아는 거지만, 이렇게 매질을 하는 사람들 중에는 한 대씩 내리칠 때마다 성적 쾌감을, 글자 그대로 성적 쾌감을 느낄 정도로 후끈 달아올라서, 매질이 거듭될수록 그 쾌감이 점점 더 강해지고 점점 더 속도가 붙으면서 고조되는 자들이 있어. 일 분을 때리다가 마침내는 오 분을 때리고, 십 분을 때리고, 더 오래, 더 많이, 더 자주, 더 맵게 때리는 거야. 아이는 비명을 내지르며 울다가 마침내 소리조차 지르지 못하고 그저 '아빠, 아빠, 아빠, 아빠!' 하며 숨넘어가는 소리만 내고 있어. 이 일은 뭔가 악마같이 상스러운 사건이라 하여 결국 재판을 받게 됐어. 변호사가 고용되었지. 러시아 민중은 이미 오래전부터 우리 나라의 변호사를 두고 '대변인—돈에 고용된 양심'이라고 불러왔잖아. 변호사는 자신의 의뢰인을 변호하느라 목청을 돋워. '본 건은 어느 가정에서나 으레 있는 아주 단순한 일로, 아버지가 자기 딸을 때린 것에 불과한데, 이렇게 법정에까지 오게 됐으니 이것이야말로 우리 시대의 수치가 아니겠습니까!' 이에 설득당한 배심원들은 일단 그곳에서 물러났다가 무죄평결을 내렸어. 방청객들은 가해자가 무죄를 선고받았다고 행복에 겨워 울부짖었지. 에잇, 내가 그 자리에 없었다니, 나라면 그 고문자의 이름을 기리기 위해 장학금이라도 제정하자고 소리 높여 제안했을 텐데……! 정말 멋진 광경들 아니냐. 하지만 아이들에 관한 거라면 이보다 더 훌륭한 것들도 나한테 있어, 러시아 아이들에 대한 것들을 아주아주 많이 모아두었거든, 알료샤. 다섯 살배기 어린 계집아이가 어머니와 아버지에게 증오의 대상이 되었는데, 그 부모란 자들은 '대단히 존경할 만하고 관직도 높은데다 교육도 받고 교양도 있는 사람들'이었어. 이봐, 다시 한번 확실히 말해두지만, 많은 사람에겐 아주 특별한 속성이 있는데—그건 바로 아이들, 오로지 아이들만을 학대하기 좋아한다는 거야. 이 박해자들도 다른 모든 인간 주체들에게는 교양 있고 인도적인 유럽인으로서 너그럽고 온화하기까지 한 태도로 대하지만, 아이들을 괴롭히는 것만큼은 엄청나게 좋아하고, 그런 의미에선 아이들 자체를 사랑하기까지 해. 그건 바로, 자신을 방어할 수 없는 이 어린 피조물들의 무력함이 가해자들에겐 유혹적이기 때문이지, 어디에도 몸을 숨길 수 없고 누구에게도 갈 수 없는 어린애들이 천사처럼 천진하게 사람을 믿는다는 것—바로 이게 고문자의 추악한 피를 뜨겁게 달구거든. 물론 어떤 인간의 내면에나 야수가 숨어 있어. 광포함의 야수, 고문당하는 희생자의 비명에 정욕이 끓어오르는 야수, 사슬에서 풀려나 멋대로 날뛰는 야수, 방탕한 생활에 젖어 통풍이니 간 질환이니 하는 따위의 병에 걸린 야수가 말이다. 이 가엾은 다섯 살배기 계집아이에게 이 교양 있는 부모는 온갖 고문을 가했어. 왜 그러는지 자기들도 모르면서 아이를 때리고 매질하고 발로 걷어차고 온몸을 시퍼렇게 멍투성이로 만들어 주다가, 마침내 최고로 세련된 방법에 이르게 됐지. 얼음이 쨍쨍 어는 엄동설한에 아이를 밤새 뒷간에 가둬둔 거야, 그것도 단지 아이가 밤중에 뒷간에 가고 싶다는 말을 안 했다는 이유로(다섯 살배기 아이가 천사처럼 곤히 자는 중인데, 어찌 그 나이에 그런 것까지 알고서 알릴 수 있다는 거냐)—그 벌로 아이의 온 얼굴에다 아이의 대변을 처바르고 그 대변을 억지로 먹였어. 어미가, 어미가 그걸 강요했다고! 그러고서 이 어머니는 밤중에 그 더러운 곳에 갇힌 가엾은 아이의 신음이 들리는데도 잠을 잘 수 있었다는 거 아니냐! 너는 이게 이해되니, 자기에게 무슨 일이 일어나고 있는지조차 알아챌 수 없는 어린것이 어둡고 추운 그 더러운 곳에서 그 조그만 주먹으로 자신의 찢어진 가슴을 치면서 '하느님 아버지'를 향해 자기를 보호해달라고 아무도 원망할 줄 모르는 온순한 피눈물을 흘리며 애원하고 있다면 말이다—이 어처구니없는 일이 너는 이해되니, 너는 내 친구이자 동생이고 하느님을 섬기는 겸손한 수도사가 아니냐, 그런 너는 이해가 되느냐고, 이 어처구니없는 일이 무엇을 위해 그렇게 필요하고 무엇을 위해 그렇게 만들어져 있는지! 이것 없이는 인간이 이 지상에서 지낼 수도 없다, 이게 없다면 선과 악을 인식하지 못할 테니까 하고들 말하지. 하지만 이런 대가를 치르면서까지 무엇을 위해 이 악마 같은 선악을 인식해야 된다는 거냐? 인식의 세계를 통째로 갖다대도, '하느님 아버지'를 향해 흘리는 어린아이의 이 눈물만한 가치도 없지 않느냔 말이다. 어른들의 고통에 대해서는 말하지 않겠다, 그들이야 사과를 따먹었으니, 될 대로 되라지, 악마가 모조리 잡아간대도 상관없어, 하지만 이 아이들은, 아이들은! 내가 너를 괴롭히고 있구나, 알료쉬카, 정신을 가누지 못하는 것 같은데. 원하지 않는다면, 이제 그만두마."

"괜찮아요, 나도 고통을 느끼고 싶어요." 알료샤가 중얼거렸다.

"그럼 짤막한 삽화 하나만, 딱 하나만 더 하마, 진기하고 또 대단히 특징적인 얘기거든. 무엇보다 바로 얼마 전에 우리 러시아의 어느 고담집古談集에서 읽었는데, 『고문헌』이었는지 『고사집』이었는지는 잘 모르겠구나.* 다시 알아봐야겠다만, 어디서 읽었는지조차 잊어버리다니. 이건 아직 우리 세기 초엽, 농노제가 맹위를 떨치던 가장 암울한 시대의 일이야, 그러니 민중의 해방자** 만세! 그 시절, 세기 초에 한 장군이 있었는데, 막강한 인맥에다 엄청난 대지주였던 이 장군은 퇴역하면서 자신의 공로에 대한 보답으로 자기 하인들과 농노들에 대한 생살여탈권生殺與奪權을 손아귀에 넣게 됐다고 확신하는 그런 자들 중 하나였어(하긴 그때도 이미 그런 자들이 얼마 되진 않았던 모양이다만). 아무튼 그 시절엔 그런 인간들이 더러 있었어. 그런데 이 장군은 농노가 2천 명이나 딸린 영지에서 거들먹거리며 사는지라, 부근의 소지주들을 그저 자

---

* 당시 발행되던 『러시아 고문헌』(1863~1917)과 『러시아 고사집』(1870~1918)을 말하나, 사냥개들에게 쫓기다 죽은 소년의 이야기는 1877년 『러시아 통보』에 실렸던 것으로 연구자들에 의해 밝혀졌다.

** 1861년의 농노제 철폐 선언으로 알렉산드르 2세(재위 1855~1881)는 '해방자'라는 별칭을 얻었다.

기 집 식객이나 어릿광대처럼 취급했지. 개집에는 사냥개가 수백 마리 있었고, 거의 백 명이나 되는 사냥개지기들도 모두 제복 차림에 말을 타고 다녔어. 그런데 하루는 그 집 행랑채에 살던 소년이, 겨우 여덟 살 난 어린 사내애였는데, 놀다가 어떻게 돌을 던진다는 게 그만 장군이 제일 아끼는 사냥개의 다리에 상처를 내고 만 거야. '어찌하여 나의 애견이 다리를 저느냐?' 그래서 바로 이 소년이 개한테 돌을 던져 다리를 다치게 했다고 고했지. '아, 네놈 짓이로구나' 하며 장군이 소년을 훑어보았어. '저놈을 잡아라!' 소년은 잡혔지, 어머니한테서 잡아와 밤새 구류간에 가둬두었는데 날이 밝기 무섭게 장군이 사냥 나갈 채비를 완전히 갖추고 나와서 말에 올라탔고, 식객들, 개들, 사냥개지기들, 그리고 하나같이 말을 탄 몰이꾼들이 호위하듯 그를 에워쌌어. 본보기를 보여주려고 행랑채의 하인들을 죄다 불러모았는데, 맨 앞에는 죄를 저지른 소년의 어머니가 서 있었어. 소년이 구류간에서 끌려나왔어. 안개가 낀 스산하고 추운 가을날이어서 사냥하기에 아주 제격인 날씨였지. 장군이 소년의 옷을 벗기라고 명령했고, 완전히 벌거숭이가 된 아이는 덜덜 떨면서 공포에 질려 멍해진 채 감히 찍소리도 못 내고 있어…… '저놈을 내몰아라!' 장군이 호령해. '달려, 달려!' 사냥개지기들이 소년에게 소리치고, 소년은 달리는 거야…… '어어이, 저놈을 잡아라!' 장군이 이렇게 외치면서 소년을 향해 날쌘 사냥개 무리를 한꺼번에 풀어놓았지. 어머니가 보는 앞에서 소년을 쫓게 했고, 개들은 아이를 갈기갈기 찢어버리고 말았어……! 그 장군은 보호관찰형을 받은 모양이더군. 그래…… 이런 놈을 어떻게 해야 하지? 총살? 도덕적 감정을 만족시키기 위해 총살시켜? 말해봐, 알료샤카!"

"총살시켜요!" 알료샤가 웬지 일그러진 듯한 창백한 미소를 띠고 형에게 시선을 들어올리고는 조용히 말했다.

"브라보!" 이반이 미칠 듯 기뻐하며 환성을 내질렀다. "네가 그렇게 말하다니, 이건…… 야아, 게다가 스히마 수도사*가! 그러니까 보라고, 네 가슴속에도 악마의 새끼가 도사리고 있는 거야, 알료쉬카 카라마조프!"

"내가 그만 맹랑한 소릴 했어요, 하지만……"

"바로 그거야, 그 하지만이 중요해……" 이반이 소리쳤다. "잘 알아둬, 수련 수도사 양반, 이 지상엔 맹랑한 소리가 너무나도 필요해. 세상은 맹랑한 소리들을 발판 삼아 서 있고, 그것들이 없다면 아마 세상에는 아무 일도 일어나지 않을 거야. 우리는 우리가 아는 것을 알 뿐이니까."

"형이 알고 있는 건 뭔데요?"

"내가 이해하는 건 아무것도 없어." 이반은 마치 열에 들뜬 사람처럼 말을 이었다. "무엇이든 이젠 이해하고 싶지도 않아. 나는 사실에만 머무르겠어. 이해 같은 건 하지 않기로 오래전에 결심했으니까. 뭔가를 이해하려 들면, 곧바로 사실을 배반하게 되거든, 그래서 난 사실에 머무르기로 결심했어……"

"왜 형은 나를 시험하는 거예요?" 갑자기 슬픔이 북받치는 듯 알료샤가 비통하게 외쳤다. "이제 나한테 말해줄 거죠?"

"물론 말해주지, 그 말을 하자고 지금껏 얘길 끌어온 거니까. 넌 나에

---

* 특별히 엄격한 고행적 계율인 스히마를 받은 수도사를 말하는데, 알료샤는 스히마 수도사가 아니다.

게 소중해, 나는 너를 놓치고 싶지 않아, 너의 조시마한테 양보하지도 않을 거다."

이반은 일 분가량 입을 다물고 있더니 갑자기 몹시 슬픈 얼굴이 되었다.

"내 말을 들어봐, 내가 어린아이들만을 예로 든 건 문제를 좀더 분명하게 하기 위해서였어. 표면에서 중심에 이르기까지 지구 전체를 흥건하게 적시고 있는 나머지 인류의 눈물에 대해서는—구태여 말하지도 않겠어, 난 일부러 주제를 좁힌 거야. 나는 한 마리 빈대에 지나지 않아서, 무엇을 위해 모든 것이 이런 꼴로 만들어져 있는지 도무지 이해할 수 없다는 점을 깊숙이 몸을 낮추며 인정하는 바야. 그러니까 결국 인간들 자신이 잘못했다는 거지. 그들에겐 애초에 낙원이 주어졌지만, 그들은 자신들이 불행해질 것을 뻔히 알면서도 자유를 얻기 위해 하늘에서 불을 훔쳐냈으니, 그들을 불쌍히 여길 필요는 눈곱만큼도 없다는 거야. 오, 나의 이성, 이 보잘것없고 지상적인 유클리드적 이성에 기대어 내가 알고 있는 건, 고통은 있되 죄인은 없고, 모든 것은 하나가 다른 하나로부터 직접적이고 단순한 결과로 발생하며, 그렇게 모든 것이 흘러가면서 평형을 유지한다는 것, 오직 이게 다야—하지만 이건 그저 유클리드적 헛소리에 지나지 않아, 나는 그걸 잘 알고 있고, 그 헛소리에 따라 사는 것에 절대로 동의할 수 없어! 죄인은 없다는 것, 그리고 그걸 내가 알고 있다는 것, 그게 나한테 무슨 소용이란 말이냐—내게 필요한 건 복수야, 그게 없다면 나는 스스로를 완전히 진멸시켜버리겠어. 그 복수는 무한대 속의 그 어디, 그 어느 때가 아니라, 바로 여기 이 지상에서 이루어져야 돼, 내 눈으로 똑똑히 볼 수 있게끔. 나는 그것을 믿어왔으니까, 내 눈으로 직접 보고 싶다 이거야, 만약 그때쯤 내가 이미 죽은 몸이라면, 나를 부활이라도 시켜줘야 돼, 내가 없을 때 그 모든 일이 일어난다면 너무 억울할 테니까. 내가 지금껏 고통받아온 건, 나 자신과 나의 악행과 나의 고통을 희생하여 누군가가 미래에 조화를 누리도록 밑거름이 되어주기 위해서가 아니었어. 나는 사슴이 사자 곁에 눕는 것을, 살해당한 자가 벌떡 일어나 자기를 죽인 자와 포옹하는 것을 내 눈으로 보고 싶단 말이다. 무엇을 위해 모든 것이 이렇게 되어 있었는지 모두가 홀연히 알게 되는 그때, 나는 그 자리에 있고 싶단 말이다. 지상의 모든 종교는 이 소망 위에 서 있고, 나도 믿음을 가진 사람이야. 하지만 그래도 여전히 아이들이 있는데, 그럼 나는 이 아이들을 어떡해야 하는 거냐? 이것이 내가 해결할 수 없는 문제야. 골백번이나 되풀이하는데—문제는 많고도 많지만, 나는 아이들만을 예로 들었어, 거기엔 내가 말해야 할 것이 반박할 수 없을 정도로 명확하게 드러나 있으니까. 잘 들어줘. 모든 인간이 고통을 겪어야 하는 것은 그 고통으로써 영원한 조화를 사기 위해서라고 하더라도, 어째서 아이들까지 거기 껴야 한다는 거냐, 제발 말 좀 해줄래? 도무지 이해가 안 돼, 어째서 아이들마저 고통을 받아야 했고, 어째서 아이들마저 고통이란 대가를 치르고 조화를 사야 한다는 거냐? 어째서 아이들마저 재료로 전락해서, 누군가가 누릴 미래의 조화를 위해 밑거름이 되어야 한단 말이냐? 사람들 간 죄의 연대 관계는 나도 이해해, 복수에서의 연대 관계도 이해해, 하지만 아이들과의 죄의 연대 관계는 이해 못해, 그리고 만약 아버지들의 모든 악행에 대해 그 아이들도 아버지들과 연대되어 있다는 게 정말로 진실이라면, 그 진실은 절대로 이 세상에 속하는 것이 아니니까 나 같은 놈은 이해 못해. 어떤 익살꾼은 어차피 아이도 자라서 어른이 되면 죄를 지을 거라고 말할지 모르지만, 어쨌거나 지금은 아직 어른이 되지 않았는데 여덟 살짜리 아이한테 개떼를 풀어서 갈기갈기 찢어 죽인 거야. 오, 알료샤, 나는 신을 모독하는 게 아냐! 하늘 위와 땅 밑에 있는 모든 것이 하나의 찬미하는 목소리로 합쳐지고, 살아 있는 모든 것과 전에 살았던 모든 것이 '당신이 옳으시나이다, 주님, 이는 당신의 길이 열렸기 때문이옵니다!'라고 소리 높여 외칠 때, 이 우주가 얼마나 크게 진동하게 될지, 나는 잘 알고 있어. 개떼를 풀어 아들을 갈기갈기 찢어놓은 박해자와 아이의 어머니가 얼싸안고 셋이서 함께 눈물을 흘리면서, '주님, 당신이 옳으시나이다'라고 소리 높여 외칠 때, 그때는 물론 인식의 영광스러운 승리가 이미 도래하여 모든 것이 분명하게 해명되겠지. 하지만 바로 여기에 또다시 난점이 있어, 나는 바로 이것을 도저히 받아들일 수 없으니까. 그러니 내가 이 지상에 살고 있는 동안, 나는 서둘러 내 나름의 조치를 취할 거야. 이봐 알료샤, 어쩌면 정말 내가 그 순간까지 살거나 아니면 부활하여 그 순간을 경험하게 되는 일이, 그리하여 아이의 박해자와 얼싸안는 어머니를 보면서 나 또한 모든 사람과 함께 '주님, 당신이 옳으시나이다!' 하고 외치게 되는 일이 실제로 일어날는지도 모르지, 하지만 나는 그때 가서 외치고 싶진 않아. 아직 시간이 있는 동안, 나는 서둘러 나 자신의 방어벽을 견고히 할 작정이고, 그러니 그 드높은 조화 따윈 완전히 포기하겠어. 그 따위 조화는 구린내 나는 감옥에 갇혀 조그만 주먹으로 제 가슴을 치고 보상받을 길 없는 눈물을 흘리면서 '하느님 아버지'께 기도했던 그 학대받은 아이, 단 한 명의 눈물만한 가치도 없어! 아이의 눈물이 보상

받지 못한 채 남았기 때문에, 그만한 가치가 없다는 거야. 그 눈물은 마땅히 보상받아야만 해, 그렇지 않으면 조화 따윈 있을 수도 없어. 하지만 무엇으로, 무엇으로 넌 그 눈물을 보상해줄 거지? 과연 그게 가능하긴 할까? 이를테면 먼 미래의 복수를 통해서? 하지만 그런 복수가 나한테 무슨 소용 있으며, 박해자들을 지옥으로 보낸다고 해서 그게 나한테 무슨 소용 있느냔 말이다, 이미 아이들이 죽도록 학대당한 마당에 지옥이 무엇을 바로잡아줄 수 있다는 건데? 그리고 지옥이 존재한다면, 조화란 게 대체 무슨 놈의 조화냔 말이다. 나는 용서하고 싶어, 부둥켜안고 싶어, 나는 사람들이 더이상 고통당하는 걸 원치 않아. 그리고 아이들의 고통이 진리를 사기 위해 반드시 치러야 할 고통의 총량을 채우는 데 쓰였다면, 미리 단언하지만, 모든 진리를 다 합쳐도 그만한 값어치는 안 돼. 궁극적으로 나는, 개떼를 풀어 아들을 갈기갈기 찢어 죽인 그 박해자를 그 아이의 어머니가 얼싸안는 걸 원치 않아! 어머니가 감히 그자를 용서해선 안 돼! 원한다면 자기 자신에 대한 것만 용서해주면 되는 거야, 어머니로서 받았던 자신의 한량없는 고통에 대해서만 그 놈을 용서해주란 말이다. 하지만 갈기갈기 찢겨 죽은 자기 아이의 고통에 대해서는 어머니도 용서해줄 권리가 없고, 설령 아이 자신이 그 박해자를 용서한다 하더라도, 어머니는 감히 그놈을 용서해선 안 돼! 하지만 만약 그렇다면, 만약 그들이 감히 용서해주어서는 안 된다면, 도대체 어디에 조화가 있단 말이냐? 도대체 이 세상 전체에 용서해줄 수 있고 용서할 권리를 가진 그런 존재가 있기나 할까? 나는 조화 따윈 원치 않아, 인류에 대한 사랑 때문에 원치 않는 거야. 차라리 나는 복수를 맛보지 못한 고통들과 함께 머무르겠어. 비록 내가 틀릴지라도, 차라리

나는 복수를 맛보지 못한 내 고통과 잠재우지 못한 내 분노 속에 머무르겠어. 더구나 그 조화는 값을 너무 높이 매겨놓아, 우리의 주머니 사정으론 그 비싼 입장료를 치를 수도 없어. 그렇기 때문에 나는 서둘러 내 입장권을 돌려주려는 거야. 그리고 만약 내가 정말 정직한 인간이라면, 되도록 빨리 그걸 돌려줄 의무가 있어. 그래서 그렇게 하는 거야. 나는 신을 받아들이지 않는 게 아니야, 알료샤, 다만 아주 정중하게 그에게 입장권을 돌려주는 것뿐이지."*

"그건 반역이에요." 알료샤가 눈을 내리뜨고 조용히 말했다.

"반역? 그런 말을 너한테서 듣고 싶진 않았는데." 이반이 충격을 받은 듯 말했다. "반역으로 살 수가 있을까, 그런데 나는 살고 싶거든. 나한테 솔직하게 말해다오, 내가 너를 호명하는 거니까—대답해다오. 자, 가령 네가 궁극적으로 사람들을 행복하게 해주고 그들에게 마침내 평화와 평안을 줄 목적으로 네 손으로 인류 운명의 건물을 세우고 있다 하자, 그런데 그러기 위해서는 고작 단 하나의 그저 아주 작은 피조물, 예컨대 조그만 손으로 제 가슴을 두드리던 바로 그 어린애를 어쩔 수 없이 괴롭히지 않으면 안 되고 그 아이의 복수해주지 못한 눈물 위에 이 건물을 세워야만 한다면, 이런 조건에서 너는 그 건축가가 되는 데 동의할 수 있을까, 말해봐, 거짓 없이 솔직하게!"

"아뇨, 동의하지 않을 거예요." 알료샤가 조용히 말했다.

"그리고 또, 네가 짓고 있는 건물에 살게 될 사람들이 그 어린 수난자의 부당하게 흘린 피 위에 세워진 자신의 행복을 기꺼이 받아들이고,

---

* 이 말의 끝부분은 쉴러의 시 「체념」 가운데 특히 제3연을 염두에 두고 있다.

그것을 받아들임으로써 영원히 행복을 누리게 되는 데 스스로 동의하리라는 생각을 너라면 용납할 수 있겠니?"

"아뇨, 용납할 수 없어요, 형." 갑자기 알료샤가 눈을 번쩍이며 말했다. "형은 방금, 용서할 수 있고 또 용서할 권리를 가진 존재가 이 세상 전체에 있겠느냐고 말했죠? 하지만 그런 존재가 있어요, 그리고 그 존재는 모든 것을, 모든 사람과 모든 것을, 더구나 모든 일에 대해 용서할 수 있어요, 왜냐하면 그 존재 스스로 모든 사람과 모든 것을 위해 자신의 무고한 피를 바쳤으니까요. 형은 그분을 잊었어요, 바로 그분 위에 그 건물도 세워질 거예요, 그리고 바로 그분을 향하여 '당신이 옳으시나이다, 주님, 이는 당신의 길이 열렸기 때문이옵니다' 하고 소리 높여 외치게 될 거예요."

"아, '죄 없는 단 한 분'과 그의 피 얘기구나! 아니, 난 그분을 잊지 않았어, 오히려 네가 오랫동안 그분 얘기를 꺼내지 않아서 내내 의아했는걸, 너희 쪽 사람들은 죄다 논쟁 때마다 으레 그분을 맨 먼저 내세우니까. 그런데 알료샤, 비웃지 마라, 언젠가 일 년쯤 전에 내가 서사시 한 편을 지었거든. 나하고 십 분 정도 더 보낼 수 있다면, 얘기해주고 싶은데, 어때?"

"형이 서사시를 썼다고요?"

"오, 아냐, 썼다는 게 아니야." 이반이 웃음을 터뜨렸다. "난 시라곤 평생 단 두 줄도 지어본 적이 없어. 하지만 난 이 서사시를 구상해서 머릿속에 새겨두었지, 열심히 구상한 거야. 네가 내 최초의 독자, 아니 최초의 청자가 되는 셈이지. 사실 작가로서야 단 한 명의 청자라도 놓칠 까닭이 없거든." 이반이 히죽 웃었다. "이야기할까, 아니면 관둬?"

"정말 듣고 싶어요." 알료샤가 말했다.

"내 서사시의 제목은 '대심문관'이야. 말도 안 되는 작품이지만 너한테 꼭 들려주고 싶구나."

V
대심문관

"그런데 여기서도 서문이 없으면 안 되니까—문학적 서문 말이다, 쳇!" 하고 이반이 웃었다. "내가 벌써 무슨 작가라고! 어쨌거나, 내 서사시의 무대는 16세기인데, 당시엔—하긴 너도 이런 건 학교에서 배워 이미 알고 있겠지만, 당시엔 때마침 시 작품들에서 천상의 힘들을 지상으로 데려오는 게 예사였지. 단테 얘기는 꺼내지도 않겠다. 프랑스에서는 재판소 서기들뿐만 아니라 수도원의 수도사들도 성모마리아와 천사, 성자, 그리스도, 심지어 신까지 무대에 등장시키는 공연을 연이어 보여주곤 했으니까. 당시엔 이 모든 것이 아주 소박했어. 빅토르 위고의 『파리의 노트르담』를 보면, 루이 11세 때 프랑스 왕세자의 탄생을 기리기 위해 시청 홀에서 '지극히 성스럽고 자비로우신 동정녀 마리아의 관대한 재판'이라는 제목의 교훈극이 백성들을 위해 무료로 공연되는데, 거기서도 동정녀 마리아가 친히 등장해 *공정한 판결*을 내리지.*

* 빅토르 위고의 『파리의 노트르담』 시작 부분에 나오는 장면. 그러나 위고의 소설에서는 왕세자의 생일에 대한 언급이 없고, 왕세자와 플랑드르의 마르그리트의 혼인을 희망하는 플랑드르 사신들이 도착했다는 얘기가 나온다.

우리 모스크바에서도 표트르 대제 이전의 옛 시대에는 바로 이와 유사한, 거의 연극이라 할 만한 공연들이 때때로 이루어졌는데, 특히 구약성서에서 주제를 가져온 것들이 많았어. 하지만 연극 공연 이외에도 성자들, 천사들, 천상의 온갖 힘이 필요에 따라 등장인물로 나오는 많은 소설과 '시'가 온 세상을 돌아다니고 있었지. 우리 나라 수도원들에서도 번역이나 필사 작업이 활발하게 이루어졌고 심지어 그런 서사시를 직접 짓기도 했어, 더구나—타타르족의 통치 시대* 때도 말이다. 예를 들어 그렇게 수도원에서 생겨난 것 중에 「성모의 지옥 방문」이라는 조그만 서사시가 있는데(물론 그리스어에서 번역한 것이지만), 거기 나오는 장면들이 어찌나 대담한지 단테 못지않을 정도야. 성모가 지옥을 방문하여, 대천사 미카엘의 안내에 따라 '지옥의 고통들'을 순회하지. 성모는 죄인들과 그들이 겪는 고통을 보게 돼. 여기서 특히 흥미진진한 건 불타는 호수에 던져진 한 무리의 죄인인데, 그들 중에는 이 호수에 너무 깊이 빠져 다시는 떠오를 수도 없는 자들이 있어, 바로 '하느님께서도 이미 잊고 계신 자들'이지—정말 굉장한 깊이와 힘을 지닌 표현 아니냐. 그리하여 크나큰 충격을 받고 눈물을 흘리면서 성모는 하느님의 왕좌 앞에 엎드려 지옥에 있는 모든 이, 자신이 그곳에서 본 모든 이에게 가리지 말고 자비를 베풀어주십사 애원하지. 성모와 하느님의 대화가 엄청나게 재미있어. 성모가 간절히 애원하면서 물러가려 하지 않자, 하느님이 그녀에게 그녀 아들의 못박힌 손과 발을 가리키면서 물어봐, 내가 어찌 그를 박해한 자들을 용서해주겠는가 하고—그러자 성모

* 1243년부터 1480년까지 몽골-타타르족이 러시아를 통치했던 시대.

는 모든 성자, 모든 순교자, 모든 천사와 대천사 들에게 자신과 함께 엎드려 하느님께서 어느 누구를 가리지 않고 모두에게 자비를 베풀어주시도록 기도하자고 명해. 결국 성모는 해마다 성금요일에서 성령강림절까지 고통을 중단시키겠노라는 결정을 하느님께 받아내고, 그리하여 지옥으로부터 죄인들이 곧바로 주님께 감사하며 '주님, 주님의 심판이 의로우셨나이다!' 하고 큰 소리로 외치는 것으로 이야기는 끝나. 뭐, 내 알량한 서사시도 그 당시에 나타났다면 바로 이런 유의 것이 됐을 테지. 내 서사시에서도 그가 무대에 등장해. 하지만 그는 서사시 안에서 아무 말도 하지 않고, 그냥 나타났다가 지나가버려. 때는 그가 자신의 왕국에 오겠다고 약속한 후 이미 십오 세기가 흐른 무렵이야. '내가 속히 임하리니'*라고 그의 예언자가 쓴 때로부터, 그리고 그 자신이 아직 이 땅에 있을 적에 '그날과 그 시간은 아들도 모르고, 오직 하늘에 계신 내 아버지만 아시느니라'** 하고 스스로 말한 때로부터 이미 십오 세기가 지난 거지. 하지만 인류는 여전히 예전과 같은 믿음, 예전과 같은 갈망을 가지고 그를 기다리고 있어. 오, 심지어 믿음은 더 커졌는데, 그도 그럴 것이, 하늘이 인간에게 서준 보증이 끊긴 이후 이미 십오 세기라는 세월이 흐르고 말았으니까.

가슴의 속삭임을 믿을지어다,
하늘의 보증은 없나니.***

---

* 「요한계시록」 3:11, 22:7, 12, 20.

** 「마가복음」 13:32, 「마태복음」 24:36의 부정확한 인용.

*** 쉴러의 시 「동경」의 끝부분. 도스토옙스키는 쥬콥스키의 번역을 따르고 있는데, 원래

그러니 오직 가슴의 속삭임을 믿을 수밖에! 사실 그때는 숱한 기적이 있기도 했지. 기적적으로 병을 낫게 하는 성자들도 있었어. 어떤 의인들에게는, 그들의 생애전에 따르면, 천상의 여왕께서 친히 내려와주셨다는군. 하지만 악마도 졸고 있는 건 아니어서, 인류의 마음속엔 이미 이 기적들의 진실성에 대한 의혹이 일기 시작했지. 때마침 북방의 독일에서 무시무시한 새로운 이단이 나타났어. '횃불(즉 교회)같이 타는 큰 별이 여러 물샘에 떨어지니, 그 물이 쓴 물이 되었던'**** 것이지. 이 이단들은 신성모독적으로 기적을 부정하기 시작했어. 하지만 믿음을 여전히 간직한 사람들은 그럴수록 더욱더 열렬히 믿는 거야. 인류의 눈물은 여전히 그를 향해 올라가고, 그를 기다리고, 그를 사랑하고, 그에게 희망을 걸고, 그를 위해서 고난을 당하며 죽기를 갈망하는 거지, 예전과 다름없이…… 이렇게 그 많은 세기 동안 인류가 불타는 믿음을 가지고 '주여, 저희에게 임하옵소서'라고 열렬하게 기도하고, 그 많은 세기 동안 그에게 애타게 호소하자, 그도 마침내 한량없이 측은히 여겨 이처럼 기도하는 자들에게 내려가고 싶어졌던 거야. 전에도 가끔 이렇게 내려가서, 아직 지상에 있던 몇몇 의인들과 순교자들, 성스러운 은자들을 찾아가곤 했다더군, 이건 그들의 '생애전'에 적혀 있는 얘기야. 자신이 하는 말의 진실을 깊이 믿고 있던 우리의 츄체프*****도 소리 높

「동경」의 해당 부분에는 '가슴의 속삭임'이라는 대목이 나오지 않으며, 시의 전체적인 의미 맥락도 기독교 신앙과 거리가 멀다.

**** 「요한계시록」 8:10~11.

***** 러시아 낭만주의 시인. 철학적인 시를 많이 썼고, 괴테, 쉴러, 하이네의 시를 다수 번역하기도 했다. 인용된 대목은 그의 시 「이 가난한 마을들……」의 마지막 연이다.

여 노래한 바 있지.

십자가의 무거운 짐에 괴로워하며
하늘의 황제께서 종의 모습을 하고
어머니 대지여, 너의 온 누리를
두루 축복하며 다니셨노라.

이건 틀림없이 그랬어, 너한테 그 얘길 해주마. 자, 이제 그는 잠깐만이라도 백성들에게—고통당하고 괴로워하며 더러운 죄악에 허덕이면서도 어린아이처럼 그를 사랑하는 백성들에게 나타나고 싶어진 거야. 내 서사시의 무대는 에스파냐의 세비야, 종교재판이 가장 무시무시하게 자행되던 시대인데, 그때는 하느님의 영광을 위하여 나라 안에 매일같이 장작불이 타오르고,

웅장한 화형대에서
사악한 이단자들을 불태웠노라.

오, 이건 물론 그 자신이 약속했던 것처럼 이 세상 시간이 끝날 때 하늘의 영광에 휩싸여 출현하게 되는 강림, '번개같이 동편에서 서편까지 번쩍이며'* 갑자기 이루어지는 그런 강림이 아니었어. 아니, 그는 그저 잠깐이라도 자신의 아이들을 찾아가 보고 싶었던 것뿐이야, 그것도 때

* 「마태복음」 24:27.

마침 이단들을 태우는 장작불이 요란하게 타오르던 그곳으로 말이지. 한없이 자비로운 마음에 그는 십오 세기 전에 삼 년 동안 사람들 사이를 다니던 때와 똑같은 인간의 모습으로 다시 한번 사람들 사이를 지나가는 거야. 그는 남쪽 도시의 '뜨거운 광장'으로 내려오는데, 마침 그곳은 바로 그 전날, '웅장한 화형대'에서 거의 백 명이나 되는 이단자들이 왕과 궁신들, 기사들, 추기경들, 우아하기 그지없는 궁정 귀부인들, 그리고 세비야 전체의 수많은 주민이 지켜보는 가운데 대심문관인 추기경의 명령에 따라 '하느님의 크나큰 영광을 위하여'* 한꺼번에 화형에 처해진 곳이었어. 그는 눈에 띄지 않게 조용히 나타났지만, 그런데도—이상한 일이지—다들 금방 그를 알아봐. 이게 내 서사시에서 가장 훌륭한 부분에 속하지 싶은데, 그러니까 어떻게 사람들이 그를 알아보는가 하는 대목 말이야. 민중은 불가항력에 이끌려 그를 향해 나아가고, 그를 에워싸고, 그의 주위로 점점 더 몰려들면서 그의 뒤를 따라가지. 그는 한없는 연민이 담긴 조용한 미소를 머금은 채 그들 사이를 말없이 지나가고 있어. 사랑의 태양이 그의 가슴속에서 불타오르고, '광명'과 '계몽'과 '힘'의 빛줄기가 그의 눈에서 흘러나와 사람들 위로 쏟아지면서 그들의 가슴을 사랑의 응답으로 떨리게 하는 거야. 그는 그들에게 손을 뻗어 축복하는데, 그의 몸에 닿기만 해도, 심지어 그의 옷자락에 닿기만 해도 병을 낫게 해주는 힘이 거기서 나와. 이때 무리 속에서, 어릴 적부터 눈이 먼 한 노인이 '주님, 저를 낫게 해주시옵소서, 그러면 저도 주님을 뵈올 수 있겠나이다' 하고 외치자, 마치 두 눈에서 비

* Ad Majorem Dei Gloriam. 예수회의 모토.

늘이라도 떨어져나간 듯 장님의 눈이 뜨이며 그를 보게 돼. 모든 사람이 눈물을 흘리면서, 그가 밟고 지나가는 땅에 입을 맞추지.* 아이들은 그의 앞에 꽃을 던지고 노래하며 '호산나!'라고 외쳐.** 사람들은 모두 '이건 그분이야, 바로 그분이야, 그분이 틀림없어, 틀림없이 바로 그분이야' 하고 계속 되뇌지. 그가 세비야 성당 입구에서 막 걸음을 멈추는 순간, 마침 어린아이들 장례용인 하얗고 조그만 관 하나가 뚜껑이 열린 채 통곡소리와 함께 사원 안으로 들어오는데, 관에는 어느 명망 있는 시민의 외동딸인 일곱 살 난 소녀가 누워 있어. 죽은 아이는 온통 꽃에 파묻혀 있지. '저분이 당신 아이를 다시 살려주실 겁니다.' 울고 있는 어머니에게 군중 속에서 이렇게들 외쳐대. 관을 맞으러 나온 성당의 신부는 당혹스러운 나머지 미간을 찌푸린 채 바라보고 있지. 하지만 바로 그때, 죽은 아이의 어머니가 울부짖는 소리가 울려퍼져. 그녀는 그의 발아래 몸을 던지고 두 팔을 그에게 뻗으며, '만약 당신이 그분이시라면, 제 아이를 다시 살려주세요!'라고 외치는 거야. 장례 행렬이 멈추어 서고, 사람들은 관을 성당 입구, 그의 발치에 내려놓아. 그는 연민이 가득한 눈으로 바라보다가 조용히 입을 열어 다시 한번 '탈리타 쿰'—'소녀야, 일어나라'***라고 말하지. 그러자 소녀가 관에서 몸을 일으켜 앉더니 놀란 듯이 토끼눈을 하고 미소를 지으며 사방을 둘러보는 거야.

---

* 민중이 그를 맞는 장면의 묘사는 「마태복음」 21 : 8~9, 「마가복음」 11 : 8~10, 「요한복음」 12 : 12~13에 의거하고 있다.

** 「마태복음」 21 : 15~16과 외경에 기대고 있다.

*** 「마가복음」 5 : 41, 「누가복음」 8 : 52~55, 「마태복음」 9 : 23~25에도 나오는 이 이야기를 도스토옙스키는 무척 좋아하여, 『죄와 벌』 『백치』의 초고 자료에서도 언급하고 있다.

소녀의 손에는 관에 누웠을 때 쥐어졌던 하얀 장미 꽃다발이 그대로 들려 있어. 군중 사이에 커다란 동요가 일면서 모두 울부짖고 흐느끼는데, 바로 그 순간 다름아닌 대심문관 추기경이 성당 앞 광장을 지나가. 이 사람은 나이가 아흔에 가까운 노인이었으나, 키가 크고 몸이 꼿꼿한데다, 바싹 여윈 얼굴에 눈은 움푹 꺼졌지만, 그 눈에서는 아직도 불꽃같은 광채가 번쩍이고 있어. 오, 그는 어제 로마 신앙의 적들을 화형에 처할 때 백성들 앞에 떨쳐입고 나왔던 그 화려한 추기경 복장이 아니야—천만에, 지금 그는 자신의 허름하고 거친 법의를 걸쳤을 뿐이야. 그의 뒤로 일정한 거리를 두고 침통한 얼굴을 한 보좌들과 그의 노예들, 그리고 '신성한' 호위대가 따르고 있어. 그는 군중 앞에서 걸음을 멈추고 멀리서 지켜보지. 그는 모든 것을 보았어, 그의 발치에 관을 내려놓은 것도 보았고, 소녀가 다시 살아나는 것도 보았고, 그러자 그의 얼굴이 침통해졌어. 그는 숱이 무성한 회색 눈썹을 찌푸리고, 그의 시선은 불길한 불꽃을 내뿜으며 번쩍여. 그는 손가락을 뻗어 호위병들에게 그를 체포하라고 명령하지. 그의 권세가 너무 막강하고 백성들은 이미 너무 고분고분하게 길들여져서 그저 벌벌 떨며 순순히 그에게 복종하는 까닭에, 군중도 즉시 호위병들 앞에 길을 터주고, 갑자기 무덤 같은 정적이 들이닥친 가운데 호위병들이 그를 붙잡아 끌고 가는 거야. 군중은 순간적으로 모두 한 사람이 된 양, 땅에 닿도록 머리를 조아리며 고령의 심문관 앞에 일제히 절을 하고, 심문관은 말없이 백성들을 축복하며 그 옆을 지나가. 호위대는 포로를 신성재판소의 오래된 건물에 있는 좁고 음침한 아치형 감옥으로 끌고 가서 가둬버려. 낮이 지나고, 어둡고 뜨겁고 '숨막히는' 세비야의 밤이 찾아오지. 대기엔 '월계수와 레몬 향기가 흠뻑 배어 있어.'* 깊은 어둠이 드리운 가운데 갑자기 감옥의 철문이 열리더니, 연로한 대심문관이 친히 손에 등불을 들고 감옥 안으로 천천히 들어오는 거야. 그는 혼자이고, 그가 들어서자마자 문은 곧바로 잠겨버려. 그는 입구에 멈춰 선 채 오랫동안, 일이 분가량 그의 얼굴을 뚫어지게 들여다봐. 그러다 이윽고 조용히 다가와 탁자 위에 등불을 내려놓고 이렇게 말하지.

'네가 그자냐? 네가?' 하지만 대답을 기다리려고도 하지 않고 얼른 덧붙여. '대답하지 마라, 잠자코 있어. 그래, 네가 무슨 말을 할 수 있겠느냐? 네가 무슨 말을 할지 나는 너무나 잘 알고 있다. 더구나 너는 네가 예전에 이미 한 말에 아무것도 덧붙일 권리가 없다. 도대체 무엇 때문에 우리를 방해하러 온 것이냐? 너는 우리를 방해하러 왔고, 너 자신도 그걸 잘 알 테지. 하지만 내일 무슨 일이 있을 건지 아느냐? 나는 네가 누구인지 모르고, 알고 싶지도 않다, 네가 그 자신이든, 아니면 그저 그의 모조든, 여하튼 내일로 나는 너를 단죄하여 가장 극악한 이단자로 화형에 처할 것이니, 그러면 오늘 너의 발에 입을 맞추었던 바로 그 백성들이 내일이면 내 손짓 한 번에 서로 앞다투어 달려들어 너를 태울 장작불에 숯덩이를 던져넣을 것이다, 너는 이걸 알고 있느냐? 그래, 너는 아마 이것을 알고 있겠지.' 그는 한순간도 자신의 포로에게서 눈을 떼지 않은 채 골똘히 생각에 잠겨 이렇게 덧붙였어."

"난 제대로 모르겠는데, 이반 형, 대체 이게 뭐죠?" 내내 말없이 듣고만 있던 알료샤가 미소를 지었다. "그저 고삐 풀린 환상인가요, 아니면

---

* 푸쉬킨의 소(小)비극 「석상손님」 제2장에서 다소 변형해 인용.

노인의 그 어떤 착오, 도저히 있을 수 없는 어떤 *착각* 인가요?"

"맨 마지막 거라고 해두려무나." 이반이 웃음을 터뜨렸다. "네가 이 시대 리얼리즘의 품속에서 아주 응석꾸러기가 된 나머지, 이제 어떤 환상적인 것도 도저히 참을 수 없다면—그래서 *착각*이라고 여기고 싶어 한다면, 뭐 그래도 좋아. 그게 사실이니까." 그는 다시금 소리내어 웃었다. "노인은 아흔 살이야, 자신의 이념에 사로잡힌 나머지 오래전에 정신이 나가버렸을 수도 있지. 더구나 포로는 자신의 외양만으로도 그에게 강한 충격을 주었을 수 있어. 또 끝으로, 이건 죽음을 눈앞에 둔 아흔 살 노인이 환각에 빠져 헛소리를 지껄인 것일 수도 있지, 더구나 어제 백 명이나 되는 이단자를 화형대에서 불태워 죽인 뒤니, 미처 흥분이 채 가시지도 않았을 테니까. 하지만 너한테나 나한테나, 그게 *착각*이든 고삐 풀린 환상이든 매한가지 아니냐? 여기서 중요한 건 오로지, 노인이 자신의 속마음을 다 털어놓지 않고는 못 배긴다는 거야, 지난 구십 년에 대한 보상으로 드디어 자신의 속마음을 털어놓고 구십 년 동안 줄곧 침묵해온 것을 소리내어 말한다는 사실이지."

"그럼 포로는 계속 침묵만 지키나요? 그를 바라보면서 아무 말도 하지 않고?"

"그래, 반드시 그래야 해, 어떤 경우든." 이반은 또다시 웃기 시작했다. "노인 자신이 그에게 일러주고 있잖아, 그는 예전에 이미 스스로 말한 것에다 어떤 것도 덧붙일 권리가 없다고 말이야. 아마도 바로 여기에 로마 가톨릭의 가장 근본적인 특성이 있을 거야, 적어도 내 생각에는 그래. '너는 모든 것을 교황에게 넘겼고, 따라서 모든 것은 이제 교황의 수중에 들어 있다, 그러니 너는 이제 아예 오지도 말고, 적어도 때가 될 때까지는 방해하지 마라'라는 거지. 이런 뜻을 그들은 입으로 밝힐 뿐만 아니라 글로도 쓰고 있어, 최소한 예수회교도들은 그래. 내가 그걸 예수회 신학자들의 글에서 직접 읽은 적이 있으니까. '너는 네가 지금 떠나온 그 세상의 비밀 가운데 단 하나라도 우리에게 전해줄 권리가 있느냐?' 나의 노인은 그에게 이렇게 묻고는 스스로 그를 대신하여 답하는 거야. '아니, 그럴 권리는 없어, 너는 예전에 이미 말한 것에 아무것도 덧붙여선 안 되며, 네가 지상에 있을 때 그토록 옹호했던 자유를 사람들에게서 빼앗을 권리도 없다. 네가 새로이 전할 모든 것은 기적으로 나타나게 되므로 사람들에게서 믿음의 자유를 위태롭게 할 것인데, 그 믿음의 자유야말로 천오백 년 전인 그때도 너에게 무엇보다 소중한 것이지 않았느냐. "내가 너희를 자유롭게 하리라"라고, 그때 그리도 자주 말했던 게 바로 네가 아니었더냐. 하지만 지금 너는 이 '자유로운' 사람들을 보았다.' 갑자기 노인은 생각에 잠긴 듯한 미소를 띠면서 이렇게 덧붙여. '그래, 이 과업을 위해 우리는 값비싼 대가를 치렀지.' 노인은 준엄한 눈으로 그를 쳐다보며 계속 말해. '그러나 우리는 너의 이름으로 마침내 이 과업을 완수했다. 십오 세기 동안 우리는 이 자유라는 것과 힘든 고투를 벌였지만, 이제 끝났어, 확실하게 끝났단 말이다. 확실하게 끝났다는 것을 못 믿겠느냐? 너는 온화하게 나를 바라보고 있는데, 나에게 화낼 가치조차 없다는 거냐? 그렇지만 잘 알아둬라. 지금, 다름아닌 바로 지금, 이 사람들은 자신들이 완전히 자유롭다고 그 어느 때보다 더 확신하고 있음을, 그런데 실은 그들이 자진해서 자신들의 자유를 우리에게 가지고 와서 우리의 발밑에 공손히 내려놓았단 말이다. 하지만 이 일을 해낸 것은 우리야, 그런데 네가 원한 게 그것 아니었더냐, 그런 자유가 아니었더냐?'"

"나는 그래도 잘 모르겠어요." 알료샤가 말을 끊었다. "노인이 비꼬는 건가요, 비웃는 건가요?"

"천만에. 그는 마침내 자유를 제압했고 사람들을 행복하게 만들기 위해 그렇게 했다는 것을 그야말로 자신과 자기 동료들의 공적으로 내세우고 있어. '왜냐하면 이제야 비로소(그러니까 그는 물론 종교재판 얘기를 하고 있는 거야) 사람들의 행복에 대해 처음으로 생각해볼 수 있게 됐기 때문이지. 인간은 반역자로 창조되었다. 반역자들이 과연 행복할 수 있겠느냐? 너에겐 여러 차례 경고가 주어진 바 있다.' 노인이 그에게 말해. '너는 경고와 지시를 충분히 받았음에도 불구하고 경고에 귀를 기울이지 않았고 사람들을 행복하게 만들 수 있었던 유일한 길을 저버렸으나, 다행히도 이 지상을 떠나면서 우리에게 너의 과업을 넘겨주었다. 너는 그것을 약속했고 자신의 말로써 굳게 다짐했으며 무엇이든 매고 풀 권리를 우리에게 주었으니,* 물론 이제 와서 이 권리를 우리에게서 앗아갈 생각이야 할 수도 없을 테지. 그런데도 대체 무엇 때문에 우리를 방해하러 온 거냐?'"

"경고와 지시를 충분히 받았다는 건 무슨 뜻이죠?" 알료샤가 물었다.

"바로 그 속에 노인이 기필코 말하고자 하는 핵심이 들어 있어.

'무섭고도 영리한 영이, 자멸과 무의 영이' 하고 노인은 말을 이어가. '위대한 영이 광야에서 너와 얘기를 나눈 적이 있었는데, 복음서에서는 마치 그가 너를 '시험'한 것처럼 우리에게 전하고 있지. 정말 그랬

---

* 「마태복음」 16:18~19, 18:18, 「요한복음」 20:21~23.

던 거냐? 그리고 그가 세 가지 물음 속에서 네게 고지했던 것, 네가 거부했던 것, 복음서에서 '시험'이라 일컬어지는 그것보다 더 진리인 어떤 무엇을 과연 말할 수 있었겠느냐? 사실 언젠가 이 지상에서 그야말로 진정한, 천둥과도 같이 위대한 기적이 이루어진 적이 있다면, 그건 바로 그날, 그 세 가지 시험의 날이야. 바로 그 세 가지 물음이 나왔다는 사실 자체에 기적이 있었던 거니까. 그저 시험 삼아, 그저 한 예로서 이런 일을 생각해볼 수도 있겠지. 가령, 무서운 영의 이 세 가지 물음이 복음서 속에서 흔적도 없이 사라져버린지라, 이것들을 새롭게 생각해내고 지어내고 복원하여 다시금 복음서에 삽입하기 위해 지상의 모든 현자를—통치자들, 수석 사제들, 학자들, 철학자들, 시인들을—한자리에 모아놓고 이런 과제를 내주어야 하는 상황이라고 하자. 즉 세 가지 물음을 생각해내고 지어내되 반드시 사건의 중대함에 부합해야 함은 물론, 세 개의 단어, 인간의 단 세 마디 말로써 세계와 인류의 미래사未來史 전체를 표현할 수 있는 물음이어야 한다고 말이지—그래, 네 생각은 어떠냐, 이렇게 총집결한 지상의 모든 지혜가 그때 광야에서 강력하고도 영리한 영이 실제로 너에게 던졌던 세 가지 물음과 그 힘과 깊이에서 비견될 만한 어떤 것이라도 생각해낼 수 있을 것 같으냐? 이미 이 물음들만 보더라도, 이 물음들이 나왔다는 그 기적만 보더라도, 여기에는 덧없는 인간 이성이 아니라 영원하고도 절대적인 이성이 관련되어 있음을 깨달을 수 있지. 왜인고 하니 이 세 가지 물음 속에는 이후의 인류 역사 전체가 하나의 전체로 응축되고 예언되어 있으며, 이 전 지상에서 빚어지는 인간 본성의 해결될 수 없는 모든 역사적 모순을 집약하게 될 세 가지 형태가 나타나 있는 셈이니까. 물론 미래는 미지의 것이었으니, 그 당시엔 이것을 아직 잘 볼 수 없었을 테지, 하지만 십오 세기라는 세월이 흐른 지금, 우리는 이 세 가지 물음 속에서 모든 것이 너무도 정확하게 점쳐지고 예언되었으며 모든 것이 그대로 증명되었기 때문에, 이 물음들에 더이상 무엇 하나 덧붙일 것도 뺄 것도 없다는 사실을 잘 알고 있다.

그러니 누가 옳은지 스스로 판단해봐라. 너냐, 아니면 그때 너에게 물음을 던졌던 그자냐? 첫번째 물음을 상기해봐라, 글자 그대로는 아닐지라도, 그 의미는 이것이었다. '너는 세상 속으로 나가고자 하면서 그저 빈손으로 자유의 무슨 약속만을 들고 가지만, 그들은 단순할뿐더러 애당초 비천하게 타고난지라 그 약속을 이해하기는 고사하고 오히려 두려워하며 겁을 낼 따름이니—왜냐하면 인간에게, 그리고 인간 사회에 있어 자유보다 더 견딜 수 없는 것은 결코 그 무엇도 없었기 때문이다! 자, 뜨겁게 달궈진 이 벌거숭이 광야에 뒹구는 이 돌들이 보이느냐? 이것들을 빵으로 변하게 하라, 그러면 인류는 행여 네가 손을 거두어버려 그들에게 네 빵을 주지 않을까봐 영원히 두려움에 떨면서도 그저 은혜에 고마워하는 온순한 양떼처럼 네 뒤를 따라 달려올 것이다.' 그러나 너는 인간에게서 자유를 빼앗고 싶지 않아 그 제안을 물리쳐버렸는데, 빵으로 산 복종이라면 그게 무슨 자유인가라고 판단했던 것이지. 너는 사람이 빵만으로 살지 않는다고 반박했지만, 아느냐, 바로 이 지상의 빵의 이름으로 지상의 정신이 너에게 반기를 들고일어나 너와 싸워 너를 이길 것이며, 모두 그의 뒤를 따르면서 소리 높여 외칠 것이다. '누가 이 짐승과 같으뇨, 이 짐승이야말로 우리에게 천상의 불을 가져다주었다!' 수 세기가 지나면 인류는 자신의 지혜와 학문의 입을 빌려, 범죄란 없고 따라서 죄악도 없으며 오로지 배고픈 자들만이 있을 뿐이라고 선언하게 될 것임을 너는 아느냐 말이다. '우선 먹여 살려라, 그런 다음 우리에게 선행을 요구하라'—이렇게 쓴 깃발을 높이 치켜들고 그들은 너에게 대항하여 일어설 것이며, 이 깃발에 의해 너의 사원은 무너질 것이다. 너의 사원이 서 있던 자리에 새로운 건물이 우뚝 솟고, 무시무시한 바벨탑이 새로 세워질 것이니, 비록 그 탑이 예전의 것과 마찬가지로 완성되지는 못하겠지만, 어쨌든 너는 이 새로운 탑을 미연에 피함으로써 사람들의 고통을 천년은 줄여줄 수 있었을 것이다. 왜냐하면 그들은 그 탑을 세우느라 천년을 고생한 끝에 결국 우리에게 올 테니까! 그때 그들은 다시금 지하에서 카타콤에 숨어 있는 우리를 찾을 것이고(우리는 또다시 쫓기고 박해받고 있을 테니까), 우리를 찾아내서는 우리를 향해 마구 울부짖을 테지. '우리에게 먹을 것을 주십시오, 우리에게 천상의 불을 약속했던 자들은 그 약속을 지키지 않았습니다'라고. 그러면 그때 우리는 그들의 탑도 완성시키게 될 것이니, 오로지 먹을 것을 주는 자만이 그 탑을 완성시킬 수 있고, 오로지 우리만이 너의 이름으로 먹을 것을 줄 테니까, 그러면서 그것이 너의 이름으로 이루어지는 일이라고 거짓말을 하는 것이지. 오, 우리가 없다면 그들은 절대로 절대로 자신을 먹여 살릴 수 없을 것이다! 그들이 자유로운 인간으로 머무르는 한, 어떤 학문도 그들에게 빵을 주지 못할 것이고, 결국 그들은 자신의 자유를 우리의 발아래 갖다 바치면서, '차라리 우리를 노예로 삼아도 좋으니, 제발 먹을 것을 주십시오'라고 말할 것이다. 마침내 그들은 자유라는 것과 누구나 배불리 먹을 수 있는 지상의 빵이란 결코 양립할 수 없다는 사실을 스스로 깨우치게 될 것이니,

왜냐하면 그들은 절대로 절대로 그것을 서로 나누어 가질 줄 모를 테니까. 그들은 또한 자신들이 미약하고 악덕에 젖었고 무가치할 뿐만 아니라 반역자들인 까닭에 결코 자유로울 수도 없다는 것을 확신하게 되지. 너는 그들에게 천상의 빵을 약속했지만, 거듭 말하거니와, 나약하고 영원히 악덕에 젖어 있고 영원히 비천한 인간 족속의 눈에 과연 그것이 지상의 빵에 견줄 수 있는 것일까? 그리고 설령 천상의 빵의 이름으로 수천, 수만 명의 인간이 네 뒤를 따른다 해도, 천상의 빵을 위해 지상의 빵을 멸시할 만한 힘이 없는 수백만, 수백억의 사람은 어떻게 되는 것인가? 아니면 너에겐 오직 수만 명의 위대하고 강한 자들만 소중할 뿐, 나머지 수백만 명의 인간, 약하지만 너를 사랑하는, 바다의 모래알처럼 무수히 많은 인간은 그저 위대하고 강한 자들을 위한 재료 노릇이나 해야 한단 말이냐? 아니, 우리에겐 약한 자들도 소중하다. 그들은 악덕에 빠진 반역자들이지만, 결국엔 그들도 순순히 복종하게 마련이니까. 그들은 우리가 그들의 선두에 서서 자유를 견뎌내며 그들을 통치하는 것에 동의했기 때문에 우리를 경이의 눈으로 바라보고 우리를 신으로 여길 터이니—자유롭다는 것이 그들에겐 마침내 그토록 끔찍한 일이 돼버릴 거란 말이다! 그렇지만 우리는 너를 섬긴다고, 너의 이름으로 통치한다고 말할 것이다. 우리는 그들을 다시 기만하게 될 것인데, 왜냐하면 우리는 네가 우리에게 오는 걸 더이상 용납하지 않을 테니까 말이다. 하지만 바로 이 기만 속에 또한 우리의 고뇌가 있을 것이니, 우리는 거짓말을 해야만 하기 때문이다. 광야에서의 첫번째 물음은 바로 이것을 의미했으며, 너 자신이 그 무엇보다 높이 내세웠던 자유의 이름으로 거부했던 것도 바로 이것이다. 하지만 그 밖에도 이 물음에는 이 세상의 위대한 비밀이 담겨 있었다. '빵'을 받아들였다면, 너는 개개의 인간 존재뿐만 아니라 전 인류의 보편적이고도 영원한 인간적 갈망에 답할 수 있었을 것이니—그것은 바로 '누구 앞에 경배할 것인가?' 하는 문제이지. 무릇 자유로운 존재로 머무르게 된 인간에게는 자신이 경배할 대상을 한시바삐 찾아내는 것보다 더 지속적이고 고통스러운 걱정거리란 없는 법이다. 하지만 인간이 요구하는 것은 이미 논쟁할 필요가 없는, 털끝만큼도 논쟁의 여지가 없어서 만인이 다 함께 일제히 경배하는 데 대번에 동의할 그런 대상 앞에 경배하는 것이야. 왜냐하면 이 가련한 피조물들의 걱정거리는 그저 나나 어떤 다른 사람이 경배할 수 있는 대상을 찾아내는 게 아니라, 만인이 믿고 만인이 경배할 그런 대상을 찾는 데, 그리하여 반드시 모두가 함께 그래야 한다는 데 있으니까. 공동 경배라는 이 요구야말로 개벽 이래 모든 개개인뿐만 아니라 인류 전체의 가장 근본적인 고민이기도 했던 것이지. 이 공동 경배라는 것 때문에 인간들은 검을 휘두르며 서로를 섬멸시켜왔다. 그들은 신들을 창조해내어 서로서로 소리를 지르며 호소했지. '너희의 신들을 버리고 우리의 신들 앞에 경배하라, 그렇지 않으면 너희도 너희의 신들도 죽음을 면치 못하리라!' 그리고 세상이 끝날 때까지 그럴 것이고, 심지어 세상에 신들이 사라진 때에도 그럴 것이다. 어차피 우상들 앞에 엎드릴 테니까. 너는 알고 있었어, 인간 본성의 이 근본적인 비밀을 네가 몰랐을 리 없지만, 너는 모든 인간을 네 앞에 논쟁의 여지 없이 경배하게 하기 위해 너에게 제안되었던 유일무이하고 절대적인 깃발—지상의 빵이라는 그 깃발을 물리쳤고, 그것도 자유와 천상의 빵을 빙자하여 물리쳐버렸다. 어디 한번 보아라, 네가 그다음에 무슨 짓을 했는지. 또다시 자유라는 이름으로 말이다! 너에게 말하건대, 인간이라는 이 불행한 존재에겐 태어나면서부터 받은 자유라는 그 선물을 한시바삐 넘겨줄 대상을 찾아내는 것보다 더 고통스러운 걱정거리는 없다. 그러나 인간들의 자유를 지배할 수 있는 자는 오로지 그들의 양심을 편안하게 해주는 자뿐이다. 빵과 함께 너에겐 논쟁의 여지가 없는 깃발이 주어졌다. 그러니 빵을 주라, 그러면 인간은 경배할 것이다, 빵보다 더 확실한 것은 없으므로. 그러나 바로 그때 너 이외의 누군가가 그의 양심을 지배하게 된다면—오, 그러면 그는 너의 빵마저 던져버리고 자신의 양심을 사로잡는 그자를 따를 것이다. 이 점에서는 네가 옳다. 인간 존재의 비밀은 그저 사는 데 있지 않고 무엇을 위해 사는가에 있으니까. 자신이 무엇을 위해 사는가 하는 확고한 관념이 없다면, 설령 주위가 온통 빵으로 넘친다 해도 인간은 사는 것에 동의하지 않을 것이며, 지상에 머무르느니 서둘러 자신을 없애버릴 것이다. 그건 그렇다. 하지만 결과는 어땠는가? 인간들의 자유를 지배하기는 고사하고, 너는 더 많은 자유를 그들에게 주지 않았느냐! 아니면, 인간에겐 평온이, 심지어 죽음조차, 선악 인식에 있어서의 자유로운 선택보다 더 소중하다는 것을 네가 설마하니 잊었단 말이냐? 인간에겐 양심의 자유보다 더 매혹적인 것이 없지만, 그보다 더 고통스러운 것 또한 없는 법이다. 그런데 너는 인간의 양심을 단번에 영원히 평온하게 해줄 확고한 근거 대신—모조리 유별나고 아리송하고 막연한 것들만 택했고, 인간의 능력이 미칠 수 없는 것들만 택함으로써, 그들을 전혀 사랑하지도 않는 것처럼 행동했는데—이렇게 한 자가 대체 누구냔 말이다. 그들을 위해 자신의 목숨을 내놓으려고 온 그자가 아니더냐! 너는 인간의 자유를 지배하긴커녕 도리어 그것을 더 확장시켜, 인간의 영혼의 왕국에 영원토록 그 고통의 무거운 짐을 지워주었다. 너는 너에게 매혹되고 매료된 인간이 자유로이 너를 따르도록, 인간의 자유로운 사랑을 원했다. 그때부터 인간은 확고한 고대의 율법 대신—오로지 너의 형상만을 자기 앞의 길잡이로 삼고서, 무엇이 선이고 무엇이 악인가를 자유로운 가슴으로 스스로 결정해야만 했지—하지만 너는 정녕 생각하지 못했더냐, 선택의 자유와 같은 무서운 짐이 인간을 짓누르면, 결국 그는 너의 형상도, 너의 진리도 거부하고 논박하게 된다는 것을? 그들은 마침내 네 안에는 진리가 없다고 절규하게 될 터이니, 그건 네가 그들에게 그토록 많은 근심거리와 풀 수 없는 과제들을 던져줌으로써 그들을 결코 이보다 더 끔찍할 수 없는 혼란과 고통 속에 내버려두었기 때문이다. 그런 식으로 너 스스로 네 왕국의 파괴를 위한 토대를 놓은 것이니, 이에 대해 더이상 그 누구도 탓하지 마라. 그렇지만 그게 과연 네가 제안받은 것이었더냐? 여기 세 가지 힘, 이 나약한 반역자들의 행복을 위해 그들의 양심을 영원히 정복하고 사로잡을 수 있는 지상의 유일한 세 가지 힘이 있으니—그 힘들이란 기적, 신비, 그리고 권위이다. 너는 첫번째 것도, 두번째 것도, 세번째 것도 모두 물리치면서, 스스로 모범을 보여주었다. 그때 그 무섭고도 슬기로운 영이 너를 사원 꼭대기에 세워놓고 이렇게 말했지. '네가 진정 하느님의 아들인지 알고 싶다면 아래로 뛰어내려봐라, 그자에 대해서 말해지길, 천사들이 그를 받아 데려갈 것이므로 그는 땅에 떨어지지도 않을 것이요, 몸이 부서지지도 않을 것이다라고 하니까, 그러면 너는 네가 하느님의 아들인지 알게 될 것이고 네 아버지에 대한 너의 믿음이 어떤지도 증명해 보이게 될 것이다.' 그러나 너는 다 듣고 나서 그 제안을 물리쳤으며, 그것에 넘어가 아래로 뛰어내리지 않았다. 오, 물론 그때 너는 신처럼 당당하고 훌륭하게 행동했지만, 그러나 인간들, 이 나약하고 반역적인 족속들—이들이 어디 신이더냐? 오, 너는 그때 깨달았던 거지, 단 한 발짝만 내디뎌도, 그저 아래로 몸을 날릴 동작만 취해도, 그 즉시 네가 주님을 시험하는 게 되고, 주님에 대한 네 믿음을 송두리째 잃고 만다는 것을, 그리고 네가 구원하러 온 그 땅에 부딪혀 네 온몸이 박살나고, 너를 시험한 영리한 영이 기뻐 날뛰리라는 사실을 말이다. 하지만 되풀이하건대, 너 같은 자들이 많겠느냐? 그리고 정녕 너는 인간들도 이와 비슷한 시험을 충분히 이겨내리라고 정말 단 한 순간이라도 그렇게 생각할 수 있었다는 거냐? 인간의 본성이란 것이 기적을 거부할 수 있게끔, 그리고 그렇게 무서운 절체절명의 순간에도, 가장 무섭고 근본적이고 고통스러운 자신의 영적인 문제가 걸린 순간에도 오로지 가슴의 자유로운 결정과 더불어 남을 수 있게끔 그렇게 창조되었단 말이냐? 오, 너는 너의 위업이 성서에 보존되어 시간의 심원한 끝까지, 이 땅의 마지막 경계에까지 이르게 될 것임을 알고 있었고, 너를 본받아 인간도 기적을 필요로 하지 않고 하느님과 함께 머무르길 기대했다. 하지만 네가 알지 못했던바, 인간은 기적을 부정하는 그 순간 곧바로 신까지도 부정하게 되고 마니, 이는 인간이 신보다는 오히려 기적을 구하고 있기 때문이다. 인간이란 기적 없이 남아 있을 힘이 없는 까닭에, 자신에게 새로운 기적을, 이미 그들 자신만의 것인 기적들을 끝도 없이 만들어낼 것이고, 설령 골백번 반역자로, 이단자로, 불신자로 간주될지라도, 주술사의 기적과 아낙네의 마술 앞에 몸을 수그리고 절을 할 것이다. 너는 그들이 너에게 야유를 퍼붓고 조롱하면서 '십자가에서 내려와봐라, 그러면 네가 바로 그라는 것을 믿으마'라고 소리쳤을 때도, 십자가에서 내려오지 않았지. 네가 내려오지 않았던 것은, 이번에도 인간을 기적의 노예로 만들고 싶지 않아서였고, 기적 신앙이 아니라 자유로운 믿음을 갈망했기 때문이다. 네가 갈망한 것은 자유로운 사랑이지, 단 한 번에 영원토록 공포로 전율하게 하는 위력 앞에서 인간이 불가항력적으로 빠져들게 되는 노예 같은 환희가 아니었던 것이다. 그러나 여기서도 너는 인간을 너무 과대평가했어, 인간이란 비록 반역자로 창조되었을망정, 노예임에 틀림없으니까. 주위를 둘러보고 판단해봐라, 이제 십오 세기라는 세월이 흘렀으니, 가서 그들을 직접 한번 봐라, 네가 너 자신의 높이로까지 올려놓은 자가 과연 어떤 자들이냐? 맹세하거니와, 인간이란 네가 생각했던 것보다 더 약하고 열등하게 창조되었단 말이다! 네가 행한 것과 같은 일을 인간이 해낼 수 있을까, 과연 그럴 수 있을까? 인간을 그토록 존경한 나머지 인간에게 너무도 많은 것을 요구한 까닭에, 네 행동은 마치 그에게 어떤 동정도 품지 않는 듯한 것이 되고 말았으니—이렇게 한 자가 대체 누구더냐, 인간을 자기 자신보다 더 사랑했던 그자가 아니더냐! 인간을 덜 존경하여 요구를 덜 했더라면, 그게 사랑에 더 가까운 것이 되었겠지, 인간의 짐이 가벼워졌을 테니 말이다. 인간은 약하고 비열해. 인간은 지금 곳곳에서 우리의 권력에 맞서 반란을 일으키고, 자신이 반란을 일으키는 것을 자랑스러워하지만, 그래 봐야 무엇하겠느냐? 그건 어린애, 어린 학생의 오만함에 지나지 않아. 그들은 학급에서 소란을 피워 교사를 몰아낸 어린아이들에 불과하단 말이다. 하지만 철부지들의 열광도 곧 끝날 것이고 그들은 그 대가를 톡톡히 치르게 될 것이다. 그들은 사원을 무너뜨리고 대지를 피바다로 만들겠지. 그러나 어리석은 아이들은 자신들이 비록 반역자이긴 하나 자신의 반역을 끝까지 배겨내지도 못하는 약해빠진 반역자들임을 마침내 깨달을 것이다. 어리석은 눈물을 쏟으면서 그들은 결국, 그들을 반역자로 창조한 자가 자신들을 조롱하려고 한 게 틀림없음을 자각하기에 이를 테지. 그들은 절망에 빠져 이런 말을 하겠지만, 그들이 한 말은 신성모독이 될 것이며, 그 때문에 그들은 더욱더 불행해질 터이니, 인간의 본성이란 결코 신성모독을 견뎌내지 못하는지라 결국에 가선 언제나 제 손으로 그에 대해 복수를 하는 법이니까. 그리하여 불안, 혼란, 불행—바로 이것이 네가 인간의 자유를 위해 그토록 많은 것을 감내한 이후 인간이 짊어진 지금의 운명이란 말이다! 너의 위대한 예언자가 환시와 비유로써 말하길, 첫번째 부활에 함께 자리한 모든 자를 보았는데, 그 수가 각 지파支派마다 일만 이천 명씩이었다지.* 하지만 그들이 그토록 많았다 해도, 그들 또한 인간이라 보기는 어렵고 오히려 신이었다고 할 것이다. 그들은 너의 십자가를 견뎌냈고, 메뚜기와 풀뿌리로 연명하면서 먹을 것 없는 황량한 벌거숭이 광야에서 수십 년을 견뎌냈으니—물론 너야 이 자유의 아이들을, 자유로운 사랑의 아이들을, 너의 이름을 위해 자유롭고 위대한 희생을 바친 아이들을 자랑스럽게 가리켜 보일 수 있겠지. 그렇지만 기억해라, 그들은 다 해야 고작 몇천 명이었고, 그나마도 신이었지만, 나머지 인간들은? 강한 자들이 견뎌낸 것을 그들이 견뎌낼 수 없었다 해서 나머지 그 약한 인간들이 무슨 죄가 있다

* 「요한계시록」 7:4~8.

는 거냐? 그토록 무서운 선물을 받아들일 힘이 없다 해서 그 나약한 영혼이 무슨 죄가 있단 말이냐? 아니면 너는 정녕 오로지 선택된 자들에게만, 선택된 자들을 위해서만 온 것이었더냐? 하지만 만약 그렇다면, 거기엔 신비가 있는 것이니 우리로서야 그걸 이해할 수 없지. 그런데 만약 그게 신비라면, 우리는 신비를 포교할 권리가 있고, 중요한 것은 그들 가슴의 자유로운 결정도 아니고, 사랑도 아니요, 오로지 신비이며, 이 신비에 그들은 맹목적으로, 심지어 자신의 양심을 거역하고서라도 반드시 복종해야만 한다고 그들에게 가르칠 권리가 있는 것이다. 그리고 실제로 우리는 그렇게 했다. 우리는 너의 위업을 수정하여 기적과 신비와 권위 위에 그것을 세워놓았다. 그러자 인간들은 그들을 다시금 양떼처럼 이끌어준다고, 그들에게 그토록 많은 고통을 안겨준 그토록 무서운 선물을 자신들의 가슴에서 마침내 거두어주었다고 기뻐했다. 말해봐라, 우리가 이렇게 가르치고 이렇게 행한 것이 옳았느냐? 인간의 무력함을 그토록 순순히 인정해주고, 그의 짐을 사랑으로 덜어주고, 그의 나약한 천성을 고려하여 죄마저도 만약 우리의 허락이 있었다면 용인해주었는데, 과연 우리가 인류를 사랑하지 않았다는 말이냐? 도대체 어쩌자고 지금 우리를 방해하러 온 거냐? 게다가 왜 말 한마디 없이 그 온화한 눈으로 나를 꿰뚫을 듯 바라보고만 있는 거냐? 화를 낼 테면 내라, 나는 너의 사랑 따윈 원하지 않는다, 나 역시 너를 사랑하지 않으니까. 게다가 내가 너한테 무엇을 감출 수 있겠느냐? 아니, 내가 누구를 상대로 얘기하고 있는지 모를 것 같으냐? 내가 무슨 말을 하려는지 너는 이미 다 알고 있어, 네 눈을 보면 그걸 읽을 수 있다. 그러니 내가 너에게 우리의 비밀을 숨기려 들겠느냐? 하긴 어쩌면 너는 내 입에서 그것을 직접 듣고 싶은 거겠지, 그렇다면 잘 들어라. 우리는 네가 아니라 그와 함께하며, 바로 이것이 우리의 비밀이다! 우리는 이미 오래전부터 너와 함께하지 않고 그와 함께하며, 그 세월이 벌써 여덟 세기가 되었다. 네가 예전에 격분해서 물리쳤던 것, 그가 이 지상의 왕국 전부를 보여주면서 너에게 제안했던 그 마지막 선물을 우리는 정확하게 여덟 세기 전에 그에게서 받아들였다.* 우리는 그에게서 로마와 카이사르의 검을 받았고 오로지 우리만이 지상의 황제, 유일한 황제임을 선언했다. 비록 지금까지도 우리의 과업을 미처 완수하지는 못했지만 말이다. 하지만 그게 누구의 죄이더냐? 오, 이 과업은 지금까지도 그저 시작 단계에 불과하지만, 그래도 일단 시작은 되었다. 그것이 완성되려면 아직도 오래 기다려야 하고 이 지상은 아직도 숱한 고통을 겪어야겠지만, 우리는 끝끝내 거기에 도달하여 카이사르가 될 것이며, 그렇게 되면 이제 전 세계적인 인간 행복에 대해 생각하게 될 것이다. 하지만 너야말로 이미 그때도 카이사르의 검을 거머쥘 수 있었어. 무엇 때문에 너는 이 마지막 선물을 물리쳤느냐? 강력한 영의 이 세번째 조언을 받아들였더라면, 너는 인간이 이 지상에서 찾고 있는 것들을 모두 채워줄 수 있게 되어, 인간은 경배할 대상, 양심을 맡길 대상을 가지게 되었을 것이고, 또한 논쟁의 여지도 없이 모두가 동의하는 조화로운 공동의 개미집으로 마침내 모든 인간을 통합할 수 있는 방법도 주어졌을 것인즉, 전 세계적인 통합에 대한 요구야말로 사람들의 세번째이자 마지막 고민거리이니 말이다. 인류는 하나의 총체 속에서 반드시 전 세계적으로 자신

* 교황이 통치적 전권과 세속적 권력을 손에 넣는 신정국가의 수립을 가리킨다.

을 조직화하고자 언제나 노력해왔다. 위대한 역사를 가진 위대한 민족은 많았지만, 이 민족들은 자신의 위상이 높아지면 높아질수록 더욱더 불행해졌는데, 그건 사람들의 전 세계적 통합에 대한 요구를 다른 민족들보다 더욱 강하게 의식하고 있었기 때문이다. 위대한 정복자들, 티무르와 칭기즈 칸과 같은 자들이 전 세계를 정복하기 위해 회오리바람처럼 지상을 휩쓸었으나, 그들 역시 비록 무의식적이긴 하지만 전 세계적이고 총체적인 통합에 대한 인류의 바로 그 가장 위대한 요구를 표현한 것에 다름아니었다. 세계 왕국을 건설하고 전 세계의 평온을 가져다주는 것은 전 세계와 카이사르의 자주색 왕의王衣를 손에 넣은 다음에야 가능한 법이다. 왜냐하면, 인간들의 양심을 지배하고 그들의 빵을 손아귀에 쥔 자가 아니라면, 그들을 지배할 자가 대체 누구이겠는가. 우리는 카이사르의 검을 받아들었고, 그것을 거머쥔 다음 당연히 너를 저버린 채 그를 따랐다. 오, 앞으로도 수 세기 동안, 자유로운 이성과 그들의 학문, 그리고 식인 행위의 만행이 더 계속될 것이니, 그들은 우리도 없이 자신의 바벨탑을 쌓아올리기 시작했던 만큼, 결국엔 식인 행위로 끝나고 말 것이기 때문이다. 하지만 바로 그때가 되면, 우리에게 한 짐승이 기어와 우리의 발을 핥을 것이고, 자신의 눈에서 나오는 피눈물을 우리의 발 위에 쏟을 것이다. 그러면 우리는 짐승 위에 타고 앉아 잔을 높이 쳐들 것이니, 그 잔에는 '신비!'라고 쓰여 있으리라.* 하지만 그때에만, 오직 그때에만 비로소 평온과 행복의 왕국이 인간들에게 도래할 것이다. 너는 너 자신의 선택된 자들을 자랑한다만, 너에겐 단지 선

---

* 「요한계시록」 17 : 3~5를 염두에 둔 대목이다.

택된 자들밖에 없으나, 우리는 모든 사람에게 평온을 가져다줄 것이다. 어디 그뿐이랴, 그 선택된 자들, 선택받은 자가 될 수 있었을 만큼 강한 자들 중 그토록 많은 사람이 너를 기다리다 마침내 지쳐서, 자신의 정신력과 가슴의 열정을 다른 곳으로 돌려버렸고 앞으로도 계속 그리할 것이니, 결국엔 다름아닌 너에게 맞서 자신의 자유의 깃발을 들어올릴 것이다. 하지만 너 자신도 그 깃발을 들어올리지 않았던가. 그렇지만 우리에게서는 모든 인간이 행복해질 것이며, 너의 자유 아래서 그랬던 것처럼 어디서나 반역을 감행하고 서로를 살육하는 일은 더이상 없을 것이다. 오, 우리는 그들에게 우리를 위해 자신의 자유를 거부하고 우리에게 복종할 때에만 행복해진다는 것을 확신시킬 것이다. 자, 어떠냐, 우리가 옳으냐, 아니면 거짓말을 하는 거냐? 그들은 우리가 옳음을 스스로 확신할 것이니, 왜냐하면 너의 자유가 자신들을 얼마나 무서운 노예 상태와 혼란으로 이끌었는지 상기할 것이기 때문이다. 자유, 자유로운 이성과 학문은 그들을 어두운 밀림 속으로 끌고 가 너무도 엄청난 기적과 풀 수 없는 신비 앞에 세우게 될 테니, 결국 그들 중 어떤 자들, 반항적이고 사나운 자들은 자기 자신을 해치울 것이고, 다른 자들, 즉 반항적이지만 나약한 자들은 서로를 해치울 것이고, 나머지 무력하고 불행한 자들은 우리의 발치로 기어와서 우리에게 절규할 것이다. '그렇습니다, 당신들이 옳았습니다, 당신들만이 그분의 신비를 지니고 있습니다, 그리하여 우리가 당신들에게 돌아오는 것이니, 부디 우리를 우리 자신으로부터 구해주십시오'라고 말이다. 물론 그들은 우리에게서 빵을 받으면서, 우리가 다름아닌 그들의 빵을, 그들 자신의 손으로 번 그들의 빵을 그들에게서 가져가서는 기적 같은 건 조금도 행함이 없이 그저 그들에게 다시 나누어준다는 것을 분명히 보게 될 테고, 우리가 돌을 빵으로 변화시킨 게 아니라는 것을 보게 될 테지만, 그런데도 그들은 진실로 빵 자체보다도 그들이 그 빵을 우리의 손에서 받고 있다는 그 사실에 더 기뻐할 것이다. 왜냐하면 예전에 우리가 없었을 때는 그들이 번 바로 그 빵이 그들의 손안에서 그저 돌덩이로 변하고 말았지만, 이제 우리에게로 돌아오자 바로 그 돌덩이가 그들의 손안에서 빵으로 변했다는 것을 너무도 잘 기억할 테니까. 영원히 복종한다는 게 무엇을 의미하는지 그들은 너무도, 너무도 뼈저리게 깨달을 것이다! 그리고 이를 이해하지 못하는 한, 인간들은 두고두고 불행하리라. 말해봐라, 이 몰이해를 가장 많이 조장한 자가 대체 누구냐? 누가 양떼를 헤쳐놓아, 알지도 못하는 길에 그들을 뿔뿔이 흩어지게 하였느냐? 하지만 양떼는 다시 한데 모여 다시금 복종할 것이며, 이번에는 영원히 그럴 것이다. 그때 우리는 그들에게 조용하고 겸손한 행복을, 그들처럼 나약하게 태어난 피조물들에게 합당한 행복을 줄 것이다. 오, 우리는 그들을 설복하여 마침내 긍지를 내려놓게 할 것이니, 이는 네가 그들을 높이 끌어올려 긍지를 가지도록 가르쳐놓았기 때문이다. 우리는 그들이 나약한 존재이고 그저 애처로운 어린아이에 불과하며, 그렇지만 어린아이의 행복이야말로 다른 어떤 행복보다 달콤한 것임을 그들에게 증명해주겠다. 그들은 겁쟁이가 되어 우리를 우러러볼 것이며, 어미닭의 품안으로 파고드는 병아리들처럼 두려움에 떨면서 우리에게 달라붙을 것이다. 그들은 우리에게 경탄하고 우리를 두려워할 것이며, 그토록 사나운 수십억의 양떼를 얌전하게 길들였을 정도로 우리가 그렇게 강하고 그렇게 지혜롭다는 사실을 자랑스러워할 것이다. 우리가 분노라도 할라치면 그들은 힘없이 벌벌 떨 것이고, 그들의 이성은 겁을 집어먹고, 그들의 눈은 아녀자들처럼 금방이라도 눈물을 쏟으려 들겠지만, 우리의 손짓 한 번이면 너무도 쉽게 즐거워하고 웃어댈 것이며 환한 기쁨에 휩싸여 행복한 동요를 부를 것이다. 물론 우리는 그들에게 노동을 시키겠지만, 노동으로부터 자유로운 시간에는 그들의 삶을 동요와 합창과 순진무구한 춤이 가득한 어린아이들의 놀이처럼 만들어주겠다. 오, 우리는 그들에게 죄마저 허용할 것이니, 그들은 약하고 힘이 없는지라, 죄를 범하는 걸 허용해주면 마치 아이들과도 같이 우리를 사랑할 것이다. 우리의 허락하에 행한 것이라면 어떤 죄든지 사해질 것이며, 우리가 그들에게 죄를 허용하는 것은 그들을 사랑하기 때문으로, 그 죄들에 대한 벌은 마땅히 우리가 떠맡겠노라고 그들에게 말해주겠다. 그리고 우리는 실제로 그 죄를 떠맡을 것이고, 그들은 하느님 앞에서 그들의 죄를 대신 짊어진 은인으로 우리를 숭배할 것이다. 그러니 그들은 우리에게 어떤 비밀도 숨기지 않을 것이다. 우리는 그들이 아내와 정부를 데리고 사는 일을, 아이를 갖거나 갖지 않는 일을—모두 그들의 복종 정도에 따라—허락하거나 금지할 것이며, 그들은 즐겁고 기쁜 마음으로 우리에게 복종할 것이다. 그들은 양심의 가장 괴로운 비밀까지—모두, 모두 우리에게 가져오고, 우리는 모든 것을 해결해줄 것이며, 그들은 우리의 결정을 기꺼이 믿게 될 것이니, 그 결정 덕분에 그들은 커다란 근심에서뿐만 아니라, 개인적으로 자유로운 결정을 내려야만 하는 지금의 무서운 고통에서 벗어날 수 있기 때문이다. 그리하여 그들을 통치하는 몇십만을 제외하고는, 모든 사람이, 수백 수천만의 존재들이 행복해질 것이다. 그저 우리, 비밀을 간직하고 있는 우리, 오직 우리만이 불행해질 테니. 그렇게 해서 수십억의 행복한 어린애들과 선악의 인식이라는 저주를 떠맡은 수십만 명의 수난자가 있게 되겠지. 그들은 조용히 죽어가고 너의 이름으로 조용히 사라져갈 것이며, 무덤 너머에서 오직 죽음만을 발견하게 될 것이다. 그러나 우리는 비밀을 간직한 채, 어디까지나 그들의 행복을 위해 천국의 영원한 보상을 내걸고 그들을 유혹할 것이다. 왜냐하면 설령 저세상에 뭔가가 있다 하더라도, 그건 물론 그들과 같은 자들을 위한 것이 결코 아니니까. 사람들은 네가 다시 와서 새롭게 승리할 것이며, 너의 선택된 자들을, 너의 오만하고 강한 자들을 거느리고 올 것이라 말하고 예언한다만,* 우리는 이렇게 말해주겠다, 그들은 그저 자기 자신만을 구원했을 뿐이지만 우리는 모든 사람을 구원했노라고. 사람들은 또 말하길, 짐승을 타고 앉아 신비를 손에 쥐고 있는 음녀가 치욕을 당하게 될 것이며, 나약한 자들이 다시금 반란을 일으켜 그 여자의 자주색 옷을 갈기갈기 찢고 그 '더러운' 몸뚱이를 발가벗겨 보일 것이라 하지.** 그러나 그때 내가 분연히 일어나, 죄라고는 알지 못했던 수십억의 행복한 어린애들을 너에게 가리켜 보이겠다. 그리고 그들의 행복을 위해 그들의 죄를 떠맡은 우리는 네 앞에 서서 이렇게 말할 것이다. '만약 네가 그럴 수 있다면, 감히 그럴 용기가 있다면, 우리를 심판해보아라.' 알아둬라, 나는 네가 두렵지 않다. 알아둬라, 나 역시 광야에 있었고, 나 역시 메뚜기와 풀뿌리로 연명했고, 나 역시 네가 사람들에게 축복해준 자유를 축복했고, '수를 채우겠다'는 열망을 품고서 나 역시 너의 선택된 자들의 수에, 강하고 힘있

* 「마태복음」 24:30, 「요한계시록」 12:7~11, 17:14, 19:19~21, 20:1~3.

** 「요한계시록」 17:15~16, 18, 19:1~3.

는 자들의 그 수에 포함되려고 준비하고 있었다. 그러나 나는 꿈에서 번쩍 깨어났고, 더이상 광기를 섬기고 싶지 않았다. 나는 돌아와서, 너의 위업을 수정한 자들의 무리에 합류했다. 나는 오만한 자들의 곁을 떠나 겸손한 자들의 행복을 위해 이 겸손한 자들에게로 돌아왔다. 내가 너에게 말하는 것은 이루어질 것이며, 우리의 왕국은 건설될 것이다. 너에게 거듭 말하건대, 내일이면 너는, 내 손짓 한 번에 앞다투어 달려들어, 우리를 방해하러 온 죄목으로 너를 태워 죽일 장작더미에 시뻘겋게 이글거리는 숯덩이를 집어넣는 이 온순한 양떼를 보게 될 것이다. 누구보다 먼저 우리의 장작불로 태워 죽여 마땅한 자가 있다면, 그건 바로 너니까. 내일 너를 화형에 처하겠다. 딕시*.'"

이반은 말을 멈추었다. 그는 말하는 중에 뜨거운 감정이 불타올라 정신없이 열중해서 말했지만, 말을 끝내자 갑자기 미소를 지어 보였다.

줄곧 말없이 형의 말을 듣고만 있던 알료샤도 끝 무렵에는 몹시 흥분하여 여러 차례 형의 말을 가로채려다가 겨우 참고 있는 눈치였으나, 마치 자리에서 튀어오르듯 하며 갑자기 입을 열었다.

"하지만…… 이건 말도 안 돼요!" 얼굴이 빨개지며 그가 소리쳤다. "형의 서사시는 예수님에 대한 찬양이지, 비난이 아녜요…… 형이 원했던 것과 달리요. 그리고 형이 말하는 자유를 누가 믿겠어요? 자유를 그렇게, 그런 식으로 이해해야 하나요! 그게 정교正敎에서 하는 해석일까요…… 그건 로마예요, 더구나 로마 전체도 아니고, 그건 거짓이에요—그건 가톨릭 중에서도 가장 나쁜 자들, 심문관들, 예수회교도들이

---

* Dixi. 라틴어로 '내 말은 끝났다'라는 뜻.

라고요……! 게다가 형의 심문관 같은 그런 환상적인 인물은 아예 있을 수도 없어요. 그가 스스로 떠맡았다는 사람들의 죄가 대체 어떤 건데요? 사람들의 행복을 위해 어떤 저주를 스스로 떠맡았다는, 그 비밀을 간직한 자들이란 또 뭐죠? 언제 그런 사람을 본 적이 있대요? 우리는 예수회교도들을 알아요, 그들은 안 좋은 얘기들을 듣고 있죠, 하지만 형의 얘기에서처럼 그들이 그런가요? 전혀 달라요, 전혀 그렇지 않아요…… 그들은 그저 미래의 전 세계적인 지상 왕국을 위한 로마의 군대에 불과하고, 그 세계 왕국에서—로마의 최고 성직자가 황제로서 수장이 되어야 한다는 게…… 바로 그게 그들의 이상이에요, 하지만 그들에겐 어떤 비밀도, 숭고한 비애도 없어요…… 권력, 지상의 더러운 복락, 그리고 노예화…… 그러니까 자신들이 지주가 될 미래의 농노제 같은 것에 대한 단순하기 짝이 없는 욕망이 다죠…… 이게 그들이 원하는 모든 것이에요. 그들은 어쩌면 하느님도 믿지 않을지 모르죠. 형의 고뇌하는 심문관은 그저 환상일 뿐이에요……"

"그래, 잠깐, 잠깐만." 이반이 웃었다. "그렇게 열을 올리긴. 환상이라고, 아무려면 어때! 물론, 환상이지. 하지만 말이다, 너는 정말 요 몇 세기 동안 가톨릭의 이 모든 운동이 실제로 그저 더러운 복락만을 추구하는 권력욕에 불과하다고 생각하는 거냐? 파이시 신부가 너한테 그렇게 가르친 거 아냐?"

"아니, 아녜요, 오히려 파이시 신부는 형과 비슷한 말씀을 하신 적도 있는걸요…… 하지만 물론, 그런 뜻이 아니고요, 전혀 그런 뜻이 아니고요." 알료샤는 말을 잘못한 것을 깨닫고 얼른 입을 다물었다.

"'전혀 그런 뜻이 아니다'라고 해도, 어쨌든 소중한 정보구나. 내가 너한테 묻는 건 바로 이거야, 어째서 너의 예수회교도들과 심문관들이 오로지 추잡한 물질적 복락만을 위해 뭉쳤다는 거지? 어째서 그들 중엔 인류를 사랑하여 위대한 비애로 괴로워하는 단 한 명의 수난자도 나올 수 없다는 거지? 이봐, 오로지 물질적인 더러운 복락만을 추구하는 이 모든 자들 중에 단 한 명이라도—단 한 명이라도 나의 노老심문관 같은 사람이 있었다고 가정해봐라, 스스로 광야에서 풀뿌리를 먹으면서 자기 자신을 자유롭고 완전하게 만들기 위해 자신의 육체를 정복해가며 미친듯이 싸워왔으면서도 한평생 인류를 사랑하는 마음에 변함이 없던 그가, 어느 순간 갑자기 눈이 뜨여 이런 것을 깨닫게 된 거야, 자신이 비록 의지의 완성에 도달한다 해도, 만약 나머지 수백만의 신의 피조물들은 그저 우롱거리로 창조되었을 뿐 결코 그들의 자유를 감당할 힘이 없으며, 이 가련한 반역자들에게서는 결코 탑을 완성시킬 거인이 나올 수 없고, 이런 거위들을 위해서 위대한 이상주의자가 자신의 조화를 꿈꾸었던 건 결코 아니라는 사실을 그 순간 확신해야만 한다면, 의지의 완성에 도달하는 정신적 행복이란 결코 위대한 것이 아니라고 말이다. 이 모든 것을 깨닫자 그는 돌아와서…… 영리한 사람들 편에 합류했어. 과연 이런 일이 있을 수 없었을까?"

"누구 편에 합류한다고요, 어떤 영리한 사람들 편에요?" 알료샤는 거의 미친 듯 열이 올라 소리쳤다. "그들에겐 그런 영리함도, 그런 신비니 비밀이니 하는 것도 전혀 없어요…… 그저 무신無神뿐이지, 바로 이게 그들 비밀의 전부라고요. 형의 심문관은 하느님을 믿지 않아요, 바로 이게 그의 비밀의 전부예요!"

"비록 그렇더라도! 드디어 너도 알아챘구나. 정말 그래, 사실 오로지 거기에 모든 비밀이 들어 있지, 하지만 적어도 그와 같은 인간, 그러니까 광야에서의 위업을 위해 자신의 일평생을 죽여버리고도 인류에 대한 사랑에서 헤어날 수 없었던 인간에게만큼은 과연 이것이야말로 고통이 아닐까? 인생의 황혼녘에 이르러서야 그는 오직 위대하고도 무서운 영의 충고만이 이 나약한 반역자들, '우롱거리로 창조된 미완성의 시험용 존재들'의 상태를 다소나마 견딜 만한 것으로 만들어줄 수 있다는 분명한 확신에 이르게 되지. 그리고 이제 이것을 확신하게 되자, 그는 영리한 영, 죽음과 파괴의 무서운 영의 지시에 따라 나아가야 하며 그러기 위해서 거짓과 기만을 받아들여야 하고 사람들을 이제는 의식적으로 죽음과 파멸로 이끌어야 한다는 것을, 더욱이 이 길을 가는 내내 그들을 속여서, 적어도 길을 가는 동안만이라도 이 가련한 장님들이 스스로 행복하다 여길 수 있도록, 어디로 그들을 데려가는지 절대로 눈치채지 못하게 해야 한다는 걸 알게 되는 거야. 그런데 명심해둬라, 이 기만이 그의 이름으로 행해진다는 것을, 노인이 한평생 그토록 열렬하게 믿어온 그 이상을 제시해준 그의 이름으로 말이다! 과연 이래도 불행이 아닐까? 그리고 만약 '오로지 더러운 복락만을 위해 권력을 갈망하는' 이 군대 전체의 선두에 이런 사람이 단 한 명이라도 있다면, 그 단 한 명만으로도 비극이 되기에 이미 충분하지 않을까? 그뿐 아니지. 이런 사람이 단 한 명이라도 선두에 서 있다면, 그 군대 전체와 모든 예수회교도들을 다 포함하여 로마의 과업 전체를 이끌 진정한 지도적인 이념이, 이 과업의 최고 이념이 나오기에 충분하단 말이다. 너한테 똑바로 말하지만, 운동의 선두에 선 자들 가운데 이 단 한 사람의 흐름이 쇠퇴했던 적은 한 번도 없었다고 나는 확신해. 누가 알아, 어쩌면 로마의 최고 성직자들 중에도 이 단 한 사람들이 있었을지. 누가 알아, 어쩌면 그토록 집요하게, 그토록 자기만의 방식으로 인류를 사랑하는 이 저주받은 노인이 지금도 그런 수많은 단 한 사람의 노인들과 함께 완전한 무리를 이루어 존재하고 있을지, 그것도 결코 우연히가 아니라, 비밀 수호를 위해, 다시 말해 불행하고 나약한 인간들에게 비밀을 감춤으로써 그들을 행복하게 만들어주기 위해 이미 오래전에 조직된 비밀결사로서, 맹약을 행한 종파로서 존재하고 있을지도 모르지. 틀림없이 그래, 또 반드시 그래야만 돼. 나는 이런 생각이 들어, 프리메이슨*도 밑바탕엔 바로 이런 비밀과 비슷한 뭔가가 있고, 가톨릭교도들이 프리메이슨을 증오하는 까닭도 그들을 경쟁자로 보기 때문일 거야, 이념의 단일성이 붕괴되거든, 양떼도 하나이고 목자도 하나여야 하는데……** 그런데 이렇게 내 생각을 변호하다니, 꼭 네 비평을 견디지 못한 저자의 꼬락서니로군. 이건 이쯤 해두자."

"형도 어쩌면 프리메이슨이겠군요!" 알료샤가 불쑥 내뱉었다. "형은 하느님을 믿지 않아요." 그는 이렇게 덧붙였으나, 거기엔 이미 크나큰 비애가 깔려 있었다. 더구나 형이 자기를 보며 비웃는 것만 같았다. "형의 서사시는 어떻게 끝나나요?" 바닥을 쳐다보며 그가 갑자기 물었다. "아니면 벌써 끝난 건가요?"

"이렇게 마무리할 생각이었어. 심문관은 말을 끝맺고 그의 포로가

---

* 18세기 초 영국에서 결성되어 전 세계로 확산된 신비주의 경향의 코즈모폴리턴적인 자유주의 비밀결사로, 반(反)가톨릭적이고 초인종적, 초계층적, 초국가적, 평화적 인도주의를 받들었다.

** 「요한복음」 10:16.

대답을 해오길 얼마 동안 기다리지. 상대방의 침묵이 괴로웠거든. 그는 죄수가 줄곧 그의 눈을 똑바로 들여다보며 뭐라 대꾸할 마음도 전혀 없는 듯 진지하고 조용하게 그의 말을 듣고 있는 걸 보았어. 노인은 쓰라리고 무서운 말이어도 좋으니 그가 자기에게 무슨 말이든 제발 좀 해주었으면 싶지. 그러나 그는 갑자기 노인에게 말없이 다가와 아흔 살 먹은 그 핏기 없는 입술에 조용히 입을 맞춰. 이게 대답의 전부야. 노인은 몸을 움찔하지. 그의 입술 양끝이 왠지 파르르 떨렸어. 노인은 문 쪽으로 걸어가 문을 열고 그에게 이렇게 말해. '어서 가라, 그리고 다시는 오지 마라…… 절대로 오지 마라…… 절대로, 절대로!' 그러면서 그를 '도시의 어두운 광장'*으로 내보내지. 죄수는 떠나가."

"그럼 노인은요?"

"그 입맞춤이 가슴속에서 불타고 있지만, 노인은 여전히 자신의 이념에 머무르는 거지."

"그리고 형도 그와 한편이죠, 형도?" 알료샤가 슬프게 외쳤다. 이반은 웃었다.

"이건 그냥 헛소리야, 알료샤, 시라곤 단 두 줄도 써본 적이 없는 얼빠진 대학생의 얼빠진 서사시에 불과해. 뭘 그렇게 심각하게 받아들여? 설마 넌, 내가 지금 곧바로 그리로, 예수회교도들한테로 가서, 그의 위업을 수정하는 자들의 무리에 끼려 한다고 생각하는 건 아니겠지? 오, 맙소사, 그게 나하고 무슨 상관인데! 너한테 말했다시피, 나는 서른 살까지만 끌고 가다가, 그때가 되면—잔을 바닥에 내동댕이칠

* 푸쉬킨의 시 「회상」의 부정확한 인용. 푸쉬킨의 시에서는 '도시의 벙어리 광장'이다.

거야!"

"하지만 끈적이는 어린 새잎은 어쩌고요. 소중한 무덤들은, 푸른 하늘은, 사랑하는 여자는요! 대체 어떻게 살아갈 거예요, 어떻게 그것들을 사랑할 거예요?" 알료샤는 괴로워하며 소리쳤다. "가슴과 머릿속에 그런 지옥을 품고서 과연 그게 가능할까요? 아니, 형은 바로 그들 편에 합류하려고 가는 거예요…… 안 그러면 자살해버릴걸요, 도저히 견뎌내지 못할 거라고요!"

"모든 것을 견뎌낼 힘이 있어!" 이반은 이미 싸늘해진 미소를 띠고 말했다.

"어떤 힘인데요?"

"카라마조프적인 힘…… 카라마조프적인 저열함의 힘이지."

"그건 방탕에 깊숙이 몸을 담그고 타락 속에서 영혼을 질식시키는 거죠, 그렇죠, 그렇죠?"

"아무려나, 그런데 그건…… 서른 살 때까지만이고, 어쩌면 또 피할 수 있을지도 몰라, 그때가 되면……"

"대체 어떻게 피한다는 건데요? 무엇으로 피해요? 형의 그 생각들 가지고는 불가능해요."

"이번에도 카라마조프식이지."

"'모든 것이 허용된다'라는 거죠? 모든 것이 허용된다, 그렇죠, 그거죠?"

이반은 얼굴을 찡그리더니 왜 그런지 갑자기 이상하게 창백해졌다.

"넌 어제 미우소프가 그렇게 화를 냈던 그 말을 들고 나오는구나…… 드미트리 형도 그렇게 순진하게 튀어나와 그 말을 되풀이했지?" 그는 일그러진 미소를 지었다. "그래, 그렇다 해두자, '모든 것이 허용된다', 기왕 입 밖에 나온 말이니까. 부정하지는 않으마. 게다가 미첸카의 편집 방식도 나쁘진 않아."

알료샤는 말없이 그를 바라보았다.

"나는, 아우야, 이제 떠나더라도 이 세상천지에 그래도 나한테는 네가 있다고 믿었는데." 이반이 갑자기 뜻밖의 감정을 드러내며 말했다. "그런데 이제 보니, 네 가슴속에도 내 자리는 없구나, 내 사랑스러운 은자隱者야. '모든 것이 허용된다'는 공식을 부정하지는 않겠다, 자, 어때, 넌 그 때문에 나를 부정할 거냐, 그럴 거니, 응?"

알료샤는 일어나 그에게로 다가가더니 말없이 조용하게 그의 입술에 입을 맞추었다.

"문학적 표절이야!" 이반이 갑자기 어떤 환희에 휩싸이며 외쳤다. "이건 네가 내 서사시에서 훔친 거잖아! 고맙다, 하여간에. 일어나, 알료샤, 그만 가자, 너도 나도 이제 갈 때야."

그들은 밖으로 나왔으나, 술집의 현관 앞 계단에서 걸음을 멈추었다.

"실은, 알료샤." 이반이 확고한 목소리로 말했다. "끈적이는 어린 새잎들을 내가 정말로 사랑할 수 있다면, 오직 너를 떠올림으로써만 그것들을 사랑하게 될 거다. 네가 여기 어딘가에 있다는 것만으로도 나는 족하고, 삶에 싫증을 내지도 않을 거야. 이걸로 너도 됐니? 원한다면, 사랑의 고백으로 여겨도 좋아. 하지만 이제 너는 오른쪽, 나는 왼쪽으로—이제 됐어, 듣고 있니, 이만하면 됐어. 그러니 행여 내가 내일 떠나지 않아서(아마 틀림없이 떠나겠지만) 우리 둘이 어쩌다 또다시 만나게 되더라도, 이 모든 주제에 대해서는 나한테 더이상 아무 말도 말아주라. 간절히 부탁하마. 드미트리 형에 대해서도 너에게 특별히 부탁하는데, 나한테 절대 아무 말도 꺼내지 마라." 그는 갑자기 초조한 어조로 덧붙였다. "다 털어놨고 할말은 다 했잖아, 안 그래? 대신 내 쪽에서도 너한테 한 가지 약속을 하마. 서른 살쯤 되어 '잔을 바닥에 내동댕이치고' 싶어지면, 네가 어디 있든 다시 한번 너와 얘기하러 오마…… 아메리카에서라도 올 테니, 그리 알아둬. 일부러 오는 거야. 그때 가서 너를 보는 것도 무척 흥미롭겠지, 너는 그때 어떤 사람이 되어 있을까? 알겠지, 이건 상당히 엄숙한 약속이야. 정말 우리는 앞으로 한 칠 년이나 십 년쯤 못 볼지도 몰라. 자, 이제 너의 파테르 세라피쿠스*에게 가봐라, 그는 죽어가고 있으니까. 너도 없이 죽는다면, 내가 널 붙들어두었다고 나한테 화를 낼지도 몰라. 그럼 잘 가라, 다시 한번 나에게 입맞춰주고, 그래 그렇게, 이제 가봐……"

이반은 갑자기 몸을 돌리더니 이젠 뒤도 돌아보지 않고 제 갈 길을 가기 시작했다. 어제 드미트리 형이 알료샤와 헤어질 때의 모습과 흡사했다. 물론 어제는 종류가 전혀 달랐지만. 이 기묘한 느낌은 이 순간 우울한, 그러잖아도 우울하고 슬픈 알료샤의 머릿속을 화살처럼 스치고 지나갔다. 그는 형의 뒷모습을 지켜보며 잠깐 기다렸다. 무엇 때문인지 갑자기 그는 이반 형이 어쩐지 비틀거리듯 걸어가고 뒤에서 보니 오른쪽 어깨가 왼쪽보다 처진 듯하다는 걸 깨달았다. 전에는 한 번도 이 점을 알아챈 적이 없었다. 그러다 갑자기 그도 몸을 돌려 거의 뛰다시피

---

* Pater Seraphicus. 괴테의 『파우스트』 마지막 장면에 등장하는 '세라피쿠스 교부'로, 배우려고 하는 사람들을 가르칠 수 있는, 이미 인식을 얻은 사람을 가리키는 명칭으로 자주 사용되며, 아시시의 프란체스코에게도 이 이름을 붙인다.

수도원으로 향했다. 이미 땅거미가 짙게 깔려 무서운 마음마저 들 지경이었다. 그로선 대답할 수 없을 듯한 뭔가 새로운 것이 그의 내부에서 자라나고 있었다. 어제처럼 또다시 바람이 일었고, 암자의 작은 숲으로 들어서자 수백 년씩 된 노송들이 그의 주위에서 음울하게 수런거리기 시작했다. 그는 뛰다시피 했다. "파테르 세라피쿠스'—형은 이 이름을 대체 어디서 가져왔을까—어디서?' 하는 생각이 알료샤의 뇌리를 스쳤다. '이반, 불쌍한 이반 형, 이제 언제쯤 형을 보게 될까…… 드디어 암자로구나, 하느님 맙소사! 그래, 그래, 그건 그분이야, 그분이 파테르 세라피쿠스야, 그분이 나를 구원해주실 거야…… 그에게서, 그리고 영원히!'

훗날 그는 살아가면서 이때 일을 몇 번이나 떠올렸는데, 그때 이반 형과 헤어진 뒤 어떻게 갑자기 드미트리 형에 대해 그렇게 완전히 잊어버릴 수 있었을까, 그날 아침, 아니 불과 몇 시간 전만 해도 반드시 드미트리 형을 찾아내겠다고, 설령 그날 밤에 수도원으로 돌아가지 못하는 한이 있어도 절대로 그냥 떠나진 않겠다고 다짐하지 않았던가 생각하며 무척이나 의아하게 여기곤 했다.

VI
아직은 몹시도 막연한

이반 표도로비치는 알료샤와 헤어진 뒤 집으로, 표도르 파블로비치의 집을 향해 걸음을 옮기기 시작했다. 그러나 이상하게도, 참을 수 없는 우수가 갑자기 그를 엄습했고, 무엇보다도 그 우수는 한 걸음 한 걸음 집에 가까워질수록 점점 더 커져갔다. 이상한 것은 우수 자체가 아니라, 그 우수의 정체가 무엇인지 이반 표도로비치로서는 도무지 설명할 수 없다는 점이었다. 우수에 잠기는 일이야 전에도 자주 있었고, 이런 순간에 우수가 찾아왔다고 해서 이상할 것은 없었는데, 지금 그는 자신을 이곳으로 이끌었던 모든 것과 일시에 결별하고 내일이면 다시 옆으로 방향을 날카롭게 꺾어 예전처럼 다시금 완전히 홀로, 전혀 알지도 못하는 새로운 길에 막 발을 내디딜 참이었던데다, 또한 많은 희망을 품고 있긴 했으나 무엇에 대한 희망인지도 알지 못했고, 삶으로부터 많은 것을, 너무나 많은 것을 기대하면서도 그 기대나 심지어 자신의 소망에 대해서조차 스스로 아무것도 분명히 설명할 수 없었기 때문이다. 그러나 새로운 미지의 것에 대한 우수가 그의 마음속에 실제로 자리하고 있긴 해도, 이 순간 그를 괴롭히던 것은 전혀 그게 아니었다. '혹시 아버지 집에 대한 혐오감 때문은 아닐까?' 그는 속으로 생각해보았다. '그 정도로 역겨워진 모양이군, 그 더러운 문지방을 넘는 것도 오늘이 마지막인데, 그래도 역겹기만 하니……' 하지만 아니다, 그것도 아니다. 혹시 알료샤와 헤어졌기 때문은 아닐까, 그애와 나눈 얘기 때문은 아닐까. '그토록 여러 해 동안 온 세상을 상대로 입을 꾹 다문 채 말할 가치조차 없다고 여겨오다가, 갑자기 그런 허튼소리를 지껄여댔으니.' 사실 그것은 자신의 젊은 미숙함과 젊은 허세에 대한 젊은 울화, 자신의 생각을 제대로 얘기하지 못했다는 데 대한 울화일 수도 있었는데, 더구나 자신이 내심 아주 확실하게 점찍어두었던 알료샤 같은 존재에게마저 그랬으니 말이다. 물론 그런 것도, 다시 말해 그런 울화도 분명히 있었지만, 그것 또한 진짜 원인은 아니었고, 전혀 그것 때문이 아니었다. '우수 때문에 욕지기가 날 지경인데도, 내가 원하는 게 무엇인지조차 알 수 없으니. 차라리 생각하지 않는 편이 낫겠다……'

이반 표도로비치는 '생각하지 않으려고' 해보았지만, 역시 소용없었다. 무엇보다도 그것, 이 우수가 짜증스럽고 울화가 치미는 까닭은, 그게 어떤 우연하고도 완전히 외적인 모습을 띠고 있기 때문이었다. 이것은 그에게도 느껴졌다. 어떤 존재나 물체가 어딘가에 비죽 불거져나와 있는 느낌이랄까, 그것은 흡사 이따금 무엇이 눈앞에 비죽 나와 있는데도 일을 하거나 대화에 열중한 나머지 오랫동안 알아채지 못하지만, 그 와중에도 분명히 신경이 곤두서서 거의 괴로움마저 느끼고 있다가 마침내 그 쓸모없는 것을 치워버려야겠다는 생각이 들게 되는 경우와도 같았으며, 대개 그것들은 엉뚱한 곳에 깜박 잊고 놓아둔 아주 하찮고 우스꽝스러운 어떤 물건이거나, 바닥에 떨어진 수건, 혹은 책장에 꽂아두지 않은 책 따위이기 일쑤였다. 마침내 이반 표도로비치는 더없이 언짢고 짜증스러운 기분으로 아버지 집에 이르렀는데, 쪽문에서 열댓 걸음 떨어진 곳에서 대문 쪽을 흘낏 쳐다본 순간 갑자기 그는 자신을 그토록 괴롭히고 불안하게 한 것이 무엇인지 대번에 알아차렸다.

대문 가 벤치에는 하인 스메르자코프가 선선한 저녁 공기를 쐬며 앉아 있었는데, 이반은 그를 보자마자, 자신의 영혼 속에도 하인 스메르자코프가 들어앉아 있었고 자신의 영혼이 참을 수 없어하는 것이 바로 저 인간이라는 사실을 깨달았다. 모든 것이 갑자기 환한 빛을 받은 듯 분명해졌다. 아까 알료샤가 스메르자코프를 만났다는 얘기를 했을 때도 뭔가 음침하고 역겨운 것이 갑자기 그의 심장에 푹 박히면서 즉시 반사적인 증오를 불러일으켰던 것이다. 그뒤 대화를 나누는 동안 스메르쟈코프는 잠시 잊혔지만 그럼에도 여전히 그의 영혼 속에 도사리고 있다가, 이반 표도로비치가 알료샤와 헤어져 혼자 집을 향해 걸음을 떼어놓기 무섭게 이 잊혔던 느낌이 재빨리 다시 고개를 쳐들고 곧바로 밖으로 나오기 시작했다. '정말 저 쓰레기 같은 건달 놈이 나를 그토록 불안하게 할 수 있다니!' 이렇게 생각하자, 참을 수 없는 분노가 치밀었다.

문제는 이반 표도로비치가 최근 들어, 특히 요 며칠 사이 이 인간을 실제로 몹시 싫어하게 됐다는 점이다. 심지어 이 존재에 대한 거의 증오에 가까운 감정이 점점 더 커져가는 것을 이반 자신도 알아채기 시작했다. 어쩌면 증오감이 이토록 날카로워진 것은, 바로 이반 표도로비치가 우리 도시에 막 도착한 초기에는 이와 완전히 반대되는 현상이 일어났기 때문인지도 모른다. 당시 이반 표도로비치는 스메르쟈코프에게 대번에 어떤 특별한 관심을 보였을 뿐만 아니라, 심지어 그를 아주 기발한 인간으로 여기기까지 했다. 스메르쟈코프로 하여금 그와 얘기를 나누도록 격려한 것도 그 자신이었지만, 그러면서도 늘 영문을 알 수 없는 어떤 엉뚱함, 더 정확히 말해, 그의 어떤 불안한 정신 상태에 놀라면서, 도대체 무엇이 '이 관조적인 인간'에게서 이처럼 끈질기고도 지속적인 불안을 야기할 수 있는지 도무지 이해가 되지 않았다. 그들은 여러 철학적인 문제에 대해서도 이야기했고, 해와 달과 별들이 넷째 날에 가서야 만들어졌는데 어째서 첫날에 빛이 비쳤으며, 이것을 어떻게 이해해야 할 것인가에 대해서까지 얘기를 나누었다. 그러나 이반 표도로비치는 곧 해와 달, 별 따위가 문제가 아니고, 해와 달, 별들은 비록 흥미롭긴 하지만 스메르쟈코프에겐 아주 대수롭지 않은 삼류 대상에 불과하며, 그에게 필요한 것은 완전히 다른 무엇이라는 점을 확신하게 되었다. 때에 따라 그 모습은 달랐지만, 어느 경우를 막론하고 끝없는 자존심이, 더욱이 모욕당한 자존심이 입을 열면서 정체를 드러내기 시작했다. 이반 표도로비치는 이게 영 못마땅했다. 그의 혐오감이 시작된 것도 바로 이로부터였다. 나중에 집안에 분란이 시작되어 그루셴카가 나타나고, 드미트리 형과의 소동이 시작되고, 온갖 골치 아픈 일들이 벌어지자—그들은 이에 대해서도 이야기를 나누었는데, 스메르쟈코프는 언제나 몹시 흥분하여 대화를 끌어가긴 했지만 그 자신이 여기서 정말 무엇을 바라는지는 이번에도 도무지 알아낼 수가 없었다. 그가 무심코 드러내곤 하는, 언제나 하나같이 막연하기만 한 소망들도 너무나 비논리적이고 혼란스러워서 심지어 깜짝 놀랄 정도였다. 스메르쟈코프는 모든 것을 캐물으면서 미리부터 생각해둔 게 분명한 어떤 우회적인 질문을 던지곤 했지만, 왜 묻는지—그 이유는 설명하려 들지 않고, 으레 자기 질문이 가장 뜨거운 지점에 달한 순간 갑자기 입을 다물어버리거나 아예 다른 화제로 넘어가곤 했다. 하지만 마침내 이반 표도로비치의 신경을 결정적으로 자극하여 그에게 그런 혐오감을 심어준 것은 무엇보다도—스메르쟈코프가 그에게 강하게 드러내 보이기 시작한 어떤 혐오스럽고도 유별난 친밀감이었는데, 날이 갈수록 더욱 노골적이었다. 그렇다고 그가 감히 불손하게 굴었다는 것은 아니고, 되레 언제나 지극히 공손하게 얘기했지만, 그럼에도 불구하고 결과적으로 스메르쟈코프는 어째서인지 통 알 수 없으나 자신이 마침내 무슨 일인가에서 이반 표도로비치와 어떤 연대라도 맺은 듯 여기기 시작한 눈치였고, 그들 두 사람 사이에 벌써 무슨 밀약이라도 있는 양, 마치 언젠가 쌍방간에 얘기된 것, 그러니까 오직 그들 두 사람만이 알고 있고 그들 주위에 득실거리는 다른 시시한 인간들이야 알 도리조차 없는 무엇이 있다는 투로 말했다. 하지만 그때만 해도 이반 표도로비치는 자신에게서 점점 커져만 가던 혐오감의 이 진정한 원인을 한동안 깨닫지 못하고 있다가, 아주 최근에 와서야 비로소 그것이 무엇인지 알아채게 되었다. 지금 그는 혐오스럽고 짜증스러운 느낌에 휩싸여 스메르쟈코프에게 눈길도 주지 않고 말없이 쪽문으로 들어가려고 했으나, 스메르쟈코프가 벤치에서 벌떡 일어나자 이미 그 동작 하나만으로도 이반 표도로비치는 이자가 자기와 특별한 얘기를 하고 싶어한다는 것을 순간적으로 눈치챘다. 이반 표도로비치는 흘낏 그쪽에 눈을 주고 걸음을 멈추었는데, 불과 한순간 전에 원했던 바대로 그냥 지나치지 못하고 그렇게 갑자기 걸음을 멈추었다는 사실 때문에 온몸이 덜덜 떨릴 정도로 화가 치밀었다. 분노와 혐오감에 사로잡힌 채 그는, 관자놀이께의 머리카락을 닭 볏 모양으로 빗어 올리고 앞머리를 조그맣게 돌돌 만, 거세승처럼 바싹 여윈 스메르쟈코프의 얼굴을 쳐다보았다. 가까스로 실처럼 가느다랗게 뜬 그의 왼쪽 눈이 깜박거리며 눈웃음을 치는 모양새가 마치 '왜 오는 거야, 그냥 지나가지 않고, 거봐, 우리 두 사람, 영리한 분들끼리 서로 얘기할 게 있는 거야'라고 말하는 것만 같았다. 이반 표도로비치는 몸을 부르르 떨었다.

"썩 꺼져, 건달 놈아, 내가 네놈과 한패냐, 바보 자식!" 그의 혀끝에서 이런 말이 튀어나오려 했으나, 정작 혀끝에서 나온 말은 전혀 다른 것이어서 자신도 엄청나게 놀라고 말았다.

"아버지는 어떠셔, 주무시나, 아니면 일어나셨나?" 그는 스스로에게도 뜻밖일 만큼 조용하고 부드럽게 말하고는, 갑자기 벤치에 앉았는데, 이 역시 완전히 뜻밖의 일이었다. 나중에야 기억났지만, 한순간 그는 거의 공포와도 같은 것을 느꼈다. 스메르쟈코프는 뒷짐을 진 채 그의 맞은편에 서서 자신만만하고 거의 준엄하기까지 한 시선으로 그를 쳐다보았다.

"아직 주무십니다요." 그가 서두르는 기색도 없이 말했다('먼저 말을 건넨 건 네놈이지, 내가 아니야'라는 듯한 말투였다). "도련님한텐 정말 놀라겠군요." 그는 잠시 말을 멈추었다가 이렇게 덧붙이면서 어쩐지 허세를 부리듯 두 눈을 내리깔고 오른발을 앞으로 내밀어 번쩍번쩍 광을 낸 구두 코끝을 건드리며 장난을 쳤다.

"어째서 나한테 놀라겠다는 거냐?" 이반 표도로비치는 안간힘을 다해 자신을 억제하면서 툭툭 끊어지는 말투로 퉁명스럽게 내뱉었으나, 자신이 너무도 강한 호기심에 사로잡혀 있는지라 그것을 만족시키기 전에는 무슨 일이 있어도 이 자리를 떠나지 않으리라는 것을 문득 깨닫고 스스로도 혐오감이 치밀었다.

"도련님, 체르마쉬냐에는 왜 안 가십니까요?" 스메르쟈코프가 갑자기 눈을 빠르게 들어올리며 허물없는 태도로 싱긋 웃어 보였다. '내가 왜 웃었는지, 너도 분명 알고 있겠지, 네놈이 만약 영리한 인간이라면.' 가늘게 뜬 그의 왼쪽 눈이 이렇게 말하는 듯했다.

"내가 체르마쉬냐엔 왜 가?" 이반 표도로비치는 깜짝 놀랐다.

스메르쟈코프는 또다시 입을 다물었다.

"표도르 파블로비치께서 도련님한테 직접 그렇게 간청까지 하셨는뎁쇼." 그가 한참 만에 느릿느릿, 마치 자신의 대답을 스스로도 대수롭잖게 여긴다는 듯이 말했다. 그저 뭐든 말해야 하니까 이런 하찮은 이유를 가지고 대충 둘러댄다는 식이었다.

"에잇, 망할 놈, 좀더 분명하게 말해봐, 네놈한테 필요한 게 뭐야?" 지금껏 부드럽게 굴던 이반 표도로비치가 마침내 우악스레 돌변하여 화를 버럭 내며 소리쳤다.

스메르자코프는 오른발을 왼발 옆에 갖다붙이며 자세를 더 바로잡았지만, 여전히 침착하고 여전히 아까 같은 미소를 띤 채 그에게서 눈을 떼지 않았다.

"특별히 중요한 건 없습니다요…… 그저 말입죠, 얘기를 좀 나누었으면 해서……"

다시 침묵이 들어섰다. 둘 다 거의 일 분 동안이나 말이 없었다. 이반 표도로비치는 자신이 지금 바로 벌떡 일어나서 단단히 화를 내야 한다는 걸 알고 있었으나, 스메르자코프는 그의 앞에 서서, '어디 한번 볼테다, 네놈이 화를 낼지 안 낼지?' 하고 기다리는 눈치였다. 적어도 이반 표도로비치에게는 그렇게 여겨졌다. 드디어 그는 일어서려고 상체를 기울였다. 스메르자코프는 그 순간을 정확하게 포착했다.

"제 입장이 정말 끔찍합니다요, 이반 표도로비치, 제 한몸을 어떻게 구해야 할지도 모르겠습니다." 그는 갑자기 분명한 어조로 또박또박 말하면서 마지막 한마디를 말할 땐 한숨을 내쉬었다. 이반 표도로비치는 그대로 다시 벤치에 주저앉았다.

"두 분 다 완전히 고집을 부리시는뎁쇼, 두 분 다 아주 어린애가 돼버렸습니다요." 스메르자코프는 말을 계속했다. "도련님의 아버님과 도련님의 형님인 드미트리 표도로비치 말씀입죠. 이제 지금 그분, 표도르 파블로비치가 잠자리에서 일어나시면 당장 저한테 달라붙어 '안 왔어? 왜 안 온 거야?' 하고 일 분이 멀다 하고 닦달하기 시작하실 테고—그렇게 자정까지, 아니 자정이 넘어서까지 계속될 겁니다. 그리고 만약 아그라페나 알렉산드로브나가 안 오시면(아마도 아예 오실 마음이 전혀 없는 것도 같으니 말입죠), 내일 아침에 또다시 저에게 달려들어, '왜 안 왔어? 뭣 땜에 안 온 거야, 언제 온대?' 하고 난리를 치실 겁니다—꼭 무슨 제 잘못으로 그리된 것처럼요. 또 한편으론 어떤 판국인가 하면 말입쇼, 이제 날이 저물기 무섭게, 물론 그보다 이를 때도 있습죠만, 도련님의 형님께서 손에 무기를 들고 이웃집에 나타나셔서는, '잘 봐둬라, 이 악당 놈, 부엌데기 놈아. 그 여자를 놓치고서 여기 온 걸 나한테 알리지 않으면—맨 먼저 네놈부터 죽여버릴 테다'라고 하십니다요. 밤이 지나고 아침이 되면 그분 역시 표도르 파블로비치처럼 '왜 안 온 거냐, 곧 나타날 거냐'라면서 저를 죽도록 괴롭히기 시작하실 겁니다—그분의 그 숙녀께서 안 나타나신 것이 이번에도 꼭 제 잘못이라도 된다는 식입죠. 이렇듯 두 분의 역정이 날이 갈수록 시시각각 더 심해지니 말입죠, 어떤 때는 너무 겁나서 제 손으로 그만 자살이라도 해버릴까 싶다굽쇼. 도련님, 저는 그분들한테는 희망을 걸지 않습니다요."

"그럼 왜 끼어든 거야? 왜 드미트리 표도로비치에게 일러바치기 시작한 거냐고?" 이반 표도로비치가 짜증을 내며 내뱉었다.

"어찌 끼어들지 않을 수가 있어얍죠? 하지만 아주 정확하게 아시고 싶으시다면 말입죠, 절대 제 쪽에서 끼어든 게 아닙니다요. 저는 감히 말대꾸할 용기도 없어 처음부터 줄곧 입을 다물고 있었는데, 그분께서 자기 뜻대로 저를 자신의 하인 리차르다* 노릇을 하도록 정해버리신 거라굽쇼. 그때 이후로 그분이 할 줄 아는 말이라곤 '만약 놓칠 시엔, 이 악당 놈아, 네놈을 콱 죽여버릴 테다!'라는 것뿐입죠. 도련님, 내일 저는 필시 오랫동안 발작을 일으킬 것 같습니다."

"오랫동안 발작을 일으킨다니?"

"아주 오래, 굉장히 오래 계속되는 발작입죠. 몇 시간, 어쩌면 하루 이틀간 계속될지도 모릅니다요. 한 사흘씩이나 계속된 적도 있었는데, 저는 그때 다락방에서 떨어졌죠. 그만 그치는가 하면 또 시작되어, 꼬박 사흘 동안 제정신으로 돌아오지 못했답니다. 그때 표도르 파블로비치가 이곳 의사인 게르첸슈투베를 불러오셨습죠, 그래서 그 의사가 정수리에 얼음도 얹어주고, 한 가지 수단도 더 사용하셨답니다...... 죽을 뻔했다굽쇼."

"하지만 뇌전증 발작이 몇시에 일어날지는 미리 알 수 없다던데. 너는 어째서 그게 내일 일어날 거라고 하는 거냐?" 이반 표도로비치가 유별나고도 짜증스러운 호기심을 느끼며 물었다.

"물론 미리 알 수야 없습죠."

"게다가 그땐 다락방에서 떨어졌다며."

"다락방에야 날마다 기어올라가니까 내일도 다락방에서 떨어질 수 있습죠. 다락방에서가 아니라면 지하 광에 떨어질지도 모릅지요, 지하

---

* 「보바 왕자 이야기」에 나오는 그비돈 왕의 하인. 「보바 왕자 이야기」는 원래 프랑스의 기사 이야기로 추정되는 영웅담으로, 여러 경로를 거쳐 16세기 중반 이전에 이미 러시아로 들어온 이후, 여러 이본으로 번역되어 큰 인기를 누렸다.

광에도 날마다 가는뎁쇼, 볼일이 있으니 말입죠."

이반 표도로비치는 한참 동안 그를 바라보았다.

"허튼소릴 늘어놓고 있군, 뻔해, 네놈의 말엔 이해가 안 가는 구석이 있어." 나직하지만 어쩐지 위협적인 어조로 그가 말했다. "그러니까 내일부터 사흘 동안 발작이 일어난 척하겠다는 말이지? 아냐?"

땅바닥을 내려다보며 또다시 오른쪽 구두 코끝으로 장난을 치고 있던 스메르쟈코프가 오른발을 제자리에 옮기고 대신 왼발을 앞으로 내밀더니 고개를 쳐들며 벌쭉 웃고 나서 말했다.

"설사 제가 그런 장난을 치게 된다 해도 말입죠, 그러니까 그런 시늉을 한다 해도 말입죠, 왜냐하면 그런 것쯤이야 노련한 사람에겐 아무 일도 아니니깝쇼, 그런 경우에도 저는 제 목숨을 건지기 위해 그런 수단을 사용할 전적인 권리가 있습니다요. 제가 앓아누워 있으면, 설사 아그라페나 알렉산드로브나가 그분의 아버지께 찾아왔다 해도, 아픈 사람을 붙잡고서 그분이 '왜 안 알린 거냐?' 하고 따질 수는 없을걸요. 그분도 부끄러운 줄 아실거구먼요."

"에이, 빌어먹을!" 이반 표도로비치가 갑자기 분노로 얼굴을 일그러뜨리며 버럭 소리를 내질렀다. "어째서 네놈은 밤낮 네 목숨 때문에 벌벌 떠는 거냐! 드미트리 형의 그런 위협은 죄다 홧김에 한 소리에 지나지 않아. 형은 널 죽이지 않아, 죽이더라도 너 같은 건 안 죽여!"

"파리새끼처럼 죽여버리겠습죠, 맨 먼저 저부터 죽일 거라굽쇼. 하지만 그보다 더 무서운 건 다른 겁니다. 그분이 자기 아버지에게 무슨 엉뚱한 짓을 저지를 경우 제가 공범으로 몰릴까봐서요."

"왜 네놈이 공범으로 몰린단 말이냐?"

"왜 공범으로 몰리느냐 하면, 제가 그분한테 바로 그 신호를 극비리에 알려줬으니 말입죠."

"신호라니? 누구한테 알려줬다고? 이 우라질 놈, 좀더 분명하게 말하지 못해!"

"다 고백하지 않을 수 없군요." 스메르쟈코프는 거드름을 피우며 태연스레 말꼬리를 길게 끌었다. "저와 표도르 파블로비치 사이에는 비밀이 한 가지 있습니다. 그분은, 도련님도 아시다시피(그저 행여 알고 계신다면 말입니다) 벌써 요 며칠째 밤이 되면, 아니 저녁만 되어도 곧바로 안에서 문을 꼭꼭 걸어 잠그고 계십니다. 도련님께선 요즘 들어 매번 일찌감치 도련님 방으로 올라가버리시는데다 어제는 아예 아무데도 안 나가셨으니깝쇼, 그분이 이제 밤이면 얼마나 문을 열심히 잠그시는지 아마 모르시겠습죠. 심지어 그리고리 바실리예비치가 직접 온다 해도 목소리로 확인하시고서야 문을 열어주실 거라굽쇼. 하지만 그리고리 바실리예비치는 오지도 않습죠, 그래서 지금 안채에서 그분 시중을 드는 건 저 혼자입지요—아그라페나 알렉산드로브나를 상대로 그 계략을 세우기 시작한 바로 그 순간부터 그분께서 직접 그렇게 정해두신 건데, 그래도 밤이 되면 저도 이제 그분의 지시에 따라 물러나와 곁채에서 밤을 보냅니다만, 자정까지는 눈도 못 붙이고 불침번을 서면서 수시로 일어나 안마당을 빙 돌며, 언제나 아그라페나 알렉산드로브나가 오나 기다려야 하는 신세인뎁쇼, 왜냐하면 그분께서 벌써 며칠째 꼭 미친 사람처럼 그 여자를 기다리고 계시거든요. 그분의 판단은 이렇습죠. 그 여자는 그가, 그 드미트리 표도로비치(그분께서는 미치카라고 부르십니다만요)가 무서워서 밤이 꽤 으슥해서야 뒷길로 해서 나한테

올 거다, 하고 말입지요. 그래서 이렇게 말씀하십니다. 너는 자정이 될 때까지 꼬박, 아니 좀더 늦게까지라도 그 여자가 오는지 망을 보거라. 만약 그 여자가 오거든, 너는 문 쪽으로 얼른 달려와서 내 방문이나 아니면 뜰 쪽으로 난 창문을 손으로 두드려라, 처음 두 번은 좀 조용하게, 그러니까 이런 식으로 한 번, 두 번, 그다음엔 좀더 빨리 툭-툭-툭 세 번 두드리는 거다. 그러면 나도 그녀가 왔다는 걸 금방 알아채고 너한테 살그머니 문을 열어주마 하고 말씀하시는 겁니다. 무슨 긴급한 일이 일어날 경우에 대비하여 다른 신호도 저에게 알려주셨습니다. 처음 두 번은 급하게 툭-툭, 그런 다음 잠시 기다렸다가 이번에는 훨씬 세게 한번 더 두드리는 거지요. 그러면 그분도 무슨 급작스러운 일이 일어나서 제가 꼭 뵈어야 한다는 걸 아시고 저한테 이번에도 문을 열어주시면 제가 들어가서 아뢰게 되어 있습니다. 이건 모두 아그라페나 알렉산드로브나가 직접 오지 못하고 무슨 소식을 전해올 경우에 대비한 것이지요. 그 밖에 드미트리 표도로비치가 오실 수도 있으니, 그 경우 큰형님이 가까이 와 있다는 걸 아뢰어야 합니다. 그분은 드미트리 표도로비치를 아주 두려워하시기 때문에, 설령 아그라페나 알렉산드로브나가 이미 여기로 와서 그분께서 그 여자와 함께 문을 걸어 잠그고 안에 있을 때라 해도, 바로 그 시간에 드미트리 표도로비치가 어디든 가까운 곳에 나타나면, 저는 즉시 문을 세 번 두드려서 그분께 반드시 그것을 아뢰어야 하는데, 그러니 다섯 번 두드리는 첫번째 신호는 '아그라페나 알렉산드로브나께서 오셨습니다'라는 뜻이고, 세 번 두드리는 두번째 신호는—'긴급히 아뢸 일이 있습니다'라는 뜻입니다. 이걸 그분께서는 몇 번씩이나 몸소 해보이시며 저한테 가르치고 설명해주셨답니다. 이

신호들을 알고 있는 사람은 세상천지에서 저하고 그분뿐입지요, 그러니 그분께선 눈곱만큼도 의심하지 않고, 누구냐고 소리쳐 묻지도 않고(그분께선 큰 소리 내는 것을 몹시 두려워하시거든요) 문을 열어주실 겁니다. 그런데 바로 이 신호를 이제 드미트리 표도로비치도 아시게 됐단 말입니다."

"어떻게 알게 됐다는 거냐? 네놈이 알려줬지? 어찌 감히 알려줄 생각을 한 게냐?"

"너무 무서워서 그랬습니다요. 어찌 제가 감히 그분 앞에서 입을 다문 채 버티겠습니까요? 드미트리 표도로비치는 날마다 저를 을러대셨습죠. '네놈은 날 속이고 있어, 나한테 뭔가 숨기는 게지? 네놈의 두 다리를 분질러버리겠다!'라면서요. 그래서 그분에게 바로 그 비밀 신호도 알려드렸지요, 그래야 적어도 제가 노예처럼 복종하는 걸 보시고, 제가 그분을 속이는 게 아니라 뭐든지 고해바친다는 걸 확신하실 수 있을 테니까요."

"만약 형이 그 신호를 이용해서 안으로 들어가려 한다고 생각되면, 절대 들여보내지 마."

"그분이 그렇게 필사적이라는 걸 알고 있으니까, 어떻게든 기를 써서 그분을 들여놓지 않을 수 있다 해도 말입죠, 제가 발작을 일으켜 누워 있게 되면 말입죠, 그땐 들여보내지 않을 도리가 없잖습니까요."

"에잇, 빌어먹을! 이 망할 놈아, 어째서 네놈은 발작이 일어날 거라고 그렇게 확신하는 거냐? 지금 날 놀리는 게냐, 뭐냐?"

"어찌 감히 제가 도련님을 놀리겠습니까, 더구나 겁이 나서 죽을 판인데, 제가 웃을 기분이겠습니까요? 발작이 일어날 거라고 벌써 느껴

집니다, 그런 예감이 든다굽쇼, 무섭다는 것 하나만으로도 발작이 일어날 겁니다요."

"에잇, 빌어먹을! 네놈이 드러눕게 되면 그리고리가 망을 보면 돼. 그리고리에게 미리 알려둬라, 그럼 형을 절대 들여보내지 않을 테니."

"주인 나리의 분부 없이는 그리고리 바실리예비치에게 절대로 신호를 알려줄 수 없다굽쇼. 게다가 그리고리 바실리예비치가 형님의 소리를 듣고 절대 들여보내지 않을 거라고 하시지만, 노인장은 어제 있었던 일 때문에 공교롭게도 오늘 병이 나서, 마르파 이그나치예브나가 내일 그분을 치료할 생각입니다요. 그렇게 하기로 두 분이 아까 말을 끝냈거든요. 그런데 그분들의 그 치료법이라는 게 아주 희한합니다요. 마르파 이그나치예브나는 이상한 물약을 알고 있어서요, 그걸 늘 준비해두고 있는뎁쇼, 무슨 약초를 보드카에 담가 만든 독한 것으로—그 비방秘方을 노파가 알고 있습죠. 노파는 이 비약秘藥으로 일 년에 세 번쯤 그리고리 바실리예비치를 치료합니다요. 그분이 중풍에라도 걸린 듯이 허리를 영 못 쓰는 일이 일 년에 세 번 정도 되거든입쇼. 그럴 때면 마르파 이그나치예브나가 수건을 가져와서 말입죠, 이 물약에 적셔서 그분의 등 전체를 수건이 마를 때까지 반시간쯤 문지르는뎁쇼, 그렇게 해서 등이 온통 벌겋게 부어오르면 말입죠, 노파는 유리병 안에 남아 있는 물약을 무슨 기도문 같은 걸 외우면서 그분에게 마시게 합죠만, 남은 걸 죄다 주는 건 아니굽쇼, 이런 드문 기회에 자기 몫으로 조금 남겨두었다가요 자기도 마신다굽쇼. 그런데 말입지요, 두 분 다 술을 못하는 양반들이어서 그대로 그 자리에 쓰러져서는 아주 오랫동안 곯아떨어진단 말입죠. 그러고 나서 깨어나면 그리고리 바실리예비치는 언제나 가뿐하게 나아 있지만요, 마르파 이그나치예브나는 깨어나면 언제나 머리가 아프답니다요. 사정이 이러니, 만약 내일 마르파 이그나치예브나가 자신의 계획대로 한다면 말입죠, 그분이 무슨 소리를 들을 리도 없굽쇼, 드미트리 표도로비치를 저지할 수도 없는 것입죠. 주무시고 계실 텐뎁쇼."

"허튼소리 작작해! 어떻게 그 모든 게 일부러 꾸민 듯이 그렇게 한꺼번에 일어난단 말이냐, 네놈은 발작이고, 그 두 사람은 인사불성이라니!" 이반 표도로비치가 고함을 쳤다. "다 맞아떨어지도록 네놈이 꾸미겠다는 것 아니냐?" 그는 불쑥 이렇게 내뱉고는 미간을 험악하게 찌푸렸다.

"제가 어떻게 그렇게 꾸미겠습니까요…… 그리고 또 꾸밀 필요가 뭐 있습니까, 이 모든 게 드미트리 표도로비치 한 분에게 달려 있는뎁쇼, 오로지 그분의 생각 여하에 말입죠…… 그분이 뭔가 저지를 생각이라면—저지르는 것입죠, 그게 아니라 해도, 제가 일부러 그분을 끌고 가서 그렇게 아버님 방에 떠밀어넣을 거야 없습니다."

"아니, 형이 뭐하러 아버지한테 온다는 것이며, 그것도 꼭 몰래 온다는 거냐, 네놈 입으로 말하고 있듯이 아그라페나 알렉산드로브나가 절대 오지도 않을 거라면 말이다." 이반 표도로비치는 분을 삭이지 못해 얼굴이 하얗게 질리면서 말을 이었다. "네놈도 네 입으로 그렇게 말하고 있지만, 나도 여기서 사는 동안, 영감 혼자서 꿈을 꾸는 것일 뿐, 그 계집은 절대로 안 올 거라고 줄곧 확신하고 있었어. 그 계집이 오지 않을 거라면 드미트리 형이 대체 뭐하러 영감 방에 쳐들어간단 말이냐? 말해봐! 나는 네놈의 생각이 알고 싶으니까."

"뭐하러 오는 건지 도련님께서도 알고 계신데, 왜 구태여 제 생각까지 필요합니까? 그저 분통이 터져서 오는 것일 수도 있고, 아니면 혹시 제가 앓아누울 경우 그 의심 많은 성격 때문에 미심쩍어서 어제처럼 참지 못하고 방을 샅샅이 뒤지러 올 수도 있지요. 그 여자가 자기 몰래 어찌어찌 들어온 것 아닌가 하고 말입지요. 그분은 또 표도르 파블로비치가 3천 루블이 든 큼직한 봉투를 마련해놓고 있다는 걸 잘 알고 계신데, 주인 나리께선 그 봉투에 세 개의 봉인을 찍고 말입죠, 리본으로 묶은 다음 '나의 천사 그루셴카에게, 만약 나에게 오길 원한다면'이라고 친필로 써놓으셨다가 그뒤 사흘쯤 지나 '귀여운 병아리에게'라고 더 써넣으셨습니다요. 바로 이게 또 마음에 걸린다굽쇼."

"헛소리 집어치워!" 이반 표도로비치는 거의 미친 사람처럼 소리를 내질렀다. "드미트리 형은 돈을 강탈하러 올 사람이 아니고, 그 때문에 아버지를 죽일 인간은 더더구나 아니야. 형은 어제 격분해서 미친 바보가 된 나머지 그루셴카 때문에 아버지를 죽일 뻔했지만, 강도짓을 하러 나서진 않을 거야!"

"그분은 지금 돈이 무척 필요합니다요, 아주 절실하게 필요하다고요, 이반 표도로비치. 도련님은 모르실 겁니다, 얼마나 필요한지." 스메르쟈코프는 아주 차분한 어조로 놀랄 만큼 또박또박 설명하기 시작했다. "게다가 바로 이 돈 3천 루블을 말입죠, 그분은 마치 자기 돈처럼 생각하고 있고 저한테도 직접 그렇게 말했단 말입니다. '아버지는 아직 나한테 정확하게 3천 루블의 빚이 있어'라고요. 이 모든 것에 덧붙여 잘 판단해보십쇼, 이반 표도로비치, 또하나의 어떤 명백한 진실이 있으니 말입죠. 이건 거의 확실히 그런 거니까, 말씀드려야겠습죠, 아그라페나 알렉산드로브나께선 자신이 마음만 먹는다면 틀림없이 그분, 그러니까 주인 나리이신 표도르 파블로비치 말씀입죠, 그분을 자기와 혼인하게 만들 겁니다요, 만약 그런 마음만 먹는다면요—하지만 뭐, 그 여자분도 아마 그런 마음을 먹을 거라굽쇼. 저는 그 여자가 오지 않을 거라고, 그렇게 말하고 있습니다만, 어쩌면 그 여자는 더 많은 것을, 그러니까 곧장 주인마님이 되길 원할지도 모릅지요. 저 자신이 알기로는, 그분의 상인인 삼소노프가 이건 아주 영리한 일일 거라고 그분한테 직접 탁 터놓고 말하면서 껄껄 웃었다더구먼요. 그런데 그분은 머리가 꽤나 영리하다굽쇼. 드미트리 표도로비치 같은 빈털터리한테는 절대 시집가지 않을 겁니다요. 자, 그러니 이제 이런 것을 염두에 두고 직접 판단해보십쇼, 이반 표도로비치, 그렇게 되면 드미트리 표도로비치는 물론이고 심지어 도련님과 도련님의 동생 알렉세이 표도로비치의 몫으로도 아버님이 돌아가신 후 곧바로, 아무것도, 단 1루블도 남지 않게 됩죠, 왜냐하면 아그라페나 알렉산드로브나가 그분에게 시집오는 건 모든 것을 자신의 명의로 바꾸어 재산이란 재산은 모조리 자기 것으로 만들기 위해서니까 말입죠. 하지만 이런 일이 아예 일어나기 전에 도련님의 아버님이 바로 지금 돌아가신다면 말입죠, 그 즉시 도련님들께는 각각 4만 루블씩은 확실히 돌아가게 됩죠, 심지어 그분이 그렇게 증오하시는 드미트리 표도로비치에게도 돌아가게 된다굽쇼, 아직 그분은 유언장을 작성해두지 않았으니 말입지요…… 이 모든 것을 드미트리 표도로비치는 아주 잘 알고 계시고……"

왠지 이반 표도로비치의 얼굴 근육이 일그러지며 파르르 경련을 일으킨 듯했다. 그의 얼굴이 갑자기 시뻘게졌다.

"그럼 대체 왜 네놈은," 하고 그가 갑자기 스메르쟈코프의 말을 끊어 버렸다. "이런 판국에 나더러 체르마쉬냐에 가라고 권하는 거냐? 무슨 속셈으로 그런 소릴 한 거야? 내가 떠나고 나면, 너희한테서 무슨 일이 벌어진다 이거지." 이반 표도로비치는 힘겹게 숨을 몰아쉬고 있었다.

"바로 그대롭니다요." 스메르쟈코프는 조용하고 신중하게 말했지만, 그러면서도 이반 표도로비치를 뚫어져라 지켜보았다.

"뭐가 바로 그대로야?" 이반 표도로비치가 가까스로 자신을 억제하고 두 눈을 무섭게 번득이며 되물었다.

"도련님이 딱해서 말씀드린 겁니다. 그저 제가 도련님 처지라면, 차라리 여기 이 모든 것을 당장 팽개쳤을 겁니다요…… 이런 일에 들러붙어 있느니 말입죠……" 스메르쟈코프가 전혀 거리낌없는 표정으로 이반 표도로비치의 번득이는 눈을 바라보면서 대답했다. 두 사람 다 잠시 말이 없었다.

"네놈은 아무래도 바보 천치에다, 정말이지…… 끔찍한 망물亡物이야!" 이반은 벤치에서 벌떡 일어섰다. 그러고는 곧장 쪽문 안으로 들어가려다가 갑자기 걸음을 멈추고 스메르쟈코프 쪽으로 몸을 돌렸다. 뭔가 이상한 일이 일어났다. 이반 표도로비치는 마치 경련이라도 일어난 듯이 별안간 입술을 꽉 깨물며 주먹을 불끈 쥐었는데—그대로 한순간만 더 있었더라면 틀림없이 스메르쟈코프에게 달려들었을 것이다. 바로 그 순간, 상대방도 최소한 그것을 눈치채고 움찔하며 온몸을 뒤로 뺐다. 하지만 스메르쟈코프는 이 순간을 무사히 넘겼고, 이반 표도로비치는 말없이, 그러나 뭔가 망설이듯 쪽문 쪽으로 몸을 돌렸다.

"나는 내일 모스크바로 떠난다, 네놈이 알고 싶다면 말이지—내일 아침 일찍—그게 다야!" 갑자기 그는 증오에 휩싸여 한마디 한마디 또박또박 끊으면서 커다란 소리로 말했는데, 나중에 그는 무엇 때문에 그때 스메르자코프에게 그 말을 해야 했는지 스스로도 의아하게 여겼다.

"그게 제일 상책입지요." 상대방은 마치 기다리고 있었다는 듯이 맞장구를 쳤다. "다만 여기서 도련님께 전보를 쳐서 모스크바에서 돌아오시도록 폐를 끼칠 수야 있겠습죠, 행여 그런 무슨 일이 생긴다면 말입죠."

이반 표도로비치는 다시 걸음을 멈추고 또다시 스메르자코프 쪽으로 몸을 홱 돌렸다. 그러나 스메르자코프에게도 무슨 일이 일어난 것만 같았다. 허물없이 되는대로 굴던 태도는 순식간에 사라졌다. 그의 얼굴 전체에는 극도의 주의와 기대가 나타나 있었으나, 그건 이미 소심하고 비굴한 성질의 것이었다. '뭐 더 할말은 없는지, 덧붙일 말은 없는지', 이반 표도로비치를 뚫어져라 응시하는 시선은 이렇게 묻는 듯했다.

"체르마쉬냐에 가 있어도 부를 거 아니냐…… 행여 무슨 그런 일이 생긴다면?" 이반 표도로비치가 무엇 때문인지 갑자기 무섭게 언성을 높이면서 버럭 소리쳤다.

"체르마쉬냐에 가 계셔도 마찬가지입지요…… 폐를 끼칠 겁니다요……" 스메르자코프는 어찌할 바를 모르는 듯 속삭이다시피 중얼거렸으나, 여전히 이반 표도로비치의 눈을 뚫어지게, 뚫어지게 똑바로 쳐다보았다.

"다만 모스크바는 더 멀고 체르마쉬냐는 더 가까우니, 네놈은 여비가 아까운 모양이군, 그렇게 체르마쉬냐를 우기는 걸 보면, 그래, 그런 거냐, 아니면 내가 먼길을 오가야 해서 불쌍한 거냐?"

"바로 그대롭니다요……" 스메르쟈코프는 이미 꺾여버린 목소리로 중얼거리면서 구역질나게 벌쭉 웃더니, 다시 안절부절못하며 여차하면 뒤로 껑충 물러설 채비를 했다. 그러나 이반 표도로비치는 느닷없이 웃음을 터뜨려 스메르쟈코프를 깜짝 놀라게 하고는, 계속 웃으면서 급히 쪽문 안으로 들어가버렸다. 누가 그의 얼굴을 보았다면, 그가 결코 그렇게 유쾌해서 웃는 게 아니라고 분명히 결론지었을 것이다. 더구나 그 자신도 그때 그 순간 자기에게 무슨 일이 일어났는지, 결코 설명할 수 없었으리라. 그는 마치 경련이라도 일어난 듯한 모습으로 몸을 움직이며 걸어갔다.

VII
'영리한 사람과는 잠깐 얘기해도 흥미롭다'

그리고 말하는 태도 역시 마찬가지였다. 집안으로 들어가자마자 홀에서 표도르 파블로비치와 마주친 그는 대뜸 두 손을 내저으며 "위층의 내 방으로 올라가는 길이에요, 아버지한테가 아니고요, 또 뵙죠" 하고 소리친 뒤, 아버지의 얼굴을 쳐다보지 않으려고 애쓰기까지 하면서 그냥 지나쳐버렸다. 이 순간 그에게 영감이 너무도 증오스러웠다는 것은 얼마든지 있을 법한 일이었지만, 그렇다고 해서 이렇게까지 거리낌없이 적개심을 드러내는 것은 심지어 표도르 파블로비치로서도 뜻밖이었다. 더구나 보아하니 영감은 그에게 정말로 뭔가를 어서 빨리 알리고 싶어서 그것 때문에 그를 맞으려고 일부러 홀까지 나온 눈치였다.

하지만 그런 상냥한 말을 듣자 그는 말없이 걸음을 멈추고, 다락방으로 난 계단을 올라가는 아들이 보이지 않을 때까지 조소 어린 표정을 한 채 뒷모습을 눈으로 좇고 있었다.

"저 녀석이 왜 저러냐?" 그는 이반 표도로비치를 뒤따라 들어온 스메르쟈코프에게 급히 물었다.

"화나는 일이 있으신가본뎁쇼, 저분 속을 누가 알겠습니까." 스메르쟈코프가 얼버무리는 투로 중얼거렸다.

"망할 자식! 어디 실컷 화를 내보라지! 사모바르를 내온 다음 네놈도 당장 썩 꺼져, 어서. 무슨 새 소식은 없느냐?"

그러고는 이제, 스메르쟈코프가 방금 이반 표도로비치에게 하소연했던 바로 그 심문이 시작됐는데, 노인네가 학수고대하고 있는 여자 손님에 관한 것들이 전부여서 여기서는 이 질문들을 생략하기로 한다. 반 시간 뒤 집안의 문단속은 모두 끝났고, 정신 나간 영감쟁이는 이제 곧 약속된 다섯 번의 노크 소리가 들릴 거라고 가슴이 쿵쾅거리도록 기대에 부풀어 혼자서 이 방 저 방 서성이며 이따금 어두운 창밖으로 힐끗 눈길을 던졌으나, 칠흑 같은 밤 이외엔 아무것도 보이지 않았다.

이미 매우 늦은 시각이었지만 이반 표도로비치는 아직 잠을 자지 않고 생각에 잠겨 있었다. 이날 밤 그는 늦게, 두시쯤 되어서야 잠자리에 들었다. 하지만 우리는 그의 생각의 모든 흐름을 전하지는 않을 것이며, 더욱이 지금은 이 영혼 속으로 파고들 때가 아니다. 이 영혼에게는 앞으로 자기 차례가 올 것이다. 그리고 설령 지금 무엇을 전하려고 시도한다 해도 그것은 무척이나 어려운 일이 될 텐데, 그것은 생각이라기보다, 뭔가 몹시 모호하고 무엇보다—너무나 강한 흥분에 휩싸인 무엇이었기 때문이다. 그는 스스로도 자신이 완전히 갈피를 잃어버렸다는 것을 느끼고 있었다. 그뿐만 아니라 전혀 예기치 못한 것이나 다름없는 갖가지 기이한 욕망들도 그를 괴롭혔다. 이를테면 자정도 이미 지난 이 시간에 아래층으로 내려가 문을 따고 곁채로 가서 스메르쟈코프를 죽도록 패주고 싶은 간절한 마음이 불현듯 치밀어올라 참을 수 없을 지경이었지만, 만약 무엇 때문이냐고 묻는다면, 그 하인 놈이 마치 이 세상을 다 뒤져도 그런 놈을 찾아낼 수 없을 만큼 가장 심하게 자신을 모욕한 인간인 듯이 증오스러워졌다는 것 말고는 결코 단 하나의 이유도 정확하게 댈 수 없었을 것이다. 또 한편으로는, 뭐라 설명할 길 없는 어떤 굴욕적인 소심함이 이날 밤 그의 영혼을 몇 번씩이나 사로잡아—육체적인 힘마저 갑자기 앗아가버린 것만 같았고—그도 이것을 느끼고 있었다. 머리가 아프고 현기증이 났다. 마치 누군가에게 복수할 마음이라도 품고 있는 양, 어떤 증오심이 그의 영혼을 옥죄었다. 아까 나눈 대화를 떠올리며 그는 알료샤마저 증오했고, 어떤 순간에는 자기 자신도 죽도록 증오했다. 카체리나 이바노브나에 대해서는 생각하는 것조차 거의 잊어버린지라, 훗날 이 점에 대해 스스로도 무척 놀라곤 했는데, 바로 어제 아침만 해도 카체리나 이바노브나 앞에서 내일 모스크바로 떠나노라고 그토록 호언장담하면서도 마음속으로는 '헛소리 관둬, 가긴 어딜 가, 지금 큰소리치고 있지만 그렇게 쉽게 떨치고 떠나진 못할걸' 하고 자신에게 속삭였던 것을 똑똑히 기억하고 있었던 만큼 더욱 그랬다. 나중에 오랜 시간이 지난 후 이날 밤을 떠올릴 때마다 이반 표도로비치가 특별한 혐오감을 느끼며 회상하곤 한 일이 있었는데, 다름아니라 이날 밤 그는 소파에서 이따금 벌떡 일어나서는, 누가 엿보지 않을까 끔찍이도 두려운 듯 살그머니 문을 열고 층계로 나가 아래쪽, 그러니까 아래층의 방들을 향해 귀를 바싹 기울인 채, 거기 아래쪽에서 표도르 파블로비치가 사부작사부작 몸을 움직이며 서성이는 소리를 듣고 있었으며—꽤나 오랫동안, 거의 오 분 동안이나 어떤 이상한 호기심에 사로잡혀 숨을 죽인 채 가슴을 두근거리며 듣고 있었지만, 무엇 때문에 그런 짓을 하고 있고 무엇 때문에 귀를 기울이고 있는지는—물론 그 자신도 알지 못했다. 이 '행동'을 그는 후에 평생토록 '추잡한' 짓이라 불렀고, 평생토록 남몰래 자신의 마음속 깊은 곳에서 자기 일생을 통해 가장 비열한 행동이라고 여겼다. 정작 표도르 파블로비치에 대해서는 이 순간 어떤 증오조차 느끼지 못했고, 어째서인지 그저 지독한 호기심만이 솟구쳐올라, 아버지가 저기 아래서 어떤 꼴로 서성이고 있는지, 지금 저기 자기 방에서 이를테면 무엇을 하고 있는지 너무나 알고 싶었고, 그가 저기 아래서 어두운 창밖을 내다보다 갑자기 방 한가운데에 걸음을 멈추고 서서—누가 노크하는 것은 아닐까 하고 기다리고 또 기다릴 거라고 추측하고 상상해보기도 했다. 이반 표도로비치는 이 짓을 하기 위해 두어 번 층계로 나가기까지 했다. 사방이 쥐 죽은듯이 조용해지고 표도르 파블로비치도 이미 잠자리에 든 두시경에야 이반 표도로비치도 무섭게 피곤함을 느끼고 어서 빨리 잠들고 싶다는 간절한 생각을 하며 자리에 누웠다. 그리고 정말로, 그는 곧장 곤한 잠에 빠져 꿈도 꾸지 않고 내처 잤지만, 일찍, 이미 동이 튼 일곱시경에는 잠에서 깼다. 눈을 뜨자 놀랍게도 어떤 비상한 에너지가 갑자기 자신의 내부에 넘쳐나는 것을 느끼고는 부리나케 일어나 부리나케 옷을 입은 다음, 자신의 트렁크를 끌어내 지체 없이 서둘러 짐을 꾸리기 시작했다. 속옷은 마침 어제 아침에 세탁부한테서 이미 다 받아놓았다. 모든 게 이렇게 척척 맞아떨어지니 이 느닷없는 출발을 가로막는 것은 하나도 없다는 생각에 이반 표도로비치는 미소를 짓기까지 했다. 정말이지 느닷없이 떠나게 된 셈이었다. 이반 표도로비치는 비록 어제(카체리나 이바노브나, 알료샤, 그리고 나중엔 스메르쟈코프에게) 내일 떠날 거라고 말하긴 했지만, 어제 잠자리에 들 때만 해도 자기가 그 순간 정말 떠날 생각은 전혀 없었다는 걸 아주 잘 기억하고 있었고, 적어도 아침에 눈을 뜨기 무섭게 맨 먼저 트렁크부터 꾸리기 시작하리라고는 상상조차 못했던 것이다. 마침내 트렁크와 배낭이 다 꾸려졌다. 이미 아홉시가 다 되었을 때, 마르파 이그나치예브나가 그의 방으로 올라와, "차는 어디서 드시겠습니까, 도련님 방에서 드시겠어요, 아니면 아래층으로 내려오시겠어요?" 하고 날마다 으레 묻는 질문을 되풀이했다. 이반 표도로비치는 아래층으로 내려갔는데, 비록 그의 내면에도, 그의 말과 몸짓에도 어딘가 산만하고 조급한 구석이 엿보였지만, 표정은 거의 유쾌하기까지 했다. 아버지에게 공손히 인사하고 건강 상태까지 특별히 물어본 뒤, 아버지의 대답을 미처 기다리지도 않은 채, 한 시간 뒤 모스크바로 아주 떠나니 마차를 불러주면 좋겠다고 단박에 선언했다. 노인은 이 소식을 들으면서 눈곱만큼이라도 놀라기는커녕 아들이 떠나는 데 대해 슬퍼하는 기색을 내비치는 걸 깜빡하고 마는 크나큰 무례를 범했다. 대신 그는 때마침 자신의 아주 긴급한 일 하나를 용케 기억해내서는 별안간 엄청나게 수선을 떨기 시작했다.

"아이고, 너도! 원, 참! 어젠 아무 소리도 않더니…… 뭐 상관없다, 지금 해도 되니까. 그런데 아들아, 이 아비한테 크게 선심 쓰는 셈치고,

체르마쉬냐에 좀 들러다오. 볼로비야 역에서 그저 왼쪽으로 꺾어서 기껏 12베르스타 정도만 가면 돼, 바로 거기가 체르마쉬냐다."

"죄송하지만, 안 되겠습니다. 철도까지는 80베르스타나 되고, 모스크바행 열차는 역에서 저녁 일곱시에 떠나니까—그 시간까지 대기에도 아주 빠듯해요."

"그 시간에 대는 거야 내일, 뭣하면 모레라도 하면 되지, 오늘은 체르마쉬냐에 들러다오. 아비 소원 들어주는 게 뭐가 그리 힘드냐! 여기 일만 아니라면 진작에 내가 휑하니 날아갔다 왔을 게다, 그쪽 일이 워낙 급하고 중요한 게 돼놔서 말이다, 하지만 여기서 내가 지금 그럴 짬이 나야지…… 이봐, 거기 베기체보와 쟈치키노 두 지역 황무지에 내 소유의 숲이 있어. 상인인 마슬로프 부자父子가 벌채권 값으로 고작 8천 루블을 내놓겠다고 한다만, 작년만 해도 어떤 작자가 나타나서 1만 2천을 제시했거든, 게다가 그자는 이 지방 사람도 아니었는데, 바로 그게 제일 중요한 거였지. 지금 이곳 사람들 중엔 살 만한 작자가 없으니까. 그 노랑이 마슬로프 놈들—그 부자는 재산이 수십만 루블인데, 뭐든 자기네가 정하는 대로 받아들이게 하고 마니까, 이곳 사람들은 아무도 감히 그놈들을 상대로 경쟁할 엄두를 못 낸단 말이야. 그런데 지난 목요일에 갑자기 일린스코예의 신부한테서 고르스트킨이 왔다는 기별이 날아왔지 뭐냐, 이자도 내가 알고 있는 장사치인데, 제일 고마운 건 이 작자가 이곳 사람이 아니고 포그레보보 출신이라는 거지, 이곳 사람이 아니라서 마슬로프 놈들을 무서워하지 않거든. 벌채권 값으로 1만 1천을 주겠대, 듣고 있는 거냐? 신부의 편지대로라면, 그자는 앞으로 일주일밖에 그곳에 머무르지 않을 게다. 그러니 네가 가서 그 작자하고 흥정을 좀 해줬으면 좋겠는데……"

"그럼 신부한테 직접 편지를 쓰시죠, 신부가 흥정도 해줄 테니."

"그런 재주가 없는 사람이니, 그게 탈이지. 이 신부는 보는 눈이 없어. 사람이야 순금이지, 그 사람이라면 나는 인수증도 안 받고 지금 당장 2만 루블을 맡길 수도 있다만, 아무것도 볼 줄을 모르니, 아예 사람이 아닌 거나 다름없어, 까마귀한테도 속아넘어갈걸. 더구나 학식까지 있는 사람이 그러니, 기가 찰 노릇이지. 그 고르스트킨이란 작자는, 겉보기엔, 소매 없는 시퍼런 반코트나 걸치고 다니는 순박한 농사꾼 같지만, 성질로 치자면 야비하기 짝이 없는 놈이니, 그게 바로 우리 모두의 골칫거리란 말이다. 그놈은 거짓말쟁이야, 정말 그래. 어떨 땐 하도 거짓말을 해대니, 대체 왜 저러나 싶어 그저 어안이 벙벙해진다니까. 재작년엔 마누라가 죽어서 이미 재취를 들였다고 늘어놨는데, 새빨간 거짓말이었으니, 기가 막히지. 마누라가 죽기는커녕 지금도 시퍼렇게 살아서 사흘에 한 번씩 그놈을 두들겨 패고 있으니까. 그러니 이번에도 똑똑히 알아내야 하는 거야, 살 생각이 있고 1만 1천 루블을 내겠다는 게 거짓말인지 참말인지."

"그렇다면 저도 아무 쓸모 없을 겁니다, 저도 보는 눈이 없어서요."

"가만, 잠깐만, 너도 해낼 수 있어, 너한테 고르스트킨 그놈의 특징을 죄다 알려주마, 나는 그놈하고 벌써 오래전부터 거래를 해왔으니까. 말이다, 놈을 상대할 땐 턱수염을 잘 봐야 돼. 놈은 턱수염이 불그죽죽한 게 지저분하고 가늘어. 턱수염을 떨고 말하면서 화를 낸다면—그건 잘돼가는 거야, 진심으로 하는 말이고, 거래를 하고 싶다는 거니까. 하지만 턱수염을 왼손으로 쓰다듬으면서 히죽거린다면—그건 야바위를 치려고 수작을 부린다는 소리야. 놈의 눈을 봐선 절대 안 돼, 눈에서는 아무것도 알아낼 수 없어, 컴컴한 물이거든, 놈은 협잡꾼이니—턱수염을 봐라. 그놈 앞으로 보내는 쪽지를 써줄 테니, 가서 보여줘라. 놈은 고르스트킨이라고 하지만, 실은 고르스트킨이 아니고 랴가브이*인데, 그놈한텐 절대로 랴가브이라고 하면 안 돼, 아주 기분 나빠할 거다. 놈하고 흥정이 잘돼간다 싶으면, 즉시 이쪽으로 편지를 다오. '거짓말을 하고 있진 않습니다'라고만 쓰면 돼. 1만 1천을 고수해라, 천 하나야 빼줄 수도 있지만, 그 이상은 안 된다. 생각해봐라. 8천하고 1만 1천은—3천이나 차이가 나. 나는 이 3천을 거저줍는 셈이지, 어디서 이런 작자를 금방 구하겠느냐, 게다가 나는 돈이 궁해죽을 판인데. 그자가 진심이라는 것만 알려주면, 어떻게든 짬을 내서 내가 직접 여기서 휭 날아가 매듭을 지으마. 하지만 이게 죄다 그 어리빙이 신부의 혼자 상상인지도 모르는 마당에, 내가 지금 거길 쫓아갈 이유가 뭐 있겠느냐? 그래, 갈 거냐 말 거냐?"

"거참, 시간이 없다니까요, 좀 봐줘요."

"에이, 이 아비한테 은혜 좀 베풀어라, 두고두고 잊지 않으마! 네놈들은 하나같이 인정머리라곤 요만큼도 없구나, 정말! 너한테 하루이틀이 뭐 그리 대수냐? 지금 어딜 가는 게냐, 베네치아로? 너의 베네치아가 이틀 사이에 무너지진 않아. 알료샤라도 보내고 싶다만, 알료샤가 이런 일을 뭐 알겠냐? 내가 이러는 건 오로지 네가 영리한 놈이어서야, 내가 모를 것 같으냐. 숲을 거래하는 건 못해도, 넌 보는 눈이 있으니까. 그

* '사냥개'를 뜻하지만, '첩자' '밀고자'를 가리키는 도둑들의 은어이기도 하다.

저 보기만 하면 돼, 그 인간이 진심으로 말하는 건지 아닌지. 분명히 말하지만, 턱수염을 잘 봐라. 턱수염이 떨리면—진심인 거야."

"그러니까, 아버지가 직접 나서서 나를 그 빌어먹을 체르마쉬냐로 내쫓는 거죠, 네?" 이반 표도로비치는 이렇게 소리치며 악의에 차서 미소를 지어 보였다.

표도르 파블로비치는 악의를 알아채지 못했는지, 아니면 알아채려는 마음조차 없었는지, 미소만 붙들고 매달렸다.

"그럼 간다는 거지, 가는 거지? 지금 바로 쪽지에다 몇 자 후딱 써 주마."

"모르겠어요, 갈지 어쩔지, 모르겠어요, 도중에 결정하죠."

"도중이라니, 지금 결정해라. 얘야, 어서 결정해! 흥정을 해보고 나한테 두 줄만 써서 신부한테 맡겨라, 그러면 신부가 네 쪽지를 나한테 즉시 보낼 거야. 그런 다음엔 너를 붙잡지 않을 테니, 어서 베네치아로 가려무나. 볼로비야 역까진 신부가 자기 마차로 다시 데려다줄 거다……"

노인은 그야말로 뛸 듯이 기뻐하며 급히 쪽지 편지를 썼고, 하인들을 시켜 마차를 부르고 먹을 것과 코냑을 내왔다. 노인은 기쁠 때면 으레 격정적으로 장광설을 늘어놓았지만, 이번에는 어쩐지 자제하는 눈치였다. 예컨대 드미트리 표도로비치에 대해서는 단 한 마디도 비치지 않았다. 이별 때문에 마음이 흔들린 기색도 전혀 없었다. 심지어 무엇에 대해 말해야 할지조차 모르는 성싶었다. 이반 표도로비치도 그것을 분명하게 알아챘다. '나한테 넌더리도 났겠지, 어쨌거나 간에' 하고 그는 속으로 생각했다. 이미 현관 밖 계단에서 아들을 배웅할 때 가서야,

노인은 좀 허둥대는 듯했고, 입을 맞추려고 머뭇머뭇 다가갔다. 그러나 이반 표도로비치는 얼른 손을 내밀어 악수를 청했는데, 입맞춤을 피하려고 그러는 게 분명했다. 노인도 이내 그것을 눈치채고 단박에 자세를 바로잡았다.

"그래, 하느님께서 함께하시길, 하느님께서 함께하시길!" 현관 밖 계단에서 그가 되풀이했다. "살아생전에 언제 또 오겠지? 그래, 꼭 오너라, 언제라도 난 기쁠 거다. 자, 그리스도께서 너와 함께하시길!"

이반 표도로비치는 덮개가 달린 여행용 마차에 올랐다.

"잘 가거라, 이반, 아비를 너무 욕하지 마라!" 아버지가 마지막으로 소리쳤다.

집안사람들이 모두, 스메르쟈코프도, 마르파도, 그리고리도 다들 배웅하러 나왔다. 이반 표도로비치는 그들 모두에게 10루블씩을 선사했다. 그가 이미 마차에 앉았을 때, 스메르쟈코프가 깔개를 바로잡아주려고 뛰어올랐다.

"봐라…… 결국 체르마쉬냐로 가는구나……" 어째선지 이반 표도로비치에게서 불쑥 이런 말이 튀어나왔는데, 이번에도 어제처럼 저절로 나와버린 말이었고, 게다가 왠지 신경질적인 웃음까지 섞여 있었다. 훗날 그는 오래도록 이 일을 떠올리곤 했다.

"영리한 사람과는 잠깐 얘기해도 흥미롭다더니, 그럼 그 말이 맞군요." 스메르쟈코프가 이반 표도로비치를 뚫어져라 쳐다보며 확고한 어조로 말을 받았다.

마차가 출발하더니 쏜살같이 내달리기 시작했다. 여행객은 마음이 혼란스러웠으나, 그래도 주위의 들판과 언덕과 나무와, 그의 위로 맑은 하늘 높이 날아가는 기러기떼를 탐욕스레 바라보았다. 그러자 갑자기 기분이 무척 좋아졌다. 그는 마부에게 말을 건네기도 하고, 이 농군의 대답에서 뭔가가 그의 흥미를 몹시 끌기도 했으나, 잠시 후 그는 모든 것이 귀를 스치고 지나갔을 뿐, 이 농군이 대답한 것을 실제로는 하나도 이해하지 못했다는 것을 깨달았다. 그는 입을 다물었는데, 그래도 여전히 좋았다. 공기는 깨끗하고 싱그럽고 선선하고, 하늘은 맑았다. 알료샤와 카체리나 이바노브나의 모습이 머릿속에 떠올랐다. 그러나 그가 가만히 웃으면서 사랑스러운 환영들을 향해 조용히 입김을 후 불자 그것들은 날아가버렸다. '그들의 시간도 오겠지' 하고 그는 생각했다. 마차는 단숨에 첫번째 역에 도착했고, 말을 바꿔 맨 뒤 볼로비야를 향해 질주하기 시작했다. '왜 영리한 사람과는 잠깐 얘기해도 흥미롭다는 걸까, 그놈은 무슨 말을 하려 했던 걸까?' 갑자기 그는 숨이 콱 막혀왔다. '내가 왜 그놈한테 체르마쉬냐로 간다고 알려준 거지?' 볼로비야 역에 도착했다. 이반 표도로비치가 마차에서 내리자, 마부들이 그를 에워쌌다. 체르마쉬냐까지 12베르스타의 시골길을 사설 역마차를 빌려 타고 가기로 하고 운임에 대해 합의를 보았다. 그는 말을 매라고 일렀다. 그러고는 역참 안으로 막 들어가 주위를 둘러보고 역참지기의 마누라를 힐끗 쳐다보는가 싶더니 갑자기 현관으로 되돌아 나왔다.

"체르마쉬냐로 갈 필요 없겠네. 여보게들, 일곱시 기차에 늦지 않을까?"

"딱 맞게 댈 겁니다. 그럼, 말을 맬까요?"

"어서 매게. 자네들 중 누구 내일 시내에 있을 사람 없나?"

"있다마다요, 여기 미트리가 있을 겁니다."

"미트리, 부탁 좀 들어줄 수 없겠나? 우리 아버지 표도르 파블로비치 카라마조프 집에 들러, 내가 체르마쉬냐로 가지 않았다고 전해주게. 그래 줄 수 있겠나, 어떤가?"

"여부가 있겠습니까, 들릅지요. 표도르 파블로비치라면 벌써 오래전부터 알고 있습니다."

"자, 이걸로 차라도 한잔 사 마시게, 아버지는 아마 한푼도 안 주실 테니……" 이반 표도로비치가 유쾌하게 웃었다.

"주실 턱이 없죠." 미트리도 웃기 시작했다. "고맙습니다, 나리, 꼭 분부대로 합지요……"

저녁 일곱시에 이반 표도로비치는 열차에 올라 모스크바로 내달리기 시작했다. '지난 일은 모두 꺼져라, 지난 세계와는 영원한 작별이다, 그곳으로부터 어떤 소식도, 어떤 부름도 영영 없길. 새로운 세계, 새로운 곳으로 가는 거다, 뒤도 돌아보지 않고!' 그러나 환희 대신 갑자기 짙은 어둠이 그의 영혼을 뒤덮었고, 전에는 평생 느껴본 적이 없는 그런 비애가 가슴속에서 아프게 쑤셔대기 시작했다. 그는 밤새도록 생각에 잠겨 있었다. 기차는 나는 듯이 마냥 달렸고, 먼동이 틀 무렵, 이미 모스크바에 들어설 때에야 그는 갑자기 정신이 번쩍 든 것 같았다.

'나는 비열한 놈이다!' 그는 속으로 이렇게 속삭였다.

한편 표도르 파블로비치는 아들을 떠나보내고 몹시 만족스러운 기분이었다. 벌써 두 시간 동안이나 그는 거의 행복감에 젖어 코냐을 홀짝거리고 있었다. 하지만 모든 사람에게 더없이 짜증스럽고 불쾌한 어떤 상황이 집에서 발생해 표도르 파블로비치를 순식간에 극도의 공황상태로 몰아넣고 말았다. 스메르쟈코프가 무엇 때문인지 지하 광에 갔다가 층계 꼭대기에서 아래로 굴러떨어진 것이다. 마르파 이그나치예브나가 그때 마침 우연히 뜰에 있다가 제때 그 소리를 들어 그나마 다행이었다. 떨어지는 것은 보지 못했지만, 대신 그녀는 비명소리를, 독특하고도 괴상하지만 이미 오래전부터 그녀의 귀에 익은 비명소리를 들었는데—그것은 뇌전증 환자가 발작을 일으킬 때 내지르는 비명이었다. 그가 계단을 내려가던 순간에 발작이 일어나서 당연히 그대로 의식을 잃고 아래로 굴러떨어질 수밖에 없었던 건지, 아니면 반대로 이미 떨어져서 충격을 받는 바람에 원래부터 소문난 뇌전증 환자인 스메르쟈코프에게 발작이 일어난 건지—그것은 가려낼 수 없었지만, 아무튼 그를 발견했을 때는 이미 지하 광의 바닥에서 몸을 뒤틀고 경련을 일으키면서 입에 거품을 문 채 버둥거리고 있었다. 다들 처음에는 그가 분명 팔이든 다리든 어디가 부러지고 심한 타박상을 입었을 거라고 생각했지만, 마르파 이그나치예브나가 말한 대로 '주님께서 보살피시어' 그런 일은 일어나지 않았고, 다만 그를 제대로 붙잡고 지하 광에서 하느님의 세상으로 끌어내는 게 힘들었을 따름이다. 그러나 이웃 사람들에게 도움을 청해 이 일도 어찌어찌 해냈다. 이 모든 의식이 거행되는 동안 표도르 파블로비치도 몸소 자리하고 있었고 몸소 거들기까지 했는데, 무척이나 놀라고 넋이 나간 듯한 모습이었다. 하지만 환자는 의식을 차리지 못했다. 발작은 잠시 멎었다가도 다시 시작되곤 해서, 작년에 다락방에서 역시 뜻하지 않게 굴러떨어졌던 때와 똑같은 일이 일어나게 되리라고 다들 결론지었다. 그들은 그때 그의 정수리에 얼음을 얹어주었던 일을 기억해냈다. 지하 광에 아직 얼음이 좀 있어서 마르파 이그나치예브나가 그 일을 맡았고, 표도르 파블로비치는 저녁녘에

게르첸슈투베 박사를 부르러 사람을 보냈으며 박사는 즉시 도착했다. 환자를 꼼꼼하게 진찰한 뒤 그는(이 사람은 이 현을 통틀어 가장 꼼꼼하고 주의깊은 의사였고, 나이가 지긋하고 대단히 존경받을 만한 노인네였다) 굉장한 발작이어서 '생명이 위험하게 될 수도 있으며' 지금으로서는 게르첸슈투베 그도 아직 모든 것을 파악할 수는 없지만 지금의 처방이 듣지 않는다면 내일 아침에는 다른 처방을 써보겠노라고 결론을 내렸다. 환자는 그리고리와 마르파 이그나치예브나의 거처와 붙어 있는, 곁채의 작은 방에다 눕혔다. 그러고 나서도 표도르 파블로비치는 하루종일 불행에 불행만을 연거푸 겪었다. 식사는 마르파 이그나치예브나가 만들어 내놓았는데, 수프는 스메르자코프의 요리에 비하면 '구정물이나 다름없었고', 닭고기는 어찌나 바싹 말랐는지 도무지 씹을 수도 없었다. 마르파 이그나치예브나는 주인 나리가 비록 옳은 말씀이긴 하나 호되게 쓴소리를 퍼부어대자, 닭은 안 그래도 원래 늙어빠진 폐닭이었고 그녀 자신은 요리사 일을 배운 적도 없노라고 받아쳤다. 저녁 무렵에는 또다른 걱정거리가 생겼다. 사흘째 앓고 있던 그리고리가 하필이면 이때 거의 몸져누웠으며 허리를 못 쓴다는 보고가 표도르 파블로비치에게 들어왔던 것이다. 표도르 파블로비치는 되도록 일찌감치 차를 마신 다음, 문을 걸어 잠그고 혼자 집안에 틀어박혔다. 그는 무섭고도 불안한 기대에 휩싸여 있었다. 그도 그럴 것이, 그는 바로 이날 저녁에 그루셴카가 꼭 오리라고 거의 확신을 가지고 기다리는 중이었다. 적어도, 아침 일찍부터 스메르자코프에게서 '그분께서 꼭 오신다고 약속하셨습니다요'라는 거의 보장에 가까운 말을 받아두었던 것이다. 흥분을 가라앉힐 수 없었던 영감쟁이는 심장이 불안하게 방망이질치는 가운데 자신의 텅 빈 방들을 이리저리 돌아다니며 귀를 기울였다. 귀를 바싹 곤두세워야 했다. 그녀가 오나 하고 어디선가 드미트리 표도로비치가 망을 보고 있을지도 모르니, 그녀가 창을 두드리면(스메르쟈코프는 어디서 어디를 두드려야 하는지 그녀에게 전했노라고 벌써 그저께 표도르 파블로비치에게 확실히 보고했다) 최대한 빨리 문을 열어줘야 하고, 혹시라도, 맙소사, 뭔가에 놀라서 달아나면 큰일이니까 단 일 초라도 그녀를 공연히 현관에다 세워둬서는 절대 안 되었다. 표도르 파블로비치는 마음이 몹시 어수선했지만, 지금껏 이보다 더 달콤한 희망에 젖어본 적은 단 한 번도 없었다. 이번에는 그녀가 틀림없이 올 거라고 거의 자신 있게 말할 수 있었으니까……!

(2권으로 이어집니다)

문학동네 세계문학전집 발간에 부쳐

세계문학은 국민문학 혹은 지역문학을 떠나 존재하는 문학이 아니지만 그것들의 총합도 아니다. 세계문학이라는 용어에는 그 나름의 언어와 전통을 갖고 있는 국민문학이나 지역문학의 존재를 인정하면서 그것을 넘어서는 문학의 보편적 질서에 대한 관념이 새겨져 있다. 그 용어를 처음 고안한 19세기 유럽인들은 유럽 문학을 중심으로 그 질서를 구축했지만 풍부한 국민문학의 전통을 가지고 있는 현대의 문학 강국들은 나름의 방식으로 세계문학을 이해하면서 정전(正典)의 목록을 작성하고 또 수정한다.

한국에서도 세계문학 관념은 우리 사회와 문화의 변화 속에서 거듭 수정돼왔다. 어느 시기에는 제국 일본의 교양주의를 반영한 세계문학 관념이, 어느 시기에는 제3세계 민족주의에 동조한 세계문학 관념이 출현했고, 그러한 관념을 실천한 전집물이 출판됐다. 21세기 한국에 새로운 세계문학전집이 필요하다는 것은 명백하다. 우리의 지성과 감성의 기준에 부합하는 세계문학을 다시 구상할 때가 되었다.

문학동네 세계문학전집은 범세계적으로 통용되는 고전에 대한 상식을 존중하면서도 지난 반세기 동안 해외 주요 언어권에서 창작과 연구의 진전에 따라 일어난 정전의 변동을 고려하여 편성되었다. 그래서 불멸의 명작은 물론 동시대 세계의 중요한 정치·문화적 실천에 영감을 준 새로운 작품들을 두루 포함시켰다.

창립 이후 지금까지 한국문학 및 번역문학 출판에서 가장 전문적이고 생산적인 그룹을 대표해온 문학동네가 그간 축적한 문학 출판 경험을 바탕으로 새로운 세계문학전집을 펴낸다. 인류가 무지와 몽매의 어둠 속을 방황하면서도 끝내 길을 잃지 않은 것은 세계문학사의 하늘에 떠 있는 빛나는 별들이 길잡이가 되어주었기 때문이다. 우리가 자부심과 사명감 속에서 그리게 될 이 새로운 별자리가 독자들의 관심과 애정에 힘입어 우리 모두의 뿌듯한 자산이 되기를 소망한다.

문학동네 세계문학전집 편집위원

민은경, 박유하, 변현태, 송병선, 이재룡, 홍길표, 남진우, 황종연

세계문학전집 157
카라마조프가의 형제들 1

1판 1쇄 2018년 4월 30일
1판 10쇄 2024년 8월 10일

지은이 표도르 도스토옙스키 | 옮긴이 김희숙

책임편집 김경은 | 편집 이현미 | 독자모니터 장선아
디자인 김마리 최미영 | 저작권 박지영 형소진 최은진 오서영
마케팅 정민호 서지화 한민아 이민경 안남영 왕지경 정경주 김수인 김혜원 김하연 김예진
브랜딩 함유지 함근아 박민재 김희숙 이송이 박다솔 조다현 정승민 배진성
제작 강신은 김동욱 이순호 | 제작처 영신사

펴낸곳 (주)문학동네 | 펴낸이 김소영
출판등록 1993년 10월 22일 제2003-000045호
주소 10881 경기도 파주시 회동길 210
전자우편 editor@munhak.com | 대표전화 031)955-8888 | 팩스 031)955-8855
문의전화 031)955-1927(마케팅), 031)955-3560(편집)
문학동네카페 http://cafe.naver.com/mhdn
인스타그램 @munhakdongne | 트위터 @munhakdongne
북클럽문학동네 http://bookclubmunhak.com

ISBN 978-89-546-5097-7 04890
978-89-546-0901-2 (세트)

www.munhak.com

1, 2, 3 안나 카레니나 레프 톨스토이 | 박형규 옮김
4 판탈레온과 특별봉사대 마리오 바르가스 요사 | 송병선 옮김
5 황금 물고기 J. M. G. 르 클레지오 | 최수철 옮김
6 템페스트 윌리엄 셰익스피어 | 이경식 옮김
7 위대한 개츠비 F. 스콧 피츠제럴드 | 김영하 옮김
8 아름다운 애너벨 리 싸늘하게 죽다 오에 겐자부로 | 박유하 옮김
9, 10 파우스트 요한 볼프강 폰 괴테 | 이인웅 옮김
11 가면의 고백 미시마 유키오 | 양윤옥 옮김
12 킴 러디어드 키플링 | 하창수 옮김
13 나귀 가죽 오노레 드 발자크 | 이철의 옮김
14 피아노 치는 여자 엘프리데 옐리네크 | 이병애 옮김
15 1984 조지 오웰 | 김기혁 옮김
16 벤야멘타 하인학교 – 야콥 폰 군텐 이야기 로베르트 발저 | 홍길표 옮김
17, 18 적과 흑 스탕달 | 이규식 옮김
19, 20 휴먼 스테인 필립 로스 | 박범수 옮김
21 체스 이야기 · 낯선 여인의 편지 슈테판 츠바이크 | 김연수 옮김
22 왼손잡이 니콜라이 레스코프 | 이상훈 옮김
23 소송 프란츠 카프카 | 권혁준 옮김
24 마크롤 가비에로의 모험 알바로 무티스 | 송병선 옮김
25 파계 시마자키 도손 | 노영희 옮김
26 내 생명 앗아가주오 앙헬레스 마스트레타 | 강성식 옮김
27 여명 시도니가브리엘 콜레트 | 송기정 옮김
28 한때 흑인이었던 남자의 자서전 제임스 웰든 존슨 | 천승걸 옮김
29 슬픈 짐승 모니카 마론 | 김미선 옮김
30 피로 물든 방 앤절라 카터 | 이귀우 옮김
31 숨그네 헤르타 뮐러 | 박경희 옮김
32 우리 시대의 영웅 미하일 레르몬토프 | 김연경 옮김
33, 34 실낙원 존 밀턴 | 조신권 옮김
35 복낙원 존 밀턴 | 조신권 옮김
36 포로기 오오카 쇼헤이 | 허호 옮김
37 동물농장 · 파리와 런던의 따라지 인생 조지 오웰 | 김기혁 옮김
38 루이 랑베르 오노레 드 발자크 | 송기정 옮김
39 코틀로반 안드레이 플라토노프 | 김철균 옮김
40 어두운 상점들의 거리 파트릭 모디아노 | 김화영 옮김
41 순교자 김은국 | 도정일 옮김
42 젊은 베르테르의 슬픔 요한 볼프강 폰 괴테 | 안장혁 옮김
43 더블린 사람들 제임스 조이스 | 진선주 옮김
44 설득 제인 오스틴 | 원영선, 전신화 옮김
45 인공호흡 리카르도 피글리아 | 엄지영 옮김
46 정글북 러디어드 키플링 | 손향숙 옮김
47 외로운 남자 외젠 이오네스코 | 이재룡 옮김
48 에피 브리스트 테오도어 폰타네 | 한미희 옮김
49 둔황 이노우에 야스시 | 임용택 옮김
50 미크로메가스 · 캉디드 혹은 낙관주의 볼테르 | 이병애 옮김

51, 52 염소의 축제 마리오 바르가스 요사 | 송병선 옮김
53 고야산 스님·초롱불 노래 이즈미 교카 | 임태균 옮김
54 다니엘서 E. L. 닥터로 | 정상준 옮김
55 이날을 위한 우산 빌헬름 게나치노 | 박교진 옮김
56 톰 소여의 모험 마크 트웨인 | 강미경 옮김
57 카사노바의 귀향·꿈의 노벨레 아르투어 슈니츨러 | 모명숙 옮김
58 바보들을 위한 학교 사샤 소콜로프 | 권정임 옮김
59 어느 어릿광대의 견해 하인리히 뵐 | 신동도 옮김
60 웃는 늑대 쓰시마 유코 | 김훈아 옮김
61 팔코너 존 치버 | 박영원 옮김
62 한눈팔기 나쓰메 소세키 | 조영석 옮김
63, 64 톰 아저씨의 오두막 해리엇 비처 스토 | 이종인 옮김
65 아버지와 아들 이반 투르게네프 | 이항재 옮김
66 베니스의 상인 윌리엄 셰익스피어 | 이경식 옮김
67 해부학자 페데리코 안다아시 | 조구호 옮김
68 긴 이별을 위한 짧은 편지 페터 한트케 | 안장혁 옮김
69 호텔 뒤락 애니타 브루크너 | 김정 옮김
70 잔해 쥘리앵 그린 | 김종우 옮김
71 절망 블라디미르 나보코프 | 최종술 옮김
72 더버빌가의 테스 토머스 하디 | 유명숙 옮김
73 감상소설 미하일 조셴코 | 백용식 옮김
74 빙하와 어둠의 공포 크리스토프 란스마이어 | 진일상 옮김
75 쓰가루·석별·옛날이야기 다자이 오사무 | 서재곤 옮김
76 이인 알베르 카뮈 | 이기언 옮김
77 달려라, 토끼 존 업다이크 | 정영목 옮김
78 몰락하는 자 토마스 베른하르트 | 박인원 옮김
79, 80 한밤의 아이들 살만 루슈디 | 김진준 옮김
81 죽은 군대의 장군 이스마일 카다레 | 이창실 옮김
82 페레이라가 주장하다 안토니오 타부키 | 이승수 옮김
83, 84 목로주점 에밀 졸라 | 박명숙 옮김
85 아베 일족 모리 오가이 | 권태민 옮김
86 폭풍의 언덕 에밀리 브론테 | 김정아 옮김
87, 88 늦여름 아달베르트 슈티프터 | 박종대 옮김
89 클레브 공작부인 라파예트 부인 | 류재화 옮김
90 P세대 빅토르 펠레빈 | 박혜경 옮김
91 노인과 바다 어니스트 헤밍웨이 | 이인규 옮김
92 물방울 메도루마 슌 | 유은경 옮김
93 도깨비불 피에르 드리외라로셸 | 이재룡 옮김
94 프랑켄슈타인 메리 셸리 | 김선형 옮김
95 래그타임 E. L. 닥터로 | 최용준 옮김
96 캔터빌의 유령 오스카 와일드 | 김미나 옮김
97 만(卍)·시게모토 소장의 어머니 다니자키 준이치로 | 김춘미, 이호철 옮김
98 맨해튼 트랜스퍼 존 더스패서스 | 박경희 옮김
99 단순한 열정 아니 에르노 | 최정수 옮김

100 열세 걸음 모옌 | 임홍빈 옮김
101 데미안 헤르만 헤세 | 안인희 옮김
102 수레바퀴 아래서 헤르만 헤세 | 한미희 옮김
103 소리와 분노 윌리엄 포크너 | 공진호 옮김
104 곰 윌리엄 포크너 | 민은영 옮김
105 롤리타 블라디미르 나보코프 | 김진준 옮김
106, 107 부활 레프 톨스토이 | 박형규 옮김
108, 109 모래그릇 마쓰모토 세이초 | 이병진 옮김
110 은둔자 막심 고리키 | 이강은 옮김
111 불타버린 지도 아베 고보 | 이영미 옮김
112 말라볼리아가의 사람들 조반니 베르가 | 김운찬 옮김
113 디어 라이프 앨리스 먼로 | 정연희 옮김
114 돈 카를로스 프리드리히 실러 | 안인희 옮김
115 인간 짐승 에밀 졸라 | 이철의 옮김
116 빌러비드 토니 모리슨 | 최인자 옮김
117, 118 미국의 목가 필립 로스 | 정영목 옮김
119 대성당 레이먼드 카버 | 김연수 옮김
120 나나 에밀 졸라 | 김치수 옮김
121, 122 제르미날 에밀 졸라 | 박명숙 옮김
123 현기증. 감정들 W. G. 제발트 | 배수아 옮김
124 강 동쪽의 기담 나가이 가후 | 정병호 옮김
125 붉은 밤의 도시들 윌리엄 버로스 | 박인찬 옮김
126 수고양이 무어의 인생관 E. T. A. 호프만 | 박은경 옮김
127 맘브루 R. H. 모레노 두란 | 송병선 옮김
128 익사 오에 겐자부로 | 박유하 옮김
129 땅의 혜택 크누트 함순 | 안미란 옮김
130 불안의 책 페르난두 페소아 | 오진영 옮김
131, 132 사랑과 어둠의 이야기 아모스 오즈 | 최창모 옮김
133 페스트 알베르 카뮈 | 유호식 옮김
134 다마세누 몬테이루의 잃어버린 머리 안토니오 타부키 | 이현경 옮김
135 작은 것들의 신 아룬다티 로이 | 박찬원 옮김
136 시스터 캐리 시어도어 드라이저 | 송은주 옮김
137 고독한 산책자의 몽상 장자크 루소 | 문경자 옮김
138 용의자의 야간열차 다와다 요코 | 이영미 옮김
139 세기아의 고백 알프레드 드 뮈세 | 김미성 옮김
140 햄릿 윌리엄 셰익스피어 | 이경식 옮김
141 카산드라 크리스타 볼프 | 한미희 옮김
142 이 글을 읽는 사람에게 영원한 저주를 마누엘 푸익 | 송병선 옮김
143 마음 나쓰메 소세키 | 유은경 옮김
144 바다 존 밴빌 | 정영목 옮김
145, 146, 147, 148 전쟁과 평화 레프 톨스토이 | 박형규 옮김
149 세 가지 이야기 귀스타브 플로베르 | 고봉만 옮김
150 제5도살장 커트 보니것 | 정영목 옮김
151 알렉시 · 은총의 일격 마르그리트 유르스나르 | 윤진 옮김

152 말라 온다 알베르토 푸겟 | 엄지영 옮김
153 아르세니예프의 인생 이반 부닌 | 이항재 옮김
154 오만과 편견 제인 오스틴 | 류경희 옮김
155 돈 에밀 졸라 | 유기환 옮김
156 젊은 예술가의 초상 제임스 조이스 | 진선주 옮김
157, 158, 159 카라마조프가의 형제들 표도르 도스토옙스키 | 김희숙 옮김
160 진 브로디 선생의 전성기 뮤리얼 스파크 | 서정은 옮김
161 13인당 이야기 오노레 드 발자크 | 송기정 옮김
162 하지 무라트 레프 톨스토이 | 박형규 옮김
163 희망 앙드레 말로 | 김웅권 옮김
164 임멘 호수 · 백마의 기사 · 프시케 테오도어 슈토름 | 배정희 옮김
165 밤은 부드러워라 F. 스콧 피츠제럴드 | 정영목 옮김
166 야간비행 앙투안 드 생텍쥐페리 | 용경식 옮김
167 나이트우드 주나 반스 | 이예원 옮김
168 소년들 앙리 드 몽테를랑 | 유정애 옮김
169, 170 독립기념일 리처드 포드 | 박영원 옮김
171, 172 닥터 지바고 보리스 파스테르나크 | 박형규 옮김
173 싯다르타 헤르만 헤세 | 권혁준 옮김
174 야만인을 기다리며 J. M. 쿳시 | 왕은철 옮김
175 철학편지 볼테르 | 이봉지 옮김
176 거지 소녀 앨리스 먼로 | 민은영 옮김
177 창백한 불꽃 블라디미르 나보코프 | 김윤하 옮김
178 슈틸러 막스 프리슈 | 김인순 옮김
179 시핑 뉴스 애니 프루 | 민승남 옮김
180 이 세상의 왕국 알레호 카르펜티에르 | 조구호 옮김
181 철의 시대 J. M. 쿳시 | 왕은철 옮김
182 카시지 조이스 캐럴 오츠 | 공경희 옮김
183, 184 모비 딕 허먼 멜빌 | 황유원 옮김
185 솔로몬의 노래 토니 모리슨 | 김선형 옮김
186 무기여 잘 있거라 어니스트 헤밍웨이 | 권진아 옮김
187 컬러 퍼플 앨리스 워커 | 고정아 옮김
188, 189 죄와 벌 표도르 도스토옙스키 | 이문영 옮김
190 사랑 광기 그리고 죽음의 이야기 오라시오 키로가 | 엄지영 옮김
191 빅 슬립 레이먼드 챈들러 | 김진준 옮김
192 시간은 밤 류드밀라 페트루셉스카야 | 김혜란 옮김
193 타타르인의 사막 디노 부차티 | 한리나 옮김
194 고양이와 쥐 귄터 그라스 | 박경희 옮김
195 펠리시아의 여정 윌리엄 트레버 | 박찬원 옮김
196 마이클 K의 삶과 시대 J. M. 쿳시 | 왕은철 옮김
197, 198 오스카와 루신다 피터 케리 | 김시현 옮김
199 패싱 넬라 라슨 | 박경희 옮김
200 마담 보바리 귀스타브 플로베르 | 김남주 옮김
201 패주 에밀 졸라 | 유기환 옮김
202 도시와 개들 마리오 바르가스 요사 | 송병선 옮김

203 루시 저메이카 킨케이드 | 정소영 옮김
204 대지 에밀 졸라 | 조성애 옮김
205, 206 백치 표도르 도스토옙스키 | 김희숙 옮김
207 백야 표도르 도스토옙스키 | 박은정 옮김
208 순수의 시대 이디스 워턴 | 손영미 옮김
209 단순한 이야기 엘리자베스 인치볼드 | 이혜수 옮김
210 바닷가에서 압둘라자크 구르나 | 황유원 옮김
211 낙원 압둘라자크 구르나 | 왕은철 옮김
212 피라미드 이스마일 카다레 | 이창실 옮김
213 애니 존 저메이카 킨케이드 | 정소영 옮김
214 지고 말 것을 가와바타 야스나리 | 박혜성 옮김
215 부서진 사월 이스마일 카다레 | 유정희 옮김
216 사람은 무엇으로 사는가 레프 톨스토이 | 이항재 옮김
217, 218 악마의 시 살만 루슈디 | 김진준 옮김
219 오늘을 잡아라 솔 벨로 | 김진준 옮김
220 배반 압둘라자크 구르나 | 황가한 옮김
221 어두운 밤 나는 적막한 집을 나섰다 페터 한트케 | 윤시향 옮김
222 무어의 마지막 한숨 살만 루슈디 | 김진준 옮김
223 속죄 이언 매큐언 | 한정아 옮김
224 암스테르담 이언 매큐언 | 박경희 옮김
225, 226, 227 특성 없는 남자 로베르트 무질 | 박종대 옮김
228 앨프리드와 에밀리 도리스 레싱 | 민은영 옮김
229 북과 남 엘리자베스 개스켈 | 민승남 옮김
230 마지막 이야기들 윌리엄 트레버 | 민승남 옮김
231 벤저민 프랭클린 자서전 벤저민 프랭클린 | 이종인 옮김
232 만년양식집 오에 겐자부로 | 박유하 옮김
233 이상한 나라의 앨리스 루이스 캐럴 | 존 테니얼 그림 | 김희진 옮김
234 소네치카 · 스페이드의 여왕 류드밀라 울리츠카야 | 박종소 옮김
235 메데야와 그녀의 아이들 류드밀라 울리츠카야 | 최종술 옮김
236 실종자 프란츠 카프카 | 이재황 옮김
237 진 알랭 로브그리예 | 성귀수 옮김
238 말테의 수기 라이너 마리아 릴케 | 홍사현 옮김
239, 240 율리시스 제임스 조이스 | 이종일 옮김
241 지도와 영토 미셸 우엘벡 | 장소미 옮김
242 사막 J. M. G. 르 클레지오 | 홍상희 옮김
243 사냥꾼의 수기 이반 투르게네프 | 이종현 옮김
244 험볼트의 선물 솔 벨로 | 전수용 옮김
245 바베트의 만찬 이자크 디네센 | 추미옥 옮김
246 나르치스와 골드문트 헤르만 헤세 | 안인희 옮김
247 변신 · 단식 광대 프란츠 카프카 | 이재황 옮김
248 상자 속의 사나이 안톤 체호프 | 박현섭 옮김
249 가장 파란 눈 토니 모리슨 | 정소영 옮김

● 문학동네 세계문학전집은 계속 출간됩니다